Jan Guillou

Der demokratische Terrorist

Jan Guillou

DER DEMOKRATISCHE TERRORIST

Roman

Aus dem Schwedischen von
Hans-Joachim Maass

Piper
München Zürich

Die schwedische Originalausgabe erschien 1987 unter dem Titel »Coq Rouge.
Den demokratiske terroristen« im Norstedts Förlag, Stockholm.

ISBN 3-492-03249-4

Gesetzt aus der Sabon-Antiqua
Gesamtherstellung: May & Co., Darmstadt
Printed in Germany

I

Der Tod kam per Bierwagen. Hinterher war die Polizeiführung im Präsidium *Beim Strohhause 31* natürlich schlauer. Zunächst aber hatte es so ausgesehen, als handelte es sich nur um einen der täglich rund 200 Kraftfahrzeugdiebstähle in Hamburg. Dabei war es außerdem noch unklar gewesen, welche Abteilung der Anzeige nachgehen sollte. War es einfacher Diebstahl oder die schwerere Form des Transportdiebstahls, da der Bierwagen mit 4000 Flaschen Ratsherrn-Pils beladen gewesen war? Der Gedanke lag nahe, daß ein paar Jugendliche sich an diesem Montagmorgen, am 14. November, mit einem reellen Vorrat eingedeckt hatten, um ihren Nachdurst vom Wochenende zu löschen.

Überdies hatte der Sicherheitsoffizier der Führungsakademie der Bundeswehr vom Hamburger Verfassungsschutz eine Warnung erhalten.

Da die Ausbildung ausländischer Offiziere an der Führungsakademie wieder einmal in die öffentliche Kritik geraten war – diesmal waren es keine Kadetten aus Chile, denen eine Spezialausbildung zuteil wurde, sondern, noch schlimmer, Offiziere aus Honduras –, durfte man davon ausgehen, daß es zu Demonstrationen kommen würde. Vor allem, da ein Pressesprecher der Bundeswehr bekanntgegeben hatte, daß einige hohe Generale in zwei Tagen beim offiziellen Abschluß des Kurses anwesend sein würden.

Vorstellbar waren beispielsweise gewalttätige Demonstrationen und diverse Sachbeschädigungen, wie etwa Attacken von Graffiti-Künstlern. In einem in der Stadt anonym verteilten Flugblatt hieß es, die Bundesrepublik habe sich wieder einmal offen an die Seite des US-Imperialismus gestellt, indem sie sich der Ausbildung von dessen Lakaien und damit auch direkter kriegerischer Handlungen gegen die Revolution in Nicaragua schuldig gemacht habe.

Schon die in dem Flugblatt geäußerten Gedanken sowie der Umstand, daß es anonym war, hätten größtmögliche Sicherheitsvorkehrungen auslösen müssen.

Möglicherweise hatte sich der Sicherheitschef der Führungsakademie das auch vorgenommen, jedoch nicht *vor* dem Eintreffen der Generale, das als der kritische Zeitpunkt betrachtet werden mußte.

Die Führungsakademie der Bundeswehr liegt in der Manteuffelstraße 20 in einem idyllischen Villenviertel zwischen Blankenese und Nienstedten, einem einst ländlichen Vorort Hamburgs. Die roten Klinkerbauten dienten im Zweiten Weltkrieg schon der Wehrmacht als Kasernen.

Der Bierwagen, der auf dem Weg nach Blankenese die Villen an der Elbchaussee hinter sich gebracht hatte und in die Manteuffelstraße einbog, war ein alltäglicher Anblick. Zwar hatte der Posten beim Einfahrtstor wie das gesamte Wachpersonal militärischer Anlagen sowohl der Bundesrepublik wie der NATO in den letzten Jahren zahlreiche Verhaltensvorschriften erhalten, was die Kontrolle von Personen und Fahrzeugen betraf. Besucher und militärisches Personal wurden minuziös überprüft. Truppenausweise boten keine Sicherheit mehr, da es Terroristen schon mehrmals gelungen war, sich solche Papiere zu beschaffen. So war es etwa den Angehörigen der Streitkräfte in den meisten Anlagen verboten, mit Privatfahrzeugen Militärgelände zu befahren.

Der Bierwagen wurde jedoch ohne weiteres durchgewinkt. Der Wachtposten erklärte am nächsten Tag, daß das Kennzeichen des Fahrzeugs seit langem bekannt und daß es zur gewohnten Stunde erschienen sei.

Später stellte sich heraus, daß der Fahrer sich äußerst kaltblütig verhalten hatte. Er hatte auf dem Gelände kurz angehalten und einen vorbeigehenden Leutnant gefragt, in welcher Baracke die lateinamerikanische Delegation wohne, da er dort Bier anliefern solle. Der Leutnant hatte es ihm erklärt.

Zehn Minuten später, als 22 junge Offiziere aus Honduras zur Mittagspause in ihr Quartier zurückkehrten, stand der Bierwagen vor der Eingangstür.

Um diese Zeit hatte aber die Hauptwache schon Verdacht geschöpft und einen Feldwebel namens Heinrich Behnke losgeschickt, um der Sache nachzugehen. Behnke fand den Bierwagen leer vor. Merkwürdig, dachte er, als er sich auf das Trittbrett stellte und an den Türgriff faßte. Es war das letzte, was er dachte.

Soweit sich nachträglich feststellen ließ, mußte der Bierwagen mit mindestens 25 Kilogramm TNT sowie rund 20 Gasflaschen beladen gewesen sein.

Die Druckwelle der Explosion hatte in einem Umkreis von 500 Metern sämtliche Fenster zertrümmert, und die Rauchwolken waren fast in ganz Hamburg zu sehen. Vier deutsche und neun ausländische Offiziere kamen bei dem Anschlag ums Leben.

Nach den Maßstäben der westdeutschen Terroristen mußte dies als der erfolgreichste Angriff gelten, den sie in der Bundesrepublik je verübt hatten. Die noch am selben Nachmittag den Zeitungen zugespielten Erklärungen enthielten ungefähr das, was zu erwarten gewesen war. Wieder einmal hätten die europäischen Guerilleros gegen das Herzstück des kapitalistischen Staates zugeschlagen. Man habe direkt den Krieg der NATO gegen die Völker der Dritten Welt attackiert und das Kommando nach einem nicaraguanischen Revolutionshelden benannt.

Im nachhinein erschien alles logisch und vorhersagbar, obwohl die deutschen Terroristen zum ersten Mal einen so massiven Angriff gegen eine Einrichtung der Bundeswehr gerichtet hatten.

Neu hingegen war, daß den Bekennerbriefen zufolge nicht nur die *Rote Armee Fraktion* an dem Anschlag beteiligt war, was sowohl Polizei wie Verfassungsschutz vermuteten, als sie von der Katastrophe erfuhren, sondern auch die belgische Terroristenorganisation CCC. Früher hatte die RAF mit ihren französischen Genossen von der *Action Directe* zusammengearbeitet, sowohl bei Mordanschlägen wie bei Sabotageakten. Jetzt war also auch die belgische Organisation bei Aktionen dieses Schlages mit von der Partie. Die Terroristen waren dabei, ihre Internationale zu schaffen.

Ein verwirrendes Detail war die Tatsache, daß man nicht wußte, wo der vermeintliche Bierfahrer geblieben war, nachdem er den Wagen verlassen hatte. Man vermutete, daß er ganz einfach davonspaziert war oder eine Toilette aufgesucht hatte, um dann in dem Chaos nach der Explosion zu verschwinden. Wie dem auch sei: Sein Auftritt war gespenstisch kaltblütig gewesen.

Als noch am selben Nachmittag der Hamburger Senat zusammentrat, wurden zwei Dinge hervorgehoben: Dies sei erstens der schlimmste Anschlag in der Geschichte des westdeutschen Terrorismus. Und zweitens: Im Kampf gegen diesen Terrorismus gelte es jetzt, mit aller Kraft zurückzuschlagen – um jeden Preis. Der demokratische Staat müsse sich verteidigen.

Um jeden Preis.

2

Das Bundeskriminalamt, abgekürzt BKA, hat sein Hauptquartier in einem kleinbürgerlichen Villenviertel am Rande Wiesbadens. Der unscheinbare, von Fernsehkameras überwachte Eingang an der Thaerstraße 11 macht eher den Eindruck, als führe er in ein unbedeutendes Bürogebäude oder eine Berufsschule. Die Thaerstraße ist eine Sackgasse, die beim BKA endet, und erst wenn man sich etwas genauer umsieht, entdeckt man, daß sich hier in Wahrheit ein großer Komplex von vier bis fünf Gebäuden verbirgt, die hinter Stacheldraht und Alarmanlagen durch verglaste Gänge verbunden sind. Dies ist das polizeiliche Gehirn der Bundesrepublik Deutschland und ein Arbeitsplatz für mehrere tausend Menschen.

Kriminaloberkommissar Dietmar Werth verließ ganz gegen seine Gewohnheit das Gelände, um essen zu gehen. Obwohl er nun schon mehr als zwei Jahre in der Antiterror-Abteilung des BKA arbeitete, mußte er sich beim Verlassen des Geländes jedesmal bei den Wachtposten ausweisen. Es war ihnen offenkundig nur möglich, sich das Aussehen der allerhöchsten Chefs einzuprägen, und Werth verabscheute es, mit einem Plastikkärtchen am Jackenaufschlag herumzulaufen, als gehörte er zu irgendeiner Putzkolonne oder zum Bodenpersonal eines Flugplatzes.

Eigentlich hatte er Hunger. Das einzige Restaurant in der Nähe war ein kleines italienisches Lokal, das wie eine umgebaute Garage aussah und es vermutlich auch war. Dietmar Werth kam zu dem Schluß, daß er einen Spaziergang nötiger hatte als etwas zu essen und daß der kühle Nieselregen ihm guttun würde. Denn in zwei Stunden lief er Gefahr, sich zu blamieren.

Punkt 14 Uhr sollte er sich bei seinem Abteilungspräsidenten Klaus-Herbert Becker einfinden, dem Chef der Antiterror-Abteilung des BKA. Punkt 14 Uhr mußte Dietmar Werth eine Empfehlung parat haben, und er war fast schon entschlossen, ein riskantes Unternehmen vorzuschlagen, nämlich daß der Herr Abteilungspräsident sich entschließen möge, die Angelegenheit vom BKA an die Konkurrenz in Köln abzugeben, an den Verfassungsschutz.

Mit einem solchen Vorschlag konnte er sich eigentlich nur unbeliebt machen. Bislang war es mit seiner Karriere schnell und direkt aufwärtsgegangen, bis zu diesem Punkt, an dem sie ein abruptes Ende finden konnte, sofern nämlich der Oberst so wütend wurde, wie im schlimmsten Fall zu befürchten war, wenn er den Vorschlag seines Untergebenen zu hören bekam.

Dietmar Werth ging ziellos zur Innenstadt hinunter, bog beim Stadttheater an der Wilhelmstraße ab und ging auf den Spazierwegen im Kurpark weiter. Das Wetter machte ihn zu einem einsamen Flaneur. Draußen im Teich schwammen zwei Stockenten, im übrigen schien die Gegend wie ausgestorben zu sein.

Von Anfang an war Werth der ganze Fahndungsansatz viel zu weit hergeholt erschienen. Irgendein übereifriger Drogenfahnder von der FD 6 (»Sonderermittlungen«) in Hamburg hatte sich eine Woche lang der wenig beneidenswerten Aufgabe gewidmet, sämtliche Gespräche aus zwei nebeneinanderliegenden Telefonzellen im Hurenviertel – einen Steinwurf von der Reeperbahn und der Herbertstraße entfernt – abzuhören und zu analysieren. Mein Gott, was mußte der arme Kerl für besoffenes Gequatsche und dummes Zeug mitangehört haben.

Aber dann hatte sich in dem Mann irgendwie der Eindruck

verfestigt, daß eines der Telefonate als konspiratives Gespräch von zwei Terroristen gedeutet werden mußte, mochte es auf den ersten Blick auch so wirken, als unterhielten sich zwei jüngere Geschäftsleute in gepflegtem Deutsch über ein vor kurzem abgeschlossenes Geschäft, als planten sie einen weiteren Vorstoß auf die Märkte Belgiens oder Schwedens.

Das Gespräch hatte elf Minuten gedauert. Die automatische Aufzeichnung hatte es vermerkt: am Mittwoch, dem 16. November von 14.03 Uhr bis 14.14 Uhr. Die Abschrift umfaßte zwölf getippte Seiten in Dialogform, und das Gespräch selbst war der Form nach natürlich unschuldig und inhaltlich nichtssagend.

Nur notierte der Computer seit einiger Zeit auch die angerufene Telefonnummer. Und dieses zweite Telefon befand sich in dem italienischen Restaurant Cuneo, was deshalb auffallend war, da zwischen Restaurant und Telefonzelle kaum mehr als 200 Meter lagen.

Wie kommt es, hatte sich der Kollege von der Drogenfahndung FD 6 gefragt, daß zwei Personen elf Minuten lang ein geschäftliches Telefongespräch führen, wenn sie kaum anderthalb Minuten Fußweg voneinander entfernt sind? Wollten sie es nicht riskieren, zusammen gesehen zu werden?

So war es zum Anfangsverdacht gekommen, und damit war das Ganze rein formal zum Fahndungsauftrag in einer Strafsache geworden. Aber statt der gewohnten Routine zu folgen, die Abschrift zu zerstören und das Gespräch im Computer zu löschen – denn diese sogenannte Überschuß-Information hatte offenkundig nichts mit strafbarem Drogenhandel zu tun, und die Abhörerlaubnis galt nur für Drogenstraftaten –, hatte sich der Drogenfahnder von der FD 6 mit der Abschrift hingesetzt und seiner Phantasie freien Lauf gelassen. Damit wurde die Angelegenheit zur *Fahndungssache*.

Ein einzelner Polizeibeamter hatte sich hingesetzt und Vermutungen angestellt. Seine erste Vermutung war, daß hier zwei Terroristen vom harten Kern der RAF erstens den Terroristenanschlag erwähnten, den sie soeben begangen hatten, das Bombenattentat in Hamburg, zweitens die Tatsache kommentierten, daß belgische Terroristen an der Aktion teilgenommen hatten, und drittens die Wahl zwischen neuen Terrorakten in Belgien oder Schweden erörterten, wobei die zweite Alternative viertens die Schwierigkeit aufwarf, daß man mit einem hinlänglich kompetenten schwedischen Terroristenkollegen Kontakt aufnehmen mußte.

Das Ganze schien zunächst weit hergeholt, um nicht zu sagen völlig aus der Luft gegriffen zu sein. Es war dem Drogenfahnder aber offenbar gelungen, seinen Einfall so mitreißend darzulegen, daß er seinen Chef von der FD 6, einen Kriminaldirektor Soundso, dazu gebracht hatte, die Angelegenheit formell der Terrorismus-Abteilung beim BKA in Wiesbaden zu übergeben, und so war sie drei Tage nach der Aufzeichnung des Telefonats und fünf Tage nach dem Bombenattentat in Hamburg auf Dietmar Werths Schreibtisch gelandet.

Dieser hatte die weitgehende Deutung des Telefongesprächs zunächst nicht einen Augenblick ernst genommen und es daher vorgezogen, diese Bagatellsache auf dem schnellsten Weg wieder loszuwerden. Die FD 6 hatte nämlich in erster Linie darum ersucht, das BKA möge prüfen, ob eine der Stimmen auf dem Tonband zu identifizieren sei.

Folglich hatte Werth Abschrift und Tonband an die technische Abteilung geschickt, um dort eine Analyse vornehmen zu lassen. In der Bundesrepublik sind bei der Polizei 700 Personen als gesuchte Terroristen oder als Personen registriert, die im Verdacht stehen, Sympathisanten zu sein. Von rund 80 dieser Personen besitzt das BKA Tonbandaufzeichnungen, die in einem Tonarchiv gespeichert sind.

Die moderne Computertechnik hat Stimmen inzwischen zu einer fast ebenso sicheren Identifikationsquelle wie Fingerabdrücke gemacht. Die Ausrüstung des Wiesbadener BKA reicht aus, um eine gespeicherte Stimme mit fast hundertprozentiger Sicherheit wiederzuerkennen. Und damit begann die Sache ernst zu werden. Denn eine der Stimmen gehörte einem gewissen Horst Ludwig Hahn, 29 Jahre alt, einen Meter fünfundsiebzig groß, besondere Kennzeichen: eine Narbe auf der Stirn. Er war in der unteren linken Ecke des Fahndungsplakats zu finden, das die Bilder der 22 meistgesuchten deutschen Terroristen zeigte. Auf jeden war ein Kopfgeld von 50 000 DM ausgesetzt. Das rot-lila Plakat mit den schwarzweißen Bildern war in mehr als einer Million Exemplaren verteilt worden und hing in jedem Amt, in jeder Behörde der Bundesrepublik, auch an der Tür zu Dietmar Werths Dienstzimmer. *Vorsicht, Schußwaffen!* stand am unteren Rand des Plakats.

Die Identität des zweiten Gesprächspartners ließ sich nicht mit gleicher Sicherheit bestimmen. Seine Stimme war jedenfalls nicht archiviert, aber sein Dialekt sowie ein paar einfache Schlußfolgerungen hatten Dietmar Werth zu der Annahme gebracht, daß es sich mit an Sicherheit grenzender Wahrscheinlichkeit um einen gewissen Martin Beer handeln mußte: 25 Jahre alt, einen Meter fünfundneunzig groß, kräftiger Körperbau und auf dem linken Oberarm eine sechs Zentimeter lange Narbe.

Auf Martin Beers Kopf waren ebenfalls 50 000 DM ausgesetzt. Sein Bild fand sich rechts unten auf dem Plakat.

Also: Zwei Tage, nachdem sie in Hamburg einen Anschlag begangen hatten, hatten sich zwei der meistgesuchten Terroristen des Landes in dem Hurenviertel rund um die Reeperbahn aufgehalten. Sie hatten die Stadt nicht verlassen, so daß man davon ausgehen konnte, daß sie gegenwärtig von Hamburg aus operierten.

Die beiden hatten über eine Entfernung von rund 200 Metern ein konspiratives Telefongespräch geführt, statt sich zu treffen. Der Schluß lag nahe, daß sie irgendwo auf St. Pauli konspirative Wohnungen besaßen. Übrigens gar nicht so dumm, sich gerade hier zu verstecken. Zwar sind die Kriminalbeamten von der Sitte ebenso wie die für die Bekämpfung von Gewaltverbrechen und Drogenvergehen zuständigen Polizisten auf St. Pauli ständig im Einsatz, einem Gebiet mit der höchsten Kriminalitätsdichte der Bundesrepublik. Dies bedeutet aber auch, daß die Aufmerksamkeit der Polizei auf andere Dinge gerichtet ist als auf terroristische Aktivitäten.

Daraus hätte das BKA normalerweise den Schluß ziehen müssen, in diesem Viertel verstärkt zu fahnden. Falls sich die Terroristen irgendwo auf St. Pauli versteckt hielten, bestanden recht gute Aussichten, einen oder mehrere von ihnen zu finden. Kurz: Man würde die Zahl der Gesichter auf den überall im Land hängenden rot-lila Plakaten verringern können, was die Steuerzahler auch billigerweise erwarten durften.

Man durfte aber auch auf keinen Fall den Öffentlichkeitserfolg – die Ergreifung von ein oder zwei Terroristen unter großem Getöse – mit einem effektiven Ergebnis verwechseln. Der innere Kreis der deutschen Terroristen, der sogenannte harte Kern, war nie sonderlich groß gewesen und hatte im Verlauf von bald 20 Jahren immer wieder Verluste erlitten, ohne daß sich deswegen die Zahl der Terroristen verringert hätte. Es fiel ihnen leicht, Nachwuchs anzuwerben, und es schien ihre erklärte Taktik zu sein, nur Verluste zu ersetzen und den inneren Kreis nicht weiter zu vergrößern. Das war optimales Sicherheitsdenken; je mehr Eingeweihte, um so größer die Risiken.

Aus diesem Blickwinkel war es strategisch also nicht sonderlich sinnvoll, einen oder zwei Terroristen zu ergreifen, wenn man nicht gleichzeitig einen größeren Schlag gegen die Zentrale führen konnte, gegen den Kopf der Hydra.

Und hier ergab sich jetzt eine naheliegende und verführerische Möglichkeit, die die Lage angesichts der im BKA zu fassenden Beschlüsse komplizierte.

Die nachträgliche Lektüre der Abschrift des Gesprächs, als feststand, daß es sich um zwei identifizierte Angehörige des harten Kerns der RAF handelte, ließ den Inhalt des Gesprächs sonnenklar erscheinen.

Zunächst beglückwünschten sich die beiden Terroristen zu ihrem vor kurzem in Hamburg erfolgreich abgeschlossenen Geschäft (»Vorgestern« – was mit dem Zeitpunkt des Bombenanschlags übereinstimmte). Es folgte eine Anspielung auf die gelungene Zusammenarbeit mit den belgischen Kollegen. Da die RAF und die belgische Terrororganisation CCC *(Cellules Communistes Combattantes)* am Tag nach dem Attentat ein gemeinsames Kommuniqué in Umlauf brachten, in dem von ihrem »militärischen Angriff« auf den Hauptfeind NATO die Rede war, paßte auch das perfekt ins Bild.

Dann folgte eine interessante Komplikation mit dem Hinweis auf Schweden. Die Alternative zu einer Fortsetzung des belgisch-deutschen Geschäfts in Belgien sei offenbar »der wirklich große Schnitt in Schweden«. Aber, so hatte der mutmaßliche Martin Beer eingewandt, dazu fehle ein schwedischer Kollege mit den notwendigen Spezialkenntnissen, denn die seien »technisch hochkompliziert und erforderten einen neuen Maschinenpark, bei dem schon die Grundinvestitionskosten erheblich sein dürften«. Der schwedische Partner sei auch notwendig, um »die Marktlage in Schweden besser beurteilen zu können«.

Die Drogenfahnder der FD 6 waren zu der Schlußfolgerung gelangt, daß die Terroristen jemanden suchten, der nicht nur Schwede sein und sich in Schweden auskennen mußte. Er sollte überdies militärtechnisch ausgebildet und versiert sein, eine Eigenschaft, die den westdeutschen Terroristen fast ausnahmslos fehlte. Sie hatten mit der Zeit gelernt, Bomben herzustellen – und das sogar recht geschickt. Und mit einfacheren Handfeuerwaffen konnten die meisten von ihnen zumindest notdürftig umgehen. Aber hier suchten sie offensichtlich einen Mann, der über ein breites Repertoire militärischen Wissens verfügen sollte. Und zudem wollten sie wohl ihr Arsenal mit schwereren Waffen erneuern.

Dietmar Werth mußte sich widerwillig eingestehen, daß er selbst zu ungefähr den gleichen Schlüssen gekommen war. Was den schwedischen Teil des Telefongesprächs betraf, gab es keine andere Deutungsmöglichkeit, selbst wenn sich rein theoretisch denken ließ, daß es sich etwa um eine Investition in Lastwagen handelte, um irgendeinen spektakulären Transport von entführten Personen oder etwas Ähnliches zu arrangieren. Solche Aktionen paßten aber nicht zur modernen Strategie der Terroristen. Sie hatten die Entführungs-Strategie aufgegeben und wollten neuerdings »direkt« und mit »militärischen Aktionen« gegen den »Hauptfeind« zuschlagen.

Die FD 6 in Hamburg hatte drei Fragen gestellt und sollte auf dem Dienstweg Antwort erhalten. Aber bei der Formulierung der Antworten würde man unausweichlich gleichzeitig den entscheidenden Entschluß treffen müssen. Die drei Fragen der FD 6 lauteten:

1) Läßt sich die Identität einer oder beider Personen feststellen?

2) Sind besondere Fahndungsmaßnahmen zu ergreifen?

3) Sollte die Angelegenheit, vor allem was den Aspekt der Gewinnung von Erkenntnissen mit besonderen Methoden betrifft, dem Verfassungsschutz übergeben werden?

Was mit der letzten, etwas unbeholfen und euphemistisch formulierten Frage gemeint war, war vollkommen klar. Die besonderen Methoden, die in Frage kommen konnten, bestanden also darin, jemanden zu finden, der den Wünschen der Terroristen entsprach, ihn nach St. Pauli zu schicken und darauf zu hoffen, daß jemand anbiß.

Es war ungewöhnlich, daß die Terroristen diesmal außerhalb ihres Sympathisantenkreises, den sie gut kannten oder zumindest gut beurteilen konnten, einen Rekruten suchten.

Ein unbekannter Schwede war etwas völlig anderes. Das eröffnete ganz andere Möglichkeiten, und das hatten sogar die Drogenfahnder begriffen.

Der Grund für die Übergabe der Angelegenheit an den Verfassungsschutz, die dazu führen würde, daß der Kriminalpolizei eine fette Beute entging, war in sowohl verwaltungstechnischer wie gesetzlicher Hinsicht offenkundig. Die reguläre deutsche Polizei hat weitgehende Freiheiten, wenn es beispielsweise darum geht, das organisierte Verbrechen zu unterwandern oder Scheingeschäfte mit Drogenhändlern abzuschließen, um zu Beweisen zu kommen. Diese Unterwanderungstechnik hat jedoch einen Haken: den Beamtenstatus der Ermittler. Ein Beamter darf sich nicht strafbar machen, jedenfalls nicht außerhalb eines bestimmten Rahmens von Gesetzesübertretungen. Und die Verbrechen, in die ein Beamter verwickelt werden kann, der mit Terroristen in Berührung kommt, sind weit schwerer als alles, was sich beispielsweise ein Drogenfahnder der FD 6 in Hamburg erlauben durfte.

Dem Verfassungsschutz war es auch nicht möglich, sein eigenes Personal in ein solches Abenteuer zu schicken. Ein Funktionsträger beim Verfassungsschutz ist ebenso Beamter mit entsprechender Verantwortung wie ein normaler Polizist. Der Verfassungsschutz hatte jedoch weit größere Möglichkeiten, sich außenstehender V-Männer zu bedienen. In diesem Fall ging es überdies ja noch darum, einen Ausländer zu engagieren. Für die reguläre Polizei wäre das sowohl technisch wie juristisch unmöglich. Der Verfassungsschutz konnte es unter Umständen möglich machen.

Folglich sollte die Sache an den Verfassungsschutz mit der Anfrage gehen, ob dieser interessiert sei, den Fall zu übernehmen. Weshalb es Dietmar Werth angesichts der bevorstehenden Empfehlung an seine Vorgesetzten im BKA nicht ganz wohl war, hatte nicht allzuviel mit Logik zu tun. Denn logisch stand zweifelsfrei fest, daß der Fall beim Verfassungsschutz am besten aufgehoben war. Die Konkurrenzsituation zwischen dem BKA und dem Verfassungsschutz lud jedoch nicht gerade dazu ein, derart interessante Fahndungsaufträge einfach aus der Hand zu geben. Beim BKA betrachtete man die Kollegen vom Verfassungsschutz als Schreibtisch-Polizisten und Bürokraten. Beim Verfassungsschutz hielt man die Kollegen vom BKA bestenfalls für primitive »Bullen« und im schlimmeren und normalerweise leider üblichen Fall für geistig minderbemittelte Paviane.

Dennoch hatte sich Dietmar Werth schon entschieden, als er die beiden einsamen Stockenten im Teich des Kurparks betrachtete, einen Erpel und ein Weibchen. Er wollte das Risiko auf sich nehmen, wollte der Logik vor der Angst, sich bei seinen Vorgesetzten zu blamieren, Vorrang geben. Er würde empfehlen, die Angelegenheit an den Hamburger Verfassungsschutz abzugeben, verbunden mit der Anfrage, ob man dort irgendwelche Möglichkeiten zu speziellen Operationen sehe, besonders im Hinblick auf den von den Terroristen offenbar gewünschten schwedischen Mitkämpfer.

Wahrscheinlich würde der Abteilungspräsident verrückt spielen, wahrscheinlich würde das Ganze dazu führen, daß man sowohl beim Hamburger wie beim Kölner Verfassungsschutz dankend ablehnte, und damit würde die Sache wieder beim BKA in Wiesbaden landen. Dort würde dann Dietmar Werth der Dumme sein und die Sache zum zweiten Mal auf den Schreibtisch bekommen. Das befürchtete er jedenfalls. Trotzdem wurde er das Gefühl nicht los, daß dies *tatsächlich* der richtige Weg war, daß er zu der Besprechung beim Abteilungspräsidenten genau mit diesem Vorschlag gehen *mußte*. Er zog den Mantel enger um sich, da der Nieselregen allmählich dichter wurde, und ging mit schnellen, zielbewußten Schritten den Abhang zur Thaerstraße hinauf.

Er hatte sich mit seinen pessimistischen Vermutungen geirrt. Der Abteilungspräsident lobte ihn für die schwierige, nach Lage der Dinge aber korrekte Beurteilung, die es geraten sein lasse, die Sache an den Verfassungsschutz abzugeben.

Und dieser sollte nun wider alle Vernunft und gegen alle Hoffnung den perfekten Infiltranten finden.

3

Gemessen an seiner Funktion im Sicherheitsapparat der Bundesrepublik hatte Loge Hecht eine seltsame Angewohnheit. Er fuhr jeden Morgen mit der U-Bahn zum Hamburger Hauptbahnhof und ging dann zu Fuß, regelmäßig wie ein Uhrwerk, das kurze Stück zum Johanniswall 4. Seine Kollegen – zumindest die, die etwa den gleichen Dienstrang besaßen wie er – fuhren in einem dunkelblauen Mercedes 190 mit Chauffeur und dunklem, gepanzertem Glas zur Arbeit. Sie taten das zu unregelmäßigen Zeiten und benutzten nur selten den Haupteingang.

Hecht blieb kurz vor dem Portal mit den sechs runden Spiegelglasscheiben stehen und warf einen Blick in den Schnapsladen, wo Slogans wie *Sonderangebot* und *Sensationelles Angebot* verkündeten, daß der *Beaujolais Nouveau* des Jahres schon jetzt ausverkauft werde. Hecht zögerte, ob er zugreifen sollte, solange er das seiner Frau, einer geborenen Französin, gegebene Versprechen noch nicht vergessen hatte.

Loge Hecht war in mehr als nur einer Hinsicht ein konservativer Mann. Er bevorzugte deutsche Weine, zur stillen Verzweiflung seiner Frau sogar deutsche Rotweine. Er war Mitglied der CDU, saß aber trotz des sozialdemokratischen Senats in Hamburg fest im Sattel. Seine fachliche Kompetenz war einfach über alle parteipolitischen Bedenken erhaben; er galt allgemein als einer der fähigsten Männer beim deutschen Verfassungsschutz. Gerade deshalb mochten einige seiner Gewohnheiten exzentrisch erscheinen.

Jetzt verharrte er reglos vor dem Eingang zu seiner Dienststelle, einen Meter von dem diskreten, unauffällig braunen Schild mit den verrußten Goldbuchstaben entfernt, auf dem *Behörde für Inneres* steht. Das erweckt den Eindruck, als handle es sich hier um irgendeine Unterabteilung der Innenbehörde. (Das Telefonbuch gibt jedoch darüber Auskunft, daß der Hamburger Verfassungsschutz unter dieser Adresse zu erreichen ist.)

Daß er mit seiner schlichten, korrekten Kleidung, seinem untersetzten Körper und dem runden Kopf mit dem naßgekämmten Scheitel eher wie ein durchschnittlicher deutscher Wursthändler als wie ein Verfassungsschutz-Chef aussah, hatte keine Bedeutung und sollte auch keine Entschuldigung sein. Sein Bild war schon etliche Male in den Zeitungen erschienen, und er war sogar im Fernsehen aufgetreten. Er war ohne weiteres zu identifizieren. Jetzt stand er wie eine Zielscheibe vor dem Portal und überlegte, ob er die versprochene Menge französischen Wein, der seiner Ansicht nach nur etwas für Frauen war und nach Saft schmeckte, kaufen sollte oder nicht.

Er zuckte die Achseln, nickte einer der geschickt verborgenen Überwachungskameras oben im Eingangsgewölbe zu und ging entschlossen, also ohne den *Beaujolais Nouveau* zu kaufen, an dem Wachtposten in seinem Glaskäfig vorbei und betrat einen der weißen Paternoster. Als Kind hatte er es geliebt, in solchen Fahrstühlen über das rote Warnschild hinauszufahren, in der Dunkelheit über den Scheitelpunkt hinweg und dann hinunter in den Keller und wieder hinauf ins Licht.

Loge Hechts Selbstbewußtsein war nicht allzu knapp bemessen. Er war sich durchaus klar darüber, daß man ihn für einen der fähigsten Terroristenjäger der Bundesrepublik hielt. Andere Sicherheitsleute, die konventioneller dachten als er, neigten dazu, sich für erstrangige potentielle Terroristenopfer zu halten. Diese Kollegen würden nie mit der U-Bahn zur Arbeit fahren, niemals wie eine Zielscheibe mehrere Sekunden vor dem Eingang stillstehen, nie zu Fuß gehen, nie einem regelmäßigen Tagesschema folgen.

Aber *Der Hecht,* wie er auch im Ausland genannt wurde, hatte eine wohlbegründete Auffassung davon, was ihn auf einer hypothetischen Entführungs- oder Mordliste von Terroristen so weit unten placierte, daß er wohl kaum unter den 200 interessantesten Opfern landen würde. Für ihn war das Ganze einfach und logisch. Für die Terroristen war die NATO der »Hauptfeind«. Sie hatten begonnen, in militärischen Begriffen zu denken, wollten den »Hauptfeind« treffen, so oft sie konnten, und das machte mehr als 2000 denkbare menschliche Ziele und militärische Einrichtungen der NATO weit interessanter als einen anderen Bürger der Bundesrepublik, selbst wenn er beim Verfassungsschutz arbeitete.

Loge Hecht war vermutlich von den Bürgern der Bundesrepublik derjenige, der die reichhaltige Flora von Sympathisantenliteratur und Denkschriften des harten Kerns am ausgiebigsten und aufmerksamsten gelesen hatte; sicher auch genauer und vollständiger als jeder Terrorist. Aus dieser Lektüre hatte er eine sehr einfache Erfahrung gewonnen: Die Terroristen nahmen ernst, was sie schrieben. In der politischen Linken wurde mindestens genausoviel gelogen wie in der Politik überhaupt, aber davon durfte man bei Terroristen nicht ausgehen. Diese mußten sich immer erklären, vielleicht nicht mehr »den Massen«, wohl aber ihrem engeren Kreis von Sympathisanten. Daher meinten sie auch, was sie schrieben. Aus diesem Grund waren ihre Kommuniqués Loge Hechts wichtigste Erkenntnisquelle. Er war sich seiner Sache sicher und kannte den Feind.

Als er sein Büro im dritten Stock betrat, hatte sein engster Mitarbeiter, der auf die Minute genau wußte, wann Hecht erscheinen würde, gerade den Kaffee serviert. Siegfried Maack war Anfang dreißig, sah aber wegen seiner zunehmenden Kahlköpfigkeit und seiner randlosen Brille etwas älter aus.

Die beiden Männer nickten einander kurz zu und machten sich sofort an die gewohnte morgendliche Routine. Die gestrige Eilanfrage des BKA in Wiesbaden war das wichtigste Gesprächsthema. Das BKA hatte vorgeschlagen, der Verfassungsschutz solle einige Fahndungshinweise übernehmen, um daraus »eine Operation mit besonderen Methoden« zu entwickeln, wie die etwas verkorkste Umschreibung des BKA lautete. Das BKA verlangte jedoch einen raschen Bescheid des Verfassungsschutzes, da es »für den Fall einer dortigen negativen Entscheidung« (also für den Fall, daß Hecht ablehnen sollte) ohne weitere Verzögerung selbst eine konventionelle Fahndung aufziehen müsse. Das BKA wollte sich in diesem Fall darauf beschränken, möglichst bald einen oder am liebsten beide der identifizierten Terroristen zu ergreifen oder unschädlich zu machen. Natürlich lag dem BKA an einer schnellen Entscheidung, da der Verfassungsschutz selbst keine Festnahme vornehmen durfte.

Denn der westdeutsche Verfassungsschutz hat als wohl einziger Sicherheitsdienst der Welt nicht das Recht, Bürger festzunehmen. Sobald eine Festnahme oder eine Haussuchung angezeigt ist, weil Fahndungsergebnisse oder anderes Beweismaterial das erforderlich machen, muß er die normale uniformierte Polizei um Amtshilfe bitten.

Die Erklärung für diese deutsche Besonderheit ist einfacher, als man vielleicht glauben könnte. Vor weniger als einer Generation gab es hier einen Sicherheitsdienst, der noch heute eine der bekanntesten und verhaßtesten Abkürzungen der Welt verkörpert: *Gestapo*.

Bei der Gründung des Sicherheitsdienstes des neuen demokratischen Staates Bundesrepublik Deutschland wurde es daher zu einer selbstverständlichen Forderung, daß es den Sicherheitsorganen nie möglich sein dürfe, nachts in die Wohnung eines Bürgers einzudringen oder ihn auch nur abzuführen. Nie mehr durfte es dazu kommen, daß Männer des

Sicherheitsdienstes nachts irgendwo die Treppe hinaufstiefelten und vor einer Tür standen.

Kollegen aus aller Welt waren immer wieder über diese anscheinend blödsinnig unpraktische Regelung erstaunt. Es fiel ihnen jedoch, meist ein wenig verlegen, leicht, die einfache historische Erklärung zu akzeptieren. Nur äußerst selten erlaubte sich ein ausländischer Kollege einmal den ironischen Hinweis darauf, daß der Sicherheitsdienst des zweiten deutschen Staates, der DDR, sich durch solche historischen Bedenken keineswegs gehemmt fühle.

Loge Hecht liebte es, im Gespräch mit ausländischen Kollegen gerade auf dieses Thema zu kommen. Da er in der EG-Kommission zur Bekämpfung des Terrorismus die Bundesrepublik vertrat, hatte er recht oft Gelegenheit dazu. Das System hatte seiner Ansicht nach einige entscheidende Vorteile.

Wenn man nämlich einen Verdächtigen nicht festnehmen darf, ist man dazu auch nicht verpflichtet. Ein normaler Polizeibeamter hat, um es brutal auszudrücken, die Pflicht, gegen jede Gesetzesübertretung vorzugehen, die er beobachtet oder die zu seiner Kenntnis gelangt. Dies ist möglicherweise der Grundsatz, den die Polizei in aller Welt am häufigsten verletzen muß.

Wenn man aber von der Verpflichtung entbunden ist, dem sogenannten Legalitätsprinzip zu folgen, erweitert das auch die Möglichkeiten, verbrecherische Zusammenschlüsse zu beobachten oder gar zu unterwandern, ohne daß man sich dabei ständig um die Grenzen der dienstlichen Rechte und Pflichten sorgen muß.

Loge Hecht empfand trotzdem einen starken Widerwillen gegen den vagen Vorschlag des BKA, die schwedische Kontaktmöglichkeit für eine *Under-Cover-Operation* zu nutzen. Auch für das Problem der Unterwanderung hatte Hecht wie für die meisten anderen Problemstellungen seines Dienstes eine fundierte Theorie parat, und in diesem Fall mußte seine

Theorie das ihm nahegelegte Vorgehen in der Praxis verbieten.

Der Infiltrant mußte erstens ein Außenstehender sein. Ein Beamter des Verfassungsschutzes wäre zwar nicht verpflichtet, gegen irgendwelche verbrecherischen Aktivitäten einzuschreiten, aber als Beamter durfte er sich auch nicht an kriminellen Handlungen beteiligen. Es mußte irgendwo eine angemessene Grenze für das geben, was Hecht eher scherzhaft *Verbrechen im Dienst* nannte. Unter Terroristen lief man jedoch Gefahr, diese Grenze schon nach fünf Minuten zu überschreiten.

Möglicherweise würde es gelingen, Methoden zu finden, mit denen sich diese juristische Sackgasse auf halbwegs legalem Weg umgehen ließ. Aber danach würden sich gleichwohl praktische Hindernisse auftürmen, die fast unüberwindlich waren. So durfte der Infiltrant weder verheiratet sein noch Familie haben, und er mußte über eine echte »Legende« verfügen, durfte also keine erfundene Geschichte aus einer erfundenen Vergangenheit auftischen.

Und in diesem Fall sollte er überdies ein Schwede sein, dazu ein Schwede mit besonderer militärischer Kompetenz und eine Person, die von der Bundesrepublik irgendwie auf dem Dienstweg rekrutiert werden konnte – Freiwilligkeit war in diesem Zusammenhang ja kaum denkbar. Es konnte sich also nur um einen Schweden handeln, der beim Sicherheits- oder Nachrichtendienst arbeitete.

Als Hecht am gestrigen Nachmittag mit Siegfried Maack die Situation erstmals besprochen hatte, hatte er das ganze Projekt mit einem verächtlichen Schnauben abgetan.

»Zusammengefaßt«, hatte er seine Überlegungen beendet, »suchen wir also folgendes: einen schwedischen Sicherheitsbeamten im Alter zwischen 25 und 30 Jahren, der in irgendeiner Form eine revolutionäre Vergangenheit hat. Schon daran dürfte die Sache aus naheliegenden Gründen scheitern. Selbst in Schweden dürften Linke beim Sicherheitsdienst ziemlich ungewöhnlich sein. Außerdem soll er noch militärische Sonderkenntnisse haben. So etwas gibt es auf dieser Welt nicht.«

Aber Auftrag ist Auftrag und muß erledigt werden. Die schnellste Methode, bis zum Ende dieser Sackgasse vorzudringen, bestand selbstverständlich darin, über die Verfassungsschutzzentrale in Köln anzufragen, ob dort oder mit Hilfe des Bundesnachrichtendienstes in Pullach jemand aufzutreiben sei, der dem Wunschbild auch nur nahekam. Nach dem selbstverständlich negativen Bescheid würde die Angelegenheit für Loge Hecht beendet sein und an das BKA in Wiesbaden zurückgehen.

Hecht arbeitete seit drei Jahren mit Siegfried Maack zusammen, und so hätte er eigentlich schon beim Betreten des Zimmers bemerken müssen, daß sich in dem heutigen Papierstapel etwas Besonderes befand. Er hätte es ihm anmerken müssen, noch vor dem Augenblick, in dem Maack, nachdem er wie gewöhnlich abgewartet hatte, bis sein Chef einen Schluck Kaffee getrunken hatte, ihm wortlos das Fernschreiben des BND über den Tisch schob. Hecht las mit wachsender Verblüffung:

> *Antwort auf Anfrage, Telex Abteilung III VS/Hamburg/Hecht über VS/Z-Köln, 23. November. Nach der gegebenen Beschreibung kommt folgendes Objekt in Frage: Carl G. Hamilton, Marineleutnant, Alter 30. Beamter mit besonderen Aufgaben beim Sicherheitsdienst RPS/Säk/Stockholm. Registriert wegen verfassungsfeindlicher (marxistisch-leninistischer) Verbindungen, Zugehörigkeit zur Studentenvereinigung Clarté sowie zu propalästinensischen Gruppen etc. Sonderausbildung als Marinetaucher sowie unbekannte weitere Ausbildung, vermutlich außerhalb Schwedens. Im vergangenen Jahr Einzeleinsatz gegen vier israelische Operateure (vgl.*

Archiv, Israel, unter dem Codewort »Stockholmer Fiasko«). Alle vier Israelis wurden bei der Konfrontation getötet. Bewaffnet; vermutlich umfangreiche waffentechnische Kenntnisse. Warnung: größte Vorsicht bei evtl. Konfrontation. Codename: Coq Rouge. Kein Foto. Ende der Mitteilung.

»Es fällt mir schwer, das zu glauben«, flüsterte Loge Hecht, nachdem er das lakonische Fernschreiben des BND langsam durchgelesen hatte. »Solche Tiere gibt's doch nicht. Nicht mal bei Hagenbeck würden sie ihren Augen trauen.«

»Da hast du deine echte Legende, um mal damit anzufangen«, sagte Maack mit einem feinen Lächeln. Soweit er sich erinnern konnte, sah er seinen Chef zum ersten Mal verblüfft. »Was soll denn das übrigens heißen, *marxistisch-leninistisch?«* fuhr Maack sanft fort, um sich seinem Chef, der offensichtlich aus dem Gleichgewicht war, nicht allzu taktlos aufzudrängen.

Loge Hecht hatte sein Gleichgewicht aber schon selbst wiedergefunden und antwortete in seinem gewohnten, zusammenfassenden Stakkato-Tonfall.

»Studentische Linke, wütende Gegner des individuellen Terrors, wie es in ihrer Sprache heißt. Er ist theoretisch bestens gedrillt, beherrscht vermutlich die gesamte antiimperialistische Terminologie, also auch in dieser Hinsicht perfekte Voraussetzungen. Besser hätte es gar nicht kommen können.«

»Und in militärischer und technischer Hinsicht? Welches *Stockholmer Fiasko* der Israelis meinen sie, sollte es tatsächlich ein einziger Mann gewesen sein, der?« fragte Maack weiter, obwohl er die unangenehme Fortsetzung der Frage gleichsam aus Pietät in der Schwebe ließ. Jetzt war er sich seiner Sache noch sicherer als am Morgen, als er das Fernschreiben zum ersten Mal gesehen hatte. Hier ergaben sich offenbar erstaunliche Perspektiven.

»Das *Stockholmer Fiasko* mußt du doch kennen. Die Israelis hatten sich in den Kopf gesetzt, das Personal des Stockholmer PLO-Büros auszuschalten, warum, habe ich vergessen, jedenfalls ging die Sache furchtbar daneben. Soviel ich damals hörte – obwohl ich es für reinen Klatsch hielt–, war es ein einziger Mann des schwedischen Sicherheitsdienstes, der alle vier Israelis erledigte. Und hier haben wir ihn wieder. Wir haben es also mit einem qualifizierten Mörder zu tun, der dazu noch eine kommunistische Vergangenheit hat. Netter Bursche, was?«

»Bei dieser Vergangenheit besteht doch aber die Gefahr, daß er sympathisiert?«

»Nein, bei dieser Vergangenheit ist es so gut wie ausgeschlossen; wenn er einen derartigen marxistisch-leninistischen Hintergrund hat, ist er erheblich mehr gegen die Terroristen eingestellt als unsere grünen Umweltfreunde. Außerdem ist er Beamter.«

»Und wie wird er es bei uns?«

Loge Hecht stand auf und ging in dem länglichen Dienstzimmer auf und ab. Diese Frage ließ sich kaum leicht und schnell beantworten. Er blieb am Bücherregal neben der Tür stehen und zog nachdenklich eines seiner Lieblingsbücher heraus, die Memoiren des einzigen Spions, den er wirklich bewunderte, die Erinnerungen von Leopold Trepper, des Mannes, der während des Zweiten Weltkriegs Moskaus Spionageorganisation *Rote Kapelle* leitete. Hecht wog das Buch kurz in der Hand, dann stellte er es wieder ins Regal und kehrte zu seinem Schreibtisch mit dem brisanten Fernschreiben zurück.

»Laß uns zunächst eines klären«, begann er. »Wenn das stimmt, was hier steht, und im Augenblick gibt es keinen Grund, daran zu zweifeln, haben wir hier einen Mann mit geradezu perfekten operativen Voraussetzungen. Das ist eine goldene Gelegenheit, unbestreitbar. Der nächste Schritt muß jetzt so aussehen: Klärung der Frage, ob ein Mann des schwedischen Sicherheitsdienstes nach den Gesetzen der Bundesrepublik als Beamter oder ganz allgemein als Ausländer, also als Privatperson, anzusehen ist. Du siehst ein, warum?«

»Ja, natürlich. Wenn er rechtlich als Beamter anzusehen ist, platzt das Ganze, nicht wahr?«

»Richtig. Das solltest du mit der Rechtsabteilung in Köln klären. Wenn die grünes Licht geben, können wir den nächsten Schritt vorbereiten. Diese Rechtsfrage sollte aber als erstes geklärt werden.«

4

Sektionschef Henrik P. Näslund war beim Besuch der deutschen Kollegen vom ersten Augenblick an leicht unbehaglich zumute. Jetzt saß er da und hörte mit einem halben Ohr zu, während einer von ihnen mit deutscher Umständlichkeit bestimmte neue »objektive Voraussetzungen« in der Strategie der Bundesrepublik gegen die sogenannte vierte Terroristengeneration darlegte. Der Vortrag wäre ihm auch in schwedischer Sprache unerträglich langsam vorgekommen, aber jetzt trat durch die Übersetzung des Dolmetschers noch eine weitere Verzögerung ein. Die Deutschen sprachen kein Englisch, die Schweden kein Deutsch.

Näslund unterdrückte ein Gähnen und zog sich nachdenklich einen Kamm durchs Haar, ohne zu bemerken, daß seine Gäste erstarrten. Es war ein Montagmorgen um halb neun, draußen war es dunkel, und seine Sekretärin hatte in einem eigenhändig gebastelten Kerzenhalter mit kleinen Trollen und grauem Moos eine Stearinkerze angezündet. Sie hatte Kaffee mit vermutlich selbstgebackenen Safran-Krapfen serviert, da gerade erster Advent gewesen war. Näslund haßte dieses Vorverlegen der Vorweihnachtszeit von Jahr zu Jahr – Safran-Krapfen etwa sollte man nicht vor dem Lucia-Fest am 10. Dezember essen –, kam aber zu dem Schluß, daß ihm jetzt gerade die frühe Tageszeit am unappetitlichsten erschien.

Hinzu kam das Unbehagen, daß er sich nicht hatte darüber klar werden können, wo und wie die an und für sich wichtigen deutschen Kollegen placiert werden sollten. Wäre er selbst an seinem Schreibtisch sitzen geblieben, wären seine Besucher zu Untergebenen geworden, die mit übereinandergeschlagenen Beinen vor ihm gesessen hätten. Das wäre kein guter Einfall gewesen. Aber jetzt saßen sie alle fünf (er selbst, der Leiter der Terroristen-Abteilung des schwedischen Sicherheitsdienstes, der stellvertretende Polizeipräsident Christian Kallén, ein vereidigter Dolmetscher sowie die beiden hochrangigen deutschen Kollegen) an einem zu kleinen und zu niedrigen schwedischen Amtszimmertisch, der außer für einen Chef für höchstens zwei Besucher gedacht war, und folglich saßen alle beengt. In einem Konferenzzimmer des Sicherheitsdienstes hätten sie wiederum zu weit auseinander gesessen, was auch nicht gut gewesen wäre. Es war ein lächerliches, ihn aber gleichwohl irritierendes Problem.

Außerdem spürte Näslund, daß es ihm zunehmend schwerer fiel, seine Ungeduld zu zügeln. Die Deutschen hatten mit höchster Priorität um ein möglichst rasches Zusammentreffen und zudem um Amtshilfe gebeten. Jedenfalls hatte man ihr kurzgefaßtes Fernschreiben so ausgelegt.

Und statt gleich zur Sache zu kommen, begannen sie mit sogenannten Hintergrundinformationen, die in ein paar einfachen Worten hätten zusammengefaßt werden können.

In letzter Zeit gibt es nicht mehr allzu viele Terroristen, aber sie machen uns trotzdem zu schaffen, und es ist schwieriger geworden, sie zu fassen. Wenn es uns aber gelingt, die Übriggebliebenen zu fassen, haben wir die Möglichkeit, das Terroristenproblem endgültig zu lösen.

Das war in dürren Worten der Inhalt des Vortrags der ersten dreißig Minuten. Von der Mühe der Deutschen, zur Sache zu kommen, einmal abgesehen, hätte die Situation Näslund angenehm sein müssen. Normalerweise war die schwedisch-deutsche Zusammenarbeit eine Einbahnstraße wie die Kooperation Schwedens mit seinen sonstigen Verbündeten überhaupt: Die andere Seite leistete die Dienste, die Schweden gerieten in eine Dankesschuld.

Da haben wir's, dachte Näslund. Das ist ja gerade das Unangenehme. Denn wenn sie jetzt ihre Schuld eintreiben wollen, brauchen sie mit ihren Forderungen nicht sonderlich zurückhaltend zu sein, und bis jetzt haben die Kerle nicht mal angedeutet, worum es geht.

Jetzt war der kleinere und rundere Deutsche an der Reihe, der wie ein kleiner Wursthändler aussah und bisher nicht viel gesagt hatte.

»Ich möchte gern mit der rein operativen Voraussetzung beginnen. Danach komme ich auf die rechtliche Problematik zu sprechen«, leitete Loge Hecht kurz seine Darlegungen ein und wühlte in seinen Papieren, während er die Übersetzung des Dolmetschers abwartete.

Teufel auch, jetzt geht es noch einmal von vorn los, dachte Näslund. Loge Hechts Darstellung unterschied sich jedoch deutlich von der seines Vorgesetzten aus Köln. Hecht brauchte nur eine Minute, um das Interesse der beiden schwedischen Kollegen zu wecken.

Also. Der Verfassungsschutz habe mit relativ großer Sicherheit feststellen können, daß der harte Kern der *Rote Armee Fraktion* sein Hauptquartier von Südwestdeutschland nach Hamburg verlegt habe. Man habe zwei Mitglieder der Gruppe bei einem Telefongespräch identifiziert, und hier seien die Unterlagen (Hecht referierte das mitgeschnittene Telefonat und schob die Abschrift über den Tisch).

Damit eröffneten sich zwei Arten des Vorgehens. Die eine sei natürlich, das hätten die geschätzten schwedischen Kollegen sicher schon selbst gesehen, durch verstärkte Fahndungstätigkeit in St. Pauli und Hamburg das Versteck der Gruppenmitglieder zu lokalisieren, das wahrscheinlich aus einer oder mehreren konspirativen Wohnungen bestand.

Da das mitgeschnittene Telefonat eine größere Operation der Terroristen in Schweden vermuten lasse, vielleicht auch ein Unternehmen in Zusammenarbeit mit schwedischen Terroristen, begründe schon das den Wunsch nach Zusammenarbeit mit den schwedischen Kollegen. Es dürfte im Interesse beider Parteien liegen, jede Terroraktion deutschen Ursprungs auf schwedischem Territorium zu verhindern. Vor allem deshalb, weil man es mit einer Gruppe zu tun habe, von der ein rücksichtsloses Vorgehen zu erwarten sei, wenn es nicht gelinge, rechtzeitig zu intervenieren.

Die wichtigste Voraussetzung dafür sei, daß die Terroristen jetzt einen schwedischen Mitarbeiter suchten, den sie soeben ausführlich beschrieben hätten.

Es liege in der Natur der Sache, daß solche seltenen Tiere der Polizei in der Bundesrepublik nicht zur Verfügung stünden.

»Voraussetzung für eine derartige Operation ist folglich«, fuhr Loge Hecht mit Nachdruck fort, »daß wir in Ihrer Organisation oder durch sie den Mann finden können, den wir für dieses Unternehmen brauchen.«

Darauf griff er nach einem neuen Papierstoß, während er auf die Übersetzung des Dolmetschers und die Wirkung seiner Worte wartete.

»Bevor ich aber zu unserem theoretischen operativen Modell komme, möchte ich Ihnen gern einige Aspekte der rein juristischen Problematik darlegen«, fuhr Hecht in den etwas gestelzten Worten des Dolmetschers fort.

Ein schwedischer Staatsbürger, ein Angestellter des schwedischen Sicherheitsdienstes ebenso wie ein gewöhnlicher Tourist, könne in dieser Situation mit viel größerer Handlungsfreiheit vorgehen als ein deutscher Beamter. Es gebe nämlich keinerlei juristische Möglichkeit, die Dienstpflichten und den Amtseid eines deutschen Beamten zu umgehen, sofern man davon ausgehe, daß der Betreffende in eine verbrecherische Aktivität hineingezogen werde, wie sie im Zusammenhang mit terroristischen Aktionen unzweifelhaft zu erwarten sei.

Es komme folglich darauf an, daß ein schwedischer Staatsbürger in einer möglichen Operation seinen Einsatz nicht wegen des Legalitätsprinzips würde abbrechen müssen, obwohl er mit den beteiligten deutschen Stellen natürlich sehr eng zusammenarbeiten sollte.

Hecht bemerkte, daß die zwei Schweden, die sehr gespannt zugehört hatten, neugieriger wirkten als erwartet, und so entschloß er sich zu einer kurzen Erläuterung.

Er wolle folglich sagen: Der Verfassungsschutz sei nicht verpflichtet, der Arbeit eines solchen Partners Einhalt zu gebieten, völlig unabhängig davon, was dieser unternehmen werde. Die Gesetzgebung der Bundesrepublik sei in dieser Hinsicht ziemlich eindeutig.

Das sei die eine Seite der Angelegenheit. Die andere bestehe in der denkbaren Komplikation, daß die deutsche Polizei vielleicht aus irgendwelchen Gründen gegen eventuelle Verbrechen des Operateurs vorgehen müsse. Aber auch da gebe es eine juristisch vertretbare Lösung: Sollte die Polizei gegen den Schweden vorgehen, gebe es an und für sich keine Möglichkeit, ein Strafverfahren von vornherein niederzuschlagen. Nach deutschem Recht müßten alle auf deutschem Boden begangenen Straftaten vor Gericht untersucht werden. Aber – und dies sei der entscheidende Punkt – ein solches Gerichtsverfahren werde mit Rücksicht auf die Sicherheitsinteressen des Staates wie auf das gute Verhältnis zu einer fremden Macht unter Ausschluß der Öffentlichkeit stattfinden. Und vor Gericht würde man den Vertrag zwischen Verfassungsschutz und dem schwedischen Operateur mühelos erläutern können, wofür der Verfassungsschutz jederzeit zur Verfügung stehe. Unter diesen Umständen werde das Gericht ohne weitere Verzögerung die Niederschlagung des Verfahrens beschließen.

Um noch einmal zusammenzufassen: Die Zusammenarbeit mit einem schwedischen Staatsbürger sei wünschenswert. Für eine solche Lösung gebe es sowohl juristische wie operative

Gründe. Sollte der Unterwanderungsversuch mißlingen, was realistischerweise zu erwarten sei, wäre die Angelegenheit damit erledigt. Sollte die Operation aber gelingen, würde sie wahrscheinlich zu beiderseits höchst begrüßenswerten Ergebnissen führen. Die von der RAF geplante Aktion in Schweden, worum es sich dabei auch handeln möge, würde dadurch natürlich gestoppt werden. Überdies werde man endgültig die letzten funktionstauglichen Überreste der vierten Generation des harten Kerns der RAF dingfest machen, möglicherweise auch die Verbindungen zu ähnlichen Organisationen in Frankreich und Belgien offenlegen können.

Es stehe also eine Menge auf dem Spiel, und es müsse jetzt schnell gehandelt werden. Es sei eine außerordentlich günstige Gelegenheit für die schwedischen Stellen, sich für einige der früher von den Deutschen geleisteten Dienste zu revanchieren.

Der letzte Satz schien eher eine Drohung als ein einfacher Hinweis zu sein, was Hecht auch beabsichtigt hatte. Danach schwieg er, um die Reaktion seiner schwedischen Gesprächspartner abzuwarten.

Jetzt war offenkundig Näslund an der Reihe, etwas zu sagen. Er widerstand dem Impuls, sich mit dem Kamm durchs Haar zu fahren, da alle Anwesenden ihn gespannt beobachteten.

»Sie wünschen also, daß wir einen Beamten des schwedischen Sicherheitsdienstes mit entsprechender Ausbildung und Erfahrung für eine *Under-Cover-Operation* in Hamburg zur Verfügung stellen? Und Sie meinen auch, für eventuelle Komplikationen auf deutschem Boden die volle juristische Verantwortung übernehmen zu können?« fragte Näslund, mehr um Zeit zu gewinnen.

Von Zeitgewinn konnte jedoch keine Rede sein.

»Jawohl, völlig richtig«, erwiderte der ältere der beiden Deutschen mit Nachdruck und einem langsamen Kopfnicken, während er mit einer Handbewegung den Dolmetscher unterbrach, der gerade begann, eine überflüssige Übersetzung nachzuliefern.

Zu Näslunds Karriere-Hintergrund gehörte zwar, daß er einmal im nördlichen Norrland als Staatsanwalt gearbeitet hatte; obwohl er ein Mann des Sicherheitsdienstes war, fiel es ihm folglich leicht, sich in juristische Probleme hineinzudenken, das heißt in die Technik der Umgehung solcher Probleme. Hinsichtlich des schwedischen Rechts aber sowie der Frage, ob das schwedische Recht für einen schwedischen Beamten unter westdeutscher Jurisdiktion und unter offiziellem westdeutschem Befehl überhaupt gelten konnte, war er mit seinen gedanklichen Mühen noch längst nicht fertig. Er versuchte erneut, Zeit zu gewinnen.

»Das scheint mir ein äußerst interessanter Ansatz zu sein«, begann er behutsam und legte dann einen völlig überflüssigen Satz nach, bevor ihm aufging, was er eigentlich hätte einwenden müssen: »Und es ist ja ganz offenkundig, daß es bei dieser Operation auch um genuine schwedische Interessen gehen könnte. Sie werden sicher verstehen, daß auch wir gewisse Schwierigkeiten haben, einen solchen weißen Raben zu finden, sonst würde ich keinen Augenblick zögern und mein Bestes tun, um Ihrem Verlangen zu entsprechen.«

Dieser letzte Satz war ein entscheidender Verhandlungsfehler. Wenn man sich auf praktische Schwierigkeiten beruft, müssen sie stichhaltig sein, sonst sitzt man in der Falle und hat eine Zusage gemacht. Und so wie sich Näslund später an die Besprechung erinnerte, glaubte er, im Gesicht des ranghöheren Deutschen gerade in diesem Moment ein schmales, hastiges Lächeln zu bemerken, das sofort wieder verschwand, etwa wie bei einem Filmvampir, der schnell die Eckzähne einzieht. Die Entscheidung folgte in Form eines Fernschreibens, das der Deutsche langsam über die gemaserte Tischplatte aus Birkenholz zu Näslund hinüberschob.

»Dies sind Angaben, die wir von unserem Nachrichtendienst erhalten haben. Wenn nur die Hälfte von dem stimmt, was hier über diesen Coq Rouge gesagt wird, sieht es so aus, als hätten wir unseren Mann gefunden, nicht wahr, Herr Näslund?«

Er brauchte nur einen kurzen Blick auf das Papier zu werfen, um einzusehen, daß die Deutschen recht hatten. Carl Gustaf Gilbert Hamilton war in Näslunds Augen zwar ein außerordentlich unsympathischer und unzuverlässiger Zeitgenosse, aber es ließ sich kaum leugnen, daß eben dieser Hamilton die Erwartungen der Deutschen in jeder Hinsicht erfüllte.

»Ja, das stimmt«, sagte Näslund resigniert, »dieser Mann besitzt einzigartige Qualifikationen, das muß ich zugeben. Gleichzeitig tauchen hier ein paar bürokratische Probleme auf, die sich wohl nur schwer werden lösen lassen.«

»Und die wären?« fragte der ranghöhere Deutsche kalt.

»Nun ja ... diese Person befindet sich im Augenblick in einer bestimmten militärischen Ausbildung und ist von uns beurlaubt. Das heißt, wir müssen uns der Mitarbeit der Streitkräfte versichern.«

Näslund spürte, daß er plötzlich anfing, in Rätseln zu sprechen. Er hielt inne, um dem Dolmetscher zuzuhören, der seinen Einwand etwas präziser auszudrücken schien. Die beiden Deutschen schienen sein Argument aber dennoch als so gut wie bedeutungslos anzusehen. Wenn sowohl nationale Interessen als auch bewährte Formen der Zusammenarbeit zweier befreundeter Staaten berührt seien, könnten die schwedischen Streitkräfte wohl kaum Einwände erheben?

Nein, das mußte Näslund widerwillig eingestehen. Nein, die Streitkräfte würden wohl keine Einwände erheben. Fünf Minuten später hatte Näslund endgültig versprochen, sich nach Kräften dafür einzusetzen, daß der schwedische Geheimdienstmann in die Bundesrepublik kam, um persönlich zu dem Vorschlag Stellung zu nehmen. Weitere zehn Minuten später hielt er einen Umschlag mit den notwendigen Anweisungen für das erste Zusammentreffen in Bonn – wer, wann, wo – in der Hand, den er Hamilton persönlich übergeben sollte.

Die beiden Deutschen verabschiedeten sich, sichtlich zufrieden. Damit war Henrik P. Näslund allein mit dem Chef der Terrorismus-Abteilung. Er fuhr sich mit dem Kamm ein paarmal energisch über die Schläfen.

»Dieser Hamilton, von dem sie sprachen, ist das dieser bewußte ...?« wollte Christian Kallén wissen, der die Telex-Kopie der Deutschen noch nicht gesehen hatte. Kallén war der Nachfolger von Axel Folkesson, der etwa vor einem Jahr ermordet worden war.

»Allerdings«, seufzte Näslund, »natürlich ist er das, wer denn sonst.«

»Wenn ich aber richtig informiert bin, hat er vier israelische Operateure ganz allein getötet, ich meine, dieses ganze Gewäsch von unserer neuen Sondereinheit und all der andere Scheiß, der in den Zeitungen stand, das war doch wohl nichts weiter als ein Nebelvorhang. Er hat es doch allein getan, oder?«

Christian Kalléns Unsicherheit rührte davon her, daß die ganze Angelegenheit mit dem grünen Stempel *Streng geheim* versehen worden war. Das hatte natürlich zu zahlreichen Gerüchten geführt, aber Gerüchte sind nun mal Gerüchte, und jetzt bekam Kallén plötzlich die Chance, Genaueres zu erfahren.

»Schon richtig«, seufzte Näslund erneut, »und wenn wir ihn damals nicht gestoppt hätten, fürchte ich, wäre alles nur noch schlimmer geworden. Ein verteufelt unangenehmer Typ, dieser Hamilton.«

»Das hört sich aber nicht so an, als würdest du seine Qualifikation anzweifeln?«

Näslund betrachtete seinen Untergebenen. Er war sich nicht sicher, ob er da eine ironische Untertreibung herausgehört hatte. Der neue Chef der Terrorismus-Abteilung hielt ihm jedoch ein vollkommen ausdrucksloses, fragendes Gesicht entgegen.

»Nein, ganz und gar nicht«, erwiderte Näslund, trat ans Fenster und blickte auf den düsteren Dezembermorgen hinaus. Draußen fiel schwerer, dicker Schnee.

Näslund zufolge war Hamilton nichts weiter als eine elende Erfindung der Militärs, ein beim schwedischen Sicherheitsdienst total überflüssiges Phänomen. Und der militärische Nachrichtendienst, auf dessen Rechnung Hamilton erschaffen worden war – oder wie immer man es nennen sollte –, wollte ihn ja offensichtlich auch nicht haben, aus welchem Grund auch immer, möglicherweise sogar wegen seiner politischen Vergangenheit. Waren die beim Verteidigungsstab wirklich so dämlich?

»Wenn er aber die Qualifikation besitzt«, fuhr Kallén fort, »brauchen wir ihn den Deutschen doch nur als Weihnachtsgeschenk zu geben. Denn es läßt sich doch wirklich nicht leugnen, daß diesmal sie es sind, die uns um etwas bitten.«

Die Bemerkung stand einen Moment im Raum. Kallén konnte das Unbehagen seines Chefs nicht verstehen. Kalléns Vorgänger war ermordet worden. Und offensichtlich war es dieser Hamilton gewesen, der die Mörder mehr oder weniger auf eigene Faust aufgespürt und sie danach bei einer bewaffneten Konfrontation getötet hatte.

»Es ist einfach nur so, daß ich den Kerl nicht mag«, knurrte Näslund, der noch immer am Fenster stand und in den Schneeregen hinausblickte. »Er ist eine Mordmaschine. Irgendwo in den USA ausgebildet, ich kenne nicht mal die Details. Das war so ein verfluchter Einfall des Alten.«

»Des Alten, welcher Alte?«

»Das ist der Mann, der früher die operative Seite des militärischen Nachrichtendienstes unter sich hatte. Er hatte vor, auf der militärischen Seite so etwas wie eine neue Garde von

Agenten aufzubauen. Irgend etwas ging schief, warum weiß ich nicht, und dann hatten wir Hamilton plötzlich am Hals.«

»Offengestanden, ich verstehe nicht, was du meinst.«

Kallén zögerte, bevor er fortfuhr. Näslund war nicht gerade als toleranter Chef bekannt, der Einwendungen zu schätzen wußte. Kallén hatte sich aber von seiner Neugier überrumpeln lassen, und wer A sagt, muß auch B sagen. Er holte tief Luft, bevor er wieder ansetzte:

»Ich meine ... wenn Hamilton nicht eingegriffen hätte ... hätten wir dann überhaupt diese Israelis erwischt, die Folkesson erschossen haben?«

»Nein«, erwiderte Näslund ruhig, während er sich umdrehte und Kallén offen in die Augen blickte, »das hätten wir nicht geschafft, und wenn es uns wider Erwarten gelungen wäre, hätte das bei uns vermutlich zu weiteren Verlusten geführt. Das ist jedoch nicht das Problem. Es ist einfach nur so, daß solche Figuren bei den Militärs vielleicht ganz in Ordnung sind, aber nicht bei uns, denn hier machen sie nur Ärger. Ich will damit sagen, daß es nicht so ganz leicht sein wird, diesen Werwolf zu stoppen, wie unsere geschätzten deutschen Kollegen vielleicht glauben.«

Es wurde wieder still im Raum, und Näslund blickte wieder unentschlossen zum Fenster hinaus. Er erwartete keinen weiteren Kommentar seines obersten Terroristenbekämpfers. Allerdings konnte er die Besprechung auch nicht beenden, ohne zu irgendeinem konkreten Beschluß zu kommen. Zu welcher Entscheidung er in dieser Lage auch kam, sie würde garantiert unangenehme Folgen haben. Aber dann – zunächst glaubte er, sich verhört zu haben, doch als er herumwirbelte, stand der stellvertretende Polizeipräsident Christian Kallén tatsächlich mitten im Zimmer und lachte. Es war ein ersticktes Lachen, das aber gleichwohl klar und deutlich zu hören war.

»Was ist so verteufelt lustig daran?« fragte Näslund mit merklich verhaltener Kälte in der Stimme.

»Denk doch mal nach. Wir haben uns anderthalb Stunden lang eine gelinde gesagt komplizierte Darlegung des Grundgesetzes der Bundesrepublik Deutschland angehört, dazu noch etwas über demokratische Garantien und komplizierte Gesetze und weiß der Himmel was sonst noch. Und dann? Nach einem Wust von Juristerei und Paragraphen, nachdem wir eine Woche in den Gesetzbüchern hin und her geblättert haben, endet das Ganze damit, daß ein Staat in gut demokratischer Manier einen Killer mietet. Du mußt zugeben, daß Don Corleone schneller zum Schuß kommen würde.«

»Don Corleone? Welcher Corleone, zum Teufel?«

»C-o-r-l-e-o-n-e. Du weißt doch, der Pate, Mafia. Wir drehen hier zwar ein paar juristische Pirouetten, aber es läuft auf das gleiche hinaus. *We have put a contract on those guys,* nicht wahr?«

Näslund war durchaus nicht amüsiert. Er verstand die Pointe nicht, wollte aber nicht um weitere Erklärungen bitten. Er verfluchte seine Situation. Es war unausweichlich, daß er jetzt diesen Hamilton um etwas bitten mußte, und das war eine Vorstellung, die ihm ganz und gar nicht behagte. Es blieb ihm aber keine Wahl. Die Deutschen hatten recht. Es stand tatsächlich viel auf dem Spiel.

Wenn die Deutschen ihre Zusammenarbeit nicht bekämen, würde der Informationsfluß aus Köln künftig wohl etwas dürftiger ausfallen. Immerhin war der Verfassungsschutz eine ihrer allerwichtigsten Informationsquellen.

Näslund ging plötzlich auf, was mit *Corleone* gemeint gewesen war. Sein Gesicht hellte sich ein wenig auf.

»Also gut«, sagte er, »*they gave us an offer we couldn't refuse*. So ist es tatsächlich.«

Er drückte auf den Knopf der Gegensprechanlage und stellte fest, daß seine Sekretärin an ihrem Platz saß.

»Verbinde mich mal mit diesem Hamilton, du weißt doch, Carl Gustav Gilbert Hamilton, irgendwo in Gamla Stan.«

Es gab nur einen Mann, den Carl verabscheute. Und die Sekretärin dieses Mannes hatte jetzt drei dringende Mitteilungen auf seinen Anrufbeantworter gesprochen. Sie sagte, es gehe um eine Angelegenheit von höchster Wichtigkeit. Das hörte sich aus ihrem Mund unnatürlich an. Natürlich mußte es sich um etwas Dringendes handeln, aber wenn Näslund dahintersteckte, konnte die Angelegenheit nur unangenehm sein.

Carl lag mit einem Badelaken um die Hüften auf seinem Bett. Er hatte in seiner eigenhändig eingerichteten Mischung aus Fitness-Studio und Schießstand soeben eine Trainingsrunde hinter sich gebracht; der Trainingsraum lag auf der Hofseite der Wohnung hinter einer Stahltür. Er hatte in den letzten Monaten sehr hart trainiert, weil er den Eindruck gewonnen hatte, daß er allmählich zu altern und fett zu werden begann, und wohl auch, weil er ein Ventil für seine Aggressionen und seine Verzweiflung gebraucht hatte, falls Verzweiflung das richtige Wort dafür war. Kein Tag seines bisherigen Lebens, soweit er sich erinnern konnte, war mit dem Fiasko dieses 2. Dezember vergleichbar.

Am Morgen war die Post ungewöhnlich früh gekommen, noch bevor er zur Militärhochschule gegangen war, um die theoretische Schlußprüfung des Hauptmannskurses abzulegen. Zunächst sah es aus, als wären nur ein paar Rechnungen gekommen, aber dann entdeckte er die Ansichtskarte aus Kalifornien. Die Karte war von Tessie. Man hatte sie ihm von seiner alten Adresse nachgeschickt. Die sachliche Mitteilung war kristallklar, aber dennoch völlig unbegreiflich:

> *Lieber Charlie,*
> *habe heute geheiratet. Rechne damit, glücklich zu werden. Wollte nur, daß Du es weißt.*
> *Tessie*

Das Motiv auf der Vorderseite der Karte war trivial: Surfbretter im Sonnenschein auf einer schön geschwungenen Woge. So war es aber gewesen. Das Foto hätte genausogut aus der Zeit stammen können, als sie noch zusammen waren, und das hatte sie natürlich auch gewußt, als sie die Karte aussuchte.

Warum wollte sie, daß er es erfuhr? Wollte sie ihm weh tun, oder wollte sie ihm zu verstehen geben, daß eigentlich sie ein Paar hätten werden sollen? Hatte sie je begriffen, warum er nie erzählen konnte, aus welchem Grund er in diesen zweieinhalb gemeinsamen Jahren so gut wie jede Woche einmal aus der Stadt verschwunden war?

Und warum hatte er ihr nichts erzählt? In dem Fall hätte ja alles anders kommen können. Nein, in der Kernfrage hätte auch das nichts geändert. Der zivile Teil seiner kalifornischen Ausbildung war nichts Besonderes, abgesehen vielleicht von den Computerkursen. Da sie Jura studierte, würde sie mit ihrer Ausbildung in Schweden nichts anfangen können. Und da seine Ausbildung hauptsächlich militärischer Natur war und geheim dazu, konnte er sich kaum in die USA absetzen; nein, es hätte wohl nie geklappt.

Am Ende waren sie im Unfrieden auseinandergegangen, weil er nicht erzählen konnte, warum er regelmäßig von der University of California in San Diego verschwand und mit dem Wagen nach Norden fuhr.

In den fünf Jahren in den USA war er zunächst ausgebildet worden und hatte dann auf der *Californian Sunset Farm,* wie jemand scherzhaft das Gegenstück der amerikanischen Navy und des FBI zur *Farm* der CIA in Maryland an der Ostküste getauft hatte, als Ausbilder-Assistent gearbeitet. Er hätte es ihr sagen können. Ein paar Sätze hätten genügt. Vielleicht wäre es dann aber so gekommen, daß er nach diesen Sätzen gezwungen gewesen wäre, deren Wahrheitsgehalt gegen ihre nicht ganz unverständlichen Zweifel zu verteidigen. Dann hätte er sich verheddert: Er hätte beschreiben müssen, mit welcher Technik er zu töten gelernt hatte, mit Messer, Pistole oder Sprengstoff, mit Granatwerfern oder RPG oder Funkwellen bis hin zu TNT und Sprengladungen im Auspuff eines Autos; vielleicht hätte er sich sogar dazu hinreißen lassen, ihr ein paar kleine Vorstellungen zu geben. Vielleicht hätte er ihre sämtlichen Schlösser mit einem der kleinen Instrumente geöffnet, die er in Gestalt eines harmlos aussehenden roten Schweizer Armee-Taschenmessers in der Hosentasche trug, eines Messers, bei dem Korkenzieher, Lupe und einige andere Kleinigkeiten gegen Instrumente ganz anderer Art ausgewechselt worden waren.

Nein, das wäre nicht gegangen. Es wäre unmöglich gewesen. Es war richtig gewesen, ihr nichts zu sagen. Und wenn er sich ihr offenbart hätte, hätte das ihre Beziehung ebenfalls beendet. In den letzten Jahren war es ihm beinahe gelungen, sich das einzureden; ihm kam es vor, als wäre die Wunde verheilt. Und jetzt hatte sie wieder zu bluten begonnen – das Ergebnis einer einzigen Ansichtskarte. Ihm war rätselhaft, warum Tessie sie geschrieben hatte. Sie hatte ihm mehr bedeutet als jeder andere Mensch, sagte er sich jetzt. Mehr als jeder andere, flüsterte er vor sich hin, um sich den Wahrheitsgehalt seiner Worte von der Stille im Raum bestätigen zu lassen.

Er stand mit einem Ruck auf und ging mit langen Schritten zur Rückseite der Wohnung und durch die Eichentür, hinter der sich die Stahltür mit dem Sicherheitsschloß befand. Er schloß auf, betrat seinen Übungsraum und ging zum Waffenschrank. Er entnahm ihm einen Revolver des Kalibers .22, für dessen Lärmpegel seine selbstgemachte Schallisolierung wohl genügte, denn bis jetzt hatte sich noch kein Nachbar beschwert.

Er schoß eine halbe Stunde lang. Das war seine Methode, jede Gedankentätigkeit abzuschalten; mit einer Waffe in der Hand versank er in absolute Konzentration, in welcher Gemütsverfassung auch immer er sich noch eine Minute zuvor als Unbewaffneter befunden haben mochte oder in dem Augenblick, bevor sich die rechte Hand in einem exakt kalkulierten, nicht zu harten Griff um den Kolben schloß. Zorn, Verzweiflung, Müdigkeit, Angst – solche Stimmungen beeinträchtigen die Präzision im rechten Zeigefinger. Die Bewegung muß entschlossen, zugleich aber sehr leicht sein, sonst landet der Treffer am unteren linken Rand der Zielscheibe.

Es war nicht nur Tessie O'Connor mit dem breiten, weißen, amerikanischen Lächeln, die er aus dem Kopf haben wollte. Die schriftliche Prüfung am Valhallavägen würde ihn jetzt noch tiefer in eine unklare Existenz zwischen Sicherheitspolizei, bei der er offiziell immer noch angestellt war, und dem Nachrichtendienst der Streitkräfte hineinziehen, so wie es aus ihm unbekannten Gründen hieß, im Augenblick sei für seinen vorgesehenen Dienst keine Planstelle frei. Und nach dieser Abschlußprüfung seines Kurses, mit der er das Patent als Korvettenkapitän der Reserve schon fast in der Tasche hatte – der Unterschied zu seinem bisherigen Rang als Marineleutnant der Reserve war ein einziger Streifen auf den Schulterstükken –, war er zu einer Besprechung in der Wertpapierabteilung seiner Bank gegangen. Es ging um einige Verfügungen zum Jahreswechsel, die seine Steuererklärung für das nächste Jahr erheblich beeinflussen würden. Er redete sich ein, nichts zu begreifen, vielleicht tat er auch nur so, möglicherweise weigerte er sich sogar zu begreifen. Seine Gesprächspartner hatten erklärt, daß sein Vermögen irgendwo zwischen 15 und 25 Millionen Kronen liege, je nachdem, wie er die Steuererklärung ausfallen lassen wolle.

Die Bank schlug ihm vor, er solle ein Vermögen von null Kronen sowie ein Einkommen angeben, das einem Jahresgehalt bei der Sicherheitsabteilung der Reichspolizeiführung entspräche, im Vergleich zu seinen tatsächlichen Einkünften eher so etwas wie ein Taschengeld. Es ging einfach darum, nur über den Jahreswechsel ein so großes Darlehen aufzunehmen, daß die Schulden seine Aktiva übertrafen. Die Zinsen für dieses kurzfristige Darlehen könnte er später dazu verwenden, Kapitaleinkünfte aus Immobilien und Wertpapieren zu verringern. Hinzu kämen dann noch beträchtliche Instandsetzungskosten für seinen Immobilienbestand, und so werde sich herausstellen, daß er zwar ein Vermögen zwischen 15 und 25 Millionen Kronen besaß – eine exakte Zahl hatte man ihm noch nicht genannt –, seine Steuererklärung aber null Millionen ausweisen werde, was angeblich vollkommen legal war. Er sah keinen Anlaß, das zu bezweifeln.

Er hätte nur ein paar Papiere unterschreiben müssen. Warum hatte er sich geweigert und um einen Tag Bedenkzeit gebeten?

Noch vor wenigen Jahren war er Marxist-Leninist gewesen, jedenfalls hatte er sich so gesehen. Möglicherweise kam ihm diese Einschätzung heute fremd und übertrieben vor, als wäre sie etwas aus einer anderen Zeit, nämlich aus seinen Jahren bei der Studentenvereinigung Clarté. Er redete sich aber ein, trotzdem noch eine Art Sozialist zu sein.

Er hatte sich nicht darum gerissen, an der großen Vermögensumschichtung vom arbeitenden schwedischen Volk auf eine kleine Gruppe von Aktien-Matadoren und Börsenrittern teilzuhaben; es kam ihm vor, als wäre es aus Versehen geschehen oder auf Grund eines teuflischen Zufalls, wenn er daran dachte, wie es dazu gekommen war, was er immer wieder tat, um sich vor sich selbst zu rechtfertigen.

Sein Vater hatte ihn wegen seiner politischen Linkslastigkeit verachtet. In den letzten vier Lebensjahren des Vaters hatten sie sich nicht gesehen, und das Testament beließ Carl nichts außer dem Pflichtteil, was ihn weder erstaunt noch verbittert hatte. Wie dem auch sei: Diese 300 000 bis 400 000 Kronen nach Abzug der Erbschaftssteuer hatte er einem Studienfreund bei der Börsenmaklerfirma Jacobson & Ponsbach übergeben und sich anschließend fünf Jahre in den USA aufgehalten. Die Kosten hatte der schwedische Staat, die Armee, getragen, und Carl hatte an sein Aktiendepot nicht einen Gedanken verschwendet. In diesen orgiastischsten Jahren der schwedischen Börse stiegen die Kurse wie nirgendwo sonst auf der Welt, während sich gleichzeitig die komplette volkswirtschaftliche Professorengilde sowie die Politikerclique darin einig waren, die Bürger müßten ihren Konsum drosseln und ihre Gehaltsansprüche zurückschrauben und den Riemen enger schnallen und die Lasten solidarisch tragen, um die schwedische Volkswirtschaft wieder auf die Beine zu bekommen – und so weiter. In diesen Jahren war Carl zum Millionär geworden, ohne es zu wissen, ohne daran schuld zu sein, wie er es sich selbst einredete.

Als er aus den USA zurückkehrte und zu seiner Bestürzung entdeckte, was geschehen war, verkaufte er die Aktien sofort – steuertechnisch kein Problem, da er sie seit mehr als zwei Jahren besaß – und kaufte Immobilien. Was gar nicht so dumm war, da die Börse nachzulassen begann und Immobiliengeschäfte bei der neuen schwedischen Klasse der Multimillionäre und Milliardäre zum letzten Schrei wurden.

Es sah ganz einfach so aus: Falls er weiterhin noch an dem festhalten wollte, was er sein ganzes bewußtes Leben lang als geheiligte Grundsätze der Gerechtigkeit angesehen hatte, durfte es mit dieser Heuchelei nicht so weitergehen. Dann mußte er sich das Geld allerdings wegsteuern lassen, was sich nach Aussage der Bankexperten innerhalb von drei Jahren mühelos erreichen ließ, indem er sich einfach weigerte, diese ihm vorgelegten Papiere über dubiose Darlehen zu unterschreiben.

Das Problem bestand offenbar darin, daß man nicht nur mäßig reich sein konnte. Es war unmöglich, sich auf ein Niveau von etwa fünf Millionen festzulegen. Es hieß *entweder – oder.* Entweder mußte er den schmalen legalen Weg gehen und sich das Geld insgesamt wegsteuern lassen. Oder er mußte den breiten legalen Weg einschlagen, was konkret bedeutete, daß er die jetzigen 15 bis 25 Millionen im Lauf weniger Jahre verdoppelt haben würde. Es war ein völlig absurdes Problem.

In diesem Moment, in dem er mit dem kleinkalibrigen Revolver Serie auf Serie schoß, waren alle diese Gedanken wie weggefegt. Wenn er aber mit dem Schießen aufhörte, würde das Chaos sofort explodieren.

Da war noch etwas, was ihn beinahe noch mehr quälte als die Frage, wie man im Umgang mit so eigenartig zusammengerafften Millionen in der Praxis Sozialist bleiben konnte.

Er hatte sich in seiner Handballmannschaft unmöglich gemacht, und das auf eine Weise, für die er sich nicht nur brennend schämte, sondern die ihn auch zutiefst erschreckt hatte.

Vor der Abreise in die USA war er ein annehmbarer Handballspieler von etwas über dem Durchschnitt liegenden Erstliga-Format gewesen. Das war inzwischen zwar einige Jahre her, und natürlich hatte er seitdem so gut wie ausschließlich *American Football* gespielt. Er war Quarterback der Universitätsmannschaft von San Diego gewesen.

Er hatte sich vorgestellt, über den Handball neue Menschen kennenlernen und seine Isolation durchbrechen zu können. Den alten Freunden ging er aus dem Weg. Sie würden zu viele Fragen stellen, zu denen er sich nicht äußern durfte. Bei neuen Freunden allerdings wäre es ohne weiteres möglich, ein halbradikaler adliger Reserveoffizier und Freizeit-Handballer zu sein, ohne daß dies merkwürdig wirkte. So hatte er gedacht.

An den ersten beiden Trainingsabenden war alles gutgegangen. Es war nur natürlich, daß ihm manches ungewohnt vorkam. Kein Wunder, daß er zunächst nicht schnell genug war. Verständlich auch, daß das Spiel in den Jahren seiner Abwesenheit härter geworden war. An jenem Abend aber, der sich als der letzte erweisen würde, wurde er immer wieder von einem Abwehrspieler zu Boden gerissen, der die Torjäger der Gegenseite fast mit Ringergriffen attackierte.

Carl lauerte als Kreisläufer immer gerade dort, wo der Abwehrspieler mit den Ringergriffen stand. Carl wurde viermal zu Boden gerissen, als er zum Torwurf kommen wollte, beim dritten und vierten Mal mit Griffen von hinten, als er schon meinte, durchgebrochen zu sein. Das waren Regelverstöße, die normalerweise sofort hätten gepfiffen werden müssen. Dies war jedoch kein reguläres Spiel, und um so unbegreiflicher kam es Carl vor, daß jemand die Absicht haben konnte, einen Vereinskameraden beim Training zu verletzen.

Als die beiden Kontrahenten ein fünftes Mal zusammenstießen, hakte bei Carl etwas aus. Er wirbelte herum, so daß er dem Gegenspieler den Rücken zukehrte, und stieß ihm mit voller Kraft den Ellbogen in die Magengegend.

Das war eine Bewegung, die Carl mehr als zehntausendmal trainiert hatte; sie gehörte zu seinem Standardrepertoire. Normalerweise führte dieser Schlag zum Bruch einer oder mehrerer Rippen sowie zu sofortiger Bewußtlosigkeit.

Noch während der andere zusammenbrach, bemerkte Carl zu seinem Entsetzen, daß er schon die Hände hob, um den tödlichen Nackenschlag anzubringen. Und in dieser Körperhaltung erstarrte er. Wie ein soeben enthülltes Denkmal stand er über seinem bewußtlosen Vereinskameraden. Und allen Anwesenden ging natürlich ein Licht auf. Nur im ersten Moment hätte es noch so aussehen können, als wäre alles im Übereifer passiert.

Als Carl das Feld verließ, war ihm klar, daß er nicht mehr zurückkommen konnte. Am meisten quälte ihn seltsamerweise das unsportliche Verhalten. Sein ganzes Sportlerleben war von englischen Idealen geprägt gewesen. Er hatte nie geschummelt, nie behauptet, ein Ball sei im Aus, der es nicht war, er hatte sich nie hingeworfen, geächzt, gejammert, gestöhnt und sich gewunden, wie es manche Fußballspieler gern tun, hatte einen Gegenspieler nie bewußt angerempelt oder verletzt. Derlei hatte er bei sich für vollkommen unmöglich gehalten.

Was ihn womöglich noch mehr hätte bekümmern sollen als die Frage des Fair play, war die einfache Tatsache, daß er hier zum erstenmal seine körpereigenen Gewaltinstrumente für einen privaten Zweck eingesetzt hatte. Das hätte ihm nie passieren dürfen. Er war immer zurückgewichen, hatte jeden Streit vermieden, hatte sich nie von der Versuchung hinreißen lassen, so schnell und hart und vernichtend zuzuschlagen, wie er es ohne jeden Zweifel konnte, etwa wenn irgendein angetrunkener Kurskamerad in Kalifornien an Tessie herumgefummelt hatte, um ihn herauszufordern. Er hatte sich immer in der Gewalt gehabt.

Er hatte acht Serien geschossen. In der Schachtel waren noch zwei Schuß. Die Treffer wichen nicht auffällig voneinander ab. Gegen Ende war das Ergebnis wie gewöhnlich schlechter geworden. Er wog den Revolver eine Weile in der Hand und spürte, wie das Elend ihn wieder niederzudrücken begann. Da klingelte das Telefon des Nebenanschlusses, den er unerlaubterweise im Trainingsraum installiert hatte. Es war Näslunds Sekretärin. Er erklärte sich damit einverstanden, in einer halben Stunde bei Näslund zu sein – wenn es schon dicke kommt, dann lieber alles auf einmal –, legte den Revolver in den Waffenschrank zurück, ohne ihn zu reinigen, schloß ab, löschte das Licht und ging in die Wohnung, um sich anzuziehen.

Als er auf die Straße trat, war es schon dunkel geworden. Es war ein typisch trister, schwedischer, dunkler Nachmittag im Dezember. Auf dem Standbild St. Georgs mit dem Drachen vor seiner Haustür lagen fünf Zentimeter nasser Pappschnee. Er überlegte kurz, ob er ein Taxi rufen sollte, aber bei diesem Wetter würde ihm die Zentrale nur die übliche Auskunft geben: Im Augenblick sei kein Wagen frei, man werde ihn aber gern vormerken, vielleicht werde es nicht sehr lange dauern, leider gehe es nicht ohne Wartezeit, und so weiter.

Carls Wagen stand ein paar Häuserblocks weiter. Wie immer hatte er keinen Eiskratzer und mußte wieder einmal die Plastikkarte mit dem kleinen Reichswappen benutzen. Der Wagen sprang sofort an. Das hätte sein früherer amerikanischer Wagen wohl kaum geschafft; er hatte sich nie von dem Umzug von Kalifornien nach Schweden erholt. Außerdem war er für einen Geheimdienstmann etwas zu auffällig gewesen. Und auf glatten Straßen war er nicht zu gebrauchen. Den neuen Wagen hatte er ausschließlich des konventionellen Aussehens sowie des dramatischen Namens wegen gewählt, der ihm zusagte: *Ford Scorpio.* Er hatte den Kauf nie bereut. Der Scorpio war ein ausgezeichneter Verfolgungswagen, schnell, aber unauffällig. Im Rückspiegel ließ er sich von anderen, weniger leistungsfähigen europäischen Autos der gleichen Klasse nicht unterscheiden.

Carl glaubte zu wissen, daß Näslund jetzt eine Möglichkeit gefunden hatte, ihn vom Posten eines Sektionschefs in der Reichspolizeiführung mit besonderer Verantwortung für Registerbearbeitung in der Sicherheitsabteilung, wie es in seinem Anstellungsvertrag hieß, zu entlassen. Diese Tätigkeit war ohnehin nur als vorübergehende Lösung gedacht gewesen. Inzwischen aber währte das Provisorium schon mehrere Jahre.

Hinzu kam, daß beide einander verabscheuten. Und an diesem schrecklichen Tag würde seine Entlassung aus der Sicherheitspolizei immerhin eine der leichtesten Bürden sein. Vielleicht würde er schon in einer Stunde ein völlig neues Leben beginnen. Bis jetzt war alles eine Sackgasse gewesen, und jetzt hatte er die Mauer an ihrem Ende erreicht. Schon am nächsten Tag würde er vielleicht in einer Maschine nach San Diego sitzen. Als ob das noch etwas ändern könnte. Es war ohnehin zu spät, ihr alles zu erzählen.

Näslund war ein abscheulicher Typ. Er log, betrog, intrigierte und zwang seiner Umgebung eine Fehlentscheidung nach der anderen auf. Die Feindschaft der beiden rührte vor allem daher, daß Carl Näslund im Verdacht hatte, im vergangenen Jahr mit den Israelis zusammengearbeitet zu haben, und daß Näslund sich bemüht hatte, alle Spuren zu verwischen. Es hatte so aussehen sollen, als wären Palästinenser am Werk gewesen. Carls Konfrontation mit den vier Israelis war im Grunde zu spät gekommen, weil diese bis auf einen schon alle PLO-Leute getötet hatten, auf die sie angesetzt waren.

Als Carl wenige Stunden nach dem Feuergefecht Näslund und einigen anderen Vorgesetzten Bericht erstattete und unter anderem sagte, vier Israelis seien tot und einer vorläufig festgenommen, glaubte er an Näslunds Reaktion ablesen zu können, daß dies genau das Ergebnis war, auf das Näslund *nicht* gehofft hatte. Und er spürte ganz intensiv, daß Näslund seine, Carls, Einstellung kannte. Aus diesem Grund war Näslunds Verbot, Jagd auf die anderen Beteiligten zu machen, eine vollkommen logische Konsequenz. Näslund hatte damals sogar Carls Waffe an sich genommen. Näslund war ein falscher Fünfziger und in Carls Augen eher ein Landesverräter als ein Sicherheitsbeamter.

Carl parkte direkt vor dem Haupteingang der Reichspolizeiführung, wobei ihm die selbstverständliche Folge in Form eines Strafzettels völlig gleichgültig war. Die Politessen waren in der Umgebung der großen Polizeizentrale auf Kungsholmen aus unerfindlichen Gründen besonders diensteifrig. Fünf Minuten später hatte er sich durch mehrmaliges Vorzeigen seines Ausweises über mehrere Stockwerke bis zur letzten Sekretärin vorgearbeitet und stand nun Näslund gegenüber.

»Setz dich hin und lies das mal. Vom deutschen Verfassungsschutz«, begrüßte ihn Näslund ohne weitere Präliminarien.

Carl nickte stumm, nahm die Papiere an sich und setzte sich in einen der Besuchersessel. Er machte die Leselampe an und las eine halbe Stunde lang alles ruhig durch, während Näslund sich, ohne seine Ungeduld zu zeigen, mit Korrespondenz und anderer Routinearbeit zu beschäftigen schien.

Als Carl zu Ende gelesen hatte, legte er die Unterlagen sorgfältig und in der Reihenfolge, in der er sie bekommen hatte, zusammen und steckte sie in den grauen Umschlag. Dann schaute er Näslund an.

»Du willst, daß man mich in Deutschland umbringt, ist das die Idee?« fragte er in einem Tonfall, als wollte er um ein Streichholz bitten.

Näslund musterte den Mann, den er in der *Firma* am meisten verabscheute, während er sich überlegte, wie er diese Unverschämtheit kontern sollte. Es stand immerhin viel auf dem Spiel.

»Für Heuchelei bist du wohl nicht sehr zu haben, was, Hamilton?« begann er langsam. »Aber wenn ich mal den Versuch mache, mich auf dein Niveau von Aufrichtigkeit hinunterzubegeben: *Let's cut out all the bullshit.* Ich vermute, daß du es so ausdrücken würdest. Also erstens: Du kannst die Risiken einer solchen Operation viel besser beurteilen als ich. Zweitens: Die Westdeutschen sollen dich unterstützen und dir Rückendeckung geben. Drittens: Diese Angelegenheit ist für unsere Zusammenarbeit verdammt wichtig, womit ich nicht deine und meine im Auge habe, sondern die der Bundesrepublik Deutschland mit Schweden. Und viertens: Du mußt die Lage schon selbst beurteilen und einschätzen, wenn du hinuntergefahren bist und mit denen geredet hast. Ich überlasse die Entscheidung also ganz und gar dir.«

»Den Teufel tust du, Näslund, du denkst nicht daran, mir auch nur eine Entscheidung zu überlassen. Ich weiß nicht, ob du dir überhaupt vorstellen kannst, wie schwierig schon der erste Schritt einer solchen Operation ist, nämlich die Einschleusung. Und dann soll ich noch wer weiß wie lange buchstäblich mit einer Pistole im Nacken unter diesen Wahnsinnigen leben? Also, was bringt dich dazu zu glauben, ich könnte mich damit einverstanden erklären? Die sportliche Seite der Angelegenheit? Die Freude, russisches Roulette zu spielen?

Die Freude, meinem hochgeschätzten alten Freund Näslund einen Dienst zu erweisen, damit er sich einen weiteren Erfolg an den Hut heften kann? O nein, ich will den wahren Grund hören, und jetzt raus damit.«

Näslund wühlte in einigen Papieren auf dem Schreibtisch, bevor er antwortete. Seine Stimme hörte sich immer noch ruhig und gelassen an.

»Es sind zwei Dinge, Hamilton. Erstens haben wir ja ein eigenes polizeiliches Interesse an der Angelegenheit, da diese Scheißkerle offenbar vorhaben, in Schweden zuzuschlagen. Die Konsequenzen brauche ich dir nicht näher auszumalen. Wenn du ein edles nationales Motiv suchst, hier hast du es. Ich gehe aber davon aus, daß dir das nicht genügt?«

»Nein, es hört sich an wie ein Vorwand. Es ist zwar möglich, daß diese Banditen aus irgendeinem Grund einen Schweden anwerben wollen, aber ich kann für die Baader-Meinhof-Gruppe in Schweden kein natürliches Ziel sehen. Das reicht nicht.«

»Das habe ich schon geahnt. Um mich also einer Art Gangsterlogik zu bedienen, von der ich überzeugt bin, daß sie dir einleuchtet: *I'll give you an offer you can't refuse.*«

»Ich glaube nicht, daß du das kannst.«

»O doch. Es gibt nämlich einen Punkt, in dem wir beide völlig einer Meinung sind. Du bist doch sicher der Ansicht, beim Militär besser aufgehoben zu sein? Du wärst doch von Anfang an lieber dort gewesen?«

»Ja, stimmt genau. Grundsätzlich habe ich nichts gegen den zivilen Sicherheitsdienst, aber ich kann mich mit der Unkorrektheit, für die du stehst, nicht anfreunden.«

»Ausgezeichnet. Und in diesem Punkt sind wir uns einig. Ich will dich auch auf der militärischen Seite des Ladens haben. Leute deines Schlages, die alles nur in Schwarz und Weiß sehen, passen dort ausgezeichnet hin. Die Guten und die Bösen, peng, dann gibt's eins auf die Rübe.«

»Ich passe also nicht recht in deine A-Mannschaft.«

»Versuch doch mal, realistisch zu sein, Hamilton, sei doch nicht immer gleich so gereizt. Bei dieser Operation, die sich die Deutschen wünschen, bist du in der Firma der einzige, der das bewältigen kann. Kein anderer kommt auch nur in die Nähe deiner Qualifikation, und das weißt du selbst am besten. Wir haben also nur *einen* Onkel hier in der Firma, der für so etwas in Frage kommt, und der bist du.«

»Du erweist den Deutschen einen Dienst, bezahlst alte Schulden, ich helfe dir dabei und werde im besten Fall abgeknallt und später in einem schwarzen Müllsack gefunden. Damit hättest du sozusagen alle Fliegen mit einer Klappe geschlagen.«

»Nein, du hast vergessen, daß ich dich bei den Streitkräften sehen will. Und außerdem hoffe ich, daß die Operation erfolgreich verläuft.«

»Warum willst du mich eigentlich zum Nachrichtendienst abschieben? Fällt dir das jetzt nicht reichlich spät ein, nach vier Jahren hier in der Firma?«

Carl begann, sich unsicher zu fühlen. Er konnte Näslunds Gesicht hinter der Schreibtischlampe nicht sehen, und dessen Tonfall blieb die ganze Zeit unverändert ruhig. Das stimmte nicht mit Carls Bild von Näslund überein, den er als einen intriganten Hysteriker kannte, der beim geringsten Streß die Selbstkontrolle verlor.

Auf der anderen Seite des Raums saß Näslund und war allmählich davon überzeugt, daß das Ganze funktionieren würde. Näslund war sich seiner Sache absolut sicher, als er die entscheidende Karte ausspielte.

»Weißt du, wer Oberstleutnant Lennart Borgström ist?« fragte Näslund im gleichen Tonfall wie zuvor.

»Ich glaube, ein nervöser Typ in der Sicherheitsabteilung des Verteidigungsstabes. Brille, oft unbeherrscht, Schweißperlen auf der Oberlippe.«

»Gar nicht so dumm, Hamilton, aber es ist sogar so, daß er der Chef des militärischen Abschirmdienstes ist. Sieh dir mal diese Papiere an, dann kannst du das Genie näher kennenlernen, das in meiner Position beim Militär sitzt. Weiß der Teufel – vielleicht würdest du am Ende nicht doch mir den Vorzug geben.«

Näslund hielt Carl etwa zwanzig mit »Geheim«-Stempeln versehene Din-A4-Blätter hin.

Zehn Minuten später hatte Näslund eine Position gewonnen, aus der heraus es ihm ohne jeden Zweifel gelingen würde, Carl ein überzeugendes Angebot zu machen.

Die Dokumente waren ein knappes Jahr alt. Ausgangspunkt war ein Brief des Alten an den Oberbefehlshaber der Streitkräfte, in dem der Alte unter Hinweis auf den Orden, den Carl auf Beschluß des früheren Ministerpräsidenten für »Tapferkeit im Felde« erhalten hatte, jetzt die Frage nach der Einrichtung einer neuen Planstelle in der Operationsabteilung 5 des Stabes aufwarf, genauer der Abteilung SSI, wie man das frühere IB des Alten umgetauft hatte. Der Oberbefehlshaber hatte dem Alten seine Zustimmung gegeben, die Angelegenheit zur weiteren Prüfung, aber routinemäßig der Sicherheitsabteilung des Stabes zur Kenntnis gegeben. Und dort war der Oberstleutnant des Abschirmdienstes in den Papierstapel geraten. Er hatte ein vier Seiten langes Memorandum über Carl zu Papier gebracht, in dem dieser als fanatischer Kommunist der schlimmsten Sorte beschrieben wurde, nämlich als Marxist-Leninist, der entweder bei der Clarté oder der KPMLr zu Hause sei. (Hier fuhr Carl sichtlich zusammen, denn die beiden Organisationen waren tief verfeindet und lagen ideologisch so weit auseinander, wie man bei der Linken überhaupt auseinanderliegen kann; ein Sicherheitschef, der nicht einmal das wußte, konnte von Feindaufklärung nicht viel halten.)

Dem Memorandum zufolge hatte Carl vor seinem Wehrdienst einer Extremistengruppe angehört, die es sich in den Kopf gesetzt hätte, die Streitkräfte zu unterwandern. Der Umstand, daß Carl beim zivilen Sicherheitsdienst in operativer Hinsicht erfolgreich gewesen sei, spreche vor dem Hintergrund des oben Genannten dafür, daß er dort auch bleiben solle, daß man ihm bei den Streitkräften aber keine Planstelle mit qualifizierten Aufgaben anbieten dürfe, und zwar aus Sicherheitsgründen.

Damit hatte man die Angelegenheit vertagt. Der Oberbefehlshaber hatte bis auf weiteres darauf verzichtet, eine Entscheidung zu fällen, aber dieses »bis auf weiteres« dauerte jetzt schon mehr als ein Jahr.

»Ja, ja«, seufzte Carl, als er aufstand, quer durch den Raum ging, Näslund die Papiere auf den Schreibtisch legte, sich umdrehte und mit der gleichen Bewegung zu seinem Stuhl zurückging. »Der Chef des Abschirmdienstes ist ein Idiot, und das ist der Grund dafür, daß du mich nicht loswirst und ich dich auch nicht, ist es etwa so?«

Näslund, der spürte, daß er schon gewonnen hatte, zögerte noch eine Weile mit der Antwort.

»Ja, er ist offenkundig ein Idiot. Also, Hamilton. Flieg zu den Deutschen runter und hör dir an, was sie zu sagen haben. Wenn dir der Vorschlag idiotisch vorkommt, brauchst du nicht mitzumachen, aber dann erwarte ich von dir, daß du nach Hause kommst und mir erklärst, warum das Ganze idiotisch ist. Wenn es sich vernünftig anhört, solltest du den Versuch machen. Du hast noch weitere drei Monate mit fünfundzwanzigprozentigem Gehaltsabzug dienstfrei. Wenn du nach Hause kommst, richtet die Firma ein Schreiben an den Oberbefehlshaber, in dem wir diesen Idioten überfahren und deinen Übertritt zum Militär empfehlen.«

»Kann ich dir morgen Bescheid geben?«

»Ja.«

»Können wir uns um 8.30 Uhr hier sehen?«

»Sagen wir lieber 8.15 Uhr.«

»Kannst du vorher mit den Deutschen Kontakt aufnehmen?«

»Ja.«

»Ich muß noch etwas über die Ausrüstung wissen, über das, was ich aus Schweden mitnehmen darf. Kleidung und technische Ausrüstung, kannst du das klären?«

»Ja. Wir sehen uns morgen.«

Er flüchtete sich wieder für mehrere Stunden zu seinen Waffen, um alles andere verdrängen zu können. Das vermittelte ihm das etwas unechte Gefühl, die Situation zu beherrschen. Gleichgültig, ob er mit seinem amerikanischen Revolver schoß, um langsam und kontrolliert mit Einzelschüssen zu treffen, oder seine italienische Pistole abfeuerte, um in sehr schnellen Serien mit zwei von drei Schüssen Treffer zu landen, immer war etwas da, was offenkundig richtig oder falsch war und sich sofort deuten ließ. In jeder Situation, in der er eine Waffe in der Hand hielt, gab es etwas vollkommen Richtiges und zugleich etwas völlig Falsches. Er hatte dieses Gefühl des Trostes noch nie so klar und unverfälscht erlebt wie gerade an diesem frühen Dezemberabend.

Vom Schießstand in Djursholm fuhr er in die Stadt zurück und beschäftigte sich eine Zeitlang mit Waffenpflege. Er packte seine als Pilotenkoffer getarnte Waffentasche, in der ein ausgeklügeltes System von Plexiglasplatten in den Wänden jeden Flughafenkontrolleur bei der Durchleuchtung nur eine Kameratasche sehen ließ. Aber vermutlich würde Carl seine eigenen Waffen gar nicht mitnehmen können, da sowohl Revolver als auch die Pistole auf dem Kolben sein eingraviertes Familienwappen trugen, im schwarzen Schild drei rote Rosen und eine goldene Grafenkrone; das würde sich kaum mit der Identität in Einklang bringen lassen, die die Deutschen ihm geben wollten.

Der Alte hatte ihn wie gewöhnlich in der Wohnung an der Grevgatan empfangen wollen. Carl hatte jedoch den alten Hausmannskost-Fanatiker zum Ausgehen überreden können und ihn durch den Dezembermatsch und die undurchdringliche Dunkelheit zum Ulriksdals Värdshus gefahren. Das Lokal erfreute sich seit ein paar Jahren eines Sterns im Guide Michelin, und die Preise waren doppelt so hoch wie in anderen Lokalen, so daß die Plastikkarten-Esser, die auf Kosten anderer aßen, sich hier eigentlich wie Pinguinschwärme auf einer arktischen Eisscholle hätten drängen müssen. Sie drängten sich jedoch durchaus nicht; das Restaurant wirkte leer.

Sie saßen unten auf der Veranda in einer Ecke nahe der verschneiten Eingangstür. Carl hatte Elchfilet und einen 1981er Burgunder aus Chambertin bestellt, und dem Alten war es gelungen, sich zum Fleisch statt Gelee eingemachte Preiselbeeren zu bestellen. Die Kellner hatten sich Mühe gegeben, keine Miene zu verziehen. Der Alte hatte sich besorgt geäußert, Carl könne zuviel Wein trinken und so über der 0,5-Promille-Grenze landen. Das war komisch und sehr schwedisch. Meist hatte der Alte für die Gesetze nichts als souveräne Verachtung übrig; sie waren in seinen Augen entweder unpraktische Hindernisse für die nachrichtendienstliche Tätigkeit oder unwichtige Bestimmungen, die nur für andere Instanzen der Gesellschaft galten. Er zitierte immer eine Weisheit seiner Großmutter aus Småland – »*Es gibt einen Unterschied zwischen den Gesetzen Gottes und den Verordnungen der Menschen*« –, und diese freikirchlich geprägte småländische Weisheit hatte der gesamten operativen Seite des militärischen Nachrichtendienstes in Schweden fünfundzwanzig Jahre lang den Stempel aufgedrückt; so lange war der Alte dessen Chef gewesen.

Die beiden Männer besprachen alle Aspekte und Voraussetzungen der geplanten Aktion. Der Alte war von Anfang an und ohne zu zögern dafür, daß Carl nach Deutschland reiste, nicht so sehr, weil die Erfolgsaussichten glänzend zu sein schienen, sondern weil es gute Gründe für die Annahme gab, daß dieser verfluchte Näsberg (oder wie immer er heiße) dann endlich sein Versprechen einer Art *security clearance* halten werde, was Carls sofortige Übernahme durch das Militär ermöglichen werde, damit dieses peinlich lange Zwischenspiel bei den »Schupos« (der Sicherheitsdienst des Reiches wurde von dem Alten ausschließlich mit diesem verächtlichen Wort belegt) endlich ein Ende nehmen könne.

In San Diego befanden sich nämlich zwei neue Agenten in Ausbildung. Das bedeutete, daß der Alte seinem Ziel, beim Nachrichtendienst eine Abteilung aus qualifizierten Operateuren aufzubauen, ein weiteres Stück nähergekommen war. Carl war sozusagen der Prototyp dieser Waffengattung gewesen, und nach dem erfolgreichen Einsatz gegen die Israelis im Vorjahr war die Ausgangslage für die Anwerbung neuer Rekruten hervorragend gewesen. Der Alte hatte so lange gequengelt, bis er seinen Willen bekam. Der Ministerpräsident hatte höchstpersönlich grünes Licht gegeben, nur zwei Wochen vor seiner Ermordung. Der Beschluß war jetzt also heilig, und der Alte glaubte zu wissen, daß der künftige Oberbefehlshaber der Streitkräfte sich über die Entwicklung des Nachrichtendienstes in den letzten Jahren die gleichen Sorgen machte wie er selbst. Das war möglicherweise etwas reichlich optimistisch gedacht, und das wußte Carl.

Die Militärs glaubten blind an ihre Technik und waren der Meinung, die Funk-, Radar- und Abhöreinrichtungen seien die stärkste Karte des schwedischen Nachrichtendienstes, da man in Friedenszeiten so gut wie den gesamten militärischen Funkverkehr der Sowjets im Ostseegebiet mithören konnte.

»Aber das ist doch so verteufelt phantasielos«, bemerkte der Alte, der sonst fast nie fluchte, »zu glauben, daß das in einer Krisensituation irgendwelche Bedeutung hätte. Was würdest du an der Stelle der Russen tun, wenn es tatsächlich zu einer Konfrontation mit Schweden käme?«

»Das hast du mich schon mal gefragt, ich würde natürlich ...«

»... mit totaler Funkstille beginnen, genau. Und dann tauschen sie alle Codes aus, dann knallt es, und dann hilft es nicht mehr, daß die Funktechniker glauben, sie könnten die neuen Codes innerhalb von zwei Tagen knacken oder sonstwas tun, womit sie immer so prahlen. Zwei Tage später sind wir gar nicht mehr da, nicht wahr?«

»Nun ja, das sagst du immer.«

Der Alte bremste sich. Das hatte er tatsächlich schon früher gesagt. Sie gingen dazu über, sich über die Voraussetzungen des deutschen Unternehmens zu unterhalten.

Im Grunde gab es nicht sehr viel zu sagen. Eine Operation *under deep cover* hängt natürlich ausschließlich davon ab, wie man seine Tarnung herstellt. Schweden ist ein kleines Land. Man kann daher keinen völlig neuen und unbekannten Terroristen namens Andersson aus Trollhättan aus dem Hut zaubern. Es hatte den Anschein, als hätten die Deutschen diese Schwierigkeiten unterschätzt, aber das blieb zunächst abzuwarten. Dagegen, fuhr der Alte fort, sei es jetzt viel wichtiger, diesem, hm, Näsberg ein paar Dokumente abzupressen. Erstens brauche Carl ein Papier, das er in einem Bankschließfach oder bei ihm, dem Alten, deponieren müsse, aus dem klar hervorging, daß er schwedischer Sicherheitsbeamter und Offizier sei. Ferner müsse festgehalten werden, daß er an den deutschen Verfassungsschutz ausgeliehen sei, und zwar für eine Operation, um die die Deutschen gebeten hätten, ein Unternehmen, das zu Konflikten mit deutschen oder schwedischen Gesetzen führen könne, und außerdem müsse unmißverständlich gesagt werden, daß Carl dabei auf Befehl gehandelt habe. Außerdem müsse er auch von den Deutschen ein ähnliches Dokument verlangen. Näslund werde sich vermutlich sperren, vielleicht auch die Deutschen. Obwohl es nicht sehr wahrscheinlich sei, daß Carl sich mit solchen Papieren bei den Terroristen oder bei der Skandalpresse ausweisen würde. Diese Urkunden ließen sich nur dann verwenden, wenn das Unternehmen danebengehe und er in den Krallen von Polizei und Gerichten lande. Man werde Carl solche Versicherungspolicen nicht verweigern können. Dann werde es auch nicht mehr möglich sein, ihn im Stich zu lassen, dann wären sie im Fall eines polizeilichen Eingreifens gezwungen, ein Verfahren hinter verschlossenen Türen abzuhalten, wie sie es in ihren Memoranden beschrieben hätten – der Alte hatte noch nie von diesem System gehört, obwohl er über die Deutschen einiges wußte, aber das schloß nicht aus, daß man unter bestimmten Voraussetzungen so vorgehen konnte. Und da gebe es noch etwas: Carl solle versuchen, *diesen Näsberg oder wie der Kerl heiße* schon im voraus dazu zu bringen, sein Empfehlungsschreiben an den Oberbefehlshaber abzuschikken, damit man den Idioten beim Abschirmdienst überfahren könne.

Sonst gebe es keine Probleme. Carl brauche nur nach Deutschland zu fliegen und sich anzuhören, was die Kollegen zu sagen hätten, und nein danke zu sagen, wenn deren vorgeschlagene Tarnung nicht gut genug sei, wovon man fast ausgehen könne.

Sie hatten sich den Nachtisch geschenkt und saßen jetzt vor ihrem Kaffee. Carl hatte dem Alten einen Cognac aufgedrängt.

Carl hatte noch etwas auf dem Herzen: Die Frage, wie man eine bestimmte Zahl von Millionen an persönlichem Vermögen versteuen solle. »Du bist zwar alter Sozialist, aber was würdest du an meiner Stelle tun?«

Während Carl unter Mühen versuchte, sein moralisches Problem darzulegen, blickte er in seine Kaffeetasse, in die er nur ein Stück Zucker gelegt hatte, das von dem rotierenden Löffel schon längst zermahlen sein mußte. Hätte er dem Alten ins Gesicht geblickt, hätte er zu seinem Erstaunen gesehen, wie es in den Augen des alten Spionagechefs vor Vergnügen fast zu glitzern begann.

»Also«, sagte der Alte, nachdem Carl sich seine Skrupel von der Seele gemurmelt hatte, »was willst du als erstes hören? Die formelle Entschuldigung sowie die Erklärung, was dir die Amtspflicht abverlangt? Oder meine Meinung über die moralische Seite der Angelegenheit?«

»Bitte erst die Entschuldigung.«

»Nun, da liegen die Dinge so: Es ist doch hervorragend, daß jeder Versuch, sich im nächsten Jahr über deine Vermögensverhältnisse zu erkundigen, zu der Information führen wird, daß du keinerlei Vermögen hast. Solltest du dich etwa in einem halben Jahr in Gestalt eines abgesprungenen schwedischen Studenten mit Surfing-Vergangenheit in Kalifornien bei den Terroristen aufhalten oder unter irgendeinem anderen Vorwand, und es stellt sich heraus, daß du Millionär bist ... nein, das wäre nicht so gut.«

Carl tat den Einwand mit dem Hinweis ab, das setze voraus, daß aus dem deutschen Unternehmen etwas werde, was vermutlich nicht der Fall sei. Darin gab der Alte ihm recht.

Was das moralische Problem aber angehe, *unter uns Sozialisten,* hatte der Alte einige Überraschungen parat. Bei der Auflösung des alten IB seien eine ganze Reihe der Grundstücke und Gebäude auf ihn, den Alten, persönlich überschrieben worden. Als wäre es eine Gratifikation des Staates, wurde daran auch später nichts geändert; der Alte hatte also ein steuerfreies Geschenk im Wert von gut drei Millionen Kronen erhalten. »Das Besteuerungsproblem bei Immobilien ist mir daher ziemlich vertraut. In manchen Jahren ist die Steuer beschämend niedrig ausgefallen, das muß ich zugeben, aber ich habe das in anderen Jahren durch Zahlung höherer Steuern auszugleichen versucht. Was hätte es aber für einen Sinn gehabt, mir alles wegsteuern zu lassen? Wäre die Welt davon gerechter und besser geworden?«

Man müsse versuchen, die Dinge auch rein praktisch zu sehen, nicht nur moralisch, wozu Carl gelegentlich neige, gelinde gesagt sogar etwas übertrieben. Da sei beispielsweise die Frage der Gewerkschaft: »Wenn man wie ich sein ganzes Leben lang Sozi gewesen ist, ist man ja selbstverständlich auch für die Gewerkschaftsbewegung. Was meinst du wohl, welche Erfahrung ich mit der Gewerkschaft machen mußte? Wir haben es uns doch nicht so gedacht, daß es zu solchen Absurditäten wie etwa einer Offiziersgewerkschaft kommt, zu einem Recht auf feste Anstellung etwa beim Nachrichtendienst, etwas, was gerade bei unserem Thema peinlich naheliegen könnte. Ich erzähle dir lieber die Geschichte, die ich mit dem alten, ehrlichen Landarbeiterverband erlebt habe.«

Unten in Kivik in Schonen wisse ja jeder, daß er, der Alte, vor seiner Pensionierung Spionagechef gewesen sei. Und jetzt hatte er, wie alle anderen Eigentümer von Apfelplantagen in der Gegend, teuflische Probleme mit der Gewerkschaft. Zur Erntezeit kamen wie immer die polnischen Studenten nach Schonen, um schwarz zu arbeiten. Das war die einzige Methode, die Äpfel aus den Bäumen zu bekommen. Angesichts der schwedischen Löhne und Anstellungsgarantien auf Lebenszeit und der Krankenversicherungen und des Urlaubsanspruchs mit Lohnfortzahlung würden die Äpfel ganz einfach nicht von den Ästen herunterkommen, höchstens verfault.

Folglich wurden die Äpfel von polnischen Studenten gepflückt, die man schwarz bezahlte. Das war ein glänzendes Geschäft für die Studenten, die das ersparte kleine Geldscheinbündel anschließend nach Hause schmuggelten, es auf dem Schwarzmarkt umtauschten und sich ihr Studium für mindestens ein weiteres Jahr damit sicherten, bis zur nächsten Apfelernte in Schonen.

Alle waren also zufrieden. Überdies waren diese polnischen Studenten, die in jedem Herbst erschienen, ein hervorragendes Rekrutierungspotential für jeden Nachrichtendienst, in dem halbwegs vernünftige Leute saßen. »Nun ja«, unterbrach sich der Alte, »das gehört ja strenggenommen nicht hierher.«

Aber dann hätten sich Gewerkschaftsangehörige auf die Lauer gelegt und Schwarzarbeiter erwischt. Mancher der polnischen Apfelpflücker sei festgenommen, der Polizei übergeben und des Landes verwiesen worden.

Und jetzt wüßten sämtliche Apfelpflanzer Kiviks, daß er, der Alte, einmal Spionagechef gewesen sei. Eines Tages erschienen sie vollzählig vor seiner Haustür, um eine Anfrage an ihn zu richten, die jeden Sozialdemokraten, ob er ehemaliger Spionagechef war oder nicht, in Schwierigkeiten bringen mußte. Sie wollten, daß der Alte eine Art Alarmsystem entwickelte, ein gegen Gewerkschaftsspione gerichtetes Sicherheitssystem.

Nach einigem Zögern erklärte sich der Alte mit dem Vorschlag einverstanden. »Und dieses System funktioniert jetzt schon seit zwei Jahren. Es klappt perfekt. Sobald sich einer der Gewerkschaftsspione nähert, verschwindet wie durch Zauberei jeder polnische Student aus der gesamten Region Kivik. Wenn die Brüder wieder abgezogen sind, wird die Arbeit wiederaufgenommen. Aus diesem Grund können wir in Schweden immer noch schwedischen Apfelsaft trinken.«

»Du meinst also, es gebe einen Unterschied zwischen den Gesetzen Gottes und den Verordnungen der Menschen, in diesem Fall der Sozis?« wollte Carl wissen, den die Geschichte zwar amüsierte, der aber noch keine richtige Parallele zu seinem Problem sah.

Der Kellner erschien mit Carls Kreditkarte und der Rechnung, und der Alte beantwortete die Frage erst, als sie wieder im Wagen saßen und durch den Schneematsch in die Stadt zurückfuhren.

»Verschiebe das Ganze. Du kannst bis zum nächsten Jahr warten, und wenn es nur darum geht, daß du Steuern bezahlen willst, dann mach es wie ich. Nimm ein Jahr, in dem dir besonders großzügig zumute ist oder in dem du ein besonders schlechtes Gewissen hast, aber es gibt keinerlei Grund, sich alles wegsteuern zu lassen. Und im Augenblick darfst du es nicht einmal – aus Sicherheitsgründen. Das ist ein Befehl, verstanden? In diesem Jahr mußt du mit Rücksicht auf die Sicherheit des Reiches ein Vermögen von null Kronen angeben, hehe.«

Als Carl am nächsten Nachmittag die Papiere in der Bank unterzeichnete, die ihm ein paar weitere Millionen einbringen würden, saß er an einem Fenster hoch oben in dem Bankgebäude, das nicht nur eine Aussicht auf die größte Hurenstraße Stockholms bot, jenseits des alten Reichstagsgebäudes, sondern auch auf den Ort in der Stadt, an dem die meisten Drogen umgeschlagen wurden. Die Aussicht machte Carl depressiv und machte ihm die ganze Transaktion noch widerwärtiger.

Den Akten im Bankschließfach wurden einige Umschläge von der Sicherheitsabteilung der Reichspolizeiführung beigefügt, nämlich die Garantien von Ministerialdirektor Näslund, die er ohne Diskussionen gegeben hatte, sowie ein Testament, in dem Carl im Vollbesitz seiner geistigen Kräfte und so weiter erklärte, im Fall seines Todes vermache er seine sämtlichen Vermögenswerte dem Palästina-Komitee in Schweden, Konto Nummer soundso.

Zwei bestürzte Bankangestellte hatten seine Unterschrift bezeugt. Anschließend ging er zu Fuß durch die Hurenstraße zu seiner Wohnung in Gamla Stan, der Stockholmer Altstadt. Er packte eine Reisetasche, zog sich einfache, aber flotte Freizeitkleidung an und packte an Waffen nur sein präpariertes Schweizer Armeemesser und ein amerikanisches Kommando-Messer mit einem tarnfarbigen Kunststoffgriff ein.

Er sammelte die Topfpflanzen der Wohnung ein und stellte sie auf den Tisch in der Bibliothek, den er mit Zeitungspapier abgedeckt hatte. Dann gab er ihnen so viel Wasser, wie eben vertretbar war; einige der Pflanzen neigten dazu, auch an zuviel Wasser zu sterben, und überdies war er Anfänger, dem man kaum nachsagen konnte, daß er ein grünes Händchen besaß. Seine bisherige Verlustziffer reichte an hundert Prozent heran.

Carl spürte, daß auch diese Pflanzen sterben würden, und so kam es auch. Seine Reise nach Deutschland brachte es mit sich, daß die Pflanzen nach anderthalb Monaten starben, und in den folgenden Monaten würden wegen dieser Deutschlandreise insgesamt sechzehn Menschen sterben. Einer davon würde ein junger Offizier sein, Angehöriger eines ausländischen Nachrichtendienstes, mit dem die Bundesrepublik zusammenarbeitete; ein junger Offizier, der den Auftrag erhalten hatte, *under deep cover* unter westdeutschen Terroristen zu arbeiten.

Carl saß in dem englischen Lesesessel und hörte sich über die Kopfhörer der Stereoanlage ein schwermütiges Streichquartett von Brahms an. Die winterliche Abenddämmerung hüllte die konservative, in Leder und Mahagoni gehaltene Wohnungseinrichtung ein. Eigentlich hatte er seine Wohnung nicht so einrichten wollen, aber dies war eben ein Stil, den er in der Kindheit zu tolerieren gelernt hatte, und jetzt hatten Mahagoni und Leder fast die Funktion einer passenden Tarnung; alles sah so aus, wie es zu einem jungen, adligen Millionär aus der Börsenjobber-Truppe paßte, alles mit Ausnahme des verschlossenen Raums hinter der Stahltür mit dem Sicherheitsschloß.

Carl betrachtete die immer dunkler werdenden Umrisse der Topfpflanzen. Er hatte das Gefühl, als sei er dabei, sich auf ähnliche Weise aufzulösen. Hatte er sich nur als Couponschneider verkleidet, oder war er im Grunde eigentlich nicht mehr als das?

Er trank langsam ein Glas Whisky, während seine Gedanken zu der Hurenstraße abschweiften, durch die er auf dem Heimweg gegangen war. Das war ein eigenartiger letzter Eindruck von Schweden. Seine Lufthansa-Maschine ging früh am nächsten Morgen.

5

Er erwachte von dem urzeitlichen Ächzen im Innern der Maschine, als sich die Hydraulik in Bewegung setzte, um das Landegestell auszufahren. Noch nie hatte er in einem Flugzeug so lange und so unbeschwert geschlafen, und als er munter wurde, entdeckte er, daß er ausgeschlafen, sorgenfrei und sogar guter Laune war, und all das nur, weil er unterwegs war, wobei es überhaupt nicht darauf ankam, wohin. Er hatte immerhin eine Aufgabe vor sich, was etwas völlig anderes war als das langweilige Drücken der Schulbank wie in den letzten Monaten – und das nur, um einen weiteren Streifen an einer Uniform zu erobern, die er sowieso nicht trug.

Als die Maschine mit quietschenden Reifen die Landebahn berührte, entdeckte er einige Flugzeuge mit den Hoheitszeichen der U.S. Air Force. Genau, Frankfurt am Main ist nicht nur einer der größten Flughäfen Europas, sondern auch eine Militärbasis, folglich ein Terroristenziel.

Im Bus von der Maschine zur Ankunfthalle betrachtete er die Umgebung mit den Augen eines Terroristen. Falls man hier zuschlagen wollte, wie, wo und womit sollte es geschehen?

Das Gelände wurde intensiv bewacht. Es gab zwei oder drei Wachstationen mit jederzeit einsatzbereiten Panzerkampfwagen, und auf dem Dach der Ankunfthalle entdeckte Carl zwei Wachen mit automatischen Waffen; ein Angriff hier drinnen wäre ein selbstmörderisches Unternehmen, und zum Selbstmord neigten europäische Terroristen nicht, soweit er sich erinnern konnte. Man konnte sich der Startbahn aber natürlich auch in Längsrichtung nähern. Man mußte nur auf einige hundert Meter herankommen, das würde genügen. Und mit einer *Stinger* oder schlimmstenfalls einer *SAM-7*, ja sogar einer *SAM-7* würde man es auf diese kurze Entfernung schaffen, könnte man jede beliebige amerikanische Militärmaschine vom Himmel holen. Ein Treffer kurz nach dem Start hätte eine vernichtende Wirkung. Die vollgetankte Maschine würde auf dem Boden aufschlagen und sich in einen gigantischen Feuerball verwandeln. Das Durcheinander und die Verwirrung danach wären total, und es wären nicht mehr als drei Terroristen nötig, um eine solche Operation durchzuführen. Sie könnten sich sogar schon vor dem Einschlag der handlichen, tragbaren Rakete vom Tatort entfernen.

Warum hatten die Terroristen noch nie eine solche Aktion unternommen? Im Vergleich zu der Beschießung einer Warteschlange von Flugpassagieren, was in Terrorkreisen eine merkwürdig beliebte Methode war, hätte der Abschuß eines Flugzeugs entscheidende Vorteile: größerer Schaden, größere Sensation, größere Möglichkeit, sich die Opfer auszusuchen, dazu noch weitaus günstigere Möglichkeiten für die Terroristen, sich nach dem Angriff abzusetzen. Warum hatten sie es noch nie mit so etwas versucht?

War es vielleicht zu schwer, in ein Waffenlager der NATO einzudringen und eine *Redeye* oder eine *Stinger* zu stehlen?

Carl wurde jäh aus seinen Überlegungen gerissen, als der Bus kurz vor dem Erreichen der Ankunfthalle an einer Messerschmitt 109 aus dem Zweiten Weltkrieg vorbeirollte. Ja, es war tatsächlich ein deutsches Kampfflugzeug aus dem Dritten Reich, sogar mit den damaligen Hoheitszeichen auf den Tragflächen. War Frankfurt damals eine Luftwaffenbasis gewesen? Stand die Maschine dort als eine Art Denkmal, oder zu welchem Zweck sonst? Außer Carl schien niemand auf diesen bemerkenswerten Anblick auf dem Dach der Ankunfthalle zu reagieren; als der Bus nach dem Eintauchen in die überdachte

Auffahrt zu ebener Erde vorfuhr, war die Maschine nicht mehr zu sehen. Die Fluggäste verließen den Bus und verloren sich bald in der gewaltigen Verästelung von Flughafengebäuden.

Carl machte eine Runde durch die große Ankunfthalle. Er vermutete, daß sich zur Hauptverkehrszeit am späten Morgen oder am frühen Abend sieben- oder achttausend Menschen hier aufhielten. Wenn es Terroristen gelänge, mit automatischen Waffen in dieses Gewimmel zwischen Läden und Ausgängen und Transportbändern einzudringen, könnte keine Sicherheitstruppe der Welt eine Katastrophe verhindern.

Unbewußt prüfte er den Fußboden: Seine Joggingschuhe paßten perfekt zu den Gumminoppen der Unterlage.

Er hatte nur eine kleine Reisetasche bei sich, die als erste auf dem Laufband landete. Bei der Paßkontrolle und beim Zoll widmete ihm niemand mehr als zerstreute Aufmerksamkeit; ein gepflegter, sportlicher junger Skandinavier in Freizeitkleidung, wie es in einer Fahndungsmitteilung geheißen hätte. Näslund zufolge hatten die Deutschen ihn etwa so haben wollen. Und wie erwartet hatten sie auch gesagt, sie selbst würden die Waffen stellen, falls und wenn es sich als nötig erweisen sollte.

Dagegen hatten sie nicht gesagt, wann und wo die Kontaktaufnahme stattfinden sollte. Von jetzt an bis zur Ankunft in Bonn mußte er damit rechnen. Aus irgendeinem Grund wollten sie, daß er nach Frankfurt flog, um anschließend mit dem Airport-Expreß nach Bonn zu fahren, statt gleich auf dem Flughafen Köln/Bonn zu landen. Warum, das spielte keine Rolle.

Er genoß es, in der Anonymität der gewaltigen Menschenmasse des fremden Landes zu verschwinden, in der ihn niemand erkennen würde, in der niemand etwas von ihm wußte, und in der es ihm gelingen würde, jede beliebige Identität zu vollständiger Glaubwürdigkeit aufzubauen. Er war auf dem

Weg in den *Auftrag*, und das erfüllte ihn mit geheimnisvoller, fast berauschender Freude.

Der Airport-Expreß war ein außerordentlich eleganter Zug, in dem alles perfekt aufgeräumt und sauber war und in dessen Speisewagen es weiße Tichtücher und richtige Bestecke gab (im Gegensatz zu schwedischen Speisewagen) sowie gutgekleidete Kellner, die ihm, ohne über seine Jeans zu grinsen, zur Begrüßung ein Glas Champagner anboten. Auf einem Tablett im Hintergrund entdeckte Carl eine Batterie des gewöhnlichen Luftlinien-Champagners Pommery in kleinen Flaschen. Carl fragte höflich, ob er nicht lieber irgendeine gute deutsche Entsprechung bekommen könnte, da er sich nun in Deutschland befinde, worauf ihm der Kellner, nach wie vor lächelnd, eine halbe Flasche Deinhard Lila brachte.

Er aß lange und genoß die französische Küche. Er spürte, daß es einige Zeit dauern würde, bis er wieder an einem weißen Tischtuch saß. Nach der Heimkehr aus Kalifornien hatte er mehr als ein Jahr gebraucht, um die europäische Küche wieder schätzen zu lernen; in der ersten Zeit zu Hause hatte er sich ungebremst auch weiterhin von Cheeseburgern ernährt. Jetzt aber aß er mit Genuß Geflügel und trank Beaujoulais und zog die Mahlzeit in die Länge.

Als er aufstand und zu seinem Abteil zurückging, entdeckte er erst die Landschaft, die er bisher keines Blickes gewürdigt hatte, eine märchenhafte Szenerie. Das mußte das Rheintal sein.

Es war Dezember, der Himmel war bedeckt, die Erde schwarz oder braun, und die Rebstöcke oder vielmehr deren Stützen standen in weißen Reihen wie Kreuze auf einem Soldatenfriedhof; der Himmel war grau, das Wasser des Flusses braun, der entlaubte Wald schwarzgrau und braun. Es hätte ein sehr düsteres Bild sein können. Der Zug kam aber immer wieder an kleinen Dörfern vorbei, die so aussahen wie das farbenfrohe Zubehör zu der Märklin-Bahn seiner Kindheit.

Märklin konnte nur aus diesem Land kommen, das war deutlich zu sehen. Und wenn man sich mit einiger Phantasie die Farben so vorstellte, wie sie im Sommer sein mußten, war dies eine der schönsten Landschaften Europas, die da draußen vor dem Fenster vorüberglitt. Von Rheinburg zu Rheinburg vergingen weniger als drei Minuten, und jede Burg lag da wie in einem Märchen, in dem man sich ohne weiteres Ritter, Drachen und die gefangene Jungfrau vorstellen konnte. Eine solche Inflation an Burgen kam Carl ein wenig eigenartig vor, da in diesen Burgen doch Adlige gelebt haben mußten, die einander auch bekämpft hatten, und dafür erschien ihm der Abstand zwischen den Rivalen zu klein.

Carl betrat sein Abteil und holte eine Karte, die er in der Maschine eingesteckt hatte, aus der Reisetasche. Der Zug näherte sich der Stelle, an der die Mosel als Nebenfluß in den Rhein fließt.

Carl grübelte eine Weile über sein Verhältnis zu Deutschland nach. Er sprach ein schlechtes Deutsch, und er mochte die Deutschen nicht; sein erster Gedanke beim Wort Deutschland war ohne Zweifel der Nazismus. Seine erste Vorstellung von einem Deutschen war ein Mann in Polizeiuniform mit einem angeleinten, bellenden Schäferhund an der Seite. Deutsche Autos waren schwer, gediegen, teuer und für ältere Herren gedacht. Die Deutschen waren so etwas wie schwerfälligere Amerikaner, wenn man sie von ihrer allerbesten Seite sehen wollte; von der anderen Seite aus betrachtet waren sie laut, aufdringlich, vulgär, fett und nationalistisch.

Carl gab sich Mühe umzudenken. Deutschland – das war auch das beste Bier der Welt, das waren Rhein- und Moselweine, das war tausendjährige Kultur, gerade hier, wo der Zug jetzt durchfuhr. Carls Musikgeschmack war zudem rein deutsch. Es gab nicht nur das Deutschland der Schäferhunde, sondern auch das Deutschland von Mozart und Beethoven.

Ein Schild auf der anderen Seite des braunen Flusses verkündete, daß sie soeben den Loreley-Felsen passierten. Der Felsen sah nach gar nichts aus; ganz oben eine Fahne, im übrigen hätte dies eine Flußbiegung wie jede andere sein können. Carl kramte im Gedächtnis, da gab es doch etwas Besonderes – das Rheingold? Also, das Rheingold lag unter dem Loreley-Felsen versteckt und wurde von den Nibelungen bewacht, und einer davon schmiedete einen Ring aus dem Rheingold, den Ring des Nibelungen, und …?

Von Wagner war Carl noch nie sonderlich entzückt gewesen, und es war lange her, seit er zum ersten- und bislang letztenmal die Opern durchlitten hatte. Es ärgerte ihn trotzdem, daß er sich nicht mehr genau erinnern konnte.

Zwei Meter weiter im Gang stand ein Deutscher in Carls Alter. Der Mann trug eine Brille und betrachtete dieselbe Aussicht wie Carl. Er fragte ihn, ob er englisch spreche und erhielt ein freundliches Kopfnicken zur Antwort. Carl zeigte auf den entschwindenden Loreley-Felsen und fragte, ob dort das Rheingold versteckt sei. Der andere lächelte jetzt noch breiter, kam näher und zog die Tür zu Carls leerem Abteil auf. Dann streckte er die Hand zum Gruß aus:

»Willkommen in der Bundesrepublik, Graf Hamilton, wollen wir uns setzen?«

Carl ging hinein und setzte sich, und der andere folgte ihm und zog die Tür zu. Er setzte sich Carl gegenüber ein wenig umständlich und langsam hin, bevor er fortfuhr:

»Mein Name ist Siegfried Maack, Verfassungsschutz. Nach Ihrer Frage nach dem Rheingold klingt mein Vorname Siegfried vielleicht wie ein Scherz, aber ich bin unschuldig. Ich heiße tatsächlich so. Und ich befürchte, es wird mindestens genauso komisch, wenn Sie meinen Chef kennenlernen, denn der heißt Loge. Wir sollten unser Unternehmen vielleicht *Götterdämmerung* nennen, um einigermaßen in der Metapher zu bleiben.«

Beide lachten zunächst spontan, dann ein wenig angestrengt, als sie begannen, einander mit den Augen abzuschätzen; Carl, weil er jetzt den ersten leibhaftigen Vertreter des Verfassungsschutzes vor sich hatte, und Siegfried Maack, weil er jetzt endlich den Mann zu Gesicht bekam, über den er und sein Chef in den letzten Tagen unaufhörlich nachgedacht hatten.

Carl gefiel, was er sah. Siegfried Maack war so weit von dem Bild eines deutschen Polizeiwachtmeisters mit dazugehörendem knurrendem Schäferhund entfernt, wie man es nur sein kann.

Siegfried Maack war etwas unschlüssiger. War dieser nett und ordentlich aussehende Schwede mit den Lachfalten und seinem breiten weißen Lächeln wirklich der Killer, den die Berichte schilderten? Konnte das Aussehen wirklich so trügerisch sein?

»Vielleicht sollten wir eine Weile mit den Scherzen aufhören«, begann Carl. Er spürte, daß es an der Zeit war, das angestrengte Lächeln abzustellen. »Ich würde gern wissen, was wir jetzt tun, wann, wo und wie?«

»In Bonn. Sie gehen ins Hotel Steigenberger. Wir haben unter Ihrem Namen ein Zimmer reserviert. Heute abend treffen wir uns im Hotel.«

»Welche wir, und welche Funktion haben Sie?« fragte Carl rasch weiter.

»Sie und ich und der Chef. Meine Funktion? Während der Vorbereitungszeit bin ich Ihr Ausbilder und anschließend Ihr Kontaktmann, falls die Operation in Gang kommt, aber es wäre besser, wir würden uns erst heute abend darüber unterhalten. Im Augenblick wollte ich mich nur vergewissern, daß Sie ohne Komplikationen angekommen sind, daß sich niemand im Zug befindet, den wir hier nicht haben wollen. Wir sehen uns heute abend. Auf Wiedersehen.«

Siegfried Maack erhob sich, bevor er zu Ende gesprochen hatte. Carl stand ebenfalls auf und gab Maack die Hand. Beiden war ihr förmliches Benehmen gleichzeitig und sichtlich unangenehm. Siegfried Maack zog sich schnell aus der Abteiltür zurück, die er sorgfältig hinter sich schloß. Carl blieb einen Moment stehen und stellte fest, daß Siegfried Maack den Namen des Hotels nur einmal erwähnt hatte. Steigenberger. Das mußte ein bekannter Name sein, da Maack vorauszusetzen schien, daß Carl ihn sich sofort merkte. Carl war aber dennoch der Meinung, daß es nicht sonderlich professionell wirkte, den Treffpunkt nur ein einziges Mal zu nennen.

Kaum war er zu dieser Schlußfolgerung gekommen, ging die Abteiltür auf.

»Ach übrigens«, sagte ein sichtlich verlegen lächelnder Siegfried Maack, »das Hotel heißt also Steigenberger, ich hoffe, Sie haben das verstanden.«

»Ja, ist verstanden«, erwiderte Carl mit einem feinen Lächeln, und dann verschwand Siegfried Maack endgültig.

Nach ein paar Minuten ging Carl in den Gang hinaus, um sich weiter die vorüberziehende Revue der Rheinburgen anzuschauen. Von Siegfried Maack war nichts mehr zu sehen.

Der Bonner Bahnhof ist erstaunlich klein, so daß Carl nur einige Meter zu gehen brauchte, bis er in einem Taxi verschwand. Der Fahrer kannte den Namen des Hotels und fuhr sofort los. Die Fahrt ging zunächst durch eine Gegend, die den Eindruck einer idyllischen Kleinstadt machte, bis der Wagen plötzlich an einem Bahnübergang halten mußte. Falls Carl den fluchenden türkischen Fahrer richtig verstand, war Bonn die einzige Hauptstadt der Welt, in der der Bahnverkehr mitten durch die Innenstadt lief.

Das Steigenberger Hotel erwies sich als höchst triste Angelegenheit, ein Koloß von etwa fünfzehn Stockwerken mit einem großen Mercedes-Stern auf dem Dach, ein Neubau, der dennoch nicht modern war, sicher teuer, aber keineswegs luxuriös.

Die Zimmerreservierung hatte natürlich geklappt, und Carl entdeckte zu seinem Erstaunen und Entzücken, daß das Mädchen in der Rezeption ein Kärtchen in der Hand hielt, auf dem seine sämtlichen Vornamen korrekt aufgeführt waren.

Sein Zimmer lag im zwölften Stock. Es war ein recht großer Raum mit klotzigen braunen Sesseln und zwei Betten mit einem gelben, großgeblümten Überwurf. Die Wände waren hellgelb, und der einzige Wandschmuck des Zimmers war ein abstraktes Kreuz. Es war zweiundzwanzig Minuten vor sieben. Draußen war es schon völlig dunkel geworden. Carl vermutete, daß sein Besuch um sieben Uhr erscheinen würde, und nutzte die Zeit, um zu duschen, sich zu rasieren und umzuziehen.

Punkt sieben Uhr klopfte es diskret an der Tür. Es war Siegfried Maack. Hinter ihm stand ein kleiner, rundlicher Mann. Das mußte der Chef sein, der Mann mit dem Vornamen Loge.

Die Männer begrüßten sich herzlich und rückten die beiden Sessel und einen Stuhl vom Schreibtisch vor dem unbequem niedrigen Hoteltisch zusammen, auf dem Loge Hecht einen Stapel von Papieren deponierte. Carl holte zwei Flaschen Bier aus seiner Minibar und setzte sie seinen Gästen vor. Er war unschlüssig, ob er sich noch ein Bier bestellen sollte, da der Kühlschrank nur zwei Flaschen enthielt, aber dann schlug er doch lieber ein paar Eisstücke los, die er in ein Glas kippte. Dann holte er seinen dunklen, zwölf Jahre alten Whisky, den er vom Flughafen Arlanda mitgebracht hatte, goß sich ein und setzte sich zu den beiden Deutschen. Die Arbeit konnte beginnen.

Loge Hecht sprach deutsch, und Siegfried Maack übersetzte ins Englische. Die einleitende Begrüßung war rasch erledigt, und während Maack übersetzte, betrachtete Hecht den schwedischen Operateur. Ihm gefiel, was er da sah. Der junge Mann saß völlig entspannt in seinem Sessel und nippte vorsichtig an seinem Whisky, während er Maacks Begrüßung lauschte. Das war eine Haltung, die Hecht durch ihr Gleichgewicht und ihre Ruhe spüren ließ, daß ein solides Selbstvertrauen dahintersteckte. Hamilton war ein Mann, der nicht einmal bei einem Unternehmen von dieser Schwierigkeit an seinen Fähigkeiten zweifelte. Das war gut, sehr gut.

»Und damit sollten wir zur Sache kommen«, fuhr Hecht fort, nachdem Carl die Höflichkeiten erwidert hatte. »Fangen wir mit den Voraussetzungen des Unternehmens an, oder möchten Sie ein paar Fragen stellen? Was möchten Sie als erstes wissen, Herr Hamilton?«

Es war völlig klar, was Carl als erstes erfahren wollte. Eine Frage war wichtiger als alles andere, von ihr hing die gesamte Operation ab: Wie solle seine Tarnung aussehen, wie seine Identität und sein Hintergrund, abgesehen davon, daß er selbstverständlich Schwede sein müsse und für Terroristen Sympathien hege?

»Aha, das Wichtigste also zuerst, das freut mich«, begann Hecht und wartete die Übersetzung ab, bevor er fortfuhr.

Er erklärte, er wolle zunächst den Mann beschreiben, dem die Terroristen begegnen sollten. »Wir können mit dem Namen anfangen«, sagte er. »Carl Gustaf Gilbert Hamilton, wohnhaft Drakens gränd in Gamla Stan in Stockholm. Dieser Hamilton hat seinen Wehrdienst in einer Sondereinheit der schwedischen Marine abgeleistet. Er ist Angriffstaucher, beherrscht neben der Tauchtechnik eine ganze Reihe von Sabotage- und Nahkampftechniken. Das ist in etwa das, was ein Außenstehender in Erfahrung bringen kann. Im Verlauf der Ausbildung können wir das aber noch ein wenig ausschmükken, da sie ja geheim ist. Schlimmstenfalls könnte das sogar eine Erklärung dafür sein, daß Sie Offizier sind, falls jemand das herausfinden sollte. In manchen geheimen schwedischen Verbänden werden sogar die Wehrpflichtigen zu Offizieren gemacht, etwa Dolmetscher oder Funker, das ist also gar nichts Besonderes.

Ferner haben Sie fünf Jahre an der University of California in San Diego zugebracht, Graf Hamilton, und dort unter anderem Staatswissenschaft studiert, Computertechnik und Programmieren. Das genügt vielleicht. Sehen Sie den Grundgedanken, Graf Hamilton, wie gefällt er Ihnen?«

»Aha, ich verstehe«, sagte Carl langsam und ließ einen ungeduldigen Siegfried Maack übersetzen, bevor er fortfuhr: »Meine Tarnung ist also gar keine. Ich soll mich selbst spielen, von ein paar entscheidenden Details abgesehen. Ich bin kein Angestellter des schwedischen Sicherheitsdienstes und arbeite auch nicht für den Verfassungsschutz. Das ist wohl das einzige, was ich mir merken muß. Das ist ein sehr guter Gedanke, in seiner ganzen Einfachheit sogar glänzend.«

»Gut. Und wodurch könnte diese Identität auffliegen?« bohrte Loge Hecht nach. Carl mußte eine Weile nachdenken. Seine richtige Identität könne ebenso wie seine falsche nur durch eigene Fehler im Einsatz auffliegen – etwa durch klassische Versprecher, durch Geständnisse gegenüber Frauen in schwachen Momenten und all die anderen Dinge aus dem Lehrbuch, vielleicht aber auch durch Verrat seitens der Auftraggeber.

Nichts davon sei sonderlich wahrscheinlich. Außerdem wünsche er vor Beginn der Operation einige schriftliche Garantien.

Carl nannte die Dokumente, die er von Hecht haben wollte, und dieser sagte sie ihm ohne weiteres zu, und damit konnte er zur nächsten großen Frage übergehen: Was genau sollte Carl Gustaf Gilbert Hamilton für die Terroristen so attraktiv machen, wenn man einmal von seinen waffentechnischen Qualifikationen absah, die man ja nicht gerade per Zeitungsinserat anpreisen konnte?

Loge Hecht kicherte fast übertrieben entzückt vor sich hin, als Maack ihm Carls ironische Bemerkung über das Zeitungsinserat übersetzte.

Das war nämlich genau der Plan, den man ins Auge gefaßt hatte. Der Verfassungsschutz habe, so Hecht, von einigen Banküberfällen erfahren, die in Südwestdeutschland von einem einzigen Mann begangen worden seien. Die Überfälle waren hochprofessionell durchgeführt worden, und der Täter war nur per Zufall gefaßt worden. Es stellte sich heraus, daß er Polizeibeamter war. Er beging Selbstmord, bevor Anklage erhoben werden konnte, und die Polizei hatte die Geschichte nicht an die Presse durchsickern lassen. Die insgesamt fünf Banküberfälle waren damit aufgeklärt, obwohl sie in der Statistik als *unaufgeklärte Verbrechen* geführt wurden. Der kriminelle Polizeibeamte war ohne Zweifel ein einsamer Wolf gewesen. Vor allem seine verzweifelten privaten Finanzen, Hypotheken- und andere Schulden, etwa für den Kauf eines Neuwagens, hatten ihn dazu getrieben.

Carl sollte einen Bankraub begehen und dabei gefilmt werden, natürlich mit einer geeigneten Maske, so daß man ihn trotz der Videoaufnahme in der Bank nicht würde erkennen können. Nach der Veröffentlichung dieser Bilder in Fernsehen und Presse würde die Polizei durchblicken lassen, daß dieser Täter erstens derselbe Mann sei, der in Südwestdeutschland sein Unwesen getrieben, sein Tätigkeitsfeld jetzt aber offenbar nach Hamburg verlegt habe. Zweitens, und dieser Hinweis würde viel interessanter sein, würde dieser Bankräuber als skandinavischer Kommunist und Terroristensympathisant dargestellt werden, der eventuell mit der Terroristenszene in Verbindung stand. Und drittens würde man vor ihm als vor einer besonders gefährlichen Person warnen, als hervorragend ausgebildeten Marinesoldaten aus einem Sabotageverband, sofern er tatsächlich der Mann war, den die Polizei in ihm vermutete.

Schon einen Tag später würde diese Version dementiert werden. So etwa, faßte Hecht zusammen, werde die PR-Kampagne aussehen. Die Terroristen würden an dem Köder kaum vorbeikommen. Noch Fragen oder Einwände bis hierher?

Oh, da gab es unleugbar einiges zu fragen. Ein Banküberfall war nach Carls Meinung ein Lotteriespiel, bei dem jeder x-beliebige Idiot mit etwas Glück durchkommen konnte. Versorgten sich die westdeutschen Terroristen nicht auf diesem Weg mit Geld? Es konnte aber auch passieren, daß man Pech hatte. Was sollte Carl etwa tun, wenn der Bankkassierer den Helden spielen wollte? Sollte er ihn weidwund schießen oder was? Es gab noch schlimmere Möglichkeiten – wie etwa, so Carl, solle er sich bei einer eventuellen Komplikation mit der Polizei verhalten? Wenn er in eine Lage käme, sich gegen bewaffnete deutsche Polizeibeamte verteidigen zu müssen, würde das bedeuten, daß er Gefahr liefe, sie zu töten. Und wenn er sich nicht verteidigte, würde das Unternehmen bestenfalls ein rasches Ende finden oder er im schlimmsten Fall selbst angeschossen werden, ohne zurückschießen zu können, und das sei keine sehr angenehme Vorstellung.

Loge Hecht genoß es, wie der junge Schwede die Komplikationen mit dieser bemerkenswerten Mischung aus leichtem Plauderton und totalem Selbstvertrauen beschrieb. Hecht kannte keinen Menschen, der es für eine Selbstverständlichkeit hielt, daß ein bewaffneter Zusammenstoß mit der Polizei dazu führen würde, daß die Polizeibeamten sofort kampfunfähig geschossen wurden. Hamilton schien sich nicht einmal bewußt zu sein, daß ein solches Szenario gelinde gesagt aufsehenerregend war.

»Nun«, erwiderte Hecht, »ich kann Ihre Fragen wie folgt beantworten. Sollte der Bankkassierer den Helden spielen wollen, sollte Ihnen ein Gegenmittel einfallen, um ihn nicht ernsthaft zu verletzen oder zu töten. Was die Polizei betrifft, müßten Sie das Unternehmen ganz einfach in dem Augenblick abbrechen, in dem sie auftaucht. Zu einer solchen Konfrontation darf es einfach nicht kommen. Allerdings haben Sie für einen Bankräuber ungewöhnlich gutinformierte Hilfskräfte. Sie können nämlich die Bank wie auch den Zeitpunkt des

Überfalls wählen und Ihre Planung sogar mit den Einsatzplänen der Polizei abstimmen. Mit etwas Glück müßte es also gehen. Wir brauchen ja nur einen tatsächlichen Banküberfall auf Videoband, um die Legende mit einer ganzen Reihe von Banküberfällen zu verknüpfen.«

Und was sollte mit dem Geld geschehen, der Beute aus dem Überfall?

Wird gegen entsprechende Quittung dem Verfassungsschutz übergeben.

Welche Waffen sollte er verwenden und wohin mit ihnen, wenn es zu einem Schußwechsel kommt?

Die Waffen könnten nach Bestellung von Carl geliefert werden, je nach seiner Beurteilung und seinen Prioritäten. Nach dem Gebrauch müßten sie natürlich zurückgegeben und durch neue Waffen ersetzt werden, damit die Polizei keinerlei ballistische Beweise in die Hand bekommt.

Wo und wie zurückgegeben werden?

Auf demselben Weg wie das Geld, nämlich durch einen oder mehrere konspirative Briefkästen in Hamburg.

Sollte er seine Bewegungen mit Geld aus dem Bankraub finanzieren?

Nein, auf keinen Fall! Das Geld müßte bis zum letzten Pfennig zurückgegeben werden und im übrigen in der überfallenen Bank deponiert werden (was nach Ende des Unternehmens auch die offizielle Rückgabe erleichtere). Außerdem müßte Carls Quittung für das geraubte Geld genau mit der in der überfallenen Bank deponierten Summe übereinstimmen. Allerdings müßte Carl genügend Mittel zur Verfügung haben, um glaubhaft erscheinen zu lassen, daß er tatsächlich eine Reihe erfolgreicher Banküberfälle begangen hat. Diese Gelder würden allerdings vom Verfassungsschutz zur Verfügung gestellt, selbstverständlich gegen Quittung.

Wie sollte dieser Bankräuber aussehen? Habe das Bankpersonal ihn irgendwo identifiziert, könne es Proteste von irgend jemandem geben, der den tatsächlichen Täter gesehen habe?

Nein, er sei aus purem Zufall aufgeflogen. Man habe ihn weder fotografiert noch gestellt. Sein Aussehen sei unbekannt. Was die übrigen Beschreibungsmerkmale angehe, seien er und Carl einigermaßen vergleichbar.

»Die praktischen Arrangements scheinen Sie sehr gut durchdacht zu haben«, sagte Carl, während er aufstand und zum Telefon ging. Er legte die Hand auf die Sprechmuschel, bevor er fortfuhr: »Wenn wir die praktischen Fragen zunächst mal überspringen, kommen wir zur nächsten großen Frage, die von entscheidender Bedeutung ist. Der ideologischen Frage. Wie soll ich mich – wenn ich mich selbst spiele – dazu bringen zu glauben, daß es dem Sozialismus dient, wenn man Warenhäuser in Brand steckt und Fluggäste ermordet?«

Während Siegfried Maack übersetzte, rief Carl den Zimmerkellner an und bestellte sechs neue Flaschen Bier. Er streckte sich, hielt aber sofort in der Bewegung inne und setzte sich wieder, als er die Augen der beiden Männer sah. Sie waren Analytiker und Strategen, er dagegen *field operator,* und so war es nur natürlich, daß sie ihn für eine Art Raubtier hielten. Es machte ihn verlegen, wie ihre Blicke neugierig seinen Körper musterten.

»Ja, die Antwort auf diese Frage wird uns vielleicht etwas Zeit kosten«, stimmte Hecht zu. »Unseren Unterlagen zufolge haben Sie mal der studentischen Linken angehört und sind Marxist-Leninist gewesen. Der skandinavischen Terminologie zufolge muß das bedeuten, daß Sie Maoist sind und folglich ein entschiedener Gegner jedes individuellen Terrors. Stimmt das? Und wie sieht Ihre heutige politische Einstellung aus?«

Carl war verblüfft. Er staunte, wie ungezwungen und korrekt Loge Hecht mit Begriffen jonglierte, mit denen die Linken-Jäger des schwedischen Sicherheitsdienstes vermutlich nie hätten umgehen können. Ihm fiel kurz Lennart Borgström ein, der Oberstleutnant beim Sicherheitsdienst des Verteidigungsstabes in Stockholm, der geglaubt hatte, Carl könne gleichzeitig Mitglied der Clarté und der KPMLr sein, was ebenso wahrscheinlich war wie die Pilgerfahrt eines Anhängers der Pfingstbewegung nach Mekka.

Es klopfte an der Tür. Carl nahm die leeren Gläser und ging zur Tür, wo er das Bier in Empfang nahm und mit einem zu großen Geldschein bezahlte, ohne den Zimmerkellner hereinzulassen. Er goß seinen beiden Gästen nach, die schweigend abwarteten. Carl trank einige große Schlucke des kräftigen, schäumenden Biers, bevor er die Frage beantwortete. Er setzte sich nicht, sondern ging während seines Vortrags im Zimmer auf und ab:

»Nun, ich habe ein paar Jahre bei dem kommunistischen Teil der studentischen Linken mitgemacht, genauer in der Clarté, die Ihnen offensichtlich bekannt ist, und bei den Palästina-Komitees. Diese Komitees leisten nur normale antiimperialistische Solidaritätsarbeit – in Schweden ist in diesem Zusammenhang noch kein Mensch auf die Idee gekommen, daß es bei dieser Solidaritätsarbeit um etwas anderes geht als um reine Bewußtseinsbildung. So etwas wie Bombenlegen ist für uns nie in Frage gekommen. In diesem Punkt sieht es in Deutschland offenkundig anders aus. Selbstverständlich sind die Clarté und die ihr nahestehenden Organisationen im Rahmen der KPS, der Kommunistischen Partei Schwedens, in der ich nie Mitglied war, traditionelle Gegner des individuellen Terrors. Wir brauchten in den siebziger Jahren doch nur zu verfolgen, was in der Bundesrepublik passierte, nicht wahr? Haben all diese Morde und Gangsterstücke, all diese Menschen- und Flugzeugentführungen irgend jemandem außer den Terroristenbekämpfern irgendwelche Fortschritte gebracht? Haben sich die deutschen Massen etwa im Gefolge des Terrorismus der sozialistischen Revolution angeschlossen? Nein, das genaue Gegenteil ist der Fall, und damit waren für Clarté-Kreise und ähnliche Marxisten-Leninisten die Argumente klar. Diese Frage ist in Schweden nicht mal ein Seminar-Thema gewesen, da sie zu schnell wieder vom Tisch war.

Und wo ich selbst stehe? Nun ja, in Fragen des Terrorismus fällt mir selbst bei angestrengtem Nachdenken nichts anderes ein, als daß ich die gleichen Auffassungen vertrete wie zu meiner Zeit bei der Clarté. Ich kann mir also nur sehr schwer vorstellen, wie ich mich einer solchen Organisation aus lauter Wahnsinnigen anschließen könnte, ohne so zu lügen und Theater zu spielen, daß es auffällt. Das ist in meinen Augen ein Problem, ein großes Problem.«

Er machte eine Pause, setzte sich wieder in seinen Sessel und trank einige tiefe Schlucke Bier, während Maack übersetzte. Von Zeit zu Zeit nickte Loge Hecht, während sein Blick zwischen Maack und Carl hin und her wanderte.

»Ich habe noch zwei Fragen, zwei kurze, aber wichtige Fragen«, schnarrte Hecht, als Maack geendet hatte. »Wo stehen Sie heute politisch? Wie ist Ihr Verhältnis zum Anti-Imperialismus? Könnte man von Ihnen behaupten, Sie seien ein Anti-Imperialist, oder könnten Sie einen spielen?«

Die Frage brauchte nicht übersetzt zu werden. Carl begann mit der Bestätigung, er *sei* Anti-Imperialist: »Das bedeutet beispielsweise, daß ich die Palästinenser im großen und ganzen genauso unterstütze wie zu meiner Zeit in den Palästina-Komitees – der Unterschied liegt vielleicht darin, daß ich mir heute ein geteiltes Palästina als die einzig mögliche Lösung vorstelle, während ich damals in der Frage eines einzigen demokratischen Palästina zu keinem Kompromiß bereit war.

Meine anti-imperialistische Einstellung bedeutet weiter, daß ich das Wüten der Sowjetunion in Afghanistan genauso verabscheue wie das der USA in Mittelamerika. In dieser Hinsicht brauche ich kein Theater zu spielen. Das Problem ist aber, daß ich um nichts in der Welt begreifen kann, wie man Baader-Meinhof-Gruppen und ähnliche Figuren *anti-imperia-*

listisch nennen kann. Ist es Anti-Imperialismus, Warenhäuser in Brand zu stecken und Flugreisende umzubringen?«

Loge Hecht lächelte, als er sein letztes Bier austrank. Er wußte die Aufrichtigkeit des Schweden zu schätzen. Wie viele Sicherheitsleute der Welt hätten sich so klar ausgedrückt?

Siegfried Maack hingegen konnte seine Bestürzung kaum verbergen. Für ihn war es vollkommen unbegreiflich, wie man einen Mann mit Carls extremistischen Neigungen in einen Sicherheitsdienst hatte aufnehmen können und ihm überdies Aufgaben übertragen hatte, die nach billigem Ermessen kaum anders als besonders delikat genannt werden konnten.

Carl zeigte auf die Biergläser. Die beiden Deutschen nickten, und Carl ging wieder zum Telefon, um eine neue Runde zu bestellen. Als er zurückkehrte und sich setzte, sah Loge Hecht sehr zufrieden aus.

»Sie sind fünf Jahre in den USA gewesen«, begann Hecht langsam, legte aber bald ein immer schnelleres Tempo vor, da er zunehmend eifriger wurde. »Und nach diesen fünf Jahren sind Sie zurückgekehrt und mußten feststellen, daß die linke Welle verebbt war. Die Marxisten-Leninisten gab es kaum noch, die meisten Genossen hatten sich dem Establishment angeschlossen, die anti-imperialistische Bewegung war in sich zusammengebrochen. Nirgendwo noch *action.* Aus diesem Grund haben Sie eine Ein-Mann-Solidaritätsbewegung für die Palästinenser begründet. Sie haben Banken überfallen und das Geld verschenkt. Auf diese Weise sollte das Kapital für den Imperialismus bezahlen. Das war für Sie zumindest eine moralisch angemessene Handlungsweise, nämlich selbst etwas zu tun und nicht nur zu quatschen. Was halten Sie von dieser Variante?«

Carl konnte sich nicht auf der Stelle entscheiden. Ein anti-imperialistischer Bankräuber? Das kam ihm eher komisch als realistisch vor. Aber warum nicht? Es ging ja darum, sich vor Menschen zu rechtfertigen, die Banküberfälle unter allen Umständen für eine fortschrittliche Finanzierungsmethode des Anti-Imperialismus hielten.

»Nun ja«, sagte Carl zögernd, »auf den ersten Blick wirkt das ja ein wenig verrückt. Vielleicht geht es aber doch. Ich eine private anti-imperialistische Bewegung? Der kapitalistische Staat hat mich dazu ausgebildet, mit Waffen umzugehen, und dafür muß er jetzt büßen? Die Banken, die Symbole des Kapitals, sollen den Kampf gegen den Imperialismus finanzieren? Na ja, wenn wir noch ein paar Phrasen draufschmieren, sieht es vielleicht wie eine haltbare Argumentation aus. Obwohl ich zugeben muß, daß es mir schwerfällt, nicht rot zu werden...«

Loge Hechts nächste Frage lag ihm offenbar besonders am Herzen, denn er beugte sich beim Sprechen unbewußt vor:

»Nennen Sie mir die Tat des USA-Imperialismus, die Ihnen nach dem Vietnamkrieg am verabscheuungswürdigsten vorkommt!«

Carl braucht nicht lange nachzudenken.

Die amerikanische Aktion, die ihm abscheulicher vorkam als alle anderen in den letzten Jahren, war der Bombenangriff auf Libyen, den Reagan unter dem Vorwand angeordnet hatte, Ghadafi stehe hinter allem Terrorismus in der Welt. Das war natürlich nicht wahr. Libyen besaß weder die organisatorischen noch die personellen Voraussetzungen für avancierten Terrorismus, und außerdem waren die Libyer von allen Ländern und Organisationen des Nahen Ostens am besten überwacht und am meisten unterwandert. »Leute, die beim Sicherheits- und Nachrichtendienst arbeiten wie wir selbst«, meinte Carl, »haben besonders deutliche Einblicke in diesen Zirkus gewonnen; Franzosen und Engländer des DGSE bzw. des MI 6 drängeln sich in angeblich ›libyschen‹ Organisationen geradezu in hellen Scharen. Französische Agenten des Nachrichtendienstes haben ja sogar eine Reihe von ›libyschen‹ Sprengstoffattentaten gegen die Air France organisiert

– bevor sie von einer Frau des britischen MI 6 unterwandert wurden und die ganze Sache aufflog.

Hat Reagan aber gewußt, daß alles unwahr war, was er sagte? Oder hatte ihn der amerikanische Nachrichtendienst belogen? Welche Alternative wäre denn die schlimmere? Eine Spionageorganisation, die ihren Staatschef belügt, so daß es zu Kriegshandlungen kommt, oder ein Staatspräsident, der das Volk belügt?

Wie dem auch sei: Das Ergebnis waren Bombenangriffe auf Libyen. Wenn sie wirklich den internationalen Terrorismus hätten treffen wollen, hätten sie nach Damaskus fliegen müssen, das weiß inzwischen jeder. Dort war ihnen aber wohl die Luftabwehr zu stark, und außerdem ist Damaskus mit Moskau verbündet.

Die Bombenangriffe auf Libyen waren Mord als politisches Theater. Das ist für mich das schlimmste Verbrechen des amerikanischen Imperialismus in den letzten Jahren.«

Carl trat an den Tisch und trank sein Glas fast auf einen Zug leer. Zum erstenmal an diesem Abend hatte er sich aufgeregt. Es stimmte, diesen Angriff verabscheute er mehr als alles andere, was ihm einfiel, sowohl in seiner Eigenschaft als Berufssoldat wie als Anti-Imperialist.

Loge Hecht sah höchst zufrieden aus. Er stellte eine kurze Frage, die nicht übersetzt zu werden brauchte.

»Nun, Herr Anti-Imperialist und Terrorist. Wie möchten Sie den US-Imperialismus für diese Gewalttat bestrafen? Was möchten Sie ganz konkret dagegen unternehmen?«

Carl brauchte nicht lange nachzudenken, um das Gedankenspiel fortzusetzen. Er antwortete fast im selben Moment, in dem Maack den Mund aufmachte, um zu übersetzen.

»Man könnte die Bomber abschießen, mindestens einen oder zwei. Die Basen liegen in England. Einen solchen Angriff erwarten sie nämlich nicht. Man setzt dabei eine Stinger oder eine SAM-7 ein und holt die Maschinen gleich nach dem Start herunter. Nachträglich dürfte es kaum schwerfallen, die Gründe zu erklären. Und wenn es in England nicht geht, wo die Bomber stationiert sind, kann man hier in der Bundesrepublik notfalls ein paar andere amerikanische Maschinen abschießen.«

»Phantastisch«, sagte Loge Hecht, »warum hat die RAF es noch nicht getan, wenn es so einfach ist?«

»Weil sie mit diesen Dingern nicht umgehen können, aber ich kann es, und außerdem haben Sie mich gefragt.«

»Sie haben also ein Rachemotiv, was den amerikanischen Imperialismus betrifft, und auch eine Vorstellung davon, wie und womit und wo. Das ist ja ganz vorzüglich. Genau an diesem Punkt müssen Sie beide in der Woche draußen in St. Augustin weiterdenken.«

Bei diesen Worten stand Loge Hecht auf, um anzudeuten, daß sich die Zusammenkunft dem Ende näherte. Carls fragender Gesichtsausdruck konnte ihm nicht entgangen sein, denn während er seinen Mantel holte und Siegfried Maack die Dokumente an sich nahm, von denen sie während des Gesprächs kaum Gebrauch gemacht hatten, entwickelte er seinen letzten Gedankengang des Abends.

»Sie müssen sich mit der Gedankenwelt der Terroristen vertraut machen, um herauszufinden, wo ihre Berührungspunkte liegen. Einen Anfang haben Sie schon gemacht, aber wenn Sie wissen, wie die Burschen denken, werden Sie ihnen auch gleich zu Beginn in der richtigen Form widersprechen können. Das wird den Gegensätzen sozusagen die Spitze nehmen. Wir haben dafür eine Woche angesetzt. In St. Augustin wird es außerdem einige rein praktische Arbeit geben, aber das ist in meinen Augen weniger wichtig. Und jetzt, lieber Freund, schlage ich vor, daß wir das förmliche Sie ablegen. Wir werden uns allerdings nicht wiedersehen, bevor das Unternehmen auf die eine oder andere Weise abgeschlossen ist. Maack wird dein Ausbilder. Auf Wiedersehen.«

Damit streckte ihm Loge Hecht zum Abschied die Hand hin und verschwand mit dem Mantel über dem Arm durch die Zimmertür, ohne sich noch einmal nach seinem jüngeren Mitarbeiter umzusehen.

»Wie gesagt«, bemerkte Siegfried Maack mit seinem weichen Akzent, der nur entfernt an das gebrochene Englisch deutscher Schurken in englischen und amerikanischen Filmen erinnerte, »wir sehen uns morgen in St. Augustin. Punkt zehn Uhr kommt ein Wagen und holt dich ab. Du bezahlst deine Rechnung und verläßt das Hotel. Wir werden die Kosten natürlich erstatten, aber wir sollten dabei nicht in Erscheinung treten.«

»Nichts dagegen. Was sollen wir beiden aber tun? Eine Woche lang Terroristen-Atmosphäre büffeln, ist das nicht die reine Zeitverschwendung? Die Spur wird ja mit jedem Tag kälter.«

»Schon möglich, aber dieses Unternehmen hat ohnehin nur geringe Erfolgsaussichten. Und eine Woche dürfte das mindeste an Vorbereitungszeit sein. Du mußt dich mit den Gewohnheiten dieser Wahnsinnigen vertraut machen, und das ist nicht ganz einfach. Na ja, nicht alle sind wahnsinnig. Wir sehen uns draußen. Der Wagen kommt Punkt zehn Uhr.«

Damit war Carl allein. Er stellte die Stühle zurück und räumte die Biergläser ab. Da niemand geraucht hatte und die Klimaanlage tadellos funktionierte, war von der Zusammenkunft nichts mehr zu sehen. Es war, als hätte das merkwürdige Gespräch nie stattgefunden.

Er betrachtete sein tristes, korrektes Hotelzimmer mit leichtem Abscheu. Es war kurz nach neun. Er schaltete das Fernsehgerät ein. In einem Kanal wurde irgendein Monsterfilm gezeigt, im nächsten eine Diskussion, aus der Carl nicht recht schlau wurde, im dritten ein Fußballspiel zweier deutscher Mannschaften und im vierten war ein Symphonieorchester im zweiten Satz von Beethovens *Dritter Symphonie*. Das ist die Ironie der Wirklichkeit, dachte Carl und zog einen der Sessel vor den Fernseher. Es kann ja gar nicht anders sein, daß ich hier in Bonn direkt nach diesem Gespräch Beethovens *Eroica* zu hören bekomme. *Außerordentlich.*

Während er zuhörte, blätterte er in den Broschüren des Hotels. Eine davon mit dem Bild Beethovens auf dem Umschlag würdigte Bonns Rolle als *Bundeshauptstadt am Rhein,* war aber trotzdem nur mit Bildern von Beethoven illustriert.

Das Beethovenhaus liegt in der Bonngasse 20 in der Stadtmitte. Carl las, daß es im Sommer um neun geöffnet wurde, jetzt im Winter aber erst um halb zehn. Wenn er sich am nächsten Morgen rechtzeitig einfand, würde er sich einen Eindruck von dem Museum verschaffen können, bevor ihn der Wagen nach St. Augustin brachte. St. Augustin – das hörte sich an wie San Quentin, das Gefängnis, in dem Chessman bis zu seiner Hinrichtung in der Todeszelle saß. Die beiden Deutschen hatten von St. Augustin gesprochen, als hielten sie es für selbstverständlich, daß er wußte, worum es sich dabei handelte.

Nach der *Eroica* kam Haydns *Symphonie mit dem Paukenschlag*. Carl lauschte dem ersten Satz, wurde dann aber ungeduldig. Es blieben ihm noch zwölf Stunden, bis der Wagen ihn abholen sollte, und er war alles andere als müde. Die beiden Deutschen hatten ihm nicht gesagt, daß er im Zimmer bleiben mußte. Es sprach also nichts dagegen, daß er sich ein wenig unter Menschen begab.

Der Stadtplan des Hotels versuchte den Eindruck zu erwekken, als ob das *Steigenberger Hotel* mitten in der Stadt läge. Eine komische Übertreibung. Der Prospekt zeigte auch einige der Bars des Hotels mit vereinzelten Besuchern in grünen Ledersesseln. Carl seufzte, verließ das Zimmer und nahm ein Taxi zum Hauptbahnhof. Er ging auf den nächsten Kirchturm zu. Irgendwo dort mußte die Stadtmitte ja zu finden sein.

Carl fand ein Gemisch aus Fußgängerstraßen, Einkaufszentren und alten Bauwerken. Nach einigen hundert Metern gelangte er zu einem Marktplatz, auf dem gerade Weihnachtsmarkt war. Es fiel ein leichter Nieselregen. Carl blieb an einem Stand stehen und kaufte ein Glas Glühwein, der anders als die schwedische Variante dieses Getränks aus Rotwein mit Wasser und Zucker zu bestehen schien. Am Stand nebenan wurden jetzt schon Weihnachtsbäume verkauft. Er warf einen Seitenblick auf die Tannen und inspizierte sie mit nordischem Sachverstand. Es schienen Edeltannen zu sein, jedenfalls keine richtigen Tannen, trotz der unglaublich hohen Preise. Ein Lautsprecher am anderen Ende des Platzes plärrte deutsche Weihnachtslieder. Carl nippte an seinem Glühwein, während die Gedanken hin und her flatterten. Seine Mutter hatte ihn eindringlich gebeten, nach Schonen zu kommen und mit den Verwandten Weihnachten zu feiern, die mit ihm auf Reh- und Hasenjagd gehen wollten. Er verdrängte die Überlegungen und versuchte sich auf Loge Hecht zu konzentrieren. In diesem Augenblick wurden die Stände geschlossen, und ein Weihnachtslied wurde urplötzlich und mit rabiater Pünktlichkeit abgestellt. Es war genau 23 Uhr. *Ordnung muß sein.*

Carl stellte sein halbleeres Glas ab und flanierte noch ein wenig durch die Stadt, bis er in einer Gasse zwischen zwei Gebäuden aus Glas und Beton ein Fachwerkhaus entdeckte. Es war ein Restaurant mit einem Schild voller Weintrauben. Es sah vielversprechend aus. Carl ging hinein und fand tatsächlich ein gemütliches deutsches Lokal mit dunklen Möbeln und dicken Kellnerinnen in Dirndlkleidern vor.

Er bestellte sich ein Wurstgericht und entdeckte auf der Karte, daß man die Weine auch schoppenweise bestellen konnte. Er begann, sich durch eine Reihe von Weinen hindurchzuprobieren, von denen er noch nie etwas gehört hatte. Zu der Wurst trank er einen erstaunlich guten deutschen Rotwein. Nachdem die Kellnerin abgedeckt hatte, machte er mit einem Weißwein vom Bodensee weiter, der von hellrötlichbrauner Farbe war und einen Geschmack hatte, der an nichts erinnerte, was Carl schon kannte.

Loge Hecht war unleugbar ein bemerkenswert intelligenter Mann. Es war fast unbegreiflich, wie gut er sich im Denken linker Gruppen auskannte. War er vielleicht selbst ein Links-Sozi wie der Alte? Oder beruhten seine Kenntnisse nur auf deutscher Gründlichkeit und Kompetenz?

Carl war gar nicht dazu gekommen, irgendwelche Zweifel an den Erfolgsaussichten des geplanten Unternehmens zu äußern. Erst jetzt fiel ihm ein, daß er eigentlich in die Bundesrepublik gekommen war, um den Vorschlag der Deutschen zu prüfen und dann zunächst wieder nach Hause zu fliegen. Aber alles, was Loge Hecht gesagt und gefragt hatte, hatte auf Carl einen so durchdachten und professionellen Eindruck gemacht, daß er gar nicht dazu gekommen war, Zweifel zu äußern. Als Hecht sich plötzlich verabschiedet hatte, hatte alles festgestanden. Das Unternehmen hatte also begonnen. Nach einer Woche Terroristen-Büffelei in San Quentin/St. Augustin würde Carl in Hamburg als Terrorist vom Stapel laufen.

Er spürte allmählich die Wirkung des Weins und entschloß sich, nur noch ein Glas zu trinken. Er hätte die beiden Deutschen noch etwas fragen sollen. Es gab ein wichtiges Problem, dessen Lösung man nicht einfach dem Zufall oder der Improvisation überlassen durfte: Welches Ziel hatte das Unternehmen? In welcher Phase sollte es beendet werden, falls es erfolgreich war?

Zunächst ging es, soweit er verstanden hatte, darum, ein neues Hauptquartier der *Rote Armee Fraktion* in Hamburg zu lokalisieren. Es würde nicht genügen, ein paar Mitglieder zu fassen. Die deutschen Behörden wollten die ganze Führungsgruppe fassen. Wenn alles gutging, würde Carl zu einem bestimmten Zeitpunkt genügend Namen und konspirative Wohnungen kennen, und dann würde es an der Zeit sein, den großen bösen Schäferhund herbeizupfeifen. Carls Auftrag bestand in der Hauptsache darin, bis zu diesem Zeitpunkt am Leben zu bleiben, vorausgesetzt, daß es ihm überhaupt gelang, mit dem Feind Kontakt aufzunehmen.

Carl zahlte, verließ das Lokal und spazierte ziellos durch ein stilles und verlassenes, kleinstädtisch wirkendes Viertel. Als ein grün-weißer Polizeiwagen vorbeifuhr, zuckte er zusammen, als hätte er ein schlechtes Gewissen, als wäre er schon ein auf der Fahndungsliste stehender Bankräuber. Das war ein völlig neues Gefühl.

Wie sollte das Unternehmen in rein taktischer Hinsicht beendet werden? Was war St. Augustin?

St. Augustin ist eine eher langweilige kleine Vorortgemeinde außerhalb Bonns; eine Hauptstraße mit Ladengeschäften, Villenviertel, die den eigentlichen Dorfkern umgeben, jenseits davon eine Ebene mit einigen Baumgruppen zwischen Äckern und Feldern. Das ist alles.

Außerhalb der Gemeinde jedoch liegt ein militärisches Sperrgebiet. Hinter den niedrigen Betonmauern und den Stacheldrahtzäunen erkennt man Baracken sowie einige hangarähnliche Gebäude. Hier ist die GSG 9 stationiert.

Nach westdeutscher Auffassung ist die GSG 9 die fähigste Anti-Terror-Truppe der Welt; in dieser Einschätzung schwingt etwas von Nationalstolz mit, aber man kann ihr kaum widersprechen. Die grünen Baskenmützen dieser Eliteeinheit genießen den gleichen Ruf wie beispielsweise die grünen Baskenmützen des amerikanischen *marine corps* oder die ebenfalls grünen Mützen der schwedischen Küstenwache. In den Begriffen eines schlichten männlichen Chauvinismus ist die GSG 9 folglich die härteste Kampfeinheit, die man in der Bundesrepublik finden kann.

GSG 9 bedeutet Grenzschutzgruppe Nr. 9. Sie ist ein Teil des Bundesgrenzschutzes, dessen ursprüngliche Aufgabe darin bestand, die Grenzen der Bundesrepublik zu schützen, wobei nie klar definiert worden ist, gegen wen, vermutlich aber gegen die DDR und die Russen. In jedem anderen anständigen demokratischen Staat obliegt es den Streitkräften, die nationalen Grenzen zu schützen, aber es gibt auch hier wieder (wie beim Verfassungsschutz) eine sehr deutsche und einfache historische Erklärung dafür, daß gerade die Bundesrepublik zu diesem Zweck eine paramilitärische Polizeieinheit gebildet hat. Der Bundesgrenzschutz entstand nämlich schon lange bevor es politisch möglich war, mit Einverständnis der Besatzungsmächte die neue Bundeswehr ins Leben zu rufen. In der Aufbauphase der Bundeswehr existierte der Grenzschutz folglich schon als paramilitärische Organisation, und als die Bundeswehr allmählich Gestalt annahm, übernahm der Bundesgrenzschutz immer mehr Aufgaben einer Sonderpolizei des Bundes, etwa wie die Nationalgarde in den USA. Er wurde zu einer Polizei-Streitmacht, die bei Straßenkrawallen oder allzu gewalttätigen Demonstrationen mit automatischen Karabinern und viel Tränengas anrückt und Ordnung schafft.

Bis zum September 1972 gab es *acht* GSG. Erst danach wurde die GSG 9 gegründet. Vorausgegangen war ein Ereignis, das von der ganzen Welt als Ausdruck einzigartiger arabischer Grausamkeit und arabischen Blutdurstes gedeutet wurde. Die GSG 9 sollte die dabei verlorene westdeutsche Ehre wiederherstellen.

Am 5. September 1972 griffen palästinensische Terroristen das Olympische Dorf in München an und nahmen mehrere israelische Sportler als Geiseln. Nach dem üblichen Verhandlungsritual sollten die Terroristen und ihre Geiseln die Bundesrepublik mit einem Flugzeug verlassen.

Auf einem Flugplatz außerhalb Münchens sollten sie von Hubschraubern in eine wartende Maschine umsteigen. Der Bundesgrenzschutz hatte das Gelände mit mehr als hundert übernervösen Beamten umstellt, die mit automatischen

Handfeuerwaffen ausgerüstet waren. Man ging davon aus, daß die Terroristen in der Falle saßen. Es läßt sich nicht mehr exakt feststellen, wie es zur Katastrophe kam und warum einer der deutschen Beamten plötzlich durchdrehte und auf die Terroristen und ihre Geiseln zu schießen begann. Nachdem der eine begonnen hatte, taten es ihm alle anderen nach, und sowohl die israelischen Geiseln wie die palästinensischen Terroristen wurden in den folgenden Minuten in Stücke geschossen.

Der Öffentlichkeit gegenüber hieß es natürlich, die Palästinenser hätten die acht israelischen Sportler ermordet, worauf sie gerechterweise dem gezielten Feuer des Bundesgrenzschutzes zum Opfer gefallen seien. Der Bundesregierung war jedoch peinlich bewußt, wie es sich tatsächlich abgespielt hatte. Der damalige Bundesinnenminister Genscher gab drei Tage später, am 8. September, den Befehl, eine neue Bundespolizeieinheit ins Leben zu rufen, die eine Wiederholung solcher Ereignisse in der Bundesrepublik für alle Zukunft unmöglich machen sollte. Am 26. September, nach einer Konferenz mit den Innenministern der Bundesländer, bei der die Bundesregierung mit allen Beteiligten Einstimmigkeit erzielte, wurde die Gründung einer völlig neuen Grenzschutzeinheit bekanntgegeben, der GSG 9.

Fünf Jahre später gelang es der GSG 9, die deutsche Ehre wiederherzustellen: In einem glänzenden Einsatz gegen westdeutsche Terroristen, die eine Lufthansa-Maschine gekapert hatten und nach einem Irrflug im Nahen Osten in der somalischen Hauptstadt Mogadischu gelandet waren. Eine Einheit der GSG 9 stürmte die Maschine, tötete mit absoluter Präzision die vier Terroristen an Bord und befreite die Fluggäste, die alle unversehrt blieben. Nur eine Lufthansa-Stewardeß wurde leicht am Fuß verletzt. Der Einsatz in Mogadischu war noch effektiver als alles, was selbst die Israelis bei ihren erfolgreichsten Anti-Terror-Aktionen hatten leisten können.

Seitdem hatte sich die GSG 9 mehr oder weniger auf ihren Lorbeeren ausruhen dürfen. Gelegentlich waren ausländische Organisationen zu Gast, die in der Bundesrepublik eine Ausbildung durchliefen oder das phantasieanregende Waffenarsenal der GSG studieren wollten. Nach Mogadischu hatte die Einheit nur noch ein paar deutsche Terroristen ohne großen Schußwechsel festnehmen können. Das war alles.

Immerhin, es gab sie noch, diese Truppe in St. Augustin, und sie lebte in dem Bewußtsein, Weltmeister zu sein und härter und besser trainiert zu werden als alle anderen. Um das zu beweisen, hatte die GSG 9 sogar ähnliche Verbände aus verschiedenen befreundeten Ländern zu einem »Internationalen Wettbewerb« eingeladen. Dabei kam es vor allem auf die Disziplinen an, in denen die GSG 9 brillierte, so daß sie einen glänzenden Sieg errang.

Sehr zum Ärger der rund 200 Angestellten hatten später auch die einzelnen Bundesländer ähnliche Einheiten mit grünen Baskenmützen und etwa den gleichen Waffen gegründet, die sogenannten *Mobilen Einsatzkommandos,* MEK. Trotzdem war man sich draußen in St. Augustin hinter den Betonmauern und den Stacheldrahtzäunen sicher, daß die Bundesregierung sich für die GSG 9 entscheiden würde, wenn es wirklich einmal brannte. Diese Vermutung war zweifellos richtig.

Als Carl in einem dunkelblauen Mercedes nach St. Augustin gebracht wurde, hatte er immer noch keine Ahnung, was ihn unter dieser Adresse erwartete, die sich wie der Name eines amerikanischen Gefängnisses anhörte.

Er fühlte sich etwas zerstreut und hatte sich schon den ganzen Morgen über nicht recht konzentrieren können. Er hatte das Beethovenhaus besucht, hatte sich eine Minute vor neun dort eingefunden. Punkt neun Uhr hatte eine ältere Dame aufgemacht und ihm für fünf Mark eine Eintrittskarte verkauft. Er war in dem dreistöckigen Haus allein umhergewandert und hatte mehr auf das Echo und das Knarren seiner Schritte auf den Fußbodendielen gelauscht als auf Klänge aus der Vergangenheit. In dem sogenannten *Wiener Zimmer* stand Beethovens letzter Flügel, ein erstaunlich kleines Instrument in hellem Mahagoni, einem handgeschriebenen kleinen Schild zufolge ein Geschenk des Wiener Klavierbauers Konrad Graf.

Carl konnte der Versuchung nicht widerstehen, einen Akkord anzuschlagen. Die Töne klangen wie erwartet schauerlich falsch. Nur Sekunden später stand ein älterer Mann in der nächsten Türöffnung und beschimpfte Carl, weil er seine Finger nicht hatte im Zaum halten können. Das Berühren der Exponate sei verboten. Carl hatte überhaupt nicht bemerkt, daß sich jemand in der Nähe befand, was ihn eher erstaunte als besorgt machte. Die Situation insgesamt war wirklich grotesk. Hier stand er wie ein Idiot mit einem Messer aus dunkelblauem Spezialstahl am Handgelenk, fingerte an dem verstimmten Flügel Beethovens herum, wurde von einem Rentner, der ihn beim nächsten Fehltritt mit deutscher Machtvollkommenheit aus dem Haus jagen würde, auf frischer Tat ertappt. Und zugleich war er auf eigenartigen Umwegen dabei, im Auftrag der Bundesrepublik Deutschland eine Bank zu überfallen. Und dieser Überfall sollte Bestandteil einer Verteidigung der Demokratie gegen einen Typus von Wahnsinnigen sein, die nur ein Land wie Deutschland hatte hervorbringen können. Das alles verschmolz zu einem einzigen falschen Akkord. Es war nicht nötig gewesen, sich das Messer umzubinden. Er hatte es nach der einfachen Überlegung, daß es der einzige aufsehenerregende Gegenstand in seinem Reisegepäck war, aus reiner Zerstreutheit getan. Überdies spielte es keine Rolle, denn es würde noch eine Weile dauern, bis die Polizei hinter ihm her war. Es kam ihm aber vor, als hätte er schon damit begonnen, sich selbst als Verbrecher zu sehen.

Noch als der Wagen die Sperren zum Militärgelände passierte, grübelte er über die seltsame Mischung von Erlebnissen an diesem Morgen nach. Der Wagen fuhr weiter, erreichte einen weiteren abgesperrten Bezirk und hielt auf einem auf drei Seiten umbauten Innenhof. Das Ganze sah aus wie eine Mischung aus Feuerwache und Kaserne. Der Haupteingang hatte einen kleinen Vorbau, davor standen einige leere Fahnenstangen. Das machte einen merkwürdigen Eindruck, als wäre Carl eben vor einem reklamefreien Hotel in Osteuropa vorgefahren.

In der Eingangshalle wartete Siegfried Maack mit einem Mann in grüner Uniform und den Rangabzeichen eines Gefreiten. Der Gefreite nahm Carls Tasche an sich und verschwand in einem der Flure des Erdgeschosses, während Maack mit Carl die Treppe zum ersten Stock hinaufging und ihm mitteilte, der Chef erwarte sie schon.

Das Charakteristischste im Amtszimmer des Chefs waren die zahlreichen Wappenschilder und Embleme von Organisationen aus der ganzen Welt, die hier zu Besuch gewesen waren, angefangen von der Geheimpolizei Südkoreas bis hin zu einer nicht näher bezeichneten Abteilung der CIA, die wie üblich ein Emblem mit dem weißen Stern dagelassen hatte.

Wahrhaft unübersehbar war jedoch der Chef selbst, Uwe Dee, nach Carls allererstem Eindruck der brüllende Feldwebel in Reinkultur, neben dem nur noch der deutsche Schäferhund fehlte: blond, kräftig, Bundesadler auf dem rechten Uniformärmel, auf der linken Brusttasche Fallschirmjäger-Abzeichen und ein paar militärische Auszeichnungen sowie geflochtene silberne Rangabzeichen auf den Schulterklappen (Carl vermutete Oberstleutnant oder Oberst), eine laute Stimme, ein fast amerikanisch breites Lächeln und ein demonstrativ überharter Händedruck.

»Willkommen bei der GSG 9. Stehen Sie bequem, Hauptmann Charlie. Bitte setzen Sie sich«, schnarrte Uwe Dee in einem spezifisch deutsch gebrochenen Englisch, das im Gegensatz zu Siegfried Maacks Akzent zu jedem Nazi-Schurken aus amerikanischen Propagandafilmen über den Zweiten Weltkrieg gepaßt hätte.

Das darf doch nicht wahr sein, dachte Carl, als er sich vorsichtig in einen der Besuchersessel setzte und die Beine übereinanderschlug. Der Oberst hielt ihm eine blaue Schachtel mit französischen Zigaretten hin, wartete Carls »nein danke« ab und zündete sich dann mit einem goldenen Feuerzeug selbst eine an.

»Nun«, fuhr der Oberst fort, nachdem er den ersten Zug seiner stark nach Zigarre duftenden Zigarette inhaliert hatte, »ich gehe davon aus, daß Sie die organisatorische Struktur der GSG 9 nicht näher kennen?«

»Nein, Sir, bedaure«, erwiderte Carl schnell und ohne den Anflug eines Lächelns.

Die GSG 9 sei in erster Linie zur aktiven Terrorismusbekämpfung geschaffen worden. Die taktische Struktur sei an die Vorstellungen des Gegners von einer Stadtguerilla angepaßt, vor allem an die Richtlinien des Brasilianers Carlos Marighella, denen zufolge eine Guerilla-Einheit nicht mehr als fünf bis acht Personen umfassen solle. Die GSG 9 bestand aus einer Reihe solcher Zellen, spezieller taktischer Einheiten mit der Bezeichnung *SET* (Spezialeinsatztrupp). 5 SET bildeten eine Kampfeinheit, und insgesamt besaß die GSG 9 drei solcher Einheiten. Hinzu kam Personal mit besonderen technischen Aufgaben wie etwa Taucher, Hubschrauberpiloten, Dechiffrier-Experten und so weiter.

Carl sollte der zweiten Kampfeinheit zugeteilt werden, genauer dem ersten und zweiten SET der zweiten Einheit, den Gruppen Gelb und Blau.

Hier hielt der Oberst mit einem Lächeln inne. Es sei ein reiner Zufall, bemerkte er, daß SET 1 und 2 die Bezeichnungen Gelb und Blau trügen, denn außer ihm selbst gebe es bei der GSG 9 niemanden, der Carls Identität und Nationalität kenne. Die würden auch geheim bleiben. Man werde ihn nur unter der Bezeichnung »Hauptmann Charlie« führen. Die meisten Männer würden ihn wohl für einen Amerikaner halten. Das Ganze habe natürlich nicht den Zweck, Carl »auszubilden«. Seinen Papieren nach dürfte derlei völlig überflüssig sein. Carl solle im Verlauf der kommenden Woche aber einen möglichst großen Teil der taktischen Kniffe kennenlernen, und überdies sollten die Männer der Gruppen Gelb und Blau mit Carl nähere Bekanntschaft schließen, was eines Tages eventuell von größter Bedeutung sein könne, nicht wahr?

Hier machte Oberst Dee eine Pause, weil er feststellen wollte, ob Carl die feine Anspielung begriffen hatte. Sie war Carl jedoch entgangen, und er zwang sich, das sofort zuzugeben.

»Ich bedaure sehr, Sir, aber da komme ich nicht recht mit. Ich weiß nicht, ob Sie meinen Auftrag kennen, Sir, aber ... Ich soll ja *under cover* agieren, und unter diesen Umständen habe ich in einer Wachparade wohl kaum etwas zu suchen.«

Bei dem Wort Wachparade ließ Oberst Dee ein herzliches, wenngleich ein wenig lärmendes und hartes Lachen hören.

»Wachparade! Glänzend, Hauptmann Charlie, wirklich glänzend! Na schön, sollte das Unternehmen in Gang kommen und wir uns *ze final kill* nähern, hielte ich es doch für wünschenswert, daß Sie, Herr Hauptmann, und die Spezialeinsatztrupps Gelb und Blau einander kennen. Am Ende des Unternehmens dürften Sie sich ja mitten im Ziel befinden, nicht wahr, Herr Hauptmann? Da wäre es schon wünschenswert, Freund und Feind auseinanderhalten zu können, meinen Sie nicht auch?«

Das war zweifellos ein schlagendes Argument. Carl fragte sich, was dieser Mann mit seiner geschauspielerten Härte eigentlich für Vorstellungen von dem besaß, was er »the final kill« genannt hatte. Wie auch immer: Es waren Zukunftsphantasien, die Lichtjahre von der derzeitigen Realität entfernt waren.

Es stand jedenfalls fest, daß Carl in der folgenden Woche an der praxisbezogenen Ausbildung der SET Gelb und Blau teilnehmen sollte. Nachmittags, wenn das Personal der GSG 9 entweder dienstfrei oder theoretischen Unterricht hatte (von Funktechnik bis hin zu lateinamerikanischer Stadtguerilla-Taktik, Psychologie und westdeutscher Terroristen-Ideologie), sollten sich Carl und Siegfried Maack einem theoretischen Vorhaben zuwenden, von dem der Oberst nichts wußte – das war eine Angelegenheit zwischen Carl und dem Verfassungsschutz. Damit war die Sitzung beendet.

Ein Major trat ein, begrüßte Carl und nahm ihn und Maack zu einem ersten Rundgang mit. Erstes Ziel war die Garage mit einer ganzen Reihe weißer Mercedes-Limousinen, dem wichtigsten Fortbewegungsmittel der GSG 9; bei Einsätzen saßen fünf Mann in jedem Wagen des Typs 280 SE. Äußerlich waren die Fahrzeuge von Serienwagen kaum zu unterscheiden. Aber sie hatten Funktelefon mit eingebautem Abhörschutz und die Scheiben waren selbstverständlich aus kugelsicherem Glas.

Der Major war ein kleiner, rundlicher, freundlicher Mann und Chef der zweiten Kampfgruppe, zu der auch Gelb und Blau gehörten. Er schien Carl wie selbstverständlich für einen Amerikaner zu halten. Sie gingen in die Kleiderkammer, in der Carl gegen Quittung einen Sack mit Kleidungsstücken und Ausrüstungsgegenständen erhielt, was ihm das Gefühl gab, ein frisch eingezogener Rekrut zu sein. Nach einigen weiteren Fluren betraten sie einen Turnsaal, in dem rund ein Dutzend Männer in Karate-Jacken aus grobem weißem Baumwollstoff Nahkampf-Übungen machten. Die Übungen wurden abgebrochen, und alle Beteiligten nahmen Haltung an, als die Besucher den Saal betraten.

Der Major stellte »Hauptmann Charlie« vor, der beim morgendlichen Apell schon erwähnt worden sei und der einen eventuellen künftigen Einsatz der hier anwesenden Gruppen

Gelb und Blau leiten und mindestens eine Woche als Gast der GSG 9 in St. Augustin bleiben werde. Dann gab der Major Befehl, mit den Übungen fortzufahren.

Nach Carls Urteil handelte es sich um eine Nahkampfübung typisch polizeilichen Charakters. Der Ausbilder entwaffnete einen Messerstecher, und dieser mußte natürlich mit hocherhobener Waffe angestürzt kommen, damit alles klappte: Zunächst landete der Ausbilder einen Abwehrschlag, während er gleichzeitig aufschrie, um den Messerstecher abzulenken. Der Schlag traf das Handgelenk und hatte wie geplant zur Folge, daß das Messer zur Seite geschlagen wurde. Darauf nahm der Ausbilder den Angreifer in einen festen Armgriff und zwang ihn, sich um die eigene Achse zu drehen; dann wurde der Arm des Angreifers auf den Rücken gepreßt und die freie Hand um seinen Nacken gelegt. Damit war der Angreifer unschädlich gemacht. Unverletzt und kniend teilte er dann laut mit, er ergebe sich.

Carl musterte vorsichtig die jungen Polizeibeamten. Sie waren von überdurchschnittlich kräftigem Körperbau und wirkten durchtrainiert. Ihr Durchschnittsalter schiem um 25 Jahre zu liegen. Sie hatten kurzgeschnittenes Haar und machten ernste Gesichter. Sie versuchten so zu tun, als seien sie es gewohnt, Besuch zu haben, warfen *Hauptmann Charlie* aber trotzdem neugierige Seitenblicke zu.

Dann passierte genau das, was sich Carl am allerwenigsten gewünscht hatte. Der Ausbilder, der soeben einen weiteren freiwilligen »Messerstecher« abgefertigt hatte, hielt das Messer jetzt Carl mit einer einladenden Handbewegung hin, was bei den Zuschauern offenkundiges Interesse und sogar so etwas wie Heiterkeit auslöste.

Die Situation war peinlich. Diese Übung hatte mit der Wirklichkeit nur sehr wenig zu tun; Carl hatte fünf Jahre lang das genaue Gegenteil gelernt und gelehrt, daß man nämlich für den Nahkampf unbedingt alles vergessen muß, was man beim normalen Wehrdienst oder in der Polizeischule gelernt hat.

Carl war nicht darauf trainiert, einen angeblichen Messerhelden unter lautem Hallo dazu zu bringen, vor ihm niederzuknien und laut und deutlich zu verkünden, er ergebe sich.

Carl war dazu ausgebildet, eine Konfrontation um fast jeden Preis zu vermeiden oder aber einen eventuellen Angreifer auszuschalten, im Zweifelsfall ohne Zögern zu töten.

Er blickte hilfesuchend zu Siegfried Maack, aber dieser warf ihm nur einen doppeldeutigen kurzen Blick zu. Es war unmöglich, sich aus der Klemme zu ziehen. Das neugierige Lächeln der jungen Beamten ließ Carl keine Wahl. Mit einem Seufzer stellte er seinen Kleidersack ab, warf seine Jacke auf den Fußboden und schlenderte zu dem Ausbilder hin, der in der Mitte der runden Ringermatte stand. Dann bückte sich Carl blitzschnell, zog sich ein Hosenbein hoch und löste mit der linken Hand sein eigenes an der Wade festgebundenes Messer. Er warf es in die rechte Hand und richtete es etwa in Hüfthöhe gegen den Ausbilder. Dann nickte er, er sei bereit.

Es wurde still im Saal. Der blaugeflammte japanische Spezialstahl in Carls Hand besaß die Schärfe moderner chirurgischer Instrumente; und die Haltung, in der Carl das Messer in der Rechten hielt und sich mit der Linken gegen einen Ausfall schützte, indem er sie in einem Winkel von etwa 45 Grad nach unten neigte, sagte den Zuschauern schon genug.

Der Ausbilder zögerte zunächst und warf dann seinem vorgesetzten Offizier einen fragenden Blick zu. Dann schüttelte er den Kopf und zeigte mit einer ablehnenden Geste, daß er auf den Kampf verzichtete.

Als Carl sich bückte und das Messer wieder an der Wade festschnallte, nahm der Major die Gelegenheit wahr, eine etwas mißglückte Erklärung abzugeben.

»Die Lehre aus Hauptmann Charlies Darbietung besteht darin, daß die Wirklichkeit nicht immer …« begann er in einem Atemzug, bis er sich gezwungen sah, an der falschen Stelle im Satz Luft zu holen, »... mit Übungssituationen übereinstimmt. Nicht wahr, Hauptmann Charlie?«

Das war es ja gerade. Es war peinlich, für Situationen zu üben, die es in der Wirklichkeit nicht gab. Das konnte nur ein falsches Gefühl von Sicherheit mit sich bringen und im Einsatz zu Verwicklungen führen. Aber wie Carl das jetzt kommentieren sollte, dazu noch in seinem miserablen Deutsch, war etwas völlig anderes.

»Nun«, sagte er, trat wieder auf die Ringermatte und hob das Übungsmesser auf. »Sie sind Polizeibeamte, sie müssen bei solchen Leuten... vorsichtig umgehen. Ich bin Militär, das ist was anderes. Es ist schwer, Polizei und Militär gemeinsam trainieren lassen. Es sind verschiedene Ziele.«

Er war sich nicht sicher, ob er sich verständlich ausgedrückt hatte, und die Situation war auf jeden Fall äußerst peinlich. Außerdem bereute er sein Verhalten schon jetzt. Es wäre besser gewesen, den Übungstrottel zu spielen und sich entwaffnen zu lassen.

»In Wirklichkeit«, fuhr er zögernd fort, wobei er den vorschriftsmäßigen Messerhelden-Griff der Polizei um das Messer illustrierte, »kommt kein Feind so...«

Er drehte das Messer um, so daß es tiefer zeigte. »Ein Feind muß so das Messer in der Hand haben.«

Der Ausbilder gab ihm ein Zeichen, daß er das Messer zurückhaben wollte, und Carl warf es ihm hin. Er hatte zuvor die Schneide betastet und festgestellt, daß es sich um eine rundgeschliffene, ziemlich ungefährliche Übungswaffe handelte. Aber jetzt gab der Ausbilder deutlich zu verstehen, daß es nun einen Rollentausch geben würde. Wieder befand sich Carl in einer Lage, in der ihm jeder Rückzug versperrt war. Er nickte dem Ausbilder zu. Er war bereit.

Der Ausbilder holte entschlossen Luft und bewegte sich mit einem starren Lächeln auf Carl zu, der jetzt den Blick seines

Gegners suchte, da er zum schätzungsweise zehntausendsten Mal eher *spürte* als sah, wo sich das Messer befand, und so suchte er statt dessen in den Augen des Gegners einen Hinweis darauf, wann der Angriff erfolgen würde. Die Fortsetzung des Handlungsverlaufs saß wie eine Reihe elektrischer Impulse in Carls Rückenmark, und er handelte, ohne zu denken, ohne besondere Erregung, ohne Wut oder Furcht, da er sich schon in einem psychischen Zustand befand, in dem sein innerer Autopilot das Kommando übernommen hatte.

Als sich der Ausfall in den Augen des anderen ankündigte, führte Carl beide Hände gleichzeitig in einer Bewegung nach vorn, die dem Messer-Arm schon nach zwanzig oder dreißig Zentimetern begegnen mußte. Carl umfaßte das Handgelenk seines Gegners mit der rechten Hand und dessen Oberarm mit der linken, schob das rechte Knie in die Bauchgegend des Angreifers und hob beide Arme zu einer Drehbewegung, während er sein Körpergewicht gleichzeitig nach hinten verlagerte. Dieses Manöver bewirkte sofort zweierlei:

Der Gegner verlor das Gleichgewicht und mußte hilflos miterleben, wie sein Messer-Arm durch die eigene Drehung in der Luft auf dem Rücken nach oben gebogen wurde. Der überraschende plötzliche Schmerz zwang ihn, das Messer loszulassen, das Carl schon fast übernommen hatte. In dem Augenblick, in dem die beiden Kämpfer gegen Ende des kurzen Sturzes auf die Matte fielen, zog Carl – oder richtiger sein Autopilot – das Messer in einer schnellen Bewegung über den Hals des anderen Mannes, über die Halsschlagader und die Luftröhre. Die Messerspitze hinterließ einen dünnen roten Strich.

Auf einem Videofilm wäre alles zu rekonstruieren gewesen. In der Realität auf der Ringermatte sah das Ganze unbegreiflich aus.

Das, woran sich die Polizeibeamten der GSG 9, die Angehörigen der Gruppen Gelb und Blau, hinterher am deutlichsten erinnerten, war der rote Strich auf dem Hals ihres Ausbilders. Er wäre schon vor dem Aufschlag auf der Matte ein sterbender Mann gewesen.

»Wie ich sagte«, fuhr Carl fort, als er sich erhoben und sein Gehirn den Autopiloten wieder abgelöst hatte, »ich bin Soldat, nicht Polizist. Gemeinsam können wir das nicht üben.«

Er gab dem unter Schock stehenden Ausbilder das Messer zurück, verbeugte sich höflich vor den Anwesenden und gab seinen beiden Begleitern ein Zeichen, daß er den Saal verlassen wollte. Es war fast mit Händen zu greifen, daß dies ein äußerst angemessener Vorschlag war.

Der freundliche Major hatte eine weniger freundliche Miene aufgesetzt. Beinahe mürrisch führte er seine Gäste in einen Büroraum, in dem er einen Stundenplan oder vielmehr den Vorschlag zu einem Stundenplan, wie er sich vorsichtig korrigierte, für Carls Woche als Gast in St. Augustin aus einer Schublade holte.

Die Nachmittage sollte Carl den besonderen Programmen des Verfassungsschutzes widmen, die der Führung der GSG 9 nicht näher bekannt waren. Dabei ging es um die theoretischen Studien, für die Siegfried Maack verantwortlich war.

An den Vormittagen sollten SET Gelb und SET Blau das taktische Repertoire der GSG 9 durchnehmen; das Programm sah verschiedene Methoden zur Erstürmung von Häusern und Wohnungen vor, von Hochhäusern oder Kanalisationsschächten, ferner den Umgang mit Handfeuerwaffen und besonderen Ausrüstungsgegenständen. Carl strich alle Stunden, die Nahkampfübungen vorsahen. Der Major erhob keine Einwände.

Kurze Zeit später waren Carl und Siegfried Maack allein. Sie befanden sich im ersten Stock in einer Flucht von drei hintereinanderliegenden Räumen, die mit einem Siegel und einem kleinen deutschen Bundesadler auf gelbem Grund plombiert worden waren. An der Tür machte ein Schild darauf aufmerksam, daß das Betreten der Räume verboten sei. Es handelte sich um zwei Schlafzimmer sowie um einen vorübergehend hergerichteten Vortragssaal mit der üblichen Konferenzausstattung. Dort begann Siegfried Maack, den Inhalt zweier klobiger Reisetaschen aus Stahl auf den Tisch zu wuchten. Es handelte sich um etwa hundert Kilogramm Papier, die den wesentlichsten Teil der Erkenntnisse von BKA und Verfassungsschutz über den europäischen Terrorismus enthielten. Der Hauptakzent lag dabei auf dem deutschen Terrorismus in geographischer und dem Linksterrorismus in politischer Hinsicht. Das Material über den Rechtsextremismus war eher spärlich, da er für die beiden Behörden als weitgehend eliminiert und daher als Kuriosum galt.

Carl machte den Vorschlag, zunächst den Teil des Materials zu sichten, der sich am leichtesten erschließen ließ, was die Papierstapel relativ schnell überschaubar machen würde. Er meinte die verschiedenen technischen Gutachten, in denen beschrieben wurde, wie sich die Praxis der Terroristen entwikkelt hatte, angefangen bei den ersten Brandstiftungen bis zu den komplizierteren Anschlägen der späteren Zeit mit Sprengladungen und Schnellfeuerwaffen.

Die Dokumentation war mit Farbfotos der Ermittlungsbehörden reich illustriert. Leichenfotos, auf denen Einschüsse mit roter Tusche markiert worden waren, zeigten Männer, an deren Namen er sich von früherer Zeitungslektüre her schwach erinnerte: Schleyer, Buback, Pimental. Soweit Carl es beurteilen konnte, handelte es sich um ganz gewöhnliche Morde mit Pistole oder Maschinenpistole aus nächster Nähe. Man hatte den Opfern meist durch den Kopf geschossen.

Die Sprengstoffanschläge dagegen waren im Lauf der Jahre perfekter geworden, daran war nicht zu zweifeln. Neuerdings beherrschten die Terroristen immerhin schon die Technik von Zeitzündern. Ihre Versuche aber, Sprengladungen fernzuzünden, mal mit zu langem Zündkabel, mal mit einem Funksender, der nicht funktioniert hatte, waren vergleichsweise unbeholfen.

Nach ein paar Stunden hatten die beiden Männer fast ein Viertel des Inhalts der Stahltaschen bewältigt. Von Zeit zu Zeit hatte Carl brummelnd etwas kommentiert, was vor ihm auf der glatten Tischplatte Revue passierte. Siegfried Maack hatte ihm die Akten in gleichmäßigem Tempo vorgelegt, ohne viel dazu zu sagen. Nur manchmal gab er geographische Erklärungen und äußerte sich über bekannte Täter, die immer noch auf freiem Fuß waren, über ihre Biographien und Besonderheiten. Die meisten Terroristen, die hier aktenkundig waren, da war sich Carl sicher, saßen wohl schon in dem weißen Hochsicherheitsbunker von Stammheim hinter Schloß und Riegel.

Die beiden Männer unterbrachen ihre Arbeit und gingen in die Kantine. Sie brachten das Essen schnell hinter sich und sprachen kaum miteinander, da sie sich der neugierigen Ohren und der verstohlenen, fragenden Blicke um sie herum bewußt waren. Sie gingen wieder nach oben, und nach einer Stunde konnten sie schon den ersten Teil des Materials in den grünen Stahltaschen verstauen und den Tisch für die etwas komplizierteren Akten freimachen, in denen es um theoretische Fragen ging.

»Wenn ich mal zusammenfassen darf«, sagte Carl, »sind eure Terroristen in technischer Hinsicht und beim Umgang mit Waffen erstaunlich amateurhaft. Sie verwenden Pistolen und automatische Waffen des Kalibers 9 mm, wenn sie aus nächster Nähe schießen sollen, und stellen Sprengbomben eines Typs her, den sogar die Straßenjungs in Beirut besser bauen können. Das kommt mir merkwürdig vor. Ich kann es kaum begreifen.«

»Machst du etwa bessere Bomben?« fragte Siegfried Maack. Er sah fast so aus, als hätte er Carls herabsetzendes Urteil persönlich genommen.

»Ja, selbstredend, das wäre ja noch schöner, wenn ich daran denke, was die westliche Demokratie in meine Ausbildung investiert hat«, erwiderte Carl in einer Mischung aus leichter Entrüstung über die Frage und Erstaunen über den unerwartet beleidigten Tonfall seines Gesprächspartners.

»Dann haben wir also schon hier einen klaren Vorteil. Du hast Kenntnisse auf diesem Gebiet, die den Terroristen sehr nützen könnten?«

»Durchaus.«

»Aber was ist so merkwürdig daran, daß sie dein Niveau nicht erreichen?«

Carl beschloß, die Ironie zu überhören und sachlich zu antworten.

»Nun, ich finde es merkwürdig, daß zwischen ihrer Fähigkeit, Bomben herzustellen, und ihrer Fähigkeit, sie an einem Tatort zu plazieren, eine solche Diskrepanz besteht. Das Verstecken von Sprengsätzen ist ja der schwierigste Teil solcher Anschläge, aber da sind sie einige Male richtig gut gewesen. Wenn ich etwa daran denke, wie sie ihre Autos auf das Gelände von NATO-Einrichtungen gefahren haben, ganz zu schweigen von diesem Trick mit dem Bierwagen, der in Hamburg einfach auf das Gelände dieser, wie heißt sie noch, Führerakademie ... irgend was fuhr?«

»Nein. Du meinst *Führungsakademie* der Bundeswehr.«

Dieser Versprecher machte Carl mehr als verlegen. Das war eine wahrhaft Freudsche Fehlleistung. *Führerakademie,* ja, das wäre wirklich hübsch. Er suchte Blickkontakt mit Siegfried Maack, während er überlegte, wie er anfangen sollte. Es war ein Thema, das früher oder später zur Sprache kommen mußte. Siegfried Maack blickte demonstrativ zur Seite.

»Ich habe ganz einfach Probleme mit Deutschland«, begann Carl mit verbissener Miene. Er zögerte, bevor er fortfuhr. Immerhin hatte er in den Augen des bisher unveränderlich kühlen und korrekten Siegfried Maack so etwas wie ein neugieriges Glitzern, aber kein feindseliges Interesse aufblitzen sehen.

»Ich verabscheue beispielsweise diesen Uwe Dee und sein verfluchtes Gerede von *ze final kill.*«

»Was soll das heißen, the final was?«

»Nun ja, er sprach davon und machte einen ziemlich entzückten Eindruck, als er die Hoffnung äußerte, es möge dazu kommen, und in meinen nicht-deutschen Ohren hört sich das natürlich an wie, na ja, du weißt schon was.«

»Die Endlösung?«

»Ja.«

»Hättest du denn etwas gegen eine Endlösung der Terroristenfrage einzuwenden?«

»Nein, wahrscheinlich nicht.«

»Es geht also um das *Wort,* vor allem dann, wenn es auf deutsch gesprochen wird?«

»Ja. Ich bin wie die meisten anderen Europäer direkt oder indirekt mit Deutschenhaß groß geworden. Deutschland ist das Land, das man in einer Nacht auf der Autobahn hinter sich bringt, um so schnell wie möglich nach Paris oder Venedig zu kommen. Nimm doch nur diese Kaserne, dann mußt du zugeben, daß wir hier sehr weit von einem englischen Bobby entfernt sind, und wenn ich so einen Gewalt-Romantiker wie diesen Uwe Dee sehe, habe ich das Gefühl, im Hintergrund die Knobelbecher marschieren zu hören.«

»Und das Horst-Wessel-Lied?«

»Genau. Ich muß zugeben, daß das weder sonderlich gescheit noch rational ist, aber so *ist* es nun mal.«

»Ich bin zwar Deutscher, daß muß *ich* zugeben. Aber ich wurde zehn Jahre nach Hitlers Tod geboren.«

»Ja, ich weiß.«

»Was die Gewalt betrifft, habe ich allerdings eine einfache Feststellung zu treffen: Ich bin zwar Deutscher und entziehe mich auch nicht der Kollektivscham, aber dein Auftritt heute morgen im Turnsaal hat doch wohl den Eindruck hinterlassen, daß deutsche Gewalt in mancherlei Hinsicht als der schwedischen unterlegen gelten muß. Wenn ich das Ganze richtig kapiert habe, so hast du doch zu erkennen gegeben, daß du den Ausbilder unter realen Bedingungen getötet hättest, oder?«

Carl fühlte sich wie ein Idiot. Er hatte sich in eine absolut unmögliche Lage hineinmanövriert, und dennoch war die Frage für ihn so emotional belastet, daß sie sich geradezu aufgedrängt hatte. Er mußte irgendwie den Rückzug antreten.

»Ich bitte um Entschuldigung, es ist einfach mit mir durchgegangen«, sagte er zerknirscht.

»Damit stehst du nicht gerade allein.«

»Nein, aber immerhin. Die Musik, die ich schätze, ist deutsche Musik. Ich lese Günter Grass und Günter Wallraff, und im Augenblick bin ich mit den Deutschen verbündet, um einem Angriff gegen mein Land zuvorzukommen. Nein, ich bin wirklich nicht ganz bei mir. Bitte nochmals um Vergebung.«

Aber *das Deutsche* war ein Problem, natürlich war es das. Siegfried Maack ließ nicht locker und übernahm sogar die Initiative. Er sei Sozialdemokrat und wäre beinahe Kriegsdienstverweigerer geworden. Er sei Mitglied einer Anti-Atom-Bewegung mit entschieden pazifistischen Zügen gewesen, sei aber trotzdem in manchen Situationen in erster Linie Deutscher, vor allem in den Augen der Welt:

Während einer USA-Reise war er einmal in Florida gewesen und hatte sich auf französisch mit einer Frau unterhalten, in die er zu jener Zeit sehr verliebt war. Das Gespräch fand in einem Restaurant statt, und am Nebentisch saß ein älteres Paar, das ein Amerikanisch mit deutlich europäischem Akzent sprach. Aus ihrem Gespräch ging sehr schnell hervor, daß sie Juden waren.

Die Frau hatte sich durch Siegfrieds Anwesenheit gestört gefühlt, da er »ein typischer Deutscher« sei, wie sie meinte.

Wie sehr ihr Mann auch auf sie einredete – es half nichts. Er war sichtlich verlegen, daß sie so lautstark vom Leder zog. Er versuchte, sie mit dem Argument auf andere Gedanken zu bringen, daß die Leute am Nebentisch ja französisch sprächen, daß dieser Mann genausogut Nordfranzose oder Belgier oder Skandinavier sein könne. Seine Frau blieb unnachgiebig: Sie spüre, daß er Deutscher sei, *»denn seine Augen sind so böse, daß nur ein Deutscher solche Augen haben kann«*.

Es sei einfach unmöglich, fuhr Siegfried Maack fort, der Vergangenheit zu entrinnen, die Welt sehe die bösen Augen in jedem deutschen Gesicht, und dagegen richteten weder Mozart, Goethe noch Mercedes-Benz etwas Entscheidendes aus. Und Mercedes-Qualität sei vielleicht sogar eher ein Nachteil, denn sie sei ein Symbol der verfluchten deutschen Tüchtigkeit, die auch Uwe Dee auf seine Weise repräsentiere: Die DDR der Musterknabe im Osten, die Bundesrepublik im Westen. Am besten, die beiden getrennt zu halten, nicht wahr?

Trotz Carls abfälliger Bemerkungen über den mangelhaften Umgang der deutschen Terroristen mit Waffen seien diese trotzdem die besten ihrer Art. Auf jeden Fall hätten sie sich als die zählebigsten erwiesen, denn die italienischen Terroristen seien inzwischen entweder eingefangen worden oder erschossen, ohne daß die Welt auch nur das mindeste über Polizei-Brutalität habe verlauten lassen. Die französischen Terroristen hätten kaum mehr zustande gebracht als ein paar Banküberfälle und Morde, und ihre belgischen Kollegen müsse man wohl ähnlich sehen. Ausgenommen möglicherweise die Aktion gegen die *Führungsakademie* der Bundeswehr in Hamburg. Strenggenommen müsse man diese Aktion jedoch als deutsches Unternehmen bewerten. Die Belgier hätten wohl nur die Resolution mitunterzeichnet.

»Deiner Ansicht nach muß dann ja auch der westdeutsche Sicherheitsdienst der beste sein, um diesen Amateur-Mördern jede Möglichkeit zu nehmen, die gesetzestreue Bevölkerung zu terrorisieren«, sagte Carl anzüglich, der die Diskussion nun doch beenden wollte.

Siegfried Maack hatte in einem sanften und nachdenklichen Tonfall erzählt, gegen Ende mit leichter Ironie. Er ging dankbar auf Carls Versuch ein, der Unterhaltung den Stachel zu nehmen.

»Natürlich, so ist es, du hast völlig recht«, fuhr Siegfried Maack fort, »für unsere verbleibenden Terroristenkader geht es jetzt unleugbar auf *ze final kill* zu, nicht wahr? Immerhin haben wir jetzt schwedische Gewalt auf unserer Seite.«

»Aber ja. Die Chancen stehen natürlich eins zu hundert, daß wir sie mit deiner und meiner friedlichen Strategie erwischen, aber wenn ich alles richtig verstanden habe, geht es am Ende ja nur noch darum, nach gut demokratischer Manier Uwe Dee und seine Gruppen Gelb und Blau auf sie zu hetzen. Wir können unsere Hände dann in Unschuld waschen. Du kennst das ja – wir haben nur Befehle befolgt. Habt ihr es schon früher mit dieser Unterwanderungsmethode versucht?«

»Ja, dreimal.«

»Aha. Und wie ist es gelaufen?«

Alle drei Versuche seien mißlungen. Siegfried Maack rückte seine Brille zurecht und bemühte sich, wieder sachlich zu werden. Im Hinblick auf Carls besondere Fähigkeiten, begann er, wolle er der guten Ordnung halber von einem Bombenanschlag auf ein Gefängnisgebäude in Niedersachsen berichten. Folgendes habe sich abgespielt:

Zwei Terroristen der mittleren Kategorie saßen in diesem Gefängnis. In der Nacht des 25. Juli 1978 sprengte ein Kommando der GSG 9 ein Loch in die Gefängnismauer. Es sollte wie ein Befreiungsversuch aussehen, aber die Flucht wurde natürlich verhindert.

Der Presse gegenüber ließ man durchblicken, ein bestimmter, namentlich bekannter Bankräuber, der im gleichen Gefängnis sitze und jetzt Urlaub auf Ehrenwort habe, habe den

Sprengsatz gezündet, um RAF-Terroristen zu befreien. Das Unternehmen war vom Verfassungsschutz inszeniert worden. Die GSG 9 hatte nur die Mauer gesprengt, vermutlich sogar ohne zu wissen warum, und nichts weiter mit der Angelegenheit zu tun. Anschließend hatte sie sich schnell zurückgezogen. Der Verfassungsschutz hatte die politische Verantwortung für das Unternehmen jedoch der niedersächsischen Landesregierung zugeschoben – mit Einverständnis der Bundesregierung in Bonn.

Das Unternehmen geriet jedoch außer Kontrolle, denn der flüchtige Bankräuber, der sozusagen zur Flucht gezwungen worden war, wurde nervös, überlegte es sich und weigerte sich, den erwünschten Unterwanderungsversuch zu unternehmen. Statt dessen ließ er sich von der Polizei festnehmen, verriet die ganze Geschichte, zwang den Verfassungsschutz, ihm eine Begnadigung und eine neue Identität zu verschaffen, und verkaufte die Story sogar an verschiedene Zeitungen, so daß der Vorgang publik wurde und zu einem politischen Skandal führte. Es kam zu einer feierlichen Debatte über die Verteidigung der Demokratie gegen die Feinde des Landes, und so weiter. Das operative Ergebnis blieb vergleichsweise mager: Es wurden nur ein paar Mitläufer verpfiffen.

Das, so fuhr Maack fort, könne natürlich zu der Frage führen, ob ein entlarvter schwedischer Bankräuber im Dienst der Demokratie nicht auch zu einem Skandal führen könne, da es schon einen ähnlichen Zwischenfall gegeben habe. Die Bild-Zeitung werde die Sache wohl mit Freuden aufgreifen.

O ja, gewiß. Das Risiko aber, daß Carl loslaufen und seine Story an die Skandalpresse verkaufen würde, dürfe als wesentlich geringer einzustufen sein als bei einem echten Bankräuber, der mit der beflissenen Hilfe der GSG 9 Gefängnismauern sprenge. Und wenn es Carl erst mal geschafft habe, sich der RAF anzuschließen, dürfe man Resultate erwarten, die den einen oder anderen Bankraub entschuldigten. Wenn sein Unterwanderungsversuch mißlinge, würde man den Bankraub schon zu verheimlichen wissen. Große finanzielle Bedürfnisse scheine Carl ja nicht zu haben, so daß es auch mit dem geraubten Geld wohl keine Probleme geben werde. »Stimmt es übrigens, daß du Millionär bist?«

»Ja.« Das war es ja gerade.

Ein Schatten huschte über Carls Gesicht, als er sich daran erinnerte, wie er noch wenige Tage vor seinem Abflug letzte Hand an seine Einkommensteuererklärung gelegt hatte.

»Aber die beiden anderen Unterwanderungsversuche? Wie steht es damit?«

Beide seien insoweit gelungen, als die Infiltranten, die man unter den Sympathisanten rekrutiert habe, bis zum harten Kern hatten vordringen können. Insoweit sei das Unternehmen in beiden Fällen gelungen. An dieser Stelle hielt Siegfried Maack jedoch aus unerfindlichem Grund mitten in der Darstellung inne. Er schien zu zögern.

»Ja, und?« fragte Carl ungeduldig. »Und was kam dabei heraus?«

»Sie wurden entlarvt. Der eine trug recht ernste Schußverletzungen davon, während der zweite nur mißhandelt wurde. Heute würden sie Eindringlinge wohl nicht mehr mit Samthandschuhen anfassen. Das kann ich mir jedenfalls nicht vorstellen. Wenn sie dich entlarven, dann bedeutet das, daß sie dich töten werden, und du hast ja anhand des Fotomaterials der gründlichen deutschen Kriminalpolizei heute nachmittag sehen können, wie sie es anstellen.«

»Ja, mag schon sein«, sagte Carl nachdenklich, »aber der Sinn dieses Unternehmens ist doch, daß ich versuchen soll, diese Figuren aufzuspüren und zu lokalisieren, und nicht etwa, daß ich so lange bei ihnen bleibe, bis meine Tarnung geplatzt ist. Nicht wahr?«

Einer der Programmpunkte in St. Augustin war für Carl ausschließlich angenehm, um nicht zu sagen vergnüglich, um nicht noch weiter gehen zu müssen und zu sagen, wie es sich tatsächlich verhielt: Daß es für ihn war wie für ein Kind, das Disneyland zum erstenmal und dazu noch gratis besuchen darf. In der Woche, in der der rätselhafte Hauptmann Charlie zu Besuch war, gingen die Gruppen Gelb und Blau systematisch das Arsenal der GSG 9 durch. Am ersten Tag standen Pistolen und Revolver auf dem Programm, dann folgten die übrigen Handfeuerwaffen.

Die GSG 9 verwendet nur einen Revolvertyp, Smith & Wesson Modell 19, Kaliber .357 Magnum. Dieser Revolvertyp ähnelte der von Carl bevorzugten Waffe, dem Smith & Wesson Combat Magnum-Revolver des Kalibers .38s. Carl hatte jedoch nie Gefallen an dem Munitionstyp .357 Magnum gefunden. (Die Patrone hat die gleiche Größe wie die des Kalibers .38s, aber die .357 Magnum enthält eine stärkere Pulverladung.) Carl war der Meinung, daß die Präzision bei den ersten beiden Schüssen möglicherweise vergleichbar sei, daß der kräftige Rückstoß des .357er Revolvers es aber völlig unmöglich mache, auch bei längeren Serien vergleichbar gute Ergebnisse zu erzielen, wenn man unter realistischen Bedingungen schoß, also bei schnellem oder sehr schnellem Feuerwechsel. Carl vermutete, daß die GSG 9 keine sonderlich rationalen Gründe für die Wahl gerade des .357 Magnum als Standardwaffe hatte, sondern daß der Entscheidung so etwas wie Waffen-Machotum zugrunde lag: Je größer die Kracher, desto härter der Mann.

Während des Revolverschießens schoß Carl ruhig und im gleichen Takt wie die Polizisten der GSG 9; *single action,* jeweils ein Schuß und dann eine Pause.

Er hatte sich entschlossen, keine weiteren Zirkusnummern vorzuführen, nur um den Anwesenden zu imponieren; es konnte sogar vorteilhaft sein, wenn diese jungen Beamten ihn an dem Tag, an dem das äußerst unwahrscheinliche, gleichwohl aber nicht unmögliche große *shoot out* zustande kam, auf das ihr Befehlshaber Uwe Dee so offenkundig hoffte, nicht in schlechter Erinnerung hatten.

Als das Pistolenschießen an der Reihe war, fiel es Carl schon schwerer, sich an das selbstauferlegte Versprechen zu halten, da jetzt um Punkte geschossen wurde und Gruppe gegen Gruppe antrat.

Die Pistole der Deutschen war ein neues und interessantes Modell, mit dem Carl noch nie geschossen hatte, eine Heckler & Koch PSP 9 mm, eine neue deutsche Polizeiwaffe mit einem ganz besonderen Clou. Die Pistole wurde nicht wie gewohnt mit einem Hebel gesichert, sondern besaß einen Mechanismus, der die Prozedur des Entsicherns durch einen festen Griff um den Kolben ersetzte. Sobald sich die Hand um den Kolben schloß und die Vorderseite des Kolbens eingedrückt wurde, war die Waffe schußbereit. Lockerte man den Griff, wurde die Waffe sofort gesichert; wenn man sie verlor, war sie gesichert, bevor sie zu Boden fiel. Überdies lag die Pistole stabil und gut in der Hand, die Zielvorrichtung war im Verhältnis zum Griff sehr günstig angebracht, und die Pistole hatte ein ausgezeichnetes Gleichgewicht. Der einzige Nachteil bestand darin, daß man gezwungen war, den Kolben mit sehr festem Griff zu halten, um die Entsicherung aufrechtzuerhalten. Aber das war möglicherweise eine Sache der Gewohnheit. Die Pointe lag auf der Hand und war ein unbezweifelbarer Vorteil: Die Waffe war in dem Moment schußbereit, in dem man sie in die Hand nahm.

Eine der Übungen, in denen die beiden Gruppen gegeneinander antraten, erinnerte Carl an die Wettbewerbe während seiner fünf Jahre in Kalifornien. Zunächst mußten zweimal fünfzig Liegestütze gemacht werden, dann mußte jeder Teilnehmer durch einen Korridor und wieder zurück laufen, wieder fünfzig Liegestütze absolvieren und unmittelbar darauf acht Schuß auf acht Scheiben abgeben, und das in der kürzestmöglichen Zeit. Das ist eine gute Übung, die den Unterschied zwischen reinem Zielscheibenschießen und der Realität verdeutlicht, in der weder Polizeibeamte, Sicherheitsleute oder Operateure der Nachrichtendienste damit rechnen dürfen, in körperlich entspanntem Zustand schießen zu können. Carl schoß schneller, als es in St. Augustin je einer geschafft hatte, und mit einer Punktzahl, in deren Nähe noch niemand gekommen war. Er hatte es zwar nicht anders erwartet, denn es wäre ihm sehr schwer gefallen, zu simulieren und sich schlechter zu machen, als er war. Trotzdem hatte er nicht den Eindruck, daß ihn die Deutschen deswegen weniger mochten. Vielleicht hatten sie doch begriffen, daß es einen Unterschied macht, ob man Polizeibeamter ist, wenn auch in der GSG 9, oder *field operator* der CIA, bei der sie Carl wohl vermuteten.

Carl hatte erwogen, sich eine eigene Pistole des deutschen Typs anzuschaffen, nach kurzem Nachdenken aber aus zwei Gründen verzichtet. Erstens war es überflüssig, mit einer deutschen Polizeiwaffe auf sich aufmerksam zu machen. Zweitens war sein Pistolenmodell den meisten anderen in einem entscheidenden Punkt überlegen: Eine Beretta 92 S hat fünfzehn Schuß im Magazin. Mit einem Zusatzmagazin in der Brusttasche ist man für einen kleineren Krieg gerüstet. Was du mit dreißig Schuß nicht schaffen kannst, schafft niemand, wie einer seiner kalifornischen Ausbilder einmal gemeint hatte.

Die Maschinenpistole der Deutschen war Carl wohlbekannt, eine automatische Waffe, die er selbst auch gewählt hätte, eine Heckler & Koch MP 5. Im Gegensatz zu verschiedenen amerikanischen Waffen, unter denen die schlimmste die unzuverlässige M 16 ist, ist diese deutsche Maschinenpistole stabil und sicher. Nichts klappert, nichts eiert, alle Teile sind genau dort, wo sie hingehören, und die Gefahr einer Ladehemmung ist gleich Null. Außerdem besitzt die Waffe auch bei Einzelschüssen eine erstaunliche hohe Präzision.

Und dann begann Carl, sich wie ein Kind im Kopenhagener Tivoli oder im Disneyland zu fühlen. Es war den Deutschen offenbar gelungen, ein neues Modell zu entwickeln, das besonders geeignet war, versteckt unter der Kleidung getragen zu werden; die kurze Version der MP 5 ist nur 325 mm lang und 210 mm hoch. Es versteht sich von selbst, daß eine automatische Waffe dieser Größenordnung mit offenen Zielvorrichtungen kaum Präzision gewährleisten kann; die Waffe soll vielmehr auf kurze Entfernung Schnellfeuer ermöglichen. Aber hier war es den Deutschen gelungen, eine neue Zielvorrichtung zu entwickeln, die so genau war, daß man selbst auf hundert Meter Entfernung Einzelfeuer mit annehmbarer Präzision erreichen konnte. Eine imponierende Waffe, und es bereitete Carl großes Vergnügen, mit ihr zu schießen.

Eine weitere Variante der gleichen Waffe ist die MP 5SD mit Schalldämpfer, die man mit dem Nachtsichtgerät BIV ausgerüstet hatte. Auf einem abgedunkelten Schießstand, auf dem das Ziel mit bloßem Auge nicht zu ahnen ist, kann man so Serienfeuer aus hundert Meter Entfernung schießen, mit akzeptabler Präzision und in einer Lautstärke, die im Freien aus einer gewissen Entfernung nicht zu hören ist; die Waffe ist so leise, daß man den Schützen nicht orten kann. Überdies besitzt die MP 5SD auch einen vollen Mündungsfeuerschutz. In Carls Augen eine fast gespenstisch schöne Waffe.

Die beiden Präzisionswaffen waren Carl ebenfalls wohlbekannt. Er selbst gab der Mauser M 66 gegenüber dem halbautomatischen PSG 1 von Heckler & Koch den Vorzug, aber es war trotzdem ein Erlebnis für ihn, das PSG mit Infrarotzielgerät in der Nacht oder in simulierter Dunkelheit zu verwenden. Ein Schütze, der bequem liegt und sich etwas Zeit lassen kann, muß kein Scharfschütze sein, um trotzdem sicher zu gehen, aus 500 Meter Entfernung ein Ziel von der Größe eines menschlichen Kopfes zu treffen, und das ohne Rücksicht auf die Lichtverhältnisse.

Vor allem bei den verschiedenen Zielvorrichtungen waren die Deutschen der amerikanischen Technik, die Carl in Kalifornien kennengelernt hatte, weit überlegen.

In der Abteilung Spezialtricks waren Deutsche und Amerikaner etwa gleich gut. Die deutschen Sprengkapseln, die etwa beim Aufbrechen von Haus- oder Flugzeugtüren eingesetzt werden, besitzen bessere Haftvorrichtungen als ihre amerikanischen Pendants, haben dafür aber etwas unsicherere Auslösemechanismen. Die Tränengas- und Schock-Blitz-Blend-Granaten, die Carl hier zu sehen bekam, waren mit den amerikanischen identisch.

Dafür besaßen die Deutschen ein paar eigene Spezialitäten. Da sie so beharrlich auf Terrorismus-Bekämpfung ausgerichtet waren, hatten sie einige interessante taktische Vorgehensweisen entwickelt, um schnell ein Flugzeug oder Häuser und Wohnungen zu stürmen. Unter anderem verfügten sie über ein pfiffiges »Abseilgerät mit Spezialseil«, wie der Major erklärte. Es handelte sich um ein Gestell aus Gurten, das man blitzschnell am Körper befestigen konnte, um sich dann mit Hilfe der leichten, geschmeidigen Seile hinauf- oder hinunterzubewegen. Damit konnten mehrere Personen gleichzeitig von Hubschraubern aus abgesetzt werden. (Die Hubschrauber, die Carl in St. Augustin vorfand, waren seltsamerweise keine deutschen Modelle, sondern amerikanische und französische – Bell aus den USA sowie Puma und Alouette aus Frankreich.)

So glänzten die Deutschen bei Übungen, bei denen sie mit Hilfe ihrer Abseilgeräte in Häuser und Wohnungen eindrangen, und das mit der Präzision einer eingespielten Ballettruppe: Aus verschiedenen Richtungen gleichzeitig vorstoßen, anschließend sofort die Granaten auslösen und mit den automatischen Waffen feuern. Eine Großstadtwohnung normaler Größe läßt sich so in weniger als fünfzehn Sekunden stürmen.

Übungen dieser Art imponierten Carl ungeheuer, das mußte er sich widerwillig eingestehen, zumindest wenn er sie als Sport ansah. Ein Terrorist, der in seiner konspirativen Wohnung sitzt und die weißen Mercedes näherkommen sieht, sollte sich schnellstens aus dem Staub machen, um nicht zu Hackfleisch geschossen zu werden. Bei dieser Paradenummer schienen die Deutschen nichts dem Zufall zu überlassen; so wiesen etwa ihre »Kernmantel«-Seile fast zirkusgeeignete Leistungsmerkmale auf: Ein Seil dieser Art ist 45 Meter lang, wiegt 700 Gramm und hält 2400 Kilopond. Ein GSG-9-Mann im Einsatz kann sich in seinen Gurten mit einer Geschwindigkeit von 6 Metern pro Sekunde abseilen.

Am letzten Abend fand eine kurze Abend-Übung mit einer Ausrüstung statt, die zu Carl noch besser paßte als alles andere. Es ging um einen »Überraschungsangriff aus Unterwasserlage.« Zu seinem Entzücken entdeckte er, daß der Bootsmotor ein schwedisches Fabrikat war, ein Volvo Penta 700 Außenborder mit drei Zylindern. Die eigentliche Taucherausrüstung war deutsch, aber hier sind die Unterschiede zu anderen Marken so unbedeutend, daß es keine Rolle spielte; die Regulatoren waren die üblichen, der Druck in den Behältern wie gewohnt, größte Tauchtiefe 75 Meter. Aber auch hier hatten sich die Deutschen etwas Pfiffiges einfallen lassen: Einen beleuchteten kleinen Orientierungstisch mit Kompaß, Uhr und Tiefenmesser, dessen Beleuchtung sehr viel besser war als bei allem, was Carl bisher gesehen hatte. Dem Bedienungspersonal zufolge war es unmöglich, das Licht an der Wasseroberfläche zu entdecken, da das rote Licht von der Seite auf die Instrumente strahlte. Die technischen Details waren kompliziert, aber darauf kam es Carl nicht an.

Für ihn war es weit mehr Vergnügen als Arbeit, diesen simulierten Angriff mitzumachen. Ihm gefiel die Dunkelheit unten im Wasser. Sie gab ihm ein Gefühl von Sicherheit und Geborgenheit; er war die Gefahr, die im Dunkel lauerte.

Er schwamm in einem deutschen Binnensee in acht Meter Tiefe auf ein Ziel zu, ein in ostsüdöstlicher Richtung 460 Meter entferntes Übungsziel; die Instrumente würden ihn mit nur wenigen Metern Abweichung hinführen. Plötzlich kam ihm der absurde Gedanke, sein Lebenszyklus sei dabei, sich zu schließen. Als er zu einer Zeit, die jetzt eine Ewigkeit her zu sein schien, in der Königlich Schwedischen Marine zum Angriffstaucher ausgebildet worden war, hatte er diese Ausbildung bewußt in der Absicht gewählt, einer der geschulten Genossen zu sein, welche die schwedischen Eliteverbände »unterwandern« sollten, um den Verteidigungswillen Schwedens aufrechtzuerhalten, falls eines Tages die Russen kämen und die Sozis sich vielleicht gewillt zeigten zu kapitulieren.

Er war gerade frischgebackener Marinetaucher gewesen, als der Alte ihn auffischte und ihm das eigenartige Angebot machte, zu dem er nicht hatte nein sagen können und das später zu den fünf Jahren in den USA führte. Allerdings hatte dieses Angebot ihn nicht in den Nachrichtendienst des Alten gebracht, sondern in das Irrenhaus auf Kungsholmen zu der *»verzweifelt unfähigen Führungsspitze der zivilen Sicherheitspolizei Schwedens«*, wie der Alte sie zu nennen pflegte.

Jetzt, einige Jahre später, ließ sich nicht gerade behaupten, daß das Ergebnis das erwartete Kräftemessen mit dem sozialimperialistischen russischen Feind war; statt dessen schwamm er hier inmitten von Seerosen und Schlamm in einem deutschen Binnensee auf ein Übungsziel zu, das möglicherweise mit westdeutschen Extremisten zu tun haben würde, und das einzig sichere in all dem Wahnsinn war die Tatsache, daß er *unter Wasser* den harten Kern der *Rote Armee Fraktion* nie würde angreifen dürfen.

Es war eine harte Woche in Siegfried Maacks Terroristenschule gewesen. Carl hatte sich durch ewige Wiederholungen mehr als hundert Namen und Personenbeschreibungen eingeprägt; diese Leute gehörten entweder zum »Kommandobereich militärische Ebene« der RAF, also zur Elite des Feindes, die etwa 25 Personen umfaßte, oder wurden »den gewalttätigen Anhängern oder der militanten Ebene« zugerechnet. Jeden Tag hatte Siegfried Maack mehrere Stunden damit zugebracht, mit ihm theoretische Szenarien durchzuspielen, bei denen er in Diskussionen mit hypothetischen Terroristen oder Terroristensympathisanten lernen sollte, was für Menschen sie waren. So sollte er etwa die ungefährlichen Anhänger der *Roten Zellen* (deren Sprengsätze und Sabotageakte sich nie gegen Menschenleben richteten, sondern eher den Versicherungsgesellschaften Kummer machten) und die wirklichen Terroristen auseinanderhalten können.

Es wäre schließlich höchst fatal gewesen, wenn er sich von der falschen Gruppe würde anwerben lassen.

Bei diesen theoretischen Diskussionsspielen hatte Carls neue politische Einstellung einen zunehmenden Feinschliff erhalten. Er wurde immer wieder gezwungen, seine Positionen zu verteidigen, die denen der RAF möglichst gleichen sollten. Bei seinen Attacken spielte Siegfried Maack manchmal den konventionellen Kommunisten, mal den Atomkraftgegner oder einen Anhänger der alten und inzwischen aufgelösten Bewegung *2. Juni*.

Die Hauptparole, die den Kern von Carls neuer politischer Einstellung bildete, war die am häufigsten wiederholte der RAF: »Die westeuropäische Guerilla erschüttert das imperialistische Zentrum.«

Siegfried Maack unternahm seine höhnischen Angriffe von sozialdemokratischen, linksradikalen oder konventionell kommunistischen Standpunkten aus. Carl verteidigte sich mit jedem Tag aggressiver und geschickter.

Natürlich sei es richtig, die progressiven Kräfte in der Welt in ihrem Kampf gegen den Imperialismus zu unterstützen. Das sei doch die Grundlage aller Solidaritätsarbeit, oder? Die kleinbürgerliche, opportunistische Linke Europas war nach dem Sieg in Vietnam saft- und kraftlos geworden, die repressive Toleranz hatte alle progressiven Tendenzen aufgesogen, und damit war der Imperialismus in Europa nicht mehr wirksam bedroht. Das sozialdemokratische Establishment fungierte überall in Europa als intellektuelle Speerspitze der NATO. Politiker wie Willy Brandt, François Mitterrand und früher auch Olof Palme lullten die Arbeiterklasse mit einer Politik ein, die auf der Illusion gründete, man könne innerhalb der NATO ein System sozialer Gerechtigkeit aufrechterhalten. Und dort saßen jetzt alle Karrieristen und Opportunisten der alten Linken.

War aber nicht jeder einzelne für seine Überzeugung und für seine Solidarität mit den Unterdrückten verantwortlich? Was hatte es für einen Sinn, von der Notwendigkeit des Kampfes gegen den Imperialismus überzeugt zu sein, wenn man selbst die Hände in den Schoß legte und nichts tat? Leute wie Siegfried Maack quatschten nur, taten aber nie etwas. Es sei denn, sie kritisierten Carl und seine Genossen mit den altbekannten scheißliberalen und pißhumanistischen Argumenten.

Wenn aber jemand behauptete, Anti-Imperialist zu sein, mußte er mit seiner Überzeugung auch etwas *anfangen*. Die Genossen in der Dritten Welt waren nicht in der Lage, gegen das europäische Zentrum des Imperialismus zuzuschlagen. Wir können hier doch einfach nicht untätig herumsitzen und darauf warten, daß die afrikanischen, asiatischen oder lateinamerikanischen Genossen Europa vom US-Imperialismus befreien? Wir können aber selbst mit harten und genauen Schlägen eingreifen. Nur so nimmt man ernsthaft am Kampf teil. Nur der, der sich selbst einsetzt und etwas riskiert, hat das Recht, sich Anti-Imperialist zu nennen.

So lauteten die Hauptargumente der Diskussion. Gelegentlich wurde Carl von Siegfried Maack unterbrochen, der einige Modifikationen vorschlug, um Carls Argumentation narrensicher zu machen, damit ihn niemand mißverstehen konnte. Gegen Ende der Woche waren die beiden Männer in der Lage, die Diskussion über Stunden hinweg zu führen, ohne aus der Illusion auszubrechen. Es gab Momente, in denen Carl das Gefühl hatte, fast selbst an das zu glauben, was er sagte, als wäre er dabei, sich in seinen Diskussionen mit Siegfried Maack selbst zu überzeugen.

In Carl war eine Grauzone entstanden, in der es ihm nur mit Mühe gelang, sich von seiner Rolle zu trennen. Auch aus diesem Grund war er erleichtert, als er von der Tauchübung in die Zentrale in seiner letzten Nacht in Gefangenschaft zurückkehrte. Er gab die Druckluftflaschen, den Taucheranzug und die übrige Ausrüstung im Magazin ab. Als er auf den Innenhof hinaustrat, blieb er stehen. Es regnete. Am Himmel waren Flugzeugmotoren zu hören, die immer näher kamen. Ja, es waren ohne jeden Zweifel Transportmaschinen des Typs Hercules. Sie erinnerten ihn an eine Übung gegen Ende seiner Grundausbildung in Kalifornien.

Sie wurden nachts über den Pazifik nach Alaska geflogen. Sie hatten eine ungefähre Vorstellung davon, wo sie abgesetzt werden würden und in welche Richtung sie sich dann einzeln und unter strenger Funkstille durchschlagen sollten. In einer Woche sollte jeder zweihundert Kilometer in der Wildnis zurücklegen. Die meisten Insassen der Maschine hatten schon während des Anflugs auf das Zielgebiet große Nervosität gezeigt. Der Fallschirmabsprung in die Dunkelheit machte ihnen Kopfschmerzen, obwohl sie das schon etliche Male geübt hatten. Carl hatte seine Kameraden mit einer gewissen Verwunderung beobachtet. Die Schwierigkeiten begannen ja erst *nach* der Landung. Erst dann brauchte man sich Sorgen zu machen, nicht jetzt, wo sie bequem per Flugzeug transportiert wurden, vor sich hindösten und durch Ohrenstöpsel vor dem Fluglärm geschützt waren.

Dieses Gefühl von damals stellte sich wieder ein: Morgen sollte er die Geborgenheit der deutschen Transportmaschine verlassen und sich ins Unbekannte stürzen. In Hamburg würde das Unternehmen endlich beginnen – St. Augustin war nur eine Herkules.

Siegfried Maack war ebenfalls erleichtert, daß die wehrpflichtähnliche Woche vorüber war. Er hatte das Gelände der GSG 9 nur einige Male verlassen, um beim BKA in Wiesbaden oder der Verfassungsschutzzentrale in Köln Material zurückzugeben und neues zu holen.

Es war ihm schwergefallen zu entscheiden, wie er sich diesem merkwürdigen Schweden gegenüber verhalten sollte, mit dem er eine intensive Woche lang hatte zusammenleben müssen. Hamilton schien ein recht ungezwungener und intelligenter Mann zu sein, war ein heller Kopf, prägte sich Fakten leicht ein und verfügte überdies über eine improvisatorische Phantasie, die er in seiner künftigen Rolle ohne Zweifel würde gebrauchen können. Nach und nach hatte Siegfried Maack sein erstes Bild von Hamilton revidiert und sah ihn nicht mehr als den Mörder an, als den ihn die gespeicherten Daten auswiesen. Möglicherweise fühlte sich Maack gerade deshalb jetzt unangenehm berührt, als er die Ausrüstungsgegenstände holte, die Hamilton gegen Quittung in Empfang nehmen sollte, bevor sie sich am nächsten Morgen trennten. Die Ausrüstung war in ihrer brutalen Konkretheit eine allzu deutliche, eine unangenehm deutliche Erinnerung daran, daß der Kampf gegen den Terrorismus nicht allein aus dem analytischen, systematischen und intellektuellen Handwerk bestand, dem sich Siegfried Maack und seine Vorgesetzten verschrieben hatten.

Und als Hamilton nach seiner abendlichen Tauchübung zurückkehrte, behandelte er diese Gegenstände mit der gleichen ungezwungenen Selbstverständlichkeit, als wären sie Tasten eines Computers, Lageanalysen oder Ergebnisse von Labortests der Polizei.

Hamilton pfiff leise, als er die drei Waffen aus der grünen

Militärtasche Maacks auspackte und vor sich aufreihte. Alles stimmte: richtiger Revolver, richtige Pistole und eine abgesägte Schrotflinte für den einmaligen Gebrauch beim Banküberfall. Der Schrotmunition widmete er nur einen kurzen Blick, die Revolvermunition, die in einer Fünfziger-Schachtel lag, genau wie bestellt, wurde einer längeren Prüfung unterzogen, ehe er sie mit einem zufriedenen Blick beiseite legte, während die Pistolenmunition sein Mißvergnügen weckte. Aus den Bezeichnungen sowohl der Patronen wie der Schachteln ging nämlich hervor, daß die Munition aus Militär- oder Polizeibeständen stammte. Hamilton drehte die Schachtel um und kippte die Patronen auf den Tisch, füllte das Pistolenmagazin und das Zusatzmagazin mit schnellen, ruckhaften Bewegungen, ohne dabei auf die Finger zu sehen, und fegte die restlichen zwanzig Patronen in eine kleine Plastiktüte, die er verknotete und in seine Reisetasche warf. Dann zerknüllte er die Schachteln und warf sie in den Papierkorb. Er betätigte bei allen drei Waffen, die gesichert waren, den Hahn und verstaute sie dann schnell in seiner Tasche. Darauf quittierte er den Empfang, riß eine Quittungskopie für sich ab und legte sie in einen Umschlag, der an eine Adresse in Schweden gehen sollte, an sein Bankschließfach in Stockholm.

Das Geld wies die gewünschte Stückelung auf, 10 000 Mark in gebündelten neuen Scheinen, als stammten sie frisch aus einem Bankraub. Diese Quittung nahm denselben Weg wie die Quittung für die Waffen.

Anschließend teilten die Männer Carls Gepäck in zwei Haufen: Einmal das, was in die grüne Tasche gehörte, und das, was in seiner eigenen Reisetasche verstaut werden sollte, die Siegfried Maack, selbstverständlich gegen Quittung, für ihn aufbewahren würde, bis das Unternehmen als abgeschlossen betrachtet werden konnte. Auf diesem Haufen landeten beispielsweise seine Kreditkarten sowie sein Dienstausweis des Schwedischen Sicherheitsdienstes und einige unnötig elegante Kleidungsstücke, die er bei Einkäufen in Hamburg ersetzen wollte. Sie zögerten kurz, auf welchem Haufen das Messer mit dem blaugeflammten Stahl und dem tarnfarbenen Kunststoffhandgriff landen sollte; sie entschieden sich für die Hamburg-Tasche.

Dann blieb noch eine letzte Formalität, die etwas kniffliger war als alles andere. Carl hatte die Einrichtung eines schweizerischen Nummernkontos verlangt, gleichgültig bei welcher Bank, dazu die Einzahlung der erforderlichen Mindesteinlage. Das Konto brauchte er als Tarnung, denn irgendwo mußten die Erlöse aus seinen behaupteten Banküberfällen ja gebunkert werden. Obwohl das ein ziemlich einleuchtender Vorschlag war, hatte es einige juristische Schwierigkeiten gegeben, da Carl darauf beharrt hatte, nur er selbst dürfe die Nummer kennen. Irgendeine Instanz irgendwo in der Hierarchie über Siegfried Maack hatte grundsätzliche Einwände erhoben, aber jetzt war die Lage endlich geklärt. Carl öffnete einen Briefumschlag und schrieb die Nummer auf, die er sich ausgedacht hatte – Tessie O'Connors Geburtstag, -monat und -jahr sowie die vier Zahlen seines eigenen Geburtsjahrs, jede Zahl um eine Eins addiert – der alte KGB-Kniff. Er klebte den Umschlag zu und legte ihn auf den anderen, den er an seine Bank in Stockholm schicken wollte. Er zog den Reißverschluß der grünen Tasche zu, verschloß seine eigene Reisetasche und stellte alles auf den Fußboden neben die beiden grünen Stahltaschen mit dem geheimen Material von Siegfried Maack. Es war soweit.

Ihr gemeinsames Arbeitszimmer sah plötzlich leer und spartanisch aus wie eine Gefängniszelle. Neonröhren an der Decke, ein schwarzes Fensterrechteck, gelbweiße Wände ohne jeden Schmuck, grüne Tischplatten aus einem Material, das an Tischtennistische erinnerte, quietschende Klappstühle.

Nachdem Carl die Taschen abgestellt hatte und an seinen Platz am Tischende zurückgekehrt war, an dem er in der Woche, die beide wohl als einen ganzen Monat empfunden hatten, Stunde um Stunde gesessen hatte, begegnete er Siegfried Maacks Blick. Die gespenstische Stille und die Leere im Raum wurden plötzlich komisch. Alle beiden streckten fast gleichzeitig die Hände aus und lachten verlegen.

Dann erhob sich Siegfried Maack mit einer ironisch feierlichen Bewegung und hielt eine kleine Ansprache.

»Lieber Graf Hamilton«, begann er mit einer Anrede, die, wie Carl inzwischen wußte, in Deutschland durchaus üblich war, die einen Schweden aber zum Lachen gereizt hätte, »da unsere gemeinsame Zeit jetzt zu Ende geht, denn künftig werden wir nur über ein bestimmtes Schließfach im Hamburger Hauptbahnhof verkehren, und da die kurze Zeit, die uns zu Gebote stand, um die gemeinsame Operation praktisch und theoretisch vorzubereiten, für etwas natürlichere Gastfreundschaft kaum Raum gelassen hat, habe ich mir die Freiheit genommen, ganz privat und außerdienstlich etwas von dem Besten zu besorgen, was Deutschland zu bieten hat, nämlich ...«

Maack unterbrach seine wohl bewußt parodistische Ansprache, ging zur Tür und zog eine Kühltasche herein, die draußen auf dem Korridor gestanden hatte, und öffnete sie. Er zog zwei Römer und zwei dunkelbraune Flaschen mit Rheinwein heraus und fuhr fort:

»... Wein aus dem Rheingau, und so, wie ich deinen Geschmack einschätze, müßte dir dieser 83er Riesling, eine Spätlese, ganz hervorragend passen.«

Er entkorkte mit geübten und schnellen Bewegungen eine Flasche und goß ein. Carl betrachtete fasziniert das kleine schwarze Etikett. Der Wein hieß *Geheimrat »J«* und weckte in Carl die Vermutung, es sei der Titel irgendeines Richters eines geheimen Gerichts. Er konnte den Gedanken jedoch nicht weiterspinnen, als er den ersten Schluck getrunken hatte. *Geheimrat »J«* war ein kraftvoller, edler Wein von einem Wohlgeschmack, an den er sich bis an sein Lebensende erinnern würde. Er trank nochmals und war sicher, daß es der beste deutsche Wein sein mußte, den er je gekostet hatte.

»Unglaublich«, sagte er und drehte das Glas in der Hand, als wäre er unfähig, den Wein aus den Augen zu lassen, »unglaublich... Das hier und Beethoven sollte das einzige Deutschland sein. Aber was ist ein *Geheimrat*? Ein Richter in einem geheimen politischen Gericht oder was?«

Siegfried Maack klappte bei dieser Vermutung der Unterkiefer herunter. Geheimrat sei ein älterer Titel, eine Art Ehrenkonsul, um mal damit anzufangen. Und zweitens: Geheimgerichte, so ein Unfug in einer Demokratie?

»Ganz so abwegig ist die Vorstellung doch nicht«, meinte Carl. »Die Gerichte und Gesetze, die mit Terroristen zu tun haben, lassen sich doch nicht unbedingt mit herkömmlicher demokratischer Justiz vereinbaren? *Mitgliedschaft in einer illegalen Vereinigung,* was ist denn das für ein idiotisches Verbrechen, für das man einen Menschen zu zehn Jahren Haft oder mehr verurteilen kann? Es gibt eben Ausnahmen in der Demokratie, wenn es darum geht, die Demokratie zu verteidigen, nicht wahr? Im Kampf gegen den Terrorismus können ja sogar Banküberfälle legal werden.«

Siegfried Maack trank mit geschlossenen Augen einen tiefen Schluck, bevor er antwortete.

»Ich bin durchaus nicht deiner Meinung. Was den geplanten Banküberfall betrifft, so ist er doch kein richtiger Überfall. Es besteht ja gar nicht die Absicht dazu. Es gibt auch keinen Vorsatz, ganz im Gegenteil. Das Geld soll überdies bis auf den letzten Pfennig zurückgegeben werden, folglich fehlt es auch an rechtswidriger Zueignungsabsicht, folglich kein Verbrechen, folglich kein juristisches Problem. Und was die besonderen Gesetze betrifft, auf die du anspielst, so heißt es erstens nicht ›illegale‹ Vereinigung, das ist eine böswillige Verdrehung, es heißt *kriminelle* Vereinigung, und das ist wohl etwas völlig anderes. Und wenn die Terroristen sich außerhalb der demokratischen Gesellschaft stellen, dürfen sie auch nicht damit rechnen, mit Samthandschuhen angefaßt zu werden. Sie haben schließlich selbst den Krieg erklärt, was an sich schon eine Form von Ausnahmezustand bedeutet, oder etwa nicht?«

Carl nippte an seinem Glas und verfluchte im stillen, daß ausgerechnet dieses Gesprächsthema mit einem der besten Weine, die er in seinem ganzen Leben getrunken hatte, in Kollision geraten war.

»Ich muß sagen, daß dies ein ganz fabelhafter Wein ist«, sagte er, und im selben Moment ging ihm auf, daß das ein etwas zu durchsichtiger Versuch war, das Thema zu wechseln. Er seufzte und fuhr fort: »Aber sonst hast du auf alles eine Antwort. Natürlich sind wir die Demokraten, die Guten, und diese Bombenleger, denen wir eine ganze Woche gewidmet haben, sind die Bösen. Welcher Methoden wir uns auch gegen sie bedienen, alles ist völlig in Ordnung. Klar, so ist es natürlich auch. Auch wenn es sich jetzt ironisch anhört, meine ich es doch so. Genau wie du selbst, wie ich annehme. Wie bist du übrigens beim Verfassungsschutz gelandet?«

Diesmal war der Ansatz besser gewählt, und außerdem war das, was Maack zu erzählen hatte, etwa das, was zu erwarten war. Sein Bericht nahm einige Zeit in Anspruch und war eine gute Begleitmusik zu dem vorzüglichen Wein.

Siegfried Maack erzählte, er habe Sprachen studiert und entweder Englisch- oder Französischdozent an der Universität werden wollen. 1977, als der Terrorismus in der Bundesrepublik einen Höhepunkt erreichte, habe er in Paris an der Sorbonne studiert und gerade seine Doktorarbeit fertiggestellt (über die Veränderung des Genitivs im Französischen in der Zeit zwischen dem Mittelalter und dem achtzehnten Jahrhundert), als sein Onkel gestorben sei. Da habe er seine Studien abbrechen und nach Hause fahren müssen. Siegfried Maack schenkte sich etwas Wein nach und fuhr fort:

»Auf der Beerdigung traf ich einen Verwandten, der beim

BND arbeitete. Wir saßen eine ganze Nacht zusammen und redeten. Wir machten uns Sorgen um die Zukunft der Bundesrepublik und sprachen über die Notwendigkeit, den Terrorismus zu besiegen. Da wir beide Sozialdemokraten sind, belastete es uns zusätzlich, daß der Terrorismus die Vorstellung von dem, was Sozialismus sein kann, Sozialismus mit einem menschlichen, demokratischen Gesicht, usurpierte und verstümmelte. Der echte Sozialismus war ja nur noch ein Zerrbild, als in der DDR der Panzer-Sozialismus und in der Bundesrepublik der Terroristen-Sozialismus herrschte.

Eine Woche später besuchte mich Loge Hecht, der meinen Verwandten beim BND natürlich kannte. Hecht stellte mir eine ganz einfache Frage: Meinen Sie es ernst? Wollen Sie mitmachen? Können Sie nächste Woche anfangen? Es war mir unmöglich, da nein zu sagen. Und jetzt, rund zehn Jahre später, sitze ich mit einem messerstechenden Grafen aus Schweden zusammen. Das ist die ganze Geschichte.«

»Diesen Grafentitel sollte man nicht überbewerten«, erwiderte Carl leise. Siegfried Maacks Geschichte imponierte ihm. Dieser Lebenslauf verriet Konsequenz und Moral, und nach Carls eigenen Erfahrungen aus dem schwedischen Sicherheitsdienst waren es gerade diese beiden Dinge, konsequentes Handeln und Moral, die er in der schwedischen Praxis am schmerzlichsten vermißte.

»Wir haben nämlich eine Inflation an schwedischen Grafen, bei uns ist es nicht wie hier ...« er betrachtete das Etikett der nächsten Flasche, die Siegfried Maack aus der Kühltasche geangelt hatte, und fand sofort einen passenden Namen. »... wo Grafen so etwas wie *Matuschka-Greiffenclau* heißen und in Orten wie Oestrich-Winkel im Rheingau leben müssen, denn in Schweden sind sogar die Adelstitel sozialisiert, alle diese Ärsche, die Hamilton heißen, ob sie nun eingeheiratet haben oder adoptierte Neger sind, Frauen wie Kinder, Hans und Franz, alle sind Grafen oder Gräfinnen. Außerdem ist doch einer unserer Feinde Baron, nicht wahr, dieser *Ekkehard von Seckendorff-Gudent*. Hol mich der Teufel, so muß ein adliger Name klingen. Wir wollen mal sehen, ob ich alles behalten habe: 46 Jahre, etwa 1,80 Meter groß, Warze auf der linken Wange unterhalb des Ohrs, Brille, blond. Stirnglatze, wenn ich mich nicht irre. Diese Warze dürfte er inzwischen aber entfernt haben, ich meine, nachdem ihr sie auf euren Plakaten hervorgehoben habt. Es müßte jetzt also heißen: Narbe einer ehemaligen Warze auf der linken Wange unter dem Ohr. Der Wein dieses Grafen Matuschka-Greiffenclau ist zwar gut, aber *Geheimrat ›J‹* läuft ihm den Rang ab. Worüber unterhalten wir uns eigentlich, verdammt noch mal?«

»Im Augenblick darüber, daß wir bei der Jagd nach einem *Freiherrn* einen sozialisierten schwedischen Grafen aufzubieten haben, vielleicht aber auch über das Dilemma der Demokratie oder wie wir das nennen wollen. Wie bist du denn zum Sicherheitsdienst gekommen?«

Der Wein zeigte allmählich Wirkung. Beide waren guter Laune. Es war ein befreiendes Gefühl, etwas entspannter und nachlässiger über Dinge zu sprechen, die nur am Rande mit dem ernsten Hintergrund dieser Woche zu tun hatten. Außerdem zeigte sich bei beiden ein aufgestautes Bedürfnis, die persönliche Neugier zu befriedigen.

Carl erzählte seine Geschichte, wie die Clartéisten sich in den Kopf gesetzt hätten, daß die schwedischen Streitkräfte gegen die Sozi-Verräter gestärkt werden müßten – an dieser Stelle rief Siegfried entzückt aus, das stimme ja genau mit den verrückten konspirativen Vorstellungen der Terroristen überein, der Haß auf die Sozis sei ideologisch notwendig–, und wie der Alte ihm dann ein Angebot gemacht habe, das dem Loge Hechts an Siegfried erstaunlich ähnelte, wenn man es sich genauer überlegte: Im Kern stehe ja ganz einfach die Frage, ob man alles ernst meine, was man sage. Carl fuhr fort:

»Ist Loge Hecht übrigens Sozi? Hat er dich vielleicht aus

dem Grund angeworben, daß es beim Verfassungsschutz so wenig Sozis gibt?«

»Nein, durchaus nicht. Loge Hecht ist ein äußerst konservativer Mann, dessen Nähe zur CDU wohlbekannt ist. Aber er ist einer der wenigen wirklichen Profis der Branche. Und er hat tatsächlich einige Sozis angeworben, in der erklärten Absicht, daß es von Vorteil sei, Leute unterschiedlicher Weltanschauungen in der Organisation zu haben, weil es besser mit dem Ideal des demokratischen Rechtsstaats übereinstimme, einen Verfassungsschutz zu haben, der eher einen Querschnitt der Bevölkerung repräsentiert als nur eine politische Gruppierung, was in diesem Fall immer nur die Rechte sein würde, überdies eine deutsche Rechte, die unfähig sei, Grüne von Moskau-Kommunisten zu unterscheiden.«

Carl erzählte von dem Alten: »Er dachte damals tatsächlich genauso, betrachtete aber die Deutschen, die deutschen Kollegen, als einen Haufen von Rechten, die keine Ahnung und in operativer Hinsicht daher schlechtere Ergebnisse vorzuweisen hätten. Wie sieht es denn tatsächlich aus?«

»Das dürfte von Bundesland zu Bundesland verschieden sein. Im großen und ganzen müßte die Analyse deines ehemaligen Chefs zutreffen. Aber in Hamburg, mit Loge Hecht als Chef, weist das Personal ein breiteres politisches Spektrum auf. Außerdem haben wir mit ihm den besten Chef in der Branche und die besten Aufklärungsergebnisse.«

Inzwischen waren sie bei ihrer dritten Flasche angelangt, ebenfalls einem Wein aus dem Rheingau. Auch dieser Wein war außerordentlich gut, obwohl er nicht ganz das Niveau des ersten erreichte. Von irgendwoher aus dem Erdgeschoß hörten sie Jubelschreie. Irgendein Fußballspiel hielt die diensthabenden GSG 9-Beamten vor dem Fernseher gefangen. Ihr Ausrücken zum Kampf für die Demokratie würde sich wohl um mehrere Minuten verzögern, falls es den Terroristen einfiele, während eines wichtigen Fußballspiels zuzuschlagen.

»Dein Messer da, was hat es damit auf sich?« fragte Siegfried Maack leise, ohne den Blick von seinem Weinglas zu wenden. Er drehte es sacht in der Hand und tat, als betrachtete er die geschliffenen Weinranken an dessen hellgrünem Rand.

Carl verstand die Frage zunächst nicht.

»Was meinst du? Wieso auf sich hat?« wollte er wissen.

»Ich habe doch Augen im Kopf. Diese jungen Burschen da unten haben doch auf eine Weise darauf reagiert, die, wie soll ich sagen, nicht ganz zu ihrer Einstellung paßt, sie seien die Besten und Stärksten der Welt...«

Carl überlegte kurz. Dann holte er das Messer aus der Tasche und nahm einen leeren weißen Briefumschlag. Er faßte den Umschlag an einer Ecke zwischen Daumen und Zeigefinger und hielt ihn etwa fünfzig Zentimeter vor sich. Dann hob er vorsichtig das Messer und schnitt von dem Umschlag einen Streifen ab, ohne daß er sich auch nur im mindesten bewegte. Dann zog er das Messer mehrmals von oben nach unten und umgekehrt, so daß die zweischneidige Waffe weitere Streifen abschnitt. Es sah aus, als schnitte er Salamischeiben ab. Dann legte er das Messer behutsam auf die Überreste des zerschnittenen Umschlags und betrachtete seinen gleichaltrigen Kollegen kurz, bevor er etwas sagte. Siegfried Maack wand sich. Es war ihm deutlich anzusehen, wie unbehaglich ihm zumute war.

»Den gleichen Stahl findet man heute schon bei manchen japanischen Küchengeräten, allerdings ohne blaue Eloxierung. Die soll nur verhindern, daß es im Dunkeln unnötige Reflexe gibt. Denn wenn man diese Waffe verwendet, dürfte es meist dunkel sein.«

Er machte eine kurze Pause, betrachtete forschend Siegfried Maacks Gesicht, bevor er sich entschloß, die Schraube noch mehr anzuziehen.

»Die Schwäche dieses Stahls ist, daß er leicht bricht. Wenn

man auf Knochen oder zu harten Knorpel stößt, besteht die Gefahr, daß die Schneide bricht. Aber schließlich zielt man ja auf die Weichteile. Eine schnelle, seitliche Bewegung über deinen Hals, und du würdest kaum den Schmerz spüren, eher so etwas wie Erstaunen, wenn dir aufginge, daß du nichts sagen kannst, nicht atmen und daß dir das Blut aus den beiden durchschnittenen Halsarterien schießt wie eine Fontäne. Sticht man in der Magengegend zu, kann man das Messer schnell nach oben ziehen, durch den Brustknorpel, der die Rippen zusammenhält, bis zum Kinn. Auf dem Weg dorthin hat man das Herz in zwei etwa gleich große Hälften zerteilt. Theoretisch tritt dann sofort der Tod ein, was allerdings davon abhängt, ob man den Herztodbegriff oder den Hirntodbegriff vorzieht. Wahrscheinlich würde ich aber von hinten kommen, dir die Hand über den Mund legen und dir den Hals durchschneiden, also die Arterien, ebenso die Speise- und die Luftröhre. Du bekommst einen Schock, zappelst in meinem Arm und stirbst, ohne den geringsten Lärm gemacht zu haben.«

»Willst du, daß ich mich übergebe, oder worauf willst du eigentlich hinaus?« fauchte Siegfried Maack zwischen zusammengebissenen Zähnen. Er sah tatsächlich so aus, als würde er gleich zu würgen beginnen.

»Nein«, sagte Carl leichthin, in einem anderen Tonfall, während er das Messer schnell in seine Tasche zurücklegte, »aber ein bißchen provozieren will ich dich schon. Du findest das barbarisch, nicht wahr?«

»Das kann ich nicht leugnen.«

»Der Kampf gegen den Terrorismus soll mit intellektuellen Mitteln geführt werden, mit Computern, mit systematisch geordneten Fahndungshinweisen und so weiter?«

»Ja, das ist sozusagen eher unser Stil, jedenfalls mein Stil.«

»Dein Stil und der, auf den ihr gerade beim Verfassungsschutz aus historischen Gründen angewiesen seid. Aber das ist ja nicht der Stil *ganz* Deutschlands. Gerade in dem Haus, in dem wir sitzen, bin ich nicht gerade der einzige Gewalttäter.«

»Nein, natürlich nicht. Aber ich möchte es lieber vermeiden, dich mit diesen Pavianen zu vergleichen.«

»Warum denn? Weil ich netter aussehe oder weil ich Kollege bin?«

»Natürlich weil du mein Kollege bist. Das sind die nicht, die sind ein notwendiges Übel.«

»Also die Gewalt als letztes Mittel. Nun, du bist nicht gegen die Gewalt, du bist gegen *das Messer*, ein sehr einfaches und primitives Gerät, dessen Funktionen sich seit der Steinzeit nicht sonderlich verändert haben. Du findest das Messer schlimmer als einen Revolver von Smith & Wesson, sagen wir mal einen .357er Magnum, wie ihn die Burschen hier verwenden?«

»Ja, so ist es. Mir ist klar, daß du auf irgendeine Inkonsequenz aus bist, aber so ist es nun mal. So dürften die meisten normalen Menschen denken.«

»Schon möglich, aber du und ich sind nicht besonders normal. Ich meine, jedenfalls in der Hinsicht, daß von uns erwartet werden darf, daß wir diese Frage durchdacht haben. Ich habe es jedenfalls getan und offensichtlich konsequenter als du, wie es scheint. Du hast nur Vorurteile, Siegfried. Hier, sieh mal, ich will dir etwas zeigen, was dich vielleicht zu einem etwas nuancierteren Urteil bringt.«

Carl ging zu dem Computer, schaltete ihn ein, tippte einige Tasten an, nickte und griff nach einem kleinen Etui, das er auf dem Weg zu seinem Platz am Tisch öffnete.

»Das hier«, sagte er, »ist ein Motorola RDX 1000, ein tragbares Terminal und in gewisser Hinsicht ein Stolz unserer Firma. So, wir wollen mal sehen. Computer sind dumm, vergiß das nicht. Außerdem scheinst du nicht ganz verstanden zu haben, daß ich mich in den USA nicht ausschließlich mit barbarischen Dingen befaßt habe. Es gibt nämlich zwei Dinge, auf die ich mich gut verstehe, Siegfried, nämlich einmal, Menschen im Dunkeln den Hals durchzuschneiden, obwohl das immerhin nur ein theoretisches Wissen ist, von dem ich hoffe, daß ich es in der Praxis nie einsetzen muß. Und das zweite ist der Umgang mit solchen kleinen Computern. Also, diese beiden Kisten hier im Zimmer sind so dumm, daß sie nicht mal begreifen, daß sie sich im selben Raum befinden, nicht wahr? So, jetzt ruft die GSG 9 über ihr tragbares Terminal deinen Computer hier im Raum an, der über das Telefonnetz mit dem Verfassungsschutz in Köln verbunden ist. Soweit alles klar?«

Siegfried Maack nickte. Bis jetzt war das Ganze nicht sonderlich kompliziert. Er gab sich Mühe, weder erstaunt noch beeindruckt auszusehen.

»Also«, fuhr Carl fort, »um das ganze für die Polizeibeamten hier nicht allzu kompliziert zu machen, denn sie müssen schließlich mit dem System umgehen, enthält ihr tragbarer Computer ein eingebautes Paßwort, mit dem man die meisten unserer Codes auf der Stelle knackt. Dazu brauchen sie nur ein einfaches Paßwort einzugeben, in diesem Fall GSG 9.146D, und das bedeutet, daß unser Freund Horst Niedermöller oder wie der Beamte in meiner kleinen Terrorgruppe da unten heißt, soeben dein Hauptquartier in Köln angerufen hat.«

»Woher kennst du sein Paßwort?« fragte Siegfried Maack, dessen Stimme keinerlei Erstaunen verriet.

»Weil er es mir gezeigt hat. Er konnte sich nämlich nicht vorstellen, daß ich mich mit solchen Knöpfen auskenne. Vorurteile, Siegfried, Vorurteile. Es ist genau wie bei dir und dem Messer, und das möchte ich dir jetzt mal illustrieren. Wo waren wir stehengeblieben? Ach ja, jetzt frage ich also in Köln an, *wer ist Siegfried Maack ... erbitte alle verfügbaren Daten ...*«

Einen Augenblick darauf erschien auf dem Bildschirm am anderen Ende des Zimmers ein Text, der fast den gesamten

Monitor ausfüllte. Carl stand auf, ging zu dem Terminal hinüber und las die Mitteilung, dann drehte er sich um.

»Hier stehen nur zwei Dinge, die mich überraschen: Einmal, daß du den Doktortitel hast, und zweitens, daß du homosexuell bist. Alles andere scheint zu stimmen. Aber stimmen diese Dinge tatsächlich, Siegfried?«

Siegfried Maack war so urplötzlich aufgesprungen, daß sein Stuhl zu Boden fiel. Er rannte zum Bildschirm und starrte den unerbittlichen grünen Text an.

»Nein, das darf doch wohl nicht wahr sein«, keuchte er. »Doch, den Doktor habe ich schon, denn bei uns ist man nach Dissertation und Rigorosum *Herr Doktor*. Homosexuell bin ich aber nicht, bin es auch nie gewesen. Ich begreife nicht, wo die das her haben, ich verstehe nicht...«

»Tja«, sagte Carl und ging zu dem tragbaren Mini-Terminal zurück, »wenn ich über das Telefonnetz und/oder Köln beim schwedischen Sicherheitsregister Angaben über mich selbst anfordern würde, würdest du etwas Ähnliches zu sehen bekommen. Ich bin so eine Art kommunistisches Sicherheitsrisiko, was ebenfalls kaum als wahr gelten kann. Außerdem war ich noch vor ein paar Jahren selbst für diese Datei verantwortlich. Aber nehmen wir doch mal diesen Scheißkerl hier...«

Carl tippte wieder ein paar Tasten an, und auf dem Schirm tauchte das Bild des Terroristen Horst Ludwig Hahn auf.

»... ja, bitte um Verzeihung, diesmal habe ich dein Paßwort verwendet. So, jetzt sieh dir mal diese Figur an. Er zieht Grimassen, damit man ihn nach diesem Bild nicht gut identifizieren kann, aber ich werde ihn trotzdem wiedererkennen, ob nun mit oder ohne diese waagerechte, einen Zentimeter lange Narbe auf der Stirn. Ich habe sogar seine Stimme gehört. Er ist exakt 1,75 Meter groß und etwa so alt wie du und ich. Und was wird wohl seine Karriere als Terrorist beenden? Bestimmt kein verdammtes Messer. Wenn er und seine Kollegen wählen dürften, entweder jeden Siegfried Maack mit Messer und Revolver ausgerüstet zu sehen, oder aber diese häßlichen kleinen Tastaturen und Bildschirme loszuwerden, würden sie keine Sekunde zögern. Dieser Computer hat Hahn gefangen, als er am Telefon sprach, und aus diesem Grund sitzen du und ich jetzt hier, deshalb weiß ich auch, wie er spricht, und kenne seinen ungefähren Aufenthaltsort. Nur deshalb haben wir eine Chance, ihn zu fassen. Dieser nette, zivilisierte, anständige Computer, den du bei deiner Arbeit benutzt, wenn auch mit einer gewissen Unsicherheit und einer anfängerhaften Technik, der stellt nämlich im Gegensatz zum Messer die wahre Gewalt gegen die Terroristen dar. In der Praxis übst du ebensoviel Gewalt aus, wie ich je ausüben werde, Siegfried. Alles andere ist ein Vorurteil und Angst vor diesem Männlichkeitsritual, das du im Turnsaal mitangesehen hast. Eine Art Aberglauben, könnte man sagen, etwa so wie Angst vor der Dunkelheit.«

»Du hast im Dunkeln also keine Angst?«

»Nein, wirklich nicht, nicht die geringste. Die Dunkelheit ist ein Schutz und keine Bedrohung.«

»Völlig gleich sind wir demnach nicht. Aber ich gebe zu, daß deine Argumentation etwas für sich hat, *objection sustained*, könnte man sagen. Ich muß zugeben, daß ich dich vielleicht nicht ganz richtig beurteilt habe. Aber das liegt vielleicht an meinen pazifistischen Neigungen, wohlgemerkt *pazifistischen* und nicht homosexuellen Neigungen. Ich möchte wirklich wissen, woher zum Teufel diese Angaben stammen. Ich habe nichts davon geahnt. Wir sollten jetzt aufhören. Jetzt kommt die letzte Flasche *Geheimrat ›J‹*, der geheime Richter, wie du weißt. Bald verkehren wir nur noch per Briefkasten. Ich gebe mich geschlagen. Der Computer ist die Gewalt schlechthin. Kein Mensch wird unserem Freund Horst Ludwig Hahn den Hals durchschneiden.«

Sie tranken schweigend und mit fast feierlichem Genuß die letzte Flasche *Geheimrat ›J‹*.

Als Carl am nächsten Morgen aufwachte, fuhr Siegfried Maack schon in seinem dunkelblauen BMW auf der Autobahn nach Hamburg. Das Wiedersehen mit Carl würde länger auf sich warten lassen, als beide ahnten.

Als sie sich wiedersahen, war Horst Ludwig Hahn inzwischen umgebracht worden, und zwar dergestalt, daß ihm jemand mit einem scharfen Messer und fast chirurgischer Präzision den Hals von einem Ohr bis zum anderen durchgeschnitten hatte. Aus unterschiedlichen, in juristischer Hinsicht jedoch völlig unanfechtbaren Gründen leiteten die Behörden der Bundesrepublik Deutschland keine Fahndung nach dem Mörder ein.

6

Das Abtauchen in den Untergrund begann im Hamburger Hauptbahnhof. Wie eine dünne, aber erstaunlich feste Rettungsleine zur Oberfläche sicherte ihn das vage Bewußtsein, daß er der Jäger war. Mit seinem ganzen sichtbaren und fühlbaren Ich jedoch war er die Beute, der Gejagte, der Terrorist, und von jetzt an verabscheute er alles, was er sah. Die Veränderung fand innerhalb weniger Minuten statt, wie bei einem Schmetterling, der aus der Puppe kriecht – als er sein Erste-Klasse-Abteil verließ und den Bahnsteig betrat. Als erstes fiel ihm die Weite der Bahnhofshalle auf. Unter den gewaltigen braunschwarzen gewölbten Stahlbalken, dort oben, in Rauch und Ruß, hatte sich die jüngste, die unangenehme Geschichte Deutschlands festgesetzt. Es roch nach Krupp und dem Zweiten Weltkrieg, und wenn man die Augen schloß, hörte man das Keuchen und Zischen der Dampfloks. Ruß, Stahl, Schmutz und Halbdunkel, das war von nun an sein wahres Bild des kapitalistischen Deutschland, dessen gefährlichster Feind er selbst war, und mit ihm fünfundzwanzig Genossen, die er noch nicht kannte.

In der Schlußphase seines verpuppten Daseins war er zunächst mit einem dunkelblauen Mercedes 190 nach Frankfurt gefahren. Die Zentralverriegelung war die gleiche wie bei den weißen Wagen der GSG 9 vom Typ 290 SE; diese Zentralverriegelung sowie das Zündschloß konnte er jetzt innerhalb weniger Sekunden überwinden. Bei jedem Bankraub würde er das Modell 190 fahren, da man diesen Wagen bei einem Bankräuber kaum vermuten würde, gerade wegen der angeblichen Sicherheit der Zentralverriegelung. Das würde die Polizei weniger mißtrauisch machen; andererseits könnte sich dieses Modell als Signal an das andere Ende der dünnen Rettungsleine erweisen, für den nicht ganz unwahrscheinlichen Fall nämlich, daß er in einer Situation landete, in der er die abgesprochenen Kommunikationswege nicht benutzen konnte.

Er hatte den Wagen in Frankfurt etwa dort abgestellt, wo es vereinbart war, ihn mit seinem Dietrich verschlossen und war mit dem Zug nach Hamburg gefahren. Wieder einmal war er mit dieser vergrößerten Märklin-Eisenbahn durch das Rheintal gefahren. Er hatte gedankenverloren draußen im Korridor gestanden und die in Schwarz, Braun, Dunkelgrau und Hellgrau vorübergleitende Flußlandschaft betrachtet und davon phantasiert, wie dies in einer anderen Jahreszeit aussehen würde, wenn alles grün war. Sogar die alten Ritterburgen schienen in der Kälte und dem Nieselregen zu frösteln.

Er empfand es als eine Art Ritual, als ein Abschiedsritual, und diese Empfindung war noch dadurch verstärkt worden, daß die ihm gegenübersitzende alte Dame ihm ihren Walkman und ein paar Kassetten geliehen hatte. Darunter war auch eine Neuaufnahme der kleinen g-Moll-Symphonie mit Originalinstrumenten, dirigiert von Nikolaus Harnoncourt. Beim ersten Anhören hatte er den Eindruck, daß die Musiker etwas zu laut spielten. Er spulte das Band zurück und hörte es sich noch mehrmals an, und so schuf er sich eine der unauslöschlichen Musikerinnerungen seines Lebens; Mozarts Symphonie Nr. 25, den ersten Satz, würde er für immer mit dem Rheintal im Dezemberdunst verbinden, oder richtiger gesagt: Das Rheintal im Dezemberdunst und er selbst waren dabei, das eine Deutschland, das Deutschland Mozarts, zu verlassen, um sich kurz darauf in einem anderen Deutschland wiederzufinden, dem Deutschland der Terroristen.

Das endgültige Abtauchen erfolgte also sehr schnell, nachdem er das Zugabteil verlassen und den schmutzigen asphaltierten Bahnsteig im Hamburger Hauptbahnhof betreten hatte. Er wußte genau, wohin er gehen mußte, wußte sogar, wie die orangefarbenen Fahrkartenautomaten der U-Bahn funktionierten.

Der junge Mann, der am U-Bahnhof St. Pauli im Nieselregen die Treppe hinaufstieg, war nicht klar einzuordnen. Als er die Reeperbahn entlangspazierte, hätte man ihn möglicherweise für einen Touristen oder eher noch für einen Seemann halten können, mit seinem Campingbeutel über der Schulter. Er war vermutlich Ausländer. Die dicke grüne Jacke sah jedenfalls nicht deutsch aus, und er blickte sich um, als wäre er fremd in der Gegend. Aber die meisten Aufreißer der Porno- und Prostitutionsetablissements zögerten dennoch, ihn anzusprechen. Sein Gang war zu entschlossen, er sah sich unaufhörlich um und war offenbar völlig nüchtern und konnte folglich schlimmstenfalls sogar ein Polizist sein, der die grüne Jacke und den Campingbeutel nur zur Tarnung trug.

Carl selbst fühlte sich von visuellen Eindrücken bombardiert, die in ihm fast ausnahmslos Gefühle des Ekels oder bestenfalls eines mit Ekel gemischten Erstaunens auslösten. Die meisten Menschen, denen er begegnete, waren auf die eine oder andere Weise vergiftet; die Frauen waren Prostituierte, und die Männer strichen wie zottige Schakale an den Hauswänden oder am Rand des Bürgersteigs entlang, ohne seinen Blick zu erwidern. Die Leuchtreklame diente in erster Linie dem Zweck, in dieser oder jener Form Frauenfleisch zu verkaufen, und wenn es nicht um normale Prostitution ging, dann zumindest um Striptease oder nackte Frauen in den Wichsmaschinen der Peep-Shows. Wenn Carl es richtig verstanden hatte, mußte man in der kleinen Box eine Münze in den Schlitz stecken, damit sich die Klappe öffnete, und für die Zeit, die man bezahlt hatte, durfte man sich ansehen, wie sich Fräulein Rosita nackt vor einem aalte. Irgendwo in der Dunkelheit dort drinnen saßen im Kreis deutsche Männer, jeder vor einem kleinen Fenster, das sich entweder öffnete oder schloß, je nachdem, ob sie Markstücke nachwarfen oder nicht.

Jeder Mann saß allein in seiner Box, hatte eine Rolle Toilettenpapier zur Verfügung, dazu eine Menge Münzen, und die Gucklöcher gingen auf oder zu, alles nach dem Gesetz von Angebot und Nachfrage, dem Grundgesetz des Kapitalismus.

Als er innerhalb einer Viertelstunde zum drittenmal an einem Schaufenster vorbeikam, in dem eine Menge Messer lagen, entdeckte er etwas, was er zunächst nicht wahrhaben wollte. Dort lag als *off duty gun* eine *Llama Police Special*, eine der Lieblingswaffen der amerikanischen Polizei. Diese Waffe war das erste, was er im Schaufenster sah. Als er jedoch stehenblieb, entdeckte er, daß das ganze Schaufenster voller Pistolen und Revolver war, zu einem Durchschnittspreis von zweihundert Mark. Da lagen mehr als hundert scheinbar echte Waffen. Sie waren so gut gemacht, daß sich selbst Carl beim ersten Anblick hatte täuschen lassen. Es gab also einen Markt für Kopien von Handfeuerwaffen, für Kopien, die fast jeden täuschen konnten. Wer brauchte solche Spielzeuge? Was würde passieren, wenn die Einbrecher so bewaffnet waren wie in den USA? Oder waren es diese umherstreichenden, schakalähnlichen Männer am Rinnstein, die bei Raubüberfällen diese Waffenattrappen brauchten?

Er blieb eine Weile stehen und zählte die Messer, die an der Rückwand des Schaufensters aufgereiht waren. Einige waren offenbar Jagdwerkzeuge, andere sehr vielfältige Spielarten sogenannter Überlebensmesser, die ein amerikanischer Schauspieler in einem Film populär gemacht hatte, in dem er die Armeen Nordvietnams und der Sowjetunion eigenhändig besiegt hatte; unter anderem dadurch, daß er seine Gegner mit diesem Messer, das eher wie ein Küchenwerkzeug als wie eine Waffe aussah, in Streifen schnitt.

Sehr zahlreich vertreten waren Stilette des klassischen Typs, mit schmalen Scheiden, die aus einem schwarzen Handgriff hervorsprangen, wenn man eine Feder löste. Insgesamt befanden sich in diesem Schaufenster mehr als zweihundert Messer. Die meisten waren grausame Spielzeuge ohne jeden vernünftigen praktischen Zweck. Ein deutsches Spielzeug-Schaufenster, ein Schaufenster, wie man es nur in Deutschland finden kann, ein anständiges, legales, bürgerliches Schaufenster mit deutschen Spielsachen für jeden x-beliebigen, der mit dem Tod spielen oder mit dem Tod drohen oder möglicherweise töten wollte; wie lächerlich manche dieser Messer auch aussehen mochten, konnte man sie natürlich dazu gebrauchen, Menschen zu töten, wie es ihr Design prahlerisch versprach; dies war Carls neues Deutschland, so sah Deutschland aus, wenn man es nach dem Abtauchen in den Untergrund betrachtete.

Er zog die Jacke enger um sich, zog den Reißverschluß ein bißchen höher und überquerte die Reeperbahn, wo er auf der anderen Straßenseite fast vor der Polizeiwache an der Davidstraße landete, in der so viele seiner schwedischen Landsleute aus verschiedenen Gründen ihren Aufenthalt in diesem Stadtteil beendeten, den man aus unbegreiflichen Gründen ein *Vergnügungsviertel* nennt. Das war ähnlich absurd, wie diese mageren, glitzernden und krank aussehenden Huren Freudenmädchen zu nennen.

Er fand sich gut zurecht, obwohl er noch nie in Hamburg gewesen war. Als er an der Polizeiwache vorbeiging, spürte er den Anflug eines heimlichen Triumphgefühls; hier würden sie nie einen bewaffneten Bankräuber vermuten, nicht so nahe bei der Polizeiwache. Er bog in die Davidstraße ein und überquerte eine baumlose Straße mit dem ungerechtfertigt schönen Namen Kastanienallee. Er blieb stehen und hängte sich den Campingbeutel über die andere Schulter. Die Straße war so gut wie menschenleer. Er konnte nicht mehr als zwei oder drei Huren entdecken, und er hatte den Eindruck, daß dies selbst in der Straße, in der sich auch die Polizeiwache befand, ein bißchen ungewöhnlich war.

Genau gegenüber sah er eine rote Sperrwand mit weißer Aufschrift, derzufolge Frauen und Minderjährige keinen Zutritt hatten. Er sah keinen Mann, der hineinging oder herauskam, und überlegte, ob er sich vergewissern sollte, daß die Frauen da drinnen tatsächlich in Schaufenstern saßen. Er verzichtete darauf, obwohl eines seiner alternativen Hotels genau auf der anderen Seite des kurzen Straßenstücks hinter der Absperrung lag, der Herbertstraße.

Beim Weitergehen entdeckte er das Restaurant *Cuneo*, das zumindest von außen so aussah, als wäre es nur ein Loch in der Wand, ein diskreter Eingang in einer hellroten gekachelten Hauswand. Dort mußte er natürlich hin, das sollte schließlich sein Stammlokal werden. Dort hatte einer der Terroristen den Anruf des zweiten entgegengenommen. Er korrigierte sich: Dort hatte einer der antiimperialistischen Genossen den Anruf des zweiten entgegengenommen.

Er bog nach rechts ab und ging einen Häuserblock weiter, vorbei an sieben oder acht Bierkneipen, Restaurants oder Videotheken, kam an einem Antiquitätenladen vorbei, in dessen staubigem Schaufenster seltsame Münzen gehäuft waren, sowie an weiteren drei oder vier Huren, die im Regen auf Freier warteten, dann hatte er sein Ziel erreicht. Auf der anderen Straßenseite lag *Schmaals Hotel.*

Das Nebenhaus hatte man abgerissen, und direkt vor ihm, im Dunst, lag die Elbe, schwarz, breit und praktisch ohne jedes biologische Leben. Nach ihrer langen Reise durch das Gebiet des erfolgreichsten Vertreters des Kommunismus, nämlich die DDR, und danach durch das Gebiet des erfolgreichsten Vertreters des Kapitalismus, nämlich die Bundesrepublik, war sie vollkommen vergiftet.

Er wußte, was ihn auf der anderen Seite des düsteren und

verfallenen Hauses erwartete. Er warf einen Blick auf den hinteren Hausgiebel, um sich zu vergewissern, daß die Kneipe tatsächlich dort lag. Das Hotel vor ihm hatte ein Neonschild direkt über dem Eingang, aber es fiel trotzdem schwer zu glauben, daß dieses baufällige Haus ein Hotel sein sollte, ein Hotel, in dem Menschen übernachten. Für Carl war es jedoch sehr wichtig, gerade in diesem dreistöckigen Slumhotel an der Hafenstraße ein Zimmer zu bekommen. Dies war sein erstes strategisches Ziel. Er holte tief Luft, überquerte entschlossen die Straße und riß die Tür auf. Im Flur befand sich ein schmaler Tresen, an der Wand dahinter hingen drei oder vier Schlüssel; ebenso viele Schlüssel fehlten. Aus der danebenliegenden Bar kam eine kleine, fast kugelrunde Frau mit wasserstoffblondiertem Haar und kohlschwarzen Haarwurzeln, die Trainingshosen trug. Die Frau grüßte nicht, warf Carl aber einen kurzen, erstaunten Blick zu, als sie bemerkte, daß er allein war. Dies war ein Stundenhotel für kurze Besuche in Damengesellschaft, etwas anderes hätte man auch nicht erwarten können. Carl beschloß, die Verhandlung so kurz und unkompliziert wie möglich zu gestalten.

»Ein Zimmer«, sagte er und zeigte auf einen der Schlüssel in den obersten Reihen.

»Dreißig Mark für die halbe Nacht, sechzig für die ganze«, erwiderte die blonde Frau in Trainingshosen, als ginge es um ein Verhandlungsangebot.

»Zwei oder drei Nächte«, sagte Carl.

»Zahlen Sie im voraus«, sagte die Blondine.

Carl zog zwei ungefaltete Einhundertmarkscheine aus der Brieftasche und legte sie auf den Tresen. Die Blondine starrte kurz auf die Geldscheine, dann zuckte sie die Achseln und begann in dem Gewühl unter dem Tresen nach etwas zu suchen, was sie offenbar nicht fand.

»Sie sind Ausländer. Da müssen Sie ein besonderes Formular ausfüllen«, erklärte sie.

»Stimmt, ich bin Schwede und heiße Karlsson. Könnten wir das aber nicht auch ohne Formular erledigen?« sagte Carl und blinzelte so vertraulich, wie er es unter den gegebenen Umständen fertigbringen konnte. Dabei legte er noch einen weiteren Hundertmarkschein auf den Tresen.

Kurze Zeit später nahm er sein Zimmer in Augenschein, das Zimmer von Herrn Karlsson im dritten Stock. An der Wand ein Waschbecken. Es gab keine Handtücher, dafür aber eine Rolle Haushaltstücher. Das Bett war ein Metallbett mit durchgelegener Matratze und weißen Bettpfosten, von denen die Farbe abblätterte. Daneben waren zwei Stühle die einzigen Möbel im Zimmer. Die Bettwäsche war ohne Zweifel benutzt; auf dem tiefsten Punkt des Lakens entdeckte er drei oder vier gekräuselte schwarze Schamhaare. Er zog das Laken hoch, schüttelte es und öffnete die beiden quietschenden Holzfenster. Er fragte sich, ob und welche Geschlechtskrankheiten durch einen bloßen *Kontakt* mit dem Laken übertragen werden konnten, oder wie er sonst sein Verhältnis zu den früheren Bewohnern des Fickhotels charakterisieren sollte. Das Zimmer war ziemlich kalt und feucht. Er überlegte, ob er frische Laken und einen Elektroofen verlangen sollte, kam aber zu dem Schluß, sich nicht zu beschweren und notfalls selbst einen Elektroofen zu kaufen. Es war wichtiger, hier zu wohnen, als sich hier wohl zu fühlen. Er machte das Bett, zog den Bettüberwurf darüber und schloß die Fenster, die quietschend protestierten, stellte seine Tasche auf einem der beiden Stühle des Zimmers ab und legte sich voll angekleidet aufs Bett. Es ächzte und quietschte leicht unter seinem Gewicht. Er fragte sich, wie es sich mit zwei Personen verhalten würde, von denen überdies zu erwarten war, daß sie sich leidenschaftlich aufführten. Er schaukelte ein bißchen, und das Bett reagierte mit einem lauten Quietschen. Die Situation kam ihm plötzlich sehr komisch vor.

Er lag still und betrachtete die feuchten Muster auf der abgeblätterten Deckentapete und ließ die Zeit verrinnen. Dann stand er auf und packte seine Toilettensachen aus, die er auf dem klapprigen kleinen Regal über dem Waschbecken unterbrachte. Er wusch sich mit kaltem Wasser, trocknete sich mit dem Haushaltspapier ab und überlegte, ob er sich rasieren sollte oder nicht. Er beschloß, sich zu rasieren; es würde ihn nicht weiterbringen, wenn er den Heruntergekommenen spielte.

Das Zimmer bot nicht sonderlich viele Gelegenheiten, etwas zu verstecken. Beim Rasieren fragte er sich, was er verstecken sollte und was nicht. Wenn die Wasserstoffblondine oder sonst jemand in seinem Gepäck herumschnüffelte, während er außer Haus war, und das war mehr als wahrscheinlich, stellte sich die Frage, was er verstecken sollte – Waffen oder Geld. Er kam zu dem Schluß, daß es keinen Schaden anrichten würde, wenn sie in seinem Zimmer eine Waffe entdeckte. Es würde sie kaum erstaunen, einen kriminellen Gast im Haus zu haben. Wenn sie aber zuviel Geld fand, würde sie eher Anlaß haben, die Polizei zu rufen, in dem Glauben, daß ihr das 50000 steuerfreie D-Mark einbringen würde, das Kopfgeld für Terroristen. Er untersuchte den Rand des schmutzigen Korkteppichs, bis er eine Stelle fand, wo er ihn hochheben konnte. Dort stopfte er den größten Teil seiner Geldscheinbündel hinein. Er rasierte sich zu Ende, zog eines der geladenen Pistolenmagazine aus dem Campingbeutel und drückte es in den Kolben. Dann steckte er die Waffe an den gewohnten Platz zwischen Rücken und Hosenbund, zog sich einen Pullover an, hängte sich die Jacke über die Schulter und ging hinaus. Sein erstes Ziel war das italienische Restaurant *Cuneo*, das ganz in der Nähe seiner jetzigen Basis in *Schmaals Hotel* lag. Bisher ging alles nach Plan.

Das Restaurant *Cuneo* war etwas größer, als man nach dem bescheidenen Eingang erwarten konnte. Das Lokal war langgestreckt, und wenn man es betreten hatte und an der links gelegenen Bar vorbeiging, hatte man einen vollständigen Überblick über alle Gäste des Lokals, die ein paar Treppenstufen tiefer saßen. Natürlich konnten auch die Restaurantgäste jeden beobachten, der das Lokal betrat.

Das Restaurant war mehr als zur Hälfte besetzt, und Carl erhielt einen Tisch etwa in der Mitte der einen Längswand. Soweit er es beurteilen konnte, waren die Gäste eine sehr gemischte Gesellschaft. Manche sahen aus, als wären sie nach dem Abkassieren bei ihrer Hure oder einem kleinen Diebstahl direkt hierhergekommen, andere machten den Eindruck, als stammten sie aus ganz anderen Stadtteilen, als hätten sie genügend Geld, ohne deshalb gleich kriminell zu sein, und die Gäste des dritten Typs schienen die üblichen Intellektuellen zu sein, möglicherweise auch Schickimicki-Radikale, was insgesamt eine ausgezeichnete Mischung ergab, die darauf hindeutete, daß *Cuneo* eine Art In-Lokal war. Kaum jemand nahm von Carl Notiz, und das war bei dieser ersten Inspektion seines Jagdreviers auch gar nicht beabsichtigt. Er bestellte sich Lasagne und trank eine Flasche Chianti Classico, nach dem Essen noch einen doppelten Espresso, bevor er zahlte und ging. Von den Gästen des Lokals hatte keiner auch nur die geringste Ähnlichkeit mit einem der gesuchten Terroristen gehabt.

Er ging zu seinem Häuserblock zurück, um eine der drei Lokalitäten aufzusuchen, die er kennenlernen mußte. Er hatte seinen Häuserblock noch nicht von der anderen Seite aus inspiziert, wo er die Parolen der Hausbesetzer entdeckte.

Von *Schmaals Hotel* aus gesehen lag auf der anderen Seite des Häuserblocks die Hafenstraße, wo die Hausbesetzer-Bewegung seit ein paar Jahren nicht weniger als acht Slumgebäude mit Beschlag belegt und so »vor der kapitalistischen Ausbeutung gerettet« hatte, das heißt vor dem Abriß zum Zweck der Sanierung. Die Hausbesetzungen hatten natürlich zu mehreren Konfrontationen mit der Polizei geführt, und seitdem sahen sich die Hausbesetzer selbst als Revolutionäre, ja fast als halbe Terroristen.

Die Behörden hatten es jedoch mit Hilfe einer hinterhältigen sozialdemokratischen List verstanden, den Streit beizulegen; man hatte die Hausbesetzer dazu gebracht, die Häuser für hundert Mark pro Haus und Jahr zu mieten. Damit waren alle Auseinandersetzungen mit der Polizei auf unbestimmte Zeit verschoben. Außerdem kehrte auch im übrigen Hamburg wieder Ruhe ein, da sich die gesamte Hausbesetzer-Szene jetzt auf einen kleinen Straßenabschnitt konzentrierte. Da das Wohnen in der Hafenstraße damit so bedauerlich legal geworden war, hatten die Besetzer versucht, soviel Schaden wie möglich anzurichten und so viele provozierende Graffiti wie möglich zu schreiben, um die Polizei anzulocken. Aber nicht einmal Parolen, mit denen Bullen als fette Schweine mit Hakenkreuzen plakatiert wurden, hatten zu irgendwelchen konstruktiven Zusammenstößen mit den Repressionsinstrumenten des Kapitalismus geführt. Nur einmal hatte es einen halben Erfolg gegeben, als sich nämlich Vertreter der Hausbesetzer-Szene zu einer Filmpremiere einfanden, bei der ein nostalgischer Streifen über den Prozeß gegen Baader, Ensslin, Raspe und Meinhof so erfolgreich gestört wurde, daß die Premiere verschoben werden mußte. Da sich die Hausbesetzer jetzt als Terrorsympathisanten ausgewiesen hatten, bekamen sie gelegentlich Besuch von ein paar uniformierten Polizisten, die sie mit Steinen bewerfen konnten, um sich anschließend festnehmen und wegschleifen zu lassen. Seitdem betrachtete man die Hausbesetzer-Bewegung als terroristisch. Das hätte beim Verfassungsschutz niemanden sehr aufgeregt, wäre da nicht dieses rätselhafte Telefongespräch zweier echter Terroristen gewesen, von denen man vermuten durfte, daß sie in einem der Hafenstraßen-Häuser untergekrochen waren. Es stand außer Zweifel, daß die Hausbesetzer selbst ihren neugewonnenen Status als Beinahe-Terroristen mit beträchtlichem

Stolz genossen. Ganz oben an der Hauswand zur Hafenstraße, im selben Häuserblock, in dem Carl jetzt wohnte, verkündete ein Text in schwarzen Buchstaben: DAS TERRORISTISCHE UMFELD GRÜSST DIE GENOSSEN IM KNAST.

Neue hinterhältige sozialdemokratische Schachzüge der Stadtpolitiker hatten jedoch dazu geführt, daß sich die Polizei von neuem zurückzog. Die Hausbesetzer hatten ein paar Nächte lang Wachen aufgestellt, die sich neben Haufen von Pflastersteinen postierten. Sie hatten ein paar Passanten verprügelt, die man beschuldigt hatte, verkleidete Bullen zu sein. Trotzdem war aber nicht mehr geschehen, und jetzt lief alles in eingefahrenen Bahnen. Seit mehreren Monaten blieb es still; der Verfall der Häuser ging konsequent weiter.

Fünfzehn Meter neben dem Eingang zu *Schmaals Hotel* liegt eine Kneipe, die *Onkel Max* heißt. Sie war Carls nächste Station bei seinem Abtauchen in den Untergrund.

Der Eingang lag genau an der Ecke des Häuserblocks. Das Haus nebenan hatte man abgerissen, so daß in der Häusermitte eine Lücke entstanden war. Die leere Hauswand war mit mehr oder weniger schwer entzifferbaren Parolen vollgekritzelt. Der Spruch, der am leichtesten zu lesen war, hatte auch den klarsten Inhalt: KRIMINELLE ALLER LÄNDER VEREINIGT EUCH!

Eine leere und im Regen glitzernde Steintreppe führte zur anderen Ecke des Hauses hinunter, wo die nächste Kneipe lag, alles genau nach dem Kartenbild, das sich Carl eingeprägt hatte. Draußen war kein Mensch zu sehen. Er entschloß sich, nicht zu zögern, was sich auf der anderen Seite der Tür auch zeigen mochte, und dann betrat er die Kneipe *Onkel Max*, um sich, wenn möglich, mit den Kriminellen aller Länder zu vereinigen.

Als erstes fiel ihm der Fußboden auf. Er war schwarz, obwohl er vermutlich aus braunen Brettern bestand. Die Schmutzschicht war wie ein dünner Asphaltfilm über die Dielen gezogen. Carl entdeckte sechs braune Nischen mit braunen Holzbänken und braunen, vollgekritzelten Tischplatten. Die Wände waren braun, sogar die kreischende Jukebox war braun. Hinter dem Tresen stand eine Frau mittleren Alters mit lila Hosen, die unter Alkohol oder Drogen zu stehen schien. Sie schob Carl eine kurze, gedrungene und natürlich braune Bierflasche hin, bevor er überhaupt etwas hatte bestellen können. Möglicherweise gab es hier nichts anderes.

Er zog die Bierflasche zu sich herüber und bezahlte mit einem Zehnmarkschein. Er tat zunächst, als verstünde er nichts, als ihn die Frau in den lila Hosen um zwei Mark bat. Als er sein Wechselgeld erhielt, dachte er, daß es in Schweden sehr viel teurer geworden wäre, und dann setzte er sich in eine der freien Nischen und goß das Bier in das möglicherweise abgewaschene Glas, das er mit dem Wechselgeld als zusätzlichen Service erhalten hatte.

Er blickte sich suchend um, um irgendwo eine andere Farbe als Braun zu finden, und entdeckte, daß man die Gardinen für rot halten konnte, obwohl sie vermutlich noch nie gereinigt worden und daher dabei waren, die gleiche braune Farbe anzunehmen wie alles andere im Raum. Hinterm Tresen standen ein paar rote Bierkästen aus Kunststoff, und an der Wand hing eine Coca-Cola-Uhr mit roten Buchstaben. Sämtliche anderen Einrichtungsgegenstände waren braun.

Außer Carl hielten sich sechs oder sieben Männer und drei Frauen im Lokal auf. Alle waren jünger als dreißig, alle Männer außer einem trugen schwarzes Leder, und die Frauen schienen unter Drogen- oder Alkoholeinfluß zu stehen, waren aber keine Prostituierten. Die Männer hatten lange Haare. Alle bis auf zwei wiesen deutliche Spuren von Schlägereien auf; die Verletzungen waren nicht versorgt worden und hatten sich entzündet. Es sah so aus, als hätten die Männer sie voneinander und nicht von der Polizei erhalten. Zwischen den Tischen strichen zwei magere, ängstliche Hunde herum; ein

Schäferhundwelpe und ein zweiter von etwas unbestimmbarer Rasse. Es schien, als hielten sich die Drogenabhängigen hier auch Hunde, genauso wie in Schweden.

Carl beschloß, nicht lange sitzen zu bleiben. Alle anderen im Raum ignorierten ihn auf eine Weise, die ihm nicht sehr natürlich vorkam. Er hatte nicht vor, sich jemandem aufzudrängen oder sich irgendwie beliebt zu machen. Er wollte sich einen Ruf verschaffen, der diese Arbeit für ihn erledigen sollte. Er trank das Bier nicht aus. Dies war das erste deutsche Bier, das ihm nicht sonderlich geschmeckt hatte. Mit einem Nicken zu der Dame in den lila Hosen verließ er das Lokal. Er hatte sich gezeigt, und das war seine Absicht gewesen. Er ging hinaus und betrat an der anderen Ecke des Hauses die Kneipe *Ahoi*. Das Milieu war in etwa das gleiche, aber hier stand statt der Jukebox ein Flipper, was entschieden besser war; von jetzt an würde er ein begeisterter Flipperspieler werden. Im übrigen schien dieses Lokal noch heruntergekommener zu sein als das erste; Carl sah den gleichen unbeschreiblichen Schmutz, aber nur sieben oder acht Sitzplätze ohne Tische; die meisten Gäste des Lokals standen, fast alle schienen mehr oder weniger berauscht zu sein, wobei sich nicht ausmachen ließ, was diesen Zustand bewirkt hatte, genausowenig, ob sie mehr oder weniger geistesabwesend oder mehr oder weniger kriminell waren. Wie in dem ersten Lokal wiesen alle Männer merkwürdigerweise Verletzungen auf, die aus internen Auseinandersetzungen stammen mußten. Carl bekam sein Bier und reichte dem mißtrauischen Gastwirt zwei Mark. Carl stellte sich in eine Ecke und trank langsam, während er überlegte, wie er Auseinandersetzungen vermeiden konnte. Vielleicht war es auch gar nicht sinnvoll, einer Schlägerei aus dem Weg zu gehen. Vielleicht war es sogar ein Vorteil, ein paar der Drogensüchtigen zusammenzuschlagen, wenn sie Streit suchten. Aber er kam zu dem Schluß, daß es jetzt zu Anfang, wo die meisten in diesem Viertel ihn vielleicht für eine Polizeispitzel hielten, entschieden unvorteilhaft wäre, sich mit einem dieser Säufer anzulegen. Eine Woche später würde es dagegen recht günstig sein, wenn es ihm nur gelang, das richtige Opfer zu finden. Aber jetzt noch nicht, das würde ihn im ganzen Viertel unmöglich machen. Einer der Säufer neben ihm hatte eine Pferdeschwanz-Frisur und war so tätowiert, daß man zumindest in Schweden auf etliche Gefängnisaufenthalte getippt hätte. Der Mann mit dem Pferdeschwanz glotzte ihn an und schien Streit zu suchen. Carl trank schnell das Bier aus – die gleiche Marke wie in der ersten Kneipe – und ging in die Kälte hinaus, bevor etwas passieren konnte. Er entschloß sich, nicht weiter herumzuschnüffeln, und ging statt dessen wieder in sein Zimmer im obersten Stock des Hotels. Das Zimmer hatte keine Deckenlampe. Die Nachttischlampe war rot. Bei diesem Licht würde er nicht lesen können. Das Zimmer war kalt. Durch das undichte Fenster zog es, trotzdem roch es nach altem, billigem Parfum.

In diesem Moment erschien es ihm als unmögliche Vorstellung, daß man unter diesen Hausbesetzern in der Hafenstraße Terroristen finden könnte. Die Menschen, die er bis jetzt gesehen hatte, machten nicht gerade den Eindruck, Sozialisten oder Antiimperialisten zu sein; es schien ihm zweifelhaft, ob sie überhaupt lesen konnten. Sie waren nichts weiter als kleine Kriminelle und Fixer. Er legte sich voll angekleidet aufs Bett, verschränkte die Hände im Nacken und begann sich zu fragen, wie er in einer Stadt mit fast zwei Millionen Einwohnern ein anderes Milieu als die Hafenstraße finden konnte, um Kontakt zu bekommen. Er versuchte sich vorzustellen, daß er sich in Schweden befand, daß er in Stockholm war, daß er kurz vor Weihnachten in Stockholm politische Extremisten finden sollte, die sich so auf den Straßen bewegten, daß man mit ihnen Kontakt aufnehmen konnte. Diese Verbindung herzustellen, war eine seiner dringendsten Aufgaben. Die zweite war der Banküberfall, zu dessen Vorbereitung nicht mehr als ein Autodiebstahl nötig war. Das Hauptproblem war also die Frage, ob er anderweitig einen indirekten Kontakt herstellen konnte, in einem anderen Umfeld. Die naheliegendste Möglichkeit wäre vielleicht eine linke Buchhandlung gewesen – man hatte ihm die Karl-Marx-Buchhandlung genannt–, aber das erschien ihm als zu durchschaubare Provokation. Die linken Buchhandlungen Schwedens waren in den siebziger Jahren die reinsten Magneten für allerlei Provokateure und Spitzel gewesen, und das hatte natürlich dazu geführt, daß sich die dort Beschäftigten sofort verdächtig machten, wenn sie außerhalb ihres Bekanntenkreises auch nur nach einer Zeitung fragten. Carl ging davon aus, daß es in Hamburg genauso ablief.

Nach einer Stunde Nachdenken kam ihm eine Idee, die zumindest einer Prüfung wert schien. Und so würde er am nächsten Vormittag etwas zu tun haben, bevor er am Nachmittag einen Zug durch die Kneipen machen und am Abend das Auto stehlen würde.

Er machte einen Spaziergang um die Außenalster. Der See lag grau und verlassen im Regen. Er kam an ein paar Bootsanlegern vorbei, von denen die meisten völlig leer waren, aber ein paar vereinzelte Segelboote waren noch immer fast trotzig vertäut, als spielte es keine Rolle, daß es schon Dezember und fast Weihnachten war, oder als hätten die Eigentümer ihre Boote ganz einfach vergessen oder aufgegeben. Die Häuser am Harvestehuder Weg wirkten fast wie im Stockholmer Djurgården. Es waren Häuser reicher Menschen. Überall elektronische Alarmanlagen, hohe Mauern, Gitter vor den Fenstern der schönen Villen, die fast ausnahmslos aus der Vorkriegszeit zu stammen schienen und jeweils wohl mehrere Millionen kosteten. Vor dem Krieg hatten die Villengrundstücke vermutlich bis zur Alster gereicht, denn Carl hatte den Eindruck, als wären die Gärten am Alsterpark abgeschnitten worden; er vermutete einen sozialdemokratischen Eingriff im Gefolge der Entnazifizierung. Er fragte sich, ob es noch die gleichen Familien und die gleichen Menschen waren, die jetzt hier wohnten. Am Ende des Villenviertels blieb ihm nur noch ein viertelstündiger Spaziergang zu seinem eigentlichen Ziel, dem großen Warenhaus. Dann war er am Neuen Jungfernstieg, der Promenade an der Binnenalster, und trotz des schlechten Wetters geriet er immer stärker in einen Strom von Weihnachtseinkäufern. Er passierte ein Luxushotel in Weiß mit goldener Schrift, *Vier Jahreszeiten*, und kurz darauf hatte er sein Ziel erreicht.

Seinen Berechnungen zufolge würde er hier, inmitten des bürgerlichen, weihnachtlichen Treibens, allerlei junge Leute mit Sammelbüchsen finden. So war es jedenfalls in Schweden immer gewesen: Gerade die sozialistischen Büchsenrassler standen genau dort, wo sie erwarteten, ihre hartnäckigsten Gegner anzutreffen. Die Wahrscheinlichkeit, Sympathisanten etwa der palästinensischen Sache ausgerechnet vor dem Kaufhaus NK in Stockholm oder dem Hamburger *Alsterhaus* zu finden, war außerordentlich gering. Aber trotzdem standen sie da. Vermutlich war es in Paris und London genauso.

Carl entschied sich, erst seine Einkäufe zu machen. Er betrat das große Warenhaus und kaufte zwei billige Kunststofftaschen, eine weiße und eine braune. Nach einigem Auf und Ab über Rolltreppen und Fahrstühle fand er eine Abteilung für Arbeitskleidung und ähnliches, in der er einen blauen Overall kaufte. Die restliche Ausrüstung für den Banküberfall hatte er schon. So mit Weihnachtspaketen versehen, verließ er das *Alsterhaus* und stand vor dem Hanseviertel. Vermutlich befand er sich inmitten eines der kaufintensivsten Stadtviertel Europas, und dort wollte er nun seine jungen Leute mit den Sammelbüchsen finden.

Die ersten, die er entdeckte, waren Iraner, die um Unterstützung für ihren Kampf gegen die Ajatollahs baten. Das war nicht, was Carl suchte. Die nächsten frierenden Gestalten warben für Amnesty International, aber das wäre definitiv weggeworfenes Geld gewesen. Nach einer Viertelstunde wurde Carl fündig. Ein Irrtum war ausgeschlossen: Trotzig hielten sie im Regen die Palästinenserflagge hoch. Kein Mensch schien sie zu beachten. Beide, ein Junge und ein Mädchen Anfang zwanzig, waren etwa so gekleidet, wie er es erwartet hatte.

»Lohnt sich das wirklich, hier unter all diesen Zionisten und Bourgeois?« fragte er, als er zu ihnen trat, und erhielt wie erwartet keine Antwort. Sie vermochten nicht zu erkennen, ob seine Frage ironisch gemeint war.

»Ich frage, weil ich selbst mal mit so einer Sammelbüchse in der Hand dagestanden habe. Damals war ich noch jünger und glaubte an so was«, erklärte er in einem immerhin so freundlichen Tonfall, daß die beiden ihn nicht mehr mißverstehen konnten. Er erhielt aber immer noch keine direkte Antwort, sondern beide murmelten nur vor sich hin. Carl seufzte demonstrativ und wühlte in seiner Tasche, als sortierte er etwas. Dann zog er ein kleines Bündel mit zwanzig Hundertmarkscheinen heraus, frische, ungefaltete Geldscheine in fortlaufender Serie mit den Resten einer Papierbanderole darum, was andeutete, daß das Bündel einmal erheblich dicker gewesen war. Dann reichte er die Scheine, als wären sie eine Art Trinkgeld, den verblüfften Palästina-Aktivisten.

Das Mädchen versuchte zunächst, ein wenig lahm zu protestieren (während ihr Begleiter sich fieberhaft dem rein praktischen Problem widmete, den Deckel der Sammelbüchse abzuschrauben, ohne dabei allzu großes Aufsehen zu erregen). »Ist das wirklich Ihr Ernst, ist es auch kein Irrtum, Sie wissen doch, wieviel Geld das ist...?«

Carl blinzelte ihr zu und sagte, er wisse genau, um wieviel Geld es sich handle. Er sei nämlich gerade unterwegs, um Weihnachtsgeschenke zu verteilen. Die Pointe aber sei, daß das Geld vom Feind stamme (aber leider könne er natürlich nichts Näheres erklären – neues Blinzeln).

Bevor er weiterging, fragte er sie, wo er weitere Genossen mit Sammelbüchsen finden könne.

Die nächsten standen einen halben Block weiter, ebenfalls vor dem Hanseviertel bei *Hennes & Mauritz* inmitten des zur U-Bahn oder zur Binnenalster zurückflutenden Stroms von Weihnachtseinkäufern. Carl entdeckte sie schnell und gab in etwa die gleiche Erklärung wie eben, überreichte diesmal aber nur tausend Mark in laufender Serienfolge. Dann bat er um die Auskunft, ob er noch eine dritte Gruppe finden könne, die er in einer Position vorfand, in der sie fast allein standen; zwei junge Menschen in Wind und Regen auf dem Bürgersteig, auf dem im Sommer viele Menschen flaniert wären, direkt an der Binnenalster gegenüber dem Hotel *Vier Jahreszeiten.* Carl blieb eine Weile stehen und unterhielt sich mit ihnen über die Schwierigkeit, für die palästinensische Sache zu werben und fragte, ob es in Deutschland nicht noch schwieriger sei als in anderen Ländern, denn die Erbsünde nach Hitler müsse sich hier ja wohl stärker bemerkbar machen als im übrigen Europa. Er erkundigte sich, wo es sonst noch in der Stadt Sammlungen für linke Ziele gebe. Die beiden jungen Leute zählten zum Teil Dinge auf, an die er selbst schon gedacht hatte, zum Teil aber auch Unbekanntes und schließlich sogar etwas besonders Interessantes: Es gebe, so wurde Carl erklärt, humanitäre Sammlungen für gefangene Terroristen, die in Stammheim der Isolationsfolter ausgesetzt und einer Kommunikationssperre unterworfen seien. Er erkundigte sich, wo er diese Leute finden könne, und erhielt ein paar vage Beschreibungen, die ihn wieder in das kommerzielle Gedränge zurückführten. Zum Abschied ließ er ein weiteres kleines Geldscheinbündel zurück und wies auch diesmal ausdrücklich darauf hin, das Geld komme vom Feind. Das war hier eine besondere Pointe – und überdies die reine Wahrheit.

Er brauchte fast eine Stunde, um die beiden finster dreinblickenden ungeschminkten Mädchen zu finden, die für gefangene RAF-Kämpfer Geld sammelten. Carl machte gar nicht den Versuch, sich sonderlich lange mit ihnen zu unterhalten, denn sie sahen nicht aus, als wollten sie die Passanten ernsthaft überzeugen. Sie waren wohl nur darauf aus, einer guten Sache zu dienen und durch ihr Leiden im Himmelreich ein paar Punkte zu sammeln. Carl glaubte, diese Typen aus seiner Clarté-Zeit zu kennen. Sie hatten immer mehr als alle anderen gelitten, wenn es darum ging, Geld für eine gute Sache zu sammeln oder vor einem der staatlichen Alkoholläden des *Systembolaget* das Vietnam-Bulletin zu verkaufen.

Die beiden Mädchen fragten von allein, woher er komme, so daß die Erklärung, er sei Schwede, ihnen nicht aufgedrängt werden mußte. Der zweite Hinweis, daß der unerwartet hohe Betrag vom Feind komme, war in diesem Zusammenhang recht natürlich. Carl wünschte den beiden Mädchen frohe Weihnachten und verschwand in der Menge.

Auf dem Weg zur U-Bahn pfiff er vergnügt vor sich hin. Er fragte sich, wie die Genossen beim Verfassungsschutz den Hinweis aufnehmen würden, daß das Geld des Staates so gut wie unberührt an dessen Feinde ging. Es würde ihm allerdings leichtfallen, die Maßnahme zu rechtfertigen: Eine billigere Eintrittskarte als diese war kaum zu haben. Im Augenblick war es vielleicht noch nicht soweit. Wenn aber der Dschungeltelegraph unter den jungen Leuten mit den Sammelbüchsen nur halb soviel Werbung für den Bankräuber aus dem Norden machte, wie er vermutete, würden sich diese gebündelten Hundertmarkscheine als gut angelegtes Geld erweisen.

Carl fuhr nicht nach Eidelstedt, wo der Banküberfall stattfinden sollte, sondern nahm die S-Bahn zum entgegengesetzten Ende der Stadt nach Bergedorf. Er stieg schon eine Station vorher aus, in erster Linie, weil der Name des Vororts – Nettelnburg – ihn über die Bedeutung des Worts nachdenken ließ. Für ihn als Schweden hörte es sich an, als sei eine saubere kleine Stadt gemeint. Er brauchte nicht lange umherzuspazieren, bis er in einem Viertel mit Reihenhäusern einen Parkplatz fand, auf dem zwei Wagen des gewünschten Typs standen. Er wählte den dunkelblauen, weil er getönte Scheiben hatte, was ihn komischerweise an die Fahrzeuge erinnerte, die den Chefs des Verfassungsschutzes als Dienstwagen zustanden.

Die Zentralverriegelung ließ sich so leicht öffnen, als hätte er einen Schlüssel verwendet. Carl zog sich seine dünnen grauen Handschuhe an und setzte sich auf dem Fahrersitz zurecht, schloß leise die Tür und wartete eine Weile. Während er beobachtete, ob sich vor einem der Reihenhäuser etwas regte, untersuchte er den Wagen nach ungewöhnlichen oder allzu auffallenden Gegenständen. Aber sogar hier draußen in einem Reihenhausviertel war die Angst vor Dieben offenbar so groß, daß die Leute nichts im Wagen liegenließen und alles mit ins Haus nahmen. Um so besser für mich, dachte Carl, dann brauche ich deine Sachen nicht wegzuwerfen. Der Wagen sprang sofort an. Carl schaltete den Scheibenwischer ein, wartete aber mit den Scheinwerfern, bis er sich rund fünfzig Meter entfernt hatte. Auf der Autobahn in Richtung Stadtmitte probierte er die Möglichkeiten des Wagens aus, und wie erwartet funktionierte alles mit deutscher Präzision. Nach langem Suchen fand er ein Parkhaus in Altona, das zwischen dem Schauplatz des geplanten Bankraubs und seiner Basis an der Hafenstraße lag.

Rund eine Stunde später nahm Carl seine zweite Mahlzeit im Restaurant *Cuneo* ein. Diesmal wählte er ein teures Gericht, aufwendig dekoriertes, mit Käse paniertes Kalbfleisch, in klebriger Sauce und einem langen Namen, aber statt eines italienischen Weins wählte er eine Flasche *Châteauneuf-du-Pape*, um ein paar Bemerkungen über den Wein machen und scherzhaft sagen zu können, daß er als Schwede immer ausländischen Wein trinken müsse. Niemand stellte ihm eine Frage. Carl bemühte sich auch nicht um eine weitere Konversation mit dem Kellner. Das Wichtigste hatte der schon registriert, und alles übrige würde wie von selbst gehen. Das Essen schmeckte recht gut. Er ließ sich etwas Zeit, da er davon ausging, daß die weiteren Lokalbesuche des Abends wesentlich weniger angenehm verlaufen würden. Er trank einen doppelten Espresso, zahlte und ließ beim Gehen ein großzügiges Trinkgeld auf dem Tisch.

Die Kneipe, die er in seinem Hausbesetzerviertel noch nicht besucht hatte, hieß *Volxküche*. Das O hatte die Gestalt einer klassischen Comics-Bombe, nämlich die einer schwarzen Kugel mit brennender Lunte, und die fehlerhafte Orthographie sollte wohl irgendeine allgemein revolutionäre Haltung versinnbildlichen.

An Speisen schien das unbeschreiblich dreckige Lokal allerdings nur wenig zu bieten. Um die *Volxküche* betreten zu können, mußte Carl erst eine schief in den Angeln hängende Tür überwinden und über einen Haufen Mörtel hinwegklettern. Dann befand er sich in einem mit Sperrmüll möblierten Lokal. Aus den Sitzflächen der Polstersessel ragten Stahlfedern hervor, und die Sofas erweckten den Eindruck, als hätte man sie absichtlich zerfetzt, damit sie besser in die revolutionäre Umgebung paßten. Die Wände waren mit Symbolen geschmückt, die in der Hauptsache und zu Carls Zufriedenheit aus fünfzackigen Sternen mit entweder einem A (für Anarchismus) oder einem RAF-Symbol in der Mitte geschmückt waren. Diesmal hatte sich Carl entschlossen, sich sofort um eine Unterhaltung zu bemühen, was auch angezeigt war, denn dieser Ort war kaum so beschaffen, daß man ohne Erklärung über den Unrat hinwegklettern und so tun konnte, als hätte man unter den Restaurants der Stadt plötzlich eine Entdekkung gemacht. Sechs oder sieben Personen starrten ihn feindselig an, als er sich auf etwas zubewegte, was wohl der Tresen sein sollte. »Hallo, ich bin Ausländer und möchte euch ein paar Fragen stellen. Ist das in Ordnung?« begann er und erhielt, wie kaum anders zu erwarten, nur ein feindseliges Grunzen zur Antwort.

»Es kommt euch vielleicht ein bißchen merkwürdig vor«, fuhr Carl fort, »aber als ich mir auf der anderen Straßenseite ein Hotelzimmer genommen habe, dachte ich nicht gerade an einen Ort, wo urplötzlich die Bullen angestürmt kommen. Ich habe nicht gewußt, daß hier das Zentrum der Hausbesetzerbewegung ist. Aber wie steht's damit eigentlich: Kommen die Bullen hier nicht dauernd angerannt, um euch das Leben schwer zu machen? Ich hätte übrigens gern ein Bier.«

Die Unterhaltung kam in Gang, wenn auch ein wenig mühsam. Diesmal wollte sich Carl nur die Informationen entlokken lassen, daß er Schwede sei, eine starke Abneigung gegen Bullen habe, in Stockholm zu den Besetzern eines Hauses namens *Maulwurf* gehört habe, allerdings in jüngeren Jahren – ob jemand vom *Maulwurf* gehört habe, aha, nein, jedenfalls habe das Ganze dort damit geendet, daß die Bullen das Haus gestürmt und alle weggetragen hätten, und jetzt wollte er wissen, ob hier in Hamburg das gleiche passieren könnte.

Sein vor Fehlern strotzendes Deutsch und sein unbestreitbar ausländischer Akzent zeigten Wirkung. Einer der Anwesenden sagte, er habe von den schwedischen Hausbesetzern gehört. (Carl hatte in St. Augustin davon gelesen, zuvor aber nichts davon gewußt.) Er bekam sein Bier und brachte etwas in Gang, was einer Unterhaltung zu ähneln begann. Zwei der jungen Leute waren vergleichsweise sauber und adrett, ein Mädchen mit einem schwarzen Pferdeschwanz und einem weißen Polohemd und ein Junge im gleichen Alter, wahrscheinlich Anfang zwanzig, der ihre Hand hielt. Diese beiden unterschieden sich auffällig von all den halb oder ganz mit Drogen zugedröhnten, halb oder ganz kriminellen Personen, denen er in diesem Viertel bislang begegnet war. Carl lenkte das Gespräch bewußt auf einen Punkt, an dem er seine revolutionären Neigungen verraten konnte. Das machte ihm keine Mühe. Er brauchte nur ein paar Fragen zu stellen, etwa, warum nicht zu erwarten sei, daß die Bullen hier angestürmt kämen:

»Aha? Die Sozis haben sich hier also für 100 Mark pro Haus Recht und Ordnung gekauft. Das nenne ich aber billig, verflucht billig sogar!« Er zog einen Hundertmarkschein aus der Tasche und riß ihn dann mit bewußt langsamen Bewegungen in kleine Stücke: »So billig sind die Sozi-Schweine also davongekommen? Und ihr habt euch also kaufen lassen? Und jetzt sind alle Hausbesetzer Hamburgs an einem Ort zu finden? Der Staat hat euch also alle ruhiggestellt? Na ja, da kann ich schon verstehen, daß die Sozis die Bullen um jeden Preis fernhalten wollen, um den Frieden mit den ›Revolutionären‹ nicht zu stören, die für hundert Mark pro Haus zu kaufen sind.« Carl holte Luft und fuhr fort: »Für mich ist das jedoch ganz ausgezeichnet. Ich habe mir nämlich schon Sorgen gemacht, ich könnte in einer Gegend gelandet sein, die vielleicht Bullen anlockt. Das wäre mir alles andere als recht gewesen.«

Als dann unweigerlich die Frage folgte, warum er denn mit der Polizei nichts zu tun haben wollte, grinste er nur und bemerkte durchsichtig, seine Erfahrungen mit der Polizei seien so, daß er immer in Gefahr sei, wegen Mißhandlung von Beamten in den Knast zu wandern, wenn er mit der Polizei zusammenstieß, und das wollte er am liebsten vermeiden. Hier in Deutschland gebe es für so was doch ein paar Jahre? Dann wechselte er schnell das Thema: »Wie dem auch sei, die meisten Leute, die ich in den Kneipen hier in der Gegend gesehen habe, scheinen mir eher Halbkriminelle und durchaus keine bewußten Genossen zu sein.«

Das Mädchen mit dem Pferdeschwanz antwortete ruhig und überlegt, selbst wenn man vom Lumpenproletariat nicht erwarten könne, daß es im Kampf eine führende Rolle einnehme, so hätten doch gerade die objektiven Voraussetzungen für die Entstehung des Lumpenproletariats sich in den letzten Jahrzehnten vor allem in Deutschland so geändert, daß man sie zu den bewußten Schichten des Volkes zählen müsse, in denen sich ein revolutionäres Bewußtsein entwickeln könne. Das war vorzüglich, ein Volltreffer. Carl fühlte sich ausgelassen wie früher als Schuljunge, wenn er beim Schiffeversenken schon beim ersten Versuch einen Treffer landete und ein Schlachtschiff erwischte. Dieses Mädchen kam ihm also mit deutlich verdrehtem Leninismus.

Carl referierte ohne zu zögern die formal korrekten und traditionellen leninistischen Dogmen, gegen die sie indirekt polemisiert hatte: »Das Lumpenproletariat ist reaktionär. Man kann von ihm nicht erwarten, daß es so etwas wie ein Klassenbewußtsein oder Solidarität entwickelt, und wenn man solche Leute in den Kampf hineinzieht, läuft man vielmehr Gefahr, faschistische Elemente aufzunehmen, und die später zu eliminieren, macht unnötig viel Mühe.« Und so weiter.

Das Mädchen und der männliche Begleiter bissen an. Damit war die Diskussion in Gang gekommen. Carl ließ sie mit der Angelschnur losschwimmen und zog sie dann vorsichtig wieder zu sich heran: Die beiden gewannen jetzt das Bild von einem schwedischen Marxisten-Leninisten herkömmlichen Strickmusters, und er erhielt dafür ein Bild, das er nicht klar diagnostizieren konnte. Die beiden jungen Leute erinnerten ihn am ehesten an die studentischen Trotzkisten der siebziger Jahre, als sie noch ihren revolutionären Elan besaßen, um kurz darauf Sozialdemokraten zu werden, sich der Bewegung anzuschließen und sich als Redenschreiber von Ministern zu verdingen.

Carl unterbrach die Diskussion schon nach zwei Bieren, entschuldigte sich und erklärte, mehr wolle er nicht trinken, da er am nächsten Tag ein paar wichtige Dinge zu erledigen habe. Vielleicht könnten sie sich aber wiedersehen. Es habe ihm Spaß gemacht, in diesem Viertel wenigstens ein paar Leute zu treffen, die zu wissen schienen, wovon sie redeten. Dann legte er einen Hundertmarkschein in die kollektive Kasse und tat mit einer schnellen Handbewegung die lahmen Proteste ab, das sei zuviel Geld. Er bemerkte, sie könnten das ja als fortschrittlichen Einkommensausgleich ansehen, als eine Art Sozi-Politik. Nicht übel, denn gerade hier hätten die Sozis es ja geschafft, der revolutionären Gewalt die Spitze abzubrechen. Damit verließ er den Raum, drehte eine Runde um den Häuserblock und ging ins Hotel. Er stieg die Treppe zu seinem kalten Zimmer mit dem üblen Geruch und der roten Nachttischlampe hinauf. Neben allem anderen, was er am nächsten Tag zu tun hatte, durfte er nicht vergessen, eine neue Nachttischlampe zu kaufen.

Bevor er losging, um den Wagen aus dem Parkhaus zu holen, studierte er von neuem seinen Stadtplan. Er wollte keine überflüssigen Dinge mit eigenen Fingerabdrücken mitnehmen und gab sich daher Mühe, alle Details im Kopf zu behalten.

Carl fand die Ausfallstraße in Richtung Kiel/Elsmhorn ohne Schwierigkeiten und brauchte weniger als eine Viertelstunde bis zum Zentrum Eidelstedts, wo alles so aussah, wie er es sich anhand von Fotos eingeprägt hatte.

Es war der letzte Donnerstag vor Weihnachten. An diesem Tag war die *Deutsche Bank* im Zentrum Eidelstedts am Nachmittag länger geöffnet als sonst, nämlich von 14.30 Uhr bis 18.00 Uhr. Es war siebzehn Minuten nach vier. Noch drei Minuten bis zum Überfall.

Hundertfünfzig Meter vom Eingang zur Bank entfernt, am Fluchtweg, der Kieler Straße, lagen zwei weiße, zweistöckige Holzhäuser. Auf dem Kiesweg zwischen den Häusern hatte Carl ausreichend Parkraum entdeckt. Eines der Häuser beherbergte eine Fahrschule, die Fahrschule Döbnitz, und dort tauchten immer wieder Fahrschulwagen oder Fahrschüler auf, die von Eltern oder Ehegatten hingefahren oder abgeholt wurden.

Carl hatte seinen Wagen so geparkt, daß dieser sowohl von einer Hecke wie von dem Reklameschild der Fahrschule verdeckt wurde. Er hatte sich den blauen Overall angezogen. Sein provisorischer Zündschlüssel steckte im Schloß.

Als er auf den roten Klinkerbau zuging, in dem sich die Bank befand, spürte er die erste Nervosität. Die Fenster der Bank waren aus undurchsichtigem Milchglas, so daß man weder hinein- noch hinausblicken konnte. Ideale Voraussetzungen. Ein weiteres Detail, das die Bank zu einem so vorzüglichen Ziel machte, war der Umstand, daß der Kassenraum zur Straße hin einen kleinen Vorraum hatte, den auf beiden Seiten ebenfalls Milchglasscheiben abschirmten.

Als ihm noch 25 Meter bis zu dem kleinen Vorraum blieben, in dem er sich die Wollmütze mit den Sehschlitzen über den Kopf ziehen wollte, befiel ihn eine kurze Schreckensvision: Dort im Kassenraum, vor seinen Blicken verborgen, saßen jetzt vier deutsche Polizisten und hoben schon ihre automatischen Waffen, weil sie wußten, daß der Räuber in genau diesem Augenblick erscheinen würde; er würde in dem Moment sterben, in dem er den Kassenraum betrat. Nichts würde an die Öffentlichkeit dringen. Diese Lösung hatte Näslund mit seinen deutschen Kollegen ausgeheckt, um Carl endlich loszuwerden. Er würde keine Zeit finden, zurückzuschießen.

Er blieb stehen und holte dreimal tief Luft, dann betrat er den Vorraum und zog sich die Wollmütze mit den Sehschlitzen über den Kopf, nahm seinen Revolver in die rechte Hand und die weiße Kunststofftasche in die linke. Er öffnete die Tür und machte wie geplant einen langen Schritt schräg nach links, so daß er direkt vor den Objektiven der Überwachungskamera landete.

»ÜBERFALL!« schrie er, hob demonstrativ langsam den Revolver und gab zwei Schüsse an die Decke ab.

Die Menschen im Kassenraum schienen mit Verzögerung zu begreifen. Erst erstarrten alle wie bei einem Kinderspiel, dann schrie eine der Frauen laut auf. Einige Kunden warfen sich auf den Boden, irgend jemand drückte auf den Alarmknopf, so daß sich ein lauter, metallisch schriller Ton über die ganze Szene legte.

»RUNTER AUF DEN FUSSBODEN!« schrie Carl und fuchtelte mit seinem Revolver herum. Fast alle gehorchten. Es waren weniger als zehn Sekunden vergangen. Seinen Berechnungen zufolge hatte Carl noch drei Minuten Zeit. Er studierte die Szene, bevor er seinen nächsten Schritt tat.

Die Bank hatte einen sieben Meter langen Schaltertresen, an dem fünf junge Frauen arbeiteten. Ganz links befand sich die Kasse, ein kleiner Käfig aus gepanzertem Glas, in dem ein Mann eingeschlossen war. Aus diesem Grund waren die Mädchen ungeschützt, denn das gesamte Geld befand sich praktischerweise in dem gepanzerten Glaskäfig. Es war wenig wahrscheinlich, daß der Kassierer, wie erschreckt er auch sein mochte, seinen Käfig freiwillig öffnen würde. In der Kasse befanden sich auch die Alarmknöpfe und die Videokameras. Die Überwachungskameras liefen, und der Kassierer starrte Carl mit aufgerissenen Augen an. Bis jetzt war alles nach Wunsch gegangen.

Es befanden sich rund fünfzehn Kunden in der Bank. Carl richtete den Revolver jetzt auf die, die sich noch nicht ganz hinten im Kassenraum zusammengedrängt hatten und gab ihnen ein Zeichen, sie sollten sich zu den anderen begeben. Sie kamen der Aufforderung blitzschnell und diszipliniert nach.

Niemand machte Anstalten, ihn anzugreifen oder sich zu bewegen. Ausgezeichnet. Bis jetzt waren weniger als zwanzig Sekunden vergangen, und Carl hatte es geschafft, die Situation unter Kontrolle zu bekommen. Die Leute bewahrten Ruhe. Jetzt bewegte sich Carl zum erstenmal, seit er die Bank betreten und sich vor den Überwachungskameras aufgebaut hatte. Er ging ohne sonderliche Eile zum Schalter neben dem Käfig des Kassierers und schwang sich auf die andere Seite. Vor dem Käfig mit dem kräftigen Sicherheitsschloß auf dem gepanzerten Glas zog er seine abgesägte Schrotflinte aus der Tasche und richtete sie auf das Schloß. Dann gab er dem Kassierer mit dem Kopf ein Zeichen. Der betrachtete ihn verängstigt aus weniger als einem Meter Entfernung. Carl gab dem Kassierer erneut ein Zeichen, so weit wie möglich zur Seite zu treten. Als er der Aufforderung gefolgt war, drückte Carl beide Abzüge ab, so daß die beiden Schrotpatronen mit vereinten Kräften sowohl das gepanzerte Glas wie das Schloß zertrümmerten. Glassplitter und Korditrauch hüllten den Kassierer in eine Nebelwolke. Die Tür ließ sich ohne Schwierigkeiten öffnen.

Carl sah sich zunächst um und behielt alle Anwesenden im Auge. Sie wirkten wie versteinert. Alle schauten zu ihm hin, aber niemand rührte sich. Also immer noch alles ganz nach Wunsch.

Carl reichte dem Kassierer die weiße Kunststofftasche hinüber und gab ihm zu verstehen, er solle das Geld hineinstopfen. Der Kassierer gehorchte blitzschnell und begann, ganze Geldscheinbündel hineinzuschaufeln, methodisch von links nach rechts und in rasender Geschwindigkeit, als wollte er die Situation lieber möglichst schnell hinter sich bringen, als den Alarm und die Zeit gegen den Bankräuber arbeiten zu lassen.

Als Carl die vollgestopfte Tasche wieder an sich reißen konnte, waren weniger als anderthalb Minuten vergangen. Er steckte die Schrotflinte in die Tasche und zog den Reißverschluß zur Hälfte zu, während er weiter die Kunden im Auge behielt. Keiner hatte seine Körperhaltung spürbar verändert. Alle starrten ihn immer noch wie versteinert an. Ihr Verhalten war vorbildlich.

Carl schwang sich schnell über den Tresen und ging mit schnellen Schritten zum Ausgang, wo er sich noch einmal umdrehte und den Revolver auf die Menschen richtete, die rechts von ihm standen.

»STEHENBLEIBEN, NICHT VERFOLGEN, ICH SCHIESSE!« schrie er und zog dann schnell die Tür zum Vorraum auf.

Der war leer. Bis jetzt hatte er mehr Glück als Verstand gehabt. Er schloß die Tür zum Kassenraum, zog die Wollmütze vom Kopf, strich sich das Haar zurecht, stopfte den Revolver in die Tasche, öffnete die Außentür und ging schnell auf seinen 150 Meter entfernt stehenden Wagen zu.

Als er etwa zwei Drittel der Strecke zurückgelegt hatte, hörte er hinter sich Geschrei und Lärm. Er rannte das letzte Stück. Seinen selbstgemachten Dietrich hielt er schon in der Hand. Inzwischen war es so dunkel geworden, daß kein Mensch sein Gesicht hinter den getönten Scheiben würde erkennen können.

Der Wagen sprang sofort an. Carl sah, daß jemand auf das Auto zurannte, aber er gab sich trotzdem größte Mühe, so ruhig wie möglich zu fahren, als er jetzt auf die an dieser Stelle gewundene und schmale Kieler Straße einbog. Er fuhr langsam davon und sah im Rückspiegel, daß sein Verfolger aufgab, stehenblieb und sich sichtlich bemühte, das Nummernschild zu erkennen.

Nach rund 500 Metern kam die erste und einzige Verkehrsampel auf seinem Fluchtweg. Sie war natürlich auf Rot geschaltet. Carl hielt an und wartete. Von der Bank am Eidelstedter Marktplatz aus konnte ihn niemand mehr sehen. Außerdem würde niemand erwarten, daß ein Bankräuber bei Rot hält. Nach einer Ewigkeit wurde es grün, und Carl bog wenig später in die Reichsbahnstraße ein, auf der er 500 Meter fuhr, bis er zu einem Unternehmen namens Kalmar GmbH kam – er hatte sich nicht die Mühe gemacht zu erkunden, ob es sich um eine schwedische Firma handelte, was der Name vermuten ließ, aber das spielte auch keine Rolle. Es kam ihm nur darauf an, daß das Unternehmen über einen Parkplatz rechts von der Einfahrt und einen Eingang an der Straßenseite verfügte. Jeder Besucher konnte ohne weiteres und ohne eine Wache zu passieren direkt auf den Hof fahren und dort parken.

Genau das tat Carl auch. Er lenkte den Wagen ganz hinten auf den kiesbelegten Hof und stellte den Motor ab. Er kurbelte die Seitenscheibe herunter und lauschte. Nein, Polizeisirenen waren nicht zu hören. Er sah auf die Uhr. Seitdem er die Bank betreten hatte, waren 4 Minuten und 35 Sekunden vergangen.

Er zog den Overall aus und legte ihn auf die Geldscheine in der Tasche. Er vergewisserte sich, daß er nichts im Wagen hatte liegen lassen. Dann stopfte er die prall gefüllte weiße Tasche in die braune, stieg aus, schloß den Wagen ab und spazierte ruhig am Haupteingang vorbei auf den S-Bahn-Eingang zu, der, wie er wußte, nur 150 Meter entfernt war.

Im Bahnhof Eidelstedt zog er eine Fahrkarte aus dem Automaten und stieg langsam zum Bahnsteig hinauf. Dort oben hörte er zum erstenmal eine Polizeisirene. Im selben Moment jedoch lief der Zug in Richtung Pinneberg ein.

Nach viermaligem Umsteigen und vierzig Minuten später befand er sich im Menschengewimmel des Hamburger Hauptbahnhofs. Er schlenderte mit unentschlossenen Schritten auf den Ausgang an der Kirchenallee zu, wo die Schließfächer in L-Formation in einer Ecke standen: Dort befand sich Schließfach Nummer 410.

Schließfach 410 wies als einziges in der Reihe auffällige Schmierereien auf: *Polizisten sind Schweine* und *St. Pauli Claam.* Carl fragte sich, ob das ein Zufall oder ob hier Siegfried Maacks eigentümlicher Humor am Werk gewesen war. Und was sollte »St. Pauli Claam« bedeuten? Carl steckte seinen Nachschlüssel in das Schloß des vermeintlich belegten Schließfachs. Die Tür ließ sich sofort öffnen. Er schob die beiden Kunststofftaschen mit dem Geld und der Ausrüstung hinein. Daneben legte er einen Zettel mit der Nachricht, daß er schon mehr als sechstausend Mark ausgegeben habe und in der nächsten Zeit mindestens nochmal das Doppelte brauche. Er nannte jedoch keinen Grund für diese Forderung. Dann verschloß er das Schließfach und spazierte davon. Als er den Ausgang an der Kirchenallee erreichte, fiel ihm plötzlich ein, daß er das Geld nicht gezählt hatte. In St. Augustin hatte man ihm gesagt, daß die Deutsche Bank in Eidelstedt um diese Zeit bis zu einer halben Million Mark an Bargeld in der Kasse haben könne. Carl war es jedoch gleichgültig, wieviel Geld im Schließfach des Verfassungsschutzes lag, denn es war höchst unwahrscheinlich, daß man ihm etwas von dem erbeuteten Geld vorenthalten würde. Vermutlich würde er innerhalb von vierundzwanzig Stunden eine ordentliche Quittung in der Hand halten. Jeder Austausch im Schließfach sollte innerhalb von vierundzwanzig Stunden erfolgen.

Er überquerte die Kirchenallee, passierte eine Polizeiwache mit Milchglas in Fenstern und Türen, vor der drei grünweiße Polizeiwagen standen. Er war zufrieden und fühlte sich vollkommen ruhig. Er war kein Verbrecher. Außer einem wertlosen Videoband gab es keinerlei Beweismaterial gegen ihn, und außerdem würde ihn die Polizei nicht mit besonderem Eifer jagen. Gleich hinter der Polizeiwache betrat er das erstbeste Restaurant, ein italienisches Lokal. Er aß eine dicke Pizza und trank drei große Glas Bier, denn aus irgendeinem unerfindlichen Grund hatte er höllischen Durst. Er lauschte vergnügt den Klängen einer Hammond-Orgel, an der ein vermutlich türkischer Musiker saß und Melodien aus *Carmen* spielte, und zwar so, daß sich das Ganze wie ein deutscher Walzer anhörte. Ein Türke spielte für einen schwedischen Terroristen, der eine Pizza à la allemande aß, französische Musik (Bizet) mit spanischen Motiven auf einer japanischen Orgel (Yamaha). Wie passend, dachte er.

Den Banküberfall würdigte er schon keines Gedankens

mehr. Statt dessen grübelte er darüber nach, wie er sich bei dem weiteren Spiel mit den Sympathisanten aus der Hafenstraße verhalten sollte. Er durfte auf keinen Fall etwas überstürzen. Vielleicht war es am besten, sich jetzt nach dem Banküberfall für einen Tag unsichtbar zu machen. Er beschloß abzuwarten, wie das Echo seines Auftritts in den Medien ausfallen würde. Wenn das System so funktionierte wie in Schweden, dürfte es ein Leichtes sein, die Zeitungen dazu zu bringen, alles und vielleicht noch mehr hinauszuposaunen, und im übrigen hatte wohl auch der Verfassungsschutz seine Stammjournalisten, so wie sich Näslund zu Hause in Stockholm einen Stall von Lohnschreibern hielt.

Carl war ganz darauf eingestellt, sich am nächsten Tag in der Boulevardpresse wiederzufinden. So kam es, daß ihm sein richtig großer Auftritt entging, nämlich im Fernsehen.

In den Nachrichtensendungen wurde immer der Videofilm gezeigt. Man sprach von dem *Kommando-Räuber*, der den Befürchtungen der Polizei zufolge ein schwedischer Marinesoldat mit Sonderausbildung sei, dabei aber Linksextremist, der mit hoher Wahrscheinlichkeit europäischen Terrororganisationen nahestehe. Man habe jetzt den Verdacht, daß sich dieser allein operierende Kommandosoldat an mehreren Orten in der Bundesrepublik nicht weniger als sechs Banküberfälle habe zuschulden kommen lassen (Aufzählung, Zahlen). Ein Polizeibeamter trat auf und bemerkte, falls – und er lege vorerst großen Wert darauf, daß es sich nur um eine Vermutung handle – es sich tatsächlich um die Person handle, die man vermute, habe man es mit einem Kämpfer zu tun, der sich ohne größere Übertreibungen mit *Rambo* vergleichen lasse; das sei in mehr als einer Hinsicht besorgniserregend. Falls eine solche Person ihre Kenntnisse und Fähigkeiten den Terroristen zur Verfügung gestellt habe, worüber man bislang nichts wisse, könne das zu unabsehbaren Konsequenzen führen. Die Terroristen ließen sich allgemein mit einem Kämpfer dieses Typs auch nicht annähernd vergleichen. Die Polizei arbeite jetzt fieberhaft daran, Beweise für ihre Befürchtungen zu finden. Zum Abschluß warnte er Bankangestellte sowie andere Personen, die eventuell mit dem Räuber in Berührung kommen könnten, dringend vor jedem Versuch, den Helden spielen zu wollen. Man habe es mit einem Mann zu tun, der darauf trainiert sei, blitzschnell zu töten, und der jetzt, da er eine verbrecherische Laufbahn eingeschlagen habe, vermutlich keine Zehntelsekunde zögern werde, wenn man ihn in die Enge treibe. Und so weiter.

Carl hatte das Glück, daß er das alles nicht wußte, als er durch das Gedränge der weihnachtlich gestimmten Menschen und den Nieselregen nach Hause ging. Er hatte beschlossen, in den nächsten vierundzwanzig Stunden keinen Kontakt zu irgend jemandem im Hafenstraßen-Viertel zu suchen. Auf dem Heimweg kaufte er sich ein Kassettenradio in teuerster Stereoausführung und einen kleinen Stapel Kassetten.

Zuerst spielte er Beethovens Klaviersonaten. Carl lag mit geschlossenen Augen in dem roten Lichtschein auf seinem Bett. Ach ja, er hatte es tatsächlich vergessen, eine neue Nachttischlampe zu kaufen. Er hörte sich die Musik an und überlegte dabei, wie er einige Figuren aus diesem Viertel dazu provozieren konnte, sich auf ihn zu stürzen, damit er Gelegenheit erhielt, sie ein wenig zu mißhandeln. Mitten im zweiten Satz der *Mondscheinsonate* schlief er ein.

Am nächsten Morgen fuhr er mit einem Taxi zum Flughafen und nahm die erstbeste Maschine nach Zürich. Nachdem er sich das Ticket gekauft hatte, brauchte er nicht länger als eine Viertelstunde auf den Abflug zu warten. In Zürich fuhr er mit dem Taxi zu seiner Bank und zahlte dreißig Schweizer Franken auf sein Nummernkonto ein. Er erhielt eine Quittung, die er so anriß, daß die Nummer verschwand und der eingezahlte Betrag nicht mehr zu ermitteln war. Gegen drei Uhr nachmittags war er wieder in Hamburg.

Im Schließfach 410 lagen ein dünner weißer und ein dicker brauner Umschlag, darauf als Briefbeschwerer ein Smith & Wesson Combat Magnum in mattschwarzer Ausführung. Da er in der Bank mit der ersten Waffe geschossen hatte, hatte er sie loswerden müssen. (Dem BKA in Wiesbaden würde es mühelos gelingen, ballistische Beweise dafür zu finden, daß dieser Revolver beim Banküberfall verwendet worden war). In dem kleinen weißen Umschlag lag eine Quittung des Verfassungsschutzes über 387 920 Mark, in schwedischer Währung mehr als 1,2 Millionen Kronen. Der dicke Umschlag enthielt einhundertzwanzig neue Hundertmarkscheine in Serienfolge, die er allerdings erst in seinem Hotelzimmer nachzählte.

Nachdem er den verschlossenen Umschlag mit der Quittung für das geraubte Geld in einen weiteren Umschlag gesteckt hatte, der an seinen Banker in Stockholm adressiert war, entdeckte er die Schlagzeilen. Alle Zeitungen bis auf eine hatten angebissen. Der Köder war journalistisch gesehen unwiderstehlich gewesen: »DER RAMBO-RÄUBER HAT ZUGESCHLAGEN.«

Die Fotos der Zeitungen zeigten ihn in voller Aktion in der Eidelstedter Filiale der Deutschen Bank, selbstverständlich mit verschwommenen Videobildern, daneben den amerikanischen Schauspieler Sylvester Stallone, der entweder schwermütig dreinblickte oder gerade ein paar Vietnamesen tötete.

Carl kaufte einen Stoß Zeitungen und nahm ein Taxi, aus dem er einige Häuserblocks vor seinem Hotel ausstieg. Dann ging er auf sein Zimmer, um zu lesen, was die Kollegen die Idioten von der Presse hatten schreiben lassen. Der Darstellung der Presse zufolge war der *Rambo-Räuber* sicher der gefährlichste Verbrecher, der in der Bundesrepublik je frei herumgelaufen sei, ein eingefleischter Kommunist und Terroristen-Sympathisant, schlimmstenfalls schon jetzt Angehöriger irgendeiner Terroristengruppe, und so weiter, andererseits sei der Mann noch nicht endgültig identifiziert, und daher wolle die Polizei Namen und Foto nicht publik machen. Das war ein seltsamer Widerspruch, aber die Journalisten hatten sich durch eine solche Bagatelle nicht abschrecken lassen – allein schon das Wort *Rambo-Räuber* war viel zu gut, als daß man sich von Zweifeln hätte bremsen lassen. Ein zurückhaltender schwedischer Militärattaché in Bonn äußerte sich irgendwo und sagte, ja, natürlich, wir haben bei der Marine zwar Elitesoldaten mit einer Ausbildung, die einen international hohen Standard halte, aber *Rambo*? Nun ja, schon möglich, vielleicht denkbar, aber wohl etwas übertrieben.

Wie es hieß, habe der *Rambo-Räuber* mit dem gestrigen Überfall in Eidelstedt, der ihm seine bislang größte Beute gebracht habe, allein in der Bundesrepublik fast eine Million Mark erbeutet. Man könne aber nicht ausschließen, daß weitere, bislang unaufgeklärte Banküberfälle in Schweden, Belgien und Frankreich auf das Konto desselben Täters gingen. Das Geld werde vermutlich nicht für den privaten Luxuskonsum des Gangsters verwendet, sondern dazu, politische Aktionen oder Terroranschläge zu finanzieren, obwohl man in dieser Hinsicht nur spekulieren könne, wie es eine angebliche Polizeiquelle formulierte.

Carl fragte sich, wie die Geschichte künftig dargestellt werden würde. Während der nächsten Tage mußte der Bluff ja entweder dementiert oder glaubhaft entlarvt werden. Müßten die schwedischen Zeitungen nicht aufwachen, wenn sie das zu sehen bekamen? Wenn *Aftonbladet* und *Expressen* mit Nachforschungen begannen und Fragen stellten, wie sollte man dann wohl erklären, daß man mit »an Sicherheit grenzender Wahrscheinlichkeit« wisse, wer der verdächtige *Rambo-Räuber* sei, daß man ihn aber trotzdem nicht zur Fahndung ausschreiben oder nicht einmal seinen Namen und sein Foto veröffentlichen könne? Es hatte den Anschein, als müßte Näslund jetzt zu einer seiner akrobatischeren Journalistennummern greifen und seine allergehorsamsten Skribenten vorschicken, um sich aus dieser Klemme zu befreien. Carl kam jedoch zu dem Schluß, daß dies wirklich nicht sein Problem war. Bis jetzt war alles über Erwarten gut gegangen. Die Frage war nur, ob das Ganze nicht zu durchsichtig wirken würde.

Eigentlich hätte sich Carl ein paar Tage in seinem Hotelzimmer verkriechen müssen. Für einen Bankräuber wäre das ein höchst natürliches Verhalten gewesen. Aber er hatte ja ein Stadtviertel gefunden, in das die Polizei aus politischen – sozialdemokratischen – Gründen nicht kam und in dem sie unmöglich erwarten konnte, so etwas wie einen Rambo-Räuber zu finden. Damit stellte sich wieder die Frage, was sie tun würde, wenn irgendein Angestellter des Hotels ihn anzeigte. Die Beamten der nächstgelegenen Polizeiwache, der Davidswache, würden natürlich irgendwelche Vorgesetzten benachrichtigen, bevor sie sich aufmachten, einen so gefährlichen Bankräuber einzukassieren. Vermutlich würde der Auftrag an das Mobile Einsatzkommando der Hamburger Polizei delegiert werden, und in diesem Fall würde man vielleicht entdekken können, daß nach einem *Rambo-Räuber* gar nicht gefahndet wurde? Carl nahm sich vor, zu diesem Problem eine kurze Mitteilung an sein Schließfach 410 zu richten, damit die Kollegen eine Art Alarmsystem einrichten konnten, falls er angezeigt wurde. Er konnte auch das Hotel wechseln, obwohl es schade wäre, wenn es ihm zuvor nicht gelungen war, in der Hausbesetzerszene bessere Kontakte anzuknüpfen. Folglich mußte er schon am selben Abend ausgehen und einige der Schlägertypen beim Flipper-Spiel zusammenschlagen, statt im Zimmer herumzuliegen und Musik zu hören.

Er stand mit einem Seufzer auf, legte die Zeitungen auf einen Stapel, warf sein Swissair-Ticket und die unkenntlich gemachte Bankquittung obendrauf und überlegte, ob er unbewaffnet ausgehen sollte, um nicht in die Gefahr zu geraten, einen der Schläger zu ernsthaft zu verletzen. Das Messer kam auf keinen Fall in Frage. Der Revolver in der Jackentasche?

Schwer zu verbergen. Ein Schulterholster war unangebracht, das konnte möglicherweise zu sehr nach Polizei riechen. Allerdings konnte er nach der Publizität dieses Tages auch einen Granatwerfer auf dem Rücken tragen, ohne irgendwie unnatürlich zu wirken. Er nahm sich vor, bei der nächsten Kontaktaufnahme vorsorglich ein Schulterholster anzufordern. Er nahm die Pistole und schob sie auf den gewohnten Platz am Rücken zwischen Jeans und Hemd. Dann ging er in die Kneipe *Ahoi* hinunter, um eines oder mehrere geeignete Opfer zu finden. Die Situation erschien ihm nicht ganz so absurd, wie er sie sich gewünscht hätte. Immerhin war es doch das garantiert erste Mal in seinem Leben, daß er sich mit der erklärten Absicht auf die Straße begab, einen unschuldigen Menschen mit voller Absicht zusammenzuschlagen.

In der Kneipe wurde die moralische Frage zunächst zu einem rein praktischen Problem. Es war offenkundig noch zu früh am Tag für die Bande, die er vor kurzem an einem früheren Abend hier gesehen hatte. So konnte er die ihm verbleibende Zeit damit zubringen, sich am Flipper-Gerät ein wenig zu üben, um später keinen allzu auffallenden Kontrast zwischen Spielwillen und -vermögen zu zeigen.

Das stete Problem des Kleingeldes wurde von dem Bierzapfer sehr einfach gelöst; von Zeit zu Zeit öffnete er das Schloß des Münzkastens unter dem Flipper und holte eine Faust voller Münzen heraus, ungefähr zehn Mark, und gab sie Carl. Dieser brauchte eine Dreiviertelstunde, um die ersten zehn Mark loszuwerden, eine Stunde für die zweite Serie und eineinhalb Stunden für die dritte, die ihm mehrere Freispiele eingebracht hatte. In diesem Moment betrat die Bande das Lokal.

Das Ganze war sehr einfach. Die Gruppe und ihr tätowierter Anführer mit einem blonden Pferdeschwanz wollten flippern. Sie bauten sich um das Gerät auf, und Carl, der noch einen ganzen Haufen Kleingeld auf der Glasscheibe liegen hatte, tat, als wären sie Luft für ihn. Als er zum erstenmal eine neue Münze einwarf, passierte gar nichts, beim zweitenmal begann es Kommentare zu hageln. Carl antwortete, sie müßten warten, bis er zu Ende gespielt habe, und wenn es ihnen nicht passe, sollten sie sich einen anderen Automaten suchen. Der Anführer mit dem Pferdeschwanz meinte dazu, sie würden das Spiel jetzt übernehmen, und daran werde sie kein Arsch von Ausländer hindern. Etwa so – Carl bekam von dem Hamburger Dialekt kaum die Hälfte mit. Als er die letzte glänzende Stahlkugel auf die leuchtenden und blitzenden Kontakte abschoß, verfolgten alle das Spiel mit größter Aufmerksamkeit. Sobald die Kugel im Loch war und das Signal »Game over« aufleuchtete, würde der Streit losbrechen. Der Anführer mit dem Pferdeschwanz war der größte der Meute, größer als Carl und rund zehn Kilo schwerer. Vermutlich würde er die Sache übernehmen. Die Frage war nur, ob er versuchen würde, gleich zuzuschlagen, oder ob er zunächst mit ein paar Griffen an die Kleidung, Stößen und Schimpfworten anfangen würde, um den Streit dann eskalieren zu lassen. Das letztere wirkte wahrscheinlicher. Die Bande hatte keine Gelegenheit gehabt, darüber zu diskutieren. Die Initiative lag also allein beim Anführer. Wenn Carl ihn verdrosch, würden sich die anderen vermutlich zurückziehen.

Carl versuchte, sich auf zweierlei zu konzentrieren: auf sein Spiel sowie auf seinen Vorsatz, dem Gegner nicht mehr als unbedingt nötig weh zu tun. Es wäre eine Katastrophe, wenn er einen dieser Burschen totschlug. Schon ein paar Bein- oder Armbrüche konnten zu einem höchst überflüssigen Nachspiel bei der Polizei führen, obwohl diese Burschen nicht gerade zu den Bürgern zu gehören schienen, die üblicherweise nach der Polizei riefen. Es gelang Carl, die letzte Kugel ungewöhnlich lange im Spiel zu halten.

Ihm war plötzlich traurig und melancholisch zumute. In Schweden hatte sich die Linke in die Ministerien abgesetzt, und die Angehörigen der anti-imperialistischen Bewegung hatten sich in alberne Friedensapostel verwandelt, die zwischen den Botschaften der Sowjetunion und der USA eine Menschenkette bildeten und Händchen hielten, wobei an beiden Enden jeweils irgendeine meschuggene Schauspielerin zu sehen war. In der Bundesrepublik war eine kleine Gruppe zu Gangstern geworden, umgeben von einer größeren Gruppe, die sich in nichts von den kleinen Ganoven und Fixern unterschied, unter denen er sich jetzt aufhielt. Dazu gab es natürlich noch die Flucht in das entrüstete Gegacker über Umweltschäden oder Kernkraftwerke.

Alles lag in Scherben. Das einzige, was noch blieb, waren mehr oder weniger verzweifelte individuelle Aktionen. Eine vernünftige Bewegung, die diesen Namen verdiente, gab es nicht mehr.

Als die letzte Stahlkugel klappernd im Inneren des Geräts verschwand, kam alles etwa so, wie Carl es erwartet hatte. Er warf eine neue Münze ein, und damit war der Kampf angesagt. Der Anführer riß sofort die Initiative an sich und griff mit beiden Händen nach den Aufschlägen von Carls grüner Lederjacke. Der Pferdeschwanz hatte sich offenbar vorgenommen, Carl in der nächsten Sekunde zu köpfen. Nur ein klarer Gedanke schoß Carl noch durch den Kopf: Er durfte auf keinen Fall töten. Von da an handelte er automatisch.

Erst schob er den linken Arm zwischen den Armen des Angreifers nach oben, so daß er mit dem Daumen dessen Kehlkopf traf. Diese Attacke sollte den Gegner nicht verletzen, sondern ihn nur etwas verunsichern, damit Carl für die nächste Bewegung Spielraum bekam: Mit einer schnellen und entschlossenen Bewegung schoß die Innenseite seiner Hand zur Nase seines Gegners hoch. Es war ein harter und zielgenauer, fast perfekter Treffer, und der Nasenbeinbruch löste natürlich sofort eine kräftige Blutung aus (Carl schaffte es noch, rechtzeitig zurückzuweichen, um nicht vollgespritzt zu werden).

Als sich der andere im Schock krümmte, stieß ihm Carl erst ein Knie ins Gesicht und ließ einen seitlichen Handkantenschlag gegen den Hals folgen. Er hatte sich voll in der Gewalt. Nach dem letzten Schlag hatte der Anführer wahrscheinlich das Bewußtsein verloren, noch bevor er auf dem braunschwarzen und völlig verdreckten Fußboden aufschlug.

Seine Anhänger standen ratlos herum, ohne sich zu irgend etwas aufraffen zu können. Sie starrten bald Carl, bald ihren leblosen Freund auf dem Fußboden an.

Carl fegte mit dem Unterarm das restliche Wechselgeld auf dem Flipper zu sich heran, steckte es ein, zeigte mit einem Kopfnicken auf den am Boden liegenden Anführer und sagte in dem Raum, in dem es trotz der donnernden Rockmusik vollkommen still geworden war:

»Er ist nicht tot. Diesmal nicht. Nur bewußtlos.« Dann bahnte er sich einen Weg zum Ausgang. Niemand regte sich, niemand machte Anstalten, ihn aufzuhalten. Mehrere der Anwesenden hatten wohl schon begriffen, wen sie da in Aktion gesehen hatten und daß sich hier, mitten unter den Genossen, der *Rambo-Räuber* aufhielt.

Carl ging mit gemischten und sehr ungewohnten Gefühlen in den Regen hinaus. Er hatte es genossen, so zuzuschlagen. Es war ein angenehmes Gefühl in den Händen, im Kopf und im ganzen Körper gewesen. Als er die Aktion noch einmal Revue passieren ließ, erlebte er den Genuß noch intensiver. Er hatte noch nie etwas Ähnliches gespürt und fragte sich einen kurzen, flüchtigen Moment lang, ob er dabei war, verrückt zu werden. Dann schüttelte er den unangenehmen Genuß ab und versuchte, wieder klar zu denken. Hier stand er nun, allein im Regen, vor einer dreckigen Kneipe in einem der widerlichsten Viertel Europas und hatte es immer noch nicht geschafft, den Kontakt herzustellen. Aber er hatte schon viel dafür getan. Er nahm sich nur noch vor, noch einmal etwas Geld für gute Zwecke zu stiften, was nicht schaden konnte, aber dann mußte er abwarten. Jetzt mußte die andere Seite die Initiative ergreifen, wenn sie wollte. Wenn nicht, war das Unternehmen, soweit es ihn betraf, zu Ende.

Er machte sich auf den kurzen Weg zur *Volxküche*. Er erkannte niemanden wieder, aber es reagierte auch niemand sonderlich feindselig, als er um ein Bier bat. Er ließ sich in eins der absichtlich zerfetzten Sofas fallen, trank von dem Bier und buchstabierte sich durch die Parolen an den Wänden.

Das Mädchen mit dem Pferdeschwanz erschien nach einer Stunde. Sie setzte sich ohne jede Vorrede zu ihm.

»Du hast anscheinend Störtebeker persönlich verprügelt«, stellte sie fest.

»Wer ist Störtebeker?« fragte Carl.

»Ein Pirat und Volksheld aus der Hansezeit, der seine Beliebtheit durch die Jahrhunderte bewahrt hat. Störtebeker ist ein Künstlername deines Gegners.«

»Er war kein Gegner, nur ein Vollidiot, der mich genauso behandeln wollte wie alle anderen hier. Ein schöner Vertreter deines fortschrittlichen Lumpenproletariats, was?«

»Du sagtest, du wolltest es vermeiden, dich mit der Polizei zu prügeln. Weißt du noch? Das war neulich, als wir uns hier kennenlernten.«

»Ja, natürlich.«

»Es ist schon ein bißchen komisch, ich meine, mit Störtebeker, denn er liebt es, sich mit der Polizei zu schlagen.«

»Das sollte er lieber lassen, dazu ist er nicht gut genug.«

»Aber du bist es?«

»Ja, ohne jeden Zweifel.«

»Und wie kommt das?«

Carl zögerte. Was er jetzt antworten sollte, ergab sich durchaus nicht von selbst. Die richtige Antwort wäre das Eingeständnis gewesen, daß er der *Rambo-Räuber* sei, aber es stellte sich die Frage, wie er, ohne diese Antwort zu geben, zugleich bestätigen konnte, was sie wohl schon vermutete.

»Ihr Deutschen seid in mancherlei Hinsicht ein bißchen einseitig. Es ist alles gar nicht so kompliziert, wie ihr glaubt. Wir haben in Schweden die allgemeine Wehrpflicht, und unser hypothetischer Feind sind die Russen, und die Russen sind vermutlich viel gefährlicher als kleine Gauner wie Störtebeker.«

»Gehören Banküberfälle zu eurer militärischen Grundausbildung, oder bleiben die Spezialisten vorbehalten?« fragte sie in einem Tonfall, als wäre das eine völlig normale und alltägliche Frage.

Carl seufzte. Das Ganze kam ihm zu durchsichtig vor, es war alles zu schnell gegangen. Es würde ziemlich lächerlich wirken, jetzt den Verständnislosen zu spielen. Er saß in der Falle. Er drehte sich zu ihr um und blickte ihr offen in die Augen. Sie war süß. Sie erwiderte seinen Blick fest und offen.

»Mein Problem ist zunächst einmal, ob es in diesem Viertel Polizeispitzel gibt«, begann er langsam. Sie schüttelte den Kopf und wartete offensichtlich gespannt auf die Fortsetzung.

»Als ich diese Gegend auswählte, ging ich davon aus, daß die Polizei sich hier raushält. Du weißt, diese sozialdemokratische Verschwörung. Die paßte mir ausgezeichnet. Aber bei diesen heruntergekommenen Typen muß man mit allem rechnen. Wenn die sich in den Kopf setzen, mit einer Denunziation ein paar Mark zu verdienen, dann ...«

»Nein, sie sind keine Denunzianten, das ist nicht so, wie du glaubst«, unterbrach sie ihn kurz und bestimmt. Er zog es vor, mit skeptischer Miene nur sacht zu nicken. Er wußte nicht mehr, was er sagen oder wie er sich verhalten sollte.

Weiter hinten im Raum kam es zu einem Streit mit möglicherweise politischem Hintergrund. Carls Deutschkenntnisse waren zu lückenhaft, um dem Streit folgen zu können, aber wegen der offensichtlichen Betrunkenheit der Streithähne hatte er den Eindruck, nicht allzu viel zu verpassen. In der Lautstärke der Auseinandersetzung ging sein Gespräch überdies zunehmend unter. Carl stand auf und holte zwei neue

Biere. Unter seinen Schuhsohlen knirschten kleine Zementbröckchen. Dieses Mädchen und ihr abwesender Freund unterschieden sich auffällig von all den anderen, mehr oder weniger widerwärtigen Figuren, denen er bisher in diesem Viertel begegnet war. Trotzdem war es unwahrscheinlich, daß die Terroristen es wagen würden, sich in diesem Milieu zu verstecken. Das Mädchen war aus anderem Holz geschnitzt, konnte aber trotzdem kaum Terroristin sein.

»Und du selbst?« fragte er, als er ihr die Bierflasche hinhielt, »lebst du in der Legalität oder in der Illegalität?«

Er bereute die Frage sofort. Diese Ausdrücke hörten sich verdächtig nach St. Augustin und den Texten an, die er dort gelesen hatte. Für einen Ausländer mit mangelhaften Deutschkenntnissen war es nicht sehr passend, plötzlich über Begriffe aus dem Polizeijargon zu verfügen. Sie schien auf die Frage aber kaum zu reagieren.

»Ich führe ein legales Leben und habe nie etwas anderes geplant«, erwiderte sie, als wäre die Frage ebenso berechtigt wie selbstverständlich.

»Wenn das so ist, frage ich mich wirklich, was du hier in der Hafenstraße zu suchen hast«, fuhr Carl fort. Er hatte keinen Anlaß, ihren legalen Status anzuzweifeln, aber diese Äußerung machte sie für ihn nur noch undurchschaubarer.

»Ich versuche, einigen von unseren weniger gut gestellten Genossen ein politisches Bewußtsein beizubringen. Die Hausbesetzerbewegung muß systematisiert werden. Es ist Papierkram zu erledigen, wir müssen etwas Ordnung in den Wirrwarr bringen, mit dem sie selbst nicht fertig werden. Es gibt ein paar Leute, die sich das vorgenommen haben.«

»Das ist doch lächerlich«, bemerkte Carl mit gespielter Verachtung. »In der Falle kann doch nur eine mehr oder weniger revisionistische Partei landen. Was bist du eigentlich, DKP oder wie diese Friedenstauben heißen? *Der Frieden muß siegen,* was?«

Sie ließ ein spontanes, klingendes Lachen hören, und Carl war mit sich zufrieden. Die DKP wäre in ihrem Fall natürlich die unmöglichste Alternative gewesen. Jetzt mußte er herausfinden, ob sie vielleicht der MLPD angehörte, der Marxistisch-Leninistischen Partei Deutschlands. In diesem Fall nämlich wären irgendwelche Sympathien für die Terroristen oder Verbindungen zu ihnen unmöglich. Sie zog es aber vor, das Thema zu wechseln.

»Was machst du mit dem Geld?« fragte sie ruhig. In ihren Mundwinkeln spielte immer noch ein Lächeln.

Carl seufzte erneut auf. Das ging ihm alles viel zu schnell.

»Hör mal zu«, begann er. »Ich habe neulich vielleicht etwas zuviel Vertrauen zu dir gefaßt. Das lag ganz einfach daran, daß ich aus deinen Worten den Eindruck gewann, daß wir irgendwie Genossen sind. Du weißt, wovon du redest, und hast auch eine gewisse theoretische Schulung hinter dir, nicht wahr? Ich halte dich nicht für eine Denunziantin, und außerdem ist auf meine Ergreifung keine Belohnung ausgesetzt wie bei manchen anderen Leuten hier in der Bundesrepublik. Deine indiskrete Neugier muß irgendwo eine Grenze haben, meinst du nicht auch?«

»Schon möglich, aber du hast demnach nichts mit ›manchen anderen‹ zu schaffen?«

»Nein, wirklich nicht. Das ist eine reaktionäre Bewegung, eine Sackgasse. Was ist eigentlich so fortschrittlich daran, daß man Warenhäuser in Brand steckt und Direktoren erschießt? Das habe ich nie begriffen.«

»Du machst dir vielleicht ein etwas vereinfachtes Bild von dem, worum es geht«, bemerkte sie trocken. Im selben Moment betrat ihr Freund das Lokal.

Carl stellte sich mit Vornamen und Nachname vor, gab dem Neuankömmling die Hand und bemerkte fröhlich, sie diskutierten gerade die Frage, ob es fortschrittlich sei, zu morden.

Im Verlauf der folgenden einstündigen Diskussion gewann

Carl ein recht genaues Bild von den beiden Terroristensympathisanten. Er ordnete sie auf der Skala irgendwo zwischen den Roten Zellen und der RAF ein. Sie wohnten hier im Haus, ein paar Stockwerke höher, hatten daneben aber noch eine andere Wohnung in Hamburg – selbstverständlich. Sie meinten, unter den kleinen Gaunern hier so etwas wie eine erzieherische Mission zu haben, da diese sich selbst als Sozialisten oder gar *Revolutionäre* begriffen, obwohl sie in dieser Eigenschaft noch nie ein Buch aufgeschlagen hatten.

Die Diskussion geriet ziemlich theoretisch, was Carl ausgezeichnet ins Konzept paßte. Von Zeit zu Zeit versuchte er, mit kleinen Einschüben und Kommentaren klarzustellen, daß er der persönlichen Verantwortung den Vorzug gab, eher der Tat als dem Wort, daß es darum gehe, selbst etwas zu tun, daß man jedoch die Grenzen zu reinem Aktionismus nicht überschreiten solle, daß man beispielsweise die Banken des Großkapitals durchaus erleichtern und das Geld revolutionären Zwecken zuführen dürfe, etwa dem Befreiungskampf der Palästinenser. Man dürfe aber keine Zirkusnummer daraus machen, als wären Banküberfälle an sich schon etwas Fortschrittliches. Das würde nur einen reaktionären Gegenschlag auslösen. Davon habe kein Mensch etwas.

Als er seine Botschaft ungefähr so weit verdeutlicht hatte, brach er das Gespräch ab und ging in sein Hotel. Er hatte das Gefühl, sich jetzt bremsen zu müssen. In Zukunft mußte er sich größere Zurückhaltung und Geduld auferlegen und lieber die Gerüchte für sich arbeiten lassen, statt selbst durch die Gegend zu laufen und seine Rolle zu überziehen wie ein Schmierenkomödiant.

Als er sein Hotelzimmer betrat, entdeckte er sofort, daß jemand seine Sachen durchwühlt und anschließend versucht hatte, seinen Besuch zu vertuschen. Es konnte natürlich die fette Dame mit dem wasserstoffblonden Haar da unten sein, aber Carl bezweifelte, daß sie sich darum bemüht hätte, ihre

Schnüffelei zu verbergen. Und auch die Polizei konnte es unmöglich gewesen sein.

Gut, dachte er, der Fisch scheint anzubeißen. Sehr gut. Derjenige, der das Zimmer durchwühlt hatte, hatte somit entdeckt, daß er in Zürich gewesen war und einen Geldbetrag eingezahlt hatte, der mit einer Drei und einer Null begann, daß er mit Messer und Revolver bewaffnet war und einen dikken Umschlag mit Geldscheinen in der Tasche hatte. Carl zählte das Geld nach. Nichts fehlte. Ausgezeichnet, dachte er. Das schloß natürlich die Hoteltante aus. Die hätte mindestens einen Hunderter geklaut. Der junge Mann, der verspätet in mein fröhliches Gespräch mit Erika über die Kunst, fortschrittlich zu morden, hereinplatzte? Ja, der Fisch scheint tatsächlich anzubeißen.

7

Zwei Tage vor Heiligabend hörte es vorübergehend auf zu regnen, und eine bleiche Wintersonne machte das Weihnachtstreiben aus schwedischer Perspektive noch absurder. Carl trieb sich etwa eine Stunde in dem Viertel um das Alsterhaus und die Einkaufsgalerie Hanseviertel herum. Er hatte zwei weitere Paare mit Sammelbüchsen gefunden, in die ein wenig Reklame zu investieren er für sinnvoll hielt. Sie waren *Anti-Impis*, Anti-Imperialisten ganz allgemein, die gegen so manches waren, vorwiegend aber gegen die NATO und die USA, wie Carl zu erkennen glaubte, und das paßte gut zu dem, was er über Terroristensympathisanten gelernt hatte. Er wiederholte sein Manöver mit tausend Mark in Hundertern in Serienfolge. Die ersten beiden schienen ganz normal überrascht zu sein. Die beiden anderen jedoch, beides junge Mädchen, schienen schon von ihm gehört zu haben, denn sie blinzelten vielsagend und geheimnistuerisch *unter uns Genossen*, als er ihnen das Geld des Verfassungsschutzes in die Hand drückte. Anschließend fuhr er mit der S-Bahn nach Blankenese, das er in einer Touristenbroschüre entdeckt hatte. Es mußte früher ein kleines Dorf gewesen sein, in dem Fischer und Seeleute wohnten. Es erinnerte Carl an Mölle in Schonen: Weiße, dichtgedrängte Häuser auf einem Hügel mit Aussicht auf die Elbe. Von dort oben konnte der Fluß plötzlich blau und lebend erscheinen. Als Carl aber unten den Strand entlangging, erwies sich das Wasser als von dunklem Braunschwarz. Er sah keine Pflanzen, keine Fische. Es kam ihm sehr komisch vor, daß die Lokale an der kleinen Strandpromenade fast ausnahmslos Fischrestaurants waren. Von der Aussicht allein konnte bestimmt kein Fisch leben. Er betrat eins der Lokale und bestellte eine Scholle, von der er fälschlicherweise annahm, sie würde sich auf seinem Teller als Seezunge erweisen. Der Fisch, den er dann tatsächlich bekam, war zu lange in Öl gebraten worden und hatte eine zähe Haut, der das Messer kaum gewachsen war. Auf der Karte suchte er vergebens nach einem der Weine, die ihm Siegfried Maack in St. Augustin kredenzt hatte. Was er dann bestellte, schmeckte wie ein üblicher deutscher Allerweltswein. Die Einrichtung des Lokals schien aus der Zeit der Jahrhundertwende zu stammen. Hätte er bessere Laune oder gar Gesellschaft gehabt, hätte er die Möbel als reizvoll empfunden. Jetzt wurde das Lokal zu einem weiteren Fehler in der Reihe; er saß an einem toten Fluß und aß statt Seezunge eine zu alte und zu lange gebratene Scholle, saß unbeschreiblich unbequem, und alle Leute um ihn herum sprachen deutsch. Nicht einmal der Wein schmeckte, und die Sonne, der erste Sonnenstrahl, an den er sich in Deutschland erinnern konnte, ging gerade unter. Als er zahlte und ging, war ihm düster zumute.

Wie aus reiner Selbstquälerei wagte er sich nach der Rückkehr nach St. Pauli auf die andere Seite des Sperrzauns an der Herbertstraße. Tatsächlich, es stimmte: Sie saßen in Schaufenstern mit blauem Neonlicht, wie man es in Aquarien verwendet, damit die Farben der Fische besser hervortreten. Einige der Huren waren fett, andere sahen recht normal aus, und vereinzelt trugen sie auch rote Lackstiefel. Alle saßen sie aber in Unterwäsche in den Schaufenstern aufgereiht. Nur die Preisetiketten fehlten. Carl schämte sich. Er wagte nicht richtig hinzusehen und ging mit gesenktem Kopf, mit brennender Scham und so schnell er konnte zum rettenden anderen Ende der Herbertstraße, wo er sich durch den schmalen Durchlaß zwängte. Dieser erinnerte ihn an die altmodischen Pissoirs der Tanzdielen auf dem Land.

Er fühlte sich ruhelos und leer im Kopf und begann ziellos durch die Stadt zu laufen. Es fing wieder an zu regnen. Er entfernte sich so weit wie möglich vom Hurenviertel und landete erneut in der Stadtmitte, am Hauptbahnhof und in den großen Einkaufsstraßen. Er drehte eine Runde um die Binnenalster, kam wieder am *Alsterhaus* vorbei, das ewig geöffnet zu sein schien, und an dem großen weißen Hotel, bevor er den Neuen Jungfernstieg verließ und sich darauf in dem menschenleeren Villenviertel an der Westseite der Außenalster wiederfand, wo er keine Menschen mehr sah, wo sich die Millionäre im Haus versteckt hielten. Die Pistole scheuerte im Rücken. Es tat weh.

Schon bevor er wieder das Hotel erreicht hatte, fühlte er, daß eine Erkältung im Anzug war. Die Nase begann zu laufen, und er hatte wahrscheinlich Fieber. Als er sich neben dem roten Licht in das quietschende Bett legte (er verfluchte seine Vergeßlichkeit; er hatte wieder versäumt, eine farblose Glühbirne zu kaufen), hatte er schon Schüttelfrost. Er wühlte in der Reisetasche nach ein paar Kassetten, setzte sich den Kopfhörer auf und schloß die Augen.

Er blieb achtundvierzig Stunden liegen und rührte sich in dieser Zeit kaum, während sich das Fieber in seinem Körper austobte und die klare Flüssigkeit, die ihm aus der Nase lief, allmählich zu gediegenem dickem Rotz wurde. So feierte er Weihnachten.

Er versuchte es mit Galgenhumor und sagte sich, wahrscheinlich würden auch die Terroristen eine Weihnachtspause einlegen, da sie letztlich auch Deutsche waren, und daß es folglich am besten wäre, diese Zeit der Genesung zu widmen und der Musik zu lauschen, die im Moment das einzige war, was er an Deutschland schätzte. Auf einer der Kassetten fand Carl außer einem oft gespielten und beliebten Klarinettenkonzert von Mozart (A-Dur, KV 622 – der Grund, warum er die Kassette gekauft hatte) auf der Rückseite noch ein Konzert für Fagott, das der Köchel-Nummer zufolge – 191 – ein Jugendwerk sein mußte. Carl hatte dieses Stück noch nie gehört und hätte freiwillig etwas so Absurdes wie ein Fagottkonzert wohl nie gekauft.

Aber das Fieber veränderte vielleicht das Zuhören, öffnete vielleicht auch andere Zugänge zu seiner Phantasie, als er sie bisher gekannt hatte. Er spielte das Konzert immer wieder. Er stellte sich einen Adligen im Österreich des achtzehnten Jahrhunderts vor, der aus unergründlichen Motiven schon als Kind dem wenig glorreichen Instrument verfiel, vielleicht weil andere Familienmitglieder die attraktiveren Instrumente schon für sich mit Beschlag belegt hatten – etwas in der Richtung. Und in späteren, mindestens in mittleren Jahren hatte es sich dieser Adlige in den Kopf gesetzt, ein Konzert für Fagott und Orchester zu kaufen, um es selbst aufzuführen. Und er mußte ein Gespür für diesen jungen Lümmel Mozart gehabt haben. Vielleicht hatte ihn ein Bekannter empfohlen, und der Adlige hatte ein paar Goldstücke ausgespuckt und Mozart dazu gebracht, eine Komposition hinzukritzeln, die dem Auftraggeber vortrefflich ins Konzept paßte: Das Orchester setzte mit unverkennbar hohem Anspruch ein (jetzt, Leute, kriegt ihr was zu hören), und dann geriet das Zusammenspiel der absurd großen Holzflöte mit dem Orchester zu magischer, wunderschöner und dabei kompositionstechnisch einfacher Musik, und das schon nach wenigen Takten. Und vor dem anfänglich skeptischen Familien- und Freundeskreis, der immer mehr zu einem verblüfften und bezauberten Publikum wurde, triumphierte der Fagottspieler schließlich mit Klängen, die niemand für möglich gehalten hätte. Etwa so phantasierte Carl vor sich hin. Aber es war letztlich nur eine Phantasie, und er beschloß, in irgendeiner Musikgeschichte unter *KV 191* nachzuschlagen, um die wahre Geschichte zu erfahren. Er nahm sich das ebenso vor wie den Einkauf einer normalen Glühlampe, vielleicht auch die Anschaffung eines kleinen Heizlüfters. Der Regen prasselte erneut gegen die undichten Fenster, und es zog spürbar.

Am ersten Weihnachtstag stand Carl auf und rasierte sich sorgfältig mit Rasierschaum und Einwegrasierer, statt seinen Elektrorasierer zu nehmen. Frierend wusch er den ganzen Körper mit dem Wasser der Waschschüssel, holte neue Unterwäsche aus der Tasche und packte ein neues Oberhemd aus einem Gewimmel von Stecknadeln. Er erinnerte sich, daß das auch in Schweden früher üblich gewesen war. Vielleicht war es immer noch so, denn er hatte seit vielen Jahren keine schwedische Kleidung mehr gekauft. Dann ging er ins *Cuneo* hinunter und aß mit erstaunlich gutem Appetit, als wäre er nicht krank, sondern nur etwas verschnupft gewesen.

Er hatte seine Jacke mit an den Tisch genommen. Der Revolver war in der rechten Jackentasche, die Pistole steckte an dem gewohnten Platz, und das Messer hatte er sich um die linke Wade geschnallt; er hatte sich vorgenommen, das Hotelzimmer in jeder denkbaren Situation verlassen zu können, da er sich jetzt schon so lange an einem Ort aufhielt, daß es widersinnig wäre, keinen Besuch zu erwarten – im schlimmsten und wahrscheinlichsten Fall von der Polizei und im besten und leider unwahrscheinlichsten Fall von neugierigen Terroristen.

Falls die Polizei kommen würde, hatte er sich vorgenommen, einen Fluchtversuch zu wagen und sich eventuell den Fluchtweg freizuschießen, falls er genügend Platz hatte, um mit Sicherheit danebenschießen zu können.

Er war so sehr auf die Polizei als erste und wahrscheinlichste Gefahrensituation eingestellt gewesen, daß er um ein Haar eine Kurzschlußreaktion gezeigt hätte, als es passierte.

Er ging in dem düsteren Hamburger Weihnachtsregen die dunkle Straße in Richtung Hotel hinunter. Er hatte noch etwa fünfzig Meter bis zum Eingang. Die Frau und der Mann, die sich in einem Hauseingang herumdrückten, lösten bei ihm keine Reaktion aus. Das war in dieser Gegend ein gewohnter Anblick. Er sah die Bewegung auf dem Rücksitz des an der Bordsteinkante geparkten grauen BMW, sah, wie jemand die Tür plötzlich von innen aufmachte, so daß sie ihm den Weg versperrte. Fast gleichzeitig war der Mann vom Rücksitz herausgesprungen, hatte sich hinter ihn gestellt und ihm eine Pistole oder einen Revolver in den Rücken gepreßt. »Polizei«, fauchte der Mann, aber das konnte unmöglich sein. Und in diesem Moment hätte er um ein Haar alles mit einer reinen Reflexbewegung zerstört. Er schaffte es mit knapper Not, seinen Impuls zu unterdrücken, den Mann hinter ihm zu entwaffnen und niederzuschlagen.

Kein Polizist auf der Welt, nicht einmal in Schweden, würde sich an eine vermeintlich gefährliche Person von hinten anschleichen und ihr eine Pistole in den Rücken pressen. Denn keinem Polizeibeamten würde es gelingen, rechtzeitig abzudrücken. Der Schlag, der parierende Schlag, der die Waffe beiseite schob und die Deckung für einen weiteren Schlag auf Gesicht oder Hals des unglücklichen Figuranten aufriß, würde immer schneller sein. In Polizeiübungen scheitert der Figurant *immer* in diesem Moment. Es gibt keinerlei Chance abzudrücken, bevor man unweigerlich danebenschießt, und außerdem ist ja kaum beabsichtigt, den zu erschießen, den man festnehmen will. Folglich kann einer unmöglich ein Polizist sein, wenn er sich von hinten anschleicht und einem einen Pistolenlauf gegen das Rückgrat preßt. Und einem Räuber würde es kaum einfallen, »Polizei« zu rufen, wenn er auf Geld aus ist. Da der Wagen so offenkundig auf Entführung schließen ließ, war die Sache klar. Endlich hatte er Kontakt bekommen.

Als Carl jetzt auf den Rücksitz des Wagens geschoben wurde, seufzte er vor Erleichterung tief auf. Er erkannte sofort die Frau wieder, die im Wagen saß, und als er sich umwandte, entdeckte er, daß der Mann, der den Polizisten gespielt hatte und sich jetzt neben ihn auf den Rücksitz zwängte und die Tür zuschlug, ihm genauso bekannt war wie die Frau. Da die beiden ihn in der Zange hatten, filzten sie ihn von beiden Seiten. Die Frau fand das Messer, der Mann seinen Revolver in der Jackentasche. Sie nahmen ihm die Waffen ab, wobei der Mann immer noch hartnäckig den Fehler machte, seine Pistole Carl allzu nahe unter die Nase zu halten. Es war eine Pistole der Marke *Fabrique Nationale*, eine belgische Waffe also, wahrscheinlich Kaliber 9 mm. Carl hätte sie ihm ohne die geringste Mühe abnehmen können. Die beiden zogen ihm eine Mütze übers Gesicht, und der Mann drückte ihn auf den Rücksitz herunter, während der Wagen anfuhr und beschleunigte.

Es wurde eine unerwartet kurze Fahrt. Der Wagen fuhr in eine Tiefgarage, nachdem der Fahrer das Tor mit einer Fernbedienung geöffnet hatte. Sie befanden sich offenbar unter einem Mietshaus, da die Garage recht groß war. Als der Wagen hielt, vergewisserten sich die Entführer, daß die Luft rein war, dann wurde Carl hinausgeführt. Im Fahrstuhl war Carl der Meinung, es sei an der Zeit, sich wenigstens zu begrüßen oder darum zu bitten, die Mütze abnehmen zu dürfen.

»Als Gastgeber dieses Fests habt ihr es erstaunlich eilig. Darf ich mir jetzt vielleicht die Nachtmütze abnehmen?« fragte Carl fröhlich. Er fühlte sich euphorisch und aufgeräumt, weil er so plötzlich und überraschend drei Terroristen auf einen Schlag gefangen hatte. Denn so sah er die Situation, was seine Bewacher möglicherweise vor Erstaunen hätte verstummen lassen, wenn es ihnen aufgegangen wäre: *Er* hatte *sie* gefangen, und nicht etwa umgekehrt.

Eines der Mädchen der Gruppe – die Fahrerin, die er noch nicht gesehen hatte – fauchte ihn an, er solle das Maul halten. Der Fahrstuhl erreichte sein Ziel ohne Zwischenfall. (Wenn sie sich tatsächlich in einem Mietshaus befanden, hätten andere Mieter auftauchen und die Situation durchaus komplizieren können.) Die Entführer schoben Carl durch die Fahrstuhltür ins Treppenhaus und stießen ihn in eine Wohnung. Jetzt nahm er selbst die Mütze ab, ohne daß ihn jemand daran hinderte. Jemand stieß ihm einen Pistolenlauf in den Rücken. Das war die einzige Mitteilung, die man ihm gönnte. Er ging in die angedeutete Richtung und betrat ein großes, mit konventioneller Eleganz möbliertes Wohnzimmer. Die Hälfte des Raums bestand aus einer versenkten Kuschelecke vor dem offenen Kamin. Sämtliche Lamellen-Jalousien des Zimmers waren geschlossen und versperrten jede Aussicht. Nach Carls Berechnungen befanden sie sich sehr hoch oben, mindestens im zehnten Stock. Als er sich umblickte, meinte er, hinter einer angelehnten Tür eine stählerne Wendeltreppe zu sehen, die vielleicht zu einem Penthouse führte. Die Typen hatten sich eine standesgemäße Wohnung zugelegt, daran war nicht zu zweifeln. Carl lachte plötzlich auf, als er daran dachte, wie er selbst gewohnt hatte, um den Kontakt herzustellen. Fünf Personen starrten ihn feindselig und erstaunt an, als er loslachte. Er setzte sich in einen leeren Sessel, der so abseits stand, daß er vermutlich für ihn vorgesehen war.

»Aha, soso«, sagte er fröhlich, als er sich vorsichtig die Jacke auszog, damit niemand die Pistole auf seinem Rücken entdeckte. Dann setzte er sich. »Soso, ihr gebt also eine kleine Fete. Wäre es nicht einfacher gewesen, anzurufen und mich einzuladen?«

»Wir gehen kein unnötiges Risiko ein. Wir arbeiten sehr sorgfältig«, erwiderte die Frau, die die Älteste zu sein schien und die Carl genauso leicht hatte identifizieren können wie die anderen, die er bisher gesehen hatte. Nach ihrem Verhalten und dem der anderen war sie die Chefin oder zumindest die Wortführerin.

Friederike Kunkel war vier Jahre jünger als ihre Schwester Hanna, die zu Lebenslänglich verurteilt in Stammheim einsaß. Den Schwestern Kunkel wurde ein besonders haßerfülltes Verhältnis zu Schweden nachgesagt, nachdem 1975 in Stockholm die Besetzung der Botschaft der Bundesrepublik mißlungen war. Einer der Besetzer hatte ungeschickt mit einer Handgranate hantiert, eine Sprengladung war hochgegangen und hatte einen der Terroristen auf der Stelle getötet und einige der anderen verwundet. Einer von ihnen, der sogenannte Sprengstoffexperte der Gruppe, Siegfried Hausner, war bei der Auslieferung an die Bundesrepublik an seinen Verletzungen und einem unnötig brutalen Transport gestorben. Die schwedische Regierung war also für den Tod des Terroristen verantwortlich, was den besonderen Haß der Schwestern Kunkel auf Schweden vielleicht erklären konnte. So dachte man jedenfalls beim Verfassungsschutz, und Carl konnte nicht beurteilen, inwieweit diese Vermutung zutraf.

Friederike Kunkel war eine der wenigen auf der Fahndungsliste ohne *besondere Kennzeichen*, eine polizeisprachliche Umschreibung für Tätowierungen, Narben, Verletzungen, Gebrechen und ähnlichem. Sie war eher dreißig als vierzig, sah aber älter aus, was vielleicht ihrer adretten Kleidung zuzuschreiben war. Sie trug ein Tweedkostüm und braune, nicht allzu hochhackige Schuhe. Sie hatte ein kleines, rundes Gesicht, was ihr ein pfiffiges, fast ein wenig lustiges und nettes Aussehen verlieh.

Neben ihr auf dem Sofa saß ohne jeden Zweifel Werner Porthun, 34 Jahre, braune Augen. Auf der linken Wange hatte er eine 180 mm lange Narbe, die nicht einmal der Vollbart verbergen konnte. Er sah hinterhältig aus und wirkte kaum anders als auf dem Fahndungsplakat.

Carl gegenüber auf der anderen Seite des länglichen Couchtischs aus rosa Marmor saß Martin Beer, der bei Carls Festnahme den Polizisten gespielt und durch sein Telefongespräch mit Horst Ludwig Hahn (der nicht anwesend war) das gesamte Unternehmen ausgelöst hatte und dafür verantwortlich war, daß Carl jetzt endlich dort saß, wo er saß. Martin Beer war 1,95 Meter groß und sollte der Polizei zufolge auf dem linken Oberarm eine sechs Zentimeter lange Narbe haben. Er trug keinen Vollbart wie auf dem Fahndungsplakat, sondern einen gepflegten Kinnbart, was schlecht zu seiner recht brutalen Ausstrahlung paßte. Falls jemand in dieser Gesellschaft den Polizisten spielen sollte, war Martin Beer ohne Zweifel die richtige Besetzung.

Auf dem Marmortisch vor Martin Beer lag seine Waffe, tatsächlich eine belgische *Fabrique Nationale*, eine FN DA 140, Kaliber 9 mm. Es war eine Polizeiwaffe. Außer der belgischen Polizei waren mindestens fünf oder sechs weitere Polizeikorps der Welt mit der groben, stabilen Pistole ausgerüstet, die einen außenliegenden Hahn und eine konventionelle Sicherung besaß. Sie lag in demonstrativer Reichweite Martin Beers und war mehr als drei Meter von Carl entfernt. Aber – sie war gesichert.

Auf dem Sofa gegenüber von Friederike Kunkel und Werner Porthun saßen zwei Frauen, die sich äußerlich lächerlich ähnlich sahen, fast wie zwei Schwestern, die sich aber so unterschiedlich gaben, daß es kaum glaublich schien, daß sie im selben Raum saßen und mit derselben Sache befaßt waren.

Monika Reinholdt ähnelte ihrem Bild auf dem Fahndungsplakat (32 Jahre, 170 Zentimeter groß, zwei braune kleine Warzen oder, wenn man so will, Schönheitsflecken über dem linken Mundwinkel sowie ein größeres braunes Muttermal links vom Kehlkopf, das sie sich noch nicht hatte wegoperieren lassen, obwohl es auf einem in mehr als einer Million Exemplaren gedruckten Plakat beschrieben wurde). Sie schielte leicht und lächelte Carl mit halboffenem Mund auf eine Weise an, die er in einer anderen Situation entschieden mißverstanden hätte.

Eva Sybille Arndt-Frenzel sah ihrem Fahndungsfoto ebenfalls ähnlich, obwohl sie ihr Aussehen auf diesem einzigen Bild, dessen die Polizei hatte habhaft werden können, zu verändern versucht hatte (1,60 Meter groß, dunkles Haar, Brille, kleinere Hautveränderung unter dem linken Nasenloch, kleine runde Narbe auf der Nasenspitze und eine weitere, schräg nach unten gerichtete Narbe auf der rechten Wange, die bei einem normalen Make-up kaum zu bemerken war). Ihr Blick hinter den rauchfarbenen Brillengläsern war kalt, und sie preßte den Mund fest zusammen. Vermutlich war es die Tatsache, daß sie und Monika Reinholdt nebeneinander saßen, daß beide eine rauchfarbene Brille trugen und beide wie Sekretärinnen gekleidet und zudem dunkelhaarig waren, daß sie sich so ähnlich sahen, obwohl ihre Ausstrahlung sie so verschieden machte wie Goldmarie und Pechmarie.

Aber hier saßen sie ganz real in einer Wohnung in Hamburg, und soweit es Carl betraf, hätte sein Auftrag hier beendet sein können. Er hatte fünf Terroristen auf einen Schlag erwischt, darunter eine angebliche Schwedenhasserin. Damit würde ein eventuell geplantes Unternehmen gegen Schweden vermutlich eingestellt werden müssen. Fünf Terroristen mit einem Schlag – das war der größte Coup, der in der Bundesrepublik je gelandet worden war. Der einzige Wermutstropfen war, daß Horst Ludwig Hahn in der Runde fehlte. Er und seine Frau Barbara Hahn, die auf dem Fahndungsplakat so schön war wie ein Filmstar, mußten sich irgendwo anders aufhalten. Also gab es in Hamburg noch eine weitere Gruppe von Terroristen, was das Telefongespräch zwischen Beer und Hahn erklärte; die beiden Gruppen hatten verschiedene Verstecke und vermieden es, sich zu treffen. Carl beschloß, die Entscheidung darüber, was mit den fünf aufgespürten und sicher georteten Terroristen zu geschehen habe, Loge Hecht zu überlassen; sie dürften also bis auf weiteres frei herumlaufen, vorausgesetzt, sie würden darauf verzichten, ihm mit dem Tod zu drohen, wenn sich herausstellte, daß er durchaus nicht ohne weiteres bereit war, mit ihnen zusammenzuarbeiten. Also mußte er bei dem kommenden Gespräch oder Verhör seine schauspielerischen Qualitäten unter Beweis stellen. Unter anderem mußte er so tun, als wüßte er nichts von ihrer Identität. Er durfte auch nicht verraten, daß er ihre Gedankenwelt kannte und wußte, inwieweit sie sich von früheren Terroristen-Generationen unterschieden. Im Kern ging es um die Frage, wie dumm er sich stellen durfte, ohne allzu dick aufzutragen.

»Wer seid ihr? Daß ihr Terroristen seid, ist mir schon klar, aber seid ihr *Rote Zellen* oder was anderes, und was wollt ihr von mir?« fragte er steif und angestrengt in seinem holperigen Deutsch.

»Wir sind das *Kommando Hanna Kunkel*«, erwiderte deren Schwester und gab deutlich zu verstehen, daß diese Antwort als erschöpfend zu gelten hatte.

Carl überlegte, ob er verstehen oder nicht verstehen sollte, und entschied sich für einen Kompromiß.

»Ihr seid also eine Unterabteilung der RAF?« fragte er mit leicht hochgezogenen Augenbrauen, als äußerte er eine erstaunte Vermutung. Er erhielt ein bestätigendes Kopfnicken zur Antwort und erkannte, daß er schnell ein bestimmtes Problem vertuschen mußte.

»Aha, das hatte ich schon vermutet, als ihr diese Polizeinummer abzogt. Darum bin ich auch mitgekommen, ohne mich zu verteidigen, denn ich wurde einfach neugierig auf euch. Also, was wollt ihr eigentlich von mir? Ihr hättet mich wirklich auf einfachere und weniger riskante Art einladen können, aber jetzt sind wir hier. Also, was wollt ihr?«

»Du raubst Banken aus und schenkst das Geld der anti-imperialistischen Bewegung? Stimmt das?« fuhr Friederike Kunkel fort, ohne zu verraten, ob Carls höchstwahrscheinlich überraschender Standpunkt hinsichtlich der Freiwilligkeit seines Kommens sie verwirrt hatte. Kein anderer der Anwesenden machte Miene, etwas zu sagen, aber alle blickten ihn gespannt an.

»Ja, ich überfalle Banken, und das Geld wird für wohllöbliche Zwecke ausgegeben, etwa für den Befreiungskampf der Palästinenser, das stimmt. Wenn ihr aber auf eine kleine Spende aus seid, werde ich euch leider enttäuschen müssen. Mich könnt ihr nicht überfallen, und freiwillig gedenke ich euch kein Geld zu geben, nämlich aus dem einfachen Grund, daß ich eure Tätigkeit nicht unterstütze.«

»Warum denn nicht? Wodurch unterscheiden sich denn deine Banküberfälle von unseren?« wollte Friederike Kunkel mit unverändert starrem Gesicht wissen.

Carl war sich jetzt ungefähr darüber im klaren, wie er den nächsten Akt zu spielen hatte. Er mußte aber jetzt in eine andere Sprache wechseln, um sich klar ausdrücken zu können. Soweit er wußte, verstanden die meisten Terroristen Englisch.

»Das ganze ist sehr einfach«, sagte er auf englisch. »Ich operiere allein, und das Geld wird für den anti-imperialistischen Kampf in der Dritten Welt zur Verfügung gestellt. Solange man mich nicht schnappt, transferiere ich Kapital der Ausbeuter an die Ausgebeuteten. Wenn die Bullen mich schnappen, ist der Spaß zu Ende, aber das bedeutet noch lange nicht, daß der Sozialismus kompromittiert wird wie durch eure Arbeit. Es ist also nur eine zufällige Übereinstimmung, daß wir beide Banken überfallen. Im übrigen herrschen zwischen uns grundlegende Gegensätze. Eure individuellen Morde halte ich für falsch, denn sie können nur einen konterrevolutionären und reaktionären Effekt haben.«

»Warum operierst du nicht in Schweden?« fragte Friederike Kunkel ungerührt auf deutsch weiter.

Ob sie jetzt schon auf die schwedische Aktion zu sprechen kommt? fragte sich Carl. Dabei hatte er doch jede Form der Zusammenarbeit entschieden abgelehnt. Sie konnten allerdings nicht wissen, daß er von den Plänen zu einer Aktion in Schweden wußte, und folglich war die Frage wohl nicht so unschuldig, wie sie zu sein schien.

»Die Zahl geeigneter Banken ist leider begrenzt«, sagte Carl lächelnd. Damit ergab sich für ihn eine Möglichkeit, etwas ganz anderes zu erklären: »Aus diesem Grund sind in Schweden einige Probleme entstanden. Die Polizei hat mich zweimal vernommen und glaubt, daß ich der Täter bin, aber sie hat keine Beweise. Wie ihr wißt, leben wir in einem demokratischen Rechtsstaat. Folglich haben auch Bankräuber alle Rechte, sich zu verteidigen und sich Anwälte zu nehmen. Wenn sie mich aber für den Täter halten, wäre es nicht sehr praktisch, wenn man mir nachweisen könnte, daß ich bei Banküberfällen eines bestimmten Typs immer in der Nähe gewesen bin. Darum habe ich meine Arbeit in den letzten Jahren ins Ausland verlegt. Und bis jetzt ist alles gutgegangen. Ich sollte vielleicht auf Holz klopfen, hehe.«

»Aber hier in der Bundesrepublik wird doch nach dir gefahndet?« fuhr seine Vernehmerin ungerührt fort.

»Das halte ich für unwahrscheinlich«, entgegnete Carl schnell und ein wenig eifrig, da er sich jetzt einer seiner Pointen näherte. »Dann hätte man nämlich meinen Namen und ein Foto von mir veröffentlicht. So wie die Dinge liegen, dürften sie nur vom Verdacht der schwedischen Polizei erfahren haben, aber das reicht nach den Vorschriften von Interpol nicht für eine Fahndung aus. Es ist ganz einfach so, daß ich nicht verdächtig genug bin, daß man nach mir fahnden könnte. Und darum kann ich mich auch unter meinem eigenen Namen frei über die Grenzen hinweg bewegen. Das ist sehr einfach und praktisch. Ihr müßt schon zugeben, daß der kapitalistische demokratische Staat zumindest uns Bankräubern gewisse Vorteile bietet.«

Der Scherz fiel wie ein Stein zu Boden. Nur bei Monika Reinholdt glaubte Carl die Andeutung eines Kicherns zu erkennen. Friederike Kunkel verzog selbstverständlich keine Miene und verfolgte unbeirrt ihren Kurs weiter.

»Du beschäftigst dich also ausschließlich damit, passiv Kapital zu transferieren. Du nimmst mit anderen Worten nicht selbst am Kampf teil. Hast du keine diesbezüglichen Pläne?« wollte sie wissen.

Carl beschloß, den Provozierten zu spielen.

»Jetzt hören Sie mal, Fräulein Terroristenboß«, begann er entrüstet. »Ich ermorde keine unschuldigen Menschen, werfe auch keine Bomben auf zufällige Opfer wie ein paar wildgewordene Amateure in Deutschland, und sollte ich je an direkten Aktionen teilnehmen, könnt ihr Gift darauf nehmen, daß die von ganz anderer Qualität sein werden als eure laienhaften Morde. Ihr behauptet, gegen die NATO Krieg zu führen, wenn ich es richtig verstanden habe. In Wahrheit kitzelt ihr die NATO nur ein bißchen auf dem Rücken. Ihr macht sie erst richtig munter, ihr liefert denen einen Vorwand, den Krieg gegen euch mit noch härteren Mitteln zu führen, und das kann für euch nur auf eine Weise enden – und was habt ihr dann erreicht? Nichts, absolut nichts! In der Öffentlichkeit gibt es reaktionäre Meinungsäußerungen, es gibt ein paar Tote, die noch am Leben sein könnten, und ihr macht eure Eltern traurig, sonst nichts. Eure Aktionen sind Scheiße, denn ihr schlagt nicht hart genug zu. Ihr seid nämlich Amateure und miese kleine Mörder und sonst nichts.«

Carl machte eine Pause, um zu sehen, ob das steinerne Gesicht bei diesem Köder anbiß. Die Frau biß an.

»Der Hauptpunkt deiner Kritik an uns besteht also darin, daß unsere Aktionen nicht wirkungsvoll genug sind. Was hättest du denn an unserer Stelle getan, wenn ich fragen darf?«

Carl tat, als überraschte ihn die Frage. Er dachte kurz nach, nicht so sehr über die Antwort auf die Frage, sondern darüber, ob es jetzt an der Zeit war, die kleine Nummer vorzuführen, die er sich schon kurz nach dem Betreten des Raums vorgenommen hatte. Er kam zu dem Schluß, daß der Zeitpunkt gekommen war.

»Die Frage ist zwar hypothetisch, aber nicht ganz uninteressant. Ich möchte diese Diskussion gern fortsetzen, aber vorher möchte ich einen grundsätzlichen Vorschlag machen.«

Damit hielt er inne und wartete Friederike Kunkels Reaktion ab. Sie hob die Augenbrauen zum Zeichen, daß er fortfahren solle.

»Also«, sagte Carl und setzte sich bequem zurecht, »ich schlage vor, daß ihr mir meine Waffen zurückgebt, eure eigenen weglegt und ein paar Biere holt, damit wir uns in etwas freundschaftlicherer Form unterhalten können. Ich habe dieses Theater allmählich satt. Ich bin nicht euer Gefangener.«

»Nein«, entgegnete Friederike Kunkel kurz und schnell, obwohl Carl jetzt zum erstenmal einen Anflug von Unsicherheit zu erkennen glaubte, »das geht nicht. So ein Risiko können wir nicht eingehen. Wir sollten uns aber nicht als Feinde ansehen. Fahr doch da fort, wo du stehengeblieben warst. Du würdest an unserer Stelle also was für Aktionen unternehmen?«

Carl überlegte, ob er sofort wütend werden und die große Nummer abziehen sollte, oder ob er das Vorspiel noch um ein paar weitere Repliken verlängern sollte. Er entschied sich für die zweite Lösung.

»Du scheinst nicht ganz begriffen zu haben, was ich gesagt habe«, begann er weich. »Aber ich habe es ernst gemeint. Ich will meine Waffen wiederhaben, und ich wünsche, daß ihr die Tür mit dem Sicherheitsschloß, die ihr vorhin hinter mir verschlossen habt, wieder öffnet. Sonst werde ich nämlich diese Diskussion beenden und nach Hause gehen.«

Seine Worte hatten die gewünschte Wirkung: Sie starrten ihn erstaunt an. Martin Beer, der ihm gegenüber saß, blickte unruhig auf seine Pistole. Carl beschloß fortzufahren, bevor er eine überflüssige Antwort erhielt.

»Ihr begreift offenbar nicht, daß ich im Gegensatz zu euch *kein* Amateur bin. Ich bin mit euch hergekommen, weil ich neugierig war, und nicht etwa, weil der da« – Carl hatte sich in letzter Sekunde verkneifen können, den Namen Martin Beers zu nennen – »mir einen Pistolenlauf in den Rücken gestoßen hat, wie es kein Polizist tun würde, denn wenn es einer gewesen wäre, hätte ich ihn sofort getötet. Ihr müßt das verstehen: Ich meine es tatsächlich ernst. Zwischen meiner militärischen Ausbildung und eurer Heimwerkerschule im Bombenlegen besteht ein himmelweiter Unterschied. Ihr seid nur deshalb noch am Leben, weil ich neugierig auf euch bin und es schön fände, mich ein Weilchen mit euch zu unterhalten, und nicht etwa, weil ihr mich mit Waffen bedroht habt, die ihr offensichtlich nicht beherrscht.«

Carl fand, damit genug gesagt zu haben und erhob sich. Gleichzeitig zog er seine Pistole, entsicherte sie und richtete die Waffe auf Martin Beer, der seine Pistole schon halbwegs erreicht hatte. Er stoppte jedoch sofort seine Bewegung, als er entdeckte, daß Carl ihm zuvorgekommen war.

Carl ging mit einigen schnellen Schritten um den Marmortisch herum, nahm die belgische Polizeipistole an sich und ging mit beiden Waffen zum Kamin, der ein paar Meter von den Terroristen entfernt war. Er legte seine eigene Pistole auf den Kaminsims, zog das Magazin aus der belgischen Waffe heraus und machte eine ruckhafte Handbewegung, so daß die Patrone, die im Lauf gesteckt hatte, heraussprang. Dann warf er die unschädlich gemachte Pistole in einem weichen Bogen Martin Beer zu, steckte die Patrone ins Magazin und legte es auf den Kaminsims. Dann nahm er wieder seine Waffe in die Hand und richtete sie auf die Magengegend von Friederike Kunkel, die merkwürdigerweise immer noch hartnäckig den gleichen Gesichtsausdruck wie zuvor zur Schau trug. Die Nerven der anderen schienen bis zum Zerreißen gespannt, was angesichts der Situation nicht verwunderlich war. Carl beschloß, sie nicht allzu lange zu quälen.

»So wäre also die Lage, wenn wir zur Gewalt greifen wollen, und ich erinnere daran, daß ich davon abgeraten habe. Ich weiß nicht, wer ihr seid, aber ich kann es vermuten. Ihr seid fünf Personen. Ich vermute, daß auf euch eine Belohnung von 50 000 Mark pro Kopf ausgesetzt ist. Das gilt unabhängig davon, ob man euch weidwund geschossen, lebendig oder tot abliefert. Ich habe fünfzehn Schuß in diesem Magazin. Und im Gegensatz zu euch kann ich schießen. Folglich wünsche ich als erstes, mit euch nicht mehr in einen Topf geworfen zu werden. Ihr seid Amateure, und ich bin Profi, ist das klar? Gut, damit kommen wir zum nächsten Punkt ...«

Er sicherte demonstrativ seine Pistole und steckte sie an den gewohnten Platz auf dem Rücken, ging zu seinem Sessel zurück und setzte sich, bevor er weitersprach. Der kollektive Seufzer der Erleichterung, der durch den Raum ging, war mehr als greifbar.

»Wo waren wir stehengeblieben?« fuhr er fort. »Ach ja, ich wollte meine Waffen wiederhaben, die Tür geöffnet wissen und ein Bier haben, bevor wir uns weiter unterhalten, ist euch das recht?«

Niemand im Raum sagte etwas. Friederike Kunkel wechselte ein paar vielsagende Blicke mit den so gegensätzlichen Frauen auf dem Sofa gegenüber. Die beiden Frauen standen auf und gingen hinaus. Kurz darauf war deutlich zu hören, wie das Schloß der Wohnungstür geöffnet wurde. Dann erschien Monika Reinholdt mit Carls Messer und Revolver, die sie vor ihm auf den Marmortisch legte. Immer noch sprach keiner von ihnen ein Wort. Dann kam Eva Sybille Arndt-Frenzel, immer noch mit herabgezogenen Mundwinkeln, mit einem Tablett herein, auf dem sechs Bier und sechs Gläser standen. Kurz darauf hatte jeder ein schäumendes Bier vor sich stehen.

Carl entschloß sich zu einer weiteren Geste. Er ging zum Kaminsims, nahm das Pistolenmagazin an sich und warf es Martin Beer zu, der es in der Luft auffing und in die Tasche steckte – in die Tasche und nicht in die Waffe, was aus Carls Sicht einen gewissen Unterschied machte. Er ging wieder zu seinem Sessel zurück und steckte Revolver und Messer in seine Jacke, die er neben sich auf den Fußboden legte. Er sah sich kurz im Raum um. Die pistaziengrünen Wände waren mit englischen Jagdstichen geschmückt, und im Nebenzimmer entdeckte er einen hochgradig bürgerlichen Eßtisch aus Walnußholz. Nichts von dem, was er sah, ließ auch nur entfernt an Terrorismus denken.

Er trank ein paar große Schlucke Bier und begann: »Obwohl es zwischen uns unüberwindliche Gegensätze gibt, so finde ich doch, daß es vernünftig ist, wenn wir uns miteinander unterhalten. Hätte ich euch töten oder euch der Polizei ausliefern wollen, wäre das jetzt schon erledigt. Aber genug davon. Wenn ich euch richtig verstanden habe, wollt ihr hier in Europa eine Art Krieg führen. Der entscheidende Fehler eurer Aktionen ist, daß sie viel zu bescheiden angelegt sind und dem Feind nicht genügend schaden. Das ist natürlich rein hypothetisch, aber ...«

»Komm zur Sache. Was würdest du selbst tun?« unterbrach ihn Friederike Kunkel, als hätte es den Vorfall vorhin gar nicht gegeben.

»Darauf wollte ich gerade kommen«, fuhr Carl fort und griff wieder zu seinem Bierglas. »Das eindeutig imperialistischste Vorhaben der letzten Jahre ist meiner Meinung nach der amerikanische Überfall auf Libyen gewesen. Reine Kanonenboot-Diplomatie alter Schule, nicht wahr? Die Bomber sind von wohlbekannten Flugplätzen gestartet, etwa Lakenheath in Großbritannien, und zwar mit dem Segen dieses Weibsstücks Thatcher. Es waren Maschinen des Typs F-111, der Stolz der amerikanischen Air Force. Jede Maschine kostet etwa 75 Millionen Dollar, und bei Angriffsflügen verfügen sie über ein elektronisches Abwehrsystem, das es fast unmöglich macht, sie vom Himmel zu schießen. Wir aber, die wir hier sitzen, könnten tatsächlich eine oder mehrere dieser Maschinen mit sehr einfachen Mitteln abschießen. Wir brauchen nur ein paar *Redeye* oder *Stinger* oder schlimmstenfalls eine *SAM-7* zu klauen. Das sind unkomplizierte Waffensysteme, die so gut wie jeder bedienen kann. Die Pointe ist, daß diese elektronischen Ungeheuer F-111 gerade im Augenblick des Starts unglaublich verwundbar sind. Auf die technischen Einzelheiten brauche ich jetzt nicht einzugehen, möchte aber festhalten, daß eine solche Aktion durchaus möglich ist. Und dann bin ich der Meinung, daß die Wirkungen sowohl rein militärisch wie politisch und psychologisch, eine völlig andere Dimension erhalten würden, als eure verfluchten Einzelmorde. Das ist jedoch nur ein Beispiel, aber es gibt sicher noch weitere.«

Carl macht eine Pause. Er wollte sich vergewissern, ob seine Worte Wirkung gezeigt hatten. Und siehe da, der Effekt war größer, als er je zu hoffen gewagt hatte.

»Aber das ist doch eine ganz fabelhafte Idee«, platzte Monika Reinholdt heraus. Als sie sprach, ging Carl auf, daß dies tatsächlich die erste Stimme war, die er außer seiner eigenen und der von Friederike Kunkel bei dieser Diskussion gehört hatte. Er entdeckte auch, daß Monika Reinholdts Augen glitzerten wie bei einem Kind vor dem Weihnachtsbaum. Sie war Feuer und Flamme. Sogar die neben ihr sitzende Eva Sybille zeigte ein leichtes Lächeln und nickte zustimmend. Carl beschloß, den eingeschlagenen Kurs zu halten.

»Vielleicht ist es nur eine Frage der Kompetenz«, fuhr er in der Absicht fort, seinen peinlich langen Monolog zu beenden und einen anderen zum Sprechen aufzufordern. »Ich meine, ihr könnt nicht so mit Waffen umgehen wie ich, und daher landet ihr bei euren lächerlichen kleinen Morden. Wenn ihr der Sache etwas mehr Aufmerksamkeit gewidmet, wenn ihr euch ausgebildet und trainiert und euer Blickfeld ein wenig erweitert hättet, hättet ihr selbst ...«

»Welche Aktion dieser Art würdest du denn in Schweden planen, wenn wir davon ausgehen, daß wir immer noch rein hypothetisch sprechen?« hakte Friederike Kunkel nach. Carl glaubte zu sehen, daß sie ihren Eifer zu verbergen suchte. Er überlegte kurz. Solchen Problemen hatte er noch keinen Gedanken gewidmet. So sah er sich gezwungen, ganz aufrichtig nachzudenken. Er ging davon aus, daß der amerikanische Imperialismus der Hauptfeind war, was im übrigen seiner Überzeugung entsprach. Und der US-Imperialismus in Schweden? Da gab es nicht allzuviel Auswahl.

»Wenn man in Schweden gegen die Amerikaner zuschlagen will«, begann er langsam, während er immer noch nachdachte, »sollte man den vierten Stock der amerikanischen Botschaft in Stockholm wegpusten. Das gesamte Stockwerk gehört der CIA. So läuft man keine Gefahr, andere zu töten. Es ist eine geschlossene Abteilung innerhalb der Botschaft, in der Unbefugte nichts zu suchen haben. Da habt ihr das Ziel.«

»Aber mit welchen Mitteln? Wie sollen wir es anstellen?« fragte Martin Beer mit einer Stimme, die sich nach seinem langen Schweigen zunächst rauh anhörte. Er war der dritte der Terroristen, der sich äußerte. Die Antwort hatte Carl schon parat.

»Das Gelände ist für uns äußerst günstig«, erklärte er, »denn wir haben aus mehreren Richtungen freies Schußfeld, und hinterher stehen mehrere Fluchtwege offen. Sowohl die amerikanische wie die westdeutsche Botschaft sind so gesehen hervorragende Zielscheiben. Nun zu den Mitteln. Wir verwenden RCL oder RPG. Die sind nicht schwerer zu bedienen als normale Gewehre, sind nur etwas sperriger, was den Transport erschwert, aber das Problem ist leicht zu lösen. Ein paar Kombiwagen genügen. Und die Wirkung? Mit einer Aktion, die weniger als zwei Minuten dauert, pustet man garantiert das gesamte oberste Stockwerk der Botschaft weg. Die Überlebenschancen der Leute, die sich dort aufhalten, muß man als äußerst gering bezeichnen. Auf diese Weise könntet ihr zwanzig Mann bekommen, alles garantiert Leute der CIA. Das ganze ist geradezu lächerlich einfach, wenn man sich nur die richtigen Waffen beschafft. Es ist so, als würde man schwimmende Enten abknallen. Man braucht nicht näher als drei- bis vierhundert Meter an die Botschaft heranzukommen. Und ihr könnt euch vielleicht vorstellen, was für ein Chaos es hinterher gibt. Sie werden erst dann auf uns Jagd machen können, wenn es schon zu spät ist. Granatwerfer wären natürlich auch denkbar. Wenn man Amateure wie euch dabei hat, ist es technisch ein bißchen schwieriger, aber nicht unmöglich. Beim Einsatz von Granatwerfern kommt der Angriff von oben und von der Seite zugleich. Das ist so gut wie idiotensicher. Auf so kurze Entfernung braucht man höchstens zwei Versuche, um sich einzuschießen, und dann bringt man schnell fünf oder sechs Granaten unter. Der gesamte obere Teil des Gebäudes fliegt in die Luft...«

Carl ließ sich von der Vorstellung faszinieren. Er brauchte sich nicht zu verstellen, sondern redete sich richtig in Feuer, als er davon phantasierte, wie man den Amerikanern ein paar ordentliche Niederlagen beibringen könne:

»Alle anderen terroristischen Aktionen haben ja nur dazu geführt, daß Figuren wie Reagan auf ihren Rednertribünen den starken Mann spielen und versprechen können, sie würden sich rächen. Nur so ist es möglich gewesen, daß diese Leute scheinheilig die Trauer der Angehörigen teilen und die unglaubliche Feigheit der Terroristen verurteilen können. Es wäre doch besser, sie gedemütigt, von einer Niederlage gequält zu sehen, durch Fragen von Journalisten bedrängt, wie so etwas möglich sei. Man könnte zu einem bestimmten Anlaß sogar drei Botschaften auf einen Schlag erledigen. Dazu sind nur etwa fünfzehn einigermaßen ausgebildete Genossen nötig. Dann sind drei Botschaften als Ziele denkbar, einmal die in Stockholm, die ja nachweislich so gut liegt, daß ein

Fehlschlag so gut wie unmöglich ist, und dann noch zwei andere irgendwo in Europa. Welche am geeignetsten sind, läßt sich durch Erkundungen vor Ort leicht feststellen. In Oslo zum Beispiel liegt die amerikanische Botschaft direkt an einem Park. Nach einer solchen Aktion würde die Überwachung natürlich in der ganzen Welt umgestellt werden, so daß eine Wiederholung unmöglich ist. Danach dürfte aber jede amerikanische Botschaft wie ein Kriegsschauplatz aussehen, was eine hervorragende Methode wäre, den amerikanischen Imperialismus nicht mit einem breiten Lächeln zu zeigen, sondern mit Stacheldraht, Sandsäcken, Videokameras und allgegenwärtigen Kontrollen. Und während sie noch damit beschäftigt sind, ihre Botschaften zu Festungen umzubauen, erfolgt der Angriff auf die Bomber. Wenn man ein solches Unternehmen gut vorbereitet, bekommt man mindestens zwei Maschinen vom Himmel. Manchmal machen sie Übungsflüge mit Bomben an Bord. Wenn sie dann abstürzen, wird die Ladung explodieren. Es dürfte mehr als eine Woche dauern, bevor sie herausgefunden haben, wie es zugegangen ist. Vielleicht haben ein paar Zeugen sehen können, daß eine kleine Rakete kurz vor der Explosion in eins der Triebwerke einschlug, aber bevor sie herausfinden, was für eine Rakete das gewesen ist, würde sicher eine Woche vergehen. Möglicherweise gibt es Probleme, wenn man in Europa ein paar *Stinger* stiehlt. Dann würde der Feind schon ahnen, worum es geht. Die größte Katastrophe wäre ein Anschlag auf den Air Force-Stützpunkt in Frankfurt und die Flugplätze der F-111-Maschinen in England. Wenn es aber gelingt, irgendwo im Nahen Osten sowjetische Waffen zu beschaffen? Das ist zwar etwas komplizierter, als in Europa Waffen zu klauen, aber wenn es gelingt, werden die Angriffe völlig überraschend kommen. Ich selbst habe allerdings keine Ahnung, wie oder wo man an solche Dinger herankommt. Es müßte aber möglich sein, den einen oder anderen für diese Idee zu begeistern. Gadhafi etwa würde es wohl kaum für eine dumme Idee halten, amerikanische Bomber abzuschießen. Vielleicht würde Libyen solche Raketen billig verkaufen, wenn jemand die Kontakte hat, aber davon weiß ich wie gesagt nichts.«

Er machte eine Pause und trank sein Glas leer. Er fühlte sich wie der Rattenfänger von Hameln. Nicht einmal Friederike Kunkel, die ihre harte, ungerührte Maske so sorgfältig bewahrte, konnte ihre Begeisterung verbergen. Monika Reinholdt sah aus, als versetzte sie der Vorschlag in erotischen Genuß, und Werner Porthun hatte sich einen Zigarillo angezündet, an dem er energisch sog, obwohl im Zimmer offensichtlich Rauchverbot herrschte (es stand kein Aschenbecher auf dem Tisch), und Porthun hatte sich einen schnellen mißbilligenden Seitenblick der Kunkel eingehandelt. Er schnippte die Asche in die Handfläche, während er Carl unablässig anstarrte.

»Wird man in der schwedischen Armee wirklich in all diesen Dingen ausgebildet?« wollte Martin Beer wissen. Er schien der einzige im Raum zu sein, der sich gegenüber Carls Plänen zu einem internationalen Großkrieg eine gesunde Skepsis bewahrt hatte. Carl ließ sich jedoch nicht bremsen, ganz und gar nicht.

Er erklärte, erstens sei er nicht in der Armee ausgebildet worden. Er sei bei der Marine zum Angriffstaucher ausgebildet worden. Nach kurzem Überlegen fuhr Carl fort:

»Ein schwedischer Marinetaucher hat die Aufgabe, im Schutz der Dunkelheit sowjetische Positionen anzugreifen. Folglich geht es meist um individuelle Einsätze. Neben der reinen Erkundung geht es auch darum, größtmöglichen Schaden anzurichten, und darum wird bei der Ausbildung auf Sprengstoffe und Sabotage so großes Gewicht gelegt. Wenn man aber unter Wasser angreift, kann man nicht beliebig viele Waffen mitschleppen, so daß man gezwungen ist, sich vor Ort einzudecken. Und da man im Einsatz ausschließlich sowjetische Waffen vorfindet, bin ich mit sowjetischen Waffensystemen gründlich vertraut gemacht worden, angefangen bei Handfeuerwaffen bis hin zu RPG und den kleinsten Boden-Luft-Raketen, *surface-to-air missiles,* den Dingern, die man SAM nennt. Das ist die langwierigste Ausbildung bei den schwedischen Streitkräften, und mit Übungen und anderem sind zwei Jahre daraus geworden.«

Der größte Teil dieser phantasievollen Details war erlogen: Die Ausbildung zum Marinetaucher ist zwar hochkompliziert, aber sowjetische Granatwerfer und Luftabwehrraketen gehören beileibe nicht zum Ausbildungsstoff. Carl war jedoch überzeugt, daß es keinem der Terroristen gelingen würde, diese Angaben nachzuprüfen. Das von ihm gezeichnete Bild kam der Wirklichkeit im übrigen recht nahe und schien auch plausibel zu sein.

Während Carl sein übertrieben positives Bild von der schwedischen U-Boot-Abwehr zeichnete, versuchte er zu ergründen, warum er auf so wenig Skepsis stieß. Die entscheidende Frage war ja nicht die, ob er tatsächlich mit Granatwerfern umgehen konnte. Bedeutend wichtiger war die Frage, die ihm niemand stellen zu wollen schien, nämlich die, warum er plötzlich zum individuell operierenden Terroristen geworden war, warum er trotz seiner Behauptungen, es gebe große Unterschiede zwischen ihnen, in Wahrheit genauso auftreten konnte wie die bundesdeutschen Terroristen. Was ihm selbst als unwahrscheinlich und kaum glaubhaft vorkam, konnten die Deutschen offenbar leichter akzeptieren.

Während er so prahlte und phantasierte, nahm er die Anwesenden in Augenschein, um sie besser verstehen zu können. Sie waren korrekt und gut gekleidet und bewohnten eine elegante Wohnung. Weder an ihrem Äußeren noch an ihrer Kleidung oder Umgebung fand sich auch nur der mindeste Hinweis auf linke Politik oder gar Terrorismus. Keine Poster an den Wänden, kein ausgefallener Halsschmuck, keine »intellektuelle«, schlampige Kleidung, im Gegenteil: Alles an ihnen war betont normal und bürgerlich, und das auf eine Weise, die sie sich eher aus Sicherheitsgründen denn aus persönlichem Geschmack selbst auferlegt haben mußten. Sie mußten so gut wie völlig von der anderen Welt, von normalen Menschen isoliert leben. Sie durften sich nicht mal in die Nähe der üblichen Wischi-Waschi-Grünen oder der studentischen Linken wagen. Für sie war der Krieg, das Leben im Untergrund, die Ausrichtung auf Tod und Zerstörung und die Wahrnehmung der Umgebung als *Feind* die natürliche Lebensform. Carl war für sie insofern also nichts Besonderes, im Gegenteil, er mußte ihnen genauso normal vorkommen wie sie sich selbst. Sie hielten ihn für einen der Ihren.

Das war die einzige Erklärung, die Carl halbwegs plausibel erschien. Wenn es sich tatsächlich so verhielt, würde sich manches zweifellos vereinfachen lassen. Er hatte schon viel darüber nachgegrübelt, wie alptraumhaft unwahrscheinlich ein schwedischer Terrorist sein mußte, der dazu noch einsamer Wolf und Robin Hood war. Und jetzt stellte sich heraus, daß die Skepsis dieser Leute auf einem Gebiet lag, auf dem es Carl keine Mühe bereiten würde, sich zu beweisen. Sie wollten sich seine waffentechnische Kompetenz sichern. Sie war offenbar ein unwiderstehlicher Köder gewesen. Bis auf weiteres war er also außer Gefahr.

Es hatte den Anschein, als hätte sich die hierarchische Disziplin in der Gruppe gelockert. Martin Beer und Werner Porthun stellten eine Reihe von Fragen technischer und militärischer Natur, die Carl dazu verleiteten, seine Werbetätigkeit für die Qualifikation der schwedischen Marine zu Sabotageakten und Guerillakriegsführung auszuweiten. Komischerweise verfiel die Gruppe in ein absolut traditionelles Geschlechtsrollenmuster. Je mehr sich die Herren in Waffen und Technik vertiefen wollten, um so ungeduldiger schienen die Damen zu sein. Darauf war Carl nicht gefaßt gewesen. Schließlich wechselte Monika Reinholdt demonstrativ das Thema.

»Wenn wir, mit allem Respekt natürlich, für einen Moment die schwedische Marine verlassen könnten«, begann sie ironisch, »habe ich eine Frage zu dem, was du vorhin gesagt hast. Nämlich dazu, daß du uns nur aus reiner Freundlichkeit oder Neugier gefolgt bist. Könntest du das bitte erklären?«

Seine Prahlerei war Carl inzwischen fast schon peinlich geworden. Er hatte das Gefühl, sich etwas mehr zurückhalten zu müssen, um sich nicht unglaubwürdig zu machen. Tatsächlich hatte er ja nur ein paar Zeitungsartikel im Rücken, in denen von dem *Rambo-Räuber* die Rede war. Für alles andere war er selbst der einzige Beleg. Außerdem hatte Monika Reinholdts Lächeln etwas an sich, was ihn beunruhigte: Er fühlte sich zu ihr hingezogen.

»Also, es war doch so«, begann er vorsichtig, »du und er (um ein Haar hätte er Martin Beers Namen zum zweitenmal genannt), ihr wart an der Hauswand, und sie (er nickte zu Eva Sybille Arndt-Frenzel hin) saß auf dem Rücksitz des Wagens, und als er ... wie heißt du?«

»Martin, Martin Beer«, erwiderte Martin Beer überrumpelt.

»Als sich Martin also von hinten an mich heranmachte und mir die Pistole in den Rücken stieß, gingst du um den Wagen herum, zum Fahrersitz, während sie gleichzeitig die hintere Wagentür öffnete, nicht wahr? So hätte sich kein Polizeitrupp der Welt verhalten. Wenn ihr Polizisten gewesen wärt, hättet ihr mich von drei Seiten umringt, euch in einigen Metern Entfernung gehalten und eure Waffen auf mich gerichtet. Dann hättet ihr mir befohlen, mich bäuchlings auf die Straße zu legen und alle viere auszustrecken. Dann hättet ihr mir Handschellen angelegt und mir alle, ich sage *alle*, Waffen abgenommen. Statt dessen wolltet ihr mich so schnell wie möglich auf den Rücksitz bekommen, um gleich davonzufahren. So geht die Polizei nicht vor. Und ein Straßenräuber würde nie auf die Idee kommen, ›Polizei‹ zu rufen und den Überfallenen mitzunehmen. Als sich meine erste Verblüffung gelegt hatte, entschloß ich mich, ganz einfach mitzukommen. Es war also schieres Glück, daß ihr so gepatzt habt, denn sonst hätte ich euch getötet. Ich meine, wenn ich euch tatsächlich für Polizisten gehalten hätte. Habt ihr noch mehr von diesem fabelhaften Bier im Haus?«

»Wie denn?« fragte Martin Beer mit einem Anflug von Feindseligkeit in der Stimme. Carls Ablenkungsmanöver, um ein Bier zu bitten, hatte nicht funktioniert.

»Ach, das ist doch nicht der Rede wert«, versuchte er sich erneut zu entziehen, aber dieser Versuch war von vornherein zum Scheitern verurteilt.

»Ja, da bin ich auch neugierig. Wie denn?« fragte die nach wie vor still vor sich hin lächelnde Monika Reinholdt. Carl seufzte.

»Das ist eine ziemlich triviale Polizeiübung«, begann er demonstrativ widerwillig. »Wenn man die Hände erhoben hält, schlägt man mit der linken Hand nach unten und zur Seite und schafft es so garantiert, die Polizei oder den Revolver beiseite zu schlagen. Der Schuß geht daneben. Da man sich schon in einer Drehbewegung befindet, hat die rechte Hand freie Bahn, und was mich betrifft, hätte ich den Kehlkopf eingeschlagen. Ein solcher Schlag ist im schlimmsten Fall tödlich. Der Angegriffene muß schnellstens ärztlich versorgt werden, damit die Schwellung nicht zum Ersticken führt. Nun ja, du wärst auf dem Weg um den Wagen herum in diese Lage gekommen, sie saß auf dem Rücksitz, und ich hatte einen Revolver und eine Pistole bei mir. Das wäre übel ausgegangen.«

»Wohin wolltest du schlagen, sagtest du?« fragte Monika Reinholdt, diesmal zum erstenmal ohne jedes Lächeln. Sie hatte das englische Wort für Kehlkopf nicht verstanden.

»Auf den Kehlkopf«, erwiderte Carl kurz und zeigte mit dem Zeigefinger. Es gab einen ironischerweise ganz selbstverständlichen Grund dafür, daß er diese ungewöhnliche deutsche Vokabel kannte. Gerade über sie, Monika Reinholdt, hieß es auf dem Fahndungsplakat, das er inzwischen auswendig kannte, unter anderem: »... *170 cm groß, zwei Muttermale (Warzen) oberhalb des linken Mundwinkels, Muttermal links vom Kehlkopf, trägt zeitweise getönte Brille ...*«

Und sie hatte ja tatsächlich ein Muttermal links von ihrem Kehlkopf. Carl gab sich Mühe, es nicht anzustarren.

»Ich heiße übrigens Carl Gustaf Gilbert Hamilton«, fuhr er in einem neuen und jetzt doppelt notwendigen Versuch fort, das Thema zu wechseln; es war lebensgefährlich, ihre Namen zu kennen, ohne es zeigen zu können. »Wenn ihr also nichts dagegen habt: Ich kenne nur den Namen von einem von euch, von Martin Beer. Also, wie heißt ihr?«

Die Blicke aller richteten sich automatisch auf Friederike Kunkel – ein weiterer Hinweis darauf, daß sie eine Art Chef der Bande war. Sie zögerte einen Augenblick, bevor sie sich entschloß.

»Ich heiße Friederike Kunkel«, sagte sie kurz.

Carl blickte fragend auf den neben ihr sitzenden Werner Porthun.

»Werner«, brummte dieser kaum hörbar. Carl hob die Augenbrauen, schaffte es aber nicht, den Nachnamen zu erfahren. Dann blickte er an dem gegenüber auf dem Stuhl sitzenden Martin vorbei zu Monika Reinholdt hin.

»Ich heiße Monika Schramm«, sagte Monika Reinholdt.

»Sabine Lüders«, sagte Eva Sybille Arndt-Frenzel.

Verflucht, dachte Carl, zwei richtige Namen, ein richtiger Vorname oder Nachname, ein richtiger Vorname mit falschem Nachnamen und ein falscher Vorname in Verbindung mit einem falschen Nachnamen. Es wäre besser gewesen, überhaupt keine Namen zu erfahren, dachte er. Früher oder später bringe ich das alles durcheinander.

»Wir sollten vielleicht wieder zur Tagesordnung übergehen und Nägel mit Köpfen machen«, sagte Friederike Kunkel in einem Tonfall, der klar erkennen ließ, daß die Große Vorsitzende wieder das Kommando führte. »Wir haben dich ja nicht... äh... nicht hergebeten, um politische Konversation zu treiben. Die Frage lautete ganz einfach, ob wir uns deine Kenntnisse zunutze machen können.«

»Die Frage ist nicht kristallklar formuliert«, entgegnete Carl mit spürbarer Ironie. »Was soll das heißen? Soll ich etwa für euch im Schwarzwald ein Trainingslager aufmachen oder was?«

»Nein, die Frage lautet, ob wir mit deiner Hilfe eine große Aktion durchführen könnten.«

»Wenn das so ist, lautet die Antwort nein. Ein klares, glattes Nein.«

»Und warum?«

»Ich dachte, das hätte ich schon erklärt. Ich gebe mich nicht mit Einzelmorden ab wie ihr. Ich halte derlei für schädlich und in jeder Hinsicht zum Scheitern verurteilt. Es wäre daher völlig absurd, mich selbst in solche Abenteuer zu stürzen.«

»Wenn es aber darum geht, zunächst gegen eine oder mehrere amerikanische und westdeutsche Botschaften zuzuschlagen, unter anderem in Stockholm, und zwar genauso, wie du es selbst beschrieben hast. Du kannst es nicht, weil du allein bist. Wir haben es nicht machen können, weil uns deine Fachkenntnisse fehlten. Das war doch der Hauptpunkt deiner Kritik an uns. Nun?«

Carl sah sich genötigt, zum Schein eine Denkpause einzulegen. Er war in seiner eigenen Argumentation »gefangen«. Er konnte den Vorschlag nicht ohne weiteres zurückweisen, wollte aber auch nicht allzu schnell einen Sinneswandel zeigen.

»Was ich über eure Aktionen weiß, habe ich meist aus den Zeitungen«, begann er in leicht entschuldigendem Tonfall. »Demnach verpatzt ihr jede zweite Aktion. Ihr laßt Handgranaten fallen, so daß eure eigenen Leute in die Luft fliegen, die Bomben explodieren nicht, ihr erschießt Leute aus reiner Verzweiflung und ähnliches mehr. Die Vorstellung, mich in einer solchen Situation wiederzufinden, behagt mir ganz und gar nicht. Wenn ich sterben soll, dann nur, wenn der Zufall mich einholt oder weil ich selbst einen Fehler mache, aber nicht, weil mir ein paar halbtrotzkistische Knallköpfe eine Handgranate auf den Fuß fallen lassen oder so auftreten wie ihr vorhin, als ihr mich unten an der Hafenstraße einfangen wolltet.«

Keiner der Anwesenden verriet auch nur durch eine Miene, ob die Beleidigungen gewirkt hatten. Friederike Kunkel überlegte kurz, bevor sie fortfuhr.

»Wie bist du dazu gekommen, Banken zu überfallen?«

»Ich finde es allmählich etwas albern, hier zu sitzen und Fragen zu beantworten wie bei einem Polizeiverhör.«

»Das ist wirklich das erstemal, daß man uns mit den Bullen verwechselt. Aber als Diskussionsgrundlage ist die Frage nicht gerade uninteressant. Oder?«

»Okay, eins zu null für dich. Du willst also wissen, warum meine Banküberfälle etwas ganz anderes sind als eure? Es war so. Nach fünf Jahren in Kalifornien kam ich nach Hause, nach Schweden. Ja, das hatte mit meinem Universitätsstudium zu tun, ich hatte Informatik als Hauptfach, und dafür ist Kalifornien das Beste, was man finden kann, ganz unabhängig davon, was man sonst von den USA halten mag. Man könnte also sagen, daß ich fünf Jahre im Bauch des Ungeheuers gelebt habe. Aber bei meiner Rückkehr nach Schweden existierte die marxistisch-leninistische Linke im großen und ganzen nicht mehr. Ich weiß nicht, ob die Entwicklung bei euch in Deutschland ähnlich gewesen ist, aber in Schweden ist alles degeneriert – heute führen lauwarme Umweltschützer und Friedensapostel das große Wort. Den gesamten anti-imperialistischen Kampf gab es nicht mehr. Nur ein paar Gruppen in der alten, revisionistischen und mehr oder weniger moskauhörigen KP gaben sich noch damit ab, allerdings nur, wenn es um Mittelamerika ging. Über die Sowjetunion war natürlich nie ein Wort zu hören, auch nicht über Afghanistan. Es gab keinen Kampf mehr. Am Ende hatte die Sozialdemokratie alles in sich aufgesogen. Die schwedischen Solzialdemokraten sind verdammt geschickt in der Kunst, den Kampf an sich zu reißen und ihren reformistischen, parteikonformen und staatstragenden Bestrebungen einzuverleiben. Ich vermute, daß es hier genauso aussieht. Aus diesem Grund wollte ich in der Nähe der Hafenstraße wohnen, um vor den Bullen völlig sicher zu sein. Die Hausbesetzer sind ja zum Preis von 100 Mark pro Haus und mit der Garantie, daß die Bullen sich nicht blicken lassen werden, von den Sozis gekauft worden. Eine praktische Lösung, nicht war?«

»Schon möglich, aber verzeih mir, wenn ich dich jetzt unterbreche. Kannst du nicht endlich auf die Banküberfälle kommen, denn all das ist zwar interessant, aber gelinde gesagt ziemlich allgemein«, sagte Friederike Kunkel mit beherrschtem Blick, aber gleichwohl spürbarer Ungeduld. Carl hielt aber noch eine weitere Abschweifung für nötig.

»Ich habe früher auch dem Palästina-Komitee angehört, aber das war ebenfalls in den vergangenen fünf Jahren ausgelöscht worden, und wißt ihr warum? Wir hatten nämlich immer auf rein reformistische Arbeit gesetzt, klassische Meinungsbildung ohne eine Spur von Militanz. Wir wollten beweisen, daß Israel aggressiv und expansionslüstern ist, der Zionismus rassistisch, und daß Israel das nächste Südafrika sein werde, und so weiter. Und wer hat dieser Arbeit die Grundlage entzogen? Menachem Begin. Mit ihm war all das bewiesen, und wir konnten keine Propaganda mehr betreiben. Die Frage hatte sich auf die religiöse Ebene verlagert – haben die Juden ein Recht, Araber zu quälen, nachdem sie selbst so gelitten haben? Na ja, ihr kennt das. Verzeihung, aber ich möchte, daß ihr alles versteht, und darum bin ich hier etwas ausführlicher. Also. Nachdem ich ein paar Wochen zu Hause war, lange genug, um festzustellen, daß sich die Situation wie geschildert verändert hatte, traf ich eines Tages einen meiner alten Genossen vom Palästina-Komitee, Abdel Salaam Mahmoud, selbst ein Palästinenser. Er arbeitete bei McDonald's und klatschte Hamburger zusammen. Wir unterhielten uns ein wenig über die düstere Lage. Er erzählte, daß er gezwungen sei, in einem amerikanischen Unternehmen zu arbeiten, das jedes Jahr mehrere hunderttausend Kronen für Israel und verschiedene zionistische Sammlungen spendete, und das allein in Schweden. Aber, sagte er, ich kann es wenigstens so einrichten, daß ich allen alten Genossen Hamburger umsonst gebe. Leute wie du können hier immer gratis essen. Dann holen wir uns wenigstens einen kleinen Teil zurück und schmälern außerdem ihren Gewinn. Ich sagte ihm zunächst, das sei eine rührend individualistische Handlungsweise, und er gab mir natürlich recht. Aber, fuhr er fort, was zum Teufel soll ich denn tun? Ich bin allein, ich kann nichts weiter machen, als Hamburger zu mopsen. Was sollte ich denn sonst tun können? Mein Einsatz ist zwar nicht sonderlich groß, das gebe ich zu, aber ich tue wenigstens etwas. Ich habe nicht resigniert, nicht aufgegeben, ich bin auch kein Sozi geworden. Ich habe auch nicht damit angefangen, Israel und den Zionismus direkt oder indirekt zu unterstützen, wie gewisse andere Genossen oder vielmehr ehemalige Genossen. Ich tue wenigstens etwas, und was tust du? wollte er von mir wissen. Ich überfalle Banken und verschenke das Geld an verschiedene Palästina-Komitees in der ganzen Welt, erwiderte ich im Scherz. Das imponierte meinem Freund Abdel Salaam Mahmoud ungeheuer. Das sei eine glänzend einfache und wirkungsvolle Methode, das Problem individueller Politik in Schweden zu lösen, und das ohne Hilfe der zerschlagenen Linken. Zwei Wochen später überfiel ich meine erste Bank. Wenn man nicht vorbestraft ist, ist es eine leichte Übung, dann finden sie einen nämlich nicht. Sie suchen immer unter ihren altbekannten Bankräubern. In Wahrheit sind es aber Leute wie ich – und übrigens auch Polizisten, die nur schwer zu fassen sind. Das wär's in groben Zügen. Meine Banküberfälle sind also kein *Mittel* zur Finanzierung von Einzelmorden wie eure Banküberfälle, sondern ein Ziel in sich, um Kapital von den Ausbeutern an die Ausgebeuteten zu transferieren. Ihr mögt diese Zielsetzung vielleicht nicht umfassend genug finden, aber das ist mir gleichgültig, da ich eure Ziele, welche sie auch sein mögen, etwa ein Krieg von fünf Mann gegen ganz Westeuropa, für wahnsinnig halte. So, ich gehe davon aus, daß jetzt alles geklärt ist.«

Es wurde still im Raum. Sie hatten die Geschichte geschluckt. Abgesehen von dem Banküberfall besaß sie überdies den Vorzug der Wahrheit. Folglich war es Carl so leicht gefallen, sie zu erzählen, und folglich wirkte sie auch so überzeugend.

Friederike Kunkel hatte jetzt zwei Möglichkeiten. Sie konnte Carl angreifen und die eigene Politik rechtfertigen. Sie konnte auch einen Rückzieher machen und sich praktischen Fragen zuwenden. Sie entschied sich für die zweite Möglichkeit.

»Wie sehen deine weiteren Pläne in Hamburg aus?« fragte sie kurz.

»Zwei weitere Banken. Ich habe meine Beobachtung der Objekte schon weitgehend abgeschlossen, aber da ich allein arbeite, muß ich immer sehr genau vorgehen, wie ihr vielleicht versteht. Bei einer bin ich noch nicht ganz zufrieden und bin mir meiner Sache nicht sicher. Vermutlich wird es nur eine Bank werden, und dann will ich Hamburg verlassen«, erwiderte Carl und sah dabei ziemlich verlegen aus. Der Köder, den er jetzt ausgeworfen hatte, war für sein Gefühl mindestens zehn Zentimenter zu lang. Aber Friederike biß sofort an.

»Wenn wir es gemeinsam machen, beide Banken nehmen und das Geld teilen?« fragte sie kurz und geschäftsmäßig. Carl tat, als dächte er lange nach.

»Natürlich ist es sicherer, wenn wir zu mehreren sind«, entgegnete er schließlich sehr langsam und machte eine neue Pause, bevor er fortfuhr. »Aber das setzt voraus, daß wir ganz nach meinen Plänen vorgehen, daß ich das Kommando übernehme und daß einer von euch ein erstklassiger Fahrer ist, denn in der Bank will ich selbst dabei sein, damit keiner von euch die Sache verpatzt... Nun ja, das könnte man sich überlegen. Ich meine, die Banken, die ich mir angesehen habe, sind für einen allein schon ziemlich sicher, und wenn wir zu mehreren sind, wird es fast zu einem Spaziergang. Aber trotzdem... ich weiß nicht... ich brauche auf jeden Fall Bedenkzeit...«

Sie hatten ihn freundlich, aber bestimmt gebeten, in der Wohnung zu bleiben. Er hatte zunächst gescherzt, das sei ein wesentlich angenehmerer Aufenthaltsort, aber was wäre, wenn die Polizei käme? In die Hafenstraße würde sie ja aus bekannten Gründen nicht kommen dürfen, aber wenn sie hier ein paar Terroristen abholen wolle? Die deutsche Polizei neige ja zu gewissen Exzessen, wenn es um Terroristen gehe, und wenn er, Carl, sich jetzt in Gesellschaft von Leuten befinde, auf die ein Kopfgeld von 250 000 Mark ausgesetzt sei, sei es nicht gerade angenehm, mit ihnen hoch oben in einem Hochhaus zu wohnen. Er werde hier mit anderen Worten nicht so gut schlafen wie in der Hafenstraße.

Seine »Gastgeber« hatten an der Wohnungstür eine Sprengladung von einem Kilogramm TNT angebracht. Wer den Versuch machte, mit Gewalt in die Wohnung einzudringen, würde zusammen mit einer unbekannten Zahl von Nachbarn nebenan und ein Stockwerk tiefer sterben. Der Hintergedanke war, daß das nachfolgende Chaos wenigstens eine theoretische Möglichkeit bot, ein paar Stockwerke hinunterzulaufen, ein paar Geiseln zu nehmen und dann auf dem Verhandlungsweg nach draußen zu kommen. Es sei nicht wahrscheinlich, daß es klappen würde, meinte die Kunkel, aber man wolle nicht einfach aufgeben und zumindest das Vergnügen haben, mit ein paar Bullen zur Hölle zu fahren.

Carl gefiel die Idee ganz und gar nicht, nicht so sehr wegen der Bullen als vielmehr wegen der Vorstellung, ein Hausmeister auf der Jagd nach einer undichten Rohrleitung könnte die Tür zum falschen Zeitpunkt öffnen. Er wandte ein:

»Ziehen wir damit nicht unnötige Aufmerksamkeit auf uns? Abgesehen davon, daß ihr schon wieder plant, unschuldige Menschen umzubringen, gegen die ihr ja wohl nicht das geringste einzuwenden habt. Und soviel Krawall wegen einer undichten Rohrleitung? Und dann nichts wie raus und losrennen wie der Teufel, bevor Feuerwehr und Polizei das ganze Viertel abgeriegelt haben? Wäre es nicht besser, Gasmasken und Handfeuerwaffen in greifbarer Nähe zu haben? Denn wenn es tatsächlich die Polizei ist, die hier hereinstürmt, werden sie so sicher wie das Amen in der Kirche mit Tränengas anfangen und außerdem schußsichere Westen tragen, oder? Na ja, hoffen wir auf eins: daß sie nicht kommen.«

Die große Wohnung nahm die beiden obersten Stockwerke des Hauses ein. Im Obergeschoß lagen drei Zimmer, zwei Schlafzimmer und ein großes Wohnzimmer mit Balkon. Carl erhielt eins der Schlafzimmer.

Seine »Gastgeber« wünschten nicht, daß er selbst in die Hafenstraße ging, um seine Hotelrechnung zu bezahlen und seine Sachen aus dem Zimmer zu holen. Sie sagten, sie könnten jemanden schicken, der sich in diesem Viertel gut auskenne und im übrigen schon mal in seinem Zimmer gewesen sei. »Hast du das überhaupt gemerkt?« Carl hielt es für richtiger, diese Frage mit nein zu beantworten, und nahm sich gleichzeitig fest vor, eine gewisse Erika und ihren Freund einzusammeln, wenn alles vorbei war.

Ein paar Stunden später am selben Abend erhielt er seine Sachen aus dem Hotelzimmer zurück: die Reisetasche mit den paar Kleidungsstücken, den Kassettenrecorder mit den Kassetten sowie knapp 7000 Mark, die er unter dem Korkteppich versteckt hatte. Auf seine Aufforderung hin hatte man den Boten auch angewiesen, die Rechnung zu bezahlen.

Jetzt ließen sie ihn in Ruhe, um ihm »Zeit zum Nachdenken zu geben«. Der Grund dafür, daß sie ihm nur einigermaßen trauten, aber nicht ganz, lag darin, daß sie mit einem anderen Kommando in der Stadt, einer anderen Gruppe, eine Übereinkunft getroffen hatten. Sie hatten sich darauf geeinigt, Carl nach dem ersten Kontakt nicht einfach davonspazieren zu lassen. Sie waren sich in der Frage der Kontaktaufnahme überdies ziemlich uneins gewesen, wie er den Andeutungen Friederike Kunkels hatte entnehmen können.

Es gab in Hamburg also zwei Terroristengruppen. Das war auch logisch: Je ein Angehöriger der beiden Gruppen hatten miteinander telefoniert, und das Gespräch zwischen einer bestimmten Telefonzelle und dem Restaurant *Cuneo* war irgendwo auf St. Pauli abgehört und mitgeschnitten worden. Er hatte jetzt die eine Gruppe aufgespürt. Die Frage war, ob das schon genügte, oder ob man sich dafür entscheiden sollte, ihn mit seinem Bankraub-Theater weitermachen zu lassen, bis man auf beide Gruppen den Zugriff hatte. Das hatte jedoch nicht er zu entscheiden.

Im Wohnzimmer nebenan stand eine riesige Stereoanlage der Marke Sony, die mehrere zehntausend Mark gekostet haben mußte, denn Diebesgut ließen sie hier bestimmt nicht herumstehen. Carl hatte eine seiner Kassetten eingeschoben, eine Klaviersonate von Beethoven, stellte sich neben die Balkontür und blickte über Hamburg und die Elbe hinaus. *Schmaals Hotel* in der Hafenstraße war ohne weiteres zu erkennen. Gegenüber, auf der anderen Elbseite, lag ein Trockendock mit der weißen Aufschrift: BLOHM + VOSS DOCK S.

Carl dachte über die beiden Bankraub-Szenarien nach, um herauszufinden, welcher Möglichkeit er den Vorzug geben sollte. Er kam zu einer klaren Entscheidung: Ohne jeden Zweifel wäre es besser, allein zu operieren, unter anderem, weil es höchst unsicher war, ob er den Verlauf unter Kontrolle halten konnte, wenn er drei oder vier Terroristen bei sich hatte, die keineswegs gewillt zu sein schienen, sich ohne einen Schußwechsel festnehmen zu lassen. Wie sollte er sich verhalten, wenn plötzlich Polizei auftauchte oder wenn sich jemand in den Kopf setzte, Geiseln zu nehmen? Sollte er dann auf die anderen »Bankräuber« schießen?

Die Entscheidung lag jedoch nicht bei ihm. Der Verfassungsschutz mußte sich zu dem Problem äußern: Sollte man sich mit der Gruppe begnügen, die schon in der Falle saß, oder sollte er abwarten und mitspielen, bis die zweite Terroristenzelle aufgespürt war? Wenn er aber keine Möglichkeit mehr erhielt, über sein Schließfach im Hauptbahnhof Kontakt aufzunehmen, bevor der Bankraub stattfand? Mußte er nicht davon ausgehen, daß die Terroristen ihn in einer Art freiwilligem Arrest festhalten würden, zumindest bis der Bankraub erledigt war?

Andererseits waren die beiden Bankfilialen, die der Verfassungsschutz ausgewählt hatte, ziemlich sichere Sachen. Wenn ein Bankraub fünf eingefangene Terroristen wert war, mußten zwei Banküberfälle zehn Terroristen aufwiegen.

Jemand kam die Wendeltreppe herauf. Es war Monika. Sie hielt eine Weinflasche und zwei Gläser in den Händen.

»Findest du d-Moll eine passende Tonart, wenn man sich entscheiden soll?« begrüßte sie ihn, während sie zum Couchtisch ging, sich hinsetzte und die Weinflasche aufmachte. Der Form der Flasche nach zu urteilen war es ein Moselwein.

»Hast du das absolute Gehör? Woher weißt du, daß es d-Moll ist?« wollte Carl wissen, als er sich neben sie auf das Sofa setzte.

»Nein, ich habe ein gutes Gehör, aber nicht das absolute. Ich weiß aber, daß es die Sonate Nr. 17, opus 91 ist, folglich d-Moll, zweiter Satz.«

Sie schenkte ein und reichte Carl ein Glas und hob ihres zu einem kurzen Prosit. Es war tatsächlich ein Mosel.

»Ich kann mir weder Tonarten noch Opus-Nummern merken. So etwas imponiert mir«, sagte er und nippte an dem Wein, der sich als unerwartet trocken erwies.

»Na, so etwas Besonderes war es auch nicht. Ich wollte mal Pianistin werden. Ich habe siebzehn Jahre lang gespielt.«

»Und jetzt hast du aufgehört?«

»Ja.«

»Warum?«

»Weil die Musik sozusagen zu meiner Personenbeschreibung gehört. Falls einer der Nachbarn Verdacht schöpfen und sich in den Kopf setzen sollte, daß wir gesuchte Terroristen sind und einer von uns den ganzen Tag lang Klavier spielt... Na ja, du verstehst schon.«

»Aha, von der Pianistin zur Terroristin. Scheint eine seltsame Kursänderung im Leben zu sein. Warum bist du Terroristin geworden?«

»Du verwendest diesen Begriff?«

»Ja. Warum bist du Terroristin geworden?«

Sie erzählte ruhig und in einem leichten Plauderton:

»Ich schloß mich der anti-imperialistischen Bewegung an und war vor allem gegen die Apartheid. Ich verliebte mich in einen jungen Mann namens Dieter. Er war die treibende Kraft und organisierte unter anderem die Besetzung eines Unternehmens, das mit Südafrika Handel trieb. Wir hatten Parolen an die Wände gemalt, Spruchbänder ausgebreitet, na ja, das übliche, bis die Polizei kam und die Türen aufsprengte und Tränengas warf und uns mit Gummiknüppeln zusammenschlug. Auf der Wache wurden wir fotografiert und erkennungsdienstlich behandelt. Später erfuhr ich, daß Dieter der RAF angehörte. Mir hatte er es nicht erzählt. Plötzlich waren wir beide gesuchte Terroristen und mußten untertauchen. Vor sieben Jahren, zwei Jahre nach dieser Besetzungsaktion, wurde Dieter gefaßt. Man verurteilte ihn wegen Mitgliedschaft in einer kriminellen Vereinigung zu fünfzehn Jahren, und seitdem sitzt er in Stammheim. Da ich als seine Freundin galt, stand damit schon fest, wozu sie mich verurteilen würden, wenn sie mich kriegten. Fünfzehn Jahre Haft für einen Protest gegen die Rassendiskriminierung in Südafrika! Das war die eine Möglichkeit, die ich hatte. Die zweite: Zurückzuschlagen, Widerstand zu leisten, mir diese fünfzehn Jahre zumindest zu verdienen.«

Carl versuchte es mit Einwendungen:

»Man kann doch keinen Menschen zu einer so hohen Strafe verurteilen, ohne Beweise zu haben. Das ist in einem westlichen Staat nicht möglich.«

Sie schüttelte nachsichtig den Kopf und nannte ihn naiv. Mit einem ironischen Lächeln fuhr sie fort: »Die meisten *Terroristen*, die in der Bundesrepublik verurteilt worden sind, hat man wegen verschiedener kollektiver Vergehen bestraft. Für uns Guerillakämpfer gelten nicht die normalen Gesetze, da es als zu schwierig gilt, einzelne Täter wegen einzelner Verbrechen zu überführen, etwa wenn es darum geht, wer wo einen Überfall begangen oder wen entführt oder eventuell getötet hat. Darum reicht es, einem Kommando anzugehören, das als überführt gilt, soundso viele Verbrechen begangen zu haben. So werden immer ganze Gruppen gemeinsam wegen sämtlicher Anklagepunkte verurteilt. Das spielt aber heute für mich keine Rolle mehr. Ich habe mich schon längst für die andere Seite entschieden, und damit ist der Fall erledigt. Das ist der Grund, warum ich nicht mehr Klavier spiele. Beethoven könnte mich des Terrorismus verdächtig machen. Ich hätte aber trotzdem eine andere Tonart vorgezogen. Ich bin froh, daß du hier bist«, wechselte sie demonstrativ das Thema.

Er nippte ein paarmal am Wein, bevor er den Mut aufbrachte zu fragen. Vieles an der Frau war ungewöhnlich und überraschend. Das brachte ihn durcheinander. Außerdem sah sie ihn mit einem seltsam auffordernden Lächeln an, das ihn verlegen machte.

»Warum?« fragte er schließlich und mußte sich sogar räuspern, bevor er die Frage vollendete, »warum solltest du dich freuen, daß ich hier gelandet bin? Du hast doch sehr gut verstanden, daß ich nichts mit euch zu tun habe.«

»Schon richtig, aber das, was du kannst, bietet uns große Möglichkeiten. Du hast ja recht damit, daß wir in militärischer Hinsicht die Schwächeren sind. Gib mir mal deine Kassetten, ich suche uns was anderes aus.«

Sie wählte E-Dur und holte eine zweite Flasche Wein. Während sie draußen war, trat er auf den Balkon hinaus. Es war kühl. Er blickte auf die Elbe, orientierte sich mit Hilfe der großen Werftanlagen auf der anderen Seite und ließ den Blick erneut zu den besetzten Häusern unten an der Hafenstraße schweifen. Sie waren deutlich sichtbar, fast zum Greifen nahe, geographisch so unwahrscheinlich nahe und zugleich unwahrscheinlich weit weg, wenn man die Menschen dort unten, die meist so wie die tätowierten Säufer in Störtebekers Bande waren und sich als Sympathisanten betrachteten, mit den Menschen hier oben in ihrer Wohnung mit englischen Jagdstichen an den Wänden verglich. Es fiel Carl schwer, klar zu denken. Es fiel ihm schwer zu verstehen, warum er sich von dieser Frau so angezogen fühlte.

Als er vom Balkon ins Zimmer trat, saß sie auf dem Sofa.

»Wir beide wohnen hier im oberen Stock«, sagte sie und füllte zwei neue Gläser mit dem gleichen, ein wenig zu trockenen Moselwein.

8

Zum erstenmal in seinem Erwachsenenleben hatte Loge Hecht eine ganze Nacht schlaflos gelegen. Die Möglichkeit, daß es zu einer totalen Katastrophe kam, war einfach nicht zu ignorieren. Er hatte versucht, sich ein paar Studien über Patty Hearst zu besorgen, die amerikanische Millionärstochter, die von einer kleinen Gangstergruppe mit dem unwahrscheinlichen Namen SLA, *Symbionese Liberation Army,* entführt worden war. Dann war Patty Hearst von einer Art Variante des *Stockholmer Syndroms* befallen worden, so daß sie mit ihren Entführern zu sympathisieren begann und am Ende sogar an einem Banküberfall teilnahm. Die eigenen Archive hatten jedoch nur eine magere Ausbeute ergeben, und es würde mehr als vierundzwanzig Stunden dauern, um die amerikanischen Archive anzuzapfen. Wenn es nicht um ein dringendes Sicherheitsproblem ging, mußte der meist sehr umständliche Dienstweg eingehalten werden.

Siegfried Maack war ebenfalls von Zweifeln befallen worden. Einerseits schien Hamilton ein gefühlsmäßig stabiler und intellektuell bestens ausgestatteter Mann zu sein, von dem nicht anzunehmen war, daß er sich so leicht von dem terroristischen Wahnsinn anstecken ließ. Andererseits war er mehr als zehn Tage verschwunden gewesen, bevor die Katastrophe da war. Das konnte natürlich daran liegen, daß die Terroristen, bei denen er sich jetzt nachweislich befand, ihm keine Möglichkeit gelassen hatten, vor der Aktion Verbindung aufzunehmen. Das wäre an und für sich logisch. Aber Hamiltons Verhalten bei dem gewaltsamen Banküberfall war gelinde gesagt schwer zu akzeptieren. Loge Hecht hatte sich die Video-Aufzeichnung aus der Bank mindestens hundertmal angesehen. Inzwischen kannte er sie auswendig, Sequenz für Sequenz. Hamilton hatte deutlich zu erkennen gegeben, daß er beteiligt war, einmal durch die Wahl des Fluchtwagens und weiter durch seine Position in der Bank. Man konnte sogar sehen, wie der Bankräuber, der Hamilton sein mußte, Blickkontakt mit den Kameraobjektiven gesucht, einen kurzen Moment lang offen hineingeblickt und leicht genickt hatte.

Hamilton stand im Zentrum des Geschehens neben dem Eingang der Bank. Von dort konnte er alles überblicken und zugleich jeden überwältigen, der unerwartet in die Bank kam. Er hatte sie als erster betreten und zwei Schüsse an die Decke abgegeben, um die Anwesenden zu schocken. Erst danach kamen die beiden anderen herein, eine Frau und ein Mann, die man bislang noch nicht hatte identifizieren können. Die Frau hatte sich mitten in den Schalterraum gestellt, um Kunden und Personal in Schach zu halten, während der zweite Mann das Panzerglas des Kassenschalters sprengte und damit begann, sich aus der Kasse zu bedienen.

Zehn Sekunden später stürzte dieser zivile Polizeibeamte mit gezogener Pistole herein und wurde von Hamilton blitzschnell überwältigt, entwaffnet und zu Boden gezwungen. Loge Hecht und Siegfried Maack hatten sich sehr lange bei dieser Sequenz aufgehalten, möglicherweise länger, als sachlich gerechtfertigt war. Erst bei Einzelbildschaltung konnten sie erkennen, was sich abgespielt hatte. Danach war die Situation kurze Zeit unter Kontrolle, und die Bankräuber gingen in aller Ruhe wieder an die Arbeit. Dann kam es zur Katastrophe.

Keine der Videokameras war so placiert, daß man den Schützen erkennen konnte. Tatsache war aber, daß ein ziviler Wachmann der Bank, ein 61jähriger pensionierter Unteroffizier der Bundeswehr, irgendwo aus einer Hintertür auftauchte und mit einer Maschinenpistole das Feuer eröffnete. Er gab Schnellfeuer, so daß Splitter und Querschläger durch den Raum schwirrten. Man konnte sehen, wie mehrere Menschen am hinteren Ende des Kassenraums, wo die Bankräuber die Kunden der Bank zusammengetrieben hatten, getroffen wurden.

Carl Hamilton war auf dem Bild deutlich zu sehen, wie er neben dem zu Boden gezwungenen Zivilpolizisten stand. Beide gingen gemeinsam in Deckung, und es sah aus, als sagten sie etwas zueinander. Dann hob Hamilton seine Waffe und gab einen einzigen Schuß ab.

Er hatte den Wachmann getroffen. Er stand auf und gab den anderen ein Zeichen, sie sollten weitermachen, was sie nach einigem Zögern auch taten. Beim Verlassen der Bank lief die Frau zu dem niedergeschossenen Wachmann hin und riß dessen Maschinenpistole an sich. Hamilton widmete sich unterdessen der Dienstpistole des Polizeibeamten: er zog das Magazin heraus und warf es quer durch den Kassenraum, legte dann die Waffe neben den Beamten und wartete ab, bis die anderen die Bank verlassen hatten. Dann verschwand auch er.

Der Fluchtwagen, zumindest der erste, der bis zum Wagenwechsel vier Häuserblocks weiter verwendet worden war, war ein Mercedes 190.

Neben seinen (gelinde gesagt) gründlichen Filmstudien und ebensooft wiederholten Spekulationen, die er gemeinsam mit Maack durchgekaut hatte, hatte Loge Hecht zwei wesentliche taktisch-bürokratische Probleme gelöst. Unter Hinweis darauf, daß es sich vermutlich um einen Überfall von Terroristen handle, hatte er den Videofilm für geheim erklären lassen und den zivilen Polizeibeamten zur Vernehmung gebeten. Auch das Protokoll dieser Vernehmung, die beim Verfassungsschutz stattfinden sollte, durfte als geheim gelten.

Der Polizeibeamte, ein Kriminalinspektor Norbert Pohl,

der als Fahnder der FD 5 Dienst tat und den man billigerweise wohl als qualifizierten Polizeibeamten betrachten mußte, saß schon in Loge Hechts Vorzimmer und wartete. Hatte dieser Norbert Pohl ein paar Beobachtungen machen können, die für die jetzt ganz entscheidende Frage von Bedeutung waren: Hatte Carl Hamilton die Grenze überschritten? War er plötzlich geistesgestört geworden? Hatte der Verfassungsschutz mit ihm bei den Terroristen eine Drachensaat ausgesät, die zu einem Alptraum führen würde, der alles übertraf, was sie in fast zwanzig Jahren mit Terroranschlägen erlebt hatten?

Norbert Pohl war mehr als mittelgroß, athletisch, blond, ein norddeutscher Typ, der so aussah wie ein Polizeibeamter im Film. Es fiel Loge Hecht anfänglich schwer zu glauben, daß ein Mann mit diesem Aussehen als Zivilfahnder arbeitete. Die beiden Männer begrüßten einander korrekt und höflich.

»Nun, Herr Pohl, da Sie selbst Polizeibeamter sind, brauche ich Ihnen nicht näher zu erläutern, welche Paragraphen für dieses Gespräch Vertraulichkeit vorschreiben«, begann Loge Hecht und beschloß gleichzeitig die Taktik, mit der er vorgehen wollte.

»Die Lage ist kurz gesagt folgende«, fuhr er fort. »Wir wissen, daß wir es mit einer in Hamburg residierenden Terroristenzelle zu tun haben. Zwei der Bankräuber haben wir mit ziemlicher Sicherheit identifiziert. Sie sollen sich jetzt auf eventuelle Beobachtungen konzentrieren, die den dritten Räuber in der Bank betreffen, also den Mann, mit dem Sie selbst zusammengestoßen sind. Ich mache mir Aufzeichnungen. Bitte, erzählen Sie.«

»Der Mann, mit dem wir hier zu tun haben, ist ohne Zweifel der sogenannte *Rambo-Räuber*«, erwiderte der Beamte kurz angebunden und schwieg sofort wieder.

»Aha, tatsächlich? Und worauf gründen Sie diese Annahme?« knurrte Loge Hecht mürrisch. Er sah die unangenehmen Schlagzeilen schon vor sich.

»Nun ja, erstens...«, zögerte der Kriminalinspektor, bevor er sich räusperte und fortfuhr, »muß ich schon gestehen, daß die Fertigkeiten dieses Mannes im Nahkampf alles übertreffen, was ich in meinen fünfzehn Dienstjahren erlebt habe. Normalerweise schafft es nämlich niemand, mich so zu entwaffnen wie der. Die fragliche Person hat eine gediegene Ausbildung auf diesem Gebiet, das kann ich Ihnen versichern. Außerdem geht der Mann höchst professionell mit Waffen um.«

»Ach ja, tatsächlich? Aber er hat den Wachmann doch nur angeschossen. Ein Terrorist, der einen Gegner mit einer Maschinenpistole vor sich hat, dürfte wohl schießen, um ihn zu töten. Liegt da die Schlußfolgerung nicht näher, daß er sein Ziel glücklicherweise verfehlt hat?«

»Nein, ganz und gar nicht, da bin ich mir völlig sicher.«

»Und wie kommen Sie zu dieser kühnen Annahme?«

Loge Hecht bereute sofort seine ironische Wortwahl, und es entging ihm nicht, daß der Beamte jetzt beleidigt wirkte.

»Das ist keine Annahme, das ist eine Beobachtung von Fakten«, entgegnete der Polizist mit saurer Miene.

»Na schön, lassen Sie mich hören. Ich bitte um Vergebung, falls meine Waffenkenntnisse nicht ausreichen sollten. Wie Sie wissen, ist das nicht gerade unser Ressort. Aber berichten Sie, und zwar gern ausführlich.«

»Erstens fiel mir auf, wie er seinen Revolver hielt. Er hielt den Abzugsfinger gerade, außerhalb des Abzugsbügels, und hatte den Hahn nicht gespannt.«

»Verringert das nicht die Möglichkeit, sofort zu schießen?«

»Doch, ohne Zweifel. Aber das ist ja gerade die Pointe.«

»Inwiefern?«

»Wenn jemand im Umgang mit Waffen ausgebildet ist, wenn er also berufsmäßig mit Waffen umzugehen hat, geht er auch erheblich vorsichtiger mit ihnen um als diese Wirrköpfe, mit denen wir es sonst zu tun haben. Als er das Magazin meiner Pistole herauszog, habe ich gesehen, daß er nicht einen

Augenblick zögerte. Er wußte genau, wie das Ding funktioniert, obwohl es gerade bei dieser Pistole etwas kompliziert ist. Und dann noch das, was passierte, als dieser Verrückte hereinstürmte und das Feuer eröffnete.«

»Was meinen Sie?«

»Na ja, wir gingen ja beide gleichzeitig, ganz automatisch sozusagen, in Deckung. Und dann ... wir sahen ja beide, was da passierte, und in dem Moment sah er mich an, ich meine der *Rambo-Räuber*, er sah mir direkt in die Augen, und dabei hatte ich das Gefühl ... wie soll ich sagen, es ist schwer zu erklären ...«

»Versuchen Sie es doch.«

»Nun, wir wechselten einen vielsagenden Blick oder wie man das nennen soll, es war, als ... es ist schon etwas komisch, es zu sagen ... aber ich hatte das Gefühl, daß es sich bei ihm um einen Kollegen handelte. Und dann spannte er den Hahn seines Revolvers, bevor er auf den Wachmann schoß, und das führt die Gedanken ja in eine bestimmte Richtung.«

»Das verstehe ich nicht. Bitte erklären Sie mir das.«

»Ich werd's versuchen. Er hatte einen Revolver in der Hand, wahrscheinlich einen Smith & Wesson Kaliber .38, das glaube ich jedenfalls. Wenn man erst den Hahn spannt, tut man das, um besser zielen zu können. Dieser Mann nahm sich die Zeit dafür, statt einfach einen Schuß in die Gegend zu feuern. Ich meine, wenn er das getan hätte, hätte er sicher auch treffen können, aber mit viel weniger Präzision. Bei *double action* wird die Treffgenauigkeit ja viel geringer.«

»*Double action?*«

»Ja, wenn man den Abzug fest hereindrückt, so daß im selben Moment der Hahn gespannt wird, in dem man schießt. Er hat aber erst den Hahn gespannt und dann sorgfältig gezielt. Mir kam es wie eine Ewigkeit vor, denn dieser Irre war ja dabei, Schnellfeuer zu schießen. Na ja, und dann drückte er ab, einen einzigen Schuß. Er traf wahrscheinlich genau dort, wo er treffen wollte, nämlich durch die rechte Schulter unter das Schlüsselbein.«

»Was hat ein solcher Treffer Ihrer Meinung nach für Wirkung?«

»Erstens schlägt er dem Gegner die Waffe aus der Hand. Zweitens ist die Schußverletzung ziemlich ungefährlich. Er traf ja nicht mal das Schlüsselbein. Ich bin mir völlig sicher, daß es ein Präzisionsschuß war und daß der Schütze absolute Kontrolle besaß und wohlüberlegt zielte. Er schoß nicht, um zu töten.«

»Hat er etwas gesagt?«

»Ja, drei Dinge, soweit ich mich erinnere. Als er mir die Pistole abnahm, sagte er so etwas wie *Ruhe bitte,* und nachdem er auf den Wachmann geschossen hatte, drehte er sich zu mir um und sagte *sorry, notwendig.* Als diese Figuren die Bank verlassen wollten, packte er mich an der Schulter, zeigte auf die verwundeten Zivilisten und sagte so etwas wie *nicht verfolgen, Verletzte hantieren!* Das ist alles, woran ich mich erinnern kann. Dieser Mann kann also kein Deutscher gewesen sein. Folglich legt das den Schluß nahe, daß wir es hier mit dem *Rambo-Räuber* zu tun haben. Wenn ich zusammenfassen darf: Er kennt sich außerordentlich gut mit Waffen aus, ist bestens ausgebildet, Nahkampfexperte, schießt mit fabelhafter Sicherheit, nicht zuletzt unter den herrschenden Bedingungen, und er ist Ausländer. Also der *Rambo-Räuber.*«

Loge Hecht schwieg eine Weile. Die beiden Männer hatten also, als der schießwütige Wachmann feuerte, einen vielsagenden Blick gewechselt, nachdem sie die Situation analysiert hatten und zur gleichen Schlußfolgerung gekommen waren. Damit hing plötzlich eine sehr seltsame Frage in der Luft.

»War es richtig, so auf den Wachmann zu schießen?« fragte Loge Hecht sanft. Zu seiner Zufriedenheit bemerkte er, daß der Beamte sofort erfaßte, wie die Frage gemeint war.

»Wenn wir mal davon absehen, daß die polizeilichen

Dienstvorschriften keinen Abschnitt enthalten, in dem davon die Rede ist, daß man auf Wachmänner von Banken das Feuer eröffnen muß...«

»Ja, ja, davon können Sie ruhig absehen. Würden Sie beispielsweise selbst...?«

»Falls ich die Geistesgegenwart dazu besessen hätte, hätte es mir hinterher nicht leid getan. Jetzt sind wir mit vier oder fünf Verletzten davongekommen. Hätte der Wachmann nur noch ein paar Sekunden weitergeschossen, wären die Folgen unabsehbar gewesen.«

»Dann bleibt mir nur noch eine Frage: Was zum Teufel hatten Sie in der Bank zu suchen?«

Der Inspektor sah plötzlich beschämt aus. Loge Hecht kannte die Dienstvorschriften nicht genau, aber er hatte den bestimmten Eindruck, daß ein zufällig vorbeikommender bewaffneter Polizeibeamter auch auf geeignetere Weise hätte eingreifen können.

»Wie soll ich mich ausdrücken... Von draußen sah es ja so aus, als wären nur zwei Räuber in der Bank. Ich sah die Frau und ging davon aus, daß ich sie überraschen könnte... Ich meine, ich bin im Dienst ja schon mehrfach mit Räubern und Mördern in Berührung gekommen...«

»Sie haben die Situation also falsch eingeschätzt?«

»Ja, das kann man sagen.«

»Was wäre das korrekte Vorgehen gewesen?«

»Abzuwarten, bis die Räuber die Bank verlassen, sie unter Umständen zu verfolgen, Kollegen zu alarmieren.«

Loge Hecht war zufrieden. Ihm war plötzlich aufgegangen, wie er den Inspektor dazu bringen konnte, unter allen Umständen auf Aussagen der Presse gegenüber zu verzichten. Hecht blätterte kurz in einem Dokument und schob es dann dem sichtlich verlegenen Beamten über den Schreibtisch.

»Dies ist eine Verpflichtung, die Sie unterschreiben müssen. Damit sagen Sie Ihr Stillschweigen zu, sowohl was Ihre Beobachtungen wie Ihre Schlußfolgerungen bei dem erwähnten Ereignis betrifft. Normalerweise würde ein solches Papier die *BILD*-Zeitung nicht daran hindern, schon morgen alles in der Hand zu haben, aber ich habe Ihnen einen Vorschlag zu machen. Ich brauche mich nicht sonderlich anzustrengen, um Ihren Vorgesetzten zu melden, daß Ihr Handeln korrekt und hinsichtlich der Sicherheit der Bundesrepublik Deutschland wohlüberlegt gewesen ist. Verstehen Sie mich?«

»Natürlich. Daß nichts herauskommen soll...«

»Und wenn nichts herauskommt, haben Sie völlig korrekt gehandelt. Wenn etwas durchsickert, haben Sie sich verdammt stümperhaft verhalten. Ist das klar genug formuliert?«

»O ja, durchaus.«

»Dann danke ich Ihnen für Ihre Mühe, Herr Pohl. Ihre Beobachtungen sind von größter Bedeutung gewesen, das darf ich Ihnen versichern.«

Nachdem der Beamte sich getrollt hatte, fühlte sich Loge Hecht mit einemmal schläfrig, als hätte die Nervenanspannung nachgelassen. Der Verlauf des Überfalls auf die Bank ließ nur eine Deutungsmöglichkeit zu.

Hamilton steht an der Tür. Er hat diese Position gewählt, weil er vermeiden will, daß einer der Terroristen mit einer eventuellen Überraschung in Form dessen konfrontiert wird, was dann tatsächlich passierte. Und wenn ein Mann mit gezogener Waffe in den Kassenraum stürmt, wird der Betreffende von Hamilton ruhig, aber entschlossen entwaffnet. Und wenn die Lage dadurch weiter kompliziert wird, daß ein ehemaliger Unteroffizier mit einer Maschinenpistole auftaucht – wie ist es möglich, daß den Banken erlaubt wird, solche Figuren einzustellen? –, schießt dieser Hamilton sehr überlegt, um weiteres Blutvergießen zu verhindern. Man muß sogar vermuten, daß er sein eigenes Leben riskiert, wenn er den Schuß so sorgfältig plant und sich soviel Zeit läßt, denn er liegt beim Zielen genau in der Schußlinie.

Damit waren alle Befürchtungen, Hamilton könne den Weg der Patty Hearst gegangen oder dem *Stockholmer Syndrom* erlegen sein, völlig ausgeräumt. Trotzdem ist die Sache nicht ganz unkompliziert, dachte Loge Hecht und lächelte über seine Untertreibung. Der Verfassungsschutz hatte sich direkt oder indirekt an zwei Banküberfällen beteiligt. Der eine hatte dazu geführt, daß vier oder fünf Personen jetzt mehr oder weniger schwer verletzt waren. Querschläger und Marmorsplitter waren wie Schrotkugeln kreuz und quer durch den Kassenraum geflogen. Wenn die Sache je an die Öffentlichkeit drang – und dieses Risiko war nicht zu übersehen –, wäre ein sehr hoher Gewinn auf den Einsatz nötig, um die Überlegungen des Verfassungsschutzes zu rechtfertigen.

Hamilton hatte es also geschafft, in die RAF einzudringen. Aber wieviel wußte er? Wieviele Terroristen hatte er orten können? Hatten sie ihn in einer konspirativen Wohnung ohne Kontakt zu den Mitgliedern gehalten, bis die Aktion stattfand?

Die letzte Möglichkeit erschien Loge Hecht am wahrscheinlichsten.

Nächste Frage. Die Flut von Spekulationen über den *Rambo-Räuber*, die jetzt auch ohne Zutun des zum Schweigen gebrachten Kriminalinspektors zu erwarten war, würde von der Boulevardpresse nur noch angeheizt werden. Welche negativen Auswirkungen waren davon zu erwarten?

Theoretisch war es natürlich absolut möglich, mit Namen und Foto nach Hamilton zu fahnden. Die schwedischen Kollegen würden ein solches Vorgehen jedoch kaum zu schätzen wissen, da es Hamiltons Arbeit für alle Zukunft unmöglich machen würde. Von seiner Familie und seinen Freunden in Schweden ganz zu schweigen.

Wie zum Teufel sollte man aber erklären, daß man den *Rambo-Räuber* wieder einmal in Aktion gesehen hatte, ohne zugleich Namen und Bild zu veröffentlichen? Aus fahndungstechnischen Gründen? Wieso denn fahndungstechnische Gründe? Loge Hechts Sekretärin hatte schon Anfragen von mehreren Zeitungen und drei Fernsehsendern, die einen Kommentar der Polizei verlangten.

Hecht zog ein weißes Blatt Papier hervor und schrieb mit seinem Füllhalter ein knapp gehaltenes Kommuniqué, das er der dpa übermitteln wollte. Der Inhalt war nicht ganz korrekt. Es sei dem Verfassungsschutz gelungen, so schrieb Hecht, zwei der drei Räuber als Angehörige des harten Kerns der RAF zu identifizieren. Aus fahndungstechnischen Gründen könnten der Öffentlichkeit keine näheren Angaben gemacht werden. Spekulationen, in welcher Richtung auch immer, könnten sich im Moment nur ungünstig auf die Verfolgung der Täter auswirken.

Das war alles. Man würde diese dürre Mitteilung so deuten, daß die Behörden überhaupt noch keine Spur der Täter hatten. Loge Hecht überlegte kurz, ob er Hamilton zu einem vermutlich belgischen Terroristen machen sollte, verzichtete aber darauf. Als er hinausging, um seiner Sekretärin den Text zu geben, stieß er mit Siegfried Maack zusammen, der ihn gerade aufsuchen wollte. Maack war am Hauptbahnhof gewesen und hatte in Schließfach 410 eine Plastiktüte abgeholt. Er hatte das Material noch nicht untersucht.

Sie kippten den Inhalt auf Loge Hechts Konferenztisch. Es waren Geldscheine, schätzungsweise 150 000 Mark, ein Brief sowie ein Revolver mit drei Schuß im Magazin.

Hamiltons Mitteilung war kurz und lakonisch. Das Geld mache exakt die Hälfte des erbeuteten Geldes aus, nämlich seinen, Hamiltons, Anteil. Fünf Terroristen (es folgten die Namen) befänden sich in einer Wohnung im zweiundzwanzigsten Stock des Hauses Breite Straße 159. Die Hamburger Terroristen bestünden aus zwei Kommandos. Das eine sei unter der genannten Adresse zu finden, wo sich auch er, Hamilton, im Augenblick aufhalte, das zweite habe eine noch unbekannte Adresse und bestehe aus einer unbekannten Zahl von Mitgliedern. Ferner hieß es: »Falls das Unternehmen weitergeht, besteht Aussicht, das zweite Kommando zu orten. Zu ihm gehören eine oder mehrere Personen mit militärischen Aufgaben und bestimmten internationalen Kontakten, vermutlich zu Organisationen sowohl im Nahen Osten wie in Frankreich und Belgien. Eine größere Aktion, die eine lange Planung erfordert, wird gegenwärtig diskutiert. Falls es zu Vorbereitungen eines solchen Unternehmens kommt, können erheblich mehr Personen gefaßt werden als nur die fünf, die uns jetzt schon zur Verfügung stehen. Falls es aber zu diesem Unternehmen kommt, besteht die Gefahr, daß ein weiterer Banküberfall verübt wird. Es war notwendig, den Wachmann mit Gewalt zu entwaffnen, um eine Katastrophe zu verhindern. Die Waffe liegt bei. Ich erwarte eventuelle Gegenvorschläge innerhalb von vierundzwanzig Stunden. Für den Fall, daß es in der Breiten Straße zu einem Einsatz kommt, erwarte ich aus Sicherheitsgründen, rechtzeitig über den Zeitpunkt informiert zu werden.«

Es war wie beim Roulette: Entweder Rot oder Schwarz. Fünf Terroristen waren bisher gewonnen. Wenn man den Einsatz stehenließ, konnte der Gewinn verdoppelt werden oder verlorengehen.

Loge Hecht war selbst erstaunt, mit welcher Leichtigkeit er und Siegfried Maack den Entschluß faßten.

Fünf Terroristen auf einen Schlag – das wäre unleugbar ein bedeutender Erfolg. Die RAF würde sich jedoch allmählich davon erholen und wie bisher alle Verluste ersetzen. Wenn man diese beiden Kommandos aber mit einem Schlag unschädlich machen konnte, wären die Verluste der RAF so groß, daß tatsächlich Aussicht bestand, eine nachhaltige Regeneration der Terrororganisation auf lange Zeit zu verhindern. Alle bisherigen Erfahrungen mit Einsätzen gegen konspirative Wohnungen deuteten darauf hin, daß eine so umfassende Festnahme von Straftätern in ihren Nestern zur Auffindung sicherer Spuren führen würde, die weitere Festnahmen nach sich ziehen würden. Die Frage von Hamiltons persönlicher Sicherheit gab gleichfalls nicht zu schwierigen Überlegungen Anlaß. Er war selbst für sich verantwortlich. Nur er selbst konnte Fehler begehen, die zu seiner Entlarvung führten, und dem Verfassungsschutz wäre das nicht anzulasten. Hamilton war kein Zivilist, auch kein mehr oder weniger erpreßter linker Student wie frühere Infiltranten. Er war Sicherheitsbeamter im Dienst – zwar nicht formal nach Recht und Gesetz, aber moralisch gesehen.

Die Entscheidung war also leicht zu treffen: Man würde einen großen Einsatz wagen, um zum ersten Mal einen wirklich nachhaltigen Schlag gegen den Terrorismus führen zu können. Das Unternehmen sollte weitergehen. Die Polizei würde die Anschrift der Terroristen nicht erhalten, was Hamilton mitgeteilt werden würde. Im gegenwärtigen Stadium würde es keine weiteren Fahndungsmaßnahmen geben als das Abhören von Telefonen.

Der Form halber würde man möglicherweise bestimmte Grenzen ziehen müssen, beispielsweise einen Zeitraum von drei Wochen, und Hamilton nur einen Bankraub erlauben. Eventuell zwei, da Hamiltons Anwesenheit in der Szene offenbar ein recht beruhigender Sicherheitsfaktor war. Es war kaum wahrscheinlich, daß die Räuber noch einmal Pech mit unerwarteten Komplikationen haben würden. Die Provision Hamiltons und damit des Staates war überdies erstaunlich gut, was künftige Fragen nach Schadensersatzansprüchen erleichterte.

»Um noch einmal auf das Geld zu kommen«, sagte Siegfried Maack. »Da gibt es etwas, was ich nicht verstehe. Ich meine, wie erklärt er, daß er sein Geld so schnell ausgibt?«

»Die Erklärung dürfte das Schweizer Konto sein. Du weißt, dieses Konto, das wir nur mit soviel Mühe einrichten konnten. Er dürfte wohl sagen, daß er seine Beute in der Schweiz anlegt, um wenigstens das Geld sicher zu haben, falls er geschnappt wird«, sagte Loge Hecht lächelnd.

»Schon möglich. Ich verstehe aber trotzdem nicht, was er mit all dem anderen Geld von unseren Konten gemacht hat. Bisher hat er ja annähernd zwanzigtausend Mark in einer Woche ausgegeben, und das ohne jeden Nachweis. Warum plötzlich diese Standardsenkung? Sollten wir sein Spesenkonto nicht noch einmal auffüllen?«

»Doch, tun Sie das«, sagte Loge Hecht, der mit den Gedanken schon ganz woanders war.

Monika Reinholdt war bei dem Überfall verwundet worden. Im Moment des Schusses hatte sie nichts gespürt und auch nicht gemerkt, daß sie blutete. Das stellte sie erst fest, als sie nach dem Wechsel des Fluchtwagens allein in der Stadt war. Sie waren einzeln an verschiedenen Stellen ausgestiegen, um auf eigene Faust zur Breiten Straße zurückzukehren.

Monika Reinholdt hatte zwischen zwei Rippen auf der linken Seite einen acht Zentimeter langen Wundkanal direkt unter der Haut. Wo er endete, war eine dunkle Verunreinigung zu sehen, vielleicht ein Stein- oder Bleisplitter. Die Wunde pochte und war schon angeschwollen, aber mit Friederike Kunkels Hilfe hatte die junge Frau die Blutung gestillt und einen Verband mit Wundsalbe aufgelegt. Die Wohnung schien mit Erste-Hilfe-Ausrüstung recht gut versorgt zu sein.

Als Carl wie vereinbart als Vorletzter zurückkehrte, bat er, sich die Wunde ansehen zu dürfen. Sie war dunkler geworden und weiter angeschwollen.

»Es besteht die Gefahr, daß du dir eine Blutvergiftung oder eine Infektion holst. Es dürfte am besten sein, wenn wir das herausschneiden, was du da drinnen hast. Es ist ziemlich dicht unter der Haut zwischen den Rippen«, stellte er fest.

»Bis morgen früh können wir einen Arzt auftreiben, das

wäre besser und sicherer«, wandte Friederike Kunkel im Kommandoton ein.

»Willst du damit sagen, daß der Arzt herkommt?« wollte Carl wissen.

»Nein, das geht natürlich nicht. Dazu müßten wir eine Reservewohnung irgendwo in der Stadt aufsuchen.«

»Das gefällt mir aber ganz und gar nicht. Sie wird Fieber bekommen und vielleicht sogar ins Krankenhaus müssen, wenn wir den Dreck in der Wunde lassen. Es ist sicherer, daß ich es hier und jetzt mache, wenn du mir hilfst.«

»Kannst du das?«

»Ja.«

»Dann soll Monika selbst entscheiden. Aber betäuben können wir sie nicht.«

»Das ist auch nicht nötig«, sagte Carl munter, »denn es wird leichter gehen, als ihr glaubt. Solche kleineren Eingriffe müssen wir Militärs auch an uns selbst vornehmen können.«

Monika Reinholdt sah aus, als kämpfte sie einige Zeit mit ihrer Angst, bevor sie ihr Einverständnis gab.

Carl holte sein Messer und legte es zusammen mit einer Pinzette in einen Topf mit Wasser, das er zehn Minuten kochen ließ. Dann bat er Martin Beer und Friederike um Mithilfe. Martin Beer sollte Monika festhalten und Friederike Kunkel das Blut wegtupfen, während Carl schnitt. In der Wohnung befanden sich mehrere Liter Desinfektionsflüssigkeit, und Carl wusch sich sorgfältig, während er leise vor sich hinpfiff. Aus irgendeinem unerfindlichen Grund kam ihm die Situation fast komisch vor; immerhin stand ihm ein höchst unerwarteter Einsatz gegen den deutschen Terrorismus bevor.

Sie legten Monika auf den Eßzimmertisch, so daß sie auf der Seite lag und die Wunde nach oben zeigte. Carl bat sie, sich mit beiden Händen an der Tischkante festzuhalten und möglichst still zu liegen. Martin hängte sich um ihre Hüften und preßte sie gegen die Tischplatte.

»So, jetzt mußt du ein tapferes Mädchen sein.« Carl lächelte, beugte sich zu ihr hinunter und küßte sie auf die Wange. »Das hier ist nicht so schlimm, wie du vielleicht glaubst.«

Sie nickte und biß die Zähne zusammen. Carl setzte die Messerspitze am äußeren Wundrand an. Dann holte er tief Luft und schnitt mit einer entschlossenen Bewegung die Wunde in ganzer Länge auf. Es hatte weniger als eine Sekunde gedauert. Als ob ich Butter geschnitten hätte, dachte er.

Mit Friederikes Hilfe hielt er die Wundränder auseinander, so daß er die Wunde auswaschen und das geronnene Blut, das sich im Wundkanal abgelagert hatte, beseitigen konnte. Am Ende des Wundkanals lagen zwei deutlich sichtbare Kupfersplitter, die von Schmutz oder Stoffresten ihrer Kleidung umgeben waren.

Carl säuberte die Wunde mit der Pinzette, so gut es mit bloßem Auge möglich war, wusch sie nochmals aus, preßte die Wundränder zusammen und klebte sie mit medizinischem Klebeband zu. Er war mit sich zufrieden.

Sie legten eine Kompresse auf die Wunde und verbanden sie. Das ganze hatte keine zwanzig Minuten gedauert. Monika Reinholdt war nicht ein einziger Laut über die Lippen gekommen. Carl war beeindruckt.

Martin Beer trug sie ins Obergeschoß und legte sie ins Bett. Die anderen machten Feuer im Kamin und verbrannten Monikas durchschossene Kleider sowie die blutigen Kompressen.

Unterdessen hatte Eva Sybille Arndt-Frenzel etwas zu essen gemacht – appetitlich garnierte Kalbsschnitzel –, und Werner Porthun hatte das erbeutete Geld gezählt, das er in zwei gleich große Haufen geteilt hatte. Anschließend hatte er die Waffen weggeräumt. Kurze Zeit später saßen sie an einem schön gedeckten Eßtisch. Die Szene machte einen selbstverständlichen und friedvollen Eindruck, als wären irgendwelche wohlerzogenen bürgerlichen jungen Leute soeben von der Arbeit nach Hause gekommen.

Sie aßen zunächst nachdenklich und schweigend. Carl empfand so etwas wie widerwillige Bewunderung für die disziplinierte Effizienz seiner »Gastgeber«. Nicht mal die Asche der verbrannten Kleidungsstücke war noch zu sehen.

»Nach jeder Aktion halten wir eine gemeinsame Manöverkritik ab, bei der sowohl Kritik wie Selbstkritik geübt wird«, sagte Friederike Kunkel, als die Mahlzeit zur Hälfte beendet war. Sie saß am Kopfende des Tischs, als wäre sie der Haushaltsvorstand.

»Wir brauchen nicht ganz so förmlich zu sein«, fuhr sie fort, »denn die Komplikationen, zu denen es kam, sind ja bestens gelöst worden, soviel ich weiß. Was war das aber für ein Idiot, der plötzlich mit einer Pistole in die Bank gerannt kam? So etwas ist uns früher noch nie passiert.«

»Er war Polizist«, sagte Carl. »Vermutlich kam er zufällig vorbei. Er dürfte ganz spontan gehandelt haben.«

»Woher willst du wissen, daß er Polizist ist?« fragte Werner Porthun mit hörbarem Mißtrauen.

Carl kaute zunächst weiter, bevor er antwortete. Für ihn war alles so selbstverständlich, daß er erst einmal nachdenken mußte, um sagen zu können, wie er zu seiner Ansicht gekommen war.

»Da ist zunächst einmal seine Schießstellung«, sagte er, »als er durch die Tür hereinstürmte. Gebeugte Knie. Er hielt die Pistole mit beiden Händen – typischer Polizeistil. Dann der Typ des Mannes. Außerdem dürften nomale Leute in Hamburg meist nicht mit Waffen herumlaufen, vor allem nicht mit Polizeiwaffen. Es war eine 9 mm SIG/Sauer P225 oder P6, und das ist nicht gerade eine Waffe für Hobbyschützen. Doch, er muß Polizist gewesen und rein zufällig vorbeigekommen sein.«

»Wieso das? Wieso rein zufällig?« fragte Werner Porthun, dem immer noch das Mißtrauen anzuhören war. Niemand sagte etwas. Alle warteten darauf, daß Carl sich noch näher erklären würde. In der Ferne lag ein unangenehmer, unausgesprochener Verdacht. Carl beschloß, Ruhe zu bewahren und die mögliche Unterstellung zu ignorieren. Es fiel ihm nicht schwer, sich aus der Affäre zu ziehen.

»Falls du dich fragen solltest, ob die Polizei Hamburgs von unserem Unternehmen gewußt hat«, begann er und machte eine Pause, bevor er lächelnd fortfuhr, »fällt es mir schwer zu glauben, daß sie nicht mehr als einen Mann mobilisiert haben soll. Folglich war es ein reiner Zufall, und so etwas kann nur ein einziges Mal passieren.«

Die Argumentation war unbestreitbar logisch, so mußte es gewesen sein. Folglich war Carl der Meinung, die Sache sei jetzt ausgestanden. Das war sie aber nicht.

»Wenn dir aber klar gewesen ist, daß es ein Bulle war, warum hast du ihn dann nicht erschossen?« bohrte Eva Sybille Arndt-Frenzel nach. »Das andere Schwein, das da plötzlich auftauchte und das Feuer eröffnete, hast du ja offensichtlich erschossen. War das auch ein Bulle?«

»Nein«, schaltete sich Werner Porthun ein, »soviel ich sehen konnte, war das ein Wachmann der Bank. Er muß sich irgendwo in einem Nebenzimmer aufgehalten und sofort seine Waffe geholt haben, als wir mit der Aktion begannen. Wir hatten es also mit einem bewaffneten Wachmann und einem Bullen zu tun. Ein bißchen viel auf einmal, könnte man meinen.«

Carl aß eine Weile schweigend weiter, während die anderen ihn ansahen und warteten. Ihr Mißtrauen war ihm ganz unverständlich, nicht zuletzt, weil sie am völlig falschen Ende mißtrauisch waren. Wäre die Hamburger Polizei aus irgendeinem Grund vorbereitet gewesen, würde jetzt niemand hier sitzen und Kalbsschnitzel essen.

»Ich werde ungern wütend«, begann er. »Laßt mich zunächst einmal ganz friedlich festhalten, daß mir der Tonfall eurer Fragen nicht gefällt. Sehen wir uns statt dessen den Verlauf der Aktion an. Sie hat also begonnen, und alles läuft so, wie wir es uns vorgestellt haben. Rein zufällig taucht ein pflichtbewußter Polizeibeamter in der Tür auf und hält eine SIG/Sauer im Anschlag. Diese Komplikation lösen wir. Das heißt, ich löse sie, indem ich den Mann entwaffne, damit wir mit der Arbeit fortfahren können. Dann taucht so ein Irrer am hinteren Ende des Kassenraums auf und fängt an, auf Bankkunden zu schießen. Wir werden morgen ja in den Zeitungen sehen können, ob man dafür ihn oder uns verantwortlich macht oder ob irgend jemand oder mehrere Leute gestorben sind. Tatsache bleibt aber, daß der Wachmann der Bank mehrere Kunden traf, und das müssen sowohl Monika wie Werner beobachtet haben.«

Carl wurde plötzlich am ganzen Körper eiskalt. Hatte er ihre richtigen Namen genannt? Doch, er hatte. Monika Reinholdt nannte sich Monika Schramm. Und Werner Porthun hatte sich als Werner vorgestellt.

»Also«, fuhr er nach seiner scheinbar unmotivierten Pause fort, »wir hatten plötzlich einen Irren auf dem Hals. Ich habe ihn erschossen. Unsere Verluste beschränken sich damit auf einen Leichtverwundeten. Die Aktion konnte zu Ende gebracht werden. Und jetzt sitzen wir hier. Uns ist zwar viel mehr dazwischengekommen, als zu erwarten war, aber wir hatten Glück und wurden mit der Situation fertig. Das ist alles.«

»Noch nicht ganz. Ich will immer noch wissen, warum du das Schwein nicht erschossen hast, wenn du tatsächlich so sicher warst, daß es ein Bulle war«, wandte Eva Sybille Arndt-Frenzel ein. In diesem Moment ging Carl auf, daß er sie bisher nur ein einziges Mal hatte lächeln sehen. Er entschloß sich, seine Wut nicht mehr sonderlich zu zügeln.

»Das darf doch wohl nicht wahr sein«, sagte er mit etwas lauterer Stimme, »daß ihr eine solche Lust darauf habt, Leute umzubringen. Das ist eine falsche Politik, und ich teile eure Auffassung nicht. Dieser Bulle ist für mich kein größerer persönlicher Feind als irgendein anderer beliebiger Beamter. Wir haben die Absicht verfolgt, für Zwecke, an die wir glauben, eine bestimmte Summe aufzubringen, und nicht, kleine Leute zu ermorden. Außerdem könnt ihr das Ganze auch etwas praktischer und als Propaganda sehen, wenn ihr für einen Augenblick mal euren Blutdurst vergeßt. Polizeibeamte in der ganzen Welt haben eine unangenehme Neigung, Morde an Kollegen übermäßig zu dramatisieren, nicht wahr? Im Grunde wäre es ihre Pflicht, Bankräuber mit dem gleichen Eifer zu jagen. Wenn wir aber einen Bullen umlegen, lassen sie alle anderen Fälle stehen und liegen, um uns zu fassen. Es ist unpraktisch, in operativer Hinsicht sogar völlig falsch, ein solches Interesse der Polizei auf sich zu ziehen. Außerdem haben wir einen glaubwürdigen Zeugen dafür, daß es der Wachmann war und nicht wir, der die Kunden in der Bank niedergeschossen hat. Für euch macht es vielleicht keinen Unterschied, aber das werden wir in den Zeitungen lesen. Und jetzt schlage ich vor, daß wir die Diskussion fortführen.«

»Der Meinung bin ich auch«, sagte Martin Beer, »denn ich verstehe wirklich nicht, Genossen, warum ihr so jammert. Das Unternehmen ist gut ausgegangen, und das ist Carls Verdienst. Das ist eine objektive Tatsache, um die ihr nicht herumkommt. Mal ehrlich: Wenn ich oder Friederike diesmal das schlechteste Los gezogen und dort gestanden hätte, wo Carl stand... Ich meine, Hand aufs Herz, Friederike: Wie viele Polizisten hast du bisher eigenhändig niedergeschlagen? Meine Analyse steht so gut wie fest. Carl bedeutet für uns eine Verstärkung, eine unglaubliche Verstärkung. Wenn er nicht dabeigewesen wäre, hätten wir jetzt drei Genossen weniger. Das ist doch offenkundig.«

Eine Weile wurde es still am Tisch. Sie warteten offensichtlich darauf, daß Friederike Kunkel wieder die Initiative übernahm, aber sie kämpfte kurz mit einer kaum wahrnehmbaren Unsicherheit, bis sie sich in eine Detailfrage flüchtete.

»Was hast du mit seiner Waffe gemacht?« fragte sie Carl.

»Ich riß das Magazin heraus und warf es zum anderen Ende des Kassenraums. Dann gab ich ihm seine Pistole zurück, bevor wir verschwanden.«

»Warum das denn? Du hast doch wohl gesehen, daß Monika die Maschinenpistole des Wachmanns mitnahm?«

»Natürlich. Wenn ihr unbedingt mit Beweismaterial in den Händen herumlaufen wollt, ist das eure Sache. Aus meiner Sicht war diese Polizeipistole wertlos. Wen auch immer man mit dieser Waffe erwischt hätte, er würde nicht nur wegen unerlaubten Waffenbesitzes und Hehlerei verurteilt werden, was vergleichsweise Kleinigkeiten sind, sondern auch wegen Bankraubs. Völlig überflüssig. So arbeite ich nicht. Ich kann euch in diesem Punkt wirklich nicht verstehen, und im übrigen könnte ich jetzt einen neuen Revolver gebrauchen. Das heißt natürlich nur dann, wenn ihr mir eine Waffe beschaffen könnt, die bisher noch nicht für einen Mord oder einen Banküberfall verwendet worden ist.«

»Wir sollten eine Pause einlegen. Ich schlage vor, daß wir die Diskussion vertagen, bis wir abgewaschen haben«, sagte Friederike Kunkel.

Für das Kochen und das Abwaschen hatten sie einen rotierenden Dienstplan festgelegt. Wie in einer schwedischen Großfamilie in den sechziger Jahren, dachte Carl.

Martin Beer hatte frei. Er ging mit Carl in das große Wohnzimmer und machte Feuer im Kamin. Carl ging ins Obergeschoß und schob eine Kassette mit einem Streichquartett von Mozart ein und stellte die Stereoanlage auf die Lautsprecher im Untergeschoß um. Als er wieder hinunterging, hatte Martin Beer das Kaminfeuer in Gang gebracht und zwei Gläser Cognac auf den Tisch gestellt.

»Ich nehme an, es ist der Druck«, sagte er nachdenklich, während er langsam das Glas hob, um Carl zuzutrinken. »Wir leben ja unter ständigem Druck, und das führt leicht dazu, daß man nervös wird und aus jeder Mücke einen Elefanten macht... Na ja, du mußt mit einigen Genossen einfach nachsichtig sein. Sie meinen es nicht böse. Was mich betrifft, so bin ich froh, daß wir uns kennengelernt haben. Prost!«

»Guter Cognac. Was für eine Marke?«

»*Remy Martin.* Ein Geschenk französischer Genossen.«

»Die europäischen Terroristen haben einen überraschend guten Geschmack. Es vergeht kein Tag, an dem man nicht über euch staunt.«

»Findest du es kleinbürgerlich und reaktionär, guten Cognac zu trinken?«

»Durchaus nicht, aber ich hatte euch eher für körnerfressende Fanatiker mit runden Nickelbrillen gehalten. Na ja, du weißt schon.«

»Aha. Und lange Haare, Arbeiterlatschen und grüne Jakken?«

»Ja, etwa so. Außerdem habe ich euch nicht für so kompetent gehalten. Aber heute wart ihr gut, wirklich gut. Du hast den Wagen perfekt gefahren, ganz ruhig, hast die Verkehrszeichen beachtet. Es gab nichts auszusetzen. Und Monika und Werner gerieten trotz aller Zwischenfälle nicht in Panik. Das hat mir wirklich imponiert.«

»Du hast, gelinde gesagt, auch keine schlechte Arbeit geleistet.«

»Möglich, aber das ist etwas anderes. Im Vergleich zu euch bin ich Profi. Der kapitalistische Staat hat mir in der Kunst, die Demokratie zu verteidigen, alles Nötige beigebracht. Allerdings gefällt mir dieses Gequatsche nicht, ich hätte den Polizisten ermorden sollen. Hättest du es getan?«

»Ja, ich hätte es zumindest versucht.«

»Und weshalb?«

»Weil es am sichersten gewesen wäre. Wenn ich so gestanden hätte wie du, als er hereinstürmte, hätte ich ihn zunächst durch den Körper geschossen, dann durch den Kopf. Aber nicht aus den Gründen, die du vielleicht vermutest, sondern weil es am sichersten gewesen wäre. Ich beherrsche deine Zirkus-Kunststücke nicht, das ist der Unterschied. Wir befinden uns im Krieg, und es geht ums Überleben. Wenn ich nicht schieße, schießt er. So einfach ist das.«

»Hast du schon mal einen Menschen getötet?«

»Ja, zweimal. Und du?«

»Nein. Das gehört nicht zu meinem Arbeitsstil. Ich transferiere Kapital an die Unterdrückten, aber ich würde nie einen unschuldigen Menschen töten.«

»Es gibt keine unschuldigen Menschen, Carl. Das ist Humanitätsduselei. Ist ein Mann mittleren Alters in Uniform *schuldig*, während ein junger Mann ohne Uniform *unschuldig* ist? Was soll eigentlich diese merkwürdige Einteilung von Menschen in Kategorien? Ist nicht ein Menschenleben ein Menschenleben? Außerdem hast du den Wachmann niedergeschossen. Der könnte jetzt genausogut tot sein. Was du sagst, ist also nicht stichhaltig.«

»Doch. Ich schoß, um ihn zu entwaffnen, und absolut nicht, um ihn zu töten.«

»Bist du da so sicher?«

»Ja. Auf die Entfernung hätte ich ihm zwischen die Augen schießen können. Es waren sieben Meter, und ich hatte freies Schußfeld, also überhaupt kein Problem.«

»Du bist ja verrückt. Der zartbesaitete Terrorist, das wäre etwas für die BILD-Zeitung.«

»Wirst du bei der nächsten Aktion dabeisein?«

»Nein. Eva Sybille geht an meiner Stelle mit. Werner fährt, du und Eva Sybille und Friederike gehen in die Bank.«

»Wer zum Teufel ist Eva Sybille?«

»Hat sie immer noch nicht ihren Namen genannt? Ich habe vergessen, als was sie sich vorstellte, Sabine irgendwas? Na ja, sie ist es jedenfalls.«

»Ist sie gut?«

»Sie ist genauso gut wie Monika, jedenfalls besser als ich.«

»Eine Komikerin ist sie nicht gerade.«

»Nein. Ihr Freund wurde vor zwei Jahren von der Polizei erschossen. Er erlag seinen Verletzungen, wie es damals hieß.«

»Und das glaubt ihr nicht?«

»Nein.«

»Aus welchen Gründen bist du Terrorist geworden?«

»Du verwendest immer wieder den Ausdruck, mit dem uns die Springerpresse und der Imperialismus belegen. Sind denn auch die Palästinenser Terroristen?«

»Ja, einige von ihnen sind es, manchmal sind sie es alle. Wenn sie sich in ein Flughafengebäude begeben und die Fluggäste in einer zufälligen Menschenschlange ermorden, sind sie Terroristen.«

»Und die Leute, die hinterher Flüchtlingslager bombardieren?«

»Das sind auch Terroristen. Staatsterroristen.«

»Und wenn wir die amerikanische Botschaft in Stockholm angreifen und das oberste Geschoß mit der nordeuropäischen Zentrale der CIA in die Luft jagen, sind auch wir dann Terroristen?«

»Darüber müßte man mal nachdenken. Ich glaube, ich könnte diese Frage mit nein beantworten. Das hängt vielleicht ein wenig davon ab, wie man die Aktion begründet. Wenn man sie etwa als direkte Antwort auf einen amerikanischen Bombenangriff gegen ein Land der Dritten Welt oder eine Landeaktion der *marines* in Mittelamerika oder etwas Ähnliches definiert, könnte man sie als eine anti-imperialistische Aktion sehen. Das habe ich ja schon an dem Tag gesagt, an dem wir uns kennenlernten.«

»Du würdest dich also an einer solchen Aktion beteiligen?«

»Auch darüber müßte ich nachdenken. Als ich zuerst davon sprach, habe ich es eher als theoretisches Beispiel gedacht. Ich hielt euch damals nicht für gut genug. Aber nach dem, was ich heute gesehen habe, glaube ich schon, daß ihr so etwas bewerkstelligen könntet. Es wäre durchaus erwägenswert. Aber könnt ihr die nötigen Waffen beschaffen?«

»Welche würden wir brauchen? Russische Waffen könnten wir wohl beschaffen. Worunter hätten wir in dem Fall zu wählen?«

»RPG 7 oder RPG 16. Oder besser noch eine RPG 18, falls du den Unterschied kennst.«

»Nein, ich habe keine Ahnung, erzähl.«

Carl schenkte sich einen neuen Cognac ein und legte ein paar Holzscheite im Kamin nach. Natürlich, ging ihm plötzlich auf, müßten sie die RPG 18 verwenden.

Er holte tief Luft und begann in sachlichem Ton zu berichten:

»Die RPG ist eigentlich eine panzerbrechende Waffe. Das Geschoß wird wie eine Rakete angetrieben und aus einem einfachen Rohr abgefeuert, das der Schütze über der Schulter hält. Die schwerere Waffe, RPG 16, trifft mit absoluter Sicherheit ein bewegliches Ziel auf 300 Meter Entfernung und auf 500 Metern ein stillstehendes. Beim Aufprall dringt das Geschoß durch eine Panzerung von bis zu 320 Millimetern. Die Sprengwirkung richtet sich nach vorwärts und erzeugt, nachdem die Panzerung durchschlagen ist, einen hohen Druck. Dadurch wird alles zerstört und getötet, was sich in einem Panzer befindet. Das ist das Grundprinzip.

Wenn man eines oder mehrere dieser Geschosse auf ein Wohnhaus abfeuert, erzielt man eine furchtbare Wirkung. Die Waffe ist etwa einen Meter lang und wiegt nicht mehr als neun Kilogramm.

Die RPG 18 ist eine Variante, die man der M72 der amerikanischen Armee mehr oder weniger nachgebildet hat. Mit der M72 kann ich ohne weiteres umgehen. Das Besondere an der M72 wie auch an der RPG 18 ist nämlich, daß die Mechanismen so weit vereinfacht worden sind, daß jeder die Waffe ohne die besondere Ausbildung verwenden kann, die sonst für die meisten panzerbrechenden Waffen erforderlich ist. Sowohl bei M72 wie bei RPG 18 ist nämlich eine mit Illustrationen versehene Gebrauchsanweisung auf das Feuerrohr aufgebracht, so daß jeder, der überhaupt eine Waffe in der Hand halten kann, nur eine RPG an sich zu nehmen, die Gebrauchsanweisung zu lesen und dann zu schießen braucht.

Eine kampfbereite RPG 18 wiegt nur sechseinhalb Kilogramm und ist nicht länger als 70 Zentimeter. Was einen eventuellen Schmuggel vereinfachen dürfte.

Die Waffe ist so handhabungssicher, daß man sie ohne weiteres draußen auf Gärdet, mehrere hundert Meter von der amerikanischen Botschaft entfernt, aufstellen und trotzdem sicher sein kann, daß sie trifft. Die RPG 18 hat keine Zielvorrichtung für Aktionen in der Dunkelheit wie die RPG 16, die ergänzend zu den offenen Zielvorrichtungen noch ein NSP 2-Infrarotgerät besitzt. Wenn wir aber die größtmögliche Wirkung erzielen wollen, muß die Aktion während der Geschäftszeit durchgeführt werden. Damit könnten wir auf die Vorzüge der RPG 16 verzichten und sollten uns lieber auf die RPG 18 konzentrieren.

Wir brauchen drei oder vier Genossen, die sich bei diesem Kommandounternehmen auf das Feuern beschränken. Zwei Genossen für den Abtransport vom Standort. Ein paar weitere Genossen für die Beschaffung von Fluchtwohnungen. Diese müssen auch beim Einschmuggeln der Waffen helfen, das Ziel fotografieren und einige andere Dinge übernehmen. Das ist alles, was wir brauchen. Also keine Umstände mit Granatwerfern oder anderen Waffensystemen, die eine Ausbildung erfordern.«

»Und wenn wir einen Schlag gegen eine Luftwaffenbasis führen wollten, gegen feindliche Bomber in der Bundesrepublik oder England? Welche Waffen kommen dann in Frage?«

Martin Beer hatte andächtig zugehört. Er schien völlig fasziniert zu sein. Carl hatte ein Gefühl von *déjà vu;* er war wiederum der Rattenfänger von Hameln, der auf seiner Silberflöte spielte.

»Dann wäre das Beste eine FIM-92 A *Stinger*, eine tragbare amerikanische Raketenwaffe, Länge etwa anderthalb Meter, Gewicht gut 15 Kilo, mit einer Reichweite bis zu fünf Kilometern und einer Geschwindigkeit von mehr als Mach 2. Armee und Marinekorps der USA haben mehr als 17 000 Waffen dieser Art in ihren Depots sowie ein Lager von mehr als 30 000 Raketen. Als Abwehrwaffen gegen Raketen setzen Flugzeuge normalerweise Hitzekerzen ein, die den Wärmeorter des Projektils ablenken. In Afghanistan haben sogar die russischen Hubschrauber mit Erfolg diese Abwehrwaffe gegen ihre eigenen *SAM 7* in den Händen der Mudschaheddin eingesetzt. Die *Stinger* dagegen hat zwei Ortungssysteme, eins, das mit Infrarotlicht arbeitet, und eins, das auf Wärme reagiert. Das amerikanische Modell ist also besser als das russische. Natürlich ist fraglich, ob man solche Dinger überhaupt stehlen kann. Wenn es möglich wäre, hätte der Feind wahrscheinlich allen Grund, höchst besorgt zu sein. Flugzeuge aber, die von westlichen Flughäfen zu Routineflügen starten, rechnen jedoch absolut nicht mit Angriffen dieser Art. Im Augenblick des Starts und zehn Sekunden danach sind die Maschinen nicht nur leicht zu treffen, sondern auch extrem verwundbar.

In der ganzen Welt dürfte es etwa 50 000 russische *SAM-7* und *SAM-14* geben, die modernere Version. Die Waffe ist sperriger und schwerer zu handhaben als ihr amerikanisches Pendant, dafür aber wohl auch leichter zu erbeuten. Oder?«

»Ja«, sagte Martin Beer, mit einer Stimme, die vor Aufregung zitterte, »ich glaube, das müßte sich machen lassen. In unserem zweiten Kommando hier in der Stadt, dem *Kommando Siegfried Hausner,* haben wir einen Genossen, der die Waffenbeschaffung organisieren könnte.«

»Und wo?«

»Irgendwo im Nahen Osten, ich weiß es nicht so genau.«

Martin Beer machte den Eindruck, als hätte er die Unwahrheit gesagt. Carl beschloß jedoch, keine weiteren Fragen zu stellen, die Martins Mißtrauen erregen könnten. Er hatte schon zwei Hinweise von großem Wert erhalten: Einmal gab es eine *connection* in den Nahen Osten, zum zweiten hatte er herausgefunden, daß das zweite Kommando in der Stadt nach Siegfried Hausner benannt war.

Siegfried Hausner war der Terrorist gewesen, der an der Aktion gegen die Stockholmer Botschaft der Bundesrepublik 1975 teilgenommen hatte und der anschließend, nach dem Beschluß der schwedischen Regierung, ihn auszuweisen, an den Folgen seiner Verletzungen gestorben war, bevor er angemessene ärztliche Hilfe erhalten hatte. Ein Kommando mit dem Namen *Hausner* wies klar auf Schweden hin. Trotzdem war es Zeit, das Thema zu wechseln.

»Du hast vorhin nicht geantwortet, als ich dich fragte, warum du Terrorist geworden bist.«

Carl fiel es anfangs schwer, sich auf Martin Beers Bericht zu konzentrieren, da er sich in Gedanken schon mit der Frage beschäftigte, welche Gefahren man heraufbeschwor, wenn man tödlich gefährliche Raketen in die Hände dieser Leute gab, die bestimmt nicht zögern würden, sie zu gebrauchen. Dieses Risiko bestand selbst dann, wenn lediglich beabsichtigt war, die Terroristen nur vorübergehend und als Bestandteil einer größeren Polizeiaktion mit diesen brandgefährlichen Waffensystemen hantieren zu lassen. Was wäre, wenn etwas schiefging, wenn die Terroristen mit einem halben Dutzend sowjetischer RPG 18 davonkamen?

Martin Beer erzählte, er habe sich einem losen Verbund von Linksgruppen angeschlossen, die sich *Spontis* nannten. Im Grunde hätten sie aller Ideologie und aller langweiligen theoretischen Diskussionen abgeschworen, ja, tatsächlich, man habe so argumentiert. »Eigentlich waren wir meist auf Streiche aus. Man könnte sagen, wir wollten die braven Bürger reizen, Politiker mit Eiern bewerfen, Wände vollschmieren und Versammlungen politischer Gegner durch Geschrei und Lärm auffliegen lassen. Wir waren eine ziemlich heterogene Bewegung, lauter junge Leute, die man nach objektiven Kriterien weder links noch rechts hätte einordnen können. Ich habe keinen Grund, darauf besonders stolz zu sein, aber das war vor zehn Jahren, ja sogar vor mehr als zehn Jahren.

Ich wohnte damals in Düsseldorf. Weihnachten 1975 hatten sich die *Spontis* in den Kopf gesetzt, gegen den überbordenden Kommerz zu protestieren, gegen die fette Überflußgesellschaft, die sich auf Kosten der hungernden Mehrheit aller Menschen mästet. Wir wollten Schaufenster mit Parolen vollschmieren, uns als Vietnamesen verkleiden, Eier werfen, Flugblätter verteilen und Straßentheater über die Ausbeutung veranstalten.

Wir waren etwa fünfzig mehr oder weniger verkleidete Leute. Wir rannten durch die größten Einkaufsstraßen der Innenstadt. Zunächst verlief alles etwa so, wie wir es erwartet hatten. Die Bürger waren nicht sonderlich verblüfft, und auch das Straßentheater heimste nicht gerade stürmische Ovationen ein. Kein Mensch schien sich in seiner Kauflust stören zu lassen, aber wir hatten immerhin den Versuch gemacht, die Leute nachdenklich zu stimmen.

Einen Häuserblock entfernt hielt dann ein grauer Bus. Das erfuhren wir übrigens erst am Tag darauf, daß sie mit einem Bus gekommen waren. Ihm entstiegen rund dreißig kräftig gebaute Männer mit lila und grünen Haaren. Sie hatten alle lila oder grünes Haar – das war vermutlich ein Erkennungszeichen. Diese Burschen begannen Schaufenster einzuschlagen und den einen oder anderen Passanten zu verprügeln. Dann ließen sie sich auf Schlägereien mit uns *Spontis* ein. Bewaffnet waren sie mit Eisenrohren, um die sie Zeitungspapier und Stoffreste gewickelt hatten. Nach zehn Minuten der Verwüstung und des Prügelns verschwanden alle diese Männer mit gefärbtem Haar wie durch Zauberei. Eine Minute später erschienen hundert uniformierte Beamte einer MEK-Einheit und sammelten die *Spontis* ein, die noch stehen oder gehen konnten.

In den Bussen zu den Polizeiwachen bezogen wir weitere Prügel. Wir wurden vierundzwanzig Stunden festgehalten, registriert, fotografiert und erkennungsdienstlich behandelt. Man teilte uns mit, wir seien der Plünderung, der Körperverletzung und der Sachbeschädigung verdächtig.

Mit dem, wofür ich später verurteilt wurde, hatte ich nichts zu tun. Ich bekam einen Monat Gefängnis. Und was diese Burschen mit dem kurzgeschnittenen gefärbten Haaren betrifft, so gab es schon damals nur eine einzige vernünftige Theorie: Es müssen Polizisten gewesen sein. Ein Jahr später kam es übrigens durch die Presse heraus, daß es sich tatsächlich so verhalten hatte. Die Polizei hatte kriminell gewütet, und die *Spontis* bekamen die Strafen.

Etwa um diese Zeit wurde ein Komitee gegen die Folterung der politischen Gefangenen gegründet, das eine bundesweite Kampagne gegen die staatliche Verfolgung der gefangenen RAF-Kämpfer ins Leben rief. Im Stammheimer Bunker brannte Tag und Nacht das Licht, und die Zellenwände waren völlig weiß. Die Gefangenen waren von jeder Kommunikation abgeschnitten. Es hatte den Anschein, als wollte der Staat die verurteilten Terroristen bis an die Grenze des Wahnsinns foltern oder zum Selbstmord treiben.

Ich schloß mich einem dieser Komitees an. Damals wußte ich noch nicht, daß es tatsächlich ein Teil der RAF war. Ich glaubte, es ginge um ein allgemein humanitäres Programm, darum, gegen unbegründete und grausame Unterdrückung durch die Bullen zu protestieren. Ich hatte diese Unterdrükkung ja schon am eigenen Leib erlebt.

Meine letzten Illusionen über die Demokratie in Deutschland waren dahin, als die Polizei eine Razzia gegen eine Wohnung unternahm, in der ich mit drei anderen Aktivisten der Komitees wohnte. Wir wurden brutal zusammengeschlagen. Wahrscheinlich bezog ich die meisten Prügel, weil ich zufällig der größte war.

Wir wurden wegen des Verdachts auf Mitgliedschaft in einer kriminellen Vereinigung festgenommen. Der Staatsanwalt forderte fünf Jahre Gefängnis, da die Komitees *nur ein Deckmantel für den Baader-Meinhof-Terrorismus* seien. Ich bekam einen Verteidiger, der wie ein Löwe für mich kämpfte und mich freibekam. Ein Jahr später wurde dieser Anwalt festgenommen und als Terrorist zu zehn Jahren Haft verurteilt.«

Martin Beer machte eine kurze Pause, als er die anderen kommen hörte, die sich dem Wohnzimmer näherten.

»Das war der Moment, in dem ich auf die andere Seite ging«, sagte er kurz. »Da hatte ich keine Illusionen mehr. Früher hatte ich mich immer als Deutscher gefühlt. Seit dieser Zeit aber bin ich kein Deutscher mehr. Dieses verfluchte System muß zerschlagen werden.«

»Dürfen wir die wohlanständige Idylle stören? Wir sollten jetzt weitermachen«, sagte Friederike Kunkel, die mit den anderen hereingekommen war.

Carl hatte bei der Zusammenkunft seinen Willen durchgesetzt. Eine neue Waffe, da sein Revolver auf den Grund der Elbe mußte, denn er war auf einen Wachmann abgefeuert worden. Das Geld am nächsten Tag auf die Hand, damit er in die Schweiz fliegen konnte. Mit anderen Worten: Sonderurlaub.

Die Terroristen hatten Sicherheitsbedenken geltend gemacht, als sie von dem geplanten Ausflug hörten. Er hatte die Einwände mit einem Scherz abgetan: Wenn es etwas gebe, dessen man Terroristen in der Bundesrepublik wirklich nicht verdächtigen würde, wäre es das Bedürfnis, sich sofort mit der Beute aus dem Überfall zu einer Schweizer Bank zu begeben. Außerdem werde nicht nach ihm gefahndet.

Sie hatten dann in der Küche offenbar eine Fraktionssitzung abgehalten und beschlossen, ihm grünes Licht zu geben. Das Ganze dauerte nur ein paar Stunden.

Als er ins Obergeschoß hinaufging, schlief Monika schon. Er trat an ihr Bett und legte ihr die Hand auf die Stirn. Sie hatte Fieber, aber kein hohes. Wenn sie sich ein paar Tage lang schonte, würde die Wunde verheilen. Jetzt hatte sie ein weiteres *besonderes Kennzeichen:* eine acht Zentimeter lange grobe Narbe auf der linken Körperseite zwischen der fünften und sechsten Rippe. Er empfand plötzlich eine große Zärtlichkeit für sie, die ihn zwang, schnell aufzustehen und sich auf Zehenspitzen hinauszustehlen. Er ging ins Balkonzimmer und suchte ihre Beethoven-Sonate in E-Dur heraus, setzte sich die Kopfhörer auf und ließ sich auf das Sofa fallen, ohne das Licht anzuschalten. Er grübelte über Martin Beer nach, der ihm als Vorwand diente, die Gedanken an Monika zu verscheuchen.

Der Bericht über die Polizisten, die Verbrechen begingen, um ein paar Spontis festzunehmen, um sie dann verprügeln, verurteilen, registrieren, erkennungsdienstlich behandeln und zu stigmatisierten Bürgern des demokratischen Staates machen zu können, und all das andere, was Beer erzählt hatte, war nach den Maßstäben des einfachen menschlichen Anstands eine vollkommen unglaubliche Geschichte. So etwas durfte im Deutschland Beethovens und Goethes nicht geschehen.

Carl glaubte aber, was er gehört hatte. Er hatte Beer, während er sprach, immer aufmerksamer betrachtet. In seinem Gesicht hatte er eine ruhige und feste Überzeugung erkannt. Und das, was er berichtet hatte, war in sich schlüssig und überzeugend. Vermutlich traf es zu, daß die im Stammheimer Bunker einsitzenden RAF-Gefangenen in einer Zeit öffentlicher Erregung einer unbegründeten und unnötig grausamen Behandlung ausgesetzt gewesen waren. Hier war es richtig gewesen, dagegen zu protestieren. Das war eine anständige und demokratische Haltung. Und bei Martin Beer hatte das zur Folge gehabt, daß man ihn mit einem Berufsverbot belegte. Er war Volksschullehrer gewesen oder hatte zumindest kurz vor der Einstellung in den Staatsdienst gestanden. Und der Staat hatte verfügt, daß man ihm die Erziehung von Kindern nicht anvertrauen könne. Und am Ende war er Terrorist geworden.

Einerseits.

Andererseits hatte er zwei Menschen ermordet. Er würde also lebenslänglich bekommen. Und Carl würde ihn dieser Gerechtigkeit selbst übergeben.

Carl hatte vier Menschen getötet. Dafür hatte er die Tapferkeitsmedaille Gustavs III. bekommen.

Ich darf nicht durchdrehen, dachte er.

Auf dem Flug nach Zürich hatte er nur wenig Handgepäck dabei: eine Reisetasche mit einigen Büchern und neu eingekauften Musikkassetten und den wichtigsten deutschen Tageszeitungen. Das Geld, das er angeblich in Zürich auf sein Konto einzahlen wollte, lag schon zusammen mit seinem Bericht im Schließfach des Hamburger Hauptbahnhofs. Er hatte sich entschlossen, nicht über den Beschluß zu spekulieren, der jetzt beim Verfassungsschutz getroffen werden mußte. Er hegte die leise Hoffnung, daß sie die Beute als ausreichend betrachten würden, daß sie vielleicht schon vor seiner Rückkehr zuschlagen würden, obwohl er gefordert hatte, vorab informiert zu werden. Trotzdem vermutete er, wenn auch widerwillig, daß sie die zweite Alternative wählen würden, nämlich die Ausweitung des *Unternehmens Götterdämmerung* auch auf das *Kommando Siegfried Hausner*.

Er lenkte sich mit der Lektüre über den Banküberfall ab. Die Informationen waren verwirrend und widersprüchlich, obwohl sich die Presse einig war, daß die RAF wieder einmal zugeschlagen habe. Das *Hamburger Abendblatt* hielt sich am korrektesten an die Tatsachen. Die Zeitung betonte, der Schußwechsel sei vermutlich nicht durch die Bankräuber begonnen worden, sondern durch den von einem der Terroristen leicht verwundeten Wachmann. Der Bericht enthielt nicht eine erfundene Zeile und erging sich auch nicht in Spekulationen über irgendeinen *Rambo-Räuber*. Überdies beherrschte ein ganz anderes Ereignis die erste Seite: Ein deutscher Entwicklungshelfer war zusammen mit fünf anderen Menschen bei einem Hinterhalt der Contras in Nicaragua ermordet worden.

BILD Hamburg war das genaue Gegenteil davon. Vor einem schwarzen Hintergrund auf der gesamten Titelseite leuchteten in Weiß die Schlagzeilen:

DER RAMBO-RÄUBER
HAT WIEDER ZUGESCHLAGEN
FÜNF PERSONEN ANGESCHOSSEN
BLUTBAD IN BANK

Als einziges Bild schmückte die Titelseite ein Foto des blutverschmierten Marmorfußbodens im Kassenraum. Im Hintergrund sah man verschwommen einige Personen, die auf Tragbahren davongetragen wurden.

Die Zeitung behauptete, der *Rambo-Räuber* sei diesmal mit einer Maschinenpistole bewaffnet gewesen und zusammen mit zwei Angehörigen des harten Kerns der RAF in Erscheinung getreten, die von der Polizei eindeutig identifiziert worden seien. Der Verfassungsschutz bestätige diese Version, behaupte aber, die Räuber hätten keinerlei Spuren hinterlassen. Als ein Polizist, der sich weigere, sich zu der Angelegenheit zu äußern, etwa gleichzeitig mit einem Wachmann im Kassenraum aufgetaucht sei, habe der *Rambo-Räuber* das

Feuer auf die Kunden eröffnet, um die Aufmerksamkeit des Beamten abzulenken, bevor er dann eiskalt den Wachmann niedergeschossen und seine Maschinenpistole auf den Polizeibeamten gerichtet habe, der es in dieser Lage für richtig gehalten habe, aufzugeben. Der Wachmann sei um ein Haar dem Tod entronnen und habe vermutlich wohl nur das Glück gehabt, sich genau in dem Augenblick zu bewegen, in dem der Schuß auf ihn abgegeben wurde. So sei er mit dem Leben davongekommen.

Da es nunmehr eine Tatsache sei, daß der *Rambo-Räuber* – dessen Namen die Polizei aus fahndungstechnischen Gründen nicht nennen wolle (sie weigere sich sogar zu bestätigen, daß es sich überhaupt um den *Rambo-Räuber* handle, obwohl das doch ganz offenkundig sei) – sich den Terroristen angeschlossen habe, hätten sich die schlimmsten Befürchtungen bestätigt. Es stehe ein Blutbad bevor.

Carl hörte schon bald auf zu lesen. Obwohl es im Grunde unverständlich war, daß der *Rambo-Räuber* nicht namentlich genannt wurde, schien das in der Darstellung der BILD-Zeitung völlig selbstverständlich zu sein. Das steigerte die Dramatik und die Rätselhaftigkeit, die den Gesuchten umgab. Es stellte sich die Frage, inwieweit das seine vermeintlichen Genossen im Kommando in der Breiten Straße mißtrauisch machen würde.

Carl faltete die Zeitungen zusammen, steckte sie in die Ablage vor sich und versuchte, eine Weile aus dem Fenster zu schauen und an nichts zu denken. So weit das Auge reichte, war allerdings nur ein Wolkenmeer zu sehen.

Monika kam ihm wieder in den Sinn. Sie erinnerte ihn an Tessie; wenn man nur ihr doppeldeutiges Lächeln etwas amerikanisierte und größer und breiter machte, wenn sie längere Haare gehabt hätte wie auf dem Fahndungsfoto, wenn...

Ich darf nicht durchdrehen, wiederholte er im stillen.

Der Martin Beer, den er sich beim Durchlesen des Fahndungsmaterials vorgestellt hatte, hatte sich in den zehn Tagen Hausarrest vor dem Banküberfall immer mehr verändert. Auf dem Fahndungsfoto sah Beer tückisch aus – das Bild mußte, Beers Kleidung und Aussehen nach zu schließen, aufgenommen worden sein, nachdem man ihn wegen der von der Polizei begangenen Sachbeschädigung und Körperverletzung festgenommen hatte. Am Ende der zehn Tage war Martin zu dem recht sanften, nachdenklichen Mann geworden, der am Kaminfeuer gesessen und seine Geschichte mit einem Ausdruck in den Augen erzählt hatte, der zwischen Melancholie und Galgenhumor schwankte.

Die anderen Terroristen hatten Carl nie an sich herankommen lassen. Friederike Kunkel spielte unablässig die Rolle des stahlharten Chefs ohne gefühlsmäßige oder sonstige persönliche Schwächen, und »Sabine Lüders« alias Eva Sybille Arndt-Frenzel hatte auch den kleinsten persönlichen Kontakt verweigert.

Carl ertappte sich dabei, daß er zwischen den Terroristen unvertretbare Unterschiede machte. Wenn Uwe Dee und seine Mannen drei von ihnen festnähmen, würde es Carl nicht im mindesten berühren. Er wünschte aber, daß Monika und Martin davonkämen.

Carl bat die Stewardeß um einen Cognac. Zufällig war es wieder *Remy Martin,* die Marke, die die »französischen Genossen« Martin zum Geschenk gemacht hatten (war das eine Verbindung, der er nachgehen sollte?).

Ich bin schwedischer Offizier, sagte er halblaut auf schwedisch. Es war das erstemal seit langer Zeit, daß er etwas auf schwedisch gedacht oder gesagt hatte. Seine Muttersprache kam ihm fast schon fremd vor, so lange hatte er sich jetzt schon mit einer Mischung aus gebrochenem Deutsch und Englisch behelfen müssen. Ich bin schwedischer Offizier, wiederholte er im stillen, um sich wieder zur Raison zu bringen. Ich bin dazu da, die Demokratie gegen ihre Feinde zu schützen. Die Terroristen bedrohen Schweden. Sie sind meine Feinde. Mein Auftrag ist einfach und klar umrissen. Ich nehme an einem Unternehmen teil, das ihre Aktionen stören, einen großen Teil ihrer Führungsspitze unschädlich machen und mein Land schützen soll.

Gewäsch, dachte er und kippte den Cognac so schnell in sich hinein, als wäre es Whisky. Sentimentales Gewäsch. Wenn sie wüßten, wer ich bin, würden sie versuchen, mich zu töten. Sie oder ich – das ist alles, worum es jetzt geht.

In Zürich zahlte er erneut einen kleineren Geldbetrag auf sein Nummernkonto ein, und der Kassierer, der wohl schon die absonderlichsten finanziellen Transaktionen erlebt hatte, verzog keine Miene.

Vom Hamburger Flughafen fuhr er mit einem Lufthansa-Bus in die Stadt, stieg in die U-Bahn, fuhr eine Zeitlang herum und stieg gewohnheitsmäßig fünf- oder sechsmal um, bis er im Hauptbahnhof das Schließfach aufsuchte. Es enthielt einen dicken braunen DIN-A 5-Umschlag, den er sich in die Innentasche seiner Jacke steckte, bevor er zu den 25 Meter entfernten Toiletten ging.

Der Umschlag enthielt 10 000 Mark, eine Quittung für die Beute aus dem Banküberfall sowie eine kurze Mitteilung.

Man habe die Zielsetzung des Unternehmens erweitert, hieß es – genau wie Carl schon geahnt hatte. In der Breiten Straße werde es keine Fahndungseinsätze geben (klug, sehr klug, dachte Carl). Es folgte die Anfrage, ob er eine neue Waffe brauche. Die zurückgegebene Waffe wurde ihm quittiert. Ferner wurde er angewiesen, nur im Notfall zu telefonieren. Die Vorbereitungszeit eines Einsatzes gegen die konspirative Wohnung in der Breiten Straße werde mit dreißig Minuten veranschlagt (Teufel, dachte Carl, ich habe vergessen, von der Sprengladung an der Tür zu berichten). Ferner hieß es in einer unbegreiflichen Formulierung, die Behörden könnten *nicht ohne weiteres* neue Banküberfälle akzeptieren und erwarteten von Carl größtmögliche Vorsicht – wie war das zu verstehen? Sollten Banküberfälle etwa nachlässig und mit größtmöglicher Achtlosigkeit verübt werden? Dann eine ebenso schwerverständliche Aufforderung, im Umgang mit den fraglichen Personen große Vorsicht walten zu lassen – als ob ihm je etwas anderes in den Sinn kommen könnte.

Er riß die Mitteilung in kleine Stücke und warf sie ins Klo, spülte und vergewisserte sich, daß nichts zurückgeblieben war. Dann ging er zum Bahnhofspostamt, kaufte Briefumschläge und Briefmarken und steckte seine Quittungen in den Briefkasten. Adressat: *Skandinaviska Enskilda Banken* in Stockholm. Anschließend kehrte er zum Schließfach zurück und legte die Quittung in den braunen Umschlag, der das Geld enthalten hatte.

Er nahm ein Taxi in die Breite Straße, ließ fünf Häuserblocks vor Nummer 159 halten und ging das letzte Stück zu Fuß. Niemand folgte ihm. Es regnete. Die Straße war fast menschenleer, und zu hören waren nur die Geräusche der Autoreifen auf dem nassen Asphalt. Carl fühlte sich leer. Er ließ sich die Straße hinuntertreiben, ohne an etwas zu denken.

Es war die unfehlbar nicht-lächelnde Eva Sybille, die auf sein Klingelsignal hin aufmachte.

»Schön, daß du kommst. Wir haben dich schon erwartet«, sagte sie und kehrte sofort wieder in die Wohnung zurück. ohne weiter von ihm Notiz zu nehmen. Carl seufzte unbewußt auf vor Erleichterung.

Im Wohnzimmer, vor dem Kamin, saß ein Mann, den er bisher nur auf einem schlechten Fahndungsfoto gesehen hatte, aber nun doch wiedererkannte. Von den anderen war niemand zu sehen.

»Ich heiße Horst, willkommen«, sagte Horst Ludwig Hahn und lächelte angestrengt freundlich, als er Carl die Hand entgegenstreckte.

Carl nahm die Hand und legte seine nasse Jacke über eine Sessellehne. Er setzte sich und versuchte so zu tun, als ob dieser Horst irgendein x-beliebiger Horst war.

»Ich darf wohl annehmen«, sagte Carl, »daß du die Genossen kennst. Haben sie dir gesagt, wer ich bin?«

»Ja, selbstverständlich. Wir sitzen doch alle im selben Boot.«

»Da bin ich aber ganz anderer Meinung.«

»Man hat mir schon gesagt, daß du deine kleinen Eigenheiten hast. Trotzdem werden wir gemeinsam einen Flug unternehmen, du, ich und noch einer. In zehn Stunden. Aber erst fahren wir ein Stück mit dem Auto. In zehn Minuten geht es los.«

Carl stellte sich plötzlich eine Autofahrt zu einem dunklen Flußufer vor. Er hielt es für besser, gar nichts zu sagen, da die geheimnisvolle Ankündigung des Terroristen Horst Ludwig Hahn natürlich einer Erklärung bedurfte.

»Wir fliegen von Wien nach Damaskus. Wir wollen bestimmtes Material beschaffen, und dazu brauchen wir deine Sachkenntnis. Deshalb mußt du mitfliegen. Wie gesagt, du, ich und ein weiterer Genosse.«

»Warum zum Teufel sollte ich mich darauf einlassen?«

»Weil wir deine Sachkenntnis brauchen.«

»Das ist für mich nicht Grund genug.«

»Die Beute beider Banküberfälle als Vergütung?«

»Ja, das wäre zumindest *ein* Grund. Aber sagen wir lieber die Beute des Überfalls, den wir schon hinter uns haben. Dieses Geld ist vorhanden, das andere existiert nur in der Theorie. Außerdem sollten wir vielleicht mit neuen Überfällen warten. Der Lektüre von BILD und den anderen Zeitungen entnehme ich, daß die Öffentlichkeit ein wenig aufgeregt ist.«

»Von mir aus in Ordnung.«

»Es geht also um die RPG?«

»Ja.«

»Wo sollen wir uns die denn besorgen? Im Basar vielleicht?«

»Mach dir deswegen keine Sorgen. Wir können die Ware beschaffen. Du sollst nur mitkommen, um sie zu prüfen, das ist alles.«

»Und die Reisekosten?«

»Übernehmen wir.«

Carl schwieg eine Weile. Falls sie die Absicht hatten, ihn zu töten, so wäre dazu kein Ausflug nach Damaskus nötig. Der Köder RPG hatte offensichtlich seine Wirkung getan. Nach Lage der Dinge schien Carl ein weiterer Bankraub erspart zu bleiben. Aus fünf verhafteten Terroristen würden mindestens sieben werden. Es schien ein einfaches Geschäft zu sein.

»Okay«, sagte er. »Ich will mich nur schnell duschen und umziehen. Ich gehe davon aus, daß wir keine Waffen mitnehmen.«

»Völlig richtig«, sagte Horst Ludwig Hahn.

Carl ging ins Obergeschoß, zog sich aus, stellte sich unter die Dusche und wusch sich das Haar. Dann rasierte er sich, wickelte sich ein Handtuch um die Taille und ging zu Monika ins Zimmer. Sie schlief. Er legte ihr die Hand auf die Stirn. Sie hatte kein Fieber mehr.

9

Damaskus ist eine Märchenstadt, die in mehr als nur einer Hinsicht schwer zu erreichen ist. Der unerfahrene Reisende, der beispielsweise den Versuch unternimmt, mit dem Wagen nach Syrien zu kommen, gerät an der Grenze in ein heilloses Durcheinander: Er braucht mindestens fünf Stunden, um an mindestens fünf verschiedenen Stellen ebenso viele wahrhaft entscheidende Stempel zu erhalten, die für Devisenerklärungen, Versicherungen und Visa erforderlich sind. Endlos lange orientalische Schlangen und ein Gewimmel von Formularen sind zu bewältigen. Wer nicht Arabisch spricht, ist an den Grenzübergängen den Scharen schakalähnlicher Jobber ausgeliefert, die sich gegen Provisionen von bis zu 200 syrischen Pfund bereit erklären, durch das Labyrinth zu helfen.

Der Flughafen von Damaskus ist leichter zu bewältigen, aber auch hier braucht man Erfahrung, Bestechungsgeld und eine stoische Geduld.

Horst Ludwig Hahn besaß diese Eigenschaften. Er und seine Frau flogen mit hervorragend gefälschten Schweizer Pässen. Zwei schweizerische und einen gleichfalls neutralen schwedischen Touristen ins Land zu bringen, schaffte er in weniger als einer Stunde mit nicht einmal 300 Pfund Bakschisch. Er kannte sich im Nahen Osten offensichtlich aus.

Sie waren früh in der Stadt, schon vor Sonnenuntergang. Die Luft war trocken und kühl. Hahn hatte im *Sheraton Damaskus* ein Zimmer gebucht, einem der schönsten Hotels des Vorderen Orients. Es wirkt wie eine Parodie auf ein Wüstenschloß der Omaijaden, und die Ausschmückung des Hotels weist den gleichen klassischen Stil auf: geometrische Sternen-Muster in Schwarz, weißer und roter Marmor, strenge, schwarze Eisengitter, große, klare Flächen.

Es gehörte zur Tarnung der drei, als junge Geschäftsleute aus dem Westen aufzutreten. Sie waren gut gekleidet, ohne die Eleganz zu übertreiben, trugen das Haar kurzgeschnitten, waren höflich und das genaue Gegenteil von dem, wie man sich europäische Terroristen vorstellt. Die Wahl des Hotels schien da nur natürlich.

Nachdem sie sich eingetragen hatten, trennten sie sich für einige Stunden. Horst Ludwig Hahn wollte ein paar Telefongespräche führen, sagte Carl allerdings nicht, mit wem. Sie verabredeten sich, in ein paar Stunden gemeinsam essen zu gehen.

Carls Zimmer war in Schwarz, Rot und Gelbweiß gehalten, den Farben des syrischen Marmors. Das erschien ihm sehr durchdacht und unerhört ästhetisch, obwohl ihm der gebildete Horst Ludwig Hahn bislang nur einen Bruchteil seines offenbar grenzenlosen Wissens über muslimische Kunst und den Omaijaden-Stil offenbart hatte.

Carl zog die Vorhänge vor dem Balkonfenster zur Seite und blickte auf die Stadt mit ihrem Lichtermeer auf den Hügeln. Damaskus liegt in einem auf allen Seiten von Bergen umschlossenen Kessel. Mit einemmal setzte der klagende Gesang der Muezzin auf den Minaretts in der Nähe ein, die bei Sonnenuntergang die Gläubigen zum Gebet rufen.

Carl legte sich mit einem Bier, einem europäischen Bier, auf den Bettüberwurf mit dem Sternen-Muster und lauschte dem Singsang.

Das Ehepaar Hahn war eine erstaunliche Bekanntschaft. Auf dem Foto links unten auf dem rotlila Fahndungsplakat sah Horst Ludwig Hahns Gesicht verzerrt und gehässig aus. Er hatte den Kopf gebeugt und den Blick gesenkt, um das Bild für Fahndungszwecke unbrauchbar zu machen. In Wahrheit war er ein immer zu Scherzen aufgelegter Mann, der unaufhörlich erzählte und zu allem Kommentare abgab; bevor er Terrorist geworden war, hatte er Kulturgeographie und Archäologie studiert. Er war zartgliedrig, und das einzige besondere Kennzeichen, das von ihm bekannt war, war eine ein Zentimenter lange waagerechte Narbe mitten auf der Stirn. Die war aber nur zu sehen, wenn man wußte, wo man suchen mußte. Carl hatte sie zunächst gar nicht bemerkt.

Hahns neunundzwanzigjährige Frau Barbara war fast überirdisch schön. Das Fahndungsfoto, auf dem sie wie ein romantisches Märchenwesen aussah, wurde ihr nicht einmal zur Hälfte gerecht. Sie war klein, zierlich gewachsen, und ihre Stimme wirkte immer leicht heiser und verschleiert. Sie sprach langsam und ein wenig träumerisch.

Mit anderen Worten: Diese gepflegten, sympathischen Menschen würden nirgendwo für Terroristen gehalten werden. Und das wußten sie offenbar auch selbst sehr genau, da sie völlig unbeschwert und selbstbewußt auftraten.

Kurz vor dem Grenzübergang von der Bundesrepublik nach Österreich hatte Horst Ludwig Hahn sogar darüber gewitzelt, als Carl dieses Thema zur Sprache brachte. Es spiele keine große Rolle, daß man per Fahndungsplakat gesucht werde, meinte Hahn, denn die Leute erwarteten immer, daß sogenannte Terroristen böse und verbissen aussähen. Dieses Vorurteil der Allgemeinheit sei ihr wichtigster Schutz, und dafür hätten sie in erster Linie der Springer-Presse zu danken.

Den größten Teil der Autofahrt hatte sie eine allgemeine Analyse der Entwicklung der westeuropäischen Linken seit dem Höhepunkt 1968 und während des nachfolgenden Niedergangs beschäftigt. Sie hatten Schweden und die Bundesrepublik verglichen und mehr Ähnlichkeiten gefunden, als sie zunächst vermutet hätten.

In beiden Ländern hatten konservative kommunistische Parteien, die sich kaum von der Politik der dreißiger Jahre gelöst hatten, einen Teil der linksgerichteten Jugend absorbiert. Viele junge Leute glaubten immer noch, eine traditionelle Linkspartei könne dem Sozialismus eine demokratische Mehrheit beschaffen. Das, was einmal die Neue Linke gewesen war, hatte sich in vernichtende Fraktionskämpfe verstrickt, die am Ende nur noch zermürbend waren. Für diejenigen, die immer noch glaubten, politische Parteien und herkömmliche Überzeugungsarbeit könnten für die internationale Solidarität mit den Unterdrückten in der Dritten Welt und soziale Gerechtigkeit im eigenen Land eine Mehrheit gewinnen, waren nur noch die Grünen oder die Sozialdemokraten übriggeblieben.

Unterdessen tobte sich der Imperialismus draußen in der Welt ungestört aus. Die USA schickten Bomber und Marinesoldaten in alle Weltgegenden, ohne daß aus Westeuropa etwas anderes als lauwarme Proteste ertönten. Demonstrationen wurden immer seltener und kraftloser, so daß nicht einmal die Polizei sie mehr ernstnahm.

Es gab nur eine Lösung: Die Dritte Welt mußte aus eigener Kraft siegen, wie die Vietnamesen. Nur so konnten die herrschenden Verhältnisse umgestürzt werden. Insoweit waren sie sich einig. Die Palästinenser beispielsweise durften sich nicht auf Unterstützung aus der westlichen Welt verlassen. Nur ihr eigener Kampf konnte die Entscheidung bringen. Das Volk Nicaraguas hatte vom Westen nichts anderes zu erwarten als mitfühlendes Gemurmel, wenn die USA weitere Geldmittel für direkte oder indirekte Aggressionen lockermachten.

Deshalb gab es nur zwei Alternativen. Entweder mußte man resignieren und den persönlichen Kampf im eigenen Land aufgeben. Oder man mußte sich dem Kampf der Völker in der Dritten Welt anschließen. Und wie? Selbstverständlich nicht durch die freiwillige Teilnahme am Guerillakampf irgendwo weit weg in fremden Ländern, obwohl die Handvoll europäischer Genossen, die tatsächlich diesen Weg gewählt hatten, größten Respekt verdienten. So gab es etwa in der lateinamerikanischen Stadtguerilla einige Europäer.

Ihr eigenstes Milieu aber war Europa, und dort schlug eins der zwei Herzen des Imperialismus. Dort konnten die Völker der Dritten Welt nicht zuschlagen.

Carl hatte immer wieder eingewandt, daß die Effektivität der militärischen Aktionen der europäischen Guerilleros zweifelhaft war. Aber man konnte die Entwicklung in den letzten Jahren sehr positiv beurteilen. Die Genossen in der Bundesrepublik standen nicht mehr allein. In Frankreich wie in Belgien besaß die RAF inzwischen Verbündete, die in der letzten Zeit große Erfolge hatten verzeichnen können. Vielleicht wurden die Guerilleros erst jetzt allmählich zu einer Streitmacht, mit der ernsthaft zu rechnen war.

Und wäre es nicht eine unmoralische und sinnlose Kritik zu behaupten, die Effektivität sei zu gering? Welcher Genosse hatte das Recht, die Hände in den Schoß zu legen und zu sagen, die Guerilleros, von denen jeder sein Leben aufs Spiel setzte, arbeiteten ineffektiv?

Carl hatte zum Schein klein beigegeben, was ihm recht leicht fiel. Er hatte mürrisch erklärt, der Zeitpunkt für die Kritik an ihm sei nicht gerade glücklich gewählt angesichts der Tatsache, daß er jetzt in dieses Vorhaben verwickelt sei. Wenn das Unternehmen gelang und sie die Waffen bekamen, die sie brauchten, würden kritische Äußerungen wegen mangelhafter militärischer Ergebnisse in nicht allzuferner Zukunft von allein verstummen.

Sobald sie den Wagen verlassen hatten und sich unter anderen Menschen bewegten, wurde die Unterhaltung ausschließlich von Horst Ludwig Hahn bestimmt. Sie drehte sich nur noch um Ethnographie und Kulturgeographie, um Sprachunterschiede, kulturelle Ähnlichkeiten zwischen Europa und dem Nahen Osten und ähnliche wohlanständige Themen.

Horst Ludwig Hahn hatte mit keinem Wort erwähnt, wie

und mit wem er in Damaskus Kontakt aufnehmen wollte. Carl hatte keine Einwände erhoben. Diese Arbeitsweise kannte er von seiner Ausbildung her: strikte Abgrenzung der verschiedenen Arbeitsbereiche. Jeder einzelne sollte für seinen Bereich verantwortlich sein, ohne den Gesamtplan zu kennen. Das war ein wohlerprobtes Sicherheitsdenken, das offensichtlich nicht nur bei Nachrichtendiensten herrschte, sondern auch bei einer Terrororganisation wie der RAF. Ihre Tarnung als friedliche europäische Geschäftsleute folgte dem gleichen Muster. Carl fühlte sich vollkommen zu Hause.

Er hatte aufgehört, sich Sorgen zu machen. Es ist ja eigentlich der Alptraum jedes Infiltranten, daß er plötzlich den Befehl zu einem plötzlichen Aufbruch erhält, ohne daß ihm die Möglichkeit bleibt, Kontakt mit seiner Zentrale aufzunehmen. Einmal kann in der Zentrale das Chaos ausbrechen und übereilte Aktionen auslösen, und zum anderen kann die Reise in die Dunkelheit an einem verlassenen Flußufer enden, an dem die Beweise höhnisch deponiert werden: Man stirbt mit einem Sack über dem Kopf, der mit Parolen vollgesprüht wird, etwa des Inhalts, so ergehe es allen *Bullenschweinen.*

Soweit Carl in Erfahrung gebracht hatte, bestand ihr Auftrag nur darin, Waffen zu kaufen, den Schmuggelweg zu organisieren und dann mit leeren Händen nach Europa zurückzufliegen. Mehr als ein paar Tage konnte das nicht dauern. Und wenn Carl sich ein paar Tage nicht meldete, sollte das die Leute vom Verfassungsschutz nicht um den Verstand bringen. Es spielte also keine große Rolle, daß man in Köln und Hamburg nicht wußte, welch eine dramatische Wendung das Unternehmen genommen hatte. Carl würde mit aller Wahrscheinlichkeit vor den Waffen in Hamburg eintreffen. Er durfte davon ausgehen, daß die Terroristen ihn auch künftig brauchten. Er war immerhin der einzige beteiligte Schwede. Schon aus dem Grund war er für eine Aktion in Schweden so gut wie unersetzlich.

Inzwischen hatte er sich auch daran gewöhnt, einer von ihnen zu sein. Er fühlte sich ihnen von Stunde zu Stunde mehr zugehörig, was ebenfalls dazu beitrug, seine Unruhe zu verscheuchen. Vermutlich hätte er sich sogar aufrichtig entrüstet, falls jemand behauptet hätte, er sei in Wahrheit ein schwedischer Geheimdienstmann. Er schwebte in einem Grenzbereich. Immer wieder ging ihm durch den Kopf, wie das geplante Vorhaben, die Zerstörung des obersten Stockwerks der amerikanischen Botschaft in Stockholm, vonstatten gehen könnte.

Sie würden von drei Seiten angreifen und drei Waffen einsetzen. Die Zeit für das Nachladen und erneute Feuern betrug weniger als fünfundzwanzig Sekunden. Vom ersten bis zum letzten Schuß war also eine Zeit von rund sechzig Sekunden anzusetzen.

Die gewaltige Zerstörung, die Explosion und die brennende Botschaft würden unweigerlich alle Blicke auf sich ziehen. Das bedeutete, daß die drei oder vier Schützen unbemerkt vom Tatort würden wegspazieren können. Die Waffen konnten sie in einen Regenmantel wickeln. Es würde mindestens sechs und höchstens zehn Minuten dauern, bis Polizei und Feuerwehr eintrafen, und zu diesem Zeitpunkt würde die Botschaft schon ein brennendes Inferno sein. Das Kommando wäre schon in Sicherheit, bevor die Polizeiführung über die Lage Klarheit gewonnen hätte. Der Rest war eine Frage von Glück oder Pech bei Grenzübertritten in der nachfolgenden Zeit. Dieser Teil des Plans fiel jedoch nicht in Carls Verantwortung. Er war nur für die militärische Seite zuständig, und die, das wußte er, hatte er absolut im Griff.

Vielleicht können wir eine oder verschiedene Finnlandfähren nehmen, dachte er. Das war nämlich ein vollkommen unwahrscheinlicher Fluchtweg. In Helsinki konnte sich das Kommando teilen, sich in verschiedene Hotels einmieten und dann einzeln oder paarweise das Land mit dem Flugzeug verlassen. Die finnische Grenzpolizei war wohl kaum darauf eingestellt, nach Terroristen Ausschau zu halten, die das Land verließen. Es blieb nur die Frage, ob es alle schafften, sich mit so hervorragend gefälschten Pässen auszustatten wie das Ehepaar Hahn.

Das Schrillen des Telefons riß Carl aus seinen Träumereien. Es war Horst Ludwig Hahn. Er bat ihn, in zehn Minuten unten in der Hotelhalle zu sein: Er wolle mit ihnen in die Stadt.

Horst hatte einen Toyota gemietet. Zunächst machte er mit ihnen eine Sightseeing-Tour durch die Stadt, während der er unaufhörlich erzählte. Er erzählte von Pontius bis Pilatus, angefangen beim Einzug von Lawrence von Arabien in die Stadt, als die arabischen Stämme in den Ersten Weltkrieg hineingezogen wurden, bis hin zu der Geschichte, wie das einstige Prestigehotel *Semiramis* unter einem dieser neuen, schauerlich häßlichen Hochstraßensysteme verschwunden sei, die sich nach westlichem Muster kreuz und quer durch die Stadt schlängelten. Sämtliche Viertel mit traditionell arabischen Bauten würden gegenwärtig abgerissen, dafür errichte man Glas- und Betonpaläste nach Ost-Berliner Muster: Man mache die gleichen Fehler wie Europa in den sechziger Jahren. Carl fragte sich, woher die Syrer das Geld für diese Bauten hernahmen. Ihre Landwirtschaft reichte kaum für den eigenen Bedarf, die Ölproduktion überschritt ebenfalls kaum die Grenze des eigenen Konsums, und der Verteidigungshaushalt des Landes lag irgendwo zwischen dreißig und vierzig Prozent des Bruttosozialprodukts.

Mindestens jeder dritte Mann im Alter zwischen zwanzig und dreißig Jahren trug eine Uniform. Syrien hatte seinen letzten Kampf mit Israel noch nicht hinter sich. Vermutlich wollten die Syrer eine ausreichende Militärmacht aufbauen, um das Kunststück Ägyptens zu wiederholen, nämlich mit einem plötzlichen Angriff das ganze oder den größten Teil des Gebiets zurückzugewinnen, das Israel besetzt und im Falle Syriens überdies per Gesetz annektiert hatte. Die Syrer stellten sich wohl vor, anschließend mit Hilfe des UN-Sicherheitsrats schnell einen Waffenstillstand zu erreichen, um dann Israel anerkennen und Frieden schließen zu können. Diesen Frieden würden in jedem Fall die Palästinenser bezahlen müssen. Dafür würden die Sowjetunion und die USA einstehen.

Neben dem alten Kastell gähnte ein großes schwarzes Tunnelloch. Es war der Eingang zum *Hammediyah-Souk*, dem eindruckvollsten Basar des Nahen Ostens. Am anderen Ende lag die große Omaijaden-Moschee, die sie am folgenden Tage besuchen wollten.

Von *Hammediyah* bog der Wagen von neuem zur Stadtmitte hin ab, fuhr am *Semiramis* vorbei und ein Stück weiter in Richtung *Sheraton Hotel.* Auf dem Weg lag das Restaurant mit dem schlichten Namen *Casino.*

Die meisten Gäste saßen im Inneren des Restaurants, aber man konnte auch draußen in den Lauben am Teich Platz nehmen, da diese durch Infrarotschlangen in den Bäumen beheizt wurden. Sie ließen sich an einem klapprigen Tisch nieder. Horst Ludwig Hahn bestellte mit knappen Worten und ohne zu zögern eine üppige syrische Mahlzeit, die, wie sich zeigen würde, aus rund zwanzig kleinen Gerichten bestand.

»Das Bier allerdings taugt nichts. Es heißt Barada und schmeckt eindeutig nach DDR. Hier in Syrien hat man nur die Alternativen Wasser, Whisky oder Arrak. Wir sollten trotzdem Bier bestellen«, stellte Hahn fest.

»Was ist Arrak für ein Getränk?« wollte Carl wissen.

»So etwas wie der Ouzo der Griechen oder der französische Pernod. Betäubt die Geschmacksnerven total, so daß alles, was man ißt, nach Lakritze schmeckt. Ich begreife nicht, wie ein solches Getränk im Nahen Osten beliebt werden konnte. Es dürfte eine Erfindung der Türken sein. Wir warten auf eine Freundin, die dir einige Instruktionen geben will.«

»Aha?«

»Sie hat mal zu uns gehört, hat aber hier einen Palästinenser geheiratet. Sie weiß, welche Waffen wir haben wollen, aber sie darf nicht erfahren, was wir vorhaben. Kapiert?«

»Ja. Wer kennt unser Ziel?«

»Bis jetzt noch niemand. Es kann sein, daß wir in dieser Hinsicht improvisieren müssen. Die Begeisterung unserer Lieferanten ist manchmal nämlich höchst schwankend, und außerdem sind unmöglich viele Leute an der Entscheidung beteiligt.«

»Welche? Was sollen wir behaupten?«

»Nun ja, unsere palästinensischen Genossen hier in Damaskus sind nicht ganz so selbständig in ihren Entscheidungen, wie sie behaupten. Wahrscheinlich sind sie nur Mittelsmänner, obwohl wir ihre Unterstützung brauchen. Wenn sie unseren Wunsch befürworten, könnten wir die Syrer dazu bringen, grünes Licht zu geben. Dann allerdings stellen sie sich dumm und tun, als wüßten sie von nichts.«

»Und diese Freundin ist also unsere Verbindung zu den Palästinensern?«

»Ja. Wir sehen sie nicht unkritisch, weil sie uns verlassen hat, aber das ist jetzt uninteressant.«

»Was darf sie über mich wissen?«

»Wie es ist. Du bist Schwede. Es wäre sinnlos, das zu verheimlichen, denn die Syrer wissen es schon. Du bist unser Waffenexperte und mußt dabeisein, wenn wir die Ware prüfen.«

»Haben wir genug Geld mit?«

»Ja, aber Geld ist nicht das Problem.«

In diesem Moment erschien die unbekannte Freundin. Zu seiner Verblüffung, die er kaum verbergen konnte, erkannte Carl sie sofort wieder: Inge Furth, 41 Jahre alt, 1,65 Meter groß, eine ein Zentimenter lange Narbe auf der Unterseite des rechten Zeigefingers, blond, schielte und trug zeitweise eine Brille.

Inzwischen war sie offenbar zu Kontaktlinsen übergegangen. Carl gab sich größte Mühe, nicht ihren rechten Zeigefinger anzusehen.

Sie grüßte und setzte sich, ohne sich Carl vorzustellen. Die drei Deutschen stürzten sich sofort in ein langes Gespräch über die heutige Lage und die alten Zeiten, bei dem Carl völlig ausgeschlossen blieb, bis zwei Kellner mit einem riesigen Tablett erschienen. Sie begannen, eine unwahrscheinliche Menge von Gerichten aufzutragen. Horst Ludwig Hahn spielte sofort den kulinarischen Führer.

»Das mußt du mal probieren«, sagte er und zeigte auf etwas, was wie rohes Beefsteakhack aussah. »Das ist *gubbeh*, eine Art Lammhack, und die mit Weinlaub umwickelten *dolmos* kennst du wohl schon. Dazu mußt du diese weiße Sauce nehmen, *laban*. Dann gibt's noch den üblichen Grillspieß, *kebab*, und den Lammhackspieß *kefta*. Du mußt dich einfach durchprobieren. Und dazu gibt's leider nur dieses elende DDR-Bier.«

Die drei Neuankömmlinge stürzten sich auf die Gerichte, während sie Inge Furth, was kaum überraschen konnte, etwas blasierter anging. Nach einer Weile kamen neue Gerichte, eines davon, behauptete Hahn, sei eine besondere syrische Spezialität: gebratene Singvögel. Carl kamen sie allerdings eher halbroh vor. Man hatte einen Teil der Köpfe abgeschnitten, so daß der Schnabel fehlte. Offenbar sollte man die Spatzen (oder was sie auch waren) ganz essen. Immerhin hatte man sie gerupft und ausgenommen. Carl kehrte aber schnell wieder zu den Grillspießen und den verschiedenen Saucen mit Joghurt und Knoblauch, Gürkchen und Auberginen zurück sowie dieser Kichererbsen-Creme, die er damals in Beirut kennengelernt hatte, als...

Er erstarrte mitten in der Bewegung, als er gerade ein Stück Brot mit *Houmous* zum Mund führte.

Auf dem Kiesweg neben der Fontäne mit dem grünen, roten

und blauen Licht erschienen zwei Personen. Ein Mann und eine Frau. Carl erhaschte nur einen kurzen Blick auf das Gesicht der Frau, bemerkte aber trotz des schwachen Lichts der Fontänen-Beleuchtung, daß die eine Wange eine Brandwunde aufwies.

Es mußte Mouna gewesen sein, Mouna, Offizier im Rang eines Oberstleutnants beim *Jihaz ar-Rased,* dem palästinensischen Nachrichten- und Sicherheitsdienst. Hatte sie ihn gesehen? Sollte er ihr ins Restaurant folgen und sie begrüßen? Nein, es war unwahrscheinlich, daß sie sich in Damaskus aufhielt. Sie gehörte der PLO an, und Syrien war für die PLO feindliches Territorium. Wenn die Syrer sie erwischten, würden sie sie erst verhören und foltern und dann umbringen.

Carl hatte sie einmal auf diese Wange mit der Brandwunde geküßt, als sie sich auf dem Weg zum Beiruter Flughafen mit Mühe durch eine Straßensperre der AMAL-Miliz hatten mogeln können. Sie hatten sich beträchtlich anstrengen müssen, um die Milizionäre zu überzeugen. Sie war gekleidet wie eine gutbürgerliche Frau aus Damaskus, die zu einer Party oder in ein Restaurant geht. Hatte sie sich etwa nach Syrien abgesetzt? Mouna eine Verräterin? Nein, das war wenig wahrscheinlich.

Carl bemühte sich, sich an die letzte Mitteilung zu erinnern, die er ihr geschickt hatte: *»... aber sei so nett und richte Mouna von mir aus, daß ich ihr persönlich einundzwanzig rote Rosen schicken werde. Ich habe die Grüße von ihr ausgerichtet, wie wir vereinbart hatten ...«*

Diese Mitteilung sollte bedeuten, daß er genau das getan hatte, worum sie ihn gebeten hatte. Die Formulierung war zwar ein wenig theatralisch, aber er hatte ihr ein Versprechen gegeben, bevor sie sich trennten. Er hatte sein Versprechen gehalten. Er hatte Mounas Grüße ausgerichtet, als er die Spezialisten des israelischen *Sayeret Matkal* tötete.

Carl bekam plötzlich schweißnasse Hände. Erinnerungen

kehrten zurück, die er immer zu verdrängen versuchte: Den beiden ersten Männern, die mit ihren Maschinenpistolen auf ihn feuerten, schoß er durch Hals und Kopf, es wurde still im Raum, und er wandte sich zur Tür, durch die der Gruppenchef hereinkommen mußte. Im Augenwinkel sah er einen Blutstrom von einem der Sterbenden auf den Fußboden sikkern. Dann erschien der Mann, der Elazar genannt wurde, tatsächlich mit einem automatischen Karabiner in der Tür, und sie sahen einander entsetzliche Sekunden lang an, bevor Carl abdrückte und dem anderen Herz und Rückgrat durchschoß; nein, er mußte diese Erinnerung jetzt unbedingt loswerden. Er war damals zu spät gekommen. Deswegen empfand er das größte Schuldbewußtsein. Außer ihm selbst hatte nur ein Mensch den israelischen Angriff auf die PLO in Stockholm überlebt. Nein, er mußte sich zusammennehmen. Er würde keinen Kontakt mit Mouna aufnehmen.

»Du siehst so irritiert aus. Schmeckt dir unser Essen nicht?« fragte Inge Furth munter. Es war das erste Mal, daß sie ihn ansprach.

»Wie soll ich sagen? Diese Singvögel jedenfalls nicht. Worüber sollen wir eigentlich sprechen?«

Carl trocknete den Handschweiß mit einer Serviette ab.

»Zunächst solltest du mir genau sagen, was für Waffen ihr haben wollt. Muß ich mir Notizen machen?«

»Ja, das wäre mir lieber.«

Er wartete, während sie in ihrer Handtasche nach einem Notizblock kramte. In diesem Moment kam die Frau, die Mouna sein mußte, mit ihrem männlichen Begleiter aus dem Restaurant. Sie gingen in einem Abstand von wenigen Metern vorbei. Carl blickte hoch und sah Mounas Gesicht an. Er begegnete ihrem Blick. Sie rührte keine Miene, obwohl sich beide wiedererkannten.

»Also, ich bin bereit«, sagte Inge Furth und setzte den Kugelschreiber auf den Notizblock.

»Der Waffentyp heißt RPG. RPG 18«, begann Carl. »Es ist wichtig, daß wir RPG 18 und nicht 16 bekommen, denn sie unterscheiden sich in einigen Punkten wesentlich. Nur wenn Modell 18 nicht verfügbar ist, müssen wir uns mit 16 begnügen. Das ist das erste. Der normale Sprengkopf dieser Waffe ist ein HEAT. Die Abkürzung bedeutet *High Explosive Anti-Tank*. Wie der Name schon sagt, ist der Sprengkopf für gepanzerte Ziele gedacht. Wir wollen aber einen anderen haben, am liebsten einen HEDP, was *High Explosive Dual Purpose* bedeutet. Kannst du folgen?«

Nachdem sie alles notiert hatte, nickte sie.

»Wir brauchen diesen Sprengkopf, weil unser Ziel nicht gepanzert ist. Wir brauchen sechs Feuerrohre und doppelt so viele Geschosse. Das ist alles. Und bevor wir den Handel abschließen, würde ich die Ware gern ansehen.«

Sie schrieb alles auf, nickte und wandte sich dann an Horst Ludwig Hahn.

»Könnt ihr das Ziel beschreiben?« wollte sie wissen.

»Darüber wollen wir nichts sagen«, antwortete Horst Ludwig Hahn, »und den Grund dafür brauche ich auch nicht zu erklären.«

»Nein, das ist mir klar. Ich habe auch nur gefragt, wie das Ziel in etwa aussieht.«

Horst Ludwig Hahn überlegte kurz, bevor er antwortete.

»Ein leicht anzugreifendes militärisches Ziel, eine CIA-Zentrale. Wir rechnen damit, daß die Verluste des Feindes sich auf etwa zwanzig Personen belaufen werden, alles rein militärisches Personal. Das Ziel ist nicht geschützt. Der Erfolg des Unternehmens hängt also ausschließlich vom Waffentyp ab.«

»Es handelt sich also um ein amerikanisches militärisches Ziel?«

»Ja.«

»In Europa?«

»Ja.«

»In welchem Land?«

»Bedaure, kein Kommentar.«

»Ist es ein Gemeinschaftsunternehmen?«

»Ja.«

»Wer ist außer euch beteiligt?«

»Französische und belgische Genossen.«

»Sag mal ehrlich: Wie groß sind die Erfolgsaussichten?«

»Wenn wir an das Ziel herankommen, liegen die Erfolgsaussichten bei mehr als 95 Prozent. Die Schwierigkeiten liegen vor allem auf der logistischen Ebene, nämlich die Dinger zu bekommen und an den Einsatzort zu bringen. Also, die größten Schwierigkeiten sehen wir hier in Damaskus.«

Carl überlegte, ob das eine korrekte Einschätzung war, und kam zu dem Schluß, daß er im großen und ganzen der gleichen Meinung war. Wenn es ihnen gelang, die Waffen nach Stockholm zu bringen, schätzte er die Erfolgsaussichten etwa gleich hoch ein, er glaubte aber, daß das Risiko, daß sie die Waffen nicht nach Stockholm bringen konnten, bei 25 Prozent lag.

Inge Furth steckte ihren Notizblock ein und stand auf.

»Ich muß gehen. Ich habe kleine Kinder zu Hause«, erklärte sie. »Ich werde eure Wünsche weiterleiten. Und wenn der, na ja, du weißt schon wer, in der Stadt ist, werdet ihr schon morgen Nachricht erhalten. Sonst kann es dauern. Du weißt, wie es im Nahen Osten zugeht: Nichts ist sicher. Auf bald. Tschüß.«

Sie gab jedem kurz die Hand und hängte sich die Schultertasche um, die ihrem Gewicht nach zu urteilen mehr enthielt als nur das, was eine Frau im allgemeinen bei sich hat. Dann ging sie.

Sie aßen eine Weile unter nachdenklichem Schweigen.

»Jetzt heißt es warten«, sagte Horst Ludwig Hahn. »Morgen sehen wir uns mal die Omaijaden-Moschee an.«

»Wie funktioniert so ein HEAT?« erkundigte sich Barbara Hahn neugierig.

»Der Sprengkopf enthält einen Kegel aus Hartmetall, der die gesamte Sprengwirkung wie die extrem hohen Temperaturen nach vorn richtet. Dieser Strahl durchbricht die Panzerung, und es gibt nur ein kleines Einschußloch. Dahinter wird die Sprengkraft jedoch so groß, daß sie im Innern alles zerstört. Ein getroffener Kampfwagen weist von außen also nur ein kleines Loch auf. Innen ist alles verbrannt. Wir wollen aber keine Panzerung durchbrechen, sondern Beton, und der zweite Sprengkopftyp, von dem ich sprach, schont gleichsam die Kräfte, bis die Schale durchstoßen ist. Wir erzielen so im Gebäude einen größeren Wirkungsgrad.«

»Wo um alles in der Welt hast du dieses Wissen her?« fragte Barbara Hahn mit offenkundiger Verblüffung.

»Ich bin Militär, nicht *militant*, sondern Militär«, erwiderte Carl und staunte selbst über seine völlige Aufrichtigkeit.

»Wie ich schon sagte, morgen nehmen wir uns die große Omaijaden-Moschee und den *Hammediyak-Souk* vor«, sagte Horst Ludwig Hahn, als sie aufbrachen.

Carl verliebte sich augenblicklich und widerstandslos in den *Hammediyah-Souk*. In den unendlichen, überdachten und gewundenen Gängen, in denen es überwältigend nach orientalischen Gewürzen roch, fand sich alles: von Gold und Unterwäsche über Teppiche und Kunsthandwerk aus Metall bis hin zu Andenkenläden für Touristen und Schlachtereien, kleinen Eßlokalen und sogar zwei großen Eisdielen, in denen kräftig gebaute Araber das Eis auf eine besondere Weise kneteten und walkten, bis es zäh wurde; man servierte es mit Maispudding und gehackten Pistazien. Der Geschmack erinnerte in nichts an das Eis, das Carl bislang gegessen hatte. Zehntausende von Menschen drängten sich in einer absolut traumhaften Menschenmischung: Carl sah Frauen im Tschador neben superkurzen Miniröcken und dazwischen Kompromisse mit dem Islam, Frauen, die langärmelige Kleider trugen und sich lange Schals um den Kopf gewickelt hatten.

Horst Ludwig Hahn erzählte kenntnisreich und begeistert von den handwerklichen Traditionen des Landes, davon, daß das gesamte Metallhandwerk immer noch in den Händen der Juden liege, daß die Stickereien – ob Carl nicht ein Kopftuch für seine Mutter oder eine andere Frau kaufen wolle? – eine fabelhafte syrische Tradition seien, und daß man die Tücher, wie kostbar sie auch aussehen mochten, trotzdem durch die Waschmaschine jagen könne. In jedem zweiten Laden entdeckte Carl Intarsienarbeiten in Perlmutt und Rosenholz, und das auf den unwahrscheinlichsten Gegenständen, angefangen bei kleinen Nippes-Dosen bis hin zu Möbeln von der Größe eines Flügels. Alles zu Preisen von ein paar Zehnern bis zu Zehntausenden von Mark. Der *Souk* schien unendlich zu sein. Sie brauchten mehr als den halben Tag, bis sie alles gesehen hatten, denn Barbara ließ sich als Touristin genauso begeistern wie Carl. Ihr naiver Enthusiasmus färbte auch zunehmend auf Horst Ludwig Hahn ab.

Sie betraten einen Laden, dessen palästinensischen Eigentümer Horst Ludwig Hahn kannte, und kauften, nachdem sie rund eine Stunde Tee getrunken und sich unterhalten hatten, je ein Tuch und eine Schatulle mit Intarsien. Carl entdeckte einen reichverzierten Dolch im Stil des neunzehnten Jahrhunderts (worüber ihn Horst Ludwig Hahn blitzschnell aufklärte), dessen Scheide aus schwerem Silber bestand. Die Schneide wies kalligraphische Ornamente in gehämmertem Gold auf. Carl legte ohne jedes Zögern vom Geld des Verfassungsschutzes, das für seine Spesen bestimmt war, 2000 Mark auf den Tisch und kaufte den Dolch. Es konnte nicht schaden, wenn sich in ihrem Gepäck ein paar Gegenstände befanden, die einem Damaskus-Reisenden als Mitbringsel gut zu Gesicht standen.

Schließlich kamen sie zur *Großen Moschee.* Horst Ludwig Hahns Vortrag wurde wieder lebhaft. Sie bezahlten Eintritt und legten ihre gesamten Einkäufe in dem Vorraum ab, in dem sie auch die Schuhe ausziehen mußten. Barbara mußte einen fußlangen schwarzen *abaya* anlegen. Carl protestierte besorgt. Er wollte seinen kostbaren Dolch mitnehmen, aber Horst Ludwig Hahn lachte ihn aus. Erstens sei es ein Sakrileg, eine Moschee mit einer Waffe zu betreten, zweitens sei es ein weiteres Sakrileg, in einer Moschee zu stehlen. Alle Dinge würden an ihrem Platz liegenbleiben – hier sei nicht Europa, in dem man vor Dieben nicht sicher sei.

Als sie den Innenhof betraten, sprudelte Horst Ludwig Hahn alles an Informationen heraus, was er wußte. Den typischen Mosaik-Einlagen über dem Eingang zum Tempelhof könne man ansehen, daß dies einmal eine byzantinische Kirche gewesen sei; man habe die Glockentürme einfach in Minarette verwandelt. Die kurze, einhundertjährige Herrschaft der Kreuzritter habe nicht eine einzige Spur christlicher Kultur hinterlassen können. So werde es eines Tages wohl auch in Israel geschehen. Nachdem Salah Eddin das Land von den Ungläubigen befreit habe, müsse es leicht gewesen sein, wieder zur gewohnten Ordnung zurückzukehren.

Auf der anderen Seite des Innenhofs fanden sich die typisch omaijadischen Ornamente. Carl erkannte den Stil sofort von seinem Hotel her wieder – geometrische Sternenmuster in Schwarz, Weiß und Rot. Die Ornamente wirkten zunächst sehr einfach, wurden aber immer komplizierter, je länger man seinen Blick den geometrischen Linien folgen ließ, die immer wieder zum Ausgangspunkt zurückkehrten.

Es war ein heißer Tag mit nur wenigen Besuchern. Sie betraten das gewaltige einstige Kirchenschiff, das zur Moschee umgebaut worden war, und setzten sich mit dem Rücken an eine der großen, viereckigen Säulen.

Sie saßen auf den roten Teppichen und unterhielten sich

leise, um die Betenden nicht zu stören und um selbst nicht gehört zu werden. Wie stark die imperialistischen Weltreiche in diesem Teil Vorderasiens auch erschienen sein mochten, so seien sie doch alle durch Aufstände wieder zurückgeschlagen worden, wie Hahn erklärte. Die Römer beispielsweise müßten in ihrer Zeit so etwas wie eine Kombination aus den USA und der Sowjetunion gewesen sein, eine unzerstörbare imperialistische Übermacht, welche die ganze Welt beherrschte. Trotzdem hätten die Araber die Römer schließlich in wenigen Jahren verjagt und sie bis zum Bosporus und hinter die Tore Konstantinopels getrieben. Niemand hatte mit den Arabern gerechnet, die nichts weiter waren als ein paar kleine Terroristengruppen von einer Wüstenhalbinsel, plündernde *Sarazenen*, die weder von Persern noch Römern ernstgenommen wurden. Die Araber hatten aber eine neue Militärtaktik entwickelt, und ihre schnelle Kavallerie, die kleinen Einheiten, die schnellen Kameltransporte durch die Wüste sicherten ihnen entscheidende Vorteile. So errangen sie schnelle und dauerhafte Siege über zwei Supermächte.

Die europäische Guerilla, so Hahn, seien die Sarazenen von heute: »Niemand rechnet mit ihnen. Niemand hält sie für eine politische Kraft. Niemand kann sich vorstellen, daß der Imperialismus von heute durch irgend etwas beseitigt werden könnte. So ist es also heute wie gestern: Die Möglichkeit, daß das Volk den Sieg davonträgt, lauert immer hinter der nächsten Ecke, wie stark der Feind auch sein mag.«

»Die Römer hatten aber keine F-111, keine B-1, keine Interkontinentalraketen und auch keine Polaris-U-Boote«, merkte Carl an, als ihm das Gerede von dem unvermeidlichen Sieg des Volkes zunehmend auf die Nerven ging.

»Nein, das ist schon richtig«, erwiderte Horst Ludwig Hahn, ohne sich auch nur im mindesten bremsen zu lassen. »Die Römer besaßen zahllose Infanterie-Legionen und eine gewaltige Flotte, aber diese Waffen richteten gegen die arabische Kavallerie, gegen Kamele und Pferde nichts aus. Die Supermächte können ihre Kernwaffen nicht gegen die Völker einsetzen. Atomwaffen sind nur ein Potenzkult und im Kampf gegen Guerilleros wertlose Waffen.«

»Aber es stimmt einfach nicht, daß das Volk immer siegt«, wandte Carl ein. »Schweden liegen auf der anderen Seite der Ostsee drei Nachbarländer gegenüber, die unter dem sowjetischen Imperialismus aufgehört haben zu existieren. Der Sieg der Palästinenser ist alles andere als unvermeidlich. Die Schwarzen Südafrikas können aus eigener Kraft nicht siegen, denn die USA und Großbritanien stehen auf Seiten der südafrikanischen Machthaber. Ihr dachtet doch einmal, daß es den Bürgern der Bundesrepublik wie Schuppen von den Augen fallen würde, als ihr die repressiven Kräfte des Staates provoziertet. Statt dessen klatschte das Volk der Repression Beifall. Wenn wir ehrlich sind, wissen wir über die Zunkunft so gut wie nichts.«

»Dann belassen wir es mal dabei«, meldete sich Barbara Hahn zu Wort, »wir wissen nichts über die Zunkunft. Vielleicht hat man uns in einer Woche schon erschossen. Vielleicht kommen wir nicht weiter als bis zum Wiener Flughafen. Vielleicht kracht es schon hier. Machen wir einfach das Beste aus der Situation. Laßt uns so tun, *als ob.*«

Es war spät geworden. Ein Moscheediener tauchte auf und komplimentierte sie hinaus. Nach einer weiteren syrischen Festmahlzeit, die Carl im Magen rumorte, schlief er äußerst unruhig. Trotz der Klimaanlage schwitzte er heftig und mußte immer wieder aufstehen, um seinen Durchfall in der wahrhaft ästhetischen Toilettenschüssel loszuwerden.

Zehn Minuten nach zwei rief Horst Ludwig Hahn an.

»Mach dich fertig. In zehn Minuten müssen wir los«, sagte er und legte auf.

Unten in der Hotellhalle trafen sie nur ein paar Wachposten in Zivil an, die Horst Ludwig Hahn zufolge zu der Sicherheitspolizei gehörten, die in Syrien allgegenwärtig sei. Junge Burschen in Jeans mit groben Armeepistolen und Revolvern im Hosenbund, – Waffen, die zur Hälfe verborgen bleiben und zur Hälfte sichtbar sein sollten. Muß ziemlich unbequem sein, die Dinger so zu tragen, dachte Carl verschlafen, als sie zu einem wartenden schwarzen Mercedes hinausgingen. Der arabische Fahrer begrüßte sie nur kurz und fuhr sofort los, nachdem sie eingestiegen waren.

Sie fuhren durch ein fast menschenleeres Damaskus einen Hügel hinauf. Der Wagen rollte kreuz und quer durch Villenviertel mit hohen Mauern, von denen Blüten und Kletterpflanzen herabhingen.

Sie fuhren durch ein großes Tor, das sich sofort hinter ihnen schloß – entweder Elektronik oder unsichtbare Posten, dachte Carl. Der Fahrer zeigte mit dem Daumen auf eine Tür. Sie stiegen aus. Die Haustür ging in dem Moment auf, in dem sie davorstanden. Sie wurden von zwei jungen Burschen mit automatischen Karabinern in den Händen empfangen. Es waren nicht die üblichen AK 47, sondern das neueste Modell, das Carl bisher nur auf Fotos gesehen hatte. Er war der Meinung gewesen, daß es bislang nur bei bestimmten sowjetischen Eliteverbänden, etwa Fallschirmtruppen und der Marine, im Einsatz war. Das kann ja heiter werden, dachte er.

Sie wurden einer Leibesvisitation unterzogen, die aber eher der Form halber stattfand, wie es schien. Sie hatten keine Waffen bei sich und wurden eine Treppe hinaufgeführt und in einen schwach erleuchteten Raum geleitet, in dem drei Männer mittleren Alters saßen. Der Mann in der Mitte war fast kahlköpfig und hatte brennend intensive, schwarze Augen. Soviel Carl wußte, gab es nur ein einziges Foto von diesem Mann, aber er erkannte ihn trotzdem wieder. Es war ohne jeden Zweifel Abu Nidal.

Keiner der drei Palästinenser stellte sich vor, als sie ihre Gäste baten, sich zu setzen, und den obligatorischen Tee kommen ließen. Abu Nidal sprach langsam arabisch, und einer der neben ihm sitzenden Männer übersetzte. Abu Nidal begann einen politischen Vortrag:

»Die Verräter in der PLO sind dabei, sich zum fünften oder gar sechsten Mal mit Hussein von Jordanien auszusöhnen, dem Lakaien des Imperialismus. Der Imperialistenagent Abu Amar (Jassir Arafat) verhält sich so, als ob der *Schwarze September*, das Massaker an seinem Volk in Jordanien, überhaupt nicht stattgefunden hätte, als ob es die USA nicht gäbe, als ob das Zionistische Gebilde (Israel) aus Brüdern bestünde, mit denen man verhandeln könnte. Syrien ist die einzige Stütze der Palästinenser, ja, in Wahrheit sind wir alle Syrer und ein Teil Syriens. Jetzt sind Syrien und der prinzipientreue Teil des kämpfenden palästinensischen Volkes völlig isoliert. Es ist eine schwere Zeit.«

Während die Vorlesung andauerte, blickte sich Carl im Raum um. An den Wänden standen Sofas, als wäre es ein Konferenzraum oder ein großes Besuchszimmer. Der einzige Wandschmuck war eine große Palästina-Karte in Gold über dem Kopf Abu Nidals, auf der Jerusalem mit einem silbernen Stern markiert war. Die mit Samt bezogenen Möbel wirkten ein wenig klobig. Auf dem Steinfußboden lagen dicke rote Teppiche, und in einer Ecke des Zimmers stand ein qualmender Petroleumofen. Die Fensterläden waren zugeklappt, und die Anwesenden saßen im Halbdunkel.

Carl hatte abgeschaltet. Soviel hatte er von Horst Ludwig Hahn schon gelernt, daß man im Nahen Osten Geduld aufbringen muß, was auch geschieht und was die Leute auch sagen. Das sei eine männliche Tugend. Wer ungeduldig sei, gilt als »nervös«, und wer »nervös« ist, legt damit eine weibliche Eigenschaft an den Tag, und für ein Mitglied einer kämpfenden Guerillatruppe sind weibliche Eigenschaften ein Unding.

Schließlich näherte sich der Vortrag dem Höhepunkt, und damit ging Abu Nidal zum Gespräch über.

»Ich muß in erster Linie wissen, welche Art Ziel Sie sich vorgenommen haben. Ich will wissen, ob die Aktion unserer Sache nützen kann. Das müssen Sie verstehen. Also, wie sieht Ihr Ziel aus?« fragte er und richtete die Frage direkt an Horst Ludwig Hahn, der kurz mit sich kämpfte, bevor er antwortete.

»Es ist ein amerikanisches militärisches Ziel, genauer eine CIA-Zentrale in Europa«, erwiderte Horst Ludwig Hahn widerwillig, aber in äußerst zuvorkommenden Tonfall. Abu Nidal wartet die Übersetzung ab und dachte kurz nach, bevor er fortfuhr.

»Die europäischen CIA-Niederlassungen sitzen in den Botschaften. Die Zentrale befindet sich in Wiesbaden, nicht wahr?« stellte er in einem Ton fest, der keinen Widerspruch duldete. Er hatte eine dunkle, klangvolle Stimme. Als Horst Ludwig Hahn bestätigend nickte, fuhr Abu Nidal langsam und eher nachdenkend als an die anderen gerichtet fort:

»Wir stellen uns zwei Fragen. Die erste lautet natürlich, ob die Aktion genügend Erfolgsaussichten hat. Wenn man die von Ihnen angeforderten Waffen verwendet und die operativen Möglichkeiten dazu hat, läßt sich selbstverständlich ein sehr gutes Ergebnis erzielen. Dies gilt aber nur ein- oder vielleicht zweimal. Sobald der Feind mit der neuen Taktik vertraut ist, ist sie nicht mehr anwendbar. Wir haben also einen oder höchstens zwei Versuche. Wir wollen gern auf Ihre Möglichkeiten und Ihr Ziel Rücksicht nehmen, falls es unseren Interessen dient. Aber andererseits müssen wir uns überlegen, ob wir diese Taktik vielleicht nicht selbst als erste einsetzen. Uns ist natürlich bewußt, daß Sie sich in Europa leichter und sicherer bewegen können. Das macht einen Unterschied. Damit ergeben sich zwei Fragen. Erstens: Sind Sie kompetent? Kann die Aktion sich irgendwie auf das verräterische Spiel zwischen Abu Amar und dem US-Imperialismus auswirken? Das würden wir gern von Ihnen erfahren.«

Horst Ludwig Hahn leckte sich nervös die Lippen, bevor er antwortete. »Die erste Frage läßt sich leicht beantworten«, begann er. »Wir schätzen die Erfolgsaussichten auf mehr als neunzig Prozent ein, wenn wir die Waffen in die Bundesrepublik Deutschland geliefert bekommen können. Die weitere Logistik können wir von dort aus selbst mühelos bewältigen. Uns steht militärisches Fachwissen zur Verfügung. Unser Genosse hier hat dieses Wissen. Die zweite Frage ist politisch und läßt sich nicht so leicht beantworten. Ich müßte dazu schon mehr darüber erfahren, wie die palästinensischen Genossen die Situation einschätzen.«

Der Mann hätte lieber Diplomat statt Terrorist werden sollen, dachte Carl, während er fasziniert beobachtete, daß Horst Ludwig Hahns kleine Ansprache tatsächlich auf den Mann Eindruck gemacht hatte, der im Moment der meistgesuchte Terroristenführer der Welt war.

Lassen Sie es mich so formulieren«, sagte Abu Nidal. »Wenn Sie gegen eine amerikanische Botschaft oder eine CIA-Anlage zugeschlagen haben, mit Waffen, die nach Auskunft meiner Experten sehr gut zu Ihrer Taktik passen, muß man davon ausgehen, daß Sie die Aktion hinterher öffentlich rechtfertigen. Grundsätzlich läßt sich natürlich jeder Schlag gegen den amerikanischen Imperialismus begründen. Uns geht es aber um die Frage, wie der Vogel sich auf den Baum setzt und wie die Flügel dann flattern (unbegreifliche Übersetzung, dachte Carl), und welche Gruppen sich hinter die Aktion stellen. Nicht wahr? Soviel ich weiß, haben Sie sich auf eine gemeinsame Aktion deutscher, belgischer und französischer Genossen geeinigt. Ich habe die Waffen, die Sie wünschen, aber sie haben einen Preis. Lassen Sie mich sagen, daß wir sie schon morgen liefern können. Es ist tatsächlich so. Aber – ich habe einen Preis. Wenn die Aktion Erfolg hat, werden Sie anschließend ein Kommuniqué veröffentlichen, in dem Sie die Aktion begründen. Ich weiß nicht, was Sie sich vorstellen, aber das spielt jetzt keine große Rolle. Ich wünsche, daß ich zu den Unterzeichnern gehöre. Das ist eine angemessene Forderung. Überdies würde meine Unterschrift den Tatsachen entsprechen, da ich Ihnen den Angriff ermöglicht habe. Ich wünsche aber auch, daß die USA in Ihrem Kommuniqué wegen ihres künftigen Verhandlungsverrats an der palästinensischen Sache verurteilt werden, und zwar völlig unabhängig davon, was Sie sonst sagen wollen. Wie Sie wissen, sind wir Gegner jeder Form einer Aufteilung unserer Heimat, wie sie der Verräter Abu Amar anstrebt. Wenn Ihr Schlag hart und zielgenau ist, kann das ein schwerer Rückschlag für den PLO-Verrat sein. Ich wünsche jetzt eine klare Antwort. Ich denke, daß meine Analyse klar ist und daß Sie mich genau verstanden haben.«

»Das eine kann ich Ihnen ohne weiteres zugestehen«, erwiderte Horst Ludwig Hahn mit einer bemühten Selbstverständlichkeit, die Carl davon überzeugte, daß der Mann log. »Es ist eine angemessene und berechtigte Forderung, daß Sie offiziell an der Aktion teilnehmen, und zwar aus den Gründen, die Sie soeben genannt haben. Bei der Formulierung des Kommuniqués allerdings kann ich aus eigener Vollmacht nichts entscheiden. Ich habe ein Mandat, über die Lieferung von Waffen zu verhandeln und dafür zu bezahlen, aber ich bin nicht berechtigt, mich bindend zu künftigen politischen Resolutionen zu äußern.«

»Wenn Sie auf meine Forderungen eingehen, bekommen Sie, was Sie wünschen, und zwar kostenlos. Darauf gebe ich Ihnen mein Wort. Wir können auch den Transport in die Bundesrepublik organisieren. Darauf haben Sie ebenfalls mein Wort. Bei meinen Forderungen allerdings kann ich keinerlei Abstriche zulassen. Das palästinensische Volk befindet sich in einer verzweifelten Lage. Wir sind auf allen Seiten von Verrätern umgeben. Sie müssen meine Lage verstehen. Nun, was sagen Sie?«

Horst Ludwig Hahn dachte so intensiv nach, daß man es ihm förmlich anmerkte. So wie Carl es sah, gab es keinerlei reale Möglichkeit, die zweite Forderung zu erfüllen. Damit stellte sich die Frage, ob das Ganze daran scheitern oder ob Horst Ludwig Hahn versuchen würde, sich mit einer Lüge aus der Schlinge zu ziehen. Im Nahen Osten ist jedoch nicht jede Lüge gleich. Horst Ludwig Hahn kannte den Unterschied.

»Ich will nicht lügen. Mein Wort ist so gut wie Ihres, und ich weiß, daß Sie niemals lügen. Und Ihnen muß klar sein, daß ich nicht lüge«, log Horst Ludwig Hahn. »Allen Anwesenden hier im Raum ist klar, daß es eine falsche und unehrliche Methode der Einigung wäre, wenn ich sagte, ich könnte Ihnen etwas zusichern, was ich gar nicht halten kann. Aber was wäre eine solche Zusage wert? Unser Kampf wird wohl so lange dauern, daß wir noch sehr lange Verbündete bleiben müssen. Sollte die Aktion erfolgreich sein, kann ich Ihnen zusagen, daß der Name Abu Nidals unter den vier Unterzeichnern der Resolution zu finden sein wird. Ich kann Ihnen auch zusagen, daß ich mein Äußerstes tun werde, um die Genossen nach meiner Rückkehr davon zu überzeugen, daß wir verpflichtet sind, Ihre Interessen zu berücksichtigen. Ich verspreche, daß meine Genossen diese Argumente verstehen werden. Ich bin auch sicher, daß sie auf den Vorschlag eingehen werden. Ich bin befugt, Ihnen das zu sagen.«

Es wurde ganz still im Raum. Dann rumorte es so laut und hörbar in Carls Magen, daß ein feines Lächeln über Abu Nidals dunkles Gesicht glitt.

»Ich glaube, wir können uns einigen«, sagte er schließlich langsam. »Aber ich habe meinen militärischen Befehlshabern eines versprochen: Sie müssen zeigen, daß Sie mit Waffen umgehen können. Ist das die Aufgabe des schwedischen Genossen?«

Horst Ludwig Hahn nickte. Carl spürte, wie ihm der kalte Schweiß ausbrach, nicht so sehr wegen des ungewissen Ausgangs der bevorstehenden Waffenprüfung, sondern vielmehr wegen seines Durchfalls, der sich wieder gemeldet hatte. Dies schien ein höchst unpassender Augenblick, sich zu entschuldigen.

»Kommen Sie«, sagte Abu Nidal. »Gehen wir ins Nebenzimmer.«

Damit standen er und seine beiden Mitarbeiter auf. Alle gingen in das bei verriegelten Fensterläden hell erleuchtete Nebenzimmer. Der Raum war bis auf einen großen Tisch und ein paar Stühle nicht möbliert. Auf dem Tisch lagen einige RPG's – Waffen und Munition getrennt.

»Bitte sehr«, sagte der Mitarbeiter Abu Nidals, der sich bis jetzt noch nicht geäußert hatte, und forderte Carl mit einer einladenen Geste auf, die Waffen zu untersuchen.

Carls Schweißausbruch verschlimmerte sich zunehmend. Seine Lage begann verzweifelt zu werden.

»Ich bedauere sehr, aber ich muß mich für einen Augenblick entschuldigen«, sagte er verbissen. »Wie unpassend es Ihnen auch erscheinen mag, ich muß erst mal ein Badezimmer aufsuchen.«

Abu Nidal lachte laut auf und zog eine Schachtel Zigaretten aus der Tasche.

»Bitte sehr, einer meiner Jungs zeigt Ihnen den Weg«, sagte er und bot den anderen Anwesenden Zigaretten an.

Die Toilette war kein WC, sondern nur ein mit Kacheln ausgekleidetes Loch im Fußboden mit zwei geriffelten Platten für die Füße. In einem verzweifelten Wettlauf mit der Zeit zog Carl sich die Schuhe aus, hängte die Hosen an einen Haken und schaffte es gerade noch, sich hinzuhocken, bevor er erleichtert explodierte.

Hinterher spülte er sich das Gesicht mit kaltem Wasser ab. Wie peinlich es auch sein mag, komisch ist es immerhin auch, sagte er zu sich und lächelte sein Spiegelbild an. Es war auf jeden Fall besser, sich konzentrieren zu können, da er jetzt seine Waffenkenntnisse unter Beweis stellen sollte. Jetzt kam es darauf an, daß die RPG's tatsächlich Plagiate der ihm bekannten M72 waren, wie in der Fachliteratur behauptet wurde.

Als Carl mit seinem bewaffneten Begleiter in das Zimmer zurückkam, standen die anderen plaudernd und rauchend um den Tisch.

»Dann wollen wir mal anfangen«, sagte der englischsprechende Militärexperte Abu Nidals. Er war blauäugig und fast rothaarig und wirkte wie ein Israeli irischer Herkunft.

Carl trat an den Tisch und besah die aufgereihten Waffen. Ja, es mußten RPG 18 sein. Auf den Feuerrohren waren Informationen aufgedruckt, zwar auf russisch, aber mit kleinen Illustrationen.

Carl begann damit, daß er an beiden Enden des Feuerrohrs die Gummideckel abnahm und die Waffe in ganzer Länge ausklappte, so daß sie dreißig Zentimeter länger wurde. Dann klappte er die einfache Zielvorrichtung aus Kunststoff auf und zog den Handgriff mit dem Abzug herunter. Daneben saß ein roter Knopf, der sich nach oben und unten schieben ließ. Das mußte die Sicherung sein.

Der Experte Abu Nidals ließ Carl nicht aus den Augen. Carl prüfte den roten Knopf und kam zu dem Schluß, daß er in Sicherungsstellung gewesen sein mußte, als er die Waffe öffnete. Das Prinzip war also anders als bei den allermeisten anderen Waffen, bei denen man die Sicherung von sich wegschiebt, bevor man feuert. Carl schob den Knopf nach oben und vergewisserte sich, daß der Abzug gesperrt war. Er hatte richtig vermutet. Der rothaarige Ausbilder an seiner Seite nickte beifällig.

Dann nahm Carl eines der Geschosse in die Hand, klappte die Flügel am hinteren Ende zusammen und schob es ins Rohr, bis es klickend einrastete.

»So wird's gemacht«, sagte er und richtete die Waffe auf ein

Fenster. »Entsichern, zielen und feuern. Schußentfernung bei stillstehendem Ziel 200 Meter. Die Visiereinrichtung ist auf 200 Meter eingestellt. Man hält also direkt aufs Ziel.«

Er wartete einen Augenblick ab, bis der Ausbilder nickte. Dann nahm er das Geschoß heraus und legte es wieder neben die Waffe auf den Tisch.

»Gut, sehr gut«, sagte der Ausbilder. »Aber warum RPG? Warum keine RCL? Es gibt ja sogar eine ausgezeichnete schwedische Variante, wie heißt sie noch schnell...?«

»*Carl Gustav*«, erwiderte Carl. »Der schwedische RCL-Typ heißt *Carl Gustav.* Hat zwar eine größere Feuerkraft, wirft die Hülse aber fünfundzwanzig Meter nach hinten und verlangt eine spezielle Ausbildung. Die Aktion würde um achtzig Prozent unsicherer werden, wenn man unausgebildetes Personal einsetzt.«

»Gut, da gebe ich Ihnen recht«, fuhr der Ausbilder fort. »Aber dann bleibt noch die Frage, welche Munition Sie verwenden wollen. Was haben wir hier auf dem Tisch?«

Carl betrachtete die verschiedenen Sprengköpfe. Sie unterschieden sich fast nur durch die grünen, roten und gelben Farbmarkierungen an den Spitzen. Es kam also darauf an, ob eines der Projektile mit Manövermunition gefüllt war und ob die beiden anderen Modelle in der Sprengwirkung voneinander abwichen. Der russische Text lieferte Carl keinerlei Hinweise.

»Ich kann leider kein Russisch lesen«, sagte Carl mit einer entschuldigenden Geste.

»Nein, aber können Sie vielleicht die Geschosse untersuchen, ohne uns alle in die Luft zu sprengen?« fragte der Waffenexperte kalt.

Carl überlegte. Eine Granate konnte kaum explodieren, wenn man sie nur auseinandernahm.

»Ich denke schon«, sagte er und wühlte in der Hosentasche nach seinem Spezialwerkzeug, das wie ein schweizerisches Armeemesser mit einer Unzahl kleiner Instrumente aussah. Er klappte einen schmalen Schraubenzieher heraus, zog sich einen Stuhl heran und nahm vorsichtig ein Geschoß mit roter Spitze in die Hand. Der Ausbilder zog sich ebenfalls einen Stuhl heran und setzte sich dicht neben Carl.

An der Außenseite der kegelförmigen Geschoßspitze entdeckte Carl zwei Schrauben. Er schraubte sie los und zog anschließend vorsichtig die Metallkappe ab. Das kleine rote Rohr an der Spitze des Geschoßinneren mußte der Zünder sein. Er steckte in einer Hülse und ließ sich abziehen.

»So, das wär's«, sagte Carl, ohne seine Erleichterung zu zeigen. »Jetzt dürften wir kaum mehr in die Luft fliegen.«

Der Waffenexperte nickte.

Carl nahm die Metallkappe in die Hand und untersuchte sie. Er wog sie in der Hand und versuchte herauszufinden, wie sie konstruiert war.

»Dies muß ein HEAT sein«, sagte er, obwohl er selbst nur halb überzeugt war. »Ich bin jedenfalls der Meinung, daß die Konstruktion darauf hindeutet. Ich habe diese Waffen noch nie in der Hand gehabt. Wenn wir eins der Geschosse mit gelber Spitze öffnen, haben wir es wahrscheinlich mit einem HEDP zu tun, stimmt das?«

»Sehr gut, das reicht. Haben Sie vielen Dank«, sagte der Ausbilder, stand auf und nickte Abu Nidal zu.

»Dann haben wir ein Abkommen«, sagte Abu Nidal und reichte Carl zum Abschied die Hand. Sein Händedruck war feucht und etwas schwammig.

Am nächsten Tag ging Horst Ludwig Hahn allein in die Stadt und ließ Carl und Barbara allein zurück. Sie sollten sich die Zeit nach Gutdünken vertreiben. Er wollte den Waffentransport organisieren, äußerte sich aber nicht näher darüber.

Sie spazierten durch die Villenviertel zur Stadt hinunter und gelangten zum Restaurant *Casino,* dann zum *Semiramis* und schließlich wieder zum *Hammediyah-Souk*. Es war ein klarer, sonniger und warmer Tag. Nach einer Weile zogen sie sich ihre Jacken aus und warfen sie über die Schulter.

Im Gedränge der Hauptpassage des *Hammediyah-Souks* stieß Carl mit drei khakigekleideten blonden Männern zusammen, die davon ausgingen, daß er ein Kollege sei; sie begrüßten ihn fröhlich auf russisch, und er lächelte zurück.

»Das dürften Militärberater gewesen sein«, sagte Barbara. »Oder Personal einer Raketenbatterie.«

»Es gibt russisches Personal in der Luftabwehr um Damaskus herum?«

»Ja. Das ist einer der Gründe, warum sich die USA hier nicht zu Strafbombardements entschließen können. Einmal würde es sie teurer zu stehen kommen als in Libyen, zum anderen würden sie dabei Russen töten.«

»Woher weißt du das?«

Sie zuckte nur die Achseln. Sie verließen den Souk und gingen zur *Großen Moschee* weiter. Barbara Hahn zog sich erneut einen *abaya* an. Sie setzten sich an dieselbe mit Ornamenten geschmückte Säule wie am Tag zuvor. Es war noch lange bis zur nächsten Gebetsstunde. Das Innere der Moschee war fast menschenleer.

»Wie kommt ein so süßes kleines Mädchen wie du zur RAF?« fragte Carl mit bemühter Munterkeit in der Stimme.

Bislang hatte er ihr nicht nahekommen können. Bis jetzt war sie nur schön und stumm gewesen, obwohl ihr Schweigen angesichts der Redseligkeit ihres Mannes nicht verwunderlich war. Sie sah jetzt aus wie eine Araberin, unter dem schwarzen Tuch war nur das Dreieck ihres Gesichts zu sehen.

Sie erzählte mit einem Gesichtsausdruck, als interessierte sie das Ganze kaum. Carl glaubte jedoch eine starke innere Glut wahrzunehmen, ähnlich wie die Obertöne, die ein Musikinstrument vom anderen unterscheidet.

»Ich bin Journalistin bei einem linken Blatt in Berlin gewesen. Mein Spezialressort waren Berichte über die Ausbeutung der türkischen Gastarbeiter. In West-Berlin gibt es einen Stadtteil, eine Art Chinatown, in dem man auf der Straße mehr Türkisch als Deutsch hört und in dem sich viele türkische Geschäfte angesiedelt haben. Hunderttausende türkischer Männer wohnen überall in der Bundesrepublik schlimmstenfalls in Lagern mit Baracken, und im besten Fall in Ghettos wie in Berlin. Man behandelt sie wie Tiere, und... Nun ja, ich habe mehrere Jahre damit zugebracht, all das aufzuschreiben, worum sich kein Mensch kümmerte, bis Günter Wallraff sich als Türke verkleidete und das wiederholte, was andere schon längst geschrieben hatten, und dabei Millionen verdiente. Meine Zeitung ging pleite, und da ich mit einem Mann verheiratet bin, den der Staat trotz seiner Qualifikationen niemals als Geologen oder Universitätsdozenten eingestellt hätte, standen wir beide plötzlich vor einer Entscheidung. Journalismus als Kampfmittel gegen die Springer-Presse war völlig sinnlos geworden. Das hatte ja schon Ulrike Meinhof herausgefunden. Sonderlich neu war das also auch nicht. Sollten wir also resignieren? Oder zurückschlagen? Sollten wir von den Almosen des Sozialamts leben?

Wir fragten uns, ob es überhaupt möglich wäre, das System der Unterdrückung zu erschüttern.«

Ihr Bericht wurde immer vorhersagbarer. Er erinnerte Carl allzusehr an Dinge, die er schon längst gehört hatte. Terrorismus als eine Art Selbstverteidigung. Theoretisch war es nicht sehr schwierig, diesen Gedankengängen zu folgen. Was Barbara entwickelte, war eine Art brutalisierter Existentialismus – *dein* Handeln zählt, und sonst nichts. Was hatten diese Menschen aber an sich, was er, Carl, nicht hatte? Was brachte eine sanfte und schöne linke Journalistin dazu, Mörderin und Bankräuberin zu werden? Irgendwo in all diesen Menschen war ein schwarzes Loch, an das Carl bisher noch nicht herangekommen war.

»Es scheint mir aber trotzdem ein recht weiter Weg zu sein von der Kulturgeographie unter besonderer Berücksichtigung des Nahen Ostens sowie islamischer Kunst bis hin zum Mord, oh, Verzeihung, zur anti-imperialistischen Militanz«, versuchte Carl das Gespräch in neue Bahnen zu lenken.

»Das ist gar nicht so sicher«, entgegnete sie. »Als Horst das erste Mal eines der jordanischen Wüstenschlösser sah, ich glaube, es war *Qasr Umm Ain,* hatte er ein Aha-Erlebnis. Weißt du übrigens etwas von diesen Wüstenschlössern?«

»Nein.«

»Sie stammen aus der Zeit der Omaijaden. Als sie im neunzehnten Jahrhundert entdeckt wurden, war das eine Sensation, weil ihre Mosaiken sich von der gesamten bis dahin bekannten islamischen Kunst unterscheiden. Sie sind nicht nur wunderschön, sondern auch figurativ. Es ist darstellende Kunst.«

»Ja? Und?«

»Deutsche waren als erste zur Stelle. Die schönsten Mosaiken wurden in *Qasr Umm Ain* von den Wänden gerissen. Sie befinden sich jetzt in einem Berliner Museum. Plünderung und Ausbeutung gibt es auf allen Ebenen und zu allen Zeiten.«

Carl schwieg eine Weile. Es war ihm gelinde gesagt unklar, was im neunzehnten Jahrhundert gestohlene Mosaiken mit Morden und Banküberfällen des zwanzigsten Jahrhunderts zu tun haben sollten. Er gab auf.

»Hast du mal eine Aktion gegen eine Bank mitgemacht?« wechselte er das Thema.

»Nein. Ich war nur dabei, als wir zwei Kapitalistenschweine aus der Rüstungsindustrie unschädlich machten«, erwiderte sie mit abgewandtem Gesicht.

Carl versuchte, sie sich mit einer Pistole in der Hand vorzustellen, versuchte zu sehen, wie sie diese auf den Kopf eines deutschen Direktors richtete und aus nächster Nähe abdrückte. Die Vision gelang ihm nicht. Das alles war völlig unvorstellbar, selbst in der Phantasie. Trotzdem hatte er nicht den geringsten Grund zu glauben, daß sie log.

»Hast du geschossen?« fragte er.

»Ja, einmal.«

»Warum nur einmal?«

»Wir wechseln uns ab. Bei jeder Aktion kommt ein anderer an die Reihe. Das ist am demokratischsten so; wenn jeder immer wieder eine neue Aufgabe erhält, vermeidet man Auseinandersetzungen. Außerdem muß jeder alles können, und jeder muß wissen, daß er alles kann. Wir sind ja so wenige.«

»Du hast es nie bereut?«

»Nein, warum sollte ich? Würdest du's bereuen?«

»Ja. Ich würde nie einen unschuldigen Menschen ermorden.«

»So etwas gibt es nicht. Niemand ist unschuldig.«

»Das habe ich schon mal gehört. Aber kam dir das nicht schrecklich vor?«

»Doch, aber es ging so schnell. Es ist leichter, als man glaubt. Man krümmt nur den Zeigefinger, und alles andere macht die Waffe. Hinterher hat man das Gefühl, als wäre man fast nicht dabeigewesen, als hätte jemand anderes gehandelt.«

»Keine Alpträume?«

Sie überlegte kurz.

»Doch«, sagte sie. »Es ist vorgekommen.«

Horst Ludwig Hahn war strahlender Laune. Alles sei geregelt. Die Ware sei schon unterwegs. Er wollte nicht erzählen, wie er es geschafft hatte, aber Carl entnahm seinen Andeutungen, daß die Waffen jetzt in einem plombierten Lastwagen mit TIR-Schild geschmuggelt wurden und sich wahrscheinlich irgendwo zwischen Damaskus und der türkischen Grenze befanden. Die Ladung wog nicht mehr als achtzig Kilo und konnte leicht als Obstkiste durchgehen.

Horst Ludwig Hahn hatte sie zu einer kleinen Gruppe von Restaurants mitgenommen, die gleich an der Zufahrtsstraße nach Damaskus aus Richtung Beirut wie Nistkästen am Berghang klebten. Diese Straße war neuerdings nicht mehr stark befahren. Als Vorspeisen hatte man ihnen rund zwanzig längliche kleine Platten *mezza* serviert, der Einleitung zu einer syrisch-libanesischen Mahlzeit. Horst Ludwig Hahn plauderte munter drauflos. Sie befänden sich, sagte er, jetzt an der klassischen Erobererstraße nach Damaskus, also auf historischem Boden. Dann wechselte er abrupt das Thema und erzählte, mit den Syrern gebe es keine Schwierigkeiten mehr. Wenn diese den Eindruck gewonnen hätten, daß man Syrien irgendwie hätte mit der geplanten Aktion in Verbindung bringen können, hätten sie das ganze Vorhaben beenden können: »Da es aber keine Verbindung zwischen Syrien und den europäischen Guerilla-Organisationen gibt und die Syrer zudem offenbar nichts von Abu Nidals Forderung zu wissen scheinen, im Erfolgsfall kostenlose Reklame zu bekommen, haben sie sich nicht widersetzt. Da lag übrigens die Hauptschwierigkeit für uns. Die Vorstellung, daß Reagan Damaskus bestrafen oder die Israelis zu solidarischen Strafexpeditionen auf Syrien hetzen könnte, ist für die Syrer alles andere als amüsant. Die Israelis haben tatsächlich schon ein solches Angebot gemacht. Sie möchten wahrscheinlich gern einen kleinen Krieg vom Zaun brechen, um den jüngsten amerikanischen Friedensplan zu durchkreuzen.«

Carl überlief es plötzlich eiskalt. Damit man ihm nichts von seinem Schrecken anmerkte, entschuldigte er seinen schlechten Appetit mit seinem verdorbenen Magen. Er hatte europäischen Terroristen eine unerhörte Vernichtungskraft in die Hand gegeben. Und im Augenblick wußte der deutsche Verfassungsschutz noch nichts davon. Die Waffen waren unterwegs. Wenn er jetzt infolge eines Unfalls oder aus anderen Gründen plötzlich von der Bildfläche verschwand, wäre die

Katastrophe kaum noch aufzuhalten. Und er hatte sie organisiert. Und was wäre, wenn die Terroristen zu der Ansicht kämen, Carls Mitarbeit sei nicht mehr erforderlich?

Er überlegte, ob er zum Hotel zurückgehen und trotz des offenkundigen Abhörrisikos telefonieren sollte. Er fragte sich, ob es sinnvoll wäre, daß Siegfried Maack sofort die GSG 9 in Bereitschaft versetzte. Es war aber völlig ungewiß, ob eine derart verzweifelte Aktion etwas anderes bewirken könnte, als daß er sich selbst verriet. Überdies würden die deutschen Kollegen nur das eine Kommando in der Breiten Straße 159 festnehmen können. Carl wußte immer noch nicht, wo sich das *Kommando Siegfried Hausner* aufhielt, Horsts und Barbaras Bande. Und die war vermutlich der Empfänger der Waffenlieferung. Also blieb ihm nur eins – weiterzumachen, um jeden Preis zu überleben und weiterzumachen.

Horst Ludwig Hahn erzählte gerade, warum es in Syrien nur dieses widerliche Bier gab. Wie die Ägypter hätten auch die Syrer unendliche Schwierigkeiten mit dem Import von Konsumgütern. Aus diesem Grund habe man praktisch jedes andere Bier als dieses *Barada* verboten. Während er erzählte, sah Carl, wie ein geschlossener Landrover unten auf der Straße hielt und vier junge Männer in Jeans mit Pistolen im Hosenbund heraussprangen und die Treppe zum Restaurant hinaufgingen. Das sah nicht nach einem Restaurantbesuch aus. Die Männer schienen *mochabarat* zu sein, Angehörige des allgegenwärtigen, mehr oder weniger irregulären syrischen Sicherheitsdienstes. Einer der jungen Männer trug einen zusammengeklappten AK 47 über der Schulter.

Horst Ludwig Hahn und Barbara bemerkten die Männer nicht, obwohl sie jetzt offenkundig auf ihren Tisch zusteuerten. Der Restauranttisch stand auf einem terrassenähnlichen Vorbau, der über den Fluß hinausragte, von dem aus an dieser Stelle ein Stichkanal nach Damaskus führte. Carl überlegte kurz, ob er über das klapprige Geländer springen, sechs oder sieben Meter tiefer im Fluß landen und versuchen sollte, ein Telefon zu erreichen. Es war zu spät. Der erste der lümmelhaft wirkenden Sicherheitsleute stand schon an ihrem Tisch und fragte nach den Ausweisen.

Horst Ludwig Hahn erklärte, ihre Pässe befänden sich im Hotel *Sheraton,* aber sie hätten ihre Zimmerausweise bei sich. Es kam zu einem kurzen Wortwechsel. Der langhaarige, magere Junge mit dem automatischen Karabiner über der Schulter schüttelte den Kopf. Die Erklärung genügte ihm nicht. Er gab ihnen ein Zeichen, sie müßten mitkommen.

»Keine Gefahr«, erklärte Horst Ludwig Hahn, »das ist nur ihr Spionage-Wahn. Sie wollen unsere Identität feststellen. Wir trinken ein paar Pepsi-Cola in einer Polizeiwache, das ist alles. Schade um das Essen, aber kommt lieber mit. Wir sollten keinen Streit anfangen.«

Sie erhoben sich zögernd und widerwillig und folgten den vier jungen Männern die Treppe hinunter. Horst Ludwig Hahn ging davon aus, daß ihre Begleiter kein Deutsch sprachen, und wiederholte schnell ein paar Verhaltensmaßregeln. Kein Wort über die Lieferungen, das gehe den *mochabarat* nichts an. Er, Horst, werde das Gespräch allein bestreiten. Daß sie sich mit Palästinensern getroffen hätten, werde er nur im Notfall erwähnen. Mehr konnte er kaum noch sagen, sie wurden unter die Plane des Landrovers gestoßen, der mit einem Ruck anfuhr. Die Restaurantgäste schien der Zwischenfall nicht sonderlich erschüttert zu haben. Vielleicht war es eine reine Routineangelegenheit.

Der Wagen fuhr nicht nach Damaskus, sondern weiter stadtauswärts. Horst Ludwig Hahn runzelte die Stirn. »Merkwürdig«, sagte er, »die haben ihre Büros doch in der Stadt.«

»Maul halten!« brüllte einer der langhaarigen jungen Leute und richtete eine grobe Pistole auf sie. Interessant, dachte Carl. Ein Colt Modell 1911 A1, Kaliber 45, wird immer noch hergestellt. Typische Waffe aus dem Zweiten Weltkrieg. Wie zum Teufel ist so ein Ding beim syrischen Sicherheitsdienst gelandet? Eine große amerikanische Pistole in der Hand eines kleinen syrischen Sicherheitspolizisten?

Es wurde keine lange Fahrt. Nach zehn Minuten bog der Landrover von der Straße ab und hielt hinter einer großen Armeekaserne. Sie befanden sich schon außerhalb der Stadt. Ihre Bewacher gaben ihnen ein Zeichen, sich absolut still zu verhalten und in einen geschlossenen Armeelastwagen umzusteigen. Als sie auf die Ladefläche kletterten, warteten dort schon zwei weitere Männer auf sie, die ihnen auf dem Rücken Handschellen anlegten und sie mit Stoffetzen knebelten. Die Männer gaben durch Klopfzeichen an die Fahrerkabine zu verstehen, daß alles bereit war. Dann sprangen auch die anderen jungen Leute, die nervös Wache gestanden hatten, auf die Ladefläche, und der Wagen fuhr an.

Carl versuchte, Blickkontakt zu Hahn herzustellen, um dessen Reaktion zu ergründen, aber es war zu dunkel. Carl überdachte ihre Lage. Sie kam ihm verzweifelt vor. Wenn dies tatsächlich die syrische Sicherheitspolizei war, wozu dann dieses hektische Umsteigen in einen Armeelastwagen? Und was hatte es mit dieser amerikanischen Waffe auf sich? Dieses Modell war sogar noch in Vietnam verwendet worden. Konnten es Israelis sein? Stand ihm eine späte Rache bevor, weil er vier Offiziere des israelischen *Sayeret Matkal* getötet hatte? Konnte sich der israelische Nachrichtendienst in Damaskus tatsächlich so frei bewegen? Carl wollte es kaum glauben. Wußten die Israelis überhaupt, daß er *Coq Rouge* war? Sehr wohl möglich. Das hatten sie sich vielleicht zusammenreimen können. Würden sie ihn hinrichten und die westdeutschen Terroristen freilassen? Wohl kaum. Aber dann würden sie alle drei von der Bildfläche verschwinden, und damit hätte die Drachensaat in Europa freie Bahn: Sechs RPG 18 mit einem Dutzend Geschossen.

Carl hatte eine tödliche Waffe bei sich. Die Klappmessernachbildung, die er in der Tasche trug, besaß eine sieben Zentimeter lange Schneide in einer schützenden Plastikhülle. Sie war aus dem gleichen japanischen Spezialstahl geschmiedet wie sein Kommandomesser. Diese Schneide konnte jedoch gegen Metall nichts ausrichten. Überdies saß er jetzt mit Handschellen auf dem Rücken auf einem Lastwagen. Rücken an Rücken mit ihm saß Barbara. Carl versuchte, ihre Handschellen zu ertasten, um festzustellen, was für ein Modell es war, erreichte aber nur einen Teil, der ihm nichts sagte. Außerdem mißverstand Barbara ihn und ergriff seine Hand. Sie hatte Angst, das war zu spüren. Ihr war inzwischen aufgegangen, daß dieser Ausflug nicht dazu diente, ihre Identität festzustellen, wie es zunächst den Anschein gehabt hatte. Carl bemühte sich, sich an weitere Details zu erinnern. Waren ihm nicht auch die Handschellen amerikanisch vorgekommen? War der AK 47-Karabiner das Modell mit dem einklappbaren Griff? Ja, ohne Zweifel. Aber das allein besagte noch gar nichts. Sahen diese Burschen nicht zu klein und schmächtig aus, um irgendeinem israelischen Spezialverband anzugehören? Sie sahen sehr arabisch aus und unterhielten sich außerdem auf arabisch. Aber gab es nicht auch arabischsprechende Israelis? Doch, aber jetzt hätten sie keinen Grund mehr gehabt, sich zu verstellen.

Eine halbe Stunde lang war es bergauf gegangen. Jetzt fuhr der Wagen bergab. Carl kramte in seinem Gedächtnis, war sich aber der Topographie nicht sicher. Sie waren zunächst auf der Hauptstraße weiter stadtauswärts gefahren, und zwar bergauf. Sie waren also auf dem Weg zum Libanon. Dort hielten sich ein Gewimmel syrischer Militärverbände auf, dazu die von Syrien anerkannten palästinensischen Guerilleros. Es dürfte für Israelis also die schlechteste aller denkbaren Fahrtrichtungen sein.

Der Lastwagen hielt an einer Straßensperre. Carl hörte nur

einen kurzen Wortwechsel, dann wurde der Wagen offenbar durchgewinkt.

Etwa eine Stunde lang fuhren sie auf ebenem Gelände weiter. Folglich befanden sie sich unten im Tal vor der langen Steigung zum Libanon hinauf. Sie passierten noch weitere Straßensperren, aber der Fahrer brauchte die Geschwindigkeit nur wenig zu verlangsamen, bevor er passieren durfte. Diese Burschen konnten unmöglich der syrischen Armee angehören, fuhren aber trotzdem in einem Armeelastwagen, den sie offenbar gestohlen hatten. Carl dachte an ihre Nervosität. Schiiten, die irrtümlich ein paar westliche Geschäftsleute entführt hatten? Nein, unmöglich. Nicht mitten in Damaskus. Und wozu dieser Aufwand und dieses große Risiko, mit den Syrern zusammenzustoßen, wo es in Beirut wahrhaftig genug Objekte in bequemerer Reichweite gab? Und warum waren sie unterwegs nach Beirut? Würden sie die Grenze überqueren? In dem Fall wäre der Grenzübergang die letzte Chance, aus dem Wagen zu springen. Aber auch das kam Carl nicht wahrscheinlich vor.

Er gab es auf, weiter nachzudenken. Er würde auf alle Fragen eine Antwort erhalten, was immer er jetzt mutmaßte. Er drückte Barbara fest die Hand und versuchte, sich mehr um die durch Europa gondelnden RPG 18 Sorgen zu machen als um das, was mit ihm selbst geschehen würde. Dieser Versuch gelang ihm nur zum Teil.

Der Lastwagen quälte sich inzwischen auf einem kleinen, recht steilen Kiesweg bergauf. Durch einen Spalt in der Persenning am hinteren Ende der Ladefläche sah Carl dunkle Schatten von Bäumen. Sie fuhren in einen kleinen Wald hinein. Der Lastwagen fuhr offenbar mit abgeschalteten Scheinwerfern. Plötzlich hielt er an, und der Motor verstummte. Zunächst war es völlig still, und dann erschienen ein paar Männer, die offensichtlich schon gewartet hatten, öffneten die Ladeplane und gaben den Bewachern ein Zeichen, sie sollten die Gefangenen aussteigen lassen. Sie wurden unsanft hinausgestoßen. Barbara stolperte und fiel hin. Jemand eilte herbei und hob sie vorsichtig und recht freundlich auf. Dann führte man sie zu einem großen schwarzen Zelt. Es sah aus wie in einem Beduinenlager. Im Innern brannte eine einzige Petroleumlampe. Dort wartete also die Antwort auf alle Fragen und möglicherweise auch das Ende der Reise.

Carl wurde zunächst von dem Licht geblendet. Als sich seine Augen daran gewöhnt hatten, begann er zu verstehen. In der Mitte des Zelts, dort, wo es am höchsten war, hatte man drei kräftige Holzpfähle in den Boden gerammt. Die drei Entführten wurden von ihren Bewachern an die Pfähle gefesselt, während zwei Personen, ein Mann und eine Frau, den Vorgang beobachteten. Sie saßen mit gekreuzten Beinen auf dem Fußboden und hielten Teegläser in den Händen.

Nachdem man sie gefesselt hatte, schnitt man ihnen die Knebel auf. Die Frau mit dem Teeglas stand langsam und etwas steif auf.

»Willkommen bei der PLO«, begann Mouna auf englisch. »Ich werde euch jetzt erklären, warum wir diese Aktion nicht zulassen können, die ihr vorhabt. Ich werde euch auch sagen, was wir wissen und was nicht. Wir wissen, daß dieser Gangster Abu Nidal euch mit bestimmten Waffen ausgestattet hat, und wir wissen auch, daß ihr eine Aktion gegen ein amerikanisches Ziel in Europa vorbereitet. Wir gehen davon aus, daß Abu Nidal wie gewöhnlich daran interessiert ist, daß es zu einer Katastrophe kommt. Ich werde euch erklären, was das bedeuten kann.«

Sie machte eine Pause und drehte vor den drei Gefangenen eine Runde. Sie verriet mit keiner Miene, daß sie Carl kannte. Die anderen Palästinenser hatten sich bequem zurechtgesetzt, nachdem sie sich aus einer blauen Blechkanne auf der Feuerstelle weiter hinten Tee eingegossen hatten. Zwei von ihnen trugen syrische Armeeuniformen. Das mußten also die Männer sein, die den Wagen durch die Straßensperren gefahren hatten.

»Für das palästinensische Volk läuft die Sanduhr allmählich ab«, fuhr Mouna fort. »Die Verhandlungsinitiativen, die wir jetzt gemeinsam mit Jordanien betreiben, sind für viele Jahre unsere letzte Chance zu einem diplomatischen Durchbruch. Wenn dieser Versuch zum Teufel geht, ist unsere Lage verzweifelt. Ihr und Abu Nidal seid dabei, nach Kräften dazu beizutragen. Ist euch klar, was das bedeutet? Kapiert ihr mit euren verkümmerten kleinen Terroristengehirnen, was ihr gerade anrichtet? Wie werden die Amerikaner darauf reagieren? Und die Israelis? Nicht genug damit, daß die Amerikaner einen Grund finden werden, sich aus der jüngsten Verhandlungsrunde zurückzuziehen. Was werden sie dann wohl tun? Was meint ihr? Werden sie selbst oder die Israelis Damaskus bombardieren? Und wenn es den Israelis gelingt, den Krieg anzuzetteln, den sie sich im Augenblick mehr als alles andere wünschen, was habt ihr dann angerichtet? Der Krieg im Libanon von 1982 begann, weil dieser verfluchte Abu Nidal in London einen einzigen israelischen Diplomaten niederschoß, ohne ihn zu töten. Was ihr in Händen habt, ist hundertmal schlimmer. Mehr brauche ich dazu nicht zu sagen. Ihr setzt die Zukunft unseres Volkes aufs Spiel. Hunderttausend Menschenleben, das ist ungefähr der Preis, den wir für unseren letzten Krieg bezahlt haben. In der anderen Waagschale seid ihr dagegen leicht wie Asche. Mehr gedenke ich dazu nicht zu sagen. Also – wo befinden sich eure Waffen?«

Keiner der drei Gefangenen antwortete. Wohl hauptsächlich wegen des Schocks über die Wendung, die alles genommen hatte. Mouna wartete ruhig. Carl mußte eine hysterische Lust unterdrücken, laut loszulachen. Er hatte sein ganzes Vermögen der PLO vermacht, und jetzt war sie dabei, dieses Erbe schneller einzukassieren, als er hatte ahnen können, und ganz entschieden anders, als er es sich vorgestellt hatte.

»Nun«, sagte Mouna schließlich und wandte sich an Horst Ludwig Hahn, »du da. Ich weiß nicht, wie du heißt, aber ich gehe davon aus, daß dein Paß nicht echt ist. Wo sind die Waffen?«

»Die sind schon unterwegs nach Europa«, sagte Horst Ludwig Hahn mit fast versagender trockener Stimme.

»Einen Dreck sind sie. Ihr habt sie gestern bekommen. So glatt arbeitet Abu Nidals Bürokratie nicht. Wo sind die Waffen? Wie sollen sie nach Europa geschmuggelt werden? Machen es die Syrer über ihre diplomatische Vertretung? Kommen die Waffen per Schiff oder per LKW? Dir sollte klar sein, daß ihr auf keinen Fall hier lebendig herauskommt, bevor wir es wissen.«

»Sie sind schon unterwegs. Wir selbst wollten morgen abreisen.«

Horst Ludwig Hahn leckte sich nervös die Lippen. Inzwischen hatte er etwas von seiner Stimme zurückgewonnen. Mouna ließ sich jedoch nicht erweichen.

»Den Teufel werdet ihr. Ihr seid noch für eine ganze Woche im *Sheraton* gebucht.«

»Ja, aber das nur aus Sicherheitsgründen. Ich wußte nicht, daß alles so glatt gehen würde. Die Waffen sind mit einem Lastwagen unterwegs, einem Obsttransporter nach Hannover. Sie sollen in fünf oder sechs Tagen ankommen. Dort oben haben wir Leute, die alles in Empfang nehmen. Das ist alles, was ich weiß. Ich schwöre, daß es so ist.«

Mouna drehte eine neue Runde. Alle im Zelt blickten sie an. Keiner der Palästinenser ergriff auch nur die kleinste Initiative. Es war unverkennbar, daß sie das Kommando führte. Sie dachte eine Zeitlang nach. Ihre Uniformhosen waren ein wenig zu groß und schlotterten ihr um die Beine, aber Carl dachte, daß es nicht den geringsten Grund gab, diese Frau für eine komische Figur zu halten. Sie hatte in einer der geheimsten und exponiertesten Abteilungen der PLO lange überlebt, nämlich dem Nachrichtendienst *Jihaz ar-Rased*. Sie war ein eiskalter und fähiger Offizier in einem der durch Krieg am meisten verwüsteten Gebiete der Welt.

»Also gut«, sagte sie schließlich. »Dies ist kein Spiel, und wir sind nicht darauf aus, nett zu euch zu sein. Wir wollen Ergebnisse und haben nur eine Stunde Zeit. Die da ist deine Frau, nicht wahr?«

Sie nickte zu Barbara hinüber.

»Na schön, dann schneiden wir sie in kleine Stücke, bis du redest. Wenn wir damit fertig sind, kommt du dran. Knebelt die Frau wieder!«

Zwei junge Männer sprangen blitzschnell auf und führten den Befehl aus. Ein kurzgeschorener, schon leicht grauhaariger Mann, der etwas älter war als die anderen, erhob sich schwer und nahm ein Bajonett in die Hand. Eine lange Narbe auf der linken Wange verlieh ihm ein theatralisch grausames Aussehen. Carl sah zu Horst Ludwig Hahn hinüber, der völlig verzweifelt schien und den Tränen nahe war. Barbara jammerte und ächzte unter ihrem Knebel und wand sich wie ein Aal an ihrem Pfahl. Der Mann mit dem Bajonett ging zu ihr und riß ihr mit einem einzigen Ruck Bluse und BH ab.

»Hört auf«, sagte Carl zu Mouna. »Es stimmt. Wir wollten morgen abreisen. Die da weiß gar nichts, und ich weiß selbst auch nicht mehr, als er gesagt hat. Die Lieferung könnt ihr nicht mehr verhindern, aber das macht nichts. Du mußt mir schon vertrauen, Mouna.«

Er sah zu Boden. Mouna zögerte.

»Du weißt doch, daß ich dir die Rosen geschickt habe. Du mußt mir ganz einfach vertrauen«, fuhr Carl fort. Er war keineswegs davon überzeugt, daß er richtig handelte. Möglicherweise würde er hinterher erklären können, wieso er Kontakte zu Palästinensern hatte. Es würde allerdings schon schwerer sein zu erklären, wie und warum die PLO sie hatte laufen lassen. Er machte sich keinerlei Illusionen über Mounas Absichten mit den Gefangenen. Er glaubte aber, trotz allem irgendeine Einigung erzielen zu können.

»Und warum soll ich ausgerechnet dir vertrauen, Carl?« fragte Mouna scharf.

»Weil ich dir die Rosen geschickt habe, das weißt du sehr gut.«

»Und auf was für einen Seitenwechsel hast du dich jetzt eingelassen?«

»Es ist kein Seitenwechsel.«

Carl bemühte sich, schnell zu denken. Bis jetzt war noch nichts gesagt worden, was er hinterher nicht würde erklären können, wenn auch mit Mühe. Außer Carl und Mouna begriff keiner im Zelt, was es mit diesen rätselhaften Rosen auf sich hatte. Mouna zerschlug aber plötzlich jede Möglichkeit zur Umkehr.

»Von unseren alten und sentimentalen Kontakten abgesehen, Carl, mußt du verstehen, daß dies für uns von allergrößter Bedeutung ist. Wir haben mit diesem Unternehmen ein unglaubliches Risiko auf uns genommen, nicht wahr?«

»Ja. Übrigens ein hervorragender Job.«

»Na gut, dann komme ich gleich zur Sache. Was macht der schwedische Sicherheitsdienst bei dieser deutschen Terroristenbrut?«

Damit entfiel jeder Grund, weiter Theater zu spielen.

»Binde mich los, dann werde ich dir draußen alles erzählen. Ich will nicht, daß die hier zuhören«, sagte Carl und blickte noch immer beharrlich zur Erde. Er fühlte sich seltsam beschämt, wie eine Art Verräter. Er vermied es, Barbara und Horst Ludwig Hahn anzusehen.

Aber Mouna blieb unerbittlich.

»Es spielt keine Rolle«, sagte sie. »Die werden doch nicht mehr sehr lange leben. Also, worum geht es? Wenn du nicht erzählst, wird es dir genauso ergehen wie denen. Ich kann keine Kompromisse schließen, begreifst du das?«

»Ja.«

»Also?«

»Es ist ein Gemeinschaftsunternehmen. Schwedischer Geheimdienst und westdeutscher Verfassungsschutz. Ich spiele so etwas wie einen flüchtigen schwedischen Terroristen und habe mich sozusagen mit den deutschen ›Genossen‹ zusammengetan. Ziel der Aktion ist es, möglichst viele dieser Juwelen an einen Ort zu bringen, um einen großen Schlag gegen sie zu führen. Die RPG's sind schon unterwegs. Die sollen aber nur eine Art Köder sein, um diese Kameraden alle an einen Ort zu bekommen, damit wir zuschlagen können. Das Problem ist nur, daß die Zentrale noch nicht über diese Waffenlieferung informiert ist. Ich hatte keine Möglichkeit, Kontakt aufzunehmen. Ich muß also lebendig und munter wieder zurückkommen, damit wir das Unternehmen zu Ende bringen können. Sonst kann die Sache ins Auge gehen. So sieht es aus.«

»Bindet ihn los«, befahl Mouna auf arabisch. Zwei der jungen Leute sprangen auf und befreiten Carl, der sich mit dem Rücken zu den beiden anderen Gefangenen hinstellte und sich die Handgelenke rieb.

»So ganz einfach ist es trotzdem nicht«, fuhr Mouna fort, die ihre Wanderung im Zelt wieder aufgenommen hatte.

»Es besteht die Gefahr, daß du lügst, daß du zu ihnen übergelaufen bist. Du bist immerhin mal linker Aktivist gewesen.«

»Sei nicht kindisch, Mouna.«

»Was hast du mir vorzuschlagen?«

»Gib mir einen Vorsprung. In der nächsten Zeit wird auch nicht ein einziger Lastwagen unkontrolliert nach Deutschland und schon gar nicht nach Hannover kommen können. Außerdem wissen diese Typen, daß das Spiel aus ist.«

Er nickte nach hinten zu den beiden Gefangenen, denen er noch nicht in die Augen geblickt hatte, und fuhr fort:

»Wir schlagen gegen eine ihrer Zellen in Hamburg zu und

holen uns, was wir da finden. Es werden mindestens fünf Terroristen sein.«

»Und was sollen wir deiner Meinung nach mit deinen ›Genossen‹ hier tun?«

»Laßt sie frei. Sie sind relativ unwichtig. Ich brauche nur eine Stunde vor ihnen ein Telefon zu erreichen. Die Waffen werden nie abgefeuert werden, und wir fügen ihrer Organisation einen ziemlich schweren Schlag zu.«

»Jetzt bist du aber kindisch, Carl.«

»Was hat es für einen Zweck, ein paar wirrköpfige deutsche Studenten zu ermorden?«

»Wenn es zutrifft, was du über euer Vorhaben erzählst, dann mußt *du* nach Hause, die aber nicht.«

»Ich kann es per Telefon erledigen.«

»Und es damit auf einen Schlag den Syrern, Abu Nidal und der ganzen Bande verraten?«

»Du weißt doch, wie das beim Abhören von Telefonen ist. Ich gebe meine Mitteilung auf deutsch durch. Für die Übersetzung und die Weiterbeförderung auf den richtigen Schreibtisch brauchen sie eine Stunde. Und da sitzt jemand, der gerade Tee trinkt und anderes zu tun hat.«

»Wäre das nicht unnötig gewagt?«

»Das Risiko ist gering.«

»Warum diese plötzliche Aufwallung humanitären Mitgefühls, wenn die hier nicht deine Genossen sind?«

»Sie sollen ins Gefängnis und nicht ermordet werden. So ist nun mal unser System, Mouna.«

»Du befindest dich jetzt im Nahen Osten.«

»Ja, ich bin mir dessen tatsächlich sehr unangenehm bewußt.«

Sie drehte eine neue Runde durch das Zelt und erteilte dann einige Befehle auf arabisch. Der ältere der Palästinenser sowie zwei weitere standen auf und gingen hinaus. Mouna folgte ihnen, wandte sich im Eingang aber noch einmal um.

»Wir werden kurz beraten. Ich kann eine solche Entscheidung nicht allein treffen«, sagte sie und verschwand in die Dunkelheit.

Carl blieb stehen. Die vier verbliebenen jungen Palästinenser tranken ihren Tee mit unbeweglichen Gesichtern. Carl glaubte, einen von ihnen wiederzuerkennen, war sich aber nicht sicher. Er spürte, wie ihm die glühenden Blicke der beiden Mitgefangenen den Rücken durchbohrten. Er holte tief Luft und dreht sich dann zu Barbara um.

»Es tut mir leid. Ich bedaure, daß es so gekommen ist«, sagte er und versuchte ihr die Wange zu streicheln, aber sie wandte heftig das Gesicht ab.

»Du mußt verstehen«, fuhr er fort, »und auch du, Horst, daß ihr den Krieg bekommt, den ihr selbst begonnen habt. Ich tue meine Arbeit. Ich bin Offizier und verteidige mein Land gegen den von euch geplanten Angriff. Das ist sehr einfach, Horst, das mußt du verstehen.«

»Bullenschwein, gottverdammtes Bullenschwein«, fauchte Horst Ludwig Hahn zwischen zusammengebissenen Zähnen.

Carl seufzte. Er ging zu der blauen Teekanne und füllte sich ein Glas ein. Der Tee war bitter, stark und süß. Er wandte sich wieder zu den beiden Gefangenen um, die ihn unverwandt voller Haß anstarrten. Das war ihre Antwort, bevor er überhaupt etwas erklärt hatte.

»Ich werde versuchen, euch hier herauszuholen, das muß euch doch klar sein. Ihr hättet nicht die geringste Überlebenschance. Ihr wißt vielleicht nicht einmal, wer diese Genossen hier sind? Es ist der *Jihaz ar-Rased,* meine palästinensischen Kollegen, der zweitbeste Sicherheits- und Nachrichtendienst des Nahen Ostens. Es sind Vollprofis. Und die haben für Figuren wie euch keinerlei sentimentale Schwächen. Wie etwa ich.«

»Du bist ein Bullenschwein und Verräter und sollst das Maul halten«, fauchte Horst Ludwig Hahn. Carl konnte nicht umhin, darüber zu staunen, wie sehr sich der sympathische junge Kulturgeograph plötzlich verändert hatte. Diese haßerfüllten Augen öffneten sich zu dem schwarzen Loch, das diese Terroristen alle in sich haben mußten. Dieses Verhalten war völlig hirnlos. Der Terrorist Hahn hätte besser daran getan, sich mit Carl zu verständigen, um zu überleben. Er hätte sich nie so gehen lassen dürfen.

Carl trank seinen Tee aus und stellte das Glas neben der Feuerstelle ab. Er überlegte, ob er sich zu den anderen setzen oder hinausgehen sollte. Er fühlte sich unangenehm berührt von den bohrenden bösen Blicken. Ein letztes Mal wollte er es noch versuchen.

»Möglicherweise ist die Bezeichnung Bullenschwein aus deiner Sicht berechtigt, Horst«, erklärte er leise. »Aber ich bin kein Verräter. Gerade das bin ich nicht. Ich bin nicht zu euch übergelaufen. Ich wäre ein Verräter gewesen, wenn ich es getan hätte, oder? Ich bin ganz einfach dein Feind wie alle anderen Bullen.«

»Die Waffen werden ankommen. Du weißt nicht, wo und auf welchem Weg. Niemand wird dir glauben, wenn du *lebendig und munter* allein nach Hamburg zurückkehrst, wie du gesagt hast. Die Genossen werden dich hinrichten, wie du es verdienst, wenn du dich auch nur in der Nähe der Breiten Straße oder der Peterstraße blicken läßt. Du hast keine Chance.«

»Peterstraße? Aha, da sitzt also das *Kommando Siegfried Hausner.* Du bist unachtsam, Horst. Wir brauchen nur eine einzige Straße zu durchsuchen, und dann werden wir auch die anderen finden. Was euch betrifft, ist dieses entsetzliche Spiel zu Ende. Warum zum Teufel beschäftigst du dich nicht lieber mit islamischer Kunst?«

Carl wartete die Antwort gar nicht erst ab, sondern wandte sich ab. In diesem Moment erschien Mouna mit ihren Begleitern im Zelt. Sie sah konzentriert und entschlossen aus.

»Wir haben eine Entscheidung getroffen«, sagte sie mit harter Stimme. »Es ist eine unwiderrufliche Entscheidung. Diskussionen wird es nicht geben. Du behauptest, daß dies nicht deine Genossen sind und daß du immer noch für den schwedischen Sicherheitsdienst arbeitest. Und die Aktion mit diesen kleinen Gangstern willst du auch weiterführen.«

»Ja«, erwiderte Carl leise. Im selben Moment spürte er, wie die Furcht von seinem rumorenden Magen zum Hals und bis zum Mund hochkroch.

»Bitte sehr«, sagte Mouna und reichte ihm ein Bajonett. »Töte sie. Jetzt, auf der Stelle.« Carl stand mit dem Rücken zu Barbara und dem Bajonett in der Hand. Sie war einen Meter von ihm entfernt. Er war wie gelähmt, als hätte es in seinem Gehirn einen Kurzschluß gegeben. Er hatte das Gefühl, in Ohnmacht zu fallen. Das Licht im Zelt schien ganz kurz auszufallen.

»Jetzt sofort. Sonst gehst du den gleichen Weg, das ist beschlossen«, ergänzte Mouna. Carl glaubte, ihrer Stimme eine leichte Unsicherheit anzumerken. Aber er glaubte ihr.

Alle im Zelt betrachteten ihn. Die Palästinenser mit den Teegläsern saßen reglos wie Standbilder.

Carl hielt das Bajonett mit der rechten Hand fest umklammert, hielt es vor sich und versuchte sich darauf zu konzentrieren, die Kraft in der Hand zurückzugewinnen. Er hatte das Gefühl, als würde ihm das Messer gleich aus der Hand fallen, als hätte er nicht einmal die Kraft, es festzuhalten. In seinem Kopf surrte es. Es war ihm unmöglich, klar zu denken.

Plötzlich, als wäre er selbst nicht Herr seiner Entscheidung, fuhr er herum. Mit der Hand, die sich um das Bajonett schloß, schlug er Barbara von unten hart aufs Kinn. Der Schlag ließ ihren Kopf zurückprallen. Dann sank sie bewußtlos zusammen.

Er blickte einen Moment in Horst Ludwig Hahns aufgerissene schwarze Augen. Dann macht er einen schnellen Schritt nach vorn und preßte mit der linken Hand von unten Horst Ludwig Hahns Kinn und Hals hoch, während er gleichzeitig zwei Finger in die Augen des jungen Mannes stieß, um sie zu schließen. Mit dem Bajonett, das er fest in der rechten Hand hielt, schnitt er blitzschnell über den entblößten Hals und sprang sofort zur Seite, um von dem heftigen Blutstrom nicht vollgespritzt zu werden. Die Halsarterien spritzten wie zwei Fontänen, dann schwächten sich die Blutstrahlen ab wie bei einem Gartenschlauch, dessen Wasserdruck nachläßt, und bewegten sich im Gleichklang mit dem Herzschlag des sterbenden Horst Ludwig Hahn. Es sah aus, als versuchte der Terrorist noch etwas zu sagen. Aus seiner Luftröhre kam ein heiseres Krächzen. Dann sank er in sich zusammen.

Carl trat einen Schritt zur Seite und stellte sich vor Barbara. Ihr Kopf hing kraftlos herab. Sie war immer noch bewußtlos. Er stieß ihr das Bajonett von unten nach oben bis zum Heft in den Bauch. Dann zog er es heraus, trocknete es an ihren Kleidern ab und warf es auf die Erde. Barbaras Körper zuckte noch eine Weile.

Ohne ein Wort zu sagen, verließ Carl das Zelt. Niemand hielt ihn auf. Draußen setzte er sich auf die rostrote Erde. Eine kühle Brise wehte durch die Pinienkronen. Die Zeit hatte aufgehört zu existieren, und Carl fühlte sich innerlich vollkommen leer. Er hatte keine Ahnung, wie lange er so gesessen hatte. Vielleicht nur eine Minute, vielleicht eine halbe Stunde. Dann kam Mouna zu ihm heraus und legte ihm die Hand auf die Schulter.

»Komm wieder rein. Du mußt wieder reinkommen«, sagte sie in einem Tonfall, der ihm zärtlich, fast liebevoll vorkam.

Er erhob sich steif und ging auf etwas unsicheren Beinen ins Zelt. Die beiden Toten hingen noch in der gleichen Stellung an ihren Pfählen, in der er sie zurückgelassen hatte. Man hatte aber noch weiter mit Messern auf sie eingestochen. Es sah aus, als hätte man die Toten noch gefoltert.

»Wozu das denn noch?« sagte er matt. »Sie können euch doch nicht mehr schaden.«

»Wir haben noch nicht alle Probleme gelöst«, erklärte Mouna. Gleichzeitig traten drei ihrer Untergebenen vor, ergriffen Carl und schleppten ihn zu dem dritten Pfahl, an dem er die Verhandlungen um ihr Leben begonnen hatte. Er ließ sich widerstandslos zum zweitenmal fesseln. Er fühlte sich vollkommen kraftlos.

»Der syrische Sicherheitsdienst wird euch ziemlich bald finden«, erklärte Mouna. »Ihr seid alle drei gefoltert worden, aber wir hatten nicht mehr die Zeit, dich zu töten. Du bist nur verwundet. Du mußt verstehen, daß wir konsequent handeln müssen. Es geht nicht nur um dein Leben, Carl, es geht auch darum, daß dein Unternehmen gelingt. Jetzt ist es kein schwedisch-deutsches Gemeinschaftsunternehmen mehr, sondern in Wahrheit eine palästinensisch-schwedisch-deutsche Aktion.«

Carl nickte langsam. Er fühlte sich merkwürdig schlapp.

Mouna erteilte auf arabisch einen Befehl, worauf die jungen Männer sofort mit dem Abbruch des Lagers begannen. Sie trugen ihre Waffen und einen Sender, der Carl verborgen geblieben war, hinaus und luden alles auf einen wartenden Landrover.

Der ältere der palästinensischen Soldaten trat dicht an Carl heran und versetzte ihm plötzlich einen heftigen Schlag. Carl schaffte es nicht mehr zu sehen, was es war, vermutete aber einen Gewehrkolben. Der Schlag traf die Wange und riß eine große Platzwunde auf. Danach hagelt ein Schauer von Faustschlägen auf sein Gesicht. Das war ebenso schnell wie wirkungsvoll. Er empfand keinen Schmerz, da er sich in einem Schockzustand befand.

Kurz darauf hörte er, wie ein Motor ansprang. Blut lief ihm übers Gesicht. Er konnte nicht deutlich erkennen, ob Mouna allein vor ihm stand, aber es schien so zu sein.

»Das alles ist sehr bedauerlich, aber notwendig, Carl«, sagte sie. Sie beugte sich hastig vor und küßte ihn schüchtern auf die Wange. »Weißt du noch? Du hast mich geküßt, bevor wir eine dieser Straßensperren überwinden mußten.«

Carl nickte schwach, ohne zu antworten.

»Du weißt doch, Carl, daß ich auch Krankenschwester bin. Ich arbeite seit jetzt mehr als zehn Jahren im Krieg, nicht wahr?«

Carl nickte erneut. Er war noch immer ganz benommen von der Mißhandlung, konnte nur träge denken und verstand nicht, worauf sie hinauswollte.

»Was ich jetzt tue, tue ich, weil ich deine Freundin bin, weil ich dir vertraue und weil ich Liebe zu dir empfinde, Carl. Liebe, Carl, das ist nichts, was du mißverstehen solltest, aber ich habe mich trotzdem richtig ausgedrückt.«

Während sie sprach, hatte sie vorsichtig sein blutverschmiertes Hemd geöffnet und seine Brust entblößt.

»Es wird schnell gehen, Carl, und schlimmer aussehen, als es ist. Glaub mir. Und vergiß nicht: Ihr habt nichts gesagt. Wir hatten keine Zeit mehr, zu Ende zu kommen. Eure Waffen sind also unterwegs. Die Tatsache, daß auch du gefoltert worden bist, ist sowohl für die Syrer wie für die deutschen Gangster ein Beweis.«

Carl versuchte, zu ihr aufzublicken, aber das Blut lief ihm in die Augen. Er konnte nicht mehr erkennen, als daß sie ein Messer gegen ihn erhob.

Sie schnitt ihm blitzschnell fünf tiefe Furchen in die Brust. Es brannte kurz wie bei einer leichten Brandwunde; ihr Messer mußte sehr scharf sein.

Es war, als hätte der Schmerz Adrenalin in ihm freigesetzt. Er kam urplötzlich zu sich.

»Wo sind die anderen?« fragte er mit zusammengebissenen Zähnen.

»Die gehen in etwa zehn Minuten über die Grenze. Etwa gleichzeitig werden die Syrer hier eintreffen und dich finden.«

Sie steckte ihr Messer ein, zog eine Pistole aus dem Holster und entsicherte sie, wobei sie die Mündung auf die Erde richtete.

»Ich mache mich gleich allein auf den Weg. Die anderen haben eine falsche Spur gelegt. Carl, du weißt, daß ich auch Krankenschwester bin. Vertraust du mir?«

»Ja.«

»Dies ist eine Walther 7,65.«

»Ich sehe. Die Waffe der schwedischen Polizei und des britischen Nachrichtendienstes. Und?«

»Die Munition ist vollummantelt.«

»Ja, und?«

Mehr sagte sie nicht. Ihre Finger suchten tastend nach einer Stelle irgendwo unterhalb seines linken Schlüsselbeins. Dann setzte sie die Pistolenmündung an die Stelle und drückte sofort ab. Der Aufprall des Geschosses warf Carl nach hinten. Er hatte das Gefühl, als hätte er einen harten Faustschlag erhalten. Dann suchte Mouna nach einer neuen Stelle an der Außenseite seines rechten Oberschenkels und wiederholte die Prozedur. Diesmal spürte er den Schmerz. Dann war ihm zumute, als würde er gleich ohnmächtig werden. Er konnte noch hören, wie sie vier weitere Schüsse abgab, spürte jetzt aber nichts mehr.

Brennender Durst ließ ihn aufwachen. Er schlug die Augen auf und entdeckte nach kurzer Verwirrung, daß er nur auf einem Auge sah. Das zweite war zugeschwollen und vermutlich auch bandagiert. Er fixierte einen Riß an der weißen Zimmerdecke. Dann hob er den Kopf, fiel aber sofort wieder zurück, da er in der linken Schulter und im Schulterblatt einen brennenden Schmerz spürte. Er bewegte sich vorsichtig. Das eine Bein war steif und verbunden. Er schloß die Augen oder vielmehr das Auge und versuchte, die Situation zu begreifen.

Er lag in so etwas wie einem Krankenhausbett, in einem kahlen und relativ finsteren Zimmer. Er erinnerte sich schwach an das Bild von Soldaten, die mit automatischen Karabinern in das Zelt gestürmt waren. An mehr nicht.

Also Syrien, dachte er. Ich muß immer noch in Syrien sein.

Dies muß ein Krankenhaus sein. Draußen ist es sehr hell, also noch Tag. Die Sonnenstrahlen fallen schräg ins Zimmer, es ist also Nachmittag oder Morgen.

Links von ihm hing ein Kabel mit einer Klingel von der Decke. Carl versuchte, den linken Arm zum Klingenknopf zu heben, aber der Schmerz war zu stark. Er wuchtete sich noch einmal hoch und bekam den Knopf mit der rechten Hand zu fasen, hielt ihn kurz und fiel dann wieder aufs Bett. Seine Wunde pochte. Er versuchte, das Gesicht zu bewegen. Ihm kam es vor, als hätte man ihn unter dem Verband, der das eine Auge bedeckte, genäht.

Nach einiger Zeit erschien eine Krankenschwester und fragte ihn etwas auf arabisch, was er nicht verstand. Er bat auf englisch und französisch um Wasser. Die Schwester verschwand. Bald danach kehrte sie mit einem uniformierten Mann zurück und klappte vorsichtig das Kopfende des Krankenhausbetts hoch, so daß er in eine halbsitzende Lage kam. Sie hielt ihm einen Kunststoffbecher mit Wasser an den Mund und ließ ihn trinken. Dann verschwand sie auf leisen Sohlen aus dem Zimmer.

Carl betrachtete die Schulterklappe des Mannes, als dieser einen Stuhl heranzog, sich neben Carl setzte und die Beine übereinanderschlug. Ein Adler und ein Stern, Armeeuniform. Der Mann war Oberstleutnant.

»Ich nehme an, daß Sie Englisch sprechen, da Sie Schwede sind?« lautete die erste Frage.

Carl nickte.

»Ich bin Oberstleutnant Abdel Karim Helou, Militärischer Sicherheitsdienst«, stellte sich der Syrer kurz und geschäftigsmäßig vor.

»Carl Gustaf Gilbert Hamilton, Kapitän der schwedischen Marine«, erwiderte Carl mit rauher Stimme.

»Das nenne ich eine Überraschung. Sie sind Offizier?«

»Ja, Reserveoffizier.«

»Was tun Sie hier in Syrien?«

»Kaufe Souvenirs und lasse mich zuschanden schießen.«

»Ihre Freunde sind tot. Wissen Sie das?«

»Ja.«

»Sind Ihre Freunde Schweizer?«

»Ja.«

»Das glaube ich nicht.«

Carl versuchte, die Achseln zu zucken, aber der Schmerz bremste die Bewegung.

»Sie reisen jedenfalls mit schweizerischen Pässen. Ich kenne sie als Schweizer.«

»Wer hat Sie so zugerichtet?«

»Das weiß ich nicht.«

»Das wissen Sie sehr wohl. Diese Leute haben Sie nicht zum Spaß gefoltert. Sie wollten etwas haben oder etwas erfahren. Nämlich was?«

»Das weiß ich nicht.«

»Bitte lassen Sie diese Scherze. Ihre Lage ist ernst.«

»Ich bin kein Verdächtiger. Ich will mit meiner Botschaft sprechen.«

»Verdächtig oder nicht – das ist manchmal eine ziemlich philosophische Frage. Die Botschaft kann warten, das heißt, wenn Sie sich zur Zusammenarbeit bereiterklären. Also? Wer hat Sie so zugerichtet?«

»Wie lange bin ich schon hier? Und wo befinde ich mich?«

»Etwa achtzehn Stunden, und Sie befinden sich in einem Armeelazarett, also auf militärischem Gelände. Nun, wer hat Sie erwischt?«

Carl dachte fieberhaft nach, um eine klare Strategie zu finden. Was wäre die schlechteste Lösung? Schwedischer Sicherheitsdienst oder westdeutscher Terrorist? Das war in Syrien keine leichte Entscheidung.

Irgendwo in der Türkei, dachte er weiter, irgendwo in der Türkei ist in einem Lastwagen die Katastrophe unterwegs.

»Wir haben Grund zu der Annahme, daß es Palästinenser waren, die Sie entführten«, fuhr der Oberstleutnant sichtlich ungeduldig fort. »Stimmt das?«

»Ja, es könnte stimmen. Es waren jedenfalls definitiv keine Israelis.«

»Woher wollen Sie das wissen?«

»Sie waren sehr jung. Außerdem sprachen sie Arabisch und wollten weiter in den Libanon. Das wäre für Israelis ein ziemlich überflüssiger Umweg. Außerdem dürfte es wohl Grenzen geben für das, was sich die Israelis auf Ihrem Territorium erlauben dürfen.«

»Da haben Sie recht, aber auch mit dieser Sorte von Palästinensern ist es ernst genug. Wissen Sie etwas darüber, auf welchem Weg sie ins Land gekommen sind oder es verlassen haben?«

»Nein. Sie sprachen über ganz andere Dinge.«

»Aha. Und was wollten sie?«

»Daran kann ich mich nicht mehr erinnern.«

Der Oberstleutnant lachte auf, ein kurzes, schmetterndes Lachen.

»Was Sie durchgemacht haben, werden Sie so leicht nicht vergessen. Bekamen diese Leute zu hören, was sie wissen wollten?«

»Nein.«

»Und darum haben sie Sie gefoltert. Aber bei Ihnen haben die Brüder wohl etwas geschlampt? Ich habe jedenfalls den Eindruck.«

»Ich glaube, sie hatten es plötzlich sehr eilig. Es gab eine Art Alarm. Ich kann mich schwer erinnern, sie hatten mich übel zugerichtet.«

»Was ist das letzte, woran Sie sich erinnern?«

»Daß es so etwas wie eine Panik gab. Wahrscheinlich, weil Sie gekommen sind. Sie rannten eine Zeitlang wie aufgescheuchte Hühner hin und her, und dann erschossen sie das

Mädchen, das immer noch lebte. Dann schossen sie auf mich. Das glaube ich jedenfalls.«

Carl überlegte, ob er richtig geraten hatte. Er erinnerte sich, daß Mouna zwei Schüsse auf ihn abgegeben hatte, aber dann hatte er noch weitere Schüsse gehört und gedacht, daß auch die ihn irgendwo getroffen hatten. Soweit er es jetzt aber spüren konnte, hatte er nur zwei Schußverletzungen. Höchstwahrscheinlich hatte Mouna also die beiden weiteren Kugeln auf die schon tote Barbara abgefeuert, ja, es mußte Barbara gewesen sein, denn so wie Horst Ludwig Hahn ausgesehen hatte, wäre es des Guten ein wenig zuviel gewesen, ihn noch erschießen zu wollen.

Der Offizier war aufgestanden und an ein Fenster getreten. Carl konnte ihn nicht sehen. Wenn der syrische Sicherheitsdienst zu der Ansicht kommt, daß der schwedische Sicherheitsdienst weiß, was die Syrer geliefert haben, werden diese sich als nächstes fragen, was sie mit mir tun sollen, grübelte Carl träge weiter. Sie wissen aber nicht, daß niemand eine Ahnung davon hat, wo ich mich befinde, und sie wissen nicht, daß ich auch Sicherheitsmann bin.

»Wie ich schon sagte, ist Ihre Lage sehr ernst. Ich muß Ihnen nochmals und in allem Ernst raten, mit uns zusammenzuarbeiten«, fuhr der Oberstleutnant hinten am Fenster fort. »Wir haben eine sehr klare Vorstellung davon, was diese palästinensischen Terroristen erfahren wollten. Sie sagen, sie hätten es nicht erfahren, und das ist schon sehr gut. Ihre Verwundung und das Gesamtbild bestätigen diese Version. Sie waren hier, um Waffen zu beschaffen, nicht wahr?«

»Wenn das so ist, dann aber nur mit Zustimmung des syrischen Sicherheitsdienstes, nicht wahr?« entgegnete Carl ironisch. Er war mit sich zufrieden, daß ihm diese Formulierung eingefallen war.

»Ich werde aufrichtig zu Ihnen sein«, sagte der Oberstleutnant und kehrte zu seinem Stuhl neben Carls Bett zurück. Der

Mann hatte einen kleinen Schnurrbart und abstehende Ohren, was ein wenig an Clark Gable erinnerte. »Für solche Transaktionen sind nicht wir zuständig, sondern der Nachrichtendienst. Als der mich ins Bild setzte, hat sich der Betreffende nicht sonderlich klar ausgedrückt. Nun, er wird seine Gründe gehabt haben. Ich habe aber die Aufgabe, herauszufinden, was die palästinensischen Terroristen über diese Waffengeschichte in Erfahrung gebracht haben. Vestehen Sie?«

Carl lächelte, daß seine Gesichtshaut spannte. Er verstand sehr wohl. In Syrien war es also genauso wie in allen anderen Ländern. Sicherheitsdienst und Nachrichtendienst trauten einander nicht über den Weg und gaben nicht mehr Informationen aus der Hand als absolut notwendig. Carls Situation verbesserte sich entscheidend.

»Es ist also der Sicherheitsdienst, der jetzt für mich verantwortlich ist?« wollte er wissen.

»Ja, ich bin für Sie veranwortlich.«

Carl beschloß, die Taktik zu wechseln.

»Können wir ganz aufrichtig sein?« fragte er.

»Ja, natürlich. In Ihrer Lage ist Aufrichtigkeit überdies höchst ratsam«, erwiderte der Oberstleutnant und betrachtete Carl forschend. Dann beugte er sich vor. Carl spürte einen schwachen, unangenehmen Hauch. Der Geruch erinnerte an Knoblauch, aber es war noch etwas anderes.

»Reden wir doch nicht länger um den heißen Brei herum: Sagen Sie mir, was Sie wissen müssen und worauf Sie verzichten können«, fuhr Carl fort. Der Oberstleutnant dachte kurz nach.

»Ich muß wissen, ob die Palästinenser etwas von entscheidender Bedeutung erfahren haben, und wenn ja, was.«

»Dann lautet die Antwort nein. Sie haben nicht bekommen, worauf sie aus waren.«

»Es ging um Ihre Waffengeschäfte mit... äh, mit anderen Palästinensern hier in Damaskus?«

»Ja.«

»Was wollten die?«

»Sie wollten die Lieferung stoppen. Sie wollten sich erst dann einverstanden erklären, wenn wir ihnen nähere Angaben machten, die ihnen eine Mitwirkung akzeptabel erscheinen ließen.«

»Und die bekamen sie nicht?«

»Nein. Nur einer von uns kannte die näheren Einzelheiten. Und den haben sie als ersten getötet. Wir anderen hätten diese Details niemals erläutern können, selbst wenn wir uns hätten überreden lassen, oder wie ich das nennen soll.«

»Was sind das für Waffen? Und wofür wollen Sie sie einsetzen?«

»Danach müssen Sie Ihren eigenen Nachrichtendienst fragen. Außerdem können Sie diese Angaben nachprüfen, ich meine, daß der, den sie offenbar als ersten töteten, der einzige von uns war, dem die Einzelheiten bekannt waren. Hätte er den Palästinensern alles gesagt, hätten sie uns doch einfach erschossen und die Verhöre nicht fortgeführt. Das ist doch absolut logisch, wenn Sie mal darüber nachdenken.«

»Ja, vorausgesetzt, daß Sie die Wahrheit sagen und daß es tatsächlich nur dieser Deutsche war, der alles wußte. Ich darf doch annehmen, daß er Deutscher war? Aber das kann ich nachprüfen. Glaube ich jedenfalls.«

»Haben Sie meinen Paß?«

»Nein.«

»Wo befindet er sich?«

»In der schwedischen Boschaft. Dort hat man verlangt, Sie zu sehen. Wie Sie verstehen werden, konnten wir die Erfüllung dieser Bitte kaum verweigern. Was ich jetzt sage, bedeutet natürlich auch, daß Sie sich sicher fühlen können. Sie werden aber auch verstehen, daß ich es nicht für richtig gehalten habe, sofort darauf hinzuweisen.«

»Sie sind zu liebenswürdig, Herr Oberstleutnant. Aber wie

zum Teufel ist mein Paß in der schwedischen Botschaft gelandet?«

»Diese Frage verstehe ich nur zu gut. Im Hotel behauptete man, gestern habe jemand mit einem palästinensischen Akzent angerufen und erklärt, Sie seien ermordet worden, und das Hotel müsse veranlassen, daß Ihr Paß in die Botschaft gebracht werde. Seltsam, finden Sie nicht auch?«

»Nein, durchaus nicht. Der Anrufer muß das wohl selbst für wahr gehalten haben, und um ein Haar wäre es ja auch wahr gewesen. Ich vermute, daß der Anrufer Ihnen vielleicht einen Streich spielen wollte, was weiß ich.«

»Tja, könnte sein. Fühlen Sie sich heute stark genug für weitere Besuche?«

»Ja.«

»Ich komme wieder, wenn es Gründe dafür gibt, aber bis auf weiteres akzeptiere ich Ihre Angaben. Was Sie Ihrer Botschaft erzählen, geht mich zwar nicht gerade etwas an, aber...«

»Ja, aber?«

»Ich gehe davon aus, daß weder Sie noch wir daran interessiert sind, die schwedischen Behörden in irgendwelche Waffengeschäfte hineinzuziehen.«

»Nein, ganz und gar nicht. Aber wie soll ich meine Lage erklären?«

»Wahrscheinlich sind Sie irgendwelchen barbarischen und blutrünstigen arabischen Straßenräubern in die Hände gefallen. Erzählen Sie etwas in dieser Richtung. Wie gesagt, ich komme wieder, wenn es sich als unwahr erweisen sollte, daß dieser Deutsche die einzige Informationsquelle war. Ich wünsche baldige Genesung.«

Carl starrte an die Decke und kämpfte gegen den Schlaf an. Er ging davon aus, daß sein Krankenzimmer abgehört werden konnte und daß es den Syrern gelingen würde, einen Schwedisch-Übersetzer aufzutreiben. Die Botschaft mußte ihm helfen, das Krankenhaus möglichst schnell zu verlassen, aber er mußte verlangen, allein nach Deutschland und nicht nach Schweden zurückzufliegen. Das würde eventuell zu kniffligen Diskussionen führen.

Er schlief traumlos. Mitten in der Nacht wachte er kurz auf und stellte fest, daß sich die Botschaft nicht gemeldet hatte. Dann schlief er wieder ein. Sein letzter Gedanke war, daß sich die Waffen jetzt irgendwo in der Nähe von Istanbul befinden mußten.

Gegen elf Uhr am nächsten Tag erschien die Krankenschwester und entfernte seinen Kopfverband. Man hatte seine Platzwunde auf der Wange mit acht Stichen vernäht. Im übrigen bestand sein Gesicht nur aus einem einzigen blaugrünen Veilchen. Mit den Schußverletzungen, versicherte die Schwester Carl, habe er mehr Glück als Verstand gehabt. Beide Kugeln hätten den Körper sauber durchschlagen, ohne anderes Gewebe zu verletzen als solches, das wieder nachwachsen werde. Weder Blutgefäße, Ligamente noch Sehnen seien zerrissen worden. Er müsse einen Schutzengel gehabt haben, meinte sie. Und als er sie daraufhin verblüfft anstarrte, erklärte sie, sie sei Christin und habe sich deshalb so ausgedrückt.

Schutzengel – wenn du wüßtest, was für ein Engel von Kollegin da geschossen hat, dachte er.

Zu seinem Entsetzen erkannte er den schwedischen Diplomaten wieder, der plötzlich in der Tür stand. Es war der gleiche hochmütige, schwachköpfige Taugenichts, dem er vor einem Jahr in Beirut begegnet war und der schwedische Entwicklungshelfer in den palästinensischen Flüchtlingslagern für so etwas wie kurzlebige Verbrauchsgüter hielt.

»Aha, Hamilton. Wie ich sehe, haben wir uns in eine üble Lage gebracht«, begrüßte ihn der Schwede munter in ihrer Muttersprache, als er im Krankenzimmer stand. Dieses Auftreten war absolut unmöglich. Es ließ sich zum Teil mit den begrenzten intellektuellen Fähigkeiten des Diplomaten erklären, leider aber auch damit, daß er Carls Identität kannte und wußte, daß sie sich beim letztenmal in Beirut im Auftrag der schwedischen Sicherheitspolizei begegnet waren. »Halt die Schnauze und hör mir zu. Es kann sein, daß wir abgehört werden«, unterbrach Carl. »Setz dich hin und sag kein Wort mehr.«

Er wartete ab, bis sein Besucher dem Befehl nachgekommen war, bevor er fortfuhr.

»Ich wünsche, daß ihr mich so schnell wie möglich hier rausholt, am liebsten schon morgen. Unter meinen Sachen im Hotel befindet sich auch Geld. Bezahlt meine Hotelrechnung damit. Die Rechnungen der anderen Personen brauchen dich nicht zu kümmern. Ich will mit euch nichts weiter zu tun haben und das Land auf dem schnellsten Weg verlassen. Ist das klar?«

»Ich muß gestehen, daß ich deinen Ton angesichts dessen, was geschehen ist, außerordentlich unpassend finde«, entgegnete der zweite Botschaftssekretär, der seine dienstlichen Aufgaben im Libanon aus Sicherheitsgründen neuerdings von Damaskus aus abwickelte. »Es ist ja etwas Furchtbares passiert. Zwei tote Europäer, und ...«

»Ich weiß Bescheid, ich war nämlich dabei«, schnitt ihm Carl das Wort ab. »Was ist übrigens mit den toten Schweizern geschehen?«

»Man hat sie der Schweizer Vertretung hier übergeben. Ich nehme an, daß man sie jetzt säuberlich verpackt nach Hause schickt.«

»Wie lange wird das dauern?«

»Uns selbst bleibt diese Prozedur ja erspart, aber ich könnte mir vorstellen, daß es schon ein paar Tage dauern wird.«

»Gut. Also noch einmal: Ich will weg hier. Ich will meinen Paß, mein Geld und das Flugticket zurückhaben und dann nichts mehr von euch sehen.«

»Aber ich muß doch einen Bericht für das Außenministerium schreiben ...«

Carl biß die Zähne zusammen. Eigentlich müßte er diesem Idioten sagen, daß sie beide in eine Sicherheitsaffäre verwikkelt seien und daß von irgendwelchen Berichten keine Rede sein könne, denn er, Carl, werde natürlich selbst über alles Bericht erstatten, was die schwedischen Behörden interessiere. Aber dieser Idiot begriff das nicht. Und Carl konnte sich nicht näher erklären, da ein abgehörtes Gespräch entweder ihn oder zwanzig Amerikanern in Stockholm das Leben kosten konnte.

»Du kannst dir deinen Bericht in den Hintern stecken, du elender Imperialistenlakai. Ich habe kein Verbrechen begangen und stehe auf keiner Fahnundungsliste. Folglich habt ihr nichts mit mir zu schaffen. Du hast nur eine verdammte Pflicht: nämlich schnellstmöglich dafür zu sorgen, daß ein angeschossener schwedischer Staatsbürger dieses Land verlassen kann. Das ist alles.«

Carl schloß die Augen und lehnte sich zurück. Die Proteste des Diplomaten gegen seinen unangemessenen Sprachgebrauch und so weiter nahm Carl schon gar nicht mehr wahr. Seine letzte Bemerkung mußte sich in den Mikrophonen gut machen. »Imperialistenlakai«, das war ein schöner Einfall. Das würde sich schriftlich und in arabischer Übersetzung hervorragend machen. Es paßte zum Bild eines Terroristen.

Carl weigerte sich, die Augen zu öffnen, bis der beleidigte Diplomat in dem eleganten Zweireiher das Zimmer verlassen hatte.

Die folgenden vierundzwanzig Stunden wurden durch intensive Streitereien zwischen dem Sicherheitsdienst und dem Nachrichtendienst Syriens geprägt. Die Sicherheitsleute äußerten den Verdacht, der Nachrichtendienst habe sich mal wieder irgendeinen Terroranschlag ausgedacht, dazu noch im Verein mit westdeutschen Terroristen, was ungefähr das Schlimmste sei, was man sich vorstellen könne. Der Minister durfte nichts davon erfahren. Von solchen Dingen wollte er nichts wissen, da das Regime mit in die Verantwortung gezogen werden könnte.

Der Chef des Sicherheitsdienstes forderte den Rücktritt seines Kollegen beim Nachrichtendienst. Dieser weigerte sich aber hartnäckig, die Verbindung zwischen Abu Nidal, bestimmten westdeutschen Terroristen und bestimmten Waffenlieferungen offenzulegen. Hingegen bestätigte er, daß der Deutsche, der als erster von den Palästinensern ermordet worden sei, als einziger der drei von den Modalitäten der Lieferung Kenntnis gehabt habe. Diese sei im übrigen vor weiteren Einmischungen der PLO sicher. Es gebe keinen Grund zu der Annahme, daß die drei europäischen Guerillakämpfer einander von der Lieferung erzählt hätten. Wenn es so gewesen wäre, wären alle Vorsichtsmaßnahmen überflüssig gewesen. Dieses Vorgehen sei der Ausdruck eines professionellen und gesunden Sicherheitsdenkens, das sich diesmal ja auch bezahlt gemacht habe.

Der syrische Nachrichtendienst jedoch schickte eine Anfrage nach einem gewissen schwedischen Marinekapitän namens Carl Gustaf Gilbert Hamilton an einige Adressen. Da es sich um einen Soldaten handelte, ging die Anfrage zunächst an den Vertreter des GRU bei der sowjetischen Botschaft in Damaskus. Von dort schickte man eine verschlüsselte Anfrage sowohl nach Moskau wie an die Stockholmer GRU-Residentur.

In Stockholm saß Oberst Jurij Tschiwartschew, Chef des GRU, des militärischen Nachrichtendienstes der UdSSR, der Konkurrenzorganisation des KGB, in seinem Dienstzimmer mit Ausblick auf das Redaktionshaus von *Svenska Dagbladet.* Jurij Tschiwartschew fand das äußerst bemerkenswert, ja fast unglaublich, daß ein Offizier der schwedischen Marine etwas mit obskuren Waffengeschäften deutscher Terroristen mit Verbindung nach Syrien haben sollte. Anfänglich brachte er über Hamilton nicht viel in Erfahrung. Tschiwartschew stellte nun fest, daß er im Personalverzeichnis der schwedischen Streitkräfte tatsächlich als Reserveoffizier der Marine geführt wurde, jedoch als Leutnant und nicht als Kapitän. Von der Moskauer Zentrale jedoch kam nach einigen Tagen eine kleine Notiz, die sich auf eine äußerst unbedeutende, in diesem Zusammenhang jedoch wichtige Publikation über Medaillen und Auszeichnungen in Schweden in diesem Jahr berief. Dort war ebenfalls dieser Hamilton genannt, und neben seinem Namen stand eine rätselhaft kurze Notiz: *Gustavs III. Med.,* und dann die Jahreszahl.

Jurij Tschiwartschew verbrachte einen halben Tag damit, herauszufinden, was es damit auf sich hatte. Wie sich zeigte, hatte sich die Mühe gelohnt. Die Medaille König Gustavs III. für Tapferkeit im Felde war in neuerer Zeit keinem schwedischen Offizier mehr verliehen worden.

Warum, fragte sich Jurij Tschiwartschew, sollte ein schwedischer Offizier eine Auszeichnung für etwas erhalten, was nur mit kriegerischen Handlungen in Verbindung zu bringen war? Der letzte Krieg Schwedens war Anfang des neunzehnten Jahrhunderts gegen Rußland geführt worden, wie sich Tschiwartschew lächelnd erinnerte.

In welcher Absicht hielt man eine derart sensationelle Auszeichnung so gut wie geheim? Wer bei den schwedischen Streitkräften oder den Sicherheits- bzw. Nachrichtendiensten hatte sich im vergangenen Jahr eine solche Auszeichnung verdienen können? Tschiwartschew saß allein und reglos an seinem Schreibtisch und betrachtete die ein paar hundert Meter entfernte Leuchtreklame von *Svenska Dagbladet,* der aggressiv anti-sowjetischen Tageszeitung, die er mehr als alles andere in Schweden verabscheute.

Dann ging ihm ein Licht auf. In westlichen Nachrichtenorganen hatte es Gerüchte gegeben, die Aktion des schwedischen Sicherheitsdienstes gegen die israelischen Saboteure am vergangenen Jahresende sei in Wahrheit von einem einzigen Mann durchgeführt worden, der unter dem Decknamen *Coq Rouge* geführt wurde.

Aha, wahrhaftig, lächelte Jurij Tschiwartschew, da haben wir dich also, mein lieber *Coq Rouge.* Graf und Offizier der Marine, sieh mal einer an. Nun, dann wird es in Deutschland wohl bald einen Knall geben. Gott steh euch bei, ihr Terroristen, aber ihr bekommt, was ihr verdient.

Tschiwartschew klappte zufrieden die dünne Aktenmappe zu, die vor ihm lag, zog seinen Füllhalter heraus und beschriftete den Ordner langsam und in lesbarer Schrift: COQ ROUGE, ALIAS LEUTNANT CARL GUSTAF GILBERT GRAF HAMILTON.

Dann ging er mit dem Ordner zu seinem Panzerschrank, schloß die Akte ein, machte das Licht aus und ging nach Hause. Er hatte keineswegs die Absicht, seinen Kollegen in Damaskus mitzuteilen, was er herausgefunden hatte. Das hatte Zeit bis später. Er wollte abwarten, bis es in der Bundesrepublik geknallt hatte. In der jetzigen Lage Angaben über diesen jungen Kollegen durch die Gegend zu schicken, der sich in einer schwierigen, schwer zu lösenden Situation mit zahlreichen Risiken befand, wäre alles andere als verantwortungsbewußt gewesen. Es kann immer passieren, daß Informationen in falsche Hände geraten. Auf dieser Erkenntnis bauen sowohl GRU und KGB als auch ihre Verbündeten und Feinde ihre Arbeit auf.

Am nächsten Tag um die Mittagszeit verließ Carl auf dem Athener Flughafen humpelnd die Maschine. Er gab sich Mühe, die verwunderten Blicke seiner Umgebung zu ignorieren. Die dunkle Brille verbarg nur notdürftig sein übel zugerichtetes Gesicht. Er trug einen Arm in einer Schlinge und humpelte stark. Er fühlte, daß die Wunde am Oberschenkel wieder blutete und auf seinem Hosenbein einen größer werdenden roten Fleck hinterließ.

Er hatte sein Ticket nach Athen umgebucht. Jetzt ging er in die Abflughalle und reservierte einen Flug nach Hamburg über Frankfurt, ohne das alte Ticket über Wien vorzulegen. Er bezahlte einfach neu. Er hatte Glück und erhielt einen Platz in einer Maschine, die in anderthalb Stunden starten sollte.

Er wechselte etwas Geld, suchte eine Telefonzelle auf und rief die Nummer in Hamburg an, die er nur im äußersten Notfall anwählen sollte. Siegfried Maack nahm sofort ab.

»Ich komme in vier Stunden nach Frankfurt. Ankunft 16.20 Uhr. Ich will dich bei erstmöglicher Gelegenheit sehen, und zwar am gleichen Ort, an dem wir uns zum erstenmal getroffen haben. Wir haben eine Notsituation. Ist das klar?«

»Ja, verstanden«, erwiderte Siegfried Maack leise. Es erschreckte ihn, daß sich Carl offenbar in einer Situation befand, in der ein Notruf unumgänglich war.

Dann legte Carl auf.

Er ging hinaus, suchte sich einen Platz in der überfüllten Cafeteria und bestellten einen Ouzo – genau wie damals, als er auf dem Weg nach Beirut war, um unter anderem Mouna zu treffen.

Es herrschter dichter Flugverkehr. Unaufhörlich starteten und landeten Maschinen. Eine davon war eine *Swissair* mit dem charakteristischen weißen Kreuz auf dem roten Leitwerk. Die Maschine kam aus Damaskus und war auf dem Weg nach Zürich. Planmäßige Ankunft 15.20 Uhr Ortszeit.

Unter dem Frachtgut im Laderaum der Maschine befanden sich auch zwei hermetisch verschlossene Stahlsärge mit zwei toten Deutschen.

10

Der ganze Körper tat ihm weh, und er fühlte sich matt und schläfrig. Sobald er aber die Augen schloß, sah er den sterbenden Horst Ludwig Hahn vor sich und schlug sie gleich wieder auf; es war wie beim Autofahren, wenn man spürt, daß man kurz vorm Einschlafen ist und vor Schreck zusammenzuckt, weil man sich dabei ertappt, daß man tatsächlich die Augen geschlossen hat.

Er hatte die Toilette am Ende des Waggons aufgesucht und sich die graue Flanellhose ausgezogen. Den Blutfleck hatte er notdürftig mit kaltem Wasser ausgewaschen. Dann hatte er ein paar trockene, zusammengefaltete Papierhandtücher zwischen die blutgetränkten Bandagen gestopft und war vorsichtig in sein Abteil zurückgehumpelt. Im Krankenhaus in Damaskus hatte der Arzt behauptet, er müsse eigentlich noch eine Woche liegenbleiben, aber das wäre unmöglich gewesen. Irgendwo in Jugoslawien, vielleicht sogar schon bald in Österreich, war ein Schwerlaster unterwegs nach Hannover, beladen mit fast unfaßbar viel Tod und Zerstörung. Noch lag Carl in diesem Rennen vorn.

Draußen herrschten Nebel und Dunkelheit. Außer kleinen, glitzernden Lichtern, die von Zeit zu Zeit vorbeiglitten und sich im Fluß spiegelten, konnte Carl nicht viel vom Rheintal erkennen.

Er hatte gesehen, wie Siegfried Maack draußen an seiner Abteiltür vorbeiging. Der Kollege trug die gleiche wattierte blaue Jacke wie bei der ersten Begegnung. Carl vermutete, daß Maack ihn auch gesehen hatte, die Kontaktaufnahme aber aus irgendeinem Grund hinauszögerte. Vermutlich waren sie gerade dabei, den Zug nach unerwünschten Mitreisenden zu durchsuchen.

Carl stand auf und stöhnte vor Schmerz, als er seine Reisetasche aus dem Gepäcknetz herunterwuchtete, die nicht einmal sonderlich schwer war. Er fummelte eine Weile mit seinem Kassettenrecorder herum, bis es ihm endlich gelang, eine Kassette einzuschieben, das Fagottkonzert von Mozart, KV 191. Dieses Konzert hatte er zu Weihnachten zum letztenmal gehört, als er krank im Hotelzimmer lag und phantasierte. Damals hatte er es noch mit den kleinen Ganoven aus der Hafenstraße zu tun gehabt. Damals hatte sich noch nichts Entscheidendes ereignet. Die Musik half ihm, die Augen zu schließen, ohne daß vor ihm gleich das Bild des sterbenden Horst Ludwig Hahn erschien, dessen Blut aus der Halsschlagader schoß. Carl kehrte zu seinen Phantasien von dem Adligen zurück, der die Entdekkung seines Lebens machte, als er den jungen Mozart beauftragte, ein Konzert zu schreiben, das es dem Auftraggeber ermöglichte, vor seiner Familie zu glänzen. Carl nahm sich vor, irgendwann unter KV 191 nachzusehen, um die wirkliche Geschichte dieses Konzerts kennenzulernen.

Er ließ das Band zweimal durchlaufen. Dann legte er eine neue Kassette ein, die er in einer Ladenpassage des Frankfurter Flughafens gekauft hatte. Es war die g-moll-Symphonie Nr. 25, die er von nun an immer mit Trauer und dem Rheintal in Verbindung bringen würde.

Als Siegfried Maack ihn weckte, hatte sich das Gerät schon längst ausgeschaltet.

»In zehn Minuten gehst du ans hintere Ende des Zugs. Er wird außerplanmäßig halten. Ich steige gleichzeitig aus, und wir sehen uns dann auf dem Bahnsteig. Hast du verstanden? Mein Gott, wie du aussiehst«, flüsterte Maack aufgeregt. Carl nickte schläfrig.

So hielt der Airport-Express zum erstenmal in seiner Geschichte in St. Goar, und zwei Personen stiegen aus. Anschließend fuhr der Zug sofort weiter.

Der Bahnsteig war menschenleer und in Nebel gehüllt. Siegfried Maack sprach gerade in ein Walkie-talkie, als er Carl entgegenkam.

»Wir trennen uns hier. Du gehst in den Ort hinunter und suchst ein Gasthaus unten am Rhein, *Goldener Löwe*. Zwei Personen, ein blauer BMW, ein Mann und eine Frau. Hast du verstanden? Komm, gib mir deine Tasche«, flüsterte Siegfried Maack schnell, als befürchtete er, ein Unbefugter könnte mithören.

Carl nickte erneut. Maack nahm Carls Tasche und verließ den Bahnsteig. Carl humpelte langsam hinterher.

St. Goar war eine dieser typischen Märklin-Ortschaften, die er bei seiner ersten Fahrt mit dem Airport-Express aus der Ferne gesehen hatte. Es war kurz nach dem ersten Gespräch mit Siegfried Maack gewesen, als Carl nach dem Loreley-Felsen auf der anderen Seite des Rheins gefragte hatte und sie darüber gescherzt hatten, man solle dem Unternehmen vielleicht den Namen *Götterdämmerung* geben. Diese Bezeichnung kam Carl inzwischen gar nicht mehr übertrieben vor.

Der Nebel war so feucht, daß Carl ihn als eine Art Regen aus mikroskopisch kleinen Tropfen empfand. Der Fußmarsch machte ihm so schwer zu schaffen, daß ihm auf der Stirn bald der kalte Schweiß ausbrach. Der Ort war fast menschenleer. Nichts erinnerte mehr an die sommerliche Touristensaison mit ihren Besuchermassen. Carl konnte die Berghänge auf der anderen Seite des Rheins nicht erkennen, vermutete aber, daß sie genauso grau, schwarz und braun aussahen wie neulich.

Das Gasthaus *Goldener Löwe* wirkte, als hätte man es aus einer Touristenbroschüre herausgeschnitten. Die Fassade war reich mit Gold und Schnitzereien verziert und mit einem vergoldeten Löwen geschmückt. Hinter den gewölbten Butzenscheiben sah Carl einen Speisesaal mit rosafarbenen Tischtüchern und brennenden Kerzen. Nur wenige Tische waren besetzt. Carl nahm an, daß er hineingehen sollte, aber wenige Meter vor dem Eingang blitzte plötzlich zweimal die Lichthupe eines geparkten BMW auf. Carl ging auf den Wagen zu, und als er ihn erreicht hatte, wurde die Tür zum Beifahrersitz geöffnet. Carl stieg ein, ohne den Mann und die Frau genauer anzusehen.

»Guten Abend«, stöhnte er und zwängte sich vorsichtig auf den Sitz. Die Frau auf dem Rücksitz schaltete ihr Walkie-talkie ein.

»Alles klar«, gab sie kurz durch und erhielt ein kurzes *O. K.* zurück. Der Wagen startete seidenweich, fuhr zunächst durch den Ort und dann einen steilen, gewundenen Weg zu einer hellerleuchteten Burg hinauf.

Die Burg war keine Ruine, sondern ein Restaurant und Hotel, *Burg Rheinfels.* Sie betraten es durch eine Hintertür bei der Schwimmhalle und fuhren mit dem Fahrstuhl ganz nach oben. Dort nahm Siegfried Maack Carl in Empfang, und seine beiden Begleiter fuhren wieder mit dem Fahrstuhl nach unten.

Am Ende des Hotelkorridors saß Loge Hecht in einem von zwei aneinandergrenzenden Doppelzimmern. Er war allein, aber nebenan befand sich eine provisorische Kommunikationszentrale mit entsprechendem Personal.

»Schnelle Arbeit, das muß ich sagen. Ein großes Empfangskomitee«, bemerkte Carl erschöpft und nahm seine dunkle Sonnenbrille ab. Er ließ sich in einen hellblauen Polstersessel fallen. Er warf einen Blick aus dem Fenster. Auf der anderen Seite des Rheins stand eine alte Märchenburg, die halb im Nebel verschwand, aber in dem gelbweißen Lichtschein starker Scheinwerfer noch zu erkennen war.

»Seit deinem Anruf aus Athen haben wir höchste Alarmbereitschaft ausgelöst. Wenn ich dich so ansehe, scheint das auch begründet zu sein. Wie geht es dir überhaupt, und was ist passiert?« antwortete Loge Hecht konzentriert.

»Woher zum Teufel wißt ihr, daß ich aus *Athen* angerufen habe?« wollte Carl wissen. Er war sich völlig sicher, daß er es nicht einmal Maack gesagt hatte.

»Maschinen«, erwiderte Loge Hecht und zuckte die Achseln. »Maschinen, Maschinen. Du weißt, die Dinger, die dafür sorgen, daß Abbuchungen wie geölte Blitze kommen und daß Geld, das man selbst erwartet, erst mit Verspätung eintrifft. Brauchst du einen Arzt?«

»Nein.«

»Gut. Was ist passiert? Wie ist die Lage? Sollen wir jetzt oder erst später zuschlagen?« Siegfried Maack schaltete ein Tonbandgerät ein und setzte sich mit Notizblock und Bleistift hin. Er und Hecht beobachteten Carl gespannt.

»Die Lage ist folgende«, sagte Carl und holte tief Luft, bevor er fortfuhr: »Kann ich einen Whisky oder irgendwas anderes Starkes haben? In etwa zehn Stunden kommt ein Fernlaster nach Hannover. Ich weiß nicht, wie er aussieht oder wem er gehört, aber er kommt aus Damaskus. Im Laderaum befinden sich außer Obst ein halbes Dutzend RPG 18 mit mindestens doppelt so vielen Geschossen. Die zweite Terroristenzelle in Hamburg, das *Kommando Siegfried Hausner,* hat ihre konspirative Wohnung irgendwo in der Peterstraße. Nein, die Hausnummer kenne ich nicht. Diese Leute haben den Auftrag, die Waffen abzuholen.«

Carl machte eine Pause, um den Whisky entgegenzunehmen, den ihm Siegfried Maack hinhielt.

»Was ist RPG 18? Was hat diese Lieferung für mögliche Konsequenzen?« fragte Loge Hecht, der alles andere als ein Waffenexperte war.

»Eine sowjetische panzerbrechende Waffe, mit der man Granaten abfeuert, könnte man sagen. Es ist vermutlich die wirkungsvollste Waffe, die europäische Terroristen je in der Hand gehabt haben. Das heißt, wenn sie es schaffen, sie in Empfang zu nehmen.«

»Du bist also in Damaskus gewesen?»

»Ja. Die Abreise aus Hamburg kam so überstürzt, daß ich mich vorher nicht melden konnte. Ihr wißt ja, daß das zu ihren Arbeitsmethoden gehört.«

»Und was ist dort unten passiert?«

Carl berichtete kurz vom Ablauf des Waffenkaufs und erklärte, die RPG sollten seines Wissens gegen die amerikanische Botschaft in Stockholm eingesetzt werden: »Wenn diese Annahme zutrifft – und nichts spricht dagegen –, werden die Terroristen für die Vorbereitung der Aktion mindestens einen weiteren Monat brauchen. Problematisch ist allerdings, daß Waffen dieser Art gegen alle möglichen Ziele eingesetzt werden können. Ein einziges *politisches Gespräch* irgendwo in einer verqualmten Wohnung, und sie entscheiden sich für ein anderes Ziel. Dann stehen wir dumm da. Ich halte das für ein entsetzlich ernstes Problem. Und was die beiden Terroristen des *Kommandos Siegfried Hausner* betrifft, die mit mir in Damaskus waren« – er warf Siegfried Maack einen schnellen Blick zu, als ihm zum erstenmal der beiden gemeinsame Vorname auffiel –, »sie hießen Barbara und Horst Ludwig Hahn. Aber sie sind jetzt tot.«

»Wie kam es dazu?« warf Loge Hecht schnell ein, als er bemerkte, daß Carl zum nächsten Thema kommen wollte. Er schwieg auch eine Weile, bevor er antwortete.

»Wir wurden vom palästinensischen Nachrichtendienst abgefangen, vom *Jihaz ar-Rased,* der Arafat unterstellt ist. Arafat ist nicht der operative Chef, trifft aber selbst die großen Entscheidungen. Weil die PLO gute und berechtigte Gründe hat, zu verhindern, daß dieser Abu Nidal irgendwelche Teufeleien anstellt – ein schleimiger Typ übrigens –, verschleppten sie uns in ein Lager an der Grenze zum Libanon, nachdem sie uns geschnappt hatten. Das war übrigens eine phantastisch elegante Entführung, das muß ich zugeben. Die PLO wollte versuchen, das Ganze zu stoppen.«

»Die Palästinenser?«

»Ja. Abu Nidal und Syrien sind Todfeinde der PLO. Gerade deshalb war ihre Aktion auf syrischem Territorium ganz fabelhaft durchgeführt.«

»Ja, und weiter? Was haben sie mit euch gemacht? Sie haben euch offenbar verhört?«

»Ich kenne ihren oprativen Chef von einer früheren Gelegenheit her, einer Aktion im vergangenen Jahr, die wir, der schwedische Sicherheitsdienst also, unter anderem mit ihrer Hilfe durchführten...«

»Arbeitet ihr mit der PLO zusammen?«

»Ja, in diesem Fall haben wir es getan. Was sich auch als sehr hilfreich erwiesen hat. Weil ich sie also kannte...«

»Ist der Chef eine Frau?«

»Ja. Aber das spielt jetzt keine Rolle. Ich habe sie jedenfalls ins Bild gesetzt.«

»Du hast der PLO von unserem Unternehmen erzählt?«

»Ja. Ich selbst halte das für risikolos, und außerdem ging ich ja selbst das größte persönliche Risiko ein. Außerdem handelte es sich darum, am Leben zu bleiben und die Situation befriedigend zu erklären.«

»Aber deine Verletzungen?«

»Um mich nicht in Verdacht geraten zu lassen, haben sie mich mißhandelt. Sie haben mir damit also einen Dienst erwiesen. Sie schnitten mit einem Messer an mir herum und schossen mir durch Schulter und Schenkel. Sie besaß sogar die Freundlichkeit, vollummantelte Munition zu verwenden, um die Durchschußlöcher so klein wie möglich zu halten.«

Es wurde still im Raum. Außer Carls schwerem Atem war nur noch das leise Quietschen der Tonbandspulen zu hören.

»Was geschah mit dem Ehepaar Hahn?« fragte Loge Hecht mit plötzlich gesenkter Stimme, als hätte das kurze Schweigen etwas Furchtbares verborgen.

»Sie sind tot. Hingerichtet. Sie reisten mit Schweizer Pässen unter dem Namen *Büchi* oder sowas und werden in den nächsten Tagen in der Schweiz eintreffen. Dort wird man natürlich schnell entdecken, daß ihre Identität nicht stimmt. Man wird das BKA bei der Identifizierung um Mithilfe bitten, und ich gehe davon aus, daß das nicht allzu schwer sein dürfte.«

»Wurden sie von den Palästinensern hingerichtet?«

Carl verstummte erneut. Die anderen sahen ihm wohl an, daß ihn die Frage quälte.

»Ja, das kann man so sagen«, antwortete er schließlich.

Wieder Stille im Raum. Loge Hecht zögerte, wie sich Carl später erinnerte, unendlich lange, bevor er sich schließlich entschloß, das Thema zu wechseln.

»Welche Leute werden das geplante Unternehmen durchführen? Und wann wird es stattfinden? Kannst du uns dazu etwas sagen?«

»Die RAF plant eine gemeinsame Aktion mit den von ihnen so genannten belgischen und französischen Genossen. Das können natürlich nur CCC und *Action Directe* sein. Die logistischen Probleme, die sie vor sich haben, werden nach meiner Schätzung mindestens einen Monat in Anspruch nehmen. Ich kann mir nicht vorstellen, daß sie in Schweden schon etwas vorbereitet haben. Jedenfalls habe ich nicht den kleinsten Hinweis darauf«, erwiderte Carl. Er war zutiefst erleichtert, daß man ihn nicht gebeten hatte, den Tod der beiden Terroristen näher zu erklären. So blieb ihm die Entscheidung erspart, ob er auf eine direkte Frage wahrheitsgemäß antworten oder den Palästinensern die Schuld geben sollte.

Die Frage, die nach einer schnellen Entscheidung verlangte, war die bevorstehende Waffenlieferung. Siegfried Maack machte den Vorschlag, man solle den Lastwagen abfangen, die Geschosse unschädlich machen – Carl bestätigte, daß das technisch leicht zu machen sei – und die Lieferung dann weiterfahren lassen. Nach kurzer Diskussion kamen sie jedoch zu dem Schluß, daß das unmöglich sei. Auf den deutschen Autobahnen waren Zehntausende von Fernlastern unterwegs. Die Suche würde sich wie die sprichwörtliche Suche nach der Nadel im Heuhaufen gestalten und unangemessen großes Aufsehen erregen.

Man würde natürlich die Speditionszentrale in Hannover überwachen und eine eventuelle Übergabe beobachten können. Es war aber keineswegs sicher, daß die Übergabe dort erfolgen würde.

Damit stellte sich die Frage, welches Risiko Carl einging, wenn er in die Terroristenzelle in der Breiten Straße zurückkehrte. Sie beleuchteten das Problem von allen Seiten, aber diese Lösung schien immer noch die beste zu sein.

Die Peterstraße ist nicht sehr lang. Es konnte keine besondere Mühe machen, die zweite konspirative Wohnung zu finden. Wenn diese Suche aber diskret vonstatten gehen sollte, was wünschenswert war, konnte es bis zu einer Woche dauern, bevor man das Kommando Siegfried Hausner lokalisiert hatte.

Wenn Carl das Risiko auf sich nehmen wollte und konnte, sollte er zurückkehren. Die Palästinenser wußten, was in Syrien geschehen war. Sie hatten Carls Leben jetzt in der Hand, und Loge Hecht erklärte, er könne angesichts eines so großen Unsicherheitsfaktors die Verantwortung nicht übernehmen.

»Die Palästinenser haben mein Leben schon in der Hand gehabt.« Carl lächelte. »Eine von ihnen hat dafür sogar ihr eigenes Leben aufs Spiel gesetzt. Sie muß bis zum letztmöglichen Augenblick bei mir geblieben sein, als die Syrer schon ganz in der Nähe waren, um sicherzustellen, daß ich möglichst bald ärztlich versorgt wurde. Nein, ich vertraue ihnen absolut. Die PLO ist kein Risikofaktor. Eine andere Frage ist allerdings, wie die Genossen es aufnehmen werden, daß nur einer lebend von der Expedition zurückkehrt. Da liegt der Haken. Wir haben es hier nämlich mit ein paar verdammt mißtrauischen Teufeln zu tun.«

Sie erörterten noch eine Weile die verschiedenen Möglichkeiten. Aber als Carl sich ausgezogen und seine Verletzungen gezeigt hatte, kam es Hecht und Maack völlig unwahrscheinlich vor, daß der Bluff entdeckt werden könnte. Kein Sicherheitsdienst der Welt würde seine eigenen Leute derartig foltern. Das würden sogar Terroristen begreifen.

»Oder«, korrigierte Loge Hecht, »offenbar kein Sicherheitsdienst der Welt mit Ausnahme des palästinensischen.«

Damit stand der Beschluß fest. Carl sollte weitermachen. Siegfried Maack hatte sich ein pfiffiges Arrangement ausgedacht, damit Carl im Notfall blitzschnell Hilfe herbeirufen konnte, falls seine Lage kritisch wurde: Carl erhielt ein Zusatzmagazin für seine *Beretta 92 S.* Es enthielt zwölf Schuß, aber unter der Feder ganz unten steckte ein Minisender mit Batterie, die mindestens zwei Monate halten würde. Wenn man eine zusätzliche Patrone ins Magazin steckte, würde der Sender aktiviert werden. Nach diesem Zeitpunkt konnte der Einsatz innerhalb einer halben Stunde erfolgen. Von jetzt an, erklärte Maack, werde man bei der Hamburger Polizei, natürlich ohne zu erklären, warum, einen MEK-Verband in ständiger Alarmbereitschaft halten.

Siegfried Maack sollte diskrete Beobachtungen in der Peterstraße veranlassen, damit man die zweite konspirative Wohnung orten konnte, in der die Waffen vermutlich aufbewahrt werden sollten.

Auf Carls Verlangen sollte die Identifizierung der zwei ermordeten Terroristen in der Schweiz mindestens um achtundvierzig Stunden hinausgezögert werden, damit er die Todesnachricht selbst überbringen konnte. Er wollte die zu erwartenden Gefühlsausbrüche selbst unter Kontrolle behalten. Wenn die Terroristen noch vor der Ankunft des denkbaren Verräters emotional aufgeputscht würden, werde seine Lage, so erklärte Carl, trotz seiner echten Folterspuren in psychologischer Hinsicht viel schlechter sein.

»Von jetzt an wird dieses Unternehmen besonders gefährlich, wenn diese RKG, oder wie sie heißen, die Wirkung haben, die du angedeutet hast«, sagte Loge Hecht grübelnd. »Wir haben den Schwanz des Drachen zwar schon gepackt, aber er kann sich immer noch mit einem Schlag befreien.«

»Ja, einerseits«, bemerkte Siegfried Maack. »Aber andererseits ist es so, wie Hamilton sagt: Sie brauchen Zeit für ihre Vorbereitungen. Wir werden beim Zuschlagen nicht nur zwei Kommandos auf einmal kassieren, sondern als Zugabe noch ein paar Juwelen von ihren französischen und belgischen Verbündeten. Das ist schon einige Risiken wert.«

Alle drei lachten über diese komische Untertreibung.

Carl lehnte das Angebot ab, die Nacht in der Burg Rheinfels zu verbringen. Das Hotel schien zwar sehr komfortabel zu sein, und auch die Sicherheitsvorkehrungen wirkten beruhigend, angefangen bei der Bewachung der Zufahrtsstraße bis hin zum Fahndungspersonal unten im Ort und den Sicherheitsbeamten im Hotel. Er war aber schon vor zehn Stunden aus Athen abgeflogen, und es war besser, wenn er noch in dieser Nacht in Hamburg ankam.

Was den Flug von Athen nach Frankfurt betraf, war sein Ticket gebucht und entwertet worden. Die Strecke Frankfurt–Hamburg hatte er offengelassen. Siegfried Maack nahm das Ticket an sich und ging ins Nebenzimmer. Eine halbe Stunde später hatte Carl das geschickt gefälschte Ticket wieder in der Hand. Es sah aus, als wäre er mit der Lufthansa von Frankfurt nach Hamburg weitergeflogen. Damit war Eile geboten. Siegfried Maack sollte Carl mit dem Wagen nach Hamburg bringen. Das würde viel schneller gehen, als wenn sie versuchten, ihn nach Frankfurt zu fahren. Dort würde er außerdem seine Maschine verpassen.

Während Loge Hecht in den Speisesaal hinunterging, um eine reelle Mahlzeit zu sich zu nehmen und nachzudenken – seine Figur deutete darauf hin, daß er gern aß und beim Essen am besten nachdenken konnte –, setzten sich Carl und Siegfried Maack in eines der schnellen BMW-Fahrzeuge des Verfassungsschutzes und machten sich auf der Autobahn auf den Weg nach Hamburg.

Maack fuhr trotz des nicht sonderlich guten Straßenzustands mit mehr als 200 Stundenkilometern. Er fährt wie ein Deutscher, dachte Carl, der inzwischen einiges über die fliegenden Barone der Autobahnen in ihren BMWs und Mercedes' gelernt hatte.

Die Wunden an Carls Körper hatten wieder zu bluten begonnen. Das war zwar gut für sein bevorstehendes Theaterspiel, schwächte ihn aber und machte ihn schläfrig und besorgt. Lange Zeit fuhren sie schweigend durch die Dunkelheit.

»Hast du die beiden Terroristen getötet?« fragte Siegfried Maack unvermittelt.

Carl antwortete nicht. Er schwieg fast fünf Minuten lang, und Siegfried Maack erwartete schon keine Antwort mehr.

»Dem Gesetz zufolge bist du also nicht verpflichtet, Verbrechen zu melden, von denen du Kenntnis erhältst? Und das, weil du beim Verfassungsschutz und nicht bei der Polizei bist? Stimmt das?« fragte Carl schließlich.

»Ja, so ist es.«

»Ich habe sie getötet, alle beide. Die Palästinenser verlangten es, damit... nun ja, als eine Art Garantie dafür, daß ich auch die Wahrheit sage. Sonst hätten sie uns alle drei umgebracht.«

Danach schwiegen beide. Carl schlief ein und wachte erst in Hamburg auf. Maack ließ ihn in der Nähe eines U-Bahnhofs ein paar Kilometer von der Stadtmitte entfernt aussteigen.

Es war Monika, die ihm aufmachte. Sie fuhr zurück, unterdrückte aber trotzdem beherrscht einen Schrei. Dann zog sie Carl schnell in die Wohnung und schloß die Tür.

»Weck die anderen, falls sie nicht noch auf sind. Wir haben einen Notfall«, flüsterte Carl. Er hängte seine Jacke auf einen Haken und sah sich gezwungen, Monika sofort beiseitezuschieben, die seine Wunden untersuchten wollte. Sein Hemd war auf der Brust voller Blut.

»Beeil dich. Weck die anderen«, wiederholte er, zwängte sich an ihr vorbei und ging durch das leere Wohnzimmer zur Wendeltreppe, stieg mit schnellen Schritten die Treppe hinauf und betrat sein Zimmer, das neben ihrem lag. Dort versteckte er sein neues Zusatzmagazin für die *Beretta*. Damit war die zunächst größte Schwierigkeit überwunden und erledigt. Es wäre ihm schwergefallen zu erklären, warum er mit einem Magazin ohne dazugehörende Pistole durch die Gegend reiste. Er stellte seine Reisetasche ab, ging ins Bad und wusch sich das Gesicht mit kaltem Wasser. Der Anblick, der ihm im Badezimmerspiegel begegnete, war für sein Täuschungsmanöver schauerlich genug. Das eine Auge, mit dem er immer noch nichts sehen konnte, war bis auf einen schmalen Schlitz blaugrün verfärbt und zugeschwollen. Auf derselben Wange saß noch ein großes Heftpflaster. Die Bartstoppeln von achtundvierzig Stunden verschlimmerten den Anblick noch; er erinnerte sich an Farbfotos von einem älteren Säufer, der entweder von der Polizei in Stockholm-Süd mißhandelt worden oder aber in seiner Ausnüchterungszelle »hingefallen« war. In Monikas Zimmer stand eine offene Whiskyflasche. Daneben sah Carl ein halbleeres Glas. Er packte die Flasche am Hals und ging zu den anderen hinunter, die sich schlaftrunken vor dem erloschenen Kaminfeuer im Wohnzimmer versammelt hatten. Friederike Kunkel hatte einen rosafarbenen Morgenmantel mit hellblauen Blumen umgeworfen, der in scharfem Gegensatz zu ihrer Miene stand.

»Die Genossen sind tot, alle beide. Aber die Waffen sind unterwegs. Sie werden heute nacht oder morgen früh in Hannover ankommen«, begann er und ließ sich ächzend in einen der Sessel fallen. Er nahm einen Schluck direkt aus der Whiskyflasche und stellte sie neben dem Sessel auf den Fußboden.

»Wer hat sie getötet? Wo, wann, wie? Und wann wird es herauskommen?« fragte Friedrike Kunkel mit fest aufeinandergepreßten Lippen. Sie sah eher aggressiv als erschüttert aus. Die anderen reagierten normaler. Der Raum wurde plötzlich von einem starken Geruch nach menschlicher Furcht erfüllt.

»Palästinenser der PLO haben uns erwischt. Sie wollten die Aktion stoppen. Die müssen bei den Leuten Abu Nidals einen Maulwurf sitzen haben. Ja, es war Abu Nidal, der uns die Waffen verkaufte. Die Palästinenser folterten uns, um etwas aus uns herauszuquetschen und uns die Waffen wegzuschnappen. Es war aber nur Horst Ludwig, der den Schmuggelweg kannte, und die Waffen waren schon unterwegs. Sie töteten ihn zuerst. Dann Barbara. Und als sie mit mir anfingen, kam syrische Sicherheitspolizei, so daß sie ihren Job nicht zu Ende bringen konnten.«

Carl nahm einen weiteren Schluck aus der Flasche und wartete die Wirkung seiner Worte ab.

»Was hast du für Verletzungen?« fragte Monika weich.

»Sie haben mir die Brust zerschnitten, außerdem habe ich Prügel bezogen, wie ihr seht, dann einen Schuß durch den Schenkel und einen durch die Schulter. Es waren beides glatte Durchschüsse.«

Er zog eine Schmerzgrimasse und zeigte auf die Wunden. Er brauchte sich nicht zu verstellen – es tat tatsächlich weh.

»Warum kommst du jetzt hierher und woher?« fragte Werner Porthun. Der feindselige Ton war unüberhörbar.

»Ich bin von Damaskus nach Athen und dann nach Frankfurt weitergeflogen. Dort habe ich ein paar Stunden gewartet. Dann buchte ich einen Flug nach Hamburg und bin mit der letzten Abendmaschine hergekommen. Dann bin ich mit der U-Bahn ein paar Stunden kreuz und quer durch die Stadt gefahren, für den Fall, daß mich jemand verfolgte, aber ich habe nichts dergleichen feststellen können. Ich wollte kein Risiko eingehen, bevor ich hierherkam.«

»Wer kennt diese Zusammenhänge?« ließ sich Friederike Kunkel wie aus der Pistole geschossen vernehmen.

Du elendes Weibsstück, dachte Carl, bevor er antwortete.

»Die Palästinenser. Der syrische Sicherheitsdienst. Der syrische Nachrichtendienst. Die wissen alle, daß wir Waffen gekauft haben. Die Palästinenser halten mich für tot. Was Abu Nidals Leute erfahren haben, weiß ich nicht, kann es auch nicht wissen. Die Syrer werden unter allen Umständen das Maul halten. Sie gehen ein furchtbares Risiko ein, wenn es herauskommt, daß sie in die Sache verwickelt sind. Und die Palästinenser kennen unser Ziel nicht.«

»Du hast es ihnen nicht verraten, aber das ist doch wohl nicht der Grund, daß du noch am Leben bist?« fragte Werner Porthun in dem gleichen feindseligen Tonfall wie eben.

»Warum hätten sie mich am Leben lassen sollen, wenn ich es ihnen erzählt hätte? Obwohl sie die beiden anderen getötet hatten?«

»Vielleicht bist du übergelaufen. Du sympathisierst ja mit diesen Kapitulanten unter den Palästinensern.«

Werner Porthun ließ also nicht locker.

»Sei nicht kindisch«, sagte Carl. »Wir haben jetzt keine Zeit für solche Albernheiten. Hätte ich etwa plötzlich redselig werden sollen, *nachdem* sie mich gefoltert hatten? Glaubst du etwa, die hätten mich aus alter Freundschaft gefoltert oder was?«

»Kannst du uns deine Verletzungen zeigen?«

»Ja, aber ich habe keine Lust, jetzt die Verbände aufzureißen. Wir müssen an wichtigere Dinge denken.«

»Ich verlange, deine Verletzungen zu sehen.«

Werner Porthun zögerte einen Augenblick, bevor er seine Forderung wiederholte.

»Genossen, ich verlange, daß er uns seine Wunden zeigt.

Das ist eine reine Sicherheitsmaßnahme. Das Ganze kann ein Bluff sein.«

Die anderen blickten unschlüssig drein.

»Wie bist du aus Syrien herausgekommen?« bohrte Friederike Kunkel weiter.

»Die syrische Sicherheitspolizei brachte mich in ein Militärhospital in Damaskus. Dort flickten sie mich zusammen, verhörten mich und ließen mich dann wie einen Aussätzigen laufen, weil sich plötzlich die schwedische Botschaft einschaltete.«

»Und warum hat sie sich eingeschaltet?«

»Die PLO-Leute riefen im Hotel an und sagten, ich sei ermordet worden. Das Hotel solle dafür sorgen, daß mein Paß zur Botschaft gebracht würde. Das taten sie dann auch.«

»Was passierte zwischen dir und der Botschaft?«

»Wir tauschten Beleidigungen aus. Ich bat sie, mich außer Landes zu schaffen und sich dann zum Teufel zu scheren. Dieses Arrangement paßte ihnen ausgezeichnet. Die wollten natürlich auch nicht, daß ich in Syrien bleibe.«

»Hätten sie nicht verlangen können, daß man dich direkt nach Schweden schickt?«

»Nein. Wie ihr wißt, habe ich kein Verbrechen begangen und stehe nicht auf der Fahndungsliste. Sie wollten mich nur möglichst schnell loswerden. Ich bin bei der Sicherheitspolizei immerhin ein registriertes Sicherheitsrisiko, darüber haben sie sich offenbar informiert. Ihr Verhalten mir gegenüber läßt jedenfalls nur den Schluß zu, daß sie über die Bekanntschaft mit mir nicht sonderlich entzückt waren.«

»Genossen, ich verlange, daß wir jetzt abstimmen. Wenn die Mehrheit es will, muß er uns seine angeblichen Schußverletzungen zeigen. Ihr müßt einsehen, daß es ernst ist, Genossen. Wer dafür ist, bitte die Hand heben«, sagte Werner Porthun mit aggressiv lauter Stimme.

Er selbst und Eva Sybille streckten sofort die Hände hoch.

»Ihr seht doch, daß er verwundet ist. Was sollen diese Kindereien?« protestierte Martin Beer. »Ich bin entschieden dagegen.«

»Ich auch. Es ist unverschämt, einen Genossen so zu behandeln. Ich bin dagegen«, sagte Monika mit leicht zitternder Stimme.

Es wurde still. Alle blickten auf Friederike Kunkel, deren Stimme jetzt den Ausschlag gab.

»Wir sehen nach. So ist die Sache am einfachsten aus der Welt zu schaffen«, entschied sie kurz.

Carl stöhnte. Dann riß er vorsichtig das Pflaster ab, das fest in den Bartstoppeln klebte. Darunter wurde eine zusammengeflickte, im Zickzack verlaufende Wunde sichtbar, die mit etwa zehn schwarzen Wundnähten verschlossen war.

Carl stand auf und zog sich mit Mühe sein blutiges Hemd aus. Der gesamte Brustkorb und ein Teil der linken Schulter waren bandagiert. An mehreren Stellen sickerte das Blut durch.

»Hat jemand eine Schere?« fragte er. Werner Porthun sah schon jetzt ein wenig unschlüssig aus, konnte aber nicht mehr zurück.

Monika half Carl vorsichtig dabei, die Bandagen zu lösen. Das Einschußloch unter dem linken Schlüsselbein war ein runder, kleiner, dunkelroter Ring mit blauen Stellen drumherum. Das Austrittsloch über dem Schulterblatt war etwas größer und vernäht. Auf dem Brustkorb waren die fünf Einschnitte, die Mouna gemacht hatte, mit mehr als fünfzig Stichen vernäht.

»Wollt ihr auch die Schußwunde im Schenkel sehen?« fragte Carl kalt, bewußt kalt, da es jetzt darauf ankam, daß er überzeugend Theater spielte.

Die Genossen verzichteten erschreckt. Einer der Messerstiche in der Brust blutete jetzt wieder heftig.

»Könnt ihr mir einen Pullover, einen Morgenmantel oder

irgend etwas geben? Mir ist kalt«, sagte Carl und ließ sich wieder in den Sessel fallen. Am meisten taten ihm die blutenden Wundränder an der Brust und die Umgebung des Austrittslochs über dem Schulterblatt weh.

»Daß sie dich im Krankenhaus in diesem Zustand haben gehen lassen«, sagte Monika.

»Wie ihr wißt, hatte ich es verdammt eilig, und außerdem war meine Anwesenheit nicht sonderlich erwünscht«, erwiderte Carl und spürte, daß er das Spiel gewonnen hatte.

»Ich bitte dich um Verzeihung, aber ich hoffe, daß du mich verstehst. Wir sind manchmal zu extremen Sicherheitsvorkehrungen gezwungen«, sagte Werner Porthun. Seine Stimme klang beinahe beschämt.

»Selbstverständlich. Ich hätte genau wie du argumentiert«, sagte Carl ohne die leiseste Ironie in der Stimme.

Eva Sybille kam mit einem großen, weichen amerikanischen Baumwoll-Sweatshirt herein und half Carl behutsam, es überzuziehen.

»Kommen wir wieder zu Sache«, bemerkte Carl, der jetzt eine Möglichkeit sah, die Initiative an sich zu reißen. »Ich wiederhole: Ich weiß nicht, wie und wann die Waffen in Hannover eintreffen. Das wußte nur Horst Ludwig. Aber ihr habt doch sicher Kontakt zu seiner Gruppe? Die müssen doch Bescheid wissen?«

»Habt ihr die Waffen bekommen, die ihr haben wolltet?« fragte Martin Beer.

»Ja, darauf kannst du Gift nehmen. Wir haben sechs RPG 18 und mindestens ein Dutzend Geschosse, wenn wir die Lieferung sicherstellen können. Das reicht aus, um eine halbe Panzerbrigade außer Gefecht zu setzen.«

»Eva Sybille, du gehst sofort in die Peterstraße rüber und setzt sie ins Bild. Denk an die üblichen Vorsichtsmaßnahmen«, kommandierte Friederike Kunkel. Eva Sybille erhob sich sofort und ging hinaus.

»Peterstraße?« fragte Carl. Er war aufrichtig überrascht, daß sie die Adresse genannt hatte.

»Ja, das ist unser Schwesterkommando in der Stadt. Und sie sind es, die die Ware in Empfang nehmen sollen. Wann kann bekannt werden, daß Horst Ludwig und Barbara gefallen sind?«

»Schwer zu sagen. Man wollte sie in die Schweiz überführen. Sie reisten ja mit Schweizer Pässen. Die Frage ist also, was dort mit zwei gefolterten jungen Europäern geschieht, die gefälschte Papiere bei sich hatten.«

»Es dürfte keine vierundzwanzig Stunden dauern, dann haben sie die Bullen vom BKA da, und damit ist die Sache geplatzt. Ihre Fingerabdrücke befinden sich im Archiv. Man hat sie schon mal festgenommen«, sagte Martin Beer.

»Aha«, bemerkte Carl. »Zwei Genossen gefallen, und dann noch große Publizität. Aber daraus allein können die Bullen noch keine Schlußfolgerungen ziehen. Sie werden glauben, in Syrien habe es irgendeine interne Auseinandersetzung unter Terroristen gegeben. Strenggenommen handelt es sich ja auch genau darum...«

Er spürte, wie im Raum das Licht ausging. Dann fiel er in Ohnmacht.

Carl lag vier oder fünf Tage im Bett – er wußte es später selbst nicht mehr genau –, bis das Fieber nachließ. Martin Beer und Monika wechselten sich mit der Pflege ab. Sie wuschen die vereiterte Wunde auf der Brust und gaben ihm fiebersenkende Präparate. Er war ganz einfach zusammengeklappt. Er schaffte es nicht, wieder auf die Beine zu kommen, mochte die Lage noch so ernst sein. Er fühlte sich schlapp und zittrig, als er jetzt im Bett lag und sich auf die wichtige Begegnung mit den anderen Kommandos einzustimmen versuchte. Einige der Neuigkeiten, die Martin ihm mitgeteilt hatte, waren höchst alarmierend.

Die Waffen befanden sich nicht mehr in Hannover. Nach der Aufregung am ersten Tag nach Carls Ankunft hatte man mit Hilfe französischer »Genossen« vier der sechs Waffen und acht Geschosse nach Frankreich geschmuggelt. Als Carl verblüfft fragte, warum sie dieses überflüssige Risiko eingegangen seien, hatte ihm Monika erklärt, die Franzosen hätten einen bombensicheren Schmuggelweg, der in den letzten zwei Jahren nicht einmal versagt habe. Deshalb sollten die Franzosen die Waffen nach Stockholm bringen.

Monika hatte auch bestätigt, daß die Belgier jetzt endgültig am Unternehmen teilnahmen.

Auch das war eine sehr unangenehme Neuigkeit gewesen. Die belgischen Terroristen unterschieden sich in einem Punkt entscheidend von den französischen und deutschen Genossen – sie mordeten blindwütig und schlugen bedenkenlos gegen Menschen zu, die man auch mit größter Phantasie nicht mit irgendeinem militärischen Feind in Verbindung bringen konnte. »Die wahnsinnigen Mörder von Brabant« hatte die belgische Presse die Bande eine Weile genannt, bevor die Zusammenhänge klar wurden. Unfreiwillige Zuschauer ihrer Überfälle hatten sie ohne jeden Grund ermordet. Ihre blutigste Attacke hatte sich gegen einen Warenhauskonzern gerichtet, eine Filiale in einem Ort namens Braine-l'Alleud. Als sie nach diesem Überfall auf die Straße stürzten, zu ihrem VW Golf GTI, ihrer bevorzugten Automarke, hatten sie auf die Umgebung das Feuer eröffnet und mehr als fünfzehn Menschen getötet, darunter einen zwölfjährigen Jungen. Einer ihrer Anführer war Polizeibeamter gewesen. Er hieß Michel Cocu, wurde schon 1983 gefaßt, aus unerfindlichen Gründen aber wieder freigelassen. Vor kurzem hatte man ihn erneut festgenommen. Siegfried Maack hatte die Vermutung geäußerst, der Mann könne Infiltrant sein. Aber ein Infiltrant, der sich an Massenmorden beteiligt? Sie hatten die Vermutung schnell *ad acta* gelegt.

Aber jetzt waren diese blindwütigen Mörder im Spiel. Und: Die Waffen waren nicht mehr unter Kontrolle. Carl graute vor der Vorstellung, wie er seinen Vorgesetzten das beibringen sollte. Er mußte versuchen, das Unternehmen jetzt fest in den Griff zu bekommen und sich um eine führende Position bei der Vorbereitung bemühen.

Er stand auf. Mit weichen Knien ging er ins Bad, stellte sich unter eine lauwarme Dusche, während er alle Willenskraft aufbot, um klar zu denken. Dann rasierte er sich und zog die neuen Kleidungsstücke an, die Monika auf seine Bitte hin für ihn gekauft hatte. Seine Hände arbeiteten immer noch unbeholfen, und es tat jedesmal weh, wenn er den linken Arm bewegte. Er brauchte aber keine Schlinge mehr zu tragen.

Die Zusammenkunft unten im Wohnzimmer wurde in Popmusik ertränkt. Das war vermutlich als Schutz gegen eventuelles Abhören gedacht, war in diesem Fall aber völlig sinnlos. Wurden sie belauscht, waren sie geortet, und wenn sie geortet waren, hätte man schon längst gegen sie vorgehen können. Das hätte ihnen eigentlich klar sein müssen.

Unten entdeckte Carl zwei neue deutsche Genossen, die er noch nicht kannte. Eine glaubte er wiederzuerkennen. Es mußte sich um die fünfunddreißigjährige Silke Meyer handeln. Sie hatte Ohren ohne Ohrläppchen und war etwa 1,70 Meter groß. Falls sie es war, hatte sie das Haar gefärbt, sich eine Brille zugelegt und die Ohren unter der Frisur versteckt.

Die beiden französischen Genossen stachen auf fast komische Weise von den Deutschen ab. Der Mann, der das Wort führte und sich als »Militärischer Chef der Delegation« vorstellte, hieß Alain Detoureille. Er war dunkelhaarig, hatte kurzgeschnittenes Haar, trat elegant und militärisch zugleich auf und trug eine Wildlederjacke, die etliche tausend Francs gekostet haben mußte, kurze, geschmeidige Lederstiefel, die nicht militärisch, sondern eher modisch wirkten, taubenblaue Cordhosen, eine weinrote Strickjacke und ein weißes Hemd mit offenem Kragen. Der Mann wirkte wie aus einem Modejournal ausgeschnitten, aber seine Ausstrahlung hatte auch etwas Entschlossenes, Abruptes an sich, was Carl an einen Soldaten denken ließ.

Detoureilles Genosse entsprach eher Carls Vorstellungen. Jean-Michel, wie er sich vorstellte, hatte langes, lockiges Haar und einen Walroß-Schnauzbart. Er trug einen grünen Parka, den er nicht ausgezogen hatte, rauchte ununterbrochen stark riechende französische Zigaretten mit gelbem Papier, und führte eine Sprache im Mund, bei der jedes zweite Wort irgendein -ist oder -ismus war, unterbrochen fast nur von Flüchen.

Die gemeinsame Arbeitssprache war Englisch. Friederike Kunkel führte den Vorsitz, und einer der neuen deutschen Genossen schrieb das Protokoll.

Friederike gab eine Zusammenfassung der Lage.

»Trotz der Verluste, die wir neulich erlitten haben, scheint die Lage unter Kontrolle zu sein. Das Hauptziel ist immer noch das gleiche, da die Alternative, die amerikanischen Botschaften von Paris oder Brüssel, erheblich schlechter liegen als die US-Botschaft in Stockholm. Außerdem können wir ruhig davon ausgehen, daß die schwedische Polizei uns nicht annähernd so viel zu schaffen machen wird wie zum Beispiel die französische in Paris. Die Stockholmer Botschaft zeichnet sich überdies dadurch aus, daß die CIA auf einen bestimmten, abgegrenzten Teil des Gebäudes beschränkt ist. Damit steht fest, daß wir die amerikanische Botschaft in Stockholm angreifen werden.«

Carl seufzte unhörbar vor Erleichterung. Daß die Aktion tatsächlich in Stockholm stattfinden würde, war Voraussetzung für seine tragende Rolle bei dem geplanten Vorhaben. Hätten sich die Terroristen etwa für Brüssel entschieden, wäre es ihm unmöglich gewesen, die gleiche Rolle für sich zu beanspruchen.

Die Franzosen hatten Karten und Fotos des Stockholmer Ziels mitgebracht, die französische Sympathisanten besorgt hatten. Sobald die Waffen in Stockholm eingetroffen waren, konnten sie mit der Planung der eigentlichen Aktion beginnen.

Danach standen zwei Fragen auf der Tagesordnung: Erstens mußten in Stockholm eine Fluchtwohnung und ein Depot beschafft werden, bevor die Waffen von den Franzosen nach Stockholm geschmuggelt werden konnten.

Zweitens mußte man sich darauf einigen, wer dem Kommando angehören sollte. Einige politische Fragen wie etwa der Name des Kommandos, die Formulierung einer Resolution und so weiter sollten nach Ansicht der Vorsitzenden zunächst vertagt werden, aber selbstverständlich wollte sie sich auch andere Ansichten anhören. Sie fuhr fort:

»Die erste praktische Frage, zu der wir jetzt Stellung nehmen sollten, betrifft die Zahl der Teilnehmer am Kommandounternehmen sowie die zahlenmäßige Vertretung der verschiedenen Organisationen. Wir schlagen folgendes vor: Zwei deutsche Genossen, ein belgischer und ein französischer in der eigentlichen Kampfgruppe. Für die Reserve schlagen wir die gleiche Aufteilung vor, so daß insgesamt acht Genossen am Angriff beteiligt sind. Ich bin beauftragt, für uns diesen Vorschlag zu machen.«

Alain Detroureille meldete sich zu Wort. Sein Englisch hörte sich an wie das von Maurice Chevalier.

»Auf französischer Seite hat man sich für meine Teilnahme ausgesprochen, denn ich bin mal Fallschirmjäger gewesen und kenne die Waffen, die wir einsetzen wollen. Im übrigen habe ich keinerlei Einwände gegen Friederikes Vorschlag.«

Der Belgier nickte kurz zum Zeichen, daß er gleichfalls nichts einzuwenden habe, sagte aber, man habe sich noch nicht darauf geeinigt, welcher Genosse den Auftrag erhalten solle.

Carl hielt den Zeitpunkt für gekommen, die Initiative zu ergreifen.

»Ich sollte auch zur Kampfgruppe gehören«, sagte er laut und bestimmt und hakte nach, bevor sich die Verblüffung gelegt hatte. »Denn ich habe genauso wie Genosse Alain eine militärische Ausbildung. Ich teile seine Auffassung, daß Waffen dieser Kategorie nur in die Hände von Leuten gehören, die wirklich mit ihnen umgehen können. Wir haben ja keinerlei Möglichkeit, vorher unter realistischen Verhältnissen zu üben. Außerdem weise ich darauf hin, daß ich als erster diesen Waffentyp vorgeschlagen habe.«

»Wie sieht dein militärischer Hintergrund aus?« wollte der plötzlich sichtlich interessierte Alain Detoureille wissen. Er hatte gar nicht bemerkt, wie überraschend Carls Vorschlag auf die anderen gewirkt hatte.

»Marinetaucher, Sabotage und Sprengstoff, vor allem für die Abwehr sowjetischer Marineverbände«, antwortete Carl wie aus der Pistole geschossen.

»Hervorragend«, sagte Alain Detoureille, als verkostete er einen edlen Wein, »wirklich fabelhaft. Ich finde, das ist eine vorzügliche Verstärkung.«

»Aber Carl vertritt keine unserer Organisationen, und darum halte ich es für politisch unmöglich«, wandte Werner Porthun ein. Seine Bedenken schienen nicht sonderlich schwer zu wiegen, aber Friederike, Eva Sybille, Martin und Monika hatten sich noch nicht von ihrer Überraschung erholt.

»Warum hast du plötzlich deine Meinung geändert?« fragte ihn Monika schließlich, als das Schweigen nach Werner Porthuns Einwand schon peinlich lang geworden war.

»Wie ihr wißt, hat mich die Beschaffung dieser Waffen fast das Leben gekostet«, erklärte Carl energisch. Er hatte die Stimme erhoben und sich Mühe gegeben, einen entschlossenen Eindruck zu machen. »Ich wünsche nicht, daß dieses Unternehmen danebengeht. Dazu hat es uns schon zu viele Opfer gekostet. Wenn die Hälfte des Kommandos aus Militärs besteht, haben wir damit praktisch eine Erfolgsgarantie. Vergeßt bitte nicht, daß ich auch an russischen Waffen ausgebildet worden bin. Außerdem möchte ich noch eins erklären: Das, was mir und den beiden Genossen widerfahren ist, hat mich meine naive und allzu menschenfreundliche Überzeugung überdenken lassen. Ich sehe unsere politische Lage und unseren politischen Auftrag heute mit anderen Augen.«

»Es wäre natürlich eine unglaubliche Verstärkung, wenn jemand dabei ist, der Schwede ist und sich in Stockholm ungehindert bewegen kann«, warf Martin Beer ein.

»Wir hatten ohnehin vor, Carl bei der Wohnungsbeschaffung und so weiter um Hilfe zu bitten«, ergänzte Monika und behielt dabei Werner Porthun im Auge. »Wer könnte sich in Stockholm freier bewegen als Carl?«

»Ich habe noch eine rein praktische Frage«, erklärte der belgische Genosse, der mit einem Namen vorgestellt worden war, der dem eines bekannten Sängers merkwürdig ähnlich war: Georges Breitens, aber Carl hatte intensiv gespürt, daß der Name nicht echt war.

»Also«, fuhr der Belgier fort. »Alain Detoureille bietet uns nicht nur einen entscheidenden Vorteil, sondern zwei. Einmal besitzt er militärische Kompetenz, und zweitens wird nicht nach ihm gefahndet. Er arbeitet unter seinem richtigen Namen und besitzt einen echten Paß. Wie steht es in dieser Hinsicht mit dir?« wandte er sich an Carl.

»Bei mir ist es genauso«, erwiderte Carl. »Wenn ich es richtig sehe, sind also zwei Personen hier im Raum, nach denen nicht gefahndet wird, nämlich Alain und ich.«

»Dann sind die operativen Vorteile so entscheidend, daß ihr eure eventuellen internen Auseinandersetzungen vorerst vertagen solltet«, erklärte der Belgier. »Ich bin beauftragt, für die belgischen Genossen zu sprechen. Ich stimme dafür, daß Alain Detoureille unsere französischen Genossen vertritt und der Schwede die deutschen. Was meinst du dazu, Jean-Michel?«

Der Franzose mit dem üppigen Haarwuchs, der offenkundig am meisten zu sagen hatte und dessen Sprache darauf schließen ließ, daß er zur politischen Führung seiner Gruppe gehörte, zog zweimal heftig an seiner stinkenden gelben Zigarette und stieß sie hart in einen Aschenbecher, bevor er aus einer Rauchwolke zu antworten begann.

»Ich weiß natürlich nichts von der Art der internen Auseinandersetzungen, von denen die deutschen Genossen gesprochen haben. Aber es dürfte wohl absolut klar sein, daß entscheidende operative Gründe dafür sprechen, so zu verfahren, wie von Georges vorgeschlagen. Andererseits darf ein Kommando mit derart wichtigen Aufgaben auf keinen Fall in einer Atmosphäre politischer und persönlicher Auseinandersetzungen arbeiten. Ich möchte mich folglich nicht endgültig entscheiden, bevor nicht die deutschen Genossen erklärt haben, wie ihre internen Gegensätzen aussehen.«

Damit richteten sich die Blicke der Anwesenden auf die Kunkel, die endlich einmal sichtlich in Verlegenheit geriet.

»Die Gegensätze sind teils persönlicher Natur«, begann sie vorsichtig. »Als wir Carl kennenlernten, trat er erkennbar für kleinbürgerliche, illusionistische Wertvorstellungen ein. Ich weiß aber nicht, ob das jetzt noch von großer Bedeutung ist. Wenn es so ist, wie du sagst, Carl, bist du dann bereit, wegen deiner früheren Ansichten Selbstkritik zu üben?«

Carl hatte große Mühe, ernst zu bleiben. Bei der Form von Selbstkritik, die er früher bei den *Gebetsstunden* der *Clarté* erlebt hatte, war es wahrlich um ganz andere »kleinbürgerliche Wertvorstellungen« gegangen als um die, die hier auf der Tagesordnung standen. Er rief sich zur Ordnung. Er durfte auf keinen Fall übertreiben.

»Genossen«, begann er in einem Tonfall, als sollte er eine Rede halten. »Es gibt zwei Dinge, die wir nicht aus den Augen verlieren dürfen. Einmal geht es natürlich, worauf unser französischer und unser belgischer Genosse schon hingewiesen haben, um die operative Seite der Angelegenheit. Sie ist aber kein rein praktisches Problem. Wir müssen auch die Situation analysieren. Worum geht es denn? Was sollte ausgerechnet ich gegen dieses Unternehmen haben? Deswegen habe ich euch doch nicht kritisiert! Immerhin habe ich diese Aktion selbst vorgeschlagen. Ich bin mit dem geplanten Vorgehen in Stockholm absolut einverstanden und bin es die ganze Zeit gewesen. Allerdings gebe ich zu, euch kritisiert zu haben, und das vielleicht in unnötig höhnischen Formulierungen. In diesem Punkt bin ich gern bereit, Selbstkritik zu üben. Allerdings ging es um Einzelmorde an völlig unbeteiligten Personen. In dieser Hinsicht habe ich noch immer starke Zweifel, das muß ich zugeben. Ich *will* aber, ich will unbedingt, daß unser Unternehmen Erfolg hat. Es handelt sich um die größte und wichtigste Aktion der europäischen Guerillakräfte, die das Gesamtbild unseres Krieges verändern kann. Aus diesem Grund will ich unbedingt dabeisein.«

Damit war die Diskussion beendet. Angesichts der einigen französisch-belgischen Front blieb Friederike Kunkel nichts anderes übrig, als nachzugeben. Carl wurde zu einem der RAF-Vertreter in der Kampfgruppe ernannt.

Da diese in der Mehrzahl aus Männern bestand, mußte der zweite deutsche Vertreter eine Frau sein. Nach dem Rotationsprinzip war Eva Sybille an der Reihe. Sie wurde beauftragt, die vierte Waffe zu bedienen. Werner Porthun und Silke Meyer wurden zu RAF-Vertretern in der Reservegruppe ernannt.

In den nächsten Stunden ging es um praktische Fragen. Sobald sich Carls Aussehen wieder einigermaßen normalisiert hatte, sollte er nach Stockholm reisen, um nach geeigneten Wohnungen zu suchen und eine oder zwei anzumieten. Anschließend sollte Monika nachkommen, um sich mit der Topographie der Stadt vertraut zu machen, da mindestens ein Angehöriger der Reserve die örtlichen Gegebenheiten kennen mußte.

Die französischen Genossen sollten in dieser Zeit die Waffen einschmuggeln und sich dabei so viel Zeit lassen, daß nichts schiefgehen konnte. Die belgischen Genossen sollten zunächst ihre zwei Vertreter für Kampfgruppe und Reserve benennen, zum andern wurde ihnen aufgetragen, einen ersten Entwurf für eine gemeinsame Resolution zu formulieren. Alle waren sich darin einig, daß die Resolution vor Beginn der Aktion einstimmig verabschiedet werden mußte.

Sobald Carl mit den Vorbereitungen in Stockholm fertig war, sollte ein letztes Treffen stattfinden; einmal, um die rein praktischen Dinge zu besprechen, für die Carl und Alain aus naheliegenden Gründen verantwortlich waren, und zweitens, um festzustellen, daß über den Zweck der Aktion volle politische Einigkeit bestand. Im jetzigen Stadium, darüber waren sich alle einig, konnte man keine weiteren Entschlüsse treffen. Damit wurde die Konferenz für beendet erklärt. Man war sich immerhin einig geworden, und das mußte gefeiert werden.

Kaum hatte Carl ein Glas in der Hand, suchte er das Gespräch mit Alain Detoureille.

»Willkommen an Bord«, sagte Carl und erwiderte den herzlichen Händedruck des Franzosen. »Ich finde es sehr angenehm, daß jetzt zwei Profis in der Kampfgruppe sind.«

»Es war eine hervorragende Idee, RPG 18 einzusetzen. Eigentlich selbstverständlich, wenn ich es mir recht überlege. Ich habe allerdings nicht gewußt, daß sie *dual purpose*-Sprengköpfe haben, aber das läßt keine andere Entscheidung mehr zu.«

Der Franzose nippte bedächtig an seinem Wein, bevor er fortfuhr.

»Ich hatte schon ähnliche Vorstellungen, dachte aber eher an eine LRAC 89. Kennst du die zufällig?«

»Mein Französisch ist nicht sehr gut, aber es heißt glaube ich *Lance-Roquette Anti-Char,* nicht wahr?«

»Genau.«

»Größere Reichweite, größere Sprengkraft, muß aber von zwei Mann bedient werden, oder?«

»Nicht unbedingt. Der zweite Mann ist eigentlich nur dazu da, den Deckel zu heben, bevor es knallt, aber das kann man notfalls auch selbst tun.«

»Wenn man mit Waffen umgehen kann, ja. Die Durchschlagskraft dürfte wohl fast eine Panzerung von einem Meter knacken können?«

»1200 mm, gar nicht übel geschätzt.«

»Habt ihr ein Pendant zu dem *dual purpose*-Sprengkopf der Russen?«

»*Certainement,* gerade das war ja so verführerisch. Es gibt eine Variante, die sich sowohl gegen Weichziele, also Menschen, wie gegen Fahrzeuge einsetzen läßt. Der Sprengkopf enthält 1600 legierte Stahlkugeln. Tödliche Wirkung noch zwanzig Meter vom Aufprallpunkt entfernt.«

»Wäre perfekt gewesen. Schwer zu stehlen?«

»Na ja, das Ding ist in Frankreich eine Standardwaffe. Man findet sie überall. Die Armee hat zwanzig- bis dreißigtausend Exemplare.«

»Wird sie auch von Fallschirmjägern eingsetzt?«

»Ja, wenngleich in einer kleineren Variante, die von einem Mann bedient wird. Diese Dinger sind aber schwer zu klauen, da es nicht so viele Fallschirmjäger-Regimenter gibt.«

»Wo hast du gedient?«

»In Marseille. Ich wurde vor einem Jahr entlassen.«

»Stimmt es, daß du unter deiner echten Identität arbeitest?»

Die letzte Frage ging vermutlich ein wenig zu weit, aber Alain Detoureille wedelte nur fröhlich mit seinem Paß. Die nächste Zeit widmeten die beiden Männer einer Art Wettstreit, in dem sie wie Schuljungen ihre Kenntnisse testeten. Am Ende waren beide überzeugt, daß der jeweils andere tatsächlich so beschlagen war, wie behauptet wurde, und beide waren mit dem Ergebnis mehr als zufrieden.

Aber einer der beiden wurde zutiefst mißtrauisch.

Monika half Carl beim Ziehen der Fäden. Die anderen räumten nach dem gestrigen Fest im Untergeschoß auf. Der Abend war immer ausgelassener und verqualmter geworden, und am Ende hatte es die üblichen Diskussionen gegeben. Carl saß mit nacktem Oberkörper in einem Sessel. Monika beugte sich über ihn und schnitt die Fäden mit einer kleinen Schere nach und nach auf. Dann zog sie die Fäden behutsam heraus und legte sie in einen Aschenbecher. Der Haufen wurde immer größer. Der Wundschorf auf der Brust wurde allmählich trocken.

»Mit dieser Narbe im Gesicht wirst du aussehen wie ein Corpsstudent. Schade, daß du nicht die Rüstungsindustrie infiltrieren sollst«, kicherte sie, als sie ihm die Fäden aus der Wange zog. Die blauen Stellen im Gesicht verblaßten schon.

»Vernäht man die Narben nach einer Mensur nicht mit einer Schnur?« fragte er in dem gleichen ausgelassenen Tonfall wie sie.

»Doch, aber diese Narbe sieht auch so schon aus, als hättest du eine Mensur hinter dir. Was hat dich hier getroffen?«

»Ich glaube, ein Gewehrkolben. Sehr merkwürdig. Bisher dachte ich immer, daß sich die Leute nur im Film mit geladenen Handfeuerwaffen prügeln. In Wahrheit erschießt man sich selbst, wenn man es versucht. Hollywood hätte sich eigentlich schon längst selbst vernichtet.«

»Für die Kultur wäre es eine Wohltat.«

»Schon möglich. Ich hab's aber nicht genau gesehen, der Schlag kam so plötzlich.«

Ihm ging auf, daß die letzte Bemerkung nicht glaubwürdig klang, und so wechselte er schnell das Thema.

»Was ist mit Werner und Eva Sybille los? Was haben die eigentlich gegen mich?«

»Werner war früher bei der DKP, und ... tja, er hat, glaube ich, mit seinen Genossen legal parlamentarisch gearbeitet. Aber dann wurden sie von irgendeinem Bullen-Agenten infiltriert, der ihnen ein paar erfundene Geschichten einbrockte. Werner bekam sechs Monate. Seitdem sieht er überall Agenten und Provokateure.«

»Hält er mich etwa auch für ...?«

»Ja, aber sag ihm bloß nicht, daß ich es dir erzählt habe. Er fühlt sich ziemlich mies, weil er dir gegenüber so mißtrauisch war. Wahrscheinlich wird er Selbstkritik üben und dich um Verzeihung bitten. Er wird aber etwas Zeit brauchen. Ein grüblerischer Typ.«

»Und Eva Sybille? Die Dame mit dem steinernen Gesicht?«

»Sie hat Krebs. Das glaubt sie jedenfalls. Und so etwas wie ärztliche Versorgung gibt es für uns ja nicht. Sie möchte noch die Chance haben, etwas auszurichten, bevor sie stirbt, wie sie sagt.«

»Jetzt wird sie bald Gelegenheit bekommen, in die Geschichte einzugehen.«

»Ja, wir sind gespenstisch nahe daran. Wieviel Zeit werden wir in Stockholm brauchen?«

»Ich nehme an, eine Woche. Es hängt davon ab, wie die Franzosen mit den Waffen durchkommen. Weißt du etwas davon?«

»Nein, ich habe nur gehört, daß sie angeblich einen bombensicheren Weg kennen. Bisher hat es da keine Pannen gegeben, so daß wir es wohl glauben müssen.«

»Kann man ihnen trauen? Kennst du einen von früher?«

»Diesen Angebertyp kannte ich noch nicht, diesen Fallschirmjäger. Aber die anderen sind alte und zuverlässige Genossen. Sie werden aber ihre Gründe haben, ihm zu vertrauen. Er ist gut, nicht wahr?«

»Ja, vermutlich sogar sehr gut. An seinem Wissen habe ich nichts auszusetzen, und zweieinhalb Jahre bei den französischen Fallschirmjägern müssen eine gediegene Ausbildung sein. Er paßt aber irgendwie nicht zu den anderen. Möchte gern wissen, was für ein Typ er ist.«

»Inwiefern?«

»Wie viele fortschrittliche Fallschirmjäger hast du in deinem Leben schon kennengelernt?«

Sie blieb die Antwort schuldig. Die Fäden waren jetzt überall gezogen, und Carl blutete aus keiner Wunde mehr. Sie beugte sich über ihn und küßte ihn. Nicht wie eine Genossin, sondern richtig.

»Danach sehne ich mich schon seit dem ersten Tag«, flüsterte sie.

»Der Gedanke spukte mir seitdem auch ständig im Kopf herum«, erwiderte er schüchtern und absolut wahrheitsgemäß.

11

Stockholm erlebte einen kalten und schneereichen Februar. Loge Hecht stieg im *Sheraton* ab und erhielt aus einem unerfindlichen Grund dasselbe Zimmer wie bei seinem letzten Besuch in der Stadt. Das machte ihn nachdenklich, aber er schlug sich jeden Gedanken an Mauschelei sofort aus dem Kopf. Das wäre eine Art Dummheit, die sich im Moment niemand leisten konnte. Warum sollten ausgerechnet die Schweden einen alleinreisenden Kollegen abhören? Gerade solche Gedanken setzten sich Sicherheitsleute nur zu schnell in den Kopf.

Er hatte darauf bestanden, daß die Zusammenkunft streng geheim bleiben mußte, und seinen Willen durchgesetzt. Sein schwedischer Kollege Näslund hatte zunächst gemeint, sie könnten sich einfach in seinem Dienstzimmer beim schwedischen Sicherheitsdienst treffen. Es hatte den Anschein, als hätte Näslund den Ernst der Lage immer noch nicht ganz begriffen. Der entscheidende Tag rückte näher, aber das Spiel war noch längst nicht gewonnen.

Hecht wurde von einem Wagen abgeholt und zu einem Sommerhaus am Meer gefahren, in dem Carl Hamilton und seine beiden Vorgesetzten warteten.

Carl hielt als erster Vortrag:

»Ich habe wie vorgesehen eine möblierte Vier-Zimmer-Wohnung in der Grevgatan gemietet, die übrigens ganz in der Nähe der früheren Räume des Nachrichtendienstes liegt. Die Wohnung wird schon morgen von einem der Terroristen aus Deutschland in Augenschein genommen werden, und nach zwei weiteren Tagen soll die logistische Unterstützung aus Frankreich eintreffen. Ich kenne die Identität dieser Leute noch nicht, aber es soll sich um zwei Personen handeln, nach denen nicht gefahndet wird. Die beiden sollen die Wohnung beziehen und dort bis auf weiteres wohnen. Ich weiß nicht, ob sie für ihren Besuch in Stockholm irgendeine Tarnung haben, habe nur gehört, daß einer der beiden Musiker sein soll.

Diese Wohnung habe ich einmal im Hinblick darauf ausgewählt, daß man – rein theoretisch natürlich – nach dem Angriff dorthin flüchten kann, zum andern, weil der Sicherheitsdienst auf der anderen Straßenseite über eine Wohnung mit relativ gutem Überblick verfügt.

Die Waffen sollen irgendwann in der nächsten Woche hier eintreffen. Den genauen Zeitpunkt kenne ich nicht. Möglicherweise bekomme ich selbst den Auftrag, die Ware irgendwo in Schweden abzuholen, falls die Schmuggler sie uns nicht bis vor die Haustür bringen, aber das halte ich für weniger wahrscheinlich.

Wenn hier alles plangemäß abläuft, soll die *Kampfgruppe* zusammentreffen, wahrscheinlich in Hamburg, um die letzten praktischen Vorbereitungen zu besprechen. Anschließend werden wir in mehreren Gruppen nach Stockholm reisen und die Wohnung von den Franzosen übernehmen.

Die beiden Franzosen sollen zwei Autos mieten, ganz legal, versteht sich, und Kaution und Mietpreis bar bezahlen. Die weitere taktische Planung kann ich im Moment noch nicht überblicken.«

Bevor sie zum nächsten Tagesordnungspunkt übergingen, mußte Carl eine Sammlung von Fotos studieren, die Loge Hecht mitgebracht hatte. Der Franzose Jean-Michel hieß ausgerechnet Dupont und wurde tatsächlich als einer der Anführer der *Action Directe* gesucht. Der Belgier, der sich Georges Breitens genannt hatte, war ohne jeden Zweifel ein gewisser Pierre Carette, und die beiden neu hinzugekommenen Deutschen, die Carl kennengelernt hatte und die vermutlich zu dem sogenannten *Kommando Siegfried Hausner* in der Peterstraße in Hamburg gehörten (die Wohnung war inzwischen geortet worden), ließen sich ebenfalls mühelos identifizieren. Eine der beiden war tatsächlich Silke Meyer.

Einen Fallschirmjäger mit Namen Alain Detoureille hingegen hatte es in Marseille nie gegeben. Allem Anschein nach stand der Mann auf keiner Fahndungsliste. Das war beunruhigend, sehr beunruhigend . Es bestand nämlich die Möglichkeit, mochte sie auch noch so abwegig erscheinen, daß Alain Detoureille ein Kollege Carls war. Diese Möglichkeit durfte nicht außer Betracht bleiben. Falls sie sich bewahrheitete, konnte es zu höchst unerwarteten und unliebsamen Verwicklungen kommen. Carl hatte diese Vermutung geäußert.

»Erstens«, bemerkte er, »ist der Mann ein Profi. Ich habe es von Anfang an gespürt. Seine Körperbeherrschung und seine Kenntnisse zeigen, daß er von ganz anderer Klasse ist als die übrigen Terroristen. Zweitens ist er erst vor recht kurzer Zeit bei ihnen aufgetaucht. Schon das sollte genügen, um der Sache nachzugehen, wenn Sie mich fragen.«

Die Männer besprachen sich kurz. Wenn auch die Franzosen einen Agenten im *Club* hatten, würde eine offizielle Anfrage kaum zu einer ehrlichen Antwort führen. Und falls es überhaupt zu einer solchen Anfrage käme, würde es bei den Franzosen sicher zu übereilten Maßnahmen führen. Außerdem mußte man berücksichtigen, daß sich die Höllenmaschinen tatsächlich noch in den Händen der Terroristen befanden. Irgendeine Panik zum jetzigen Zeitpunkt würde nur dazu führen, daß die Vögel in alle Richtungen davonflatterten, und damit wären die Waffen verschwunden, bis sie vielleicht bei einer späteren und völlig unkontrollierbaren Aktion wieder auftauchten.

Und das, darin war sich die Runde einig, war ein *außerordentlich* ernstes Problem.

Dann kam die Frage zur Sprache, wo, wann und wie zugeschlagen werden sollte. Eines stand fest: Man mußte abwarten, bis die Waffen unter Kontrolle waren. Vor diesem Zeitpunkt durfte keinem einzigen der Terroristen auch nur ein Haar gekrümmt werden.

Die Waffen mußten also in Stockholm an Ort und Stelle sein, das war die entscheidende Voraussetzung.

Danach wäre es angebracht, zu einem Zeitpunkt, der von Carl festgesetzt werden sollte, in einer konzertierten Aktion zuzuschlagen. Carl sollte eine Situation abwarten, in der sich möglichst viele Terroristen in den beiden Hamburger Wohnungen und in der Stockholmer Wohnung sozusagen im Kasten befanden.

Eine höchst unbehagliche Frage bestand darin, wo, wie und wann man die französischen und belgischen Kollegen in die Sache hineinziehen sollte und ob man von ihnen überhaupt erwarten konnte, daß sie irgendeinen Beitrag leisteten. Sobald die Einsätze in Hamburg und Stockholm beendet waren, mußten ja die gesamten Informationen an die Kollegen weitergeleitet werden, bevor die Massenmedien alles hinausposaunten. Mehr als eine Stunde Spielraum war kaum zu erwarten. Folglich war es angezeigt, vorsorglich Kontakt aufzunehmen und mitzuteilen, man sei mit einer großen Sache beschäftigt.

Näslund stellte den Gedanken zur Diskussion, man solle einen weiteren Schritt abwarten, nämlich bis die gesamte Kampfgruppe in Stockholm sei: »Das gibt dann acht, Verzeihung, sieben« (an dieser Stelle warf er Carl entschuldigend einen verlegenen Blick zu) »Terroristen auf einen Schlag.«

Loge Hecht wies diesen Vorschlag auf das entschiedenste zurück. Die schwedischen Kollegen müßten sich wirklich damit begnügen, die französischen Hilfstruppen einzusammeln, die sich zu einem bestimmten Zeitpunkt in der konspirativen Wohnung aufhielten. Es sei unverantwortlich, ein Spiel mit dem Feuer, die Kampfgruppe nach Stockholm kommen und ihre Positionen einnehmen zu lassen.

Carl sagte, seinen Informationen zufolge solle die Reserve-Einheit erst am Tag der Aktion eintreffen, sich Hotelzimmer nehmen und dann sofort in den Untergrund abtauchen. Das bedeute, so erklärte er, daß man ihre Bewegungen in der Stadt nicht überwachen könne. Und falls die A-Mannschaft aus irgendeinem Grund die Waffen an die B-Mannschaft übergebe – nun ja, das sei zwar schwer vorstellbar, aber Garantien gebe es nicht –, ergebe sich damit die Situation, daß in Stockholm vier Terroristen auf dem Sprung stünden, ausgestattet mit einer Feuerkraft, die ausreichen würde, das Königliche Schloß in Schutt und Asche zu legen.

Das sei, so Carl, kein gutes Arbeitsmodell.

Die Runde gab ihm recht.

Das nächste Problem war der Schmuggel der Waffen. Wenn es Carl möglich sei, so wurde ihm bedeutet, sollte er sofort Nachricht geben, wenn er von der geplanten Aktion Kenntnis erhalte. Man werde die Lieferung der Waffen natürlich erleichtern, damit kein übereifriger Zollschnüffler unwissentlich alles kaputtmache. Wenn die Terroristen es schafften, im Fall eines Transports per Automobil durch Belgien und Frankreich zu kommen, werde es in der Bundesrepublik keinerlei Schwierigkeiten geben. Ebensowenig in Dänemark und Schweden, falls die Schmuggler die Vogelfluglinie wählten. Eine solche stillschweigende Unterstützung für überwachte Schmuggler sei etwa bei der Drogenfahndung fast schon zur Routine geworden. Dieses Vorgehen werde keine Probleme mit sich bringen.

Am Ende gab es kaum noch offene Fragen. Jetzt blieb nur noch zu hoffen, möglicherweise konnte man auch zu Gott beten, falls jemand das für hilfreich hielt, wie Loge Hecht grinsend bemerkte. Dann bat er, ins Hotel gefahren zu werden.

Sein Abschied von Carl geriet ernst und leicht demonstrativ. »Ich kann meiner Bewunderung kaum Ausdruck geben«, erklärte er. »Ich hatte mir ursprünglich kein Unternehmen dieser Art vorgestellt, aber du hast glänzende Arbeit geleistet. Und ich benutze gern die Gelegenheit, das in Anwesenheit deiner Vorgesetzten zu sagen. Deine Leistung muß auch dann als hervorragend gelten, wenn alles zum Teufel gehen sollte. Ich bin sicher, daß die Bundesrepublik Deutschland ihre Dankbarkeit auf angemessene Weise ausdrücken wird. So, lieber Carl, möge Gott uns beistehen, hehe, damit beim nächsten Wiedersehen alles überstanden ist.«

»Ich freue mich auch schon darauf«, antwortete Carl verlegen. Er fand den Zeitpunkt für Glückwünsche ein wenig verfrüht. Loge Hecht hatte ja selbst darauf hingewiesen, daß immer noch alles zum Teufel gehen konnte.

Als der hohe Verfassungsschutzbeamte gegangen war, wollten Näslund und sein Terrorismuschef die ganze Geschichte erfahren, die in Damaskus vorgefallen war.

Carl berichtete, wenngleich mit sorgfältig ausgewählten Details. Anschließend bat er, in seine Privatwohnung in Gamla Stan zurückgefahren zu werden.

Eine Stunde später betrat er seine staubige Wohnung in Drakens gränd. Auf dem Fußboden unter dem Briefschlitz lagen mehrere Kilo Reklame, die nach allen Seiten auseinanderquoll, als er die Wohnungstür aufmachte, aber nur ein Brief. Er war von seiner Mutter und enthielt vermutlich Vorwürfe, weil Carl es wieder einmal versäumt hatte, zu Weihnachten nach Hause zu kommen. Er legte den Brief ungeöffnet beiseite, hängte Mantel und Jackett auf und ging durch die Stahltür in sein geheimes Zimmer, schaltete das Licht an und nahm sich einen kleinkalibrigen Revolver.

Er schoß eine Stunde lang. Wie erwartet war das Ergebnis schlechter als gewohnt, aber trotzdem eine angenehme Überraschung. Hätte er ein gröberes Kaliber genommen, hätte er nach jedem Rückstoß vermutlich unbewußt auf den Schmerz im Körper Rücksicht genommen. Dieses Problem stellte sich aber nur beim Schießen auf Zielscheiben, nicht aber beim Feuern auf ein lebendes, bewaffnetes Ziel.

Carl reinigte die Waffe und legte sie in den Panzerschrank zurück. Dann verließ er die Wohnung, ohne irgendwo Licht gemacht zu haben. An die vernachlässigten Topfpflanzen verschwendete er nicht einen Gedanken.

Die möblierte Mietwohnung in der Grevgatan war teuer, fast übermäßig luxuriös möbliert. Carl suchte sich eins der Schlafzimmer aus, in dem ein großes Himmelbett stand, und schlief ein, ohne sich auch nur im mindesten Sorgen zu machen. Am nächsten Tag würde er am Hauptbahnhof Monika abholen, vorausgesetzt, daß sie in der Zwischenzeit nicht gefaßt worden war.

Sie sah großartig aus. Sie war als Ehefrau eines vermögenden deutschen Geschäftsmanns gekleidet, was ihrer geplanten Rolle entsprach. Sie trug einen teuren Ehering mit Brillanten, einen Waschbärmantel und hatte im Gepäck sogar ein paar alberne Hutschachteln. Sie roch nach einem teuren Parfum und hatte sich diskret geschminkt.

Carl fuhr mit ihr ohne Umwege zum Kaufhaus NK, in dem sie sich ein paar Winterstiefel kaufte. Draußen lag Schnee, und ihnen standen noch etliche Spaziergänge bevor. Erst danach fuhr Carl mit ihr zur Wohnung in der Grevgatan. Im Kühlschrank lagen eine Flasche Champagner und eine Dose mit Forellenrogen, die er in der Markthalle von Östermalm gekauft hatte. Monika richtete sich wie selbstverständlich in seinem Schlafzimmer häuslich ein, während er in der Küche ein paar Brote mit dem roten Rogen zubereitete und sie mit dem Champagner in dem großen Wohnzimmer mit den Ahnenbildern an den Wänden auf dem Tisch anrichtete.

»Phantastisch«, sagte sie und hob das Champagnerglas. »Wir befinden uns also mitten in der Stadt und nur rund einen Kilometer vom Ziel entfernt. Das nenne ich gute Planung.«

»Ja, aber diese Wohnung ist auch für die Flucht mit dem Wagen nicht ungeeignet. Dieses ganze Viertel besteht nämlich fast nur aus Einbahnstraßen. Das erzähl ich dir aber später. Skål!«

Sie hoben ihre Gläser.

»Unter welcher Tarnung hast du die Wohnung gemietet? Wem gehört sie, und wo ist der Besitzer?« fragte sie und stellte ihr Glas auf den schwarzen Marmortisch.

»Der Besitzer ist ein reicher pensionierter Offizier, der sich mit seiner Frau vier Monate im Ausland aufhält. Ich habe die Wohnung von seiner Frau gemietet und die gesamte Miete im voraus bezahlt.«

»Unter welchem Namen denn? Hat sie dich gesehen?«

»Es ist ein bißchen kompliziert, wird dir aber gefallen. Ich habe eine Badeanstalt für bessere ältere Herren besucht. Dort habe ich einem Herrn mit Grafentitel einen Scheckvordruck geklaut. Dann stellte ich mich unter seinem Namen vor, und es beeindruckte die Dame ungeheuer, an einen Grafen zu vermieten. Und die Miete zahlte ich noch am selben Tag bar auf das gräfliche Konto ein. Der Mann hat also keinerlei Schaden.«

»Nein, aber er wird doch auf dem Kontoauszug entdecken, daß etwas nicht stimmt?«

»Ach was. Man sieht doch immer nur auf die Summe ganz unten und prüft, ob sie mit den eigenen Notizen übereinstimmt. Schecknummern und so weiter prüft doch kein Mensch nach. Und selbst wenn er es täte – was soll's?«

»Wieso was soll's? Das muß ihm doch merkwürdig vorkommen.«

»Wie würdest zu selbst reagieren? Zehntausend Mark gehen runter, zehntausend Mark kommen drauf. Was ist daran Gaunerei? Außerdem ist es nicht ganz einfach, die Bank um den Scheck zu bitten, damit man sehen kann, an wen er ausgestellt wurde. Allein das dauert eine Woche. Dann findet er heraus, daß er einer wildfremden Frau zehntausend Mark gezahlt hat. Und ihr kann er auf keinen Fall etwas anhaben.«

»Und sie? Was wird sie unternehmen, wenn die Wohnung später mit uns in Verbindung gebracht wird?«

»Sie hat die Miete von einem falschen Grafen mit einer Narbe auf der Wange erhalten, der sie aber davon überzeugt hat, daß er ein echter Graf ist. Oder? Und sollte es überhaupt je dazu kommen, werden wir längst über alle Berge sein.«

Carls Geschichte war im großen und ganzen wahr. Der Graf hieß nämlich Carl Gustaf Gilbert Hamilton und war absolut echt aufgetreten, da er nun mal echt war.

»Und die Nachbarn?« fuhr Monika fort, während sie nachdenklich an ihrem Champagner nippte. Es sah aus, als hätte sie schon ganz andere Dinge im Kopf.

»Die Dame hat selbst mit den Nachbarn gesprochen und erklärt, einige französische Verwandte eines schwedischen Grafen würden eine Zeitlang hier wohnen. Das hat sie mir selbst erzählt. Insoweit ist alles absolut in Ordnung.«

»Ja, ich glaube dir. Ich habe dir übrigens von Anfang an vertraut, Carl. Hast du das schon bemerkt?«

»Ja. Ich habe sehr viel daran gedacht.«

Sie tranken langsam ihre Champagner-Flasche leer und saßen dann eine Zeitlang unschlüssig vor leeren Gläsern, bis Carl sie entschlossen aus ihrem Sessel zog und erklärte, er wolle ihr die Stadt zeigen. Er konsultierte kurz einen Stadtplan, und dann verließen sie die Wohnung.

Sie drehten eine Runde auf Djurgården, bis sie vom Seefahrtsmuseum her zur amerikanischen Botschaft gelangten. Sie gingen einmal um das Gebäude herum, während Carl ihr alles erklärte und zeigte, allerdings ohne die Hände zur Hilfe zu nehmen. Es sei besser, es bei diesem einen Besuch zu belassen, erklärte er, alles andere wäre unvorsichtig. Sie gingen eng umschlungen, unterhielten sich auf englisch und küßten sich von Zeit zu Zeit mitten in ihrer todernsten Unterhaltung.

Eine Schützengruppe von zwei Personen sollte von Gärdet her angreifen. Diese habe den besten Schußwinkel, andererseits aber auch die längste Strecke zum Fluchtwagen zurückzulegen.

Die Waffen würden sie unter ihren Wintermänteln vom Wagen zur Angriffsposition transportieren können. Die zweite Gruppe, die von Strandvägen her schießen sollte, würde die Projektile neben dem Wagen abfeuern können. Sie konnten das Autodach als Stütze benutzen. Diese Gruppe konnte sich am schnellsten absetzen, hatte dafür aber den schwierigsten Fluchtweg.

Zu dieser Gruppe würde Carl gehören, vermutlich zusammen mit dem Franzosen, weil der Angriff von Strandvägen aus sehr viel schwieriger sein würde als von Gärdet aus. Mit diesen beiden Abschußorten hatten sie das Gebäude sozusagen in der Zange. Sie konnten die beiden Längsseiten gleichzeitig treffen, aber Strandvägen lag tiefer als die Botschaft, was die Schwierigkeit mit sich brachte, von unten schießen zu müssen. Überdies standen noch einige störende Bäume im Weg.

Die Schützen auf Gärdet würden das Gebäude aus einem Winkel von neunzig Grad treffen, und sie hatten freies Schußfeld. Das gesamte oberste Stockwerk der Botschaft würde zerstört werden. Was dort oben hinter den verspiegelten Fensterscheiben herumlief, gehörte ausschließlich zum CIA. Ein fabelhaftes Ziel.

Carl zeigte Monika noch mehrere Stunden lang die geplanten Fluchtwege für die Autos, die durch das Labyrinth der Einbahnstraßen von Östermalm führten. Es war fast undenkbar, daß es jemandem gelingen würde, die Fluchtwagen auf diesem Weg zu verfolgen. Die Polizei würde vermutlich auf die Ausfallstraßen setzen. Außerdem lag die Fluchtwohnung so nahe beim Operationsziel, daß die Kampfgruppe schon ein paar Minuten im Haus sein würde, wenn die Polizei endgültig mit der Jagd begann.

Die Polizei würde am Tag darauf zwar die gemieteten Wagen irgendwo auf Östermalm finden, aber daraus nur den Schluß ziehen, es hätte ein klassischer Wagenwechsel stattgefunden. Das würde zu dem Schluß führen, daß die Täter anderswo zu suchen seien. Das war der besondere Pfiff des *Verzichts* auf einen Wagenwechsel.

Der Plan erschien Monika so einfach wie genial.

Es gelang Carl, das Unvermeidliche noch mehrere Stunden hinauszuzögern. Er führte Monika in ein Restaurant in einem Kellergewölbe von Gamla Stan, ein paar Häuserblocks von seiner Wohnung entfernt, und lud sie zu einem teuren Essen ein. Aber schon während der Mahlzeit, als sie wegen der Tischnachbarn nicht über das Unternehmen sprechen konnte, wurde sie persönlich, und zwar genau so, wie er es befürchtet hatte.

Und als sie beide lange Zeit später, nach dem Unvermeidlichen im Himmelbett, verschwitzt und noch leicht atemlos und nackt dalagen, liebkoste sie ganz behutsam den Wundschorf auf seiner Brust und gestand, sie träume von einem anderen Leben. Es mache sie traurig, ein Leben ohne persönliche Wärme und ohne Liebe führen zu müssen, ein Leben, in dem Kinder undenkbar seien.

Er lag stumm und starrte im Dunkeln an die Decke.

»Du darfst so etwas nicht sagen«, sagte er nach einer Weile. »Nicht jetzt, wo es bald vorbei sein wird.«

Sie erwiderte, es werde nie vorbei sein.

Am nächsten Tag wiederholte er mit ihr noch einmal verbissen den Angriffsplan, ging noch einmal die Fluchtwege durch und gab sich die größte Mühe, ihr sämtliche Details zu erläutern. Sie mußte sich sowohl auf dem Stadtplan wie draußen auf den Straßen von Östermalm im Schlaf zurechtfinden.

Die beiden Franzosen der Logistik-Gruppe würden noch am selben Abend in Stockholm eintreffen. Monika sollte sie über das Anmieten der Wagen informieren und ihnen ein paar

Parkhäuser zeigen, um anschließend nach Hamburg zurückzukehren. Carl sollte schon mit einer früheren Maschine zurückfliegen.

Von dem französischen Paar, das nicht wußte, worum es bei dem Unternehmen ging, erhielt Monika eine verschlüsselte Mitteilung. So erfuhr sie, daß der Waffenschmuggel aus Frankreich in Reims beginnen würde, und zwar innerhalb der nächsten vierundzwanzig Stunden. Das konnte nichts anderes bedeuten, als daß die Aktion vorverlegt worden war.

Carl konnte Siegfried Maack über das Schließfach im Hamburger Hauptbahnhof erst dann von dem Waffentransport unterrichten, als die tödliche Fracht schon längst unterwegs war. Dieser Umstand erwies sich jedoch aus ebenso verwirrenden wie besorgniserregenden Gründen als völlig bedeutungslos. Der französische Nachrichtendienst DGSE hatte den deutschen, belgischen und schwedischen Sicherheitsdiensten mitgeteilt, per Automobil sei eine Fracht von Reims nach Stockholm unterwegs, die um jeden Preis vor unbefugter Einmischung geschützt werden müsse.

So kam es, daß zwei französische Studenten in einem beigefarbenen Citroën BX mit Pariser Kennzeichen acht tödliche sowjetische Waffen von Reims zunächst nach dem belgischen Lüttich transportieren konnten, von dort nach Aachen, von Aachen über Hamburg nach Flensburg und anschließend über Dänemark bis nach Helsingör und von dort weiter nach Helsingborg und Stockholm, ohne daß der Zoll irgendwo neugierige Fragen gestellt hätte.

In Wahrheit wurden die Schmuggler zunächst vom französischen, dann vom belgischen, vom westdeutschen, vom dänischen und zuletzt vom schwedischen Sicherheitsdienst vor jeder, wie es hieß, unbefugten Einmischung Außenstehender, also vor einer genauen Zollkontrolle geschützt, als wären sie rohe Eier. Die Waffenlieferung war ganz einfach sakrosankt und erreichte daher ohne Zwischenfall die Basis in der Grevgatan in Stockholm. Und dort behielt der schwedische Sicherheitsdienst die Fluchtwohnung vierundzwanzig Stunden am Tag im Auge.

Als Loge Hecht das Fernschreiben der Franzosen in den Händen hielt, nahm er sofort mit Näslund in Stockholm Kontakt auf. Näslund hatte aber ebenfalls ein Telex erhalten und schon die Zeit gefunden, beim Zoll in Helsingborg, bei den dänischen Kollegen an der Grenze bei Flensburg und in Helsingör einige Vorkehrungen zu treffen. Die Franzosen wußten also von dem Waffentransport und wollten ihn schützen.

Loge Hecht rief Siegfried Maack zu sich, der ihm beim Nachdenken helfen sollte: »Die Krise ist da. Wie? Warum? Wer sind diese Leute? Das sind die Fragen.«

»Wir dürfen wohl kaum davon ausgehen, daß der französische Nachrichtendienst eine amerikanische Botschaft in die Luft zu jagen gedenkt?« begann Maack seine Überlegung, hielt aber plötzlich inne und lächelte über die unbeabsichtigte Untertreibung, »also müssen wir erstens davon ausgehen, daß sie den Zweck des Unternehmens kennen und zweitens die Absicht haben, die Aktion zu stoppen.«

»Richtig. Aber wie wollen sie das anstellen?«

»Ich würde sagen, daß sie sich an die schwedischen Kollegen wenden, sowie die beiden Franzosen in Stockholm eingetroffen sind.«

»Ist so ein Vorgehen typisch französisch?«

»Nein. Ich muß zugeben, daß es nicht danach aussieht.«

»Was dann? Wie wollen sie die Aktion stoppen und sich im Zeugnisbuch der Internationale der Nachrichtendienste die goldenen Sterne sichern?«

Carls Vermutung mußte richtig gewesen sein. Die *Action Directe* war offenbar infiltriert worden. Von den bislang bekannten Personen kam nur eine in Frage, nämlich dieser Alain Detoureille.

»So wird es sein«, meinte Hecht leise. »Aber die glauben doch nicht etwa, daß ein einziger Nachrichtendienstoffizier das Unternehmen zu Fall bringen kann, ohne ein erhebliches Risiko einzugehen?«

»Doch. Wir wissen doch, wie so ein Bursche wie Hamilton denkt. Diese Leute sind der Meinung, sie seien allen anderen überlegen.«

Du lieber Himmel, dachte Loge Hecht. Da haben wir eine *Kampfgruppe* bei den Terroristen, die zur Hälfte aus Offizieren des Nachrichtendienstes unserer Verbündeten besteht. Und einer von ihnen glaubt, er könnte die anderen Terroristen ohne weiteres unschädlich machen, hat aber keine Ahnung, daß darunter ein Kollege ist. Ein Kollege, der zudem so gefährlich ist wie eine Schwarze Mamba.

»Sollten wir die französischen Kollegen nicht warnen?« fragte Loge Hecht.

»Doch, das sollten wir schon. Die Frage ist nur, in welcher Form wir diese Nachricht übermitteln sollen. Stell dir mal vor, sie könnten zu ihrem Mann keinen Kontakt mehr aufnehmen?«

»Irgendwas Neues von Hamilton?«

»Nein. Ich werde gleich mal nachsehen, ob etwas gekommen ist.«

»Ist es Zeit, die GSG 9 zu alarmieren?«

»Ja, ohne jeden Zweifel. In zehn Stunden sind die Waffen in Stockholm. Erst müssen die Terroristen die Bestätigung erhalten, daß der Transport geklappt hat. Das wird morgen der Fall sein. Anschließend reist die Kampfgruppe ab. Ja, es ist wirklich höchste Zeit, Uwe Dee anzurufen. Ich denke, er wird sich freuen.«

Loge Hecht verwandte einige Zeit darauf, sich so diplomatisch, aber auch so klar wie möglich auszudrücken, als er über den heißen Draht der europäischen Sicherheitsdienste expreß und mit höchster Priorität eine Meldung verschickte. In der

Welt der Presse heißt so etwas eine Blitzmeldung; der Fernschreiber läutet, und ein rotes Lämpchen blinkt, wenn das Fernschreiben eintrifft.

Als Siegfried Maack eine halbe Stunde später vom Hauptbahnhof zurückkehrte, war er weiß im Gesicht. »Morgen«, sagte er. »Ihre letzte Besprechung findet morgen abend statt. Der Einsatz muß auf die Sekunde genau zehn Minuten nach Empfang von Hamiltons Funksignal aus seinem Pistolenmagazin erfolgen. Schaffen wir das?«

»Ich rufe sofort Uwe Dee an«, erwiderte Loge Hecht und griff ohne zu zögern nach dem Telefonhörer.

Eine Stunde später starteten in St. Augustin vier schwerbeladene Puma-Hubschrauber. Sie flogen nach Hamburg.

Zum selben Zeitpunkt war Major Alain Detoureille in einem schwarzen Citroën auf dem Weg zur deutschen Grenze. Im Wagen saßen ferner zwei Terroristen, die sowohl ihm als auch seinen hervorragenden Eigenschaften, die er ihnen unter Beweis gestellt hatte, vollständiges Vertrauen entgegenbrachten. Alain Detoureille rechnete damit, daß die beiden Männer noch höchstens achtundvierzig Stunden Freiheit vor sich hatten, falls sie diese Zeit überhaupt überlebten. Er plauderte munter drauflos, vielleicht ein wenig zu bemüht, und erzählte von einigen seiner Eroberungen.

Detoureille würde erst in vierzig Stunden wieder Verbindung mit seiner Zentrale aufnehmen, kurz vor der geplanten Abreise nach Schweden und etwa acht Stunden vor dem Zeitpunkt, zu dem man das Unternehmen *Zusammenbruch* in Gang setzen wollte. Der Codename sollte ein ironischer Hinweis auf die jüngere deutsche Geschichte sein.

Major Alain Detoureille war einer der zuverlässigsten Experten des DGSE für sogenannte *nasse Jobs*. Dieser Slangausdruck der internationalen Nachrichtendienste bezeichnet etwas, was im alltäglichen Sprachgebrauch *Mord* genannt wird.

Carl hatte gefordert, das letzte vorbereitende Treffen müsse auch eine Diskussion mit allen Beteiligten einschließen, da seine politischen Vorschläge nur mit qualifizierter Mehrheit angenommen oder abgelehnt werden könnten.

Erstens verlangte er, das Kommando müsse nach Horst Ludwig Hahn benannt werden, einem Märtyrer, der im Dienst dieses Unternehmens gefallen sei. Die Namensänderung von *Kommando Siegfried Hausner* in Kommando *Horst Ludwig Hahn* bedeutete in politischer Hinsicht unter anderem, daß man sich von der PLO und ihren Einmischungen, ihren Morden und Störaktionen distanzierte.

Zweitens müsse das in der Resolution auch ausdrücklich erklärt werden. In dem Entwurf der belgischen Genossen finde er aber nicht ein Wort darüber.

Drittens müsse man die Forderung Abu Nidals, mit seinem Namen für die Aktion einzustehen, unbedingt beachten, da Hahn es ihm versprochen habe.

Friederike Kunkel schaltete sich sofort ein:

»Diese letzte Forderung scheint mir absolut unerfüllbar zu sein. Kleinbürgerliches Gerede von Versprechungen darf nicht schwerer wiegen als politische Realitäten. Und die sehen nun mal so aus, daß dies eine Aktion der europäischen Guerilla-Kräfte ist und nicht irgendeines Gespenstes, das irgendwo im Nahen Osten dasitzt und die Hände in den Schoß legt. Die Benennung der Aktion nach dem gefallenen Genossen scheint mir aber durchaus gerechtfertigt zu sein.«

Mehr hatte die Kunkel zu Carls Forderungen im Augenblick nicht zu sagen. Alle Anwesenden in der Breiten Straße zeigten sich jedoch irritiert, daß Carl in letzter Sekunde mit seinen Forderungen für Aufregung sorgte. Seine Stellung in der Gruppe war inzwischen jedoch so wichtig geworden, daß man die Angelegenheit in guter demokratischer Manier diskutieren mußte.

Anschließend wurde eine Weile die Frage erörtert, ob man

den Versammlungsort wechseln und die Konferenz in die Peterstraße verlegen solle. Aber, so hieß es, da sich dort Genossen aufhielten, die aus Sicherheitsgründen keinen Kontakt zu den anderen gehabt hätten, und da die vorige Konferenz ohne Störungen wie eine normale Party abgelaufen sei, wurde beschlossen, die Konferenz aller Beteiligten wie neulich in der Breiten Straße 159 stattfinden zu lassen.

Carl vernahm es mit unendlicher Erleichterung, da er und der Verfassungsschutz wieder einmal um Haaresbreite einem Fiasko entgangen waren.

Uwe Dee trug eine grüne Baskenmütze und Felduniform. Er hatte sein Hauptquartier am Rande Hamburgs in einer Unterkunft der MEK-Einheiten errichtet, da sich dort ein Hubschrauberlandeplatz befand. Insgesamt unterstanden seinem Befehl jetzt achtzig Mann. Die Einsatzzentrale befand sich im obersten Stockwerk des Hauptgebäudes, unter anderem deshalb, weil auf dem Flachdach Hubschrauber landen konnten. Man hatte das oberste Stockwerk für Unbefugte gesperrt und all denen, die Zutritt haben mußten, Sicherheitsausweise gegeben, da Loge Hecht zahlreiche Beamte in Zivil mitgebracht hatte.

An der einen Längswand der Zentrale hatte man einen vergrößerten Grundriß der Wohnung aufgehängt sowie Karten der näheren Umgebung des Hauses. Der Einsatz in der Peterstraße sollte mit möglichst geringem Aufwand durchgeführt werden. Uwe Dee wollte nur ein SET einsetzen, und ein MEK sollte sich in Reserve halten.

Aus dem letzten Bericht von *Hauptmann Charlie* ging hervor, in welchem Teil der Wohnung er selbst wohnte und daß er bei dem bevorstehenden Einsatz ein weißes Hemd tragen würde. Dieser letzte Hinweis war unerhört wichtig. *SET Gelb* und *SET Blau* sollten als erste in die Wohnung eindringen. Jeder Mann mußte sich einprägen, daß *Hauptmann Charlie* im

Eifer des Gefechts nicht angegriffen werden durfte, wie chaotisch es auch zugehen würde. Uwe Dee erklärte, *Hauptmann Charlies* Besuch in St. Augustin habe der Vorbereitung dieser Aktion gegolten. Er fuhr fort: »Ich glaube zwar, die eine oder andere abfällige Bemerkung über den Ausländer gehört zu haben, aber ich weise nachdrücklich darauf hin, daß ihm nichts Vermeidbares passieren darf.« Nach einigem Nachdenken fuhr Uwe Dee fort:

»Der Verfassungsschutz hat fieberhaft daran gearbeitet, die unmittelbaren Nachbarn sowie die Bewohner der nächstliegenden Wohnungen zu überprüfen. Wir müssen davon ausgehen, daß mindestens zwei der darunterliegenden Wohnungen in Mitleidenschaft gezogen werden können, aber trotzdem dafür sorgen, daß die gesamte Ausrüstung nach oben kommt, ohne daß der Feind gewarnt wird. Dies ist übrigens der empfindlichste und riskanteste Teil der gesamten Aktion. Was die eher artistischen Einlagen betrifft, hege ich keine Befürchtungen. Immerhin sind wir die beste Anti-Terror-Truppe der Welt. Und was uns jetzt bevorsteht, ist der größte Schlag, den wir je geführt haben. Sollten sich *Hauptmann Charlies* Informationen als zutreffend erweisen, dürfen wir davon ausgehen, mit einem Schlag etwa ein Dutzend Terroristen zu schnappen. Meiner Ansicht nach dürfte das ein Weltrekord sein.«

Loge Hecht legte die Stirn in tiefe Sorgenfalten. Die Franzosen hatten in scharfem, fast unverschämtem Ton dementiert, daß ihr Nachrichtendienst irgendwelches Personal in eine gegenwärtig tätige euro-terroristische Organisation eingeschleust habe.

Falls das den Tatsachen entsprach, gab es nur eine denkbare Erklärung: daß dieser Näslund insgeheim ein eigenes Süppchen kochte. Die Schweden hofften wohl immer noch, möglicherweise mit französischer Hilfe, selbst den großen Schlag führen zu können. Hecht brachte einiges Verständnis dafür auf, denn immerhin war es der Mann Näslunds, der sozusagen den Tisch gedeckt hatte. Allerdings war es kindisch und alles andere als professionell, sich so zu verhalten. Loge Hechts Vertrauen in den schwedischen Sicherheitsdienst war ohnehin nicht übertrieben groß.

Aber wie hatten die Schweden von der Waffenlieferung Kenntnis erhalten? Nur dadurch waren sie in die Lage gekommen, bei den Franzosen Alarm zu schlagen und den Waffentransport schützen zu lassen. Hatte Hamilton etwa Informationen zurückgehalten, die er nur seinen offiziellen Vorgesetzten weitergegeben hatte?

Verständlich wäre das schon, aber alles andere als erfreulich.

Die Konferenzteilnehmer sollten in kleinen Gruppen und in bestimmten, vorher festgelegten Zeitabständen erscheinen. Ein orangefarbenes Licht auf dem Balkon im Obergeschoß der Wohnung sollte signalisieren, daß die Luft rein sei.

Es hatte sich ergeben – ob durch Zufall, wollte Carl nicht recht glauben –, daß er und Monika als letzte in die Wohnung kommen sollten. Wahrscheinlich hatte sie die Auslosung mit Martins Hilfe manipuliert.

Sie flanierten durch die Innenstadt. Hamburg erlebte den ersten Schneefall dieses nebligen Winters. Die beiden gingen eng umschlungen. In der Tasche seines neuen Lammfellmantels umklammerte Carl das Zusatzmagazin für seine Beretta. In der Brusttasche steckte die Zusatzpatrone. Er kämpfte mit einer schweren Versuchung.

Monika erzählte, sie sei am Vormittag in der Staatsbibliothek gewesen und habe Angaben über Mozarts Fagottkonzert KV 191 nachgeschlagen, von dem er ihr erzählt habe. Es könne durchaus sein, erklärte sie, daß seine Phantasien im Krankenbett des muffigen Hotels in St. Pauli den Tatsachen enspråchen. Sie habe herausgefunden, daß das Konzert 1774 in Salzburg entstanden und offenbar eine Auftragsarbeit für einen Fagott-Dilettanten namens Thaddaeus Freiherr von Dürnitz gewesen sei.

»Dann habe ich mit meiner Vermutung also recht gehabt«, sagte Carl. »Wenn man sich das Konzert anhört, hört man deutlich, wie das Orchester um das Fagott herum alles trägt und das Fagott zwar den Eindruck erweckt, als zähme es das gesamte Orchester, obwohl es sich in Wahrheit genau umgekehrt verhält.«

»Und trotzdem ist es so wunderbare und zugleich so einfache Musik geworden.«

»Und ob. Dieser Freiherr hat hinterher ordentlich gefeiert. Das Konzert muß ein durchschlagender Erfolg gewesen sein. Und die überraschten Gesichter seiner Verwandten kann ich mir vorstellen.«

»Ich würde gern wissen, ob Mozart selbst dabei war und dirigierte. Dieses Zusammenspiel zwischen Fagott und Orchester ist ohne einen guten Dirigenten ja kaum denkbar.«

»Nein, das glaube ich nicht. Er hatte doch wohl nur das Stück verkauft? Wäre er selbst dabei gewesen, wäre die Geschichte zu durchsichtig gewesen. Vielleicht hat dieser Freiherr sogar so getan, als wäre er Komponist.«

»Darauf dürften seine Mitmusiker kaum hereingefallen sein.«

»Nein, aber er dürfte sie gut dafür bezahlt haben, daß sie das Maul hielten und spielten.«

Sie gingen eine Weile schweigend nebeneinander. Carl dachte weiter über das Fagottkonzert nach. Ihm fielen einige Ähnlichkeiten mit seiner eigenen Situation auf. Er hatte sein gesamtes berufliches Wissen aufgeboten, um das Unternehmen gegen die amerikanische Botschaft in Stockholm zu planen; das gesamte berufliche Wissen, das er nach fünfjähriger Ausbildung unter anderem bei den *Special Intelligence Forces* der *US Navy* erworben hatte.

Noch spielten die Terroristen mit ihm. In dem wohl professionellsten Planspiel, das sie je mitgemacht hatten. Im Umgang mit RPG's waren sie Dilettanten, so wie Freiherr von Dürnitz im Fagottspiel.

Inzwischen hatten Monika und Carl die Häuserblocks um das Rathaus erreicht. Der häßlichen Architektur der fünfziger Jahre nach zu schließen, mußte das gesamte Gebiet im Krieg dem Erdboden gleichgemacht worden sein. Aber als sie um eine Ecke bogen, öffnete sich überraschend ein weitläufiger Platz, der die Atmosphäre vollkommen veränderte. Wo einmal eine Kirche gestanden hatte, ragten nur noch der Turm und ein Teil der Außenmauern in die Höhe. Sie betraten das einstige Kirchenschiff durch einen Seiteneingang und gelangten auf einen kleinen, mit Steinplatten belegten Platz. Sie blickten in den schwarzen Abendhimmel. Es hatte zu schneien begonnen. Schwere Schneeflocken fielen langsam zur Erde. Es ist wie beim ersten Schnee im November in Schweden, dachte Carl.

»Das ist die Nikolai-Kirche. Die mußte ich dir unbedingt zeigen«, sagte sie und zog Carl an sich.

Sie blieben eine Weile Wange an Wange stumm stehen und blickten zu dem hohen, freistehenden Turm hinauf, der den Bombenangriffen widerstanden hatte und trotzig in den Himmel ragte. Monika flüsterte ihm ins Ohr, die Nikolai-Kirche sei 1943 bombardiert worden. Die Ruine sei ein Mahnmal zum Gedenken an den Krieg und seine Opfer; damals, 1943, gut zehn Jahre vor ihrer Geburt, habe die Welt geglaubt, Deutschland und die Nazi-Ideologie mit Bomben auslöschen zu können.

»Schließ die Augen und versetz dich zurück«, sagte sie. »Genau hier, wo wir jetzt stehen, fielen die Sprengbomben, und die ganze Kirche schien in Feuer und Explosionen zusammenzustürzen. Wer wären wir wohl gewesen, wenn wir 1943 hier gestanden hätten?«

»Es hätte uns vielleicht gar nicht gegeben. Wir wären Nazigegner gewesen und hätten uns vielleicht erst in Buchenwald kennengelernt. 1943 hätten wir bestimmt nicht hier gestanden.«

»Meinst du, wir hätten uns einer Widerstandsbewegung angeschlossen?«

»Gab es eine in Deutschland? Mal ehrlich: Waren nicht so gut wie alle für den Nazismus?«

»Die meisten. Regimegegner gab es damals so wenige wie heute. Wir sind auch nur ein kleines Häuflein. Und statt Buchenwald heißt es heute Stammheim.«

»Falls du mal in Stammheim landen solltest: Weswegen würde man dich verurteilen?«

»Denen würde schon was einfallen, was, spielt keine Rolle. Wir bekommen Strafen zwischen ein- und dreimal lebenslänglich, ob sie Beweise haben oder nicht. Darauf kommt es gar nicht an.«

»Aber bist du denn schuldig? Ich meine aus ihrer Sicht? Hast du mal etwas Größeres mitgemacht, etwas anderes als Banküberfälle?«

Er tastete nach seinem Pistolenmagazin in der Tasche. Er kämpfte mit der Versuchung, die Patrone hineinzudrücken, bevor er und Monika in die Wohnung zurückkehrten. Eine warme Welle der Verzweiflung und der Zärtlichkeit durchflutete ihn. Er wollte nicht mitansehen, wie sie von einem GSG 9-Trupp forgeschleift wurde. Jetzt blieben nur noch ein paar Stunden.

»Ich bin zwei Jahre in München stationiert gewesen«, sagte sie, als erklärte das alles.

»Ja? Und an welchen Aktionen bist du beteiligt gewesen?«

»Einmal bei der Liquidierung von Karl-Heinz Beckurts. Seinen Fahrer mußten wir auch erschießen.«

»Wer war das?« fragte Carl, obwohl er die Antwort sehr wohl kannte.

»Forschungschef der Rüstungsabteilung von Siemens. Und

ein Jahr vorher war es dieser Ernst Zimmermann, auch ein Mann aus der Rüstungsindustrie. Wenn man im selben Gebiet ein paar Aktionen mitgemacht hat, ist es praktisch, das Betätigungsfeld zu wechseln. Deshalb haben wir unser Kommando nach Hamburg verlegt.«

»Du hast also bei solchen Einzelmorden mitgemacht?«

»Ja, aber fang nicht schon wieder davon an. Es ist schon spät geworden.«

»Mal ehrlich: Hast du nie Lust gehabt, mit allem aufzuhören?«

»Doch, einmal. Als wir uns in Stockholm liebten.«

»Aber?«

»Was soll das heißen, ›aber‹? Es führt kein Weg zurück. Halt mich fest. Halt mich fest. Versuch dir vorzustellen, wir wären ein ganz gewöhnliches Liebespaar, es gäbe nur dich und mich, als schrieben wir für einen kurzen Moment das Jahr 1943.«

Carl ließ das Pistolenmagazin in der Tasche los und nahm Monika in den Arm. So blieben sie lange in der dunklen Kirchenruine stehen, während der Schnee sacht herabrieselte.

Es war sinnlos. Es würde nicht gehen, dessen war er sich schmerzlich bewußt. Ihm war wehmütig zumute, als sie sich auf den Weg zur Breiten Straße machten. Sie gingen den ganzen Weg zu Fuß durch den Schneematsch, was ihr nichts ausmachte, da sie ihre neuen Winterstiefel anhatte.

Als sie sich dem Hochhaus näherten, sahen sie schon von weitem das orangefarbene Licht auf dem Balkon im Obergeschoß. Dieses Lichtsignal mußte in weiten Teilen Hamburgs zu sehen sein. Carl hatte das Gefühl, als müßte die ganze Stadt auf dieses geradezu schreiend indiskrete Lichtzeichen aufmerksam werden.

Er gab sich Mühe, nicht allzu auffällig um sich zu blicken, als sie sich dem rotgekachelten Hauseingang näherten und an der Gegensprechanlage das vereinbarte Klingelzeichen gaben.

»Schramm«, hieß es auf dem Metallschild. Monika hatte die Wohnung unter ihrem falschen Namen angemietet.

Auf dem Boden des Fahrstuhls lagen zwei kleine Kabelstücke, ein gelbes und ein blaues, die man zu einer Spirale zusammengedreht hatte. Carl betrachtete die Nachricht mit einem Gefühl von Unwirklichkeit. *SET Gelb* und *SET Blau* hatten ihre Positionen eingenommen.

Als der Fahrstuhl sie ins zweiundzwanzigste Stockwerk brachte, küßten sie sich zum letztenmal.

Uwe Dee war strahlender Laune. Als die Fahndungsgruppe das Eintreffen der letzten Terroristen meldete, befahl er *Alarmbereitschaft Rot* und rief die Gruppenchefs zu einer letzten Besprechung zu sich. *Alarmbereitschaft Rot* würde mindestens eine Stunde und höchstens vier Stunden bestehen bleiben, bis das Signal zum Einsatz gegeben wurde. Die Gruppenchefs sollten sich also, so Dee, in spätestens einer Dreiviertelstunde zu ihren Einsatzorten begeben. Das sonstige Personal habe schon die Gefechtsstationen bezogen.

Die letzte Besprechung war nur eine Wiederholung, eine summarische Zusammenfassung der wichtigsten Punkte. Die Hauptsache sei, daß die Aktion absolut synchron ablaufe. Es dürfe auf keinen Fall dazu kommen, daß jemand ein paar Sekunden zu früh oder zu spät loslegte. *Hauptmann Charlie* habe ein Recht auf absolute Präzision, da er wohl auch selbst in dem Augenblick vor dem Einsatz einige Vorsichtsmaßnahmen ergreifen werde.

Uwe Dee fuhr fort:

»Zwei Mann in jeder Gruppe haben die Aufgabe, *Hauptmann Charlie* möglichst schnell zu orten. Fünfzehn Sekunden nach der Hauptgruppe gehen zwei Sprengstoffspezialisten in die Wohnung, um die Sprengladung an der Wohnungstür zu orten und zu entschärfen. Zwei Mann haben die Aufgabe, diese Position gleich nach dem Eindringen zu sichern. Und was den Rest des Unternehmens betrifft, dürfte es wohl keine Unklarheiten mehr geben.« Uwe Dee lächelte und ließ sein goldenes französisches Feuerzeug aufblitzen, als er sich die vierzigste Gauloise des Tages anzündete. In der Einsatzzentrale hing schwerer französischer Zigarettenrauch.

Die Gruppenchefs hatten keine Fragen mehr. Sie bezogen ihre Gefechtsstationen. Als sie gegangen waren, wurde es still in der Einsatzzentrale. Nur noch das Piepen und Rauschen der verschiedenen Sender war zu hören. Sobald die Gruppenchefs ihre Positionen eingenommen hatten, sollte bis zum Einsatzbefehl absolute Funkstille herrschen.

Uwe Dee zog heftig an seiner Zigarette und ging zu Loge Hecht hinüber, der am hinteren Ende des Raums stand und die Porträtsammlung an der Wand studierte.

»Ein wunderbarer Anblick, nicht wahr?« bemerkte Uwe Dee und schlug Hecht heftig auf den Rücken, was diesen fast feindselig reagieren ließ.

»Beim *Großen Ziel* haben wir jetzt dreizehn Terroristen, von denen wir neun identifiziert haben. Beim *Kleinen Ziel* dürften wir vier finden, von denen zwei identifiziert sind. Der Weltrekord rückt näher.«

»Es macht mir Sorgen, daß wir mit Paris keinen vernünftigen Kontakt bekommen haben«, sagte Loge Hecht. Er war tatsächlich ernsthaft beunruhigt. Vor zehn Minuten hatte er Paris mitgeteilt, daß eine bedeutende Aktion bevorstehe und daß bis zum Einsatzbefehl höchstens noch vier Stunden blieben. Aber die Franzosen hatten nicht geantwortet.

»Du weißt doch, wie sie sind, diese Froschfresser«, sagte Uwe Dee. »Die Beamten rennen kreuz und quer durch die Flure, aber am Ende muß die Sache doch einem Minister vorgelegt werden, sonst wird sie nicht genehmigt. Und der Minister liegt irgendwo rum und vögelt seine Geliebte, so daß nichts passiert, bis er fertig ist und sie ihn stören dürfen. So sind sie immer, diese Franzosen. Hast du den Senat informiert?«

»Ja. Aber ich habe nicht gesagt, wann, wo und wie.«

»Und die Schweden?«

»Die beobachten zwei nicht identifizierte französische Terroristen, die Burschen, die auf den Waffen sitzen.«

»Gut. Zwei Mann – das dürften wohl selbst die Schweden schaffen. Telefonische Verbindung oder Funk?«

»Funk.«

»Perfekt. Dann bleibt uns nur noch zu warten. Die Lage ist also absolut unter Kontrolle.«

»Das werden wir erst wissen, wenn alles vorbei ist. Die Sache scheint mir ein wenig zu groß zu sein, um vorschnelle Schlüsse zu ziehen.«

»Mach dir keine Sorgen. In ein paar Stunden schnappen wir sie.«

Carl hatte darauf bestanden, andere Musik zu hören. Er lehnte plärrenden Rock als Geräuschkulisse ab und hatte Werner daher einen Stapel Kassetten gegeben. Mit Hilfe eines Bild- und eines Overhead-Projektors lieferte er eine perfekte Zusammenfassung der geplanten Aktion. Er zeigte zunächst eine Reihe von Farbfotos mit dem Ziel und den Fluchtwegen. Anschließend folgten Skizzen von Östermalm, die er selbst angefertigt hatte, mit den Fluchtwegen, den Treffpunkten der Wagen und den Parkplätzen. Er schärfte den Zuhörern nochmals ein, sich die Einbahnstraßen zu merken. Das gesamte Material werde nach dem Vortrag vernichtet, so daß sich jeder jetzt konzentrieren müsse.

Carl benutzte sein Pistolenmagazin als Zeigestock, als er die Stadtpläne an der Wand erläuterte. Gruppe 1 sollte an Valhallavägen parken. Zeitpunkt: T minus vier Minuten. Wenn Gruppe 2 passierte, sollte Gruppe 1 starten und in etwa fünfzig Meter Abstand folgen, eher mehr, aber auf keinen Fall weniger. Wenn Gruppe 2 die italienische Botschaft passierte, sollte Gruppe 1 wenden, auf der anderen Straßenseite parken und den Wagen verlassen. Die Waffen müßten unter den Mänteln versteckt werden. Das sei besser, als sie in den Tennistaschen zu tragen. Diese kämen erst später zur Verwendung, wenn die Fluchtwagen nach der Aktion stehengelassen würden.

Carl fuhr fort:

»Gruppe 1 wird von dem geparkten Wagen bis zur Angriffsposition auf Gärdet genau 90 Sekunden brauchen. Es wird gleichzeitig gefeuert. Zwei Schuß pro Mann.

Gruppe 2 mit ihrer Position unterhalb der amerikanischen Botschaft auf dem Parkplatz am Strandvägen leitet ihre Flucht ein, indem sie über Strandvägen bis zum Narvavägen fährt, eine Strecke, die sich in weniger als dreißig Sekunden zurücklegen läßt. Dann folgen eine Reihe von Manövern in Östermalm. Berechnete Ankunft in der Grevgatan vier Minuten später. Genau fünf Minuten nach Ende des Angriffs dürfte die Gruppe in der Wohnung sein.

Gruppe 2 fährt zum Valhallavägen zurück und begibt sich dann über Karlavägen und Storgatan zur Grevgatan. Diese Fahrt wird mindestens eine Minute länger dauern.

Weniger als sechs Minuten und dreißig Sekunden nach dem Angriff müssen sich beide Gruppen in der Fluchtwohnung befinden. Etwa um diese Zeit können wir damit rechnen, daß die Polizei und die Feuerwehr von der Wache Östermalm am Tatort sind.«

Als Carl seine Zusammenfassung beendet hatte, ertönte Mozarts Fagottkonzert, das von dem Dilettanten und Freiherrn Thaddaeus von Dürnitz bestellt worden war.

Carl erläuterte noch einmal mit Hilfe des Stadtplans und einer Stoppuhr die Fluchtwege und zeigte mit seinem langen, zwölf Schuß enthaltenden Pistolenmagazin auf die entscheidenden Punkte.

Die anschließende Fragestunde geriet recht kurz. In der Pause wurden die Möbel umgestellt, dann verbrannte man

Carls Material im Kamin und bereitete alles für die politische Konferenz vor.

Als Carl vor dem Feuer stand und seine Fotos, Karten und Skizzen ins Feuer warf, kam Werner Porthun zu ihm und drückte ihm die Hand.

»Ich möchte dir zu deiner fabelhaften Planung der Aktion gratulieren«, begann er und blickte dabei zu Boden. »Und dann möchte ich mich entschuldigen.«

»Ach was«, sagte Carl verlegen. »Es gibt nichts, wofür du dich entschuldigen müßtest.«

»Doch. Ich bin dir gegenüber verdammt mißtrauisch gewesen. Das war ein Fehler von mir, und ich gebe jetzt gern zu, daß ich mich geirrt habe.«

Carl warf die letzten Karten und Skizzen ins Feuer, richtete sich auf und klopfte Werner auf die Schulter.

»Das hat jetzt keine Bedeutung mehr. Habt ihr denn selbst nie daran gedacht, eine solche Aktion zu starten?«

»Meinst du Stockholm oder mit RPG's?«

»Nun ja, sowohl als auch.«

»Wir hatten mal etwas in Stockholm geplant.«

»Aha?«

»Das ist jetzt aber nicht mehr der Rede wert. Mit dieser Sache verglichen war es eine lächerlich kleine Geschichte. Und wir dachten immer, derartige Waffen kämen für uns nicht in Frage. Aber jetzt haben wir einen qualitativen Sprung gemacht.«

»Inwiefern?«

»Von dieser Aktion an befinden wir uns schließlich auf einem ganz anderen Niveau.«

»Ja, das läßt sich nicht leugnen. Entschuldige mich einen Moment, ich möchte mal mit einem der französischen Genossen reden.«

Carl sah sich nach Alain Detoureille um. Er fand ihn mit einem Cognacschwenker in der Hand. Er gestikulierte und lachte. Er schien der neben ihm sitzenden Monika den Hof zu machen. Sein Gesicht hellte sich auf, als Carl dazukam.

»Sehr profihaft, ich gratuliere«, sagte Alain Detoureille mit einer sehr französischen, weitausholenden Geste. »Als ich herkam, hatte ich den Kopf voller Ideen, was ich ändern würde, aber nach deinem Vortrag hatte ich weiß Gott keine Einwände mehr. Du hast eine Spezialausbildung hinter dir, nicht wahr?«

»Ja«, erwiderte Carl und spielte nachdenklich mit einer 9-mm-Patrone. »Wie ich schon sagte, Sabotage, Sprengstoff. In erster Linie Angriffe mit kleinen Einheiten gegen sowjetische Marineverbände.«

»Aber solche Kriegsspiele für Kampfhandlungen in geschlossenen Ortschaften dürften ja kaum zu dieser Taktik gehören?«

»Nein, aber wir hatten noch andere Aufgaben, je nach Kriegslage. In einer eventuellen späteren Phase sollten wir und einige Marinekorps-Verbände zur Guerilla-Kriegführung übergehen, falls der Russe es schaffte, ins Land einzudringen. Mein jetziger Plan war eigentlich für ein sowjetisches Stabsquartier in Kristianstad gedacht, wenn ich mal ein militärisches Geheimnis verraten darf.«

Der Franzose ließ einen leisen Pfiff hören.

»Das erklärt alles«, sagte er. »Ihr habt also eine zweistufige Ausbildung, einmal für die reinen Kampfhandlungen in der Anfangsphase und dann für einen weiteren Widerstand mit Guerilla-Methoden.«

»Genau. In der schwedischen Kriegsplanung läßt sich ja nicht ausschließen, daß es den Russen tatsächlich gelingt, ins Land einzudringen und sich auf unserem Territorium festzusetzen. Das heißt, falls sie uns tatsächlich einmal angreifen sollten. Für diesen Fall ist eine Phase mit solchen *Nadelstichen* geplant. Wir selbst, einige der Marinekorps-Verbände und die Fallschirmjäger erhalten diese zweite Ausbildung.«

»Mit derlei haben wir uns nie beschäftigt. Die Ehre Frankreichs würde es nicht ertragen, Feinde auf französischem Boden zu wissen, und folglich gibt es bei uns nichts dergleichen. Schade, denn für einen eventuellen Stadtguerilla-Kampf wäre diese Ausbildung von unschätzbarem Vorteil.«

»Ich möchte mich mit dir gern unter vier Augen unterhalten. Es ist sehr wichtig«, sagte Carl. Er spürte, wie sein Herz heftiger zu pochen begann.

»Was soll das heißen, unter vier Augen. Wir sitzen doch alle im selben Boot«, wandte Monika ein. Sie schien verletzt zu sein, weil Carl ihr offensichtlich nicht vertraute.

»Es muß sein«, beharrte Carl. »Ich werde es dir später erklären, Monika, aber vor der politischen Konferenz muß ich mich unbedingt mit Alain unter vier Augen unterhalten. Du bist doch einverstanden, Alain?«

»Aber ja, natürlich«, sagte der Franzose und stand auf.

Carl drückte wie zufällig seine dreizehnte Patrone ins Magazin und warf es spielerisch in die Luft.

»Wir sehen uns gleich wieder, Monika«, sagte er und ging vor Alain die Treppe hinauf, während er gleichzeitig eine Hand in die Hosentasche steckte und diskret den Knopf seiner Stoppuhr drückte. Er schätzte die Zeitdifferenz auf fünf Sekunden.

»Mach die Tür zu und setz dich«, sagte er zu Alain Detoureille, als sie im Obergeschoß waren. »Ich will mich nur vergewissern, daß wir allein sind«, fuhr er fort, ging in sein Zimmer, nahm seine Pistole, schob das Magazin ein und entsicherte leise mit einer schnellen Bewegung.

Als er wieder im Nebenzimmer war, hatte Alain Detoureille sich schon auf das Sofa gesetzt. Er balancierte sein Cognacglas, das er mitgenommene hatte, zwischen Daumen und Zeigefinger. Er zuckte leicht zusammen, als er in Carls Hand die große italienische Pistole entdeckte, gab sich aber sichtlich Mühe, keine Unsicherheit zu zeigen.

Carl setzte sich langsam und schwer dem Sofa gegenüber in einen Sessel. Er zog die Stoppuhr aus der Tasche und legte sie vor sich auf den Couchtisch.

»Für dieses Gespräch haben wir genau sieben Minuten und fünfzig Sekunden Zeit«, sagte Carl. Er legte den rechten Arm bequem auf das Knie. Die Pistolenmündung war schräg auf den Fußboden gerichtet.

Der Franzose stellte sein Cognacglas äußerst behutsam und mit einer deutlichen, sehr ausholenden und langsamen Bewegung auf den Tisch. Sie saßen vier Meter voneinander entfernt. Keiner der beiden hatte Mühe, die Situation einzuschätzen. Aus dem Untergeschoß waren Stimmen und Musik zu hören. Jemand hatte das Band gewechselt. Die beiden Männer sahen sich an. Der Franzose blickte Carl starr in die Augen, verriet aber mit keiner Miene, was er dachte.

»Bist du bewaffnet?« fragte Carl.

»Ja.«

»Automatique 7,65?«

»Ja, wieso?«

»Also deine Dienstwaffe?«

»Nein, in der Armee hatten wir eine andere Waffe.«

»Das habe ich nicht gemeint.«

»Was hast du dann gemeint?«

»Alain, wir befinden uns in einer teuflischen Situation. Bevor du allzusehr darüber nachdenkst, wie du deine Waffe aus der Tasche bekommst, will ich dir etwas sagen, was vollkommen wahr ist. Erstens: Du hast nicht die geringste Chance. Ich hoffe, du siehst das ein. Zweitens: Ich habe nicht die geringste Absicht, dich zu verletzen. Ist das klar?«

»Ja, ich höre, was du sagst.«

»Ist dir noch nicht aufgegangen, daß wir mindestens zwei Terroristen sind, die für diesen Haufen etwas zu gut sind?«

»Doch natürlich. Ich dachte, ich wäre allein.«

»Das bist du wirklich nicht.«

»Nein. Und?«

»In dieser Wohnung befindet sich mindestens ein, ich wiederhole, *mindestens ein* Vertreter des französischen, deutschen oder eines anderen Sichterheitsdienstes.«

»Mindestens einer?«

»Ja.«

Das Ticken der Stoppuhr schien in der Stille immer lauter zu werden. Alain Detoureille schwieg eine Zeitlang, hob dann fragend die Augenbrauen und machte eine vorsichtige, betont langsame und sichtbare Handbewegung zu der Stoppuhr hin.

»Die Sekunden verrinnen?«

»Ja.«

»Und was geschieht dann?«

»Dann ist alles zu Ende.«

»Nachdem du mich durch deinen Bluff dazu gebracht hast zu gestehen, daß ich dein Feind bin? Dann ist es zu Ende? Glaubst du etwa, ich ließe mich so leicht ins Bockshorn jagen?«

»Nein. Aber du solltest jetzt versuchen, deinen Verstand zu gebrauchen, Alain. Wir haben einen Angriff zu erwarten.«

»Du weißt es?«

»Ja.«

»Woher?«

Carl zögerte. Er war der Meinung, sich unmißverständlich ausgedrückt zu haben. Vielleicht waren seine Bemühungen völlig überflüssig. Alain besaß wahrscheinlich Geistesgegenwart genug, sich sofort zu ergeben, wenn die GSG 9 angriff. Dann würde Carl dem Franzosen nachträglich alles erklären können. Dennoch konnte er das Risiko nicht ausschließen, daß Alain automatisch reagieren und auf die GSG 9 schießen würde, falls er innerlich unvorbereitet war. Das konnte ihn das Leben kosten. Die Deutschen hatten bestimmt kugelsichere Westen und automatische Waffen. Carl glaubte, auf dem Dach ein leises Klappern zu hören. Verdammter Tolpatsch, dachte er.

Carl wartete schweigend. Alain Detoureille sah ihn jedoch nur unverwandt an, ohne eine weitere Initiative zu ergreifen, ja, er stellte nicht einmal eine Frage. Carl konnte nicht begreifen, was im Kopf des anderen vorging. Die Uhr tickte. Unerträglich lange sprach keiner der beiden ein Wort.

Carl glaubte schon zu wissen, wie er weiter verfahren sollte, als die Tür geöffnet wurde. Es war Monika.

»Wozu steckt ihr hier die Köpfe zusammen?« bemerkte sie mit sichtlich angestrengter Munterkeit.

»Bitte sei so nett und laß uns allein. Geh zu den anderen hinunter«, entgegnete Carl und bemühte sich, seinem Ton die größtmögliche Schärfe zu geben.

»Nein, ich denke gar nicht daran. Ich kann höchstens runtergehen und die anderen holen, falls du das willst. Soll ich?«

Carl überlegte, was sie gemeint haben konnte.

»Nein«, sagte er schließlich. »Bleib hier, aber halt den Mund.«

»Soll das heißen, daß du einer von uns bist?« fragte Alain Detoureille schnell und blinzelte Carl zu. Der Franzose wandte Monika den Rücken zu, so daß sie sein Mienenspiel nicht sehen konnte.

»Hör zu«, sagte Carl. »Wie ich schon sagte, wir haben wahrscheinlich nicht mehr viel Zeit. Und bevor die Zeit um ist, muß ich wissen, was los ist, Alain. Hast du kapiert?«

»Ja, ich glaube zu verstehen, was du meinst.«

Carls Gehirn arbeitete fieberhaft. Er dachte verzweifelt über eine Möglichkeit nach, so zu fragen, daß nur einer von den beiden anderen im Raum verstand, was er meinte.

»Ich bin noch nie im *Schwimmbad* gewesen«, erklärte er. »Ich bin aber trotzdem ausgebildeter Bademeister, und ich gehe davon aus, daß auch du einer bist.«

Das *Schwimmbad (La Piscine)* ist in Agentenkreisen das international gebräuchliche Slangwort für den alten französischen Nachrichtendienst, der sein Hauptquartier in der Nähe des Schwimmbads Deligny am Seine-Ufer hatte, mitten in der Pariser Innenstadt. Für einen eventuellen Kollegen konnte diese Anspielung kaum mißverständlich sein.

»Von allen Bluffs, die ich je erlebt habe, dürfte dies der dreisteste sein. Wenn wir erst mal in Stockholm sind, werden wir uns darüber totlachen«, gab Alain Detoureille mit einem Lächeln zurück.

Carl begriff nicht, was der andere meinte. Die Botschaft war doppeldeutig. Die Bemerkung des Franzosen konnte zweierlei bedeuten: Entweder verstand er Carls Hinweis, daß dieser selbst ein Mann des Nachrichtendienstes war, so, daß der Bluff ungeahnte Dimensionen erreicht hatte, nämlich weil jetzt plötzlich zwei Kollegen zugleich in die Terroristen-Organisation eingeschleust worden waren. Vielleicht hatte er aber auch sagen wollen, das gesamte Gespräch sei nichts als Bluff, der unverschämteste Sicherheitstest, der sich bei einem Genossen nur denken ließ. Warum hatte der Franzose gesagt, sie würden sich in Stockholm totlachen? Wenn sie beide tatsächlich Kollegen waren, würde es zu keiner Reise nach Stockholm kommen. Vorausgesetzt, Carls Andeutung, ein Angriff stehe unmittelbar bevor, entsprach den Tatsachen. Hatte der Franzose nur so mißverständlich geantwortet, um sich von Monika nicht in die Karten blicken zu lassen?

»Ich brauche eine klare Antwort«, sagte Carl mit Nachdruck.

»Die hast du schon bekommen.«

»Sie war nicht klar genug.«

»Im Hinblick auf die Umstände und die Gesellschaft, in der wir uns befinden, finde ich sie klar genug.«

»Wie ich vorhin schon sagte«, fuhr Carl fort und beugte sich über die Stoppuhr – es blieben noch fünfundfünfzig Sekunden –, »haben wir verdammt wenig Zeit. Weniger als eine Minute, Alain.«

Auf dem Dach war ein leises Geräusch zu hören. Carl sah

Alains Gesicht deutlich an, daß er das Geräusch registriert hatte. Carl warf einen Seitenblick auf Monika, die immer noch an der Tür stand, aber sie schien nichts bemerkt zu haben. Sie stand mit verschränkten Armen da und machte ein hartes, verschlossenes Gesicht.

»Ich will es kurz machen«, fuhr Carl mit zunehmender Nervosität fort. »Du bist französischer Staatsbeamter. Bist du beim DST oder beim DGSE?«

Monika ging auf leisen Sohlen über den Flur, betrat ihr Zimmer und schlug die Tür hinter sich zu. Das war eine schwer zu deutende Reaktion, aber Carl seufzte erleichtert auf. Vielleicht waren ihr die Abkürzungen unbekannt.

»Ich bin Major. Man hat mich dem DGSE ausgeliehen. Wie zum Teufel bist du darauf gekommen?« flüsterte der Franzose schnell und blickte verstohlen zu der Tür, durch die Monika verschwunden war.

»Wir haben uns erkundigt und herausgefunden, daß es beim Fallschirmjägerregiment in Marseille nie einen Alain Detoureille gegeben hat. Du solltest schon eine hieb- und stichfeste Identität haben, oder nicht? Habt ihr euch denn nie nach mir erkundigt?«

»Doch, du bist Offizier, wie wir festgestellt haben. Das kam uns zwar etwas rätselhaft vor, aber wir haben nicht weiter nachgeforscht. Wann knallt es?«

»In weniger als zwanzig Sekunden. Wir müssen in Deckung gehen.«

»Die Deutschen?«

Carl nickte und wollte gerade aufstehen, als Monika wieder in der Tür erschien. Sie hielt eine *9 mm Heckler & Koch 5SD* in der Hand, eine Maschinenpistole genau der Marke, die sich in diesem Moment in etlichen Exemplaren außerhalb der Wohnung befinden mußte. Es war allerdings ein Exemplar mit Schalldämpfer. Ironischerweise war es die Standardwaffe der GSG 9, die jedoch ohne Schalldämpfer arbeitete.

Monika hielt die Waffe mit einer Hand und richtete die Mündung auf den Fußboden. Sie hielt sie so, daß Carl nicht sehen konnte, ob sie gesichert war oder nicht.

»Mach keine Dummheiten, Monika. Das Spiel ist jetzt zu Ende«, sagte Carl in bittendem Ton.

»Hat er gestanden?« fragte Monika unerwartet weich.

»Ja, aber es ist nicht so, wie du glaubst...«

Mehr konnte Carl nicht sagen. Monika riß die Maschinenpistole hoch und richtete sie auf Alain Detoureille. Ohne nachzudenken, schoß Carl direkt auf ihren Körper. Er feuerte nur einen Schuß ab, was im Hinblick auf die Umstände fast als Dienstvergehen anzusehen war.

Die Kugel hatte ihren Leib durchschlagen. Auf der Tapete hinter ihr breitete sich ein roter Blutfleck aus. Es war alles so schnell gegangen, daß sie noch nicht einmal zusammengesackt war. Carls letzte Erinnerung an Monika war ihr verblüffter, fast beleidigter Blick auf ihn, aber da war Alain Detoureille mit einem Sprung schon bei ihr und riß ihr die Maschinenpistole aus der Hand.

»Nein!« brüllte Carl. »Nein! Laß um Gottes willen die Waffe fallen!«

Der Franzose sah ihn fragend an. Aus dem Untergeschoß kam Lärm. Auf der Treppe waren eilige Schritte zu hören.

Carl richtete seine Pistole demonstrativ auf die Tür, in der er jeden Moment die Terroristen erwartete, und flehte den Franzosen erneut verzweifelt an.

»Laß die Waffe los, Alain. Du darfst keine Waffe in der Hand haben!«

Der Franzose zuckte die Achseln, richtete die Maschinenpistole auf die Tür, hockte sich auf den Fußboden und vergewisserte sich schnell, daß die Waffe schußbereit war.

Carl schaffte es nicht mehr, noch etwas zu sagen. Im nächsten Augenblick explodierten die beiden großen Panoramascheiben des Zimmers, und vier Raumfahrtmonster in Schutzanzügen und mit Metallschilden vor sich schwangen sich an dünnen Nylonseilen in einem Schauer von Glasscherben ins Zimmer. Die Soldaten trugen dunkle Schutzbrillen und dicke Ohrenschützer. Als Carl diese Ausrüstung entdeckte und sah, daß sie zwei Granaten ins Zimmer warfen, tauchte er in Richtung Sofa, schloß die Augen und hielt sich die Ohren zu. In der nächsten Sekunde hatte er das Gefühl, als würde er von den Blitz-Blend-Schock-Granaten zerrissen. Er hörte, wie zwei Salven abgefeuert wurden, da warf sich auch schon jemand auf ihn.

»*Hauptmann Charlie, Hauptmann Charlie,* alles gut, alles in Ordnung!?« brüllte der Deutsche ihm ins Ohr, in dem das Krachen der Granaten noch widerhallte. Carl war völlig benommen und blieb reglos liegen, während der Deutsche auf ihm hockenblieb. Aus dem Untergeschoß dröhnten die Geschoßgarben automatischer Waffen, Befehle und Schreie.

Carl kniff hartnäckig die Augen zusammen und versuchte, wieder zu vollem Bewußtsein zu kommen. Die Salven der Waffen ertönten in regelmäßigen Abständen. Dazwischen war es still. Carl bewegte sich nicht. Ihm traten Tränen in die Augen, und er kam zu dem völlig falschen Schluß, daß die GSG 9 Tränengas eingesetzt hatte.

Ein paar Minuten später war alles vorbei.

Einige Männer kamen zu ihm, schüttelten ihm die Hand und gratulierten ihm. Er hörte kaum, was sie sagten, da ihm die Ohren noch von den Granaten klingelten. Die Männer nahmen ihn in die Mitte und führten ihn zu einem der zersplitterten Panoramafenster. Er spürte, wie ihm der kalte Wind ins Gesicht wehte. Der Schneefall war in Regen übergegangen. Die Männer zwängten ihn in einen Gurt. Dann wurde er schnell aufs Dach hinaufgezogen, wo ihn neue Hände in Empfang nahmen und weiterschoben, zur Mitte des Dachs, wo ein Seil, das von einem schwebenden Puma-Hubschrauber herabhing, im Luftzug der Rotoren tanzte. Sie liefen in gebeugter Stellung. Zwei Männer befestigten Karabinerhaken an Carls Gurt, und im nächsten Moment wurde er in die Luft gerissen, während der Hubschrauber gleichzeitig schräg davonzog und an Höhe gewann.

Als der Puma-Hubschrauber mit Carl an Bord zum Landeanflug ansetzte, knallten in Uwe Dees Hauptquartier die ersten Champagnerkorken. Der Funkverkehr der letzten Minute hatte in einem Schwall von Nachrichten mitgeteilt, wie das Ergebnis aussah:
– *Einsatz in der Breiten Straße: 13 tote Terroristen.*
– *Einsatz in der Peterstraße: Ein toter Terrorist, zwei verwundet und gefangengenommen.*
– *Einsatz in Stockholm: Zwei Terroristen festgenommen.*
– *Einsatz in Reims: Zwei Terroristen festgenommen.*
– *Einsatz in Paris: Ein detaillierter Bericht steht noch aus, aber nach vorläufigen Angaben hat man vier Terroristen gefaßt.*

Uwe Dee ging freudestrahlend und mit weit geöffneten Armen auf Carl zu, als dieser in die Einsatzzentrale geführt wurde.

»Glänzend, *Hauptmann Charlie,* wirklich glänzend. Es ist fabelhaft. Wir haben einen einzigartigen Sieg zu verzeichnen!« brüllte Uwe Dee und drückte Carl an seine breite Brust.

Carl hatte das Gefühl, als wäre das Ganze ein Traum. Er sah sich hilfesuchend um, und als er Loge Hecht in einer Ecke entdeckte und dessen Blick suchte, drückte ihm jemand ein Glas Champagner in die Hand.

»Prost! Prost, verdammt noch mal!« bellte Uwe Dee und zerschlug fast sein Glas, als er es heftig gegen das von Carl schlug und in einem Zug leerte.

Carl trank sein Glas mit Bedacht ganz langsam leer und ging dann zu Loge Hecht, der mit bleichem Gesicht am hinteren Ende des Zimmers stand.

»Was ist mit dem Franzosen passiert? Habt ihr schon etwas gehört? Er war einer von uns«, sagte Carl. Er hatte immer noch Mühe, seine eigene Stimme zu hören. Die Ohren dröhnten ihm noch von den Blitz-Blend-Granaten.

Loge Hecht schüttelte nur den Kopf. Carl brauchte ein paar Sekunden, bevor ihm die Tragweite dieses Schweigens aufging.

»Er war Major der DGSE, einer von uns«, versuchte es Carl erneut.

Loge Hecht schüttelte wieder nur den Kopf.

Uwe Dee trat zu ihnen und drückte Carl eine grüne Baskenmütze auf den Kopf.

»Jetzt sind Sie einer von uns, *Hauptmann Charlie*«, sagte Uwe Dee feierlich. Er machte einen tiefen Zug aus seiner stinkenden französischen Zigarette und fuhr fort: »Diese Mütze bekommt nicht jeder Hans und Franz, aber Sie sind ohne jeden Zweifel derjenige, der sie bisher am meisten verdient hat. Ich heiße Sie bei unserer Truppe herzlich willkommen.«

Uwe Dee schüttelte Carl erneut herzlich die Hand. Die heftigen Bewegungen ließen Carls ganzen Körper schmerzen. Er glaubte zu spüren, daß es irgendwo wieder zu bluten begann, aber das war wohl nur so ein Gefühl.

»Wurden in der Breiten Straße alle getötet?« fragte Carl mit leiser Stimme. Er fühlte sich in der grünen Baskenmütze unbeschreiblich lächerlich.

»Yepp. Diesmal war es ein perfekter *kill.* Wirklich eine glänzende Leistung«, bestätigte der deutsche Oberst.

»Warum haben Sie sie nicht lebend gefaßt?« fragte Carl und versuchte dabei, Uwe Dees Blick auszuweichen. Er sah Monika vor sich.

»Aus drei Gründen. Sehr einfach. In rein psychologischer Hinsicht ist ein harter Schlag genau das, was diese Figuren brauchen. Außerdem gehen wir keinerlei Risiko ein, wenn wir uns zu einer so umfassenden Aktion entschließen. Und drittens ist niemand mehr da, der etwas über Ihre Rolle aussagen kann. Dafür dürften Ihre Vorgesetzten genauso dankbar sein wie unsere Politiker. Darf ich Ihnen nachschenken, Herr Hauptmann?«

Carl wurde ein neues Glas in die Hand gedrückt, mit dem ein Feldwebel auf eine Handbewegung des Obersten hin herbeigeeilt kam. Uwe Dee schenkte höchstpersönlich nach, und während Carl immer noch benommen in die kleinen perlenden Bläschen starrte, verschwand Uwe Dee mit langen Schritten zur Tür, um sich zu einer Pressekonferenz zu begeben. Auf dem Weg hinaus riß er Loge Hecht fast brutal mit sich.

Siegfried Maack stand hinter einem Funker und diktierte etwas. Das Chaos im Raum legte sich allmählich.

Carl riß sich die grüne Baskenmütze vom Kopf, warf sie auf eine leere Schreibtischplatte und ging zu Maack.

»Was ist in Stockholm passiert?« fragte er.

»Sie haben zwei Mann ohne Gegenwehr festgenommen. Vier Waffen und acht Geschosse wurden sichergestellt, falls es das ist, was du wissen willst«, erwiderte Maack kurz und fuhr mit seinem Diktat fort.

Der Raum erzitterte unter den Vibrationen eines landenden Hubschraubers. *SET Gelb* kehrte gerade zurück.

Einige Minuten später taumelten die Soldaten im Siegesrausch ins Zimmer. Mehrere von ihnen hatten Blut an Stiefeln und Hosenbeinen. Sie stürzten zu Carl, schlugen ihm auf den Rücken und drückten ihm die Hand.

»Dies war der größte Sieg in unserer Geschichte«, sagte einer von ihnen, der noch vor Erregung zitterte.

Sie hatten einen grünen Stahlkoffer mitgebracht und baten Carl zu prüfen, ob er seine gesamte Habe und sonstige Gegenstände enthielt, auf die er Anspruch hatte. Carl öffnete den Koffer. Er fand seine Kleidung vor, einen reichverzierten arabischen Dolch und eine Schatulle aus Damaskus, einen teuren Kassettenrecorder sowie einen Stapel Kassetten. Das Fagottkonzert KV 191 fehlte. Es lag vermutlich noch neben der Stereoanlage in der Breiten Straße. Der Koffer enthielt auch einen vermutlich irgendwo gestohlenen *Smith & Wesson-Revolver,* den er von den Terroristen erhalten hatte, sowie seine *Beretta 92 S,* die ihm der Verfassungsschutz zusammen mit dem Zusatzmagazin mit Sender anvertraut hatte. Das Geld, das man in der Nähe seines Betts gefunden hatte, war schon sichergestellt worden, da es Eigentum der Bundesrepublik war. Statt des Geldes erhielt Carl kurze Zeit darauf von Siegfried Maack eine Quittung. Maack quittierte ihm auch den Empfang der zurückgegebenen Waffen.

»Wir haben dir ein Hotelzimmer besorgt. Wenn es dir recht ist, fliegst du morgen um 15.20 Uhr wieder nach Hause«, sagte Siegfried Maack, ohne Carl in die Augen zu sehen.

»Hast du etwas, womit ich mich ruhigstellen kann?«

»Wieso?« fragte Siegfried Maack besorgt.

»Hast du irgendein Schlafmittel oder etwas Ähnliches für mich, damit im Kopf das Licht ausgeht?«

»Ja, ich glaube, das läßt sich machen.«

»Gut. Dann besorg mir was, aber schnell, damit ich hier wegkomme.«

»Ich habe gedacht, daß wir morgen noch mal essen gehen, du und ich. Ist dir das recht?«

»Ja. Aber jetzt muß ich hier raus.«

Unten auf der Straße wartete ein Wagen der weißen Mercedes-Flotte auf ihn. Siegfried Maack hatte ihm ohne jede ironische Absicht im Hotel *Vier Jahreszeiten* ein Zimmer reserviert.

Im Hotelzimmer schaltete Carl die Spätnachrichten des Fernsehens ein. Es wurden Bilder aus der Wohnung in der Breiten Straße gezeigt, nachdem man die Leichen weggeschafft hatte. Blaulicht, Straßenabsperrungen, Krankenwagen, Feuerwehrleute, Hubschrauber. Die Kamera machte einen Schwenk über die völlig zertrümmerte, ausgebombte

Wohnung. Carl entdeckte, daß hier und da Blutlachen zu sehen waren. Allmählich ging ihm auf, was geschehen war. Die Männer der GSG 9 hatten in fast sämtlichen Fällen auf die schon am Boden liegenden Terroristen geschossen. Erst hatten sie die Lage unter Kontrolle gebracht, dann waren sie zu den Überlebenden oder denen gegangen, die sich ergeben hatten, und hatten sie nacheinander erschossen. Die Fernsehbilder zeigten es Carl deutlich. Den meisten Fernsehzuschauern zeigten die Bilder nur das Ergebnis des bislang größten Einsatzes gegen Terroristen in der Geschichte der Bundesrepublik, des erfolgreichsten dazu.

Als Uwe Dee mit seiner Pressekonferenz auf dem Bildschirm erschien, stellte Carl den Fernseher ab. Er konnte gerade noch sehen, wie Loge Hecht neben dem vor hysterischer Freude strahlenden Oberst auf die Tischplatte blickte.

Carl steckte sich die weißen Pillen Siegfried Maacks in den Mund. Es war das erstemal in seinem Leben, daß er ein Schlafmittel nahm.

Die Bettlaken waren kühl und unbeschreiblich weich. Er lag eine Weile in der Dunkelheit und starrte ins Leere, bis er plötzlich einschlief.

Die beiden Männer aßen schweigend. Das anschließende Gespräch schleppte sich dahin. Sie hatten sich nicht einmal darüber freuen können, daß *Geheimrat »J«* auf der Karte stand.

»Immerhin hat dieser verfluchte Nazi seine Variante von *ze final kill* bekommen«, bemerkte Carl, dem das lange Schweigen immer bedrückender vorkam.

»Ja. Das hat er bekommen. Ich muß dich unbedingt etwas fragen... Sieh es als außerdienstliche Frage an, denn ich bin nicht mal sicher, ob ich es überhaupt wissen will. Aber sag, was ist eigentlich mit unserem französischen Kollegen passiert?«

»Ich hatte ihn beiseite genommen und ihm die Lage erklärt. Kurz vor dem Einsatz war unser Gespräch beendet.«

»Hat er zugegeben, daß er einer von uns war?«

»Ja.«

»Und was passierte dann?«

»Eine der Terroristinnen versuchte, ihn zu töten.«

»Und?«

»Ich habe sie außer Gefecht gesetzt.«

»Außer Gefecht gesetzt?«

»Ja. Ich feuerte ihr einen Schuß, wirklich nur einen, durch die Lunge. Sie hätte überleben müssen. Werden die Leichen obduziert? Wird es eine kriminaltechnische Untersuchung geben?«

»Das kann ich mir kaum vorstellen. Das Ganze ist vorbei. Sollen wir deine Waffe zerstören?«

»Ja.«

»Wird geschehen.«

»Ich hatte sie gern. Ich hatte sie sogar sehr gern.«

»Das ist ein bekanntes psychologisches Phänomen.«

»Ich weiß, aber trotzdem. Du wirst vielleicht verstehen, daß mir übel ist.«

»Ja. Du meinst, wir hätten sie der Justiz zuführen sollen?«

»Ja.«

»Vielleicht. Du darfst aber eins nicht vergessen: Wie man sich bettet, so liegt man.«

»Bist du mal in der Nikolai-Kirche gewesen, dieser ausgebombten Kirche, die hier ganz in der Nähe liegt?«

»Ich war damals noch nicht geboren.«

»Wie man sich bettet, so liegt man.«

Der Gesprächsstoff ging ihnen aus. Sie stocherten eine Weile lustlos im Essen herum und ließen die Weinflasche halb ausgetrunken stehen. Siegfried Maack fuhr Carl mit seinem BMW zum Flughafen.

Als Siegfried Maack vor der Abflughalle hielt, blieb er eine Weile schweigend am Lenkrad sitzen. Carl wartete ab, was er sagen würde. Sein Kollege sah verlegen aus.

»Ich habe einen offiziellen Auftrag und soll dich von Hecht grüßen«, sagte er und starrte auf die undurchsichtige Windschutzscheibe, die mit Schneematsch bedeckt war.

»Das soll ich dir überreichen«, sagte er und zog ein kleines Päckchen aus der Tasche, das er Carl in die Hand drückte. Es war eine harte, etwa zehn mal zehn Zentimeter große Metallschachtel, die in Papier gewickelt war.

»Würdest du mir einen Gefallen tun?« fuhr Maack fort.

Carl betrachtete ihn von der Seite. Ein westdeutscher Intellektueller mit Stirnglatze, blondem, dünnem Haar, hellen Augen; keine besonderen Kennzeichen. Ein Mann, der gelegentlich eine randlose Brille trägt, ein Mann, der politisch einmal links stand und in dem Verdacht steht, homosexuell zu sein, dachte Carl.

»Ja, natürlich«, erwiderte er.

»Dies ist ein Geschenk von uns. Es soll unserer Dankbarkeit Ausdruck geben. Ich möchte dich aber bitten, es erst aufzumachen, wenn du in der Maschine sitzt. Ist das in Ordnung?«

Eine Fülle von Phantasien fuhr Carl durchs Gehirn. Eine Sprengladung, die in einer fliegenden Maschine garantiert nur eine Person tötet? So etwas gab es doch wohl nicht.

»Ich fliege mit der Lufthansa. Es sind mindestens 150 Passagiere an Bord, vergiß das nicht«, erwiderte er.

Siegfried Maack lächelte bleich.

»So was doch nicht, bist du verrückt geworden? Ich möchte aber trotzdem, daß du mit dem Aufmachen wartest, bis du in der Luft bist«, entgegnete er.

Carl hatte das Gefühl, als wäre ihm alles vollkommen gleichgültig, als wäre es egal, ob die kleine Schachtel eine Höllenmaschine, eine Giftampulle oder sonst etwas enthielt.

»Also gut«, sagte er. Er steckte die Schachtel ein, machte die Tür auf und stieg aus. Er schlug die Wagentür zu, ging zum Kofferraum und hob seine Reisetasche heraus, die er gegen Quittung zurückerhalten hatte. Maack blieb im Auto sitzen, als Carl die Abflughalle betrat. Die Maschine sollte in einer halben Stunde starten.

Als Carl bei der Handgepäckkontrolle durch den Metalldetektor ging, jaulte dieser auf. Ein verbiestert aussehender Beamter mit Schirmmütze ergriff Carl am Arm, führte ihn in einen Verschlag und verlangte, den Inhalt von Carls Taschen zu sehen. Es war Siegfried Maacks Päckchen, das im Kontrollapparat der Bundesrepublik Deutschland hängengeblieben war.

Der Beamte riß das Päckchen an sich, nahm das Umschlagpapier ab und öffnete die Schachtel. Carl konnte den Inhalt nicht sehen, sah aber, wie der Deutsche vor Verblüffung plötzlich einen Schritt zurückging und dann blitzschnell die Schachtel wieder zuklappte, als hätte sie einen Skorpion enthalten.

»Verzeihung! Ich bitte wirklich um Entschuldigung, aber unsere Sicherheitsbestimmungen verlangen...«, sagte der Beamte und errötete.

»Keine Ursache«, sagte Carl. »Selbstverständlich müssen wir an unsere Sicherheit denken.« Damit steckte er die Schachtel wieder in die Tasche und betrat die Abflughalle, die erstaunlich kleine und unkomfortable Abflughalle des Hamburger Flughafens, den er jetzt zum letztenmal verlassen würde.

Überall leuchteten ihm die Titelseiten der Zeitungen entgegen. Die Schlagzeilen schrien von Tod und Sieg. Überall sah er Bilder mit den Fahndungsfotos, die zu großen Bildblöcken zusammengefaßt waren, die Namen der Toten darunter und das Wort TOT in der Schlagzeile darüber. Die BILD-Zeitung, die bei den wartenden Fluggästen weitaus am stärksten vertreten war, hatte die Porträtsammlung der erschossenen Terroristen etwas kleiner gehalten, um darüber für ein großes Foto Uwe Dees Platz zu lassen. Uwe Dee streckte beide Arme in die

Höhe und machte mit beiden Händen das V-Zeichen. Eine Geste, die Dee fast exakt so geriet wie auf dem klassischen Foto jenes abgesetzten schurkenhaften US-Präsidenten beim Abschied vom Weißen Haus. Die Schlagzeile über dem Foto von Uwe Dee bestand aus zwei Worten: DER SIEGER!

Carl spürte leichte Übelkeit. Er senkte den Blick, um die Bilder nicht sehen zu müssen. Als die Boeing-Maschine, eine der etwas rundlichen 737 der Lufthansa, von der Startbahn abhob, spürte Carl, wie ihm der Speichel im Mund zusammenlief. Kaum war das Schild mit dem Hinweis *fasten seat belts* ausgegangen, taumelte er unbeholfen zu der engen, kleinen Toilette und übergab sich. Die Krämpfe in seinem Körper hielten noch an, nachdem er die knappe Mittagsmahlzeit schon längst losgeworden war.

Kalter Schweiß brach ihm aus, als er sich wieder auf seinen Platz setzte. Über der Bundesrepublik dort unten lag eine dichte, schwarzgraue Wolkendecke. Die Maschine befand sich immer noch im Steigflug.

Als die Maschine auf dem Weg in den Himmel die letzte Wolkendecke durchstieß, wurde Carl von dem harten, weißen Sonnenlicht getroffen, als hätte er einen Faustschlag erhalten. Als er aber den Versuch machte, die Augen zu schließen, sah er Monikas Gesicht vor sich. Er war gezwungen, sofort wieder die Augen zu öffnen. Die Stewardeß, der aufgefallen war, daß er sich unwohl zu fühlen schien, reichte ihm ein Glas Mineralwasser. Er trank vorsichtig einen kleinen Schluck, spürte aber sofort, daß sich der Brechreiz wieder meldete.

In diesem Moment fiel ihm die kleine Metallschachtel in der linken Jackentasche ein. Er zog sie heraus und hielt sie vorsichtig auf der Handfläche. Es war eine blaue Schachtel mit einer kleinen Spange aus gelbem Metall. Auf der Oberseite war der Bundesadler in Gold eingraviert.

Als er die Schachtel öffnete, leuchtete ihm das Bundesverdienstkreuz entgegen. Es war nicht das normale Bundesverdienstkreuz, sondern das Kreuz *Erster Klasse*, das man mit einem Seidenband in den Bundesfarben am Hals trägt.

Auf der Medaille lag ein kurzer, maschinengeschriebener Zettel auf deutsch. Die Bundesrepublik Deutschland drücke hiermit ihre Dankbarkeit und so weiter aus. Unterzeichnet war mit Tinte.

»Deutschland Deutschland Deutschland!« dachte er und preßte fest die Augen zusammen, um gleichsam mit Gewalt die Tränen zurückzuhalten. Er sah Monika ganz deutlich vor sich. Er blickte direkt in ihr unergründliches Lächeln.

Epilog

Der Plan des französischen Nachrichtendienstes war so einfach wie elegant gewesen. Sobald die Franzosen die vier sowjetischen RPG 18 in Händen hatten, die von den deutschen Terroristen in der Aufregung über die Todesnachricht aus Damaskus gleich weitergereicht worden waren, hatten Experten die Geschosse so manipuliert, daß sie nicht mehr zu verwenden waren. Der Schmuggel nach Stockholm war von Terroristen durchgeführt worden, die ihre Ware an zwei Offiziere übergeben hatten, Untergebene von Major Alain Detoureille. Diese Offziere hätten gemeinsam mit Detoureille die Terroristen unschädlich machen sollen. Die Franzosen hatten sich gedacht, daß die beiden für die *Logistik* zuständigen Franzosen ganz einfach in der Wohnung in der Grevgatan bleiben sollten, um die Terroristen nach und nach bei ihrem Eintreffen in der Basis zusammen mit ihrem Chef zu schnappen. Den französischen Plänen zufolge sollte die schwedische Sicherheitspolizei erst in allerletzter Minute informiert werden.

Statt dessen passierte etwas ganz anderes: Der schwedische Sicherheitsdienst nahm mit reichlich übertriebenem Personaleinsatz die beiden französischen Beamten fest, verprügelte sie und schleifte sie vor die Blitzlichter der Fotografen. Sektionschef Näslund hatte es wie immer außerordentlich eilig gehabt, im Augenblick seines Triumphs seine Verbündeten in den Massenmedien zusammenzutrommeln.

Erst am Tag darauf, nachdem man französische Dolmetscher hinzugezogen hatte, wurde der peinliche Zusammenhang offenbar.

Näslund schrieb jedoch ein langes Empfehlungsschreiben an die Führung der Streitkräfte, um die Versetzung des frischgebackenen Korvettenkapitäns Carl Gustaf Gilbert Hamilton in eine andere Dienststelle des Reiches zu begründen, in die er entschieden besser passe. So geschah es auch. Nach einem längeren bezahlten Urlaub sollte Hamilton ein neues Amt antreten, das der Abteilung OP 5 des Verteidigungsstabes unterstellt war.

Major Alain Detoureille, den man postum zum Oberstleutnant befördert und mit dem Großkreuz der Ehrenlegion ausgezeichnet hatte, wurde mit militärischen Ehren beigesetzt. Die Geschichte seines Todes kam nie in die Massenmedien, führte aber dazu, daß die Verbindungen zwischen dem deutschen und dem französischen Nachrichtendienst lange Zeit angespannt blieben.

Beim Einsatz in der Peterstraße hatte die GSG 9 damit gerechnet, vier Terroristen vorzufinden. Noch zwei Stunden vor dem Einsatz hatte die Fahndung das vermuten lassen. Man fand jedoch nur drei vor. Zwei wurden festgenommen, ein dritter wurde bei einem Fluchtversuch getötet. Einer fehlte also noch. Bedauerlicherweise wußte niemand, wer.

Weiter löste noch Besorgnis aus, daß außerdem zwei sowjetische RPG 18 sowie vier voll funktionstaugliche Geschosse vermißt wurden.

Früher oder später würde man unweigerlich erfahren, wo die Waffen gelandet waren.

Es würde jedoch nie an die Öffentlichkeit dringen, daß es den gemeinsamen Anstrengungen der schwedischen, deutschen und französischen Nachrichten- und Sicherheitsdienste zu danken war, daß europäische Terroristen über diese furchtbaren Waffen verfügten.